HEYNE

AF643096

DAS BUCH

Paul Böger ist ein Mädchenmörder. Ein Serientäter, der bisher in Deutschland seinen Opfern zufällig begegnete. Daher konnte ihm die Polizei auch noch nicht auf die Spur kommen. Aber er leidet selbst unter seinem mörderischen Trieb und kauft sich in den toskanischen Bergen, in komplett unwegsamem Gelände, ein völlig heruntergekommenes Haus. In der Einsamkeit will er seine tödliche Sucht besiegen, hofft ohne äußere Reize und Begegnungen mit möglichen Opfern ein neues Leben beginnen zu können.

Doch dann verschwindet in der Nähe von Ambra ein achtjähriges Mädchen.

Der Carabiniere Donato Neri übernimmt die Ermittlungen, aber das toskanische Städtchen ist in Schockstarre versunken und niemand will etwas gesehen haben. Da geschieht etwas vollkommen Unerwartetes.

DIE AUTORIN

Sabine Thiesler, geboren und aufgewachsen in Berlin, studierte Germanistik und Theaterwissenschaften. Sie arbeitete einige Jahre als Schauspielerin im Fernsehen und auf der Bühne und schrieb außerdem erfolgreich Theaterstücke und zahlreiche Drehbücher fürs Fernsehen. Bereits mit ihrem ersten Roman »Der Kindersammler« stand sie wochenlang auf den Bestsellerlisten, ebenso mit all ihren weiteren Romanen. Zuletzt bei Heyne erschienen: »Verschwunden«.

Große Autorinnenwebsite unter: www.sabine-thiesler.de

SABINE THIESLER

IM VERSTECK

THRILLER

WILHELM HEYNE VERLAG
MÜNCHEN

Sollte diese Publikation Links auf Webseiten Dritter enthalten,
so übernehmen wir für deren Inhalte keine Haftung,
da wir uns diese nicht zu eigen machen, sondern lediglich
auf deren Stand zum Zeitpunkt der Erstveröffentlichung verweisen.

MIX
Papier | Fördert gute Waldnutzung
FSC® C014496

Penguin Random House Verlagsgruppe FSC® N001967

Vollständige Taschenbuchausgabe 01/2023
Copyright © 2021 by Sabine Thiesler
Copyright © 2021 dieser Ausgabe
by Wilhelm Heyne Verlag, München,
in der Penguin Random House Verlagsgruppe GmbH,
Neumarkter Str. 28, 81673 München
Umschlaggestaltung: Eisele Grafik·Design, München,
unter Verwendung von Stocksy/
Tari Gunstone; Mauritius Images/
Christian Bullinger; Bigstock/mikeledray
Satz: Leingärtner, Nabburg
Druck und Bindung: GGP Media GmbH, Pößneck
Printed in Germany
ISBN: 978-3-453-44171-2

www.heyne.de
www.sabine-thiesler.de

Danke, Nani

Dass ich gerungen habe, gerungen, wie kein Sterblicher
noch rang, ist Gott mein Zeuge – umsonst!
Ich unterliege.

Friedrich Schiller,
Don Carlos, 1. Akt, 5. Auftritt

DIE VIPER

1

Toskana im Juni

Der Makler beobachtete während der Fahrt im Auto seinen potenziellen Kunden aus dem Augenwinkel. So um die vierzig schätzte er ihn. Stadtmensch, eventuell Geschäftsmann, lässig elegant gekleidet, modischer Haarschnitt, kein Ehering. Nicht superreich, aber man musste sicher nicht für ihn sammeln. Ein gewisser Paul Böger aus Hamburg. Sein rechtes unteres Augenlid zuckte in unregelmäßigen Abständen. Ein Tick, oder aber Nervosität. Viele Kunden waren vor dem Besichtigen einer Immobilie ähnlich nervös wie vor dem ersten Date.

Viel hatten sie bisher nicht geredet, aber eines war klar geworden: Paul Böger sprach nur so viel Italienisch, dass er im Restaurant bestellen konnte. Dafür war sein Englisch sehr gut.

Luigi Manzoni strich sich eine fettige Haarlocke aus der Stirn und fragte sich, was dieser Typ hier wollte. In der Einsamkeit der toskanischen Berge. Kilometerweit vom nächsten Dorf, vierzig Kilometer von der nächsten Stadt entfernt. Und das Haus, das er aufgrund eines Exposés unbedingt besichtigen wollte, würde er sowieso nicht kaufen. Niemals! Das war nichts für einen luxusverwöhnten Städter, er würde den Schock seines Lebens kriegen.

Unvorstellbar, dass dieser geschniegelte Typ hinter dem Haus das Holz für den Winter hackte, mit der Kettensäge Bäume fällte und knorrige Büsche vom jahrelangen Wildwuchs befreite. Dazu müsste er ja seinen Anzug in einen Blaumann und seine teuren Lederslipper in Gummistiefel oder schwere Arbeitsschuhe eintauschen.

Er passte hierher wie eine Kegelrobbe in die Wüste Gobi.

Der teure SUV quälte sich auf der extrem engen Bergstraße über dicke Baumwurzeln, an Felsbrocken vorbei und durch beängstigend große Erdlöcher, die der Regen jedes Mal tiefer auswusch. Irgendwann würde er hier gar keine Besichtigungen mehr durchführen können.

Luigi war schon ewig nicht mehr zu einer Besichtigung dieser heruntergekommenen Immobilie gefahren und bekam von Kurve zu Kurve schlechtere Laune. Er konnte es nicht ausstehen, seine Zeit sinnlos zu vergeuden, aber dieser Signor Böger war ein extrem sturer Hund gewesen.

»Signor Böger, ich glaube nicht, dass Caprinaia das ist, was Sie suchen.«

»Das lassen Sie mal meine Sorge sein.«

»Es ist sehr verwohnt und renovierungsbedürftig.«

»Das ist mir egal.«

»Die Straße dorthin ist extrem schlecht.«

»Ich bin gespannt.«

»Und es liegt unglaublich einsam. Weit weg von jeglicher Zivilisation.«

»Wunderbar. Bitte zeigen Sie es mir.«

Daraufhin hatte Luigi seufzend einen Termin vereinbart.

Und jetzt waren sie fast am Ziel.

Nur wenige Minuten später parkte er auf einer Wiese unterhalb des Hauses.

Sie stiegen aus.

Der Makler sah, dass es Böger mit seinen dünnen Lederschuhen hier in diesem unwegsamen Gelände verdammt schwer haben würde, aber gut. Er hatte es so gewollt.

Von der Wiese führte eine verwitterte Steintreppe, die von Unkraut überwuchert war, bis zur wild zugewachsenen Terrasse des Hauses. Die Treppe war schmal und steil, einige Stufen waren weggebrochen, ein Geländer gab es nicht.

»Geht es?«, fragte Luigi.

»Aber sicher.«

Paul Böger erreichte die Terrasse und sah sich um.

Unbeweglich und still stand er da und rührte sich nicht. Sah ins Tal und über die Hügel.

Vor ihm undurchdringlicher, dichter Wald, nur vereinzelt Olivenhaine. Grillen zirpten, Geckos flüchteten über die Natursteinmauer hinauf bis unters Dach.

In der Nachmittagssonne leuchtete die Natursteinwand des alten toskanischen Hauses in einem angenehm bräunlichen Ton und lud geradezu dazu ein, sich davorzusetzen, die warme Hauswand im Rücken zu spüren und den Blick ins Tal zu genießen.

Augenblicklich verspürte er unendliche Ruhe und Frieden.

Er atmete tief durch und schloss die Augen. Versuchte die zarten Gerüche des mediterranen Frühlings in sich aufzunehmen. Von einem hellviolett blühenden Rosmarinzweig zupfte er einen kleinen Trieb ab und hielt ihn sich an die Nase. Und so eine Köstlichkeit wucherte hier fast überall.

Der gesamte Garten war verwildert, das Gras stand einen halben Meter hoch und bog sich im Wind, was Paul faszinierend fand. Auf der Terrasse diente ein steinernes Mühlrad, auf einen Stein gewuchtet, unter einem knorrigen, alten Olivenbaum als Tisch. Was für eine Kraftanstrengung musste es einmal bedeutet haben, dieses Ungetüm zu bewegen! Und jetzt stand dieser Tisch hier für die Ewigkeit.

Hinter ihm unterdrückte der Makler ein gelangweiltes Gähnen.

»Das Haus ist ja größer, als ich dachte!«

»Ja, es bietet viel Platz. Man kann etwas Fantastisches daraus machen.«

»Was ist das?« Ein paar Meter neben dem hinteren Teil des Hauses stand ein kleines quadratisches, mit roten Backsteinen gemauertes Gebäude, ungefähr fünf Quadratmeter groß.

»Keine Ahnung. Das können Sie abreißen. Ich nehme an, es wurde bei der Olivenernte genutzt, um die gepflückten Oliven bis zum Pressen zu lagern.«

»Wie lange werden Oliven gelagert?«

»Einen Tag. Höchstens drei. Dann verderben sie.«

»Hat das Haus Strom?«

»Sicher. Aber der ist abgeschaltet. Sie müssten das Wiederanschalten beantragen.«

»Ist das kompliziert?«

»Aber nein. Die Stromanbieter sind verpflichtet, auch die entlegensten Einzellagen zu beliefern, insofern funktioniert das ganz unproblematisch.«

Paul nickte. »Wunderbar.«

Der Blick nach Süden ging tief ins Tal, im Westen sah man bewaldete Hügel, im Norden schlängelte sich der Weg durch die Wildnis, und im Osten eröffnete sich eine Schlucht in ein enges Tal, das sich dann zum Süden hin weitete.

Paul fühlte sich von diesem Haus umarmt.

Weit und breit gab es keinen Nachbarn, der nächste Ort war mehrere Kilometer entfernt.

Hier kann ich es schaffen, dachte er. Ja, das könnte meine Rettung sein.

Der Makler trat ungeduldig von einem Fuß auf den anderen und ging Paul gehörig auf die Nerven.

»Möchten Sie jetzt vielleicht das Haus von innen sehen?«

Luigi wurde immer nervöser. Er hatte für die komplette Besichtigung dieser Bruchbude maximal eine halbe Stunde eingeplant. Und jetzt starrte dieser merkwürdige Mensch schon seit einer gefühlten Ewigkeit das Haus von außen an und hatte sich noch keinen einzigen Raum angeguckt. Wahrscheinlich konnte er sich sein Mittagessen und die Verabredung mit Signora Capresi, die sich ein Ferienappartement in Moncioni ansehen wollte, abschminken.

»Tun Sie mir die Liebe und seien Sie einen Moment still«, sagte Paul leise. »Bitte!«

Der Makler schwieg erschrocken und bohrte mit der Schuhspitze in der trockenen Erde.

Paul setzte sich auf das Mühlrad und schloss die Augen. Ja, dachte er, ja. Dies hier war ein magischer Ort. Hier würde er glücklich werden, hier würde sich alles zum Guten wenden, davon war er überzeugt.

Es war unglaublich, hier zu sitzen. Immer intensiver roch er die Kräuter, die wild wucherten. Büsche von Kamille hatten sich ausgesamt, und auch Dill und Oregano. Dazu die Sonne, die er auf seinen Armen spürte und die der Haut einen sandig erdigen Geruch verlieh, den er so liebte.

Hier in einer warmen Sommernacht zu sitzen und auf die Lichter von Ambra zu schauen – ein größeres Glück konnte er sich im Moment nicht vorstellen.

Der Makler stand dort, wo die Terrasse aufhörte und die baufällige, zugewucherte Treppe zum Parkplatz führte, und versuchte jetzt zu telefonieren. Ging hin und her, streckte das Handy zum Himmel und fluchte leise, weil er anscheinend kein Netz hatte.

»Was ist das da unten?«, rief Paul dem Makler zu, der sofort seine Bemühungen unterbrach und zu ihm kam. »Diese lang gestreckten Kästen. Sind das Ställe oder Lagerhallen?«

»Das ist eine Tabakfabrik«, antwortete der Makler und sah

jetzt anscheinend doch all seine Felle davonschwimmen. »Aber sie ist im Moment außer Betrieb. Ich glaube, sie ist pleite. Vielleicht wird sie sogar abgerissen, ich weiß es nicht.«

»Macht sie Krach, wenn sie arbeitet?«, fragte Paul.

»Aber überhaupt nicht! Selbst wenn Sie danebenstehen, hören Sie nichts. Und hier oben schon gar nicht.«

Paul nickte. Das Thema war für ihn erledigt. Dann überlegte er und fuhr fort: »Die Straße bis zu diesem Haus ist sehr schlecht. Ich wage gar nicht daran zu denken, in welchem Zustand sie im Winter ist, wenn es oft regnet. Wer ist dafür zuständig, sie in Ordnung zu halten?«

Der Makler streckte sich und atmete tief durch. »Sie haben hier ein Grundstück von zehn Hektar. Auf Ihrem Grund, also ab Ihrer Grundstücksgrenze, sind Sie für die Straße zuständig.«

Paul presste die Lippen aufeinander. »Das ist ein erheblicher Kostenfaktor.«

»Sicher. Aber wenn Sie sich einen Jeep anschaffen, haben Sie keine Probleme mehr und können sicher sein, dass Sie keinen ungebetenen Besuch bekommen. Das ist der Gedankengang vieler Deutscher, die sich hier in der Toskana ein Anwesen zulegen.«

Paul überlegte einen Moment, dann lächelte er. »Da haben Sie recht. Das kann eventuell sogar von Vorteil sein.«

Ja, dachte er. Genau so etwas hatte er gesucht. Einen Ort, an dem er absolut allein war. Kein Besuch und keine unliebsamen Überraschungen mehr.

Hier würde nichts passieren. Hier konnte auch nichts passieren.

Sein Puls beruhigte sich.

Er sah den Makler an. »Gehen wir hinein?«

Der Makler nickte und schloss die Tür auf.

Betrat man das Haus, stand man in keinem Flur, sondern in einer Art Loggia mit großen Fenstern und blinden Scheiben zum Garten. Darin ein grober, fleckiger Holztisch, der einmal hellgrün gestrichen worden war, dessen Farbe aber bereits großflächig abgeplatzt war, dazu drei unterschiedliche Stühle, einer mit zerrissenem Geflecht. Das Ganze wirkte wie der Vorraum einer alten Laube. An der Wand ein schwarzes Kreuz und vor den Fenstern gelbliche Gardinen, die zum großen Teil aus ihren Ringen gerissen waren.

Dahinter die Küche. Dunkel und kalt.

Der Makler bemühte sich, die mit Spinnweben bedeckten Fenster aufzureißen, was er eigentlich wegen der dumpfen Feuchtigkeit schon vor der Besichtigung hätte tun sollen.

Trübes Licht fiel in den Raum, und allmählich war eine verdreckte steinerne Spüle zu erkennen, darüber ein Regal mit verstaubten Gläsern. Neben der Spüle alte Lappen und ein vertrockneter Schwamm. Vor dem Fenster, durch das man kaum noch sehen konnte, standen ein kleiner Tisch und ein Hocker. An der gegenüberliegenden Wand ein Gasherd, fettverkrustet nach Jahren oder Jahrzehnten ohne Reinigung. Ein alter, beigefarbener Küchenschrank und ein verzinkter Mülleimer daneben.

»Man muss ein bisschen Geld in die Hand nehmen, dann kann man durchaus etwas daraus machen«, sagte der Makler, der allmählich Morgenluft witterte und jetzt wesentlich engagierter wirkte. »Das Haus hat Potenzial. Es ist ein Schmuckkästchen, dessen Glanz einfach nur verstaubt ist. Der alte Mann, ein professore, der hier in seinem geliebten Landhaus bis zu seinem Tod gelebt hat, konnte sich schon seit Langem nicht mehr darum kümmern.«

Paul nickte.

Sicher. Der Makler hatte recht. Dieses Chaos hier ließe sich beseitigen, und dann konnte man alles ändern. Konnte diese verwahrloste Hütte mit einem Haufen Geld in eine Luxusimmobilie verwandeln.

Das Wichtigste war der Ort. Die Lage, die Lage, die Lage.

Er ging weiter. Hinter der Küche ein kleiner Flur, rechts davon das Bad. Er öffnete die Tür, und ein schwarzer Skorpion fiel ihm fast in den Nacken. Paul schüttelte sich und brauchte ein paar Sekunden, um sich von dem Schreck zu erholen.

Dann sah er, dass die Dusche verschimmelt, das Toilettenbecken von Wasser-, Kalk- und Schmutzresten dunkel verkrustet, das Handwaschbecken zerbrochen und die Armaturen verrostet waren.

Tja, dachte Paul, so ist das nun mal. Man kann nicht alles haben.

In den beiden Zimmern im ersten Stock wurde es nicht besser. Das gesamte Haus war mehr als renovierungsbedürftig.

Allerdings war die Aussicht aus dem ersten Stock sensationell. Paul hatte das Gefühl, etwas derart Beeindruckendes noch niemals gesehen zu haben. Der weite Blick über die Hügel der Toskana mit ihren kleinen malerischen Bergdörfern. Hier war man dem Himmel ganz nah.

Wie gebannt stand er still und rührte sich nicht. Dies könnte SEIN Blick sein. Jeden Tag.

»Caprinaia ist ein wunderschöner, ein ruhiger und ein sicherer Ort«, wagte der Makler leise zu sagen. »Das Haus steht jetzt seit fünf Jahren leer, aber es ist noch niemals eingebrochen worden. Wo gibt es denn so was? So etwas finden Sie kaum. Aber es liegt sehr einsam, und die Straße ist so wenig einladend, dass es unglaublich sicher ist.«

Paul sagte nichts dazu.

Als sie schweigend einmal durchs ganze Haus gegangen waren, setzte sich Paul in der Küche auf den alten hölzernen Schemel, der vor dem Fenster stand, und sah hinunter ins Land.

»Bitte, könnten Sie mich noch einen Moment allein lassen?«, fragte er den Makler.

»Aber natürlich«, sagte dieser und verschwand schnell nach draußen.

Hier, dachte Paul. Hier an diesem Ort und in diesem Haus. Die Schönheit des Hauses bestand aus seiner Einfachheit. Es war alles schlicht und karg. Und genau das, was er gesucht hatte!

Er würde diese Hütte kaufen und in ein Zuhause verwandeln.

Was für eine großartige Idee.

Dieses kleine Haus auf einem Hügel in der Toskana oberhalb von Ambra würde alle Probleme lösen.

Ihm wurde immer leichter ums Herz, und er bemerkte gar nicht, wie die Zeit verging und der Makler eine Zigarette nach der anderen auf der Terrasse rauchte, weil er nicht wagte, ihn zu stören.

Als Paul vollkommen glücklich war, stand er auf, öffnete die Tür und sagte: »Es ist in Ordnung, ich kaufe das Haus.«

Der Makler stand auf dem falschen Fuß und fiel fast um. Das hatte er jetzt nicht erwartet. »Oh!«, sagte er. »Das freut mich! Ich gratuliere Ihnen.« Er reichte Paul die Hand.

»Es ist wirklich ein wunderschöner Ort und ein wunderschönes Haus. Was – sagten Sie noch mal – kostet es?«

»Zweihundertvierzigtausend.«

»Gut. Ich zahle fünfzigtausend weniger, also hundertneunzigtausend, denn das wunderschöne Haus ist eine wunderschöne Ruine und ein Groschengrab. Ich denke nicht, dass Interessenten dafür Schlange stehen.«

Der Makler wurde blass. »Ich dachte, es gefällt Ihnen?«

»Himmel, ja!« Paul schloss die Augen. »Es gefällt mir, ich möchte es auch kaufen, aber es ist in einem desolaten Zustand, und darum zahle ich nicht den verlangten Preis, sondern fünfzigtausend weniger. Ha capito?«

»Da muss ich mit den Erben sprechen.«

»Tun Sie das. Aber lassen Sie sich nicht zu viel Zeit, ich habe noch etliche andere Besichtigungen, und wenn ich in einer Woche nach Deutschland zurückfliege, möchte ich einen unterschriebenen Vertrag in der Tasche haben.«

»Alles klar. Ich werde das klären und melde mich morgen, spätestens übermorgen bei Ihnen.«

»Sehr schön. Sie haben meine Handynummer?«

»Selbstverständlich.«

»Gut. Dann erwarte ich Ihren Anruf. Und bitte, seien Sie so lieb und lassen Sie mich hier noch einen Moment sitzen. Ich will hören, ob mich Straße oder Tabakfabrik stören.«

Der Makler nickte.

Die Tabakfabrik und die Straße tief unten im Tal interessierten Paul nicht die Bohne.

Während der Makler im Auto wartete, saß Paul noch eine halbe Stunde an dem alten Mühlstein, genoss die Ruhe und stellte sich vor, am Abend die Grillen zirpen zu hören und bei Sonnenuntergang den Gesang der Nachtigall. Und vielleicht rief ja sogar manchmal das Käuzchen in der Dunkelheit.

2

Am nächsten Tag verließ er um halb zehn Uhr morgens sein schlichtes Hotel in Ambra. Noch war es sehr kühl, und er überlegte, ob er sich statt der kurzen nicht doch lieber lange Hosen anziehen sollte. Aber dann ließ er es bleiben.

Die Sonne hing noch bleich und milchig über dem Tal, aber wahrscheinlich würde es gegen Mittag warm werden.

Paul trug einen Rucksack, in dem er eine Flasche Wasser, zwei belegte Brote, eine detaillierte Landkarte, sein Portemonnaie, ein Handy und ein Fernglas dabeihatte.

Ohne auch nur die geringste Ahnung zu haben, wie lange er bis zu »seinem« Haus in den Bergen brauchen würde, marschierte er los.

Die kurvige, steile und schmale Asphaltstraße von Ambra bis hinauf nach Duddova zog sich. Sie nahm überhaupt kein Ende.

Paul war schweißgebadet und musste mehrmals Pause machen, bevor er weiterlaufen konnte. Irgendwie hatte er diese stetig bergauf führenden Straßenkilometer im Wagen des Maklers gar nicht wahrgenommen.

Endlich in Duddova angekommen, trank er in der kleinen Trattoria am Straßenrand einen caffè und ein Wasser und aß ein panino. Danach fühlte er sich gestärkt und lief weiter.

Hinter dem kleinen Dorf hörte die Asphaltstraße auf, und es führte ein unbefestigter Weg weiter hinauf in die Berge.

Paul ging langsam. Spürte jeden Schritt. Seine Muskeln waren schon lange nicht mehr so beansprucht worden.

Es ging Kilometer bergauf und bergab und wieder hinauf und wieder bergab. Die Straße wurde immer schlechter, bestand nur noch aus groben Steinen, getrocknetem Schlamm und tiefen Kratern.

Felsbrocken lagen am Rand oder auch direkt in der Mitte, teilweise war die Spur fünfzig Zentimeter tief. Im Nachhinein bewunderte Paul den Makler, wie er den Wagen auf dieser Straße sicher jongliert hatte, ohne sich festzufahren oder mit einem Rad in eine tiefe Rille zu stürzen, aus der es kein Entrinnen mehr gab.

Diese Straße war eine Herausforderung. Für jeden Besucher, aber natürlich auch für jeden Handwerker, der an diesem Haus irgendetwas richten sollte.

Und auf seinem anstrengenden Gang begriff Paul, dass diese Straße Fluch und Segen zugleich sein würde.

Nach drei Stunden erreichte er das Haus und konnte sich nicht erinnern, schon jemals so kaputt, so erschöpft, aber auch gleichzeitig so glücklich gewesen zu sein.

Er setzte sich an den Mühlstein, trank Wasser und aß seine Brote.

Wusste irgendwann nicht mehr, wie lange er gesessen hatte, aber war sich ganz sicher, dass alles so richtig war.

Ja, er musste dieses Haus haben. Caprinaia.

Es war der Schlüssel zum Glück und zur Lösung all seiner Probleme.

Als die Sonne allmählich von hellgelb ins Orangefarbene überging und sich der Nachmittag ankündigte, machte er sich auf den langen und mühseligen Heimweg.

Zwei Tage später rief der Makler an. »Die Erbengemeinschaft bietet Ihnen einen Preiserlass von dreißigtausend Euro, bleiben also insgesamt zweihundertzehntausend«, sagte er mit vorsichtiger Stimme.

»Ich bin einverstanden«, antwortete Paul. »Dann machen Sie mir bitte so schnell wie möglich einen Termin beim Notar.«

»Aber selbstverständlich. Das dürfte kein Problem sein.«

»Wann wäre die Summe fällig?«

»Normalerweise zahlen Sie sofort ein Drittel, also siebzigtausend, an, die restlichen hundertvierzigtausend fließen, wann Sie wollen, aber spätestens in einem Jahr. Va bene?«

Paul nickte, und eine gewisse Erleichterung war ihm anzumerken. »Va benissimo.«

Der Makler wollte sich gerade verabschieden, aber Paul fiel ihm ins Wort. »Ach, und noch etwas …«

»Ja?«

»Könnte ich eventuell schon vorher ins Haus? Ich möchte da ab und zu übernachten und mich um das eine oder andere kümmern.«

»Aber sicher. Ich denke nicht, dass die Erbengemeinschaft etwas dagegen hat.«

»Wunderbar. Und könnten Sie eventuell dafür sorgen, dass ich Strom und Wasser habe, wenn ich das nächste Mal komme? Das dürfte so in zwei oder drei Wochen sein.«

»Aber natürlich. Ich kümmere mich darum.«

»Wie schön, ganz herzlichen Dank«, meinte Paul, legte auf und lächelte. Es lief hervorragend.

Nur Minuten später brach ihm der Schweiß aus.

Er hatte es getan.

Spätestens in einem Jahr musste er nun also hundertvierzigtausend Euro zahlen.

Das Geld hatte er nicht. Er arbeitete als Fotograf in einer

Werbefirma auf Honorarbasis, und mit der Anzahlung waren seine Ersparnisse aufgebraucht.

Aber seine Mutter schwamm im Geld und brauchte es nicht. Sie musste ihm helfen.

Oh, mein Gott.

Denn er wollte dieses Haus. Er brauchte es. Koste es, was es wolle.

3

Hamburg – Fuhlsbüttel, im Juli

»Wie viel Zeit haben wir noch?«, fragte sie und kramte in ihrer Handtasche nach einem Taschentuch.

»Eine Dreiviertelstunde bis zum Einsteigen.«

»Ach, du lieber Himmel! Kannst du mir etwas zu trinken besorgen? Einen Kaffee, ein Wasser, einen Prosecco – ganz egal.«

»Aber sicher. Bin gleich zurück.«

Seine Mutter blieb auf dem anthrazitfarbenen Plastikstuhl des Hamburger Flughafens sitzen und sah ihm nach. Sie war eine kleine, immer noch sehr sportlich und agil wirkende Person. Siebzig Jahre alt, fünfundsechzig Kilo schwer und eins fünfundsechzig groß. Ihre mittlerweile grauen Haare waren kurz geschnitten und standen mithilfe von Gel in alle Himmelsrichtungen ab, ihre Augen schminkte sie dunkel, ihre Lippen knallrot. Auch ihre Brillengestelle bunt und auffällig. Und immer passend zur Kleidung. »Wer so grau aussieht wie ich, muss mit ein bisschen Farbe gegensteuern«, hatte sie oft erklärt, und so waren ihre grellen Lippenstift- und Brillenfarben zu ihrem Markenzeichen geworden.

Nur zwei Minuten später brachte er ihr einen Kaffee.

»Danke«, sagte sie und lehnte sich zurück. »Himmel, wann bin ich das letzte Mal geflogen? Irgendwann vor dreißig oder vierzig Jahren mal nach Zürich. Das weiß ich noch, weil mein Koffer nicht ankam. Aber frag mich nicht, warum ich geflogen bin. Ich habe keine Ahnung. Erschreckend eigentlich. Ich bin allmählich jenseits.«

Sie trank langsam den Kaffee, und er sagte nichts dazu.

Vor einer Woche hatte sie ihren siebzigsten Geburtstag mit dreißig Leuten in ihrer riesigen Flensburger Wohnung gefeiert.

Mit dem Blick auf die Förde. Die Terrasse mit Fackeln beleuchtet. Es gab Labskaus und Bier und Schnäpse bis zum Abwinken. Eine kleine Jazzcombo sorgte für die Stimmung. Paul war extra nach Flensburg gekommen und feierte mit.

Ganz zu Beginn hatte er sie begrüßt. »Herzlichen Glückwunsch, Mama«, hatte er geflüstert und ihr einen Blumenstrauß in die Hand gedrückt. »Du siehst klasse aus. Auf die nächsten dreißig!«

Sie hatte gegrinst, ihn kurz in den Arm genommen und sich wieder anderen Gästen zugewandt.

Drei Stunden später war er nicht sicher, ob sie überhaupt registriert hatte, dass er gekommen war. Sein Blumenstrauß lag zusammen mit anderen auf dem Tresen der offenen Küche und welkte vor sich hin.

Er beobachtete das Treiben. Vielleicht konnte er sie am Ende noch sprechen. Wenn alle weg waren.

Sie war aufgekratzt, überdreht, fiel jedem um den Hals, ihr Make-up war verschmiert, sie wirkte wie ein armseliger Clown. Vielleicht sollte er lieber gehen und warten, bis sie morgen wieder nüchtern war.

Aber er blieb. Rechnete damit, sie in ihr Bett tragen zu müssen.

Um kurz vor halb drei war plötzlich Ruhe. Der letzte Gast war gegangen.

Seine Mutter strich sich die Haare aus der Stirn, atmete tief durch, schenkte sich noch einen Schluck Wein ein und sah sich um. Und da bemerkte sie ihn.

»Paul«, sagte sie leise und grinste schief. »Du? Seit wann bist du hier?«

»Von Anfang an. Ich hab dir gratuliert, als das Fest losging, und dir Blumen geschenkt.«

»Ah ja.« Sie sah zu Boden und nickte. »Super. Danke. Hatte ich jetzt vergessen. Möchtest du noch was trinken?«

»Nein, danke.«

»Wo schläfst du heute Nacht?«

»Im Hotel.«

»Aha.« Sie wirkte so müde, dass sie kaum noch die Augen offen halten konnte und ihr alles egal war.

»Ich möchte dir etwas schenken, Mama.«

Sie schloss die Augen und rieb sich die Stirn. »Morgen, ja?«

»Nein, jetzt.«

»Okay.« Sie setzte sich. »Aber ich glaub nicht, dass ich es morgen noch weiß. Ich hab wohl ein Glas zu viel getrunken.«

Er ignorierte es und setzte sich ihr gegenüber. Zeigte ihr einen Katalog von der Toskana. Blätterte Seiten mit den schönsten Fotos auf, die man sich vorstellen kann. Pittoreske Dörfer auf toskanischen Hügeln, Weinberge, von Zypressen gesäumte Alleen, romantische Gassen in Siena und Florenz, Olivenhaine und verschwiegene Wälder.

»Dorthin lade ich dich ein«, flüsterte er. »Wir fliegen nächste Woche nach Florenz! Und wohnen mitten in der Toskana in einem entzückenden Bergdorf. Eine Woche lang. Das ist mein Geschenk für dich zum Siebzigsten!«

Sie sah ihn mit glasigen Augen an.

»Du spinnst total!«

»Nein. Ich meine es ganz ernst, und ich freue mich darauf. Na, was sagst du?«

Elisabeth Böger verzog den Mund, schien einen Moment zu überlegen, aber schließlich nickte sie und meinte lallend: »Warumeigentlichnich?«

Dann stand sie mühsam auf und torkelte aus dem Zimmer.

Paul überlegte, ob er sie noch ins Bett bringen sollte, aber dann ließ er es bleiben und rief sich ein Taxi.

Elisabeth Böger hatte ihren Kaffee getrunken, der Flieger war zum Abflug bereit, und sie saßen auf ihren Plätzen. Reihe zwölf, sie am Fenster, er in der Mitte.

Als er beim Start ihre Hand nehmen wollte, entzog sie sie ihm. »Lass es«, sagte sie knapp. »Egal, was passiert, das hilft nicht weiter.«

Er zog seine Hand zurück.

Kurz darauf lag der Flieger ruhig in der Luft. »Möchtest du noch etwas trinken?«, fragte er. »Soll ich dir was bestellen? Vielleicht einen Prosecco?«

Sie schüttelte den Kopf. »Nein, danke. Ich glaube, wenn ich jetzt Alkohol trinke, wird mir schlecht.«

Und dann schlief seine Mutter und sagte den restlichen Flug kein Wort mehr.

4

Nach der Landung fuhren sie in einem Mietwagen von Florenz nach Süden und bogen in Richtung Valdarno von der Autobahn ab.

Paul wusste, dass die Gegend von Montevarchi bis Ambra alles andere als schön war und überhaupt nicht so, wie man sich die Toskana vorstellte. Daher hoffte er, dass seine Mutter noch einmal einschlafen würde, aber sie war knallwach und sah interessiert aus dem Fenster.

»Ach, du lieber Himmel«, sagte sie, als sie zehn Minuten lang aus dem Fenster gestarrt hatte. »Das ist ja hier ganz grausig. Wo sind wir? Im Slum? Oder in einem Industriegebiet?«

»Die Toskana ist ein hoch entwickeltes Land, Mama. Eine reiche Region, es gibt ja in Italien ein starkes Nord-Süd-Gefälle. Natürlich ist hier auch Industrie. Mit Fabriken, Outlets, was weiß ich. Irgendwo muss dies ja alles sein. Aber du brauchst nur zwei, drei Kilometer hoch in die Berge zu fahren – und dann sieht es ganz anders aus. Und das ist ja auch das Faszinierende an der Toskana, finde ich: Im Tal hast du deinen Job und bekommst alles, was du brauchst, in den Bergen hast du deine Ruhe und eine Landschaft, die ihresgleichen sucht.«

»Na, ich weiß nicht«, meinte seine Mutter.

»Guck mal hier, die Häuser«, sagte sie nach einer Weile

angewidert. »Der Schwarzschimmel kriecht schon hoch bis in den ersten Stock, das Haus ist feucht, und der Putz fällt von den Wänden. So was möchte ich auch nicht sehen, wenn ich einmal in der Woche zum Einkaufen fahre. Das ist ja fürchterlich. Ich habe das Gefühl, ich befinde mich in den Siebzigerjahren und fahre durch Jugoslawien!«

»Nun ist aber gut, Mama, übertreib mal nicht«, sagte er scharf und ein bisschen zu laut. »Gut, nicht jedes Haus hier am Straßenrand ist vom Feinsten, aber es gibt Schlimmeres. Wart's einfach ab. Unser Hotel liegt ja auch nicht hier an dieser Straße!«

Allmählich wurde er immer wütender und verlor seine Gutmütigkeit. Er hatte keine Lust, seine Mutter tagelang durch die Toskana zu kutschieren, nur um sich ihr Gemecker anzuhören.

Schmallippig, schweigend und schneller als erlaubt fuhr er weiter.

Es war ein Fehler gewesen, mit ihr hierherzufliegen. Ein nutzloses Unterfangen. Sie würde das Haus nicht mögen und es niemals mitfinanzieren.

Als sie ungefähr drei Kilometer hinter Ambra abbogen und hinauf in die Berge fuhren, entspannte sich seine Mutter zusehends. Er sah richtig, wie sie tiefer in ihren Autositz sank.

Die Fahrt auf der kurvigen Straße bot alles, was man sich bei dem Wort »Toskana« vorstellte: Weinberge, Olivenhaine, malerische Dörfer auf kleinen Hügeln, einzelne Landhäuser mit Pools, gewaltigen Terrassen und Zypressen vor dem Haus.

Das war das, worauf seine Mutter offensichtlich die ganze Zeit gewartet hatte, denn sie lächelte und sagte: »Gott, wie wundervoll! So schön habe ich es mir nicht vorgestellt.«

Paul kommentierte das nicht.

Er parkte in einem kleinen mittelalterlichen Bergdorf direkt auf der Piazza.

»Wir sind da, Mama«, sagte er betont knapp. »Hier werden wir in den nächsten Tagen wohnen.«

Sie schwieg, als sie aus dem Auto stieg. Dann drehte sie sich einmal um sich selbst. »Das ist die Piazza des Ortes?«, fragte sie und sah Paul dabei an.

Paul nickte.

»Unglaublich. Unfassbar, dass es so etwas überhaupt noch gibt auf der Welt.«

Sie hakte sich bei ihm ein, und gemeinsam gingen sie ins Hotel, ein ehemaliges Castelletto, das in jahrelanger Arbeit mit viel Mühe und Liebe zum Detail und unermesslich viel Geld in ein Schmuckstück für Gäste verwandelt worden war.

In der Lobby standen sie erst einmal still. Paul registrierte die Kostbarkeiten um sie herum, die echten Ölbilder an den Wänden, die Schätze in den Vitrinen, die edlen Teppiche.

Elisabeth bemerkte hingegen die Schilder: Keine Hunde und keine Kinder.

»Das ist ja wunderbar«, sagte sie und grinste. »Das mag ich. So haben wir wenigstens Ruhe.«

Ein distinguierter, schmaler Italiener trat an die Rezeption. »Sie wünschen?«

»Mein Name ist Böger. Ich habe hier für eine Woche ein Zimmer gebucht.«

Der Angestellte schaute in den Computer. »Va bene. Bitte, kommen Sie mit.«

Das Zimmer, das ihnen der Angestellte schließlich zeigte, war noch sensationeller als der Eingangsbereich. So etwas hatte Elisabeth Böger noch nie gesehen.

Vollkommen überwältigt stand sie da, genoss den Ausblick ins Tal und nahm die erlesenen Antiquitäten, den Charme und die Einzigartigkeit dieses Zimmers in sich auf.

Leiser, als es normalerweise ihre Art war, sagte sie: »Großartig. Sehr, sehr schön. Und wo ist dein Zimmer, Paul?«

Paul war einen Moment irritiert.

»Wie meinst du das jetzt?«

»Na, das hier ist ja mein Zimmer, und wo schläfst du?«

Paul schluckte.

Damit hatte er jetzt nicht gerechnet. Er hatte kein weiteres Zimmer gebucht, dachte nicht, dass das ein Problem geben würde.

Er und seine Mutter.

Zumal sie das jahrelang gewollt hatte.

Damals, als er noch klein war. Und er sich eine Höhle gewünscht hatte. Irgendwo zwei Quadratmeter, wo er allein sein konnte.

Ohne seine Mutter.

Und jetzt, wo er erwachsen war und die Nacht 400 Euro kostete, machte sie auf einmal so ein Theater?

»Ich habe nur dieses eine Zimmer für uns gebucht«, sagte er stockend.

»Du spinnst doch wohl! Hast du echt geglaubt, ich schlafe mit dir in *einem* Zimmer?«

Paul schwieg.

»Na, dann bin ich ja mal gespannt, ob die noch ein zweites frei haben.«

Die Röte schoss ihm ins Gesicht, und er hoffte, dass der Angestellte nicht verstanden hatte, was seine Mutter auf Deutsch gesagt hatte.

Elisabeth ließ ihre Handtasche aufs Bett fallen, lächelte, öffnete das Fenster und schloss die Tür mit den Worten: »Bis später.«

»Sorry, da hat es wohl ein Missverständnis und eine Fehlbuchung gegeben«, sagte Paul auf Englisch. »Haben Sie eventuell noch ein zweites Zimmer frei? Meine Mutter und ich möchten nicht in einem Zimmer schlafen.«

»Bitte, kommen Sie mit. Ich sehe mal nach.«

Der Angestellte ging voran, Paul folgte schleppend.

Während der Angestellte an der Rezeption seinen Computer durchforstete, starb Paul tausend Tode.

»Ja, ich habe noch ein Zimmer«, sagte der Rezeptionist schließlich. »Da haben Sie Glück. Dem Zimmer Ihrer Frau Mutter genau gegenüber.«

»Wunderbar. Dann nehme ich es.«

Nachdem alle Formalitäten geklärt waren, ging Paul in den ersten Stock und klopfte am Zimmer seiner Mutter.

»Ich wohne jetzt übrigens direkt gegenüber in Zimmer 17«, sagte er und versuchte freundlich zu klingen, aber es gelang ihm nicht.

»Wie schön. Hoffentlich ruiniert dich diese Reise nicht«, sagte seine Mutter leise.

»Ich werde es überleben«, zischte Paul und spürte, dass er innerlich vor Wut fast explodierte.

Dann fragte er: »Sehen wir uns in einer halben Stunde zum Essen in der kleinen Osteria auf der Piazza?«

»Nein. Frühestens in anderthalb Stunden. Ich möchte diesen Blick genießen.«

»Gut, Mutter. Ich klopfe dann bei dir.«

»Ja, ja«, sagte sie, und Paul ging in sein Zimmer.

5

Auf der Piazza wehte ein frischer Abendwind.

»Möchtest du drinnen oder draußen sitzen?«, fragte Paul seine Mutter.

»Draußen«, antwortete sie, ohne lange zu überlegen. »Ich bin in Italien. Da sitzt man nicht in der Stube hinterm Ofen.« Sie rückte sich auf der kleinen Terrasse vor der Osteria einen Stuhl zurecht und setzte sich. »Es ist wundervoll.«

»Aber ziemlich windig. Es könnte sehr kühl werden.«

»Das ist mir egal. Wenn es zu kalt wird, können wir ja immer noch nach drinnen gehen.«

Damit war für seine Mutter die Diskussion beendet, und er fügte sich.

Der Kellner kam, sie studierten die Karte, bestellten eine Flasche Rotwein, zwei Vorspeisen und zwei Pastagerichte.

Dann saßen sie sich einen Moment schweigend gegenüber und sahen sich an.

»Morgen früh möchte ich dir mal ein Haus zeigen«, sagte er. »Urig, einsam, ganz außergewöhnlich, sehr besonders … Ich bin sicher, es wird dir gefallen.«

Elisabeth nickte. »Davon bin ich überzeugt. Es ist alles wunderschön hier.«

»Weißt du, so ein Haus wie das, das ich dir zeigen werde,

findest du nicht in Deutschland. Bei uns gibt es ja kaum noch Einzellagen, und wenn diese einsamen Häuser verfallen, dürfen sie nicht mehr aufgebaut werden. Aber hier ist so etwas noch möglich. Wie bei dem Haus zum Beispiel: Du fährst von einem kleinen Ort aus auf einer ziemlich schlechten Straße – da braucht man natürlich einen Jeep – durch einen Wald, kilometerweit durch die Berge, durch karge Olivenhaine, und du denkst, du bist am Ende der Welt, und dann ist da plötzlich dieses Haus. Ein Traum. Wie eine Fata Morgana. Damit rechnet kein Mensch. Aber es ist plötzlich da.«

»Wieso interessiert dich dieses Haus?«, fragte Elisabeth kühl. »Ich kann mir das alles nicht so recht vorstellen.«

»Ich glaube einfach«, sagte Paul versonnen, »dass Einsamkeit, Platz und Ruhe der Luxus unserer Zeit sind. Die Welt ist überbevölkert, platzt aus allen Nähten, es gibt extreme Wohnungsnot in den Städten, Wohnungen und Grundstücke werden immer kleiner und immer teurer, der Lärm, der Dreck, die Kriminalität, und dann hast du hier plötzlich ein Haus ganz für dich allein, ein riesiges Grundstück, absolute Ruhe und einen traumhaften Blick. Und bist fern von allem und dem Himmel ganz nah. Das ist ein Geschenk.«

»Du willst doch hoffentlich hier kein Haus kaufen?«, fragte sie.

Er zuckte nur die Achseln und antwortete nicht.

Mittlerweile war es dunkel, und der Wind wurde immer stärker.

Jetzt fröstelte auch seine Mutter. Sie sagte nichts, aber er sah es.

Er rief den Kellner und bezahlte.

Und dann gingen sie langsam von der Osteria wieder hinauf zum Castelletto.

»Gute Nacht, min Jong«, sagte Elisabeth vor ihrer Zimmertür. »Wann gibt es morgen Frühstück?«

»Ab sieben Uhr.«
»Treffen wir uns um acht?«
»Sehr gerne.«
Sie drehte sich um und ging.

6

Flensburg, Frühjahr, vor dreiunddreißig Jahren

Pauls Eltern besaßen und bewirtschafteten eine Hafenkneipe in der Flensburger Altstadt, die *Seegurke*, direkt am Stadthafen. Ein schmales Haus aus dem siebzehnten Jahrhundert, verwinkelt, die Wände schief, die Balken mit schmiedeeisernen Haken und Beschlägen stabilisiert. Vollgestopft mit Schiffsrequisiten, antiken Ankern, Steuerrädern, Kompassen aus Messing. Die Wände eng bepflastert mit Bildern von Schiffen, stürmischer See und Schiffsuntergängen. Außerdem Autogramme von Prominenten.

Die Gäste saßen auf groben Holzbänken an schweren Eichentischen, ein paar Schiffslampen schaukelten an der Decke, ansonsten gaben nur Kerzen das nötige Licht.

Und jeden Tag zog durch die Räume der Geruch von Bier, Rum, Zwiebeln und gebratenem Fisch.

Im Erdgeschoss und im ersten Stock des schmalen Hauses waren die Zimmer der Restauration, unter dem Dach wohnte die Familie Böger.

Vater Karl managte den gesamten Laden hinterm Tresen, Mutter Elisabeth, Lisa genannt, bediente die Gäste, und Kuddel, ein fünfzigjähriger Smutje, der nach einem Schleudertrauma nicht mehr zur See fahren konnte, stand in der Küche und kochte. In den Sommermonaten, in denen auch noch

Tische draußen vor der Kneipe bewirtschaftet wurden, von denen aus die Gäste Schiffe beobachten konnten, die in den Hafen ein- und ausliefen, war das Lokal brechend voll, und dann half Janina im Service aus. Eine Neunzehnjährige mit dickem Hintern, die blond gefärbten Haare wüst toupiert, die Lippen knallrot geschminkt und die Klamotten immer zwei Nummern zu eng. Ständig süß grinsend, aber nicht die Hellste.

»Ein Gewinn für den Schuppen hier«, hatte sein Vater gesagt, als er sie eingestellt hatte, und seine Mutter hatte das Gesicht verzogen, aber nichts erwidert.

An diesem Abend war im Gastraum noch nicht viel los, aber der Ansturm stand bevor, und Elisabeth Böger half noch bei den Vorbereitungen in der Küche.

Elisabeth war im neunten Monat schwanger und konnte wegen ihres dicken Bauchs kaum in die Töpfe gucken, ihr Gesicht glühte, und ihre Füße, die in ledernen Clogs steckten, waren geschwollen.

Paul war gerade sieben und starrte seine Mutter unverwandt an. Konnte es nicht begreifen, was sie ihm erzählt hatte. Dass sein Brüderchen oder sein Schwesterchen, das bald auf die Welt kommen würde, noch in ihrem Bauch war, so wie auch er vor seiner Geburt in ihrem Bauch gewesen war.

Plötzlich schrie sie auf. Ihr Finger war voller Blut.

»Verflucht, ich hab mich geschnitten, bitte, sei so lieb und rühr die Suppe, damit nichts anbrennt, ich hol mir schnell ein Pflaster, bin gleich wieder da«, rief sie noch und lief hinaus.

Paul stand vor dem großen Topf und rührte. Hoffte, dass seine Mutter bald wiederkommen und ihn von der Rührerei erlösen würde.

Aber sie kam nicht.

Sie musste langsam Stufe für Stufe zum Bad im zweiten Stock nehmen. Suchte Pflaster, aber fand keine.

Daraufhin lief sie in die kleine Kammer, die Karl bezogen hatte, seit sie schwanger war. Denn da sie in der Schwangerschaft nur noch auf dem Rücken schlafen konnte, schnarchte sie, und das ging ihm auf die Nerven.

In der untersten Schublade seines Schrankes bewahrte er tägliche Medikamente, Utensilien für die Nagelpflege, ein paar Brillen und eben auch Pflaster auf.

Und dort fand sie die Fotos.

Von Karl und einer Frau. Die sie zuerst nicht erkannte. Erst nach dem achten Foto sah sie es. Er und Janina. Die primitive Blondine aus dem Service. Sie vögelten miteinander. In allen erdenklichen Stellungen.

Sie war wie erstarrt, und ihr wurde übel. Sah sich langsam Foto für Foto an. Konnte es nicht glauben. Ihr Mann! In dieser Art und Weise mit dieser bescheuerten Schlampe? Das hätte sie sich in ihren wüstesten Fantasien nicht vorstellen können.

Sie blätterte die Fotos durch. Immer und immer wieder. Und konnte es einfach nicht begreifen. Sie befand sich gerade in einem Albtraum und würde gleich erwachen …

Aber sie erwachte nicht, und ganz, ganz langsam wurde ihr klar, dass diese Fotos Realität waren.

Sie saß auf dem Teppich und hielt den Beweis seiner Untreue in Händen, während sie mit seinem zweiten Kind hochschwanger war.

Und wer hatte fotografiert? Wer hatte genüsslich draufgehalten, hatte Pornofotos gemacht und alles, wirklich jedes Detail, Janinas gespreizte Beine und ihren Schritt in Großaufnahme fotografiert? Wer war der oder die Dritte im Bunde?

Elisabeth wurde schwindlig. Sie glaubte, nie wieder von diesem Teppich aufstehen zu können, und sie wusste nicht, wie sie weiterleben sollte.

Zehn Minuten später stand sie auf, nahm die Fotos und ging hinunter in den Gastraum, wo Karl am Tresen stand und fröhlich Biere zapfte. Er schwitzte, und sein Gesicht war knallrot.

»Kennst du den?«, fragte er Jörn, der vor ihm auf dem Tresen hing und auf sein Bier wartete. »›Meine Frau ist ein Engel‹, sagt der eine zum andern. Sagt der andere: ›Hast du ein Glück, meine Frau lebt noch!‹«

Karl schrie vor Lachen, Jörn grinste breit.

In diesem Moment kam Elisabeth, baute sich vor ihm auf und schmiss ihm die Fotos ins Gesicht, die sich für alle sichtbar über den gesamten Tresen verteilten. Einige segelten auf den Boden, andere versanken im Gläser-Abwasch-Wasser.

Karl stand eine Sekunde wie erstarrt, dann raffte er die Fotos eilig zusammen. Aber Jörn hatte genug gesehen, griff sich ein paar Fotos und lachte schallend.

»Wie geil ist das denn? Und ist das die Pralle, die hier immer im Sommer arbeitet?«

»Halt die Schnauze!« Karl riss Jörn die restlichen Fotos aus der Hand.

Jörn kicherte weiter.

»Mich siehst du nicht wieder«, sagte Elisabeth kalt zu Karl. »Und Paul auch nicht. Und auch nicht das Kind, das in den nächsten Tagen geboren wird. Vergiss es. Vergiss uns. Bis denn.«

»Ich kann es dir erklären …!«

»Ach ja? Und wer hat bei der Porno-Session fotografiert? Das würde mich ja mal interessieren. Kannst du mir das auch erklären?«

Karl schwieg.

Elisabeth sah ihn kalt an. »Irgendwann werde ich deinem Sohn erzählen, was für ein Arsch du bist.«

Karl zuckte die Achseln.

Jörn kratzte sich nachdenklich am Kopf.

»Weißt du, Karl, wenn ich dich nur sehe, könnte ich kotzen!«

Damit verließ sie den Raum und ging in die Küche, wo Paul immer noch die Suppe rührte.

»Komm, Paul«, sagte sie. »Pack deine Sachen. Etwas zum Anziehen und das, was du morgen für die Schule brauchst. Wir schlafen heute Nacht bei Anke.«

Paul hörte auf zu rühren. »Warum?«

»Das erkläre ich dir später. Und jetzt beeil dich!«

Nur eine gute halbe Stunde später verließen Elisabeth und Paul die Hafenkneipe, die seit Jahren ihr Zuhause gewesen war.

Elisabeth zog ihren Koffer hinter sich her und hatte einen strammen Schritt am Leib.

Der kleine Junge, der hinter ihr her stolperte, konnte ihr kaum folgen.

7

Anke war gerade vierzig geworden, eine fröhliche, lebensbejahende, zupackende Frau, die töpferte und ihre Keramik vor allem an Touristen verkaufte. Damit kam sie gut über die Runden und bezeichnete sich selbst als den zufriedensten Menschen der Welt. Bei Anke gab es immer einen Platz im Garten, eine Tasse Tee und ein offenes Ohr.

»Kommt rein!«, sagte Anke, als Lisa und Paul mit ihren Sachen vor der Tür standen. »Wie wär's mit einem Tee?«

Lisa und Paul zogen sich ihre Jacken und Schuhe aus und setzten sich im Wohnzimmer aufs Sofa.

»Können wir die Nacht hier bei dir bleiben?«, fragte Lisa, als Anke mit dem Tee hereinkam.

»Natürlich. Gar kein Problem.«

Sie schenkte ein und sah, dass Lisa am ganzen Körper zitterte. »Ist dir kalt? Brauchst du eine Jacke?«

Lisa schüttelte den Kopf. »Nein, hier ist es ja schön warm, es liegt an mir, da hilft keine Jacke. Danke.«

Anke nickte, legte Lisa aber wortlos eine Decke über die Beine. »Und du, Paul? Hast du Hunger?«

Paul nickte zaghaft und dankbar. Er wusste nicht, ob es richtig war, Ja oder Nein zu sagen. Er wusste und verstand in dieser Situation überhaupt nichts mehr.

Nur zwei Minuten später kam Anke mit einem Nutellabrot und einem Kuscheltier für Paul wieder, setzte sich und sah Lisa an.

»Erzähl. Was ist passiert?«

Lisa trank einen Schluck Tee. Sah an die Decke. Überlegte. Erinnerte sich. Und dann begann sie zu weinen. So, wie sie noch nie in ihrem Leben geweint hatte.

Anke ging zu ihr und nahm sie in den Arm. Streichelte sie einfach nur.

Minutenlang sagte keine ein Wort.

Paul bewegte sich nicht. Er wirkte wie paralysiert. So hatte er seine Mutter noch nie erlebt, und er wusste nicht, was los war. Vielleicht hatte er schon wieder etwas falsch gemacht.

»Wir haben Zeit«, sagte Anke nach einer ganz langen Weile, »ihr bleibt ja über Nacht und vielleicht noch länger hier. Du kannst es mir auch in zwei Stunden erzählen. Oder morgen früh. Oder sonst wann. Heul dich erst mal richtig aus. Das tut gut.«

Lisa zitterte, drückte sich ins Sofa, zog sich die Decke übers Gesicht, tauchte wieder auf, schnaubte sich die Nase, weinte weiter.

»Das Baby«, schluchzte sie.

»Keine Angst, das kann es ab. Mama weint. Mama hat ein Problem. Davon geht man als Baby nicht zugrunde.«

Lisa nickte erleichtert, putzte sich erneut die Nase und sah ihre Freundin an.

»Er betrügt mich«, sagte sie leise.

»Das hab ich mir gedacht«, meinte Anke. »Aber ich denke, wir bringen jetzt erst einmal den kleinen Mann ins Bett.«

Paul hatte das Nutellabrot aufgegessen und war fix und fertig. Todmüde. Hatte nichts dagegen, jetzt ins Bett zu gehen. Offensichtlich brauchte er sich in dieser Nacht auch keine Sorgen mehr zu machen. Mama war da und Anke war da, und das mit Papa würde sich auch irgendwie klären. Die beiden hatten sich eben gerade ein bisschen gestritten, aber das war bestimmt morgen oder spätestens nächste Woche wieder in Ordnung.

Es würde alles gut werden.

Lisa ging zusammen mit Paul nach oben, Anke folgte mit dem Gepäck.

Unter dem Dach gab es eine kleine Ferienwohnung, eng und mit schrägen Wänden. Ein Doppelbett, ein Tischchen unter dem Fenster mit zwei Stühlen, ein Schrank, eine Zweiercouch, ein Sessel, ein Couchtisch. Eine winzige Küchenecke. Und ein Duschbad mit Toilette und Waschbecken. Das war alles. Und eine Besenkammer am Ende des Flurs. Es würde nicht viel Mühe machen, sie auszuräumen und herzurichten. Für Paul, oder um Klamotten unterzustellen.

Fürs Erste musste Paul eben bei seiner Mutter im Bett schlafen.

Anke holte ihm eine Zahnbürste und einen Schlafanzug ihres Sohnes, den schon zehn Jahre niemand mehr angehabt hatte. Dann gaben Lisa und sie Paul einen Gutenachtkuss, deckten ihn zu und sagten ihm das, was Paul ja schon die ganze Zeit wusste: Alles wird gut.

Als sie die Schlafzimmertür hinter sich schlossen, schlief Paul bereits.

»So«, sagte Anke, als sie mit Lisa zurück ins Wohnzimmer kam. »Meinst du, dass du mir jetzt erzählen kannst, was passiert ist?«

Lisa nickte.

»Oh, mein Gott«, meinte Anke, als Lisa geendet hatte. »Ich hab ja geahnt, dass irgendwas nicht stimmt, aber so schlimm und so drastisch hab ich es mir nicht vorgestellt. Nee, da kannst du nicht zurück. Da müssen wir dein Leben ganz neu planen und organisieren. Erst mal bringst du in Ruhe dein Baby zur Welt, und dann braucht ihr ein neues Zuhause. Was für ein Wahnsinn!«

»Wie lange können wir bleiben?«, fragte Lisa.

»Zwei Wochen. Dann ist die Bude bis Anfang Oktober belegt.«

»Oh, mein Gott!«

Anke verzog den Mund. »Nun ja, es ist, wie es ist. Aber immerhin haben wir zwei Wochen, um für dich und Paul und das Baby eine Wohnung zu finden.«

8

Die Hölle begann, als seine Mutter drei Nächte später zu schreien begann. Paul sprang auf wie von der Tarantel gestochen und verstand überhaupt nichts. Was war passiert? Wo war er?

Völlig verschlafen versuchte er die Situation zu erfassen, während seine Mutter schrie.

»Hol Anke«, keuchte sie, »es geht los!«

Paul rannte die Treppe hinunter und schlug mit aller Kraft an Ankes Schlafzimmertür. »Anke!«, schrie er. »Mach auf. Irgendwas ist mit meiner Mutter! Sie hat gesagt, es geht los!«

Nur Sekunden später öffnete Anke. »Alles klar. Reg dich nicht auf. Wahrscheinlich hat sie Wehen.«

Sie rannte zur Treppe, und Paul lief ihr hinterher.

Da drehte sie sich noch einmal um, hockte sich hin und sah Paul an. »Pass mal auf, kleiner Mann«, sagte sie. »Bitte, es ist ganz wichtig: Gehst du jetzt ins Wohnzimmer und machst keinen Scheiß, ja? Du kannst dir den Fernseher anschalten, aber stör uns jetzt bitte nicht, okay? Mach dir keine Sorgen, es passiert nichts, deine Mama bekommt jetzt dein Brüderchen oder dein Schwesterchen. Verstehst du das?«

Paul nickte.

»Dann geh jetzt bitte und sei lieb. Es ist alles gut. Kann ich mich auf dich verlassen?«

»Klar«, sagte Paul wenig überzeugt, verschwand im Wohnzimmer und nahm die Fernbedienung zur Hand.

Anke rannte hinauf ins Schlafzimmer und sah sofort, dass die Geburt in vollem Gange war.

»Ich ruf den Krankenwagen, mach dir keine Sorgen«, sagte sie.

»Bleibst du hier? Bei Paul?«, stöhnte Elisabeth.

»Natürlich. Alles kein Problem.«

Der Krankenwagen war zehn Minuten später da.

Anke hatte den Arm um Paul gelegt. Gemeinsam sahen sie vom Fenster aus, wie der Krankenwagen davonbrauste. Das Martinshorn dröhnte durch die Straßen, bis es nicht mehr zu hören war.

»Aber sie stirbt jetzt nicht?«, fragte Paul leise.

»Nein. Auf gar keinen Fall. Bald hast du ein Geschwisterchen. Alles wird gut.«

Am nächsten Morgen war seine kleine Schwester da. Mit einem zarten, schmalen Gesicht und großen, dunklen Augen.

Smilla.

Smilla hier und Smilla da. Smilla vorne und Smilla hinten. Smilla oben und Smilla unten. Alles drehte sich von nun an nur noch um Smilla.

Smilla musste trinken, musste geschaukelt werden, Smilla schrie und musste beruhigt werden, sie war nass und die Windeln waren voll, sie musste gewickelt werden. Vierundzwanzig Stunden am Tag drehte sich die ganze Welt um Smilla. Wenn seine Mutter sich nicht um Smilla kümmerte, schlief sie. Vollkommen erschöpft.

Er existierte gar nicht mehr. Wurde übersehen. Gar nicht mehr wahrgenommen. Wurde nicht mehr angesprochen. Er war einfach nicht mehr da.

Es gab nur noch Smilla, diesen kleinen Baby-Teufel, dem er

am liebsten den Hals umgedreht hätte. Er träumte davon, sie die Treppe hinunterzuwerfen oder ihr einen Ball in den Mund zu stopfen, damit sie endlich aufhörte zu schreien.

Denn Smilla schrie unentwegt. Kaum war sie wach, schrie sie, und keiner wusste, warum.

Paul hasste sie.

Er wollte keine kleine Schwester mehr haben. Er wollte allein sein mit seiner Mutter, mit Anke, egal. Am liebsten natürlich mit seiner Mutter und mit seinem Vater. Aber auf gar keinen Fall mit Smilla. Er hasste dieses schreiende Monster, das Brei spuckte, sich ständig bekleckerte und in die Windeln schiss.

Ankes Freunde und Nachbarn fanden Smilla toll. Brachten Schnuller, Strampler und Mobiles mit.

Ihn beachteten sie gar nicht mehr. Ihm brachten sie nie etwas mit. Noch nicht einmal eine Tafel Schokolade oder eine Tüte Gummibärchen.

Seit Smilla da war, war er abgemeldet.

Und wenn er tot wäre, würde es wahrscheinlich auch niemand merken.

Im Schlafzimmer lag er mit seiner Mutter im Doppelbett, daneben die Wiege mit Smilla. Seine Mutter schlief.

Smilla schrie, aber seine Mutter war mittlerweile so erschöpft, dass sie nachts gar nichts mehr hörte und nicht reagierte.

Aber Paul wurde jedes Mal wach und schaukelte die Wiege hin und her, bis Smilla sich beruhigte und weiterschlief. Wenn sie aufhörte zu schreien, schlief Paul ein.

Nur Minuten später schrie sie wieder. Paul schaukelte weiter, bis sie aufhörte zu schreien.

Und so ging es jede Nacht.

Paul fand keine Ruhe.

Und lernte zu hassen.

9

Sie wohnten jetzt nicht mehr bei Anke, sondern in einer kleinen Wohnung im ärmsten Bezirk von Flensburg, wo abends die Betrunkenen auf der Straße grölten und man deswegen einfach den Fernseher lauter stellte. Ab und zu gab es einen lautstarken Streit oder es schrie jemand, aber auch das wurde von den Anwohnern ignoriert.

Vor dem Balkon stand ein riesiger, zwei Meter hoher Busch, und Lisa war gar nicht wohl dabei. Hier konnte jeder in ihre Wohnung einsteigen, ohne gesehen zu werden.

Sie fürchtete sich, aber sie hatte keine Wahl. Wollte wenigstens ein Dach über dem Kopf haben.

Ein Zimmer, Küche, Bad. Spartanisch, hässlich. Gelbliche Plastikfliesen in der Küche, abgewetztes Linoleum auf dem Fußboden. Aber wenigstens eine Dusche, eine Zentralheizung, ein Herd und eine Spüle. Das würde sie schaffen mit ihren zwei Kindern. Und Karl würde sie mithilfe des Jugendamtes an die Kandare nehmen. Er musste Unterhalt bezahlen.

Und dann würde es gehen.

Von seinem Vater hörte Paul gar nichts mehr, und er vermisste ihn unendlich. Sehnte sich nach ihm. Hätte alles gegeben, um bei ihm wohnen zu können.

Denn hier drehte sich weiter alles nur um Smilla.

Smilla wuchs, gedieh prächtig und wurde dick und rund.

Er selbst wurde immer schmaler, schmächtiger und schwächlicher.

»Es gibt so ’ne und solche«, sagte seine Mutter zu Anke. »Dicke und Dünne. Er ist eben so ein Hagerer, aber das ist ja nicht unbedingt ungesund. Und wohin sollten wir ihn zur Erholung verschicken? Er lebt ja hier in der guten, gesunden Luft.«

»Stimmt«, bestätigte Anke.

»Mit Smilla ist es ganz anders. Da müssen wir aufpassen, dass wir nicht zu viel in sie hineinstopfen, sie hat das Gen zum Fettwerden von ihrem Vater geerbt. Oder von mir.« Sie zuckte die Achseln und grinste verlegen, denn in der letzten Zeit nach der Schwangerschaft mit Smilla und dem ganzen Stress hatte sie erheblich an Gewicht zugelegt.

»Wart’s ab und mach dir keinen Kopf!«, sagte Anke. »Das ist noch alles Babyspeck bei Smilla. Wenn der weg ist, ist sie sicher genau wie Paul ein kleiner, dünner Hering.«

»Hoffentlich hast du recht«, meinte Lisa. »Hoffentlich.«

Ab und zu gingen sie spazieren. Und hin und wieder gab es ein Eis. Eine Kugel für Paul und eine für Smilla. Und dann fiel Smilla das Eis aus der Hand, und die Kugel klatschte auf den Asphalt. Sie schrie und heulte.

»Du siehst doch, wie deine Schwester weint, weil sie kein Eis mehr hat, gib ihr deins, du bist doch schon groß und vernünftig«, sagte seine Mutter.

Und Paul tat es. Gab Smilla die Kugel mit seinem geliebten Vanilleeis, und sie leckte sie zu Ende.

Er hatte nichts mehr. Nur noch den Anflug von Vanillegeschmack auf der Zunge.

Und seinen Hass.

In der Nacht weinte seine Mutter oft.

Paul lag neben ihr und wusste nicht, was er machen sollte. Er traute sich nicht, sie zu wecken und zu trösten und sich an sie zu kuscheln, er fürchtete ihren Zorn, der explosionsartig wie ein Gewitter über einen hereinbrechen konnte.

Ganz still lag er neben ihr, sah sie an und hoffte, dass sie aufhören würde zu weinen.

Und dann beobachtete er einmal, wie ihre beiden Arme unter der Bettdecke verschwanden.

Erst war alles ganz still, dann stellte sie die Beine auf und begann sich leicht zu bewegen. Sehr leise, verhaltene Seufzer kamen aus ihrem Mund, und er dachte, dass sie träumte, und wieder traute er sich nicht, sie anzustoßen, um sie nicht aufzuwecken.

Ihre Augen waren geschlossen, und sie schien nicht bei sich zu sein, war völlig entrückt, wie eine Fremde, und stöhnte immer noch leise, als hätte sie Schmerzen.

Dass sie sich auch noch so merkwürdig bewegte, machte ihm Angst.

»Mama, was ist?«, flüsterte er schließlich.

Seine Mutter stöhnte noch ein klein wenig lauter. »Komm, hilf mir, dann geht es mir bald besser.«

Sie nahm seine kleine Hand und legte sie in ihren feuchten Schritt. »Du musst ganz sanft ein bisschen kreisen und reiben, dann gehen die Schmerzen weg. Tu das, bitte!«

Paul war völlig irritiert. War voller Angst und Entsetzen. Da unten sollte er seine Mama anfassen? Noch nie hatte er seine Mama nackt gesehen! Und angefasst schon gar nicht. Höchstens mal ein Küsschen auf die Wange gegeben und ihre Hand genommen. Mehr nicht.

Er versuchte es, vorsichtig, aber es fühlte sich alles so eklig an. Ihm wurde heiß, dann wurde ihm schlecht, er wusste nicht mehr, was er tun sollte.

»Mach, bitte!«, stöhnte seine Mutter. »Na los, worauf wartest du? Nur dann gehen die Schmerzen weg.«

Paul versuchte es vorsichtig, tat sein Bestes, aber er würgte dabei.

Sie streckte sich seiner kleinen Hand entgegen. »Mach weiter!«

Paul tat, was sie wollte, aber er verstand die Welt nicht mehr. Er fühlte sich so elend, wollte schreien und weinen und wegrennen, aber traute sich nichts von alledem.

Sie wurde drängender, heftiger. »Du darfst nicht nachlassen, Paul, eher noch ein bisschen doller, sonst müssen wir nachher noch den Arzt rufen, und das willst du doch nicht, oder?«

Nein, das wollte Paul nicht, er wollte seiner Mutter helfen und rieb und rubbelte, wie er konnte.

Dann nahm sie seine Hand und schob drei Finger in ihre Vagina. »Beweg dich, los! Bitte! Das ist gut!«

Paul ekelte sich zu Tode, aber er tat, was seine Mutter von ihm verlangte. Hoffte unentwegt, dass es bald vorbei sein möge.

Schließlich zog sie die Hand heraus und legte sie wieder auf ihre Klitoris. »Los! Weiter!«

Paul tat, was sie wollte, nur damit es endlich aufhörte.

Und dann konnte sie sich nicht mehr halten, zuckte und zitterte, und er hörte, dass sie Laute ausstieß, die wie heftige Schmerzensschreie klangen.

Er hatte alles falsch gemacht.

Er hatte ihr wehgetan.

Er würde fürchterlichen Ärger bekommen.

Dann plötzlich war sie still. So still, dass er schon Angst hatte, sie wäre tot.

Sein Herz klopfte bis zum Hals. Er wagte es nicht, sie anzusprechen, sondern kroch unter der Bettdecke hervor und lief aus dem Zimmer und zum Klo am Ende des Flurs.

Dort übergab er sich in die Toilette.

Danach wusch er sich die Hände, den Mund und sein Gesicht, trocknete sich ab und fühlte sich ein klein wenig besser.

Er wusste nicht, was passierte, wenn er jetzt zurück ins Schlafzimmer und ins Bett ging, aber er konnte ja auch nicht die ganze Nacht auf der Toilette sitzen. Hier war es kalt, er war barfuß und trug nur einen dünnen Schlafanzug.

Ein paar Minuten überlegte er.

Dann ging er zurück ins Schlafzimmer.

Seine Mutter hatte sich zur Wand gedreht und schien zu schlafen.

Ganz leise und vorsichtig schlüpfte er unter die Bettdecke, sprach sie nicht an und wagte kaum zu atmen.

Aber sie stöhnte nicht und hatte offensichtlich keine Schmerzen mehr. Vielleicht blieb ihm morgen das fürchterliche Donnerwetter ja erspart.

Papa, bitte hol mich, dachte er noch, bevor er einschlief. Und wenn du es nicht tust, dann haue ich ab und komme zu dir.

10

Toskana, im Juli

Am nächsten Morgen um zehn war der Moment, auf den er seit Wochen hingefiebert hatte. Das Herz schlug ihm bis zum Hals, das Blut pochte in seinen Schläfen, und sein Mund war total ausgetrocknet. Er war so nervös wie noch nie in seinem Leben.

Sie waren auf dem Weg zu dem Haus, das er gekauft, aber erst zu einem Drittel bezahlt hatte. In elf Monaten waren hundertvierzigtausend Euro fällig, die er nicht hatte. Und wahrscheinlich brauchte er ungefähr die gleiche Summe noch einmal, um Caprinaia zu renovieren und einigermaßen herzurichten, damit es bewohnbar war.

Seine Mutter besaß genug, das wusste er. Sie schwamm im Geld und war seine letzte Rettung. Ohne sie würde er kein neues Leben beginnen können, sondern hätte auch noch sein mühsam Erspartes, die siebzigtausend angezahlten Euro, verloren.

Erst als er nach dem letzten Ort auf die bergige Straße einbog, die man eigentlich nicht mehr Straße nennen konnte, wurde ihm schlagartig bewusst, dass er einen Jeep hätte mieten sollen. Seine Mittelklasselimousine hatte einen verdammt niedrigen Radstand und würde das Haus vielleicht gar nicht erreichen.

Der Wagen quälte sich. Jedes Mal, wenn er hart aufsetzte, stieß seine Mutter einen kleinen, unterdrückten Schrei aus und hielt sich mit beiden Händen am Armaturenbrett fest.

Paul spürte, dass er einen hochroten Kopf hatte, der Schweiß brach ihm aus, aber er fuhr langsam und konzentriert weiter, auch wenn man das kaum mehr »Fahren« nennen konnte. Der Wagen kroch voran, schob sich den Berg hinauf, und wenn die Räder durchdrehten, ließ Paul ihn ein wenig zurückrollen, nahm etwas Schwung und versuchte es von Neuem.

»Gibt es keine besseren Straßen zu italienischen Traumhäusern?«, fragte seine Mutter.

Paul antwortete nicht.

»Dieser Weg hier ist doch nicht dein Ernst!«

Auch darauf reagierte Paul nicht, sondern fuhr einfach weiter. Meter für Meter. Nur darauf bedacht, jetzt nicht mit einem Schaden liegen zu bleiben.

Im Augenwinkel sah er, dass seine Mutter nur immer wieder den Kopf schüttelte.

Es dauerte eine gefühlte Ewigkeit, aber dann hatten sie es endlich geschafft.

Er parkte wie der Makler drei Wochen zuvor auf der Wiese unterhalb der schmalen Natursteintreppe, die zur Terrasse führte, und seine Mutter stieg aus.

Mit Entsetzen sah er jetzt erst, dass sie barfuß in dünnen, hochhackigen Sandalen steckte. Darauf hatte er morgens in der Aufregung gar nicht geachtet und es versäumt, ihr zu festem Schuhwerk zu raten.

Aber dann war der große Moment gekommen, und seine Mutter stand vor seinem geliebten Haus.

Den ganzen Morgen war der Himmel bedeckt gewesen, und Paul hatte mit seinem Schicksal gehadert: Anfang Juli, und dann so ein trüber Tag! Ausgerechnet dann, wenn seine Mutter das Haus ansehen sollte. Er war fast irre geworden und hatte alle fünf Minuten in den Himmel gestarrt, ob nicht doch noch ein Wunder geschah.

Aber die Wolken waren eher immer dunkler geworden.

Doch gerade als seine Mutter aus dem Auto gestiegen war, passierte es: Der Himmel riss auf, die Sonne kam heraus, beleuchtete die Front des Hauses wie ein überdimensionierter Hollywood-Scheinwerfer und gab dem Haus ein mystisches, unwirkliches Leuchten.

Was für ein Bild! Was für ein Geschenk!

Gemeinsam stiegen sie zur Terrasse hoch. Seine Mutter schnaufte ein wenig und sagte keinen Ton. Drehte sich um ihre eigene Achse. Sah hinunter ins Tal. Sah zum Haus hinauf, blieb stumm.

»Ist das nicht herrlich hier?«, fragte er. »Was für ein wunderschönes Fleckchen Erde«, fügte er ganz leise und vorsichtig hinzu und war sich selbst nicht mehr sicher. »So etwas findet man nur noch ganz selten auf dieser Welt.«

»Ja, doch.« Sie klang beinah spöttisch.

Er wagte es nicht, sie zu fragen, ob es ihr gefiel. Er hatte fürchterliche Angst vor ihrem Nein.

»Wollen wir mal drum herumgehen? Der Blick ist in jeder Richtung außergewöhnlich.«

»Später vielleicht.«

»Willst du es dir dann mal von innen ansehen?«

Sie lächelte herablassend. »Na gut. Gehen wir hinein.«

Als sie die Küche betrat, blieb sie schlagartig stehen. Und schwieg lange. Dann sagte sie: »Paul, es tut mir sehr leid, aber bei aller Liebe: Das ist ja fürchterlich! Und so etwas gefällt dir? Du bist ja nicht ganz bei Trost!«

Vor Pauls geistigem Auge drehte sich alles. Er hatte das Gefühl, jeden Moment in Ohnmacht zu fallen.

Es dauerte lange, bis er mühsam ein »Findest du?« herausbrachte.

»Ja, das finde ich. Schlag dir das aus dem Kopf, mein Lieber. Wenn du ein Ferienhaus brauchst, such dir was im Norden. Auf einer Nordseeinsel oder in Dänemark, was weiß ich. Aber das hier ist kein Haus, sondern eine Bruchbude. Verrottet, versifft, verkommen. Und am Ende der Welt. Tausendsiebenhundert Kilometer von Hamburg entfernt!« Sie tippte sich an die Stirn. »Du lieber Himmel!«

Paul wusste nicht mehr ein noch aus. Dann sagte er ganz leise, und es klang wie eine Beichte: »Aber ich habe es schon gekauft, Mama. Weil es mir so gut gefällt.«

»Du hast waaaaas?« Seine Mutter wurde erst kreidebleich vor Schreck und dann knallrot vor Wut.

»Ja, ich habe es gekauft.«

»Du musst völlig verrückt geworden sein! Mein Sohn ist ein Wahnsinniger! Investiert sein Geld in einen Müllhaufen!«

Paul antwortete nicht. Er stand da wie ein dummer Junge, der gerade zurechtgewiesen wurde und nicht wusste, was er machen sollte.

Und in diesem Moment durchzuckte es ihn, und die Szene stand ihm wieder so klar vor Augen, als wäre es gestern gewesen. Sein ganzes Leben hatte er dies nicht vergessen und seiner Mutter nicht verziehen. Er war damals fünf oder sechs gewesen und ging noch in den Kindergarten.

Es war ein kühler Sonntagmorgen, der Sturm heulte, die Balken ächzten im Wind. Elisabeth stand in der Küche, bereitete das Frühstück vor und deckte den Tisch, da Karl gleich aus dem Bad kommen würde.

»Paul!«, rief sie. »Holst du mir mal bitte meine Tasche aus dem Flur? Ich brauche meine Brille!«

»Neihein!«, brüllte Paul zurück, der bereits um diese Zeit im Wohnzimmer vor dem Fernseher saß und eine Zeichentrickserie guckte.

Seine Mutter stürmte ins Wohnzimmer und schaltete den Fernseher aus.

»Komm mal bitte in die Küche!«

»Nein!«, sagte Paul und verschränkte die Arme.

»Was ist los mit dir? Willst du nicht tun, was ich sage?«

»Nein«, sagte Paul und zog einen Schmollmund. »Es ist besser, wenn Kinder auch mal Nein sagen, hat Ulrike gesagt.«

»Was?« Seine Mutter war fassungslos. »Du kommst jetzt sofort in die Küche!«

»Nein!« Paul zog die Augenbrauen zusammen und sah aus wie ein kleiner, wütender Unfuggeist. Er testete aus, wie weit er bei seiner Mutter gehen konnte, aber das schien sie nicht zu begreifen.

»Du kommst jetzt mit!«, sagte Elisabeth scharf und zog Paul an den Haaren aus dem Sessel. »Ab in die Küche, aber ein bisschen hoppla!«

Paul begann zu schreien.

Seine Mutter ließ das völlig kalt, sie zerrte ihn stur an den Haaren hinter sich her.

»Doofe Mama!«, brüllte Paul unter Tränen.

Seine Mutter blieb schlagartig stehen und funkelte ihn mit wütenden Augen an. »Was hast du gesagt?«

»Doofe Mama!«, wiederholte Paul trotzig und naiv.

Elisabeth gab ihm eine schallende Ohrfeige.

Jetzt schrie Paul vor Schmerz, riss sich los und flüchtete zurück ins Wohnzimmer.

Seine Mutter verfolgte ihn, erwischte ihn schließlich hinter der Couch und zog ihn an den Haaren wieder hervor.

Schweigend, aber bebend vor Zorn, schleifte sie ihn in die Küche und drückte ihn auf seinen Platz.

Er schluchzte.

»Hör auf zu heulen!«, schnauzte sie ihn an. »Du hast keinen Grund. Benimm dich anständig, dann passiert auch nichts. Aber wenn ich noch mal so etwas von dir höre, dann schlage ich dich windelweich. Ist das klar?«

Paul nickte nicht. Er saß unbeweglich auf seinem Stuhl.

Sie drehte sich weg, und in diesem Moment murmelte Paul beinah unhörbar: »Alte doofe Hexe.«

Aber sie hörte es doch.

»Na warte!«, schrie sie. »Ich gehe mal gucken, ob Papa schon fertig ist, und dann kannst du was erleben!« Damit stürmte sie aus der Küche.

Paul war verzweifelt. Er heulte und schrie, wusste nicht mehr ein noch aus. Hämmerte mit seinen kleinen Fäusten auf der Tischplatte herum. Rief immer wieder: »Mama!« Und wartete. Hatte Angst. Fürchtete sich vor dem, was noch alles passieren würde.

Endlose Minuten vergingen.

Als seine Mutter wiederkam, hatte sich auf dem Boden unter Pauls Stuhl eine Pfütze gebildet.

Sie blieb wie angenagelt stehen.

»Wollen wir uns wieder vertragen, Mama?«, flüsterte er leise, aber sie reagierte nicht darauf.

»Bist du wahnsinnig!«, schrie sie. »Was soll das? Warum gehst du nicht aufs Klo? Hä? Alle Kinder, alle Menschen gehen aufs Klo! In der Schule, im Kindergarten und zu Hause. Das ist so. Das gehört sich so. Und das weißt du auch! Nur Schweine pinkeln überall dorthin, wo sie gerade sind!«

Paul sah sie völlig verängstigt an.

»Du weißt doch, wie man sich benimmt, oder?«

Paul antwortete nicht, weil er einfach nicht mehr wusste, was er machen sollte.

»Geh aufs Klo!«, schrie Elisabeth.

»Ich muss nicht«, sagte er leise.

»Natürlich nicht! Du hast ja in die Küche gepinkelt!«

Wortlos ging sie wieder und kam kurz darauf mit seinem liebsten Spielzeug wieder, dem Teddy Tobi. Paul liebte ihn und konnte ohne ihn nicht einschlafen.

Paul streckte die Hände nach seinem Teddy aus.

»Gib ihn mir!«, rief er.

»Nein. Erwachsene können auch Nein sagen.«

»Gib ihn mir! Bitte, Mama!«

»Nein! Wenn du dich nicht an die Regeln hältst, mein lieber Freund, dann passiert das.«

Sie setzte Tobi in die Spüle, holte die langen Streichhölzer, die sie sonst nur zu Weihnachten und Silvester benutzte, und zündete Tobi an. Vom Rücken her züngelten die Flammen an ihm hoch.

Paul schrie und tobte, seine Mutter hielt ihn mit eisernem Griff fest. Er konnte sich nicht befreien, um Tobi zu retten, und musste mit ansehen, wie er in der Spüle verbrannte.

»Wenn du noch einmal hier den Aufstand probst, frech wirst, nicht gehorchst und nicht aufs Klo gehst, sondern irgendwohin pinkelst, dann verbrenne ich alles, was dir lieb und teuer ist. Ist das klar? Bis du keine Spielsachen mehr hast. Und als Nächstes ist dein Hase an der Reihe.«

Paul fing an zu weinen und zu brüllen und konnte sich den ganzen Tag nicht mehr beruhigen. Schrie und heulte auch noch die ganze Nacht.

Jetzt, in der Küche seines neuen Hauses stehend, sah Paul seine Mutter hasserfüllt an.

»Wie willst du denn das jemals herrichten?«, fragte sie in diesem Moment. »So viel Geld hast du gar nicht, um das alles wieder instand zu setzen und in ein normales Haus zu verwandeln.«

»Ich hab ja jetzt noch nicht das Bad gesehen, aber ich glaube, das möchte ich auch gar nicht«, fuhr seine Mutter fort. »Paul, allein diese Küche ist unbenutzbar! Guck dir diese Spüle an! Die bekommt man nie mehr sauber! Soll man hier in diesem Ding abwaschen? Und dann der Herd! Ich bitte dich! Das ist tiefstes Mittelalter! Was um Gottes willen ist denn in dich gefahren, so einen Schrotthaufen zu kaufen? Da musst du ja Hunderttausende investieren oder alles abreißen! Oh, mein Gott! Wie schrecklich!«

»Dir gefällt es also nicht?«, stotterte er mühsam.

Sie lachte. »Hier geht es doch nicht um gefallen oder nicht, mein Schatz! Das ist die Hölle! Das ist eine Ruine, eine Katastrophe! Hast du dir ein Haus gekauft, um die nächsten zehn Jahre mit Bauarbeiten beschäftigt zu sein?«

»So lange wird es nicht dauern. Und wenn ich es hergerichtet habe, wird es wunderschön sein. Dann kannst du hier jederzeit Urlaub machen. Es ist immer warm, und du hast sicher viel weniger Probleme mit deinem Rheuma! Wir könnten hier auf der Terrasse sitzen …«

»Komm, hör auf mit dem Blödsinn. Du bist genau so ein Idiot wie dein Vater. Wir können hier gar nichts. Und auf gar keinen Fall mach ich hier Urlaub! Da ist es doch auf Fehmarn tausendmal schöner! Wirklich, Paul, bevor du hier noch dein gesamtes Vermögen reinsteckst: Mach den Kauf rückgängig! Aber schnell! Oder hast du gedacht, von mir bekommst du was dazu?«

Er sah zu Boden und nickte.

Sie sah ihn an, riss die Augen auf und zog die Augenbrauen hoch.

Ihr Gesicht erschien ihm wie eine widerliche Fratze.

Sie lachte schrill und laut. »Vergiss es! Von mir bekommst du keinen Euro! Das hier ist kein Haus, sondern eine Geldverbrennungsmaschine. Ich kann mir auch nicht vorstellen, dass du hier glücklich wirst. Du lieber Himmel! Was für ein Desaster!« Seine Mutter drehte sich um und marschierte Richtung Bad.

In der Küche baumelte eine armselige Glühbirne über der Spüle. Paul betätigte den Schalter. Nichts. Er versuchte die Neonröhre über dem Herd anzuschalten – wieder nichts. Alles tot. Er hatte noch immer keinen Strom. Super. Er drehte den Wasserhahn auf. Kein Tropfen, nur ein fürchterliches Röcheln. Logisch. Wenn er keinen Strom hatte, hatte er auch kein Wasser, denn dann arbeitete die Pumpe nicht.

Danke, lieber Makler, dachte er, sehr schön, Sie haben versprochen, dafür zu sorgen, dass ich Strom im Haus habe, großartig, wie Sie sich an Ihr Versprechen gehalten haben! Und jetzt sitze ich hier und kann nichts, aber auch gar nichts tun. Nicht sauber machen, nicht renovieren, gar nichts.

Noch nicht einmal den Herd oder Kühlschrank konnte er einschalten. Das Haus war ohne Strom, ohne Gas und Wasser komplett unbewohnbar.

Paul platzte innerlich vor Wut. Er hatte sich auf den Makler verlassen. Verflucht. Und jetzt wusste er nicht weiter.

Als seine Mutter die Tür zum Bad öffnete, stieß sie einen Schrei aus. »Sag mal, hast du das Haus überhaupt besichtigt, bevor du es gekauft hast? Guck dir doch mal an, wie Waschbecken, Klo und Dusche aussehen! Alles zerbrochen, verrostet, verdreckt, das kannst du nur noch rausreißen und wegschmeißen. Und der Schwarzschimmel da in den Ecken der Dusche, ich hoffe mal nicht, dass der überall im Mauerwerk sitzt! Ich fasse es nicht«, murmelte sie.

Jetzt ging Paul in die Offensive. »Mama, bitte! Dass das hier so nicht toll ist und dass man das in dem Zustand nicht benutzen möchte, weiß ich auch. Aber ich habe einen wunderschönen Platz in der Toskana gekauft mit einem Haus, das man jederzeit verändern kann. So wie man will. Und mit ein bisschen Geld ist es ja wohl kein Problem, eine neue Küche und ein neues Bad einzubauen. Alles vom Feinsten. Das ist eine Kleinigkeit. Ich kann natürlich auch ein Haus in Wanne-Eickel kaufen, aber dann habe ich nicht diesen Blick!«

Jetzt hatte er seine Mutter zumindest für einen kurzen Moment nachdenklich gemacht.

»Das Bad hier reiße ich raus. Komplett. Das ist klar. Aber guck mal hier, direkt unter dem Fenster könnte man auf einem kleinen Podest eine Badewanne hinsetzen. Dann liegt man im Wasser und sieht über die Welt. Ist das nicht großartig? Und da drüben kommt die Dusche hin, dort das Waschbecken und da links Toilette und Bidet. Das kann ein Traumbad werden. Davon bin ich überzeugt!«

»Was hat diese Bruchbude denn gekostet?«

»Zweihundertzehntausend. Siebzigtausend hab ich angezahlt, der Rest fehlt mir.«

Seine Mutter schlug die Hände vors Gesicht und schnaufte. »Du lieber Himmel! Du musst komplett verrückt geworden sein! Diese Ruine würde ich nicht mal geschenkt nehmen!«

»Du vielleicht nicht, aber ich«, murmelte Paul kaum hörbar, während sich seine Mutter weiter echauffierte: »Kein Handwerker dieser Welt wird hier bei dir einen Auftrag annehmen, wenn er jeden Tag hin und zurück diese fürchterliche Straße fahren muss. Hör auf zu träumen, mein Junge, das ist alles Quatsch und eine einzige Illusion.« Sie sah sich noch einmal um und überlegte einen Moment. »Und eine Badewanne unter dem Fenster? Hast du dir das mal genau überlegt? Dazu müssten sämtliche Rohre neu gelegt werden! Um Gottes willen! Hier kannst du nicht einfach nur mal ein neues Bad reinsetzen. Das ist ein riesiger Umbau und kostet Unsummen!«

Er drehte sich wortlos um, ging zurück in die Küche, und seine Mutter folgte ihm. Es wäre zu schön gewesen, hier irgendwo Licht machen zu können, dachte er wütend, denn es war überall ziemlich dunkel. Die Fenster in toskanischen Häusern waren generell sehr klein und ließen nur wenig Licht und Sonne herein.

Aber er gab sich noch nicht geschlagen. »Klar kriegt man die Spüle nicht mehr sauber, ich will sie ja auch gar nicht behalten, sondern mir eine edel geschliffene Granitspüle kaufen. Und die würde ich hier in die Ecke setzen, in die Nähe des Bades, das ist sicher kein Problem. Dann könnte der Herd, ich stelle mir einen schönen messingfarbenen, sechsflammigen Vintage-Herd vor, als Schmuckstück und Mittelpunkt der Küche, unters Fenster. Dadurch bräuchte man keine Dunstabzugshaube. Aber der kleine Tisch unter dem Fenster dort drüben würde bleiben.«

»Das glaubst du?«

»Ja. Das weiß ich. Man muss ein bisschen Geld in die Hand nehmen, und dann kann man hier ein Traumhaus draus machen. Aber komm, wir gehen nach oben! Da fällst du fast um vor Glück. So schön ist da der Blick!«

Schweigend folgte ihm seine Mutter die Treppe hinauf.

Registrierte das verrottete, teilweise abgesplitterte Holz und den muffigen Geruch im ganzen Haus.

Er öffnete die Tür. Ein Zimmer mit drei großen Fenstern lag vor ihr. Der Holzfußboden war feucht und wölbte sich, von den Wänden fiel der Putz, und die Elektrokabel waren von Ratten zerfressen. Vielleicht war es ein Segen, dass er noch keinen Strom hatte.

»Hier muss man im Grunde nur streichen«, bemerkte Paul leise.

»Ja natürlich, sicher.« Seine Mutter lachte laut auf. Dann ging sie zum Fenster und riss es auf.

Hielt inne und atmete tief durch.

»Ja«, sagte sie nach einer Weile. »Das hat was. Das ist wirklich schön. Das ist ein irrer Blick. Wahnsinn.«

»Und komm weiter. Nebenan ist noch ein weiteres Zimmer mit genau demselben tollen Blick.«

»Mag sein. Aber dennoch: Lass die Finger von dem Haus, Paul. Du kannst dich nicht jeden Tag mit dem Blick trösten, wenn alles andere eine Katastrophe ist. Es ist nicht damit getan, eine neue Küche und ein neues Bad zu kaufen. Du kannst ja hier nicht irgendwas per Katalog bestellen. Das muss alles irgendwie angefertigt werden, dauert ewig und kostet ein Vermögen. Und ich bitte dich: Mach doch mal die Augen auf. Die Substanz dieses Hauses ist die einer Ruine. Sprich: alles Scheiße. Sieh zu, dass du den finanziellen Schaden so gering wie möglich hältst. Denn mich siehst du hier in diesem Abbruchhaus nie wieder. Und Geld bekommst du von mir auch nicht. Wenn ich einen schönen Blick haben will, schau ich aus dem Hotelzimmer im Castelletto.«

Für vierhundert Euro die Nacht, dachte er bitter. Aber das wusste sie wahrscheinlich gar nicht.

Er stand vor ihr. Mit hängenden Armen. Sah, wie sie nach draußen ging, an der Trockenmauer stehen blieb und übers Land sah. Die Steine lagen locker aufeinander, der Regen hatte den befestigenden Sand im Lauf der Zeit herausgewaschen.

Eigentlich bräuchte er nur zu ihr zu gehen, einen Stein zu nehmen und sie erschlagen. Es würde schnell gehen.

Am besten wäre es, sie würde auf der Stelle tot umfallen und zur Hölle fahren.

Sie hatte seinen Traum zerstört.

Aber er tat nichts. Nahm keinen Stein und schlug nicht zu. Blieb wie angewurzelt stehen und wusste nicht mehr, was er machen sollte.

11

»Können wir jetzt endlich fahren?«, rief seine Mutter und putzte die Gläser ihrer Sonnenbrille mit einem Taschentuch. »Ich habe Hunger, möchte gern etwas essen gehen und habe auch keine Lust mehr, dieses Abbruchhaus anzugucken. Ich finde, es reicht. Und ich glaube, wenn wir hier noch fünfmal durchgehen und die Türen auf- und zumachen, fällt uns das Dach auf den Kopf.«

»Gleich, Mama, ich muss noch kurz etwas ausmessen. Wenn wir schon mal da sind.«

»Was zum Teufel willst du denn hier noch ausmessen?«

Er antwortete nicht.

Elisabeth Böger seufzte. An diesem fürchterlichen Ort zu sein nervte sie unendlich. Aber sie wollte keinen Krach mit ihrem Sohn. Ewig konnte es ja nicht mehr dauern. Sie freute sich auf eine Lasagne in der kleinen Osteria von gestern.

Langsam ging sie durch den Garten. Mein Gott, das Gras stand fast einen halben Meter hoch, auch Kamille und Dill waren hochgeschossen, Salbei und Rosmarin wucherten großflächig.

Hoffentlich war Paul bald fertig, sie wollte nur noch weg. Seufzend setzte sie sich auf die kleine Trockenmauer gleich neben der zerbrochenen Treppe, die auf die Terrasse führte.

Und plötzlich durchfuhr sie ein heftiger Schmerz. Scharf, wie die Klinge eines Messers. Im selben Augenblick sah sie die Schlange, die offensichtlich zwischen den alten Steinen gelegen, sich gestört gefühlt und zugebissen hatte.

Elisabeth schrie, und die Schlange flüchtete ins Dickicht.

Elisabeth sackte vornüber von der Mauer zu Boden. Konnte nicht mehr sitzen, hielt sich das Bein und sah die Bissspuren in ihrer Wade. Zwei blutige Punkte. Sahen beinah harmlos aus, aber waren doch lebensgefährlich.

Der Schmerz war enorm. Unvorstellbar.

»Paul!«, schrie sie. »Paul! Hilfe! Paul!«

Paul kam aus dem Haus gerannt, sah seine Mutter im Gras liegen, schreiend, mit schmerzverzerrtem Gesicht.

»Was hast du, Mama? Was ist passiert?«

Sie schluchzte und zitterte am ganzen Körper.

»Was ist los?«, brüllte Paul. »Bist du gefallen? Wo tut es weh?«

Elisabeth hielt sich das Bein. »Eine Schlange …«, hauchte sie.

»Hat dich gebissen?«

Sie nickte.

»Was für eine Schlange?«

Sie zuckte die Achseln.

»Wie sah sie aus?«

»Weiß nicht, sie war so schnell weg!«

»War es eine Viper oder eine Natter?«

»Keine Ahnung!«, schrie seine Mutter und heulte dabei. »Aber es tut so furchtbar weh, Paul, bitte, hilf mir! Tu irgendwas!«

»Hatte sie runde oder schmale Pupillen?«

»Ich weiß es nicht! Paul, bitte, bring mich ins Krankenhaus, schnell, es kann auch eine Viper gewesen sein, hilf mir!«

Paul war völlig verwirrt und überlegte. War nicht in der Lage, schnell zu reagieren.

»Bitte bring mich ins Krankenhaus, Paul, bitte, sonst sterbe ich!«

»So schnell stirbt man nicht.«

»Doch! Du weißt, ich habe einen Herzfehler, bin blutverdünnt, ich werde innerlich verbluten! Komm, hilf mir, schnell! Bring mich ins Krankenhaus!«

»Nein«, sagte er, »du darfst dich nicht bewegen, Mama. Das ist wichtig. Das vergiftete Blut darf sich nicht so schnell verteilen. Du musst hier liegen bleiben.«

»Ich krieg keine Luft mehr!« Elisabeth röchelte und versuchte zu atmen. Sie wurde immer blasser.

Die Stelle, wo die Schlange zugebissen hatte, schwoll an. Man konnte regelrecht zusehen.

»Mein Bein wird kochend heiß«, röchelte sie. »Und mein Herz rast. Es dröhnt in meinen Ohren. Bitte, bring mich ins Haus!«

»Das schaffe ich nicht, und laufen kannst du nicht. Du musst hier liegen bleiben, aber keine Sorge, Mama, ich hole Hilfe!«

Paul tippte auf seinem Handy herum.

»Ich habe keinen Empfang. Scheiße, das Handy funktioniert hier nicht! Sonst hätte ich einen Hubschrauber alarmiert, aber es geht nicht, Mama!«

»Bitte, bring mich ins Krankenhaus. Ganz egal wie«, flüsterte Elisabeth mit schwacher Stimme. »Ich sterbe. Ich spüre es, ich sterbe. Es muss eine Viper gewesen sein.«

Paul überlegte. »Das Krankenhaus ist über eine Stunde entfernt. Irgendwo in Siena. Wahrscheinlich brauche ich sogar noch länger, weil ich den Weg nicht kenne, und die Straße hier ist verdammt schlecht, das dauert eine Ewigkeit. So viel Zeit hast du nicht. Nein, wir müssen in den nächsten Ort, nach

Ambra, dort wird es bestimmt einen Arzt geben, der dir eine Spritze geben kann.«

»Dann bring mich nach Ambra«, flehte Elisabeth hysterisch hyperventilierend mit immer schwächer werdender Stimme. »Bitte! Mir ist übel! Oh, mein Gott! Ich schaffe es nicht! Bitte, Paul!« Und dann erbrach sie sich.

Paul überlegte. »Ja, sicher, aber ich kann dich nicht transportieren«, erklärte er. »Die Straße ist zu katastrophal. Du wirst durchgeschüttelt, und das Gift verteilt sich im ganzen Körper. Das ist zu gefährlich. Es ist besser, wenn du hier ruhig liegen bleibst. Ich fahre nach Ambra ins ambulatorio und hole Hilfe. Hole jemanden, der dir das Gegengift spritzen kann. Dann ist alles gut.«

»Nein!«, schrie Elisabeth. »Lass mich hier nicht liegen, lass mich hier nicht allein! Lass mich hier nicht sterben!«

»Es ist die beste Lösung, glaub mir!« Er fuhr seiner Mutter, deren Stirn schweißnass war, einmal kurz übers Haar. »Ich beeile mich. Keine Angst, ich hole Hilfe!«

Dann rannte er davon.

»Paul!«, schrie sie mit letzter Kraft. »Paul, bitte, lass mich nicht allein! Bitte!«

Aber Paul reagierte nicht.

Er sprang in sein Auto und fuhr davon.

Erst nach der ersten Kurve wurde er langsamer. Sehr viel langsamer.

12

Den beißenden Schmerz in ihrem Bein blendete sie aus.

Das Schlimmste war der Durst. Sie fühlte sich, als müsste sie hier und jetzt verdursten. Ihr Mund und ihr Hals waren so ausgetrocknet, dass sie nicht mehr schlucken konnte. Sie versuchte zu husten, um nicht zu ersticken.

Warum hatte Paul ihr kein Wasser gegeben? Er hatte wohl nicht daran gedacht.

Sie sah sich um. Nirgends Wasser. Natürlich nicht.

Ihre Gedanken wurden immer diffuser, verschwammen wie ein fernes Ziel im Nebel. Paul, bring mir was zu trinken, bitte, ich verdurste!

Minutenlang dämmerte sie vor sich hin, ohne noch irgendetwas wahrzunehmen.

Plötzlich wurde sie etwas wacher. Hob mit Mühe den Kopf. Und ganz allmählich wurde ihr wieder klar, in welcher Situation sie sich befand.

Sie verharrte regungslos. Nicht bewegen, hatte Paul gesagt. Nicht bewegen. Ruhe bewahren. Das Gift durfte sich nicht im Körper verteilen.

Paul, wo bist du? Du bist doch schon ewig weg! Und ich lebe immer noch. Vielleicht war das ein gutes Zeichen.

Plötzlich durchzuckte es sie: Da war ein kleiner Außenwasserhahn an der Hauswand, vielleicht fünf oder sechs Meter entfernt. Unglaublich! Sie atmete hastig. Vielleicht funktionierte er, vielleicht kam was raus! Eine dreckige braune Brühe wahrscheinlich, aber egal. Sie war davon überzeugt zu überleben, wenn sie nur einen Tropfen Wasser bekam.

Vorsichtig rutschte sie vorwärts und kroch auf der Erde bis zum Wasserhahn, der ungefähr in einem Meter Höhe angebracht war. Fast unerreichbar hoch.

Ihr Bein war mittlerweile ballonartig angeschwollen, und die Schwellung rutschte immer höher.

Noch nie in ihrem Leben hatte sie sich so schwach gefühlt. Ihr war übel, aber sie versuchte all ihre Kräfte zu mobilisieren und sich mit dem gesunden Bein abzustützen, um sich hochzuziehen. Auch wenn sich dann vielleicht das Gift schneller in ihrem Körper verteilte. Das interessierte sie nicht. Ihr ging es nur noch um Wasser.

Sie zog und zog, aber ihre Arme hatten nicht genug Kraft, sie rutschte ab und fiel wieder auf den Boden. Blieb schwer atmend und noch mehr um Luft ringend liegen.

Noch einmal, befahl ihr Verstand, obwohl ihr Körper schon kapituliert hatte. Noch einmal! Los!

Sie versuchte es erneut und rutschte wieder ab.

Ich schaffe es nicht, dachte sie, ich muss hier in diesem Garten, vor diesem Dreckshaus, elendig verrecken.

Das machte sie wütend. Das durfte einfach nicht sein.

Sie probierte es zum dritten Mal. Und mit all ihrer restlichen Energie und ihrem Lebenswillen schaffte sie es, sich hochzuziehen, bis sie wacklig und schwer den Hahn erreichte.

Und dann drehte sie ihn langsam auf.

Nichts passierte. Gar nichts.

Noch nicht einmal ein glucksendes Geräusch.

Da war kein Wasser. Vielleicht war da nie Wasser gewesen.

Der Hahn war tot. Wie ein Wasserhahn, den man in der Wüste in den Sand steckt.

Elisabeth kapitulierte. Sie fiel zurück auf die Erde, blieb liegen und schloss die Augen.

Sie würde es nicht schaffen.

13

Er fuhr langsam. Extrem langsam. Das Auto sollte auf dieser katastrophalen Straße nicht auch noch seinen Geist aufgeben.

Er war überzeugt, dass eine Viper sie gebissen hatte. Aufgrund eines Herzinfarktes vor ein paar Jahren musste sie blutverdünnende Medikamente nehmen. Und ein Schlangenbiss verdünnte das Blut noch mehr. Sie würde innerlich verbluten.

Oder war es doch eine Natter gewesen?

Nein, das glaubte er nicht. Sonst wäre es ihr nicht so schlecht gegangen.

Sie war dem Tode geweiht. Und sie war vollkommen allein.

Er überlegte, ob er Mitleid hatte, und wusste es nicht.

Langsam und extrem vorsichtig fuhr er weiter, durch Duddova hindurch, wo keine Menschenseele zu sehen war.

Als er endlich Ambra erreichte, war bereits eine halbe Stunde vergangen.

Er parkte seinen Wagen direkt vor der Piazza, holte sich in der Bar einen caffè corretto, einen Espresso mit Grappa, und setzte sich an einem Seitentisch vor der Bar in die Sonne.

Die warmen Sonnenstrahlen taten ihm gut. Er schloss die

Augen und dachte einen Moment an gar nichts. Blendete alles aus, was ihn belastete, und träumte von einem sorgenfreien italienischen Leben auf dem schönsten Platz der Welt in den Bergen.

Fiona Cervelli war eine Frau Mitte dreißig, dunkelhaarig, schlank, beinah dünn, mit wachen, neugierigen Augen. Seit Jahren arbeitete sie als Gemeindeschwester in Ambra, sie kannte jeden hier und auch in den umliegenden Orten, kein Schicksal blieb ihr verborgen, sie kümmerte sich um alle Gebrechen, Sorgen und Nöte.

Sie hatte gerade drei Telefonate erledigt, seufzte und stand auf, um das Fenster zu öffnen. Die Luft stand im ambulatorio.

Wie immer warf sie einen kurzen Blick auf die Piazza. Ah ja. Francesco trank seinen Espresso und Gianluca seinen Grappa. Wie jeden Vormittag. Und die beiden Schwestern Giuseppina und Aida holten sich ihre Croissants. Es war alles wie immer. Wie jeden Tag.

Ganz links, schräg hinter dem Oleanderbusch, saß ein Mann, dunkelblondes, halblanges Haar, groß, schlank, ein kerzengerader Rücken. Wahrscheinlich ein Tourist. Er trank einen Espresso.

Sie wartete, ob er sich vielleicht drehen würde, damit sie sein Gesicht sehen konnte – aber er tat es nicht.

Was für ein schöner Mann, dachte sie. Verliebte sich beinah in diesen fremden Rücken.

Seit fünf Jahren hatte sie keinen Mann mehr gehabt. Hatte so eine Sehnsucht. Durfte gar nicht daran denken.

Er stand auf, brachte seine Espressotasse zurück in die Bar und fragte die Signora hinter dem Tresen, die zum Glück ein paar Brocken Englisch verstand, nach einem Arzt.

Sie zeigte auf ein Haus der Bar direkt gegenüber. Das war das Haus der dottoressa. Und im Moment hatte sie auch noch Sprechstunde.

Paul bedankte sich, bezahlte und ging hinüber.

Fiona hatte das Fenster offen gelassen und sich wieder an ihren Schreibtisch gesetzt.

»Was gibt's, Giorgio?«, fragte sie den übergewichtigen Mann, der jetzt vor ihr stand. »Alles in Ordnung bei dir?«

»Sì, tutto bene, aber ich brauche ein Rezept für meine Prostata.«

Als das Rezept für Giorgio durch den Drucker ratterte, warf sie wieder einen Blick aus dem Fenster.

Er war nicht mehr da.

Schade, dachte sie. Schade.

Aber ein schöner Traum war ja besser als nichts.

Im Eingangsbereich war es ungewöhnlich kühl. Paul blieb stehen und las die Anschläge, welcher dottore und welche dottoressa wann Sprechstunden hatten, wann das Sekretariat geöffnet hatte, und irgendwelche Warnhinweise zu Krankheiten, die er nicht verstand.

Schließlich ging er langsam die Treppe hinauf und hörte bereits das Stimmengewirr aus dem oberen Stock.

Das Wartezimmer war voll.

Er nickte den Wartenden kurz zu und öffnete die Tür zum kleinen, engen Büro von Fiona Cervelli, Segretaria.

»Mi scusi«, sagte er hektisch, fuhr sich mit der Hand durch die Haare, schlug die Hände vors Gesicht, sagte: »Aiuto! Please help me!«

Fiona war vollkommen irritiert. Die Haare – die Größe – die Figur … war das der Mann, den sie auf der Piazza gesehen hatte?

»Cosa è successo?«, fragte sie. Ihre Stimme klang heiser und belegt, zitterte leicht und klang unsicher.

Paul wiederholte: »Aiuto! Please help me!«

Und dann erzählte er auf Englisch, was passiert war, dass seine Mutter augenscheinlich von einer Viper gebissen worden war und auf Hilfe warte, dass es ihr verdammt schlecht ginge und sie dringend ein Antiserum bräuchte.

Er war den Tränen nahe und rang die Hände. »Bitte kommen Sie mit mir mit!«, flehte er. »Kommen Sie mit zu meinem Haus in die Berge hinter Duddova, schnell, geben Sie meiner Mutter eine Spritze, sonst stirbt sie. Bitte! Es geht um Leben und Tod!«

Fiona hatte nur die Hälfte verstanden, aber das reichte. Sie atmete einmal tief durch. Das hatte sie in all den Jahren in der Notfallstation in Ambra gelernt: Erst einmal tief durchatmen.

Aber sie war vollkommen irritiert. Wenn er wirklich der Typ auf der Piazza gewesen war, hatte er noch vor fünf Minuten seelenruhig einen Espresso getrunken.

Sie sah ihn an. Versuchte zu begreifen, was mit ihm los war. Aber seinen Gesichtsausdruck konnte sie nicht interpretieren. Vielleicht täuschte sie sich ja auch.

»Un attimo, per favore!«, sagte sie. »Ich hole die dottoressa.«

Sie verschwand im Behandlungszimmer.

Nur zwei Minuten später kam die dottoressa heraus und hatte eine Tasche dabei. Sie war eine zupackende, kraftvolle Frau mit kurzen, lockigen Haaren.

»Allora«, sagte sie. »Andiamo.«

Sie rannte los, und Paul lief ihr hinterher.

Die dottoressa raste in ihrem Jeep durch den Wald, als kenne sie seit zwanzig Jahren jedes Schlagloch und als gäbe es kein Morgen mehr. »Bitte erzählen Sie mir etwas über Ihre Mutter«, bat sie in gebrochenem Englisch. »Was für Symptome hatte sie, wie hat sie sich gefühlt, wie hat sie sich benommen. Alles könnte wichtig sein.«

»Sie hatte starke Schmerzen, fühlte sich ganz schlecht, zitterte am ganzen Körper, wurde extrem blass und erbrach sich. Und sie hatte Angst. Ich habe dafür gesorgt, dass sie am Boden liegen bleibt, und bat sie, sich nicht zu bewegen, damit sich das Gift nicht im Körper verteilt.«

»Haben Sie die Wunde ausgesaugt?«

Paul sah sie überrascht an. »Nein! Oh Gott! Auf die Idee bin ich gar nicht gekommen. Hätte ich das tun sollen?«

Die dottoressa zuckte die Achseln. »Kann nicht schaden und wäre auf alle Fälle nicht verkehrt gewesen.«

»Oh!«

»Tja.«

Alles kam wieder hoch. Er konnte nichts dagegen tun.

Dieser unglaubliche Ekel. Das Erbrechen. Er hätte die Wunde nicht aussaugen können, niemals. Blut! Fast so schlimm wie alles andere, wenn sie ihn nachts rief und ihn zwang, sie zu lecken. Sie hielt seinen Kopf und drückte ihn zwischen ihre Schenkel, und er musste lecken, lecken, lecken. Ihm wurde übel, aber sie krallte ihre Finger in seine Haare, er konnte nicht anders, bis sie fertig war.

Bis sie schrie und stöhnte. Allmählich hatte er gelernt, dass sie nicht krank war, dass ihr Stöhnen und Schreien nichts mit Schmerzen zu tun hatte.

Er ekelte sich vor ihr.

Er hasste sie.

Und er erbrach sich jedes Mal, ohne dass sie es je mitbekommen hatte.

Und jetzt einen blutigen Schlangenbiss aussaugen, ihr Blut in seinem Mund, niemals! Das würde er nicht schaffen.

»Nun hoffen wir mal das Beste«, sagte die dottoressa. »Wie sah die Schlange aus?«

Paul zuckte nur die Achseln. »Als ich zu meiner Mutter kam, war die Schlange verschwunden. Und sie konnte sie nicht beschreiben.«

14

Die dottoressa Maria Maoloni stürzte aus dem Wagen und rannte mit ihrem Arztkoffer auf Elisabeth zu.

Paul folgte ihr.

Elisabeth lag vor der Hauswand am Boden und regte sich nicht. Maria kniete sich vor sie, fühlte ihren Puls, sah in ihre Pupillen, in ihren Mund. »Schnell, holen Sie Wasser aus meinem Auto, da sind noch zwei Flaschen! Schnell!«

Paul lief los.

Seine Mutter war wirklich zäh!

Als er mit den Wasserflaschen wiederkam, hatte die dottoressa seiner Mutter bereits ein Antiserum gespritzt, den Blutdruck gemessen und sie zur Stabilisierung an den Tropf gehängt. Dann befeuchtete sie Elisabeths Lippen mit Wasser.

»Sie ist dehydriert«, sagte sie leise. »Das passiert oft bei Schlangenbissen. Die Opfer vertrocknen und verbluten innerlich.«

Paul stand daneben und schwieg. Er wusste nicht, was er tun sollte.

»Sie ist nicht ansprechbar«, meinte Maria leise. »Das ist kein gutes Zeichen. Vielleicht sind wir zu spät gekommen …«

Maria sah Paul an, aber seine Miene war vollkommen unbeweglich. Da waren keine Angst, kein Entsetzen, keine Verzweiflung in seinem Blick.

Dann hockte er sich hin und strich seiner Mutter sanft über die Wange.

»Paul«, röchelte Elisabeth mühsam, und ihre Stimme war heiser und rau, als würde man mit einer Drahtbürste über einen knorrigen Baumstumpf fahren. »Paul, verkauf dieses Haus. Es bringt Unglück.«

Paul sagte keinen Ton.

»Bitte, kümmere dich um Smilla. Bitte!«

Paul sagte immer noch nichts.

Elisabeth seufzte laut, bäumte den Oberkörper ein wenig auf und riss die Augen weit auf. »Du warst ein guter Junge«, krächzte sie mit letzter Kraft. »Vergiss mich nicht!«

»Ganz bestimmt nicht«, flüsterte Paul, und das meinte er sogar ernst.

Ihre Hand bewegte sich noch einmal leicht. Dann zitterte und zuckte ihr ganzer Körper.

Paul sah die dottoressa hilflos an. »Nun tun Sie doch was!«

Maria spritzte ein weiteres Medikament in den Tropf.

Nur Sekunden später beruhigte Elisabeth sich. Wurde schlaff und sackte in sich zusammen.

Sie sagte kein einziges Wort mehr, bevor sie starb.

Maria streichelte Elisabeths Wange. »Ja, verflucht«, flüsterte sie. »Wir sind zu spät gekommen. Eine halbe Stunde eher, und ich hätte sie noch retten können.«

Paul räusperte sich. Mehr nicht.

Dann stand er auf. Ging weg. Konnte das alles nicht mehr ertragen.

Die dottoressa nahm ihr Telefon und versuchte die Notfallambulanz anzurufen, aber vergeblich. Sie hatte keinen Empfang und lief aus dem Haus ein Stück den Berg hinauf, probierte es immer wieder, bis es funktionierte.

Sie bat Fiona zu kommen und ebenso Ivo, dem Bestattungsunternehmer, Bescheid zu geben.

Paul ging zum Mühlrad und setzte sich. Sah in die Ferne.

Maria kam und setzte sich zu ihm. Dieser Mann war wirklich merkwürdig. Er hatte gerade seine Mutter verloren, aber er saß da und beobachtete die Wolken. Wirkte beinah ruhig und mit sich im Reinen.

Sie hatte nichts zu trinken gehabt, als er sie allein gelassen hatte und nach Ambra gefahren war. Sonst hätte sie vielleicht überlebt.

Maria sah ihn lange an. Er ertrug ihren Blick schweigend, wirkte keinesfalls irritiert und nicht wie jemand, der ein schlechtes Gewissen hatte. Schien sich überhaupt keine Gedanken zu machen.

Aber vielleicht täuschte sie sich ja auch.

15

Schon lange hatte Neri nicht mehr so deutlich gespürt, dass sein Dienstwagen auch nicht mehr das war, was er einst gewesen war. Auf dem fürchterlichen Weg nach Caprinaia hatte er geächzt und gestöhnt, war zweimal stehen geblieben, einmal ganz ausgegangen und hatte sich bei der letzten Steigung derart gequält, dass Neri schon befürchtete, zusammen mit Cesare den Rest des Weges zu Fuß gehen zu müssen.

Letztendlich hatte der alte Fiat es dann doch noch geschafft, aber eigentlich war das kein Zustand. Neri musste dringend einen Antrag für einen neuen Dienstwagen stellen.

Er kannte Caprinaia. Hier hatte sein alter Freund Angelo bis zu seinem Tod gelebt, und er hatte dieses Fleckchen Erde geliebt. Aber jetzt lag hier – wie Neri gehört hatte – eine tote Touristin. Das durfte ja wohl nicht wahr sein! Kamen die Touristen eigentlich nur zum Sterben in die Toskana?

Neri spürte, wie er schon wieder schlechte Laune bekam, und versuchte sie zu unterdrücken.

Die dottoressa war bereits wieder zurück ins ambulatorio nach Ambra gefahren, aber Fiona begrüßte ihn freundlich.

Neri kannte Fiona seit vielen Jahren, er mochte sie, sie war eine patente Person, die sich um alles und jeden kümmerte, an sich selbst zuletzt dachte und im Grunde die Seele des Ortes war.

Er umarmte sie. »Ciao, Fiona. Quale disastro! Dimmi.«

Fiona berichtete kurz, was sie selbst erlebt und von der dottoressa gehört hatte.

»Ist das dahinten Signor Böger?«

Fiona nickte.

Neri ging zu ihm. »Buonasera, Signore, ich bin maresciallo Donato Neri, können wir uns auf Englisch unterhalten?«

»Ja, sehr gern«, sagte Paul und gab ihm die Hand.

»Va bene. Ihre Mutter – denn die Verstorbene ist doch Ihre Mutter?« Paul nickte. »Allora, die Verstorbene saß hier auf dem Mäuerchen, und was passierte dann?«

»Dann schrie sie plötzlich, ich lief zu ihr, und sie meinte, eine Schlange hätte sie gebissen. Sie hatte große Schmerzen. Ich habe sie beruhigt, hab sie gebeten, ruhig liegen zu bleiben, sich nicht zu bewegen und bin so schnell wie möglich ins Dorf gefahren, um Hilfe zu holen. Mein Handy funktioniert hier nämlich nicht.«

Neri sah kurz auf sein Smartphone und registrierte, dass auch er keinen Empfang hatte.

»Va bene. Und dann?«

»Die dottoressa ist sofort mit mir hierhergefahren, aber es war zu spät. Meine Mutter starb, noch während sie behandelt wurde.«

Er rang mit den Tränen.

Neri machte sich Notizen. Dann hörte er sich an, was Fiona noch weiter dazu zu sagen hatte, denn die italienischen Ausführungen konnte er viel besser verstehen.

Gut, dachte Neri. Ein Schlangenbiss. So etwas kam vor. Pech war, dass die Tote herzkrank und blutverdünnt gewesen war, sonst hätte sie vielleicht überlebt, aber das war halt jetzt nicht mehr zu ändern. Im Grunde hatte er hier nichts mehr verloren.

»Cesare!«, rief er beinah schon automatisch, wenn Cesare nicht in seiner unmittelbaren Nähe stand.

Cesare hatte die ganze Zeit am Auto gewartet.

Jetzt kam er angelaufen. »Ja?«

»Interessiert dich gar nicht, was passiert ist? Warum warst du noch nicht im Haus? Warum hast du dich nicht an der Befragung beteiligt? Was ist denn los mit dir?«

»Scusa«, sagte Cesare und senkte den Kopf. »Ich war mit meinen Gedanken woanders.«

»Wo?«

»Woanders eben.«

»Wo woanders?«

»Bei meiner Freundin. Sie hat mir gerade eine WhatsApp geschickt.«

»Ja, und? Hat sie mit dir Schluss gemacht?«

»So ungefähr.«

Cesare sah zu Boden und sah aus, als würde er jeden Moment zusammenklappen.

»Ach, du lieber Himmel. Aber lass mal, das wird wieder. Du musst dich jetzt ein bisschen ablenken, das tut gut. Sieh dich um, mach ein paar Fotos, und dann fahren wir. Du kannst versuchen, unseren Wagen einigermaßen heile nach Ambra zurückzubringen.«

»Oh, mein Gott!«

»Ja!«

Cesare verschwand im Haus.

Neri seufzte. Was für ein Sensibelchen, dieser Cesare, war mit seinen Gedanken bei seiner Freundin und tausend anderen Dingen, nur nicht bei der Arbeit und fürchtete sich dann auch noch, mit dem Dienstwagen zu fahren. So einen Mitarbeiter konnte er wirklich nicht gebrauchen! In einer Gefahrensituation wäre er eher eine Last als eine Hilfe.

Fiona näherte sich Neri. »Ivo ist unterwegs und wird die

Leiche abtransportieren. Ich bleib solange hier. Wie geht's dir denn sonst so?«

»Tutto bene. Und dir?«

Fiona zog die Schultern hoch. »Einigermaßen. Es muss.«

»Lass dich mal bei uns blicken. Gabriella würde sich bestimmt freuen. Aber jetzt müssen wir los. Sag mir Bescheid, wie es hier weitergeht.«

»Aber sicher. Ciao, Donato, und grüß Gabriella.«

Neri winkte ihr noch kurz zu.

Cesare kam aus dem Haus. »Alles klar, ich habe mich umgeguckt, Fotos gemacht, alles erledigt. Jetzt können wir fahren.«

»Na, dann wollen wir mal«, sagte Neri, stieg ins Auto, diesmal auf die Beifahrerseite, und Cesare rollte vorsichtig rückwärts den Berg hinunter, um zu wenden.

Dann fuhr er extrem langsam zurück ins Dorf.

16

Es war Abend, als die Leiche abtransportiert und Paul wieder zurück im Hotel war.

Er warf sich aufs Bett und versuchte sich zu entspannen. Versuchte zu begreifen, dass der Tod seiner Mutter wirklich endgültig war. Sie würde niemals wiederkommen. Kritik und Gezeter hatten ein Ende.

Aber er beruhigte sich nicht. Seine Gedanken rasten, und sein Puls tobte. Das hielt kein Herz aus.

Allmählich wurde ihm klar, dass er sie niemals loswerden, dass sie immer in seiner Erinnerung bleiben würde. Auch im Tod würde sie ihn weiter lenken und dominieren. Sie hatte ihn im Griff. Für immer und ewig.

Er verließ das Hotel und ging zur Osteria. Dort bestellte er sich ein Pastagericht und eine Flasche Wein.

Niemand fragte ihn nach seiner Mutter.

Nun war er allein.

Er sah über das Land und trank einen Schluck. Che bello. Bellissimo.

Allmählich ging es ihm besser, und er trank schneller.

Schließlich warf er den Kopf in den Nacken und schloss die Augen.

Mama.

Nicht ein einziges Mal hatte sie gesagt, dass sie ihn liebte. Nicht ein einziges Mal. Hatte nur geschimpft, gemäkelt und kritisiert.

Ein Leben lang.

Und jetzt war es zu spät.

Er hatte alles richtig gemacht.

17

Am nächsten Morgen packte er seine Sachen und checkte im Castelletto aus. Jetzt, wo seine Mutter tot war, musste er hier wirklich nicht mehr wohnen. Für die achthundert Euro der beiden Zimmer täglich konnte er eine Menge sinnvoller Sachen kaufen.

Die steile, schlechte Straße hinauf in die Berge war noch schlechter als am Tag zuvor, da es in der Nacht ein heftiges Gewitter gegeben hatte. Der Mietwagen lag viel zu tief, um die steinige, schlammige Piste zu bewältigen. Paul fuhr schnell, um den Schwung auszunutzen, Felsbrocken schlugen gegen den Unterboden des Wagens, es war ihm egal, Hauptsache, der Wagen hielt noch ein oder zwei Wochen durch, bis er ihn in Florenz wieder abgeben konnte.

Die pralle Sonne schien auf das Haus, die Grillen zirpten, und der wilde Jasmin duftete schwindelerregend stark.

Oben am Mühlstein angekommen, stand er einen Moment ruhig da, atmete tief durch und schaute ins Tal. Kein Auto, keine Stimme, keine Maschine war zu hören. Nur ein paar Vögel zwitscherten unsichtbar in den Zypressen.

Er lächelte und schloss das Haus auf. Dunkelheit und kühle, muffige Luft schlugen ihm entgegen. Er öffnete alle Fenster im Erdgeschoss. Licht fiel in die verstaubte Küche und ließ die

Spinnweben erkennen, die in allen Ecken, vor den Regalen und in der offenen Kühlschranktür hingen.

Nun gut. Es war kein Palast. Aber es war sein Fleckchen Erde. Sein Rückzugsort auf dieser Welt. Einsamkeit. Balsam für die Seele. Vielleicht gelang es ihm hier, zu gesunden und frei zu werden von seinen Gedanken und Trieben. Von all dem Quälenden und Todbringenden, das in seinem Kopf herumgeisterte und ihn nicht mehr losließ. Wenn, dann nur hier. Das war ihm klar.

Seine Mutter hatte ja keine Ahnung gehabt. Darum hatte sie dieses kleine Paradies hier auch als Bruchbude bezeichnet. Es war ihr Fehler gewesen und hatte vielleicht ihr Schicksal besiegelt. Im Grunde war sie selbst schuld an dem, was passiert war.

Er hatte diesen Ort gekauft, weil er so einsam war. Nur deshalb. Und das Haus würde er allmählich in ein Zuhause verwandeln.

Dass seine Mutter gestorben war, war Zufall. Pech. Von ihr selbst provoziertes Schicksal. Und sein Glück, denn jetzt konnte er sein Haus endlich finanzieren.

Vielleicht sollte es so sein.

Er stellte seine Sachen und das Gepäck seiner Mutter in den Flur, schloss das Haus ab und fuhr nach Montevarchi zum Ipercoop, dem größten Supermarkt der Gegend.

Er sah auf die Uhr, als er losfuhr. Und als er den Parkplatz vor dem Supermarkt erreichte, registrierte er 52 Minuten. O.k. Das war machbar. Wenn er dauerhaft hier wohnen sollte, würde er einmal in der Woche einen Großeinkauf tätigen und sich dann nicht mehr von seinem Berg wegbewegen.

Besser ging es wirklich nicht.

In den nächsten zwei Stunden überlegte er sorgfältig und kaufte eine dünne Matratze, die er zusammenrollen und ins Auto quetschen konnte, dazu eine Decke, ein Kissen, einen Bettbezug, Frotteehandtücher, Geschirrhandtücher, Kerzen,

Streichhölzer, ein Starterset Geschirr für zwei Personen, vier Gläser, zwei Töpfe, zwei Pfannen, Besteck, einige scharfe Messer, eine kleine Kanne. Dann die Lebensmittelgrundlagen für die nächsten Tage: Salz, Pfeffer, Margarine, Öl, Essig, Knoblauch, Tomaten, Wurst, Käse, Pasta, Thunfisch, Eier und Brot. Das war's vorerst.

Er stand lange im Gang und überlegte, ob er noch etwas vergessen hatte.

Ja. Wasser und Wein. Das Wichtigste überhaupt.

Und noch etwas. Er musste dringend sauber machen. Ohne ging es nicht. Auf dem Anfahrtsweg hatte er im Fels eine Quelle gesehen, offensichtlich sauberes Quellwasser. Das musste er holen. Das war die Lösung. Dann ließ sich das Haus zumindest so herrichten, dass er es bewohnen konnte.

Also kaufte er Putzmittel, Lappen, Schwämme, Scheuermilch, Spülmittel, Schimmelentferner. Einen Eimer und einen Schrubber. Klopapier und Küchentücher. Vielleicht gab es im Haus ja auch noch ein paar Lumpen, die er zum Putzen verwenden konnte.

Und fünf Zwanzig-Liter-Kanister brauchte er, um das Wasser von der Quelle zum Haus transportieren zu können.

So. Erledigt. Er ging zur Kasse. Für die erste Nacht würde es reichen. Wenn noch etwas wirklich Wichtiges fehlen sollte, konnte er ja morgen noch einmal losfahren.

Aber jetzt wollte er nur noch weg aus diesem lärmenden Supermarkt, wo im Hintergrund Musik dudelte und immer wieder mit kreischender Stimme eine Verkäuferin von A nach B beordert wurde.

Als er aus dem Supermarkt kam, schlug ihm die Wärme direkt ins Gesicht.

Sein Auto kochte in der Sonne.

Er riss sämtliche Türen auf und wartete einen Moment, bevor er seine Einkäufe verstaute.

Dann erst fuhr er los. Bei weit geöffneten Fenstern summte er »Bella ciao« und drückte aufs Gas.

Er sehnte sich nach der Stille seines Berges.

18

Nachdem er die Einkäufe im Haus ausgeladen hatte, fuhr er noch einmal los und füllte die Wasserkanister an der Quelle.

Das Wasser war klar und kalt. Er trank es aus der hohlen Hand und fand es köstlich, kühl und frisch. Das war vorerst die Lösung des Problems.

Paul fühlte sich beinah euphorisch.

Erneut auf Caprinaia angekommen, lud er das Wasser aus und machte sich an die Arbeit. Er war ein Perfektionist und putzte sorgfältig und langsam. Nahm sich in der Küche jede Ecke einzeln vor und arbeitete sich langsam voran, reinigte jedes Regal und jede Fliese, wischte den Kühlschrank gründlich aus und scheuerte den Fußboden. Putzte die Fenster. Wusch auch das neue Geschirr und Besteck erst ab, bevor er es benutzte, und lüftete die Schränke aus.

Paul tobte und wütete in seinem Haus. Er wollte fertig werden. Es sollte fürs Erste benutzbar und bewohnbar sein.

Der Wasserhahn über der Spüle rülpste und schnarrte und hustete zum Gotterbarmen, aber blieb trocken. Paul wurde immer saurer. Er hatte dem Makler gesagt, dass er hier wohnen wollte, er hatte viel Geld angezahlt, aber dennoch war nichts geschehen. Paul war stinksauer und legte sich in Gedanken die Vokabeln zurecht, um dem Makler am Telefon den Marsch zu blasen.

Als er so wütend war, dass er glaubte zu platzen, fuhr er mit dem Auto hinauf auf den Berg, bis er Empfang hatte, und rief den Makler an.

»Buongiorno«, sagte er, »ich habe nur mal eine Frage, haben Sie einen Moment Zeit?«, fragte er auf Italienisch.

»Certo«, antwortete der Makler.

Jetzt schaltete Paul auf Englisch um, da er sich nicht mehr Vokabeln zurechtgelegt hatte und sein Italienisch erschöpft war. »Sagen Sie«, begann er, »ich hatte Sie gebeten, dafür zu sorgen, dass ich Strom im Haus habe, aber es ist nichts geschehen. Dadurch ist das Haus quasi unbewohnbar, denn ohne Strom habe ich auch kein Wasser und kann nichts machen. Es ist ein Desaster!«

»Tja«, sagte der Makler nach einer unerträglich langen Pause. »Das Problem ist, dass Sie erst ein Drittel angezahlt haben. Insofern gehört Ihnen das Haus noch nicht, und es ist ein großes Entgegenkommen der Erbengemeinschaft, dass Sie überhaupt schon drin sein dürfen. Das ist eigentlich eine absolute Ausnahme. Mehr können wir nicht tun. In dem Moment, wo Sie alles bezahlt haben und Eigentümer sind, bekommen Sie auch Strom und Wasser und alles, was Sie wünschen. Und dann können Sie renovieren und umbauen und machen, was Sie wollen.«

Paul knirschte mit den Zähnen. »Das hatten wir aber ganz anders abgesprochen«, schnaufte er.

»Mir sind da leider, leider die Hände gebunden«, meinte der Makler ziemlich desinteressiert.

»Ho capito. Aber jetzt hat sich etwas ergeben: Meine Mutter ist gestorben. Ich erbe. Es könnte allerdings sein, dass es noch ein paar Monate dauert, bis ich das Geld bekomme. Aber ich bekomme es. Und dann kann ich den Rest bezahlen. Vielleicht schon deutlich früher als gedacht.«

»Das wäre wunderbar. Und würde die Lösung aller Probleme beschleunigen.«

»Könnte man nicht schon früher dafür sorgen, dass der Strom angestellt wird?«

»Ich befürchte nicht. Denn jetzt müssten die Eigentümer die Rechnung bezahlen. Also Ihre Rechnung. Und das werden sie nicht tun.«

»Aber ich könnte ihnen das, was sie ausgelegt haben, überweisen!«

»Ich werde alles tun, was ich kann, Signore, und auch auf die geänderte Zahlungssituation hinweisen. Aber versprechen kann ich nichts.«

»Ho capito.«

»Mi dispiace. Es tut mir leid.«

»Va bene. Grazie.« Paul legte auf.

Was für ein Irrsinn. Es konnte noch ewig dauern, bis er an das Erbe seiner Mutter herankam. Vor allem, weil er von Smilla abhängig war. Smilla, der Zicke, die in Eckernförde lebte und bestimmt schwierig werden würde.

Smilla war immer schwierig, wenn man irgendetwas von ihr wollte. Und sei es nur, dass sie sich an den Kosten für ein Geburtstagsgeschenk beteiligen sollte.

Als ihm die Küche einigermaßen sauber erschien, ging er ins Bad und scheuerte mithilfe eines Eimers Waschbecken, Toilette und Dusche. Kämpfte gegen den Schimmel, der sich seit Jahren hartnäckig in den Ecken angesiedelt hatte. Er schrubbte, bis er nicht mehr konnte. Heute Abend würde er sich hier die Zähne putzen, auf die Toilette gehen und Wasser aus der Quelle hinterherkippen. Auch wenn nicht mal die Klospülung funktionierte. Dann würde er eben sein eigenes Wasser dafür verwenden. Mit dem Duschen musste er sich noch etwas überlegen.

Was für ein wunderschönes Haus. Ein bisschen verkommen, ziemlich verwohnt – aber das war alles hinzukriegen.

Als Letztes suchte er sich einen Schlafplatz. Irgendein Fleckchen, das noch nicht von Insekten in Besitz genommen war und wo er mit seiner dünnen Matratze ungestört schlafen konnte.

Im oberen Stockwerk gab es ein großes und ein kleines Zimmer. In dem großen stand ein Ofen und ein einsames schwarzes Doppelbett, in dem sicher Generationen geschlafen hatten und nach einem langen Leben gestorben waren. Teilweise hingen noch zerschlissene Gardinen vor den Fenstern, und auf einem bunten Bild zeigte Jesus sein offenes, verletzliches Herz. Ein goldener Heiligenschein umrahmte sein Haupt, und seine extrem dünnen Finger wirkten spinnenartig.

Im zweiten, kleinen Raum, der leer war, öffnete er das Fenster, fegte Kakerlaken, Käfer, vertrocknete Spinnen, Papier und sonstigen Unrat in einen Eimer, wiederholte die Prozedur ein paarmal, wischte dann den Fußboden, und als er einigermaßen staubfrei war, legte er dort schließlich seine Matratze und das Bettzeug hin.

Perfekt.

Er würde das Haus streichen und neu einrichten. Ein paar Fenster und Türen erneuern, eine schöne Küche kaufen und ein modernes Bad einbauen lassen. Ein Traum.

Das hätte ihr bestimmt auch gefallen.

Aber sie hatte sich ja noch nicht einmal die Mühe gemacht, sich das alles vorzustellen.

Paul wusch sich die Hände, ging hinaus und setzte sich im Garten an den alten schweren Mühlstein. Hatte das Gefühl, zum ersten Mal in seinem Leben richtig durchatmen zu können.

X-mal war er zur Quelle gefahren und hatte frisches Wasser geholt. Er hatte geschrubbt und sauber gemacht und sich völlig verausgabt. Es war so, wie es war. Es war seine Buße. Vielleicht sollte sein sündenfreies Leben so aussehen. Leicht war es nicht. Aber das hatte er auch nicht erwartet.

Es wurde langsam dunkel. Er lief noch einmal in die Küche, holte eine Kerze und zündete sie an.

Stille. So eine Ruhe gab es sonst nirgends.

Es war, als ob die Welt aufgehört hätte, sich zu drehen.

Er hatte bald jegliches Zeitgefühl verloren, wusste nicht, wie lange er schon dort saß. Die Nacht war lau, er brauchte noch nicht einmal eine Jacke und genoss den sanften Abendwind auf seiner Haut.

Schließlich ging er hinein, entkorkte eine Flasche Wein, schnitt Brot auf, öffnete eine Dose Thunfisch, brachte alles zum Mühlstein und begann zu essen.

Besser ging es nicht.

Noch nie hatte er so einen Frieden verspürt.

Vielleicht hatte er überhaupt noch nie wirklichen Frieden verspürt.

Nur hier. An diesem magischen Ort.

Er lächelte.

Es wurde immer dunkler. Er konnte Hügel und Wald nur noch schattenhaft wahrnehmen.

Plötzlich leuchteten zwei Augen in der Dunkelheit und schienen ihn direkt anzusehen.

Paul stockte der Atem.

Gab es wahrhaftig jemanden, der in tiefschwarzer Nacht zu seinem Haus kam, um ihn zu beobachten?

Aber dann schlug ein gewaltiger Vogel mit den Flügeln, erhob sich und glitt lautlos in der Nacht davon.

Ein Uhu.

Der Totenvogel.

Paul saß minutenlang vollkommen regungslos.

Und irgendwo in der Ferne schrie das Käuzchen.

19

Am nächsten Vormittag saß er auf der Piazza in Ambra und hatte nach einem doppelten Espresso die Nerven und die Kraft, seine Schwester in Eckernförde anzurufen. Es war Samstag, daher hoffte er, sie zu Hause anzutreffen.

Bereits nach dem dritten Klingeln nahm sie ab.

»Ja, hallo?«, hauchte sie. Er grinste innerlich, denn er wusste, dass sie ihre eigene Stimme als äußerst erotisch empfand.

»Hi, Smilla! Wie geht's dir? Alles gut?«

»Ach, du bist es, Paul. Alles okay. Warum rufst du an?«

»Ich hab schlimme Nachrichten: Mama ist tot.«

Es war still in der Leitung. Dann sagte Smilla: »Du spinnst!«

»Ich mache mit solchen Sachen keinen Quatsch am Telefon, Schwesterherz. Und ich würde nicht anrufen, wenn es nicht so wäre.«

»Was ist passiert?«, fragte sie tonlos.

»Es war ein Unfall. Sie war mit mir in Italien, und eine Viper hat sie gebissen. Es tut mir sehr leid, aber wir beide müssen jetzt den Nachlass regeln.«

»Wann ist sie gestorben?«

»Vor zwei Tagen.«

»Und warum erfahre ich das erst jetzt?«

»Es hätte nichts geändert, wenn du es gestern erfahren hättest.«

»Nein, aber eine Info wäre ja – verdammt noch mal – das Mindeste gewesen.«

»Spul ab, Schwesterherz. Eine Info bekommst du ja gerade von mir. Hier und heute. Und du kannst sie dir sonst wohin stecken. Ich bin jetzt noch in Italien, aber nächste Woche komme ich zurück und würde dann auch in Flensburg ihre Wohnung auflösen, die Klamotten, das ganze Inventar und die Wohnung selbst natürlich auch verkaufen. Spätestens da brauche ich deine Hilfe! Es müssen jede Menge Entscheidungen getroffen werden.«

»Wann und wo wird sie beerdigt?«

»Hier in Italien. So schnell es geht. Sowie die Leiche freigegeben ist.«

»Bringst du sie nicht nach Deutschland?«

»Nein. Das ist ein bürokratischer Irrsinn. Außerdem werde ich in Zukunft hier in Italien leben, und dann bin ich in ihrer Nähe.«

»Wie romantisch!« Smillas Stimme troff vor Ironie. »Sag mal, spinnst du jetzt total?«

»Im Gegenteil.«

Jetzt schwieg Smilla.

»Wann kommst du nach Flensburg?«, fragte Paul.

»Das kann ich dir jetzt hier so auf Anhieb nicht sagen. Mein Terminkalender ist voll! Keine Ahnung, ich muss das jetzt erst mal verarbeiten und so.«

»Verstehe. Aber wir erben gemeinsam, Schwesterherz, wir müssen einen Erbschein beantragen und diesen ganzen Irrsinn gemeinsam durchziehen, sonst gucken wir beide in die Röhre.«

»Lass uns noch mal telefonieren, wenn du wieder da bist, und dann kann ich dir sagen, wann ich Zeit habe. Aber die ganze Sache ist ja wohl auch nicht so furchtbar eilig. Normalerweise vergehen doch Monate, bis man ein Erbe antritt.«

»Ich brauche das Geld. Dringend.«

Smilla ließ ein glockenhelles Lachen ertönen. »Ach, daher weht der Wind. Na, dann wollen wir doch mal gucken, ob ich im nächsten halben Jahr noch einen Termin frei habe!«

Sie lachte immer noch.

Es war ein Fehler gewesen, ihr zu sagen, dass er in Geldnöten war.

»Gott, bist du widerlich!«

»Du kannst mich mal«, sagte Smilla und legte auf.

20

Flensburg, November, dreißig Jahre zuvor

Dicke Rauchschwaden zogen durch die Hafenkneipe. Karl konnte die hinteren Tische rechts und links neben der Tür kaum noch erkennen. Es war brechend voll. Karl zapfte Biere ohne Unterlass.

Auf dem Plattenspieler drehte sich eine LP von Freddy Quinn: »Seemann, lass das Träumen.«

Noch nie war er zur See gefahren. Das Meer war ihm zuwider. Dennoch trieb ihm das Lied die Tränen in die Augen.

Die Scheidung war jetzt durch. Drei Jahre hatte es gedauert. Mit Trennungsjahr und zwei Aktenordnern voller Briefe ihrer Anwälte hin und her. Morgen war der Gerichtstermin, und dann war es endlich vollbracht, und er würde Unterhaltsforderungen zugeschickt bekommen. Für Elisabeth und die beiden Kinder. Ein Wahnsinn. Er war quasi allein in dem Laden hier, hatte nur Janina. Das schaffte er alles nicht mehr. Das brach ihm das Genick.

Er wusste, dass Lisa irgendwo in Flensburg wohnte. Wahrscheinlich lag sie den ganzen Tag auf der Couch, guckte in die Luft und lackierte sich die Fußnägel. Und dann sollte er für die Schlampe auch noch bezahlen.

»Janina, wo bist du?«, schrie er, und Janina kam angehetzt.

»Bin schon da.«

»Die Blume von den Bieren bricht zusammen, ab die Post, verdammt noch mal!«

Janina nahm die Gläser und rannte.

Freddy sang: »Irgendwann gibt's ein Wiedersehn.«

Er hatte sein kleines Mädchen und Paul schon ewig nicht mehr gesehen. Und trotzdem würde er Geld abdrücken müssen. Es war einfach nur zum Kotzen.

Sein Gesicht war knallrot, das spürte er. Er platzte vor Wut. Wusste, dass er bei jeder Überweisung oder bei jedem Blick auf den Kontoauszug Schweißausbrüche und Wutanfälle kriegen würde. Er musste sich hier abrackern für die Lady und ihre verzogenen Gören, die ja gar nicht begriffen, dass *er* ihnen ihr Leben erst ermöglichte.

»Junge, komm bald wieder«, sang Freddy, und die Sehnsucht nach seinem kleinen Jungen Paul brachte Karl fast um den Verstand.

Und in diesem Moment durchbrach er seinen eisernen Vorsatz, den er Jahre durchgehalten hatte: Nicht zu saufen, während der Laden lief, er hinter der Theke stand und die Gäste bediente.

Er konnte nicht mehr. Zapfte sich ein Bier. Trank es hastig.

Die Welt sah schon Minuten später ganz anders aus. Leichter.

Er würde alles schaffen. Problemlos.

Noch einen Schnaps. Und die Zukunft sah noch viel rosiger aus.

Das Leben ging weiter. Er hatte eine gut laufende Kneipe, eine Wohnung, ein Dach über dem Kopf, was wollte man mehr. Die paar Piepen für seine dusslige Familie würde er locker aufbringen können.

Noch einen Schnaps.

Die *Seegurke* war schließlich *der* Ort in Flensburg, wo man abends hinging, um noch ein Bier zu trinken und gute Musik zu hören. Das war eine sichere Bank für die Ewigkeit, und er hatte jeden Abend Kontakt mit vielen tollen Leuten. Besser, als allein zu Hause zu sitzen, nichts zu tun und an die Decke zu starren.

Der nächste Schnaps.

Diese lumpigen paar Mark würde er schon zusammenkriegen, und dann sollten sie ihn alle mal kreuzweise.

Es ging ja nichts rein in die kleinen Gläser, also trank er drei hintereinander.

Wie sah Elisabeth jetzt wohl aus? Sie war eine schlanke, schöne Frau gewesen. Vielleicht etwas auseinandergegangen nach der letzten Schwangerschaft. Aber sicher immer noch schön.

Er nahm einen Schluck.

Aber ist die Frau begehrenswert, die jede Nacht neben einem liegt, das Frühstück macht und den Mülleimer rausbringt?

Sicher nicht.

Er hatte erotische Fantasien. Und dafür gab's Janina, die immer noch alle Fantasien mit Leben erfüllte.

Als der letzte Gast gegangen war, konnte er kaum noch stehen und hielt sich mühsam am Tresen fest.

Janina fegte den Gastraum aus und stellte die Stühle hoch.

Er umklammerte den Zapfhahn und versuchte normal zu klingen: »Machst du alles dicht? Ich geh nach oben, bin todmüde.«

»Alles klar. Mach ich.«

Janina würde noch mindestens eine Viertelstunde beschäftigt sein.

Er torkelte zur Tür und ging hinaus. Vergaß, seine Jacke anzuziehen.

Die Nacht war schwarz und der Wind schneidend kalt. Er überlegte, zurückzugehen und seine Jacke zu holen, aber dann würde Janina fragen, warum. Sie dachte ja, dass er nach oben ging. Ins Bett.

Er lief weiter. Hinunter zum Hafen.

Der Wind pfiff ihm durch die Glieder, nach wenigen Minuten war er vollkommen durchgefroren.

Morgen früh um neun war der Scheidungstermin. Da musste er auf der Matte stehen und sich von fremden Menschen anhören, wie er versagt hatte. Wie er seine Frau betrogen und seine Familie zerstört hatte. Sie würden ihn verachten und verurteilen, und er würde die Konsequenzen zu spüren bekommen. Frau weg, Kinder weg, Geld weg. Er hatte es versaut. Hatte alles falsch, alles kaputt gemacht.

Morgen war der Tag, an dem das heilige Donnerwetter des Staates auf ihn niederprasseln und man ihn verurteilen würde. Und seine Frau würde dasitzen und weinen wie das unschuldige Opfer und die Knete kassieren. Die ihr natürlich zustand. Er war ja schließlich der Böse. Sie das Opfer – er der Täter.

Alles klar.

Morgen war sein Leben zu Ende. Aber das interessierte keinen.

Langsam ging er die Mole entlang. Ein paar Boote dümpelten im Wasser, ab und zu klang der Ton eines Schäkels, der an den Masten schlug, beinah grell in der Nacht.

Ansonsten war es still.

Er spürte, dass er nur mit Mühe das Gleichgewicht halten konnte. Suchte hier und da eine Versorgungssäule, an der es Wasser, Landstrom oder einfach nur die Stegbeleuchtung gab, und hielt sich daran fest.

Im Hafen war es ruhig.

Einige Bootseigner wohnten in ihren Booten, man sah es an den beleuchteten Fenstern, selbst jetzt noch, im November.

Ein friedliches Bild.

Aber die meisten Boote waren bereits im Winterlager und viele Liegeplätze leer.

Er ging vor. Bis ganz zum Ende des Steges.

Dort, wo man hinausfuhr aufs Meer.

Er stand dort lange.

Trank aus seinem Flachmann noch einen Korn.

Das war die Nacht seines Lebens.

Und dann balancierte er an der Mole entlang. Vor und zurück. Immer und immer wieder. Und dachte an die morgige Gerichtsverhandlung.

Die Schnäpse kreisten in seinem Kopf, die Mole drehte sich.

Er begann zu torkeln, sein Oberkörper schwankte beängstigend hin und her, er griff um sich, wollte irgendetwas finden, wo er sich festhalten konnte, suchte dringend nach dem rettenden Strohhalm, aber griff ins Leere.

Und stürzte in das eiskalte, tiefschwarze Wasser des Hafenbeckens.

Niemand war dort um diese Zeit noch unterwegs.

21

Toskana, im Juli

Am nächsten Morgen stand Paul früh auf und freute sich auf einen Kaffee.

Erst in der Küche wurde ihm klar, dass er weder Kaffee noch Tee noch eine Kaffeemaschine oder einen Wasserkocher eingekauft hatte. Warum auch. Er hatte keinen Strom. Nichts. Es gab kein Frühstück.

Er fluchte leise, zog einen Pullover und eine Jacke an, stieg ins Mietauto und fuhr nach Ambra, um in der Bar zu frühstücken.

Als er auf die Dorfstraße einbog, sah er schon, dass alles zugeparkt war. Auch vor der Bar war kein Platz frei. Also fuhr er weiter, wieder aus dem Dorf hinaus bis zum großen Parkplatz. Dort stellte er seinen Wagen ab und ging zurück, hinauf in den Ort.

Rechts neben dem Kriegerdenkmal und direkt neben der Carabinieri-Station war der Kindergarten. Er bemerkte ihn zum ersten Mal. Unter einer Plane stapelten sich Autos, Trecker, Dreiräder und Spielzeug aller Art. Die Fenster waren mit bunten Bildern und ausgeschnittenen Silhouetten von Vögeln beklebt.

Er blieb stehen. Sein Herz schlug schneller.

In diesem Moment sprang die Tür auf, und zehn Kinder

zwischen drei und fünf Jahren stürmten in den eingezäunten Garten und stürzten sich auf die Spielgeräte.

Ihnen folgte eine lächelnde Kindergärtnerin, die einen kleinen Trecker, auf dem ein Junge saß, anschob.

Er stand da. Wie elektrisiert. Spürte seinen heftigen Herzschlag auf der Zunge. Ihm wurde schwindlig.

Das Blut schoss ihm in den Kopf, der Schweiß brach ihm aus, und er begann am ganzen Körper zu zittern.

Als er spürte, dass er gleich umfallen würde, lief er davon. So schnell wie möglich an dem Kindergarten vorbei.

Nie wieder würde er auf diesem Parkplatz parken.

Nie wieder.

Schweißnass und völlig außer Atem kam Paul in der Bar auf der Piazza an und bestellte sich zwei Croissants und einen Cappuccino.

Es war vorüber. Es gab keinen Grund mehr, daran zu denken und sich Sorgen zu machen.

Nur den Rückweg musste er noch schaffen.

Er bestellte sich einen weiteren Cappuccino, bezahlte, und kurz vor dem Kindergarten lief er los. Rannte wie ein Wahnsinniger zu seinem Auto, sprang hinein und brauste davon.

Fuhr wieder hoch auf seinen einsamen Berg.

22

Am Abend saß er in einer kleinen Trattoria in Castelnuovo Berardenga. Ganz hinten am Ecktisch, vor sich eine karierte Plastiktischdecke, über ihm eine trübe Deckenlampe. Aber er hatte guten Empfang und rief Donnie an.

Donnie meldete sich wie immer mit: »Hier ist Detlef Giese, wer spricht da bitte?«

Dieser kindliche Spruch war ihm nicht abzugewöhnen. Paul hatte schon kurz, nachdem sie sich kennengelernt hatten, gesagt: »Bitte, Detlef ist so doof, ich bringe es nicht über die Lippen, kann ich Donnie zu dir sagen?«

»Aber selbstverständlich«, hatte Detlef gemeint und breit gegrinst.

Paul studierte damals in Hamburg Fotografie, wohnte bei der Witwe Sauerbier zur Untermiete und fuhr jeden Morgen mit dem Fahrrad in die Hochschule.

Er war einsam. Seine Kommilitonen blieben ihm fremd. Er fand keinen Anschluss, aber suchte auch nicht danach.

Tagsüber fotografierte er Ruinen, Landschaften, Tiere, Wolken, Sonnenuntergänge, Menschen oder technische Geräte, all das, was von ihm verlangt wurde, er saß in Vorlesungen herum oder schrieb Referate und Klausuren, und nachts zog er allein durch Bars, Pubs und zwielichtige Lokale.

Der vom Regenwasser nasse, glänzende Asphalt, in dem sich das Rotlicht eines Bordells spiegelte, war für ihn eher ein Abbild des Lebens als ein Fischreiher, der aus dem Schilf startete und in Richtung der aufgehenden Sonne davonflog.

St. Pauli war seine Welt, das Rotlichtmilieu zog ihn magisch an.

Eines Nachts landete er auf der Reeperbahn in einem kleinen Theater: »Festival der Travestie«. Knallrotes Licht empfing ihn über der Eingangstür, im Inneren funkelte an der Decke ein künstliches Sternenzelt.

Schon als er in das Etablissement hineinstolperte, hatte er seine persönliche Promillegrenze weit überschritten und wusste nicht mehr, wo er war. In welcher Straße, in welcher Bar, er hatte keine Ahnung.

Die Transvestiten, die auf der Bühne tanzten, sah er doppelt und dreifach.

Er wankte zur Toilette und übergab sich.

Und dann saß er bleich und verschüchtert auf dem dunkelroten geschwungenen Plüschsofa und wusste nicht mehr, wo er wohnte. Wollte nur noch nach Hause und nie wieder an so einem skurrilen Ort sein.

Detlef Giese, alias Donna Doria, beugte sich über ihn und adoptierte ihn, indem sie beziehungsweise er dem fast Bewusstlosen über die Wange strich. Er zog sich die blonde Perücke mit der wallenden Mähne vom Kopf, kickte die High Heels weg, schlüpfte in seine Turnschuhe, sagte Robert, der jeden Abend den Laden aufräumte und abschloss, Bescheid, kratzte sein Findelkind regelrecht vom Sofa und nahm den vollkommen Willen- und Orientierungslosen mit zu sich nach Hause.

Auf einer Couch im Gästezimmer des Transvestiten-Stars Donna Doria schlief Paul seinen Rausch aus.

Als er am frühen Nachmittag des nächsten Tages zu sich kam, wusste er nicht, wo er war, aber er hatte das Gefühl, an einem guten Ort gestrandet zu sein.

Mit rasenden Kopfschmerzen schleppte er sich in die Küche.

»Hi!«, sagte Donna Doria, der im Bademantel am Küchentisch saß, Kaffee trank und bis auf bombastisch dicke geklebte Wimpern ungeschminkt war.

»Wie geht es dir?«

»Gut. Danke.« Paul wusste nicht, wie er sich verhalten sollte.

»Wie schön. Du bist gestern ein bisschen abgestürzt. Aber das macht nichts. Ich hoffe, du hast gut geschlafen?«

»Ja, sehr. Danke.«

»Wer bist du?«

»Paul. Paul Böger.«

Donna Doria lachte laut auf. »Ist das scharf! Was für ein ausgefallener Name!«

»Ich kann nichts dafür.«

»Nein, natürlich nicht. Ich heiße Detlef und bin noch mehr gestraft als du. »Er lachte immer noch. »Aber egal. Wo wohnst du?«

»Nicht weit von hier Richtung Hafen. Möbliert und zur Untermiete. Ich studiere Fotografie.«

Donnies Augen wurden groß. »Fotografie?«

»Ja.«

»Geil. Möchtest du einen Kaffee?«

»Gerne. Bitte. Sehr gerne.«

»Brich dir keinen ab.«

Und dann redeten sie. Zwei Tage und Nächte.

Drei Wochen später zog Paul bei Donna Doria ein. Und nannte ihn Donnie.

Donnie bewohnte allein ein Loft mit über fünfhundert Quadratmetern Wohnfläche. Der Hauptraum war kein Raum, sondern ein Tanzsaal. Darin ein langer Holztisch, an dem eine Ritterrunde Platz gehabt hätte, alte Möbel, Paravents, und dahinter verschwiegene Sitzgruppen. Überall Spiegel an den Wänden und samtene Vorhänge. Das Loft wirkte wie ein Etablissement, und Paul war total fasziniert. Im Erdgeschoss gab es außerdem eine Küche und ein Bad, aber Donnie schlief im Loft, in einem Bett, das Ludwig XIV. zur Ehre gereicht hätte. Ein schwülstiges, reich verziertes Messingbett mit vier Säulen, dazwischen Vorhänge, die er zuziehen konnte, was er jedoch äußerst selten tat.

Über dem Loft gab es eine Dachterrasse, so groß, dass man dort wilde Feste mit Heerscharen feiern konnte. Aber es blieb auch noch Raum für ein kleines Gästezimmer mit Bad. Nicht üppig, aber immerhin 24 Quadratmeter. Dort wohnte von nun an Paul.

Wenn er morgens aufstand, trat er hinaus auf die Terrasse und genoss den Ausblick.

Es war für ihn jedes Mal ein erhabenes Gefühl.

»Super, dass ich dich erreiche«, rief Paul nun ins Telefon, »ich hab's einfach mal probiert. Hast du heute Abend keine Vorstellung?«

»Nee.« Donnie lachte leise. »Irgendwann muss der Mensch die High Heels auch mal ausziehen.«

»Geht's dir gut?«

»Bestens«, schnurrte Donnie. »Aber du weißt, wie das ist. Verehrer da und dort und überall. Und man kann machen, was man will, man kommt einfach nicht aus dem Bett.«

Paul grinste in sich hinein. »Aber jetzt ist alles gut?«

»Jetzt ist alles gut. Gestern war so viel zu tun, ich bin noch nicht mal zum Saufen gekommen. Und wie geht es dir, mein Schatz? Wann kommst du nach Hause?«

»Du, es tut mir leid, aber es wird wohl noch mindestens zwei Wochen dauern.«

Donnie schnappte nach Luft.

»Warum? Ist was passiert?«

»Ja. Mama ist tot.«

»Nee. Sag das jetzt nicht. Das kann nicht dein Ernst sein!«

»Doch. Sie hatte einen Unfall. Pech. Schicksal. Wie auch immer man es nennen will. Eine verdammte Schlange hat sie gebissen. Ich habe wirklich alles versucht, Hilfe zu holen, aber das Haus liegt derart einsam, dass die Rettung nicht rechtzeitig kam. Sie ist quasi in dem Moment gestorben, als die dottoressa ihr das Antiserum spritzte. Kannst du dir so was vorstellen, Donnie?« Er schluchzte und musste sich die Nase schnauben, bevor er weitersprechen konnte.

»Ich glaub es nicht, Paul. Deine Mutter war so eine Süße! So eine Patente! Ich glaub es nicht!«

»Jetzt muss ich warten, bis ihre Leiche freigegeben wird«, sagte Paul leise. »Erst dann komme ich zurück.«

»Das kann nicht wahr sein.«

»Doch, Donnie, so ist das. Leider.«

»Was ist das für ein Scheißland, in dem solch gefährliche Tiere unterwegs sind?«

»Italien, Donnie. Passieren kann überall was. Mama hatte ein krankes Herz, war blutverdünnt und hatte wirklich riesengroßes Pech.«

»Holst du sie nach Deutschland?«

»Ich glaube nicht, nein. Sie soll hier begraben werden. Hier, in der Nähe meines Hauses, das sie übrigens wunderschön fand. Sie freute sich darauf, hier mit mir lange, warme Sommer zu verbringen.«

»Wann kommst du nach Hause?«

»Sowie die Formalitäten erledigt sind und Mama beerdigt ist. Das hab ich dir doch schon gesagt.«

Donnie schwieg lange. Dann sagte er: »Bitte, bleib bei mir, Paul, geh nicht nach Italien. Wir haben es doch so verdammt schön hier!«

»Donnie, hör auf. Darüber haben wir schon hundertmal gesprochen.«

Es war beängstigend lange still in der Leitung.

»Donnie, muss ich mir Sorgen machen?«

»Nein, nein, es ist alles in Ordnung, aber ich hatte mich wirklich unsagbar auf dich gefreut.«

»Ich bin ja bald wieder da. Alles klar?«

»Bingo«, sagte Donnie und legte auf.

Am nächsten Morgen um halb elf rief er seine Kollegin Manuela an.

»Ja, bitte?«, meldete sie sich.

»Hi, Manuela, hier ist Paul.«

»Paul!« So wie sie seinen Namen sagte, hörte es sich an wie ein Jubelschrei. »Wie schön, von dir zu hören! Wie geht es dir? Bist du wieder zurück? Es gibt Aufträge ohne Ende!«

»Es geht mir einigermaßen gut, Manuela, aber ich werde am Montag nicht im Büro sein und werde demnächst auch keine Aufträge annehmen können. Es dauert noch ein bis zwei Wochen, bis ich wiederkomme.«

»Was ist passiert? Hier ist nämlich einiges aufgelaufen.«

»Was denn?«

»Ein Werbespot für die Frauen-Fußballnationalmannschaft. Fotodokumentation. Vor und hinter den Kulissen.«

»Tja«, sagte er leise. »Das hätte ich gern gemacht.«

»Und dann Werbung für eine Biersorte. Hochglanzmagazin, Großformat.«

Das brachte jede Menge Geld, das wusste er, aber er kommentierte es nicht.

»Meine Mutter ist tot, Manuela. Sie ist von einer giftigen

Schlange gebissen worden und gestorben. Du kannst dir vorstellen, dass ich total durch den Wind bin. Und jetzt muss ich auch noch sehr viele komplizierte, bürokratische Dinge regeln, ein totaler Wahnsinn …«

»Oh, mein Gott!« Einen Moment war es still in der Leitung. »Dann verstehe ich natürlich, dass du noch ein bisschen Zeit brauchst. Ich werde versuchen, das erst mal ohne dich zu organisieren. Du Armer!«

»Frankie kann mich vertreten, bis ich wiederkomme.«

»Ja, gute Idee«, sagte Manuela, und es klang wie: »Was für eine Scheiße.«

Paul wusste, dass Manuela Frankie hasste. Er war ein schleimiger, karrieregeiler, großmäuliger Typ, kein wirklich guter Fotograf und lange nicht so kreativ wie Paul.

»Ich hoffe, ihr versteht das.«

»Aber natürlich. Etwas Schlimmeres kann einem ja kaum passieren. Ich wünsche dir alles Gute, Paul. Und melde dich ab und zu. Ganz gleich, ob es gute oder schlechte Nachrichten gibt. Wir denken an dich!«

»Danke, Manuela.«

»Wie kann man dich erreichen?«

»Kaum. Ich habe in meinem Haus keinen Empfang. Aber ich melde mich einmal am Tag. O.k.?«

»Super. Alles Gute für dich! Und pass auf dich auf!«

»Mach ich. Danke, Manuela.«

Paul legte auf. So. Das Wichtigste war erledigt.

23

Er hatte sie nicht gehört und zuckte zusammen, als er ihr Gesicht plötzlich am Fenster sah. Sie lächelte und winkte.

Er winkte zurück. Genervt.

Das konnte ja wohl nicht wahr sein, dass er jetzt hier in diesem Haus ungebetenen Besuch bekam.

Fiona trug Wanderstiefel, hatte einen Rucksack auf dem Rücken und winkte.

Die Gemeindeschwester. Es war zum Kotzen. Dieser Ort war offenbar doch nicht so abgelegen, wie er es sich erhofft hatte.

»Buongiorno«, sagte er und zeigte auf den Mühlradtisch. »Prego. Setz dich.«

»Grazie. Wie geht es dir?«, fragte sie vorsichtig auf Englisch.

»Gut. Danke.«

»Wie kommst du klar mit dem Tod deiner Mutter?«

»Einigermaßen.« Er ließ sich neben ihr nieder und schwieg einen Moment. »Nein, eigentlich gar nicht. Ich kann es einfach nicht glauben, dass sie nicht mehr da ist.«

»Das verstehe ich. Ich bin gekommen, um dir zu sagen, dass es mir unendlich leidtut.« Fiona streckte vorsichtig ihre Hand aus und drückte Pauls Schulter. »Das ist übrigens ein schönes Haus, das du gekauft hast. Man kann 'ne Menge draus machen.«

Paul nickte. Hoffentlich ging sie bald wieder. »Ich kann dir leider nur ein Wasser anbieten.«

»Oh ja, gerne. Das ist gut.«

Paul verschwand kurz im Haus und kehrte mit zwei gefüllten Gläsern zurück.

»Es tut mir sehr leid, was mit deiner Mutter geschehen ist«, sagte Fiona leise, nachdem sie schweigend eine Weile ins Tal geblickt hatte. »Schlangen gibt es hier, klar. Aber normalerweise sind sie kein Problem. Deine Mutter hat wirklich Pech gehabt.«

»Vielleicht war es Schicksal. Anders kann ich es nicht sehen.«

»Bitte, erzähl mir, wie es passiert ist. Ganz genau. Wir hatten ja noch gar keine Gelegenheit, uns in Ruhe zu unterhalten.«

Paul seufzte und zögerte. Er hatte nicht die geringste Lust, dieser Dorfkrankenschwester, oder wie auch immer man sie nennen mochte, noch einmal die ganze Geschichte zu erzählen. Er hatte sowieso keine Lust mehr, sich mit ihr oder überhaupt mit irgendwem zu unterhalten. Er wollte einfach nur seine Ruhe haben. Nichts weiter.

Warum kapierte das niemand in dieser Scheißwelt?

Aber nun saß sie hier und nippte an ihrem Wasser. Er hatte keine Idee, unter welchem Vorwand er sie wegschicken könnte, also begann er zu erzählen. Stockend.

»Ich habe dieses Haus vor Kurzem gekauft, und meine Mutter hat es an dem Tag zum ersten Mal gesehen. Sie war total begeistert, machte sofort Pläne, was man wo und wie umbauen und wie man es einrichten könnte. Sie freute sich richtig darauf, hier ab und zu Urlaub zu machen. Ich wollte sie fast schon bremsen und daran erinnern, dass es mein Haus ist und nicht ihres, aber es tat mir auch gut, dass sie so begeistert war. Und dann sagte sie zu mir: ›Wie viel brauchst du für die Renovierung? Rechne es dir in Ruhe aus, ich geb dir was dazu.‹« Er sah Fiona an und war richtig stolz, als er spürte, dass ihm Tränen in die Augen traten.

Sie schwieg und hörte ihm aufmerksam zu.

»Es war ein irrsinnig schöner Tag, weil wir beide so glücklich waren und ich endlich wusste, dass ich mit dem Hauskauf alles richtig gemacht hatte. Dann hab ich im Schlafzimmer oben was ausgemessen, und da hörte ich sie unten im Garten schreien. Ich bin runtergerannt und sah sie da bei der Mauer liegen. Sie hielt sich das Bein, weinte und schrie zugleich. Hatte Schmerzen und richtige Todesangst. Redete irgendetwas Wirres von einer Schlange, die sie gebissen hatte. Mein Handy hatte keinen Empfang, und da bin ich losgerast, um in Ambra Hilfe zu holen. Ich bin gefahren wie ein Irrer und war in noch nicht mal zwanzig Minuten im Dorf. Und bin zu dir gekommen, den Rest weißt du.«

»Warum hast du deine Mutter nicht im Auto mitgebracht?«

»Ich wollte nicht, dass sie durchgeschüttelt wird und sich das Gift in ihrem Körper verteilt. Ich dachte, es ist besser für sie, wenn sie ruhig liegt und wartet, bis Hilfe kommt. Aber vielleicht war das ein Fehler.« Er wischte sich über die Augen und stieß einen verzweifelten Schluchzer aus.

»Ja, das kann schon sein, aber wir wissen es nicht und werden es nie wissen. Mach dir keinen Kopf und rede dir nicht ein, dass du Schuld hast. In Extremsituationen machen wir oft Fehler, weil wir in Panik nicht vernünftig denken. Das ist so. Niemand darf dir das vorwerfen.«

Sehr schön, dachte er. Und jetzt ist es gut. Halt deinen Mund und geh nach Hause.

Vielleicht merkte sie, dass sie störte, wenn er einfach nichts mehr sagte.

»Stell dir vor«, sagte sie mit unsicherer Stimme, »ich könnte schwören, dass ich dich im Café hab sitzen sehen, bevor du ins ambulatorio gekommen bist. Komisch, nicht?«

Paul starrte sie irritiert an. »Ich verstehe überhaupt nicht, wovon du redest. Das ist völlig unmöglich! An diesem furchtbaren Tag rang meine Mutter mit dem Tode, und es kam auf jede Minute an. Da setze ich mich doch in kein Café!«

»Das stimmt natürlich.« Ihr Blick war voller Wärme. »Bitte entschuldige.«

Sie schwiegen. Quälend lange. Dann fragte sie: »Kann ich dir irgendwie helfen? Wasser und Strom hast du?«

Er schüttelte den Kopf. »Nein, hab ich nicht. Weder noch. Der Makler wollte sich drum kümmern, aber er hat mich sitzen lassen.«

»Woher nimmst du dein Wasser?«

»Aus der Quelle in der Kurve, kurz vor Duddova.«

Fiona nickte. »Kenne ich. Das ist ja wenigstens was. Aber ich versuche mal, ob ich dir da helfen kann.«

»Das wäre unglaublich toll. Danke.«

Schließlich stand sie auf. Sah ihn an und hoffte, ihre Blicke würden sich begegnen.

Aber sein Blick ging durch sie hindurch und in die Ferne.

»Ich geh dann mal«, sagte sie. »Mach's gut!«

»Ciao, Fiona, danke, dass du gekommen bist«, meinte er kühl und völlig gedankenverloren.

»Ciao!«

Sie ging langsam davon. Und wusste nicht, was sie von diesem einsamen Mann auf Caprinaia halten sollte.

Aber er faszinierte sie. Seine tiefgründigen, traurigen Augen, seine schlanke, aufrechte Gestalt und seine unendliche Sehnsucht nach Stille und Einsamkeit.

Vielleicht hätte sie nicht gehen, sondern einfach bleiben sollen.

24

Er stand gerade bei Ipercoop in Montevarchi an der Kasse, als sein Handy klingelte. »Pronto!«, brüllte Paul, um Musik, Lautsprecherdurchsagen und Kindergeschrei zu übertönen.

Und dann hörte er einen Schwall italienischer Worte, von denen er kein Wort verstand.

Als der Anrufer endlich Luft holte, sagte Paul langsam: »Non ho capito niente.« Diesen Satz hatte er gelernt, der bremste jeden Italiener aus, und dann begann eine neue Kommunikation: in einer anderen Sprache oder mit Händen und Füßen.

Der Anrufer, der sich als maresciallo Panelli herausstellte, schaltete endlich auf Englisch um: »Wenn Sie mögen, können Sie Ihre Mutter jetzt sehen. In der Gerichtsmedizin in Siena.«

»Un attimo!«, sagte Paul zur Kassiererin und wandte sich ab, um besser zuhören zu können.

Die Kassiererin verdrehte die Augen und faltete genervt ihre Hände.

»Sind die Untersuchungen beendet? Kann ich sie auch beerdigen?«, fragte Paul.

»Ja, das können Sie.«

»Woran ist sie gestorben?«

»Definitiv an Herzschwäche, ausgelöst durch den Biss einer

Viper. Und als blutverdünnte Patientin hatte sie keine Chance. Da geht es ganz schnell.«

Paul schwieg ein paar Sekunden, aber es dauerte Panelli offensichtlich zu lange, er glaubte wohl, dass die Verbindung unterbrochen war, denn er schrie ins Telefon: »Pronto?«

»Ja, sì, sì, va bene, ich bin noch dran. Wann kann ich kommen?«

»Morgen um neun?«

»Va bene. Grazie.« Paul legte auf und steckte das Handy in die Hosentasche.

»Scusi«, sagte er zur Kassiererin, und diese seufzte, nickte und nannte Paul den Preis, den er zu zahlen hatte.

Sie hatten sie noch nicht für die Beerdigung zurechtgemacht. Sie war nicht geschminkt und sah grauenvoll aus.

Wirklich wie eine Leiche. Tot. Blass. Wächsern. Unnahbar.

Unmöglich, einen Kuss auf ihre kalte Wange zu drücken.

Mühsam sagte er sich: Das ist deine Mutter. Das bist du, Mama!

Aber da kam nichts. Kein Gefühl. Nur die Erinnerung, als er als Neunjähriger nachts aufschreckte, weil sie sich an ihm zu schaffen machte. Ihr Kopf war unter der Bettdecke verschwunden, und sie nuckelte und saugte an seinem Schwanz. Es trieb ihm die Tränen in die Augen, und er wagte sich nicht zu bewegen. Irgendein Gefühl, das er nicht definieren konnte, durchflutete seinen ganzen Körper, und gleichzeitig ekelte er sich so maßlos und fühlte sich so ausgeliefert. Sie machte ihn so klein. Und so kaputt. Er wagte es nicht, zu schreien oder sich wegzudrehen, hatte Angst, sie könnte zubeißen. Und er wünschte sich, tot zu sein und nie mehr in diesem Bett neben ihr liegen zu müssen. Dann spürte er, dass sich körperlich etwas tat, was er nicht verhindern konnte, und er schämte sich abgrundtief.

Jeden Abend und jede Nacht hatte er Angst vor ihr. Vor ihrer Hand und ihrem Mund und vor dem Widerlichen, das sie von ihm verlangte.

Und am nächsten Morgen konnte er ihr nicht in die Augen sehen, wagte kaum ein Wort zu sagen. »Guten Morgen« war schon zu viel.

Es gab niemanden, den er mehr gefürchtet hatte, als seine eigene Mutter.

Der Angestellte in der Gerichtsmedizin war sehr zurückhaltend und mitfühlend. »Soll ich Sie vielleicht ein paar Minuten allein lassen?«, fragte er.

»Nein, danke. Ich glaube, es reicht.« Paul zog selbst das weiße Laken über das Gesicht seiner Mutter.

Er verbeugte sich leicht und ging zum Ausgang.

»Arrivederci«, sagte er, obwohl das ja eigentlich das falsche Wort war.

Er hatte nicht die geringste Lust, seine Mutter oder diesen Ort jemals wiederzusehen.

Zielstrebig ging er in die Kantine und bestellte sich einen caffè corretto. Wusste nicht, ob es ihm eher gelingen würde, das, was sie ihm angetan hatte, zu vergessen oder den Anblick ihrer bleichen, wächsernen Leiche.

25

Die Nachricht von der Deutschen, die durch einen Schlangenbiss ums Leben gekommen war, sprach sich in Ambra und Umgebung wie ein Lauffeuer herum. Zwar wusste jeder, dass es in dieser Gegend von Schlangen, vor allem von den giftigen Vipern, nur so wimmelte, aber ein Biss kam dennoch äußerst selten vor. Und einen tödlichen Ausgang hatte es schon Jahre nicht mehr gegeben.

Die arme Frau hatte wirklich unglaubliches Pech gehabt. Nicht auszudenken, wie sich der Sohn fühlte, der gerade ein altes Haus gekauft hatte und mit seiner Mutter ein paar unbeschwerte Tage in der Toskana genießen wollte.

Gabriella kam erst kurz vor den Abendnachrichten nach Hause und war extrem schlecht gelaunt.

Sie ließ sich aufs Sofa fallen und sah Neri herausfordernd an. »Weißt du, dass ich heute drei geschlagene Stunden bei der dottoressa gesessen habe? Was ist denn bloß los? Sind denn im Moment alle krank? Wir haben doch gar kein Erkaltungswetter!«

»Keine Ahnung, ich kann es mir auch nicht erklären. Aber weswegen warst du denn da?«

»Das hab ich dir doch gestern Abend ausführlich erzählt, amore!«

»Davon weiß ich nichts. Da muss ich schon geschlafen haben!«

»Das ist ja unglaublich! Du schläfst mit offenen Augen?«

»Anscheinend.«

»Und woher weiß ich, ob du jetzt wach bist oder nicht?«

»Sag mal, willst du Streit oder was?« Er spürte, wie angriffslustig Gabriella war.

»Nein, will ich nicht, aber es kann doch wohl nicht angehen, dass ich dir was erzähle und du hörst nicht zu oder schläfst oder bist nicht ganz bei Trost. Das finde ich unerträglich, Donato.«

Neri stand auf. »Ist ja gut. Hör jetzt endlich auf, auf diesem Thema herumzuhacken, und sag mir, was du hast.«

Gabriella brauchte eine Weile, um ihre Wut hinunterzuschlucken, und dann sagte sie langsam, als fiele es ihr überhaupt schwer zu sprechen: »Ich hab doch neuerdings diese merkwürdigen Schmerzen in der Schulter, Donato. Und besonders nachts ist es so schlimm, dass ich kaum noch schlafen kann!«

»Das hab ich ja gar nicht mitgekriegt«, sagte Donato und wusste im selben Moment, dass dieser Satz ein Fehler gewesen war.

»Natürlich nicht!«, echauffierte sich Gabriella. »Du schläfst ja wie ein Stein und schnarchst wie ein Weltmeister. Ich glaube, wenn vor unserem Fenster eine Schießerei stattfände, würdest du es auch nicht mitbekommen!«

»Scusa«, sagte Neri kleinlaut.

Gabriella zog die Augenbrauen hoch und seufzte. »Na ja, jedenfalls wollte ich das mal abklären lassen.«

»Und? Was hat die dottoressa gesagt?«

»Sie weiß nicht so recht. Jetzt schickt sie mich nach Montevarchi zum Röntgen. Dann wissen wir mehr.«

Neri schwieg.

»Aber im Wartezimmer hört man ja über so eine lange Zeit 'ne Menge Interessantes. Gibt es eigentlich irgendetwas Neues über den Mann, dessen Mutter von der Schlange gebissen wurde? Ich hab davon ja erst heute erfahren!«, sagte sie vorwurfsvoll.

»Nein, nicht, dass ich wüsste. Aber es ist auch nicht mein Problem. Der Mann wird seine Mutter hier beerdigen und fertig. Ich kann mich nicht um alles kümmern. Nicht um jeden Beinbruch, nicht um jeden Schlaganfall und auch nicht um jeden Schlangenbiss. Dafür ist die dottoressa zuständig.«

»Schon gut, schon gut.« Gabriella seufzte. »Es ist heute wirklich schwierig, mit dir zu reden.«

»Ja, ich habe allmählich Hunger. Und warum interessiert dich dieser verfluchte Schlangenbiss so ungemein?«

»Weil mich alles interessiert, was irgendwie außergewöhnlich ist. Und ich frage mich, Donato, warum der Sohn in dieser Situation nicht einfach sein Handy genommen und telefoniert hat. Zehn Minuten später wäre der Hubschrauber da gewesen, die Frau hätte ein Gegengift bekommen, ab ins Krankenhaus und fertig. Heute würde sie schon wieder lustig auf der Terrasse in der Sonne sitzen.«

»Der hat doch in Caprinaia gar keinen Empfang. Das ist ein einziges Funkloch!«

»Gut, dann setzt er sich eben ins Auto und fährt hundert Meter den Berg rauf, bis er wieder Empfang hat. Das verzögert die ganze Angelegenheit vielleicht um fünf Minuten. Aber die Frau könnte noch leben!«

»Gabriella, hör auf!«

»Aber es ist doch so, tesoro, oder siehst du das anders?«

Neri überlegte. »Das heißt, ich soll noch mal mit dem Sohn reden?«

»Warum nicht?« Gabriella grinste. »Wäre zumindest einen Versuch wert.«

Neri seufzte.

Gabriella strich ihm übers Haar. »Hast du Lust auf Pesto?«

Jetzt erhellte sich endlich Neris Miene. Er sah Gabriella an, strahlte und nickte.

26

Neri kannte Caprinaia wirklich sehr gut. Er war oft dort gewesen und hatte mit dem ehemaligen Besitzer Angelo und einigen seiner Freunde nach der Olivenernte so manche Flasche Grappa geleert. In seiner Erinnerung hatte er nächtelang am Mühlstein oder in der verräucherten Küche gesessen, über das Leben und die Liebe philosophiert und auf beinah monatlich wechselnde italienische Regierungen geschimpft und geflucht. Und dann war er jedes Mal heilfroh gewesen, dass das Auto den Weg vom Berg ins Tal allein fand, kein Kollege auf die Idee kam, in den einsamen italienischen Bergen eine Kontrolle durchzuführen, und er unbeschadet wieder Ambra erreichte.

Das waren wunderschöne Zeiten gewesen. Männerabende. Männerfreundschaften. Crostini mit fegato, Rotwein und Grappa. Vielleicht noch ein paar cantuccini, um sie in den vin santo zu tunken.

Angelo war einer der intelligentesten und fröhlichsten Menschen gewesen, die er je gekannt hatte, mit ihm waren die Abende so unterhaltsam wie mit keinem sonst. Er hauste dort oben in seiner verwahrlosten Hütte, dabei hatte er in Montevarchi auch noch eine palastähnliche Villa. Aber die interessierte ihn nicht.

Er saß schon bei Sonnenaufgang am Mühlrad mit einem

Grappa in der Hand und dankte seinem Schöpfer, dass es ihn und die Welt noch gab.

Aber dann hatte ihn der Krebs umgebracht. Innerhalb eines Vierteljahres, was Neri niemals für möglich gehalten hatte. Jeden Menschen konnte der Tod ereilen – aber Angelo nicht. Er war in seinen Augen immer unsterblich gewesen.

Aber es war anders gekommen. Er hatte sich getäuscht.

Und daher fuhr er jetzt mit mehr als gemischten Gefühlen hinauf nach Caprinaia.

Am Mühlstein neben dem Olivenbaum stand der neue Besitzer Paul Böger, den er bereits kennengelernt hatte. Groß, schlank, sehr aufrecht und bestimmt vierzig Jahre jünger, als Angelo heute wäre. Und in diesem Moment wurde Neri schmerzlich bewusst, dass auch er jetzt langsam schon so ein alter Sack war. Es war allmählich Zeit, in Rente zu gehen.

Neri stieg aus und lief hoch zur Terrasse und zum Mühlstein, wo Böger immer noch stand. Vor sich ein Teller mit dicken Bohnen, die er gerade aß.

»Buonasera«, sagte Neri lächelnd und hielt Böger die Hand hin, der sie ergriff.

»Buonasera.«

»Wie geht es Ihnen?«

»Den Umständen entsprechend. Danke. Wollen Sie sich setzen?« Paul deutete auf den Mühlstein. »Oder möchten Sie lieber nach drinnen?«

»Ja, bitte, sonst fliegen mir alle Papiere weg.«

Paul stand wortlos auf und öffnete die Tür zur Küche. »Bitte.«

Neri trat ein. Mamma mia, hier hatte sich ja schon einiges verändert. Angelos Geist und die rauchgeschwängerten, düsteren Abende in einer Küche, in der die Spinnweben vor den Fenstern hingen, die Luft nach Grappa und Schweiß roch und auf der Erde die Netze mit den frisch gepflückten

Oliven lagen, waren vorbei. Und es würde sie auch nicht mehr geben.

Signor Böger musste geputzt haben wie ein Wahnsinniger.

»Möchten Sie einen Grappa?«

»Nein, danke, ich bin im Dienst«, sagte Neri, obwohl er zu gerne ein Glas getrunken hätte. »Aber kommen wir zur Sache. Die Leiche Ihrer Mutter ist zur Beerdigung freigegeben. Sie können sie jetzt hier beerdigen oder nach Deutschland überführen – ganz wie Sie wollen.«

»Was muss ich tun, um sie hier zu beerdigen?«, fragte Paul wie aufs Stichwort.

»In Ambra, der Carabinieri-Station direkt gegenüber, hat Ivo sein Bestattungsunternehmen. Reden Sie mit ihm. Er wird alles organisieren und Ihnen bei allem behilflich sein. Er wird sich auch mit uns und den Kollegen der Gerichtsmedizin in Verbindung setzen, damit die Leiche pünktlich nach Ambra transportiert wird. Machen Sie sich keine Sorgen, das klappt alles.«

»Va bene. Danke.«

»Sagen Sie, Sie hatten mit Ihrem Handy am Unglückstag keinen Empfang, um Hilfe zu holen, va bene, das ist allgemein bekannt, aber warum sind Sie nicht zweihundert Meter weiter den Berg hinauf gelaufen oder gefahren? Dort hätten Sie wieder Netz gehabt und hätten Hilfe anfordern können. Und dann wäre ein Hubschrauber gekommen, und Ihre Mutter könnte noch leben.«

»Das wusste ich nicht. Wie konnte ich ahnen, dass das Funkloch hier irgendwo ein Ende hat? Ich war mit meiner Mutter den ersten Tag hier, seit ich das Haus gekauft habe! Ich war in Panik!«

»Oh! Ach so, ja! Das verstehe ich.« Neri war davon ausgegangen, dass der Deutsche schon ein paar Wochen an dem Haus herumbastelte, aber das war natürlich etwas ganz anderes. Das musste er Gabriella erzählen.

Er stand auf. »Allora, wenn Sie noch irgendwelche Fragen haben, können Sie mich jederzeit anrufen. Hier ist meine Karte.« Er gab ihm eine Visitenkarte. Erst vor einer Woche hatte er einen ganzen Stapel druckfrisch geschickt bekommen. Todschick, wie Neri fand. Vielleicht doch ein Grund, noch nicht ganz so schnell in Rente zu gehen.

Paul verabschiedete Neri an der Tür. »Arrivederci.«

»Arrivederci.« Neri sah Paul einen Moment in die Augen, was er bisher überhaupt noch nicht getan hatte. Der Mann sah traurig aus. Na, kein Wunder. »In diesem Haus lebt ein guter Geist, Signor Böger, ich habe ihn gekannt, ich bin hier ein und aus gegangen, habe so manche Nacht hier gegessen und getrunken, seien Sie gut zu dem Haus, und es wird Sie beschützen.«

»Das werde ich«, sagte Paul. »Danke.«

Dann schloss er die Tür.

27

Nur drei Tage später stand Paul in der winzigen Dorfkirche von Duddova. Irgendeine gute Seele, wahrscheinlich die Dorfälteste, die sich mit gebeugtem Kreuz durch die Straßen schleppte, hatte zwei Kerzen auf dem Altar entzündet und ein paar Wiesenblumen in eine Vase gestopft.

Der schlichte Holzsarg stand direkt vor dem Altar. Paul hatte einen Rosenstrauß daraufgelegt.

Dies war der einzige Schmuck.

Die Kirche war leer. Nur ganz hinten rechts in der vorletzten Bank saß eine alte Frau. Mit ihren arthritisch verkrümmten Fingern schob sie langsam Perle für Perle ihres Rosenkranzes weiter, während sie die Gebete leise vor sich hin murmelte.

Wahrscheinlich hatte sie noch gar nicht bemerkt, dass heute – anders als sonst – ein einsamer Sarg vor dem Altar stand und in der ersten Reihe ein Mann saß. Sehr aufrecht und ein wenig unsicher.

Sie sah auch nicht auf, als der Priester die Kirche betrat und ein Bild der Verstorbenen auf den Sarg stellte. Paul hatte es ihm gegeben. Darauf war seine Mutter zwanzig Jahre jünger. Sie sah wunderschön aus, und jetzt trieb es ihm doch die Tränen in die Augen.

Von all dem, was der Pfarrer dann sagte, verstand Paul kein

Wort. Er spürte, dass er einfach sein Programm abspulte, aber er konnte es ihm auch nicht verübeln. Danach kam über Band ein klassisches Musikstück, das Paul nicht kannte, seine Mutter sicher auch nicht, das er sich auch nicht gewünscht hatte, es war einfach Standard.

Und da zerriss es ihn. Er konnte sich nicht mehr beherrschen und die Tränen nicht mehr zurückhalten. Er weinte, wie er in seinem Leben noch nie geweint hatte. Um seine verlorene Mutter und sein verlorenes Leben. Um eine Mutter, die ihn nicht geliebt hatte. Er weinte um sich. Um den Paul, den er verabscheute. Er schluchzte, und sein ganzer Körper schüttelte sich.

Langsam und schwerfällig erhob sich die alte Frau aus der vorletzten Bank. Mit schweren Schritten schlurfte sie zu Paul und legte ihm ihre Hand an die Wange. Strich ihm sanft übers Haar, bis er sich beruhigte.

Dann ging sie wieder zurück auf ihren Platz in der vorletzten Bank.

Nach der Trauerfeier wurde seine Mutter auf dem Friedhof regelrecht verscharrt.

Der Sarg wurde in die Grube gelassen, der Pfarrer sprach noch zwei Sätze, spritzte ein paar Tropfen Weihwasser, und der Bagger schaufelte das Grab zu. In ein paar Wochen würde Ivo den bestellten Grabstein setzen, den Paul bereits bezahlt hatte.

Ende der Veranstaltung.

Paul sprach mit niemandem. Mit wem auch. Er ging einfach zu seinem Auto und fuhr hinauf nach Caprinaia.

Er setzte sich an den Mühlstein. Verharrte dort reglos, bis es dunkel wurde.

So war das Leben.

Die Lichter von Ambra funkelten.

Ciao, Mama.

28

Hamburg

Paul landete pünktlich in Hamburg Fuhlsbüttel, rief Donnie an und sagte: »Ich bin gut angekommen, steige gerade in ein Taxi, und ich schätze mal, noch zwanzig Minuten, dann bin ich bei dir.«

Donnie hüpfte vor Freude durch die Wohnung. Im Backofen wartete ein überbackenes Hähnchen in Weißweinsoße, er öffnete eine Flasche Wein, den besten, den sie im Haus hatten, und zündete die Kerzen auf dem Wohnzimmertisch in dem Moment an, als er das Taxi vorfahren hörte. Dann verstreute er noch ein paar Rosenblätter auf dem Tisch, rannte ins Bad, ließ Rosenblätter dekorativ in die Badewanne fallen und drapierte schließlich noch ein paar auf Pauls Bett.

Als Paul die Tür öffnete, raste sein Herz, und sein Gesicht war krebsrot, er riss die Arme auseinander, jauchzte vor Entzücken und schloss seinen Freund in die Arme. Einen Moment hielten sie inne, und für Donnie war es pures Glück. Viel zu lange hatte er ihn vermisst.

Dann stellte Paul den Koffer ab, zog seine Jacke aus und legte seinen Schlüssel auf die Kommode im Flur.

»Ich bin so froh, dass du endlich wieder da bist«, flüsterte Donnie. Er hatte einen neuen Duft aus Vanille, Marzipan,

Rosenöl, Herbstlaub, Kiefernrauch und einem Hauch von Whisky aufgelegt. Männlich herb, aber doch dumpf und süß. Geheimnisvoll, wie er fand.

»Du riechst gut«, sagte Paul.

Donnie strahlte. »Tentazione«, flüsterte er. »Die Versuchung.«

»Es ist schön, wieder zu Hause zu sein«, sagte Paul.

»Ich glaube, wir haben uns viel zu erzählen«, meinte Donnie. »Das Essen ist gleich fertig.«

Paul nickte.

Als sie sich zehn Minuten später am Tisch gegenübersaßen, kam Paul innerlich zur Ruhe. Das Essen schmeckte hervorragend. Dieser Mann konnte einfach göttlich kochen! Er hatte es nie gelernt, tat es nur aus Liebe, und darum schmeckte es auch so hervorragend. Alles, was Donnie tat, tat er aus Liebe.

Es gab nur wenige Menschen wie Donnie auf der Welt.

»Erzähl mir von deiner Mutter. Bitte. Wie es passiert ist. Ich möchte alles wissen.«

Paul berichtete. So genau wie möglich. Ab und zu stöhnte Donnie auf, unterbrach ihn aber nicht.

Als Paul fertig war, strich er sich eine Haarsträhne aus dem Gesicht und fragte kaum hörbar: »Und du hast sie wahrhaftig in Italien beerdigt?«

»Ja. Dort, wo sie gestorben und wo mein Haus ist. Immer wenn ich da bin, werde ich ihr Grab besuchen können.«

Donnie spürte einen Stich. Nun hatte Paul noch einen Grund mehr, in Italien zu sein. Aber er wischte sich eine Träne aus dem Gesicht und sagte tapfer: »Das hast du gut gemacht, mein Lieber. Alles richtig. Sie liegt da, wo sie eigentlich hingehen wollte. Zu ihrem Sohn. Gott, ist das schaurig-schön!«

»Irgendwann fahren wir zusammen hin, und dann wirst du es sehen. Mein Haus, ihr Grab, alles.«

»Wie schön.« Donnie beugte sich vor und küsste ihn auf die Wange. »Es tut mir so unendlich leid um dich und deine Mutter. Ein Mann ohne Mutter ist wie ein Schmetterling ohne Flügel. Du Armer. Kann ich dir irgendwie helfen?«

»Du hilfst mir schon allein dadurch, dass du da bist.«

Donnie seufzte und ließ sich an Pauls Brust sinken.

Beide schwiegen.

Und dann sagte Paul, dass er sich mittlerweile Vorwürfe machte. Er hätte seine Mutter nicht allein lassen sollen, hätte sie mit nach Ambra nehmen müssen. Ihre letzten Minuten mussten furchtbar gewesen sein. So ganz allein und verlassen auf einem fremden Grundstück vor einem fremden Haus.

Unter Tränen sagte Donnie: »Es ist o.k. Du hast getan, was du konntest und was dir in diesem Stressmoment richtig erschien. Mach dir um Gottes willen keine Vorwürfe, sonst wirst du das Trauma dein Leben lang nicht mehr los. Es ist, wie es ist. Deine Mutti ist jetzt im Himmel und liebt dich weiter und passt auf dich auf. Sie trägt dir nichts nach, sondern du hast einen Schutzengel mehr.«

Donnie lächelte und drückte Pauls Hand. Seine falschen Wimpern hatten sich durchs Weinen gelöst und verschleierten seinen Blick.

Was ist er doch für ein Schatz, dachte Paul, stand auf und nahm ihn in den Arm. Aber er hatte ja auch keine Ahnung. Paul hatte ihm nie erzählt, wie seine Mutter wirklich gewesen war.

Donnie wurde auf der Stelle weich, schmiegte sich im Stehen an ihn, fuhr ihm mit der Hand in den Schritt und suchte seinen Mund.

Paul schob ihn liebevoll, aber bestimmt von sich weg. »Bitte nicht, Donnie, du weißt das. Ich liebe dich wie einen Freund, aber das klappt nicht zwischen uns.«

Donnie schluckte. Dann riss er sich zusammen. »Ich arbeite

übrigens an einem neuen Bühnenprogramm«, sagte er stolz. »Mit Blitz und Doria!«

»Echt? Das ist genial!«

»Ja!« Donnie strahlte. »Es wäre fantastisch, wenn du für meine neue Show das Plakat entwerfen könntest, honey, oder?«

»Na klar! Das mach ich doch gerne!«

Paul drückte Donnies Hand.

Aber Donnies Sorge blieb. Er hatte eine Scheißangst vor diesem Haus in Italien, das ihm Paul wegnahm. Und er verstand einfach nicht, warum er sich dort verkroch.

IN EINER KALTEN NACHT

29

Hamburg, Herbst, ein Jahr zuvor

Paul saß noch gemütlich am Frühstückstisch, als Kurt Klose anrief, der Chef seiner Werbeagentur, mit der er seit Jahren zusammenarbeitete.

»Hi, Paul«, begann er das Gespräch kurz und knapp. »Ich hoffe, es geht dir gut?«

»Alles gut, danke.«

»Super. Kommst du heute in die Firma?«

»Das kann ich einrichten. Wann?«

»Um elf. Ich habe was mit dir zu besprechen.«

»Probleme?« Paul bekam ein mulmiges Gefühl. Wenn Klose so anfing, konnte es nur das Canceln eines Auftrages bedeuten.

»Aber nein! Im Gegenteil!« Kurt lachte kurz auf. »Es geht um ein neues Projekt. Sehr schön und sehr eilig. Wir sehen uns um elf, o.k.?«

»Alles klar.«

Paul seufzte. Kurt war ein Schaumschläger. Er dramatisierte alles. Jeder kleine Auftrag für die Bäckerzeitung war für ihn so gravierend, als hätte Hollywood sechs Filme bestellt. Man durfte sich nicht ins Bockshorn jagen lassen. Aber wie alle seine Kollegen fiel auch Paul immer wieder drauf rein.

Mal sehen, was er heute anzubieten hatte. Wahrscheinlich

ein paar Fotos für den Katalog einer Teppichfirma. Gähnend langweilig.

Donnie schlief noch, er weckte ihn nicht, sondern legte ihm einen Zettel hin. »Weiß nicht, wann ich komme. Hoffentlich nicht so spät.« Dann fuhr er in die Firma.

Paul war die Ruhe selbst, als er das Büro von Kurt Klose betrat.

Kurt ging direkt auf ihn zu und deutete eine Umarmung an. »Hör zu, es gibt ein neues Projekt, und ich wüsste nicht, wer außer dir das machen könnte.«

Paul grinste. »Das hört man gern.«

»Ja. Pass auf. Eine Kosmetikfirma braucht ein Werbevideo fürs Fernsehen, Fotos für einen Katalog, für Werbung in Zeitschriften, das ganze Programm. Du kennst die Nummer. Sie stellen sich Folgendes vor: Nordseeinsel, Sonne, Sand, Wind und Meer. Das Übliche. Eine Frau hält ihr Gesicht in den Wind und in die Sonne, schmiert sich mit dem Zeug ein und ist schön und faltenfrei wie ein Babypopo. Sie rollt sich im Sand, schmeißt sich in die Wellen, joggt am Strand entlang, blickt träumend in den Sonnenuntergang ... Der Fantasie sind keine Grenzen gesetzt. Alles klar?«

»So ziemlich. Mit dem Model geht alles klar?«

»Wir sind dran. Es dürfte kein Problem geben. Eine Vanessa Rubikowa ist so gut wie unter Vertrag. In zwei Tagen kannst du los.«

»Wohin?«

»Amrum. Da gibt es den größten und breitesten und schönsten Strand überhaupt. Stefan macht die Beleuchtung, Conny die Maske, und Manni ist Mädchen für alles. Die fahren mit dem Bulli. Kommst du mit dem eigenen Auto?«

»Ja, klar. Wie lange hab ich Zeit?«

»Geplant ist ein Ganztagesdreh mit dem Model, dann hast du noch einen Tag für Naturaufnahmen, Stimmung, Wind,

Wellen, Sonnenuntergang, weiß der Teufel was. Und falls das Wetter nicht mitspielt, schauen wir mal. Alles klar?«

Paul nickte. »Das Team fährt nach einem Tag zurück?«

»Wenn alles gut geht, ja.«

»O.k. Ich bleibe, bis ich alles im Kasten habe. Ich wollte eigentlich mal ein paar Tage zu Hause sein, aber es geht wohl nicht anders.«

»Nein. Tut es nicht.«

»O.k. Hast du das Script für den Spot?«

»Natürlich.« Klose wühlte auf seinem Schreibtisch herum und reichte Paul die Seiten.

Paul überflog sie. »Spricht die paar Sätze das Model selbst?«

Klose lachte. »Hast du schon mal ein Model erlebt, das vernünftig sprechen kann? Ich nicht. Entweder sie lispeln oder reden Papier oder haben eine Stimme, dass jeder Kanarienvogel tot von der Stange fällt.«

Paul lachte.

»Nein, das wird alles synchronisiert. Damit müsst ihr euch nicht belasten.«

»Wunderbar.«

»Gut. Dann rechnen wir die Kilometerpauschale ab«, sagte Klose. »Das Hotel buchen wir dir. Spesensatz wie immer. Sonst noch was?«

»Nee.« Paul grinste. »Wünsch mir 'ne gute Reise und einigermaßen Fotografierwetter.«

Kurt grinste auch. »Na dann, gute Fahrt. Und Sonne satt. Wir sprechen uns Ende der Woche. Viel Glück.«

Paul drehte sich um und verließ den Raum.

Er freute sich auf Amrum.

30

Hannover

Rolf hatte eine Flasche Wein dabei, bekam einen Parkplatz fast direkt vor der Tür und hob Lottas Koffer aus dem Kofferraum. Lotta sprang aus dem Auto, er hängte ihr ihren pinkfarbenen Rucksack um, nahm den Koffer und schloss den Wagen mit der Fernbedienung ab.

»Komm, Schatz!«

Lotta war regelrecht übermütig vor Freude. Ein riesiges Abenteuer stand ihr bevor: eine Nacht bei ihrer Freundin Tina und dann fünf Tage Schullandheim auf Amrum! Etwas Schöneres gab es auf der ganzen Welt nicht!

Rolf ging zur Nummer sechzehn der Reihenhäuser und klingelte bei Neuberg.

»Jau!«, sagte eine helle Frauenstimme, und der Türöffner summte.

»Moin Inga!«, sagte Rolf, während er das Vorgärtchen durchquerte. »Wie geht's?«

»Alles gut. Und bei dir?«

»Auch gut.«

»Kommt rein!«

Rolf drückte Inga die Flasche Wein in die Hand. »Für heute Abend. Oder für wann auch immer.« Er grinste.

»Oh, wie nett!«, sagte sie. »Danke!«

Dann stellte er den Koffer in den Flur und nahm Lotta den Rucksack ab.

Das Wohnzimmer der Neubergs war skandinavisch schlicht, aber gemütlich eingerichtet. Tina und Lotta schwirrten sofort ab ins Kinderzimmer, Rolf und Inga setzten sich.

»Super, dass Lotta heute Nacht hier bei dir schlafen darf. Wegen der Frühschicht muss ich echt schon um fünf im Sender sein. Es war leider auch nicht möglich, einen Dienst zu tauschen.«

»Aber bitte! Ob ich nun ein oder zwei Kinder zum Bus bringe, macht doch keinen Unterschied. Und die beiden Mädchen sind ein Herz und eine Seele! Hat Lotta schon zu Abend gegessen?«

»Nein.«

»Perfekt, dann essen wir gleich gemeinsam. Muss ich sonst noch irgendwas wissen?«

»Eigentlich nein. Ich hoffe, dass es für die beiden eine tolle Reise wird!«

»Das hoffe ich auch. Wie geht's Silvia in Indonesien?«

»Soweit ich weiß, sehr gut. War wirklich alles total interessant, aber jetzt kann sie es doch kaum mehr erwarten, dass das Projekt zu Ende ist und sie nach Hause kommt.«

Inga grinste. »Kann ich mir vorstellen. Wenn sie wieder da ist, kommt ihr mal rum auf ein Glas Wein.«

»Sehr gern!«

Rolf stand auf. »Dank dir noch mal, und wenn ihr übers Wochenende mal was vorhabt, dann nehmen wir Tina und drehen den Spieß um!«

Inga lachte. »Ja, gerne.«

Rolf stand auf und ging zur Treppe. »Lotta!«, rief er.

Aber Lotta hörte ihn nicht.

Inga zuckte die Achseln. »Du kannst ruhig raufgehen.«

Rolf ging hoch und öffnete die Kinderzimmertür. »Mäuschen?«, fragte er. »Ich wollte nur kurz Tschüss sagen.«

Lotta, die mit Tina auf dem Boden saß und mit Prinzessinnen und einem Einhorn spielte, sprang auf und umarmte ihren Vater.

»Pass auf dich auf«, sagte er leise. »Und komm mir heile wieder, ja?«

»Ja klar, Papa.«

Rolf drückte sie fest an sich und gab ihr einen Kuss. »Mach's gut!«

»Du auch! Grüß Mama.«

»Mach ich. Tschüss, Tina! Viel Spaß euch beiden!«

Damit ließ er die beiden Mädchen weiterspielen, schloss die Tür und lief die Treppe hinunter.

Er nahm Inga in den Arm. »Danke. Und noch einen schönen Abend!«

Rolf ging zu seinem Auto, winkte noch einmal kurz und stieg ein.

Er spürte, dass Lotta ihm jetzt schon fehlte. Es würde keine einfache Zeit werden, dabei war so eine Klassenreise eigentlich nichts Besonderes.

Und überhaupt: Sie war ja schon acht und so ein großes Mädchen.

Den ganzen Abend war Rolf unruhig und fühlte sich leer. Seit ihrer Geburt war Lotta noch nie so lange weg gewesen. Er vermisste sie so sehr, dass ihm immer wieder die Tränen in die Augen schossen.

Gestern Nachmittag hatten sie zusammen Koffer gepackt. Er hatte eine Liste gemacht und gesagt: »Stell dir deinen Tagesablauf vor, dann vergisst du nichts. Also: In der Nacht brauchst du einen Schlafanzug. Dann stehst du auf und gehst ins Bad. Zahnbürste, Waschlappen, Handtuch, Creme, Haarbürste. Zieh dich in Gedanken an: Unterwäsche, Socken, T-Shirt, Pulli, Jacke, Jeans und für draußen Anorak, Mütze.

Handschuhe brauchst du sicher nicht, es ist ja noch nicht Winter. Dann Schuhe: Hausschuhe, Turnschuhe, Wanderschuhe, Gummistiefel, fertig. Das ist das Wichtigste. Und dann musst du dir überlegen, was du vielleicht sonst noch mitnehmen willst. Ein Buch? Dein Handy, deinen Auflader, Elli.« Elli war ein rosa Schwein, ohne das Lotta nie irgendwo hinfuhr. »Überleg mal. Haben wir noch was vergessen?«

Lotta überlegte. »Nee, ich glaub nicht.«

»Gut, dann haben wir ja jetzt eine Liste und packen alles ein.«

Lotta nickte. Aber plötzlich fing sie an zu weinen, und ihr Vater nahm sie in den Arm. Drückte sie ganz fest an sich und flüsterte ihr ins Ohr: »Du bist ein tolles Mädchen, mein großes, schönes Mädchen, und du kannst das alles schon allein. Ich kann mich auf dich verlassen, und ich bin stolz auf dich. Nicht weinen, Spatz, freu dich drauf, es wird super!«

Lotta lächelte unter Tränen.

Sie hatten den Koffer gepackt, darauf geachtet, dass Lotta ihn auch tragen konnte, ihn in den Flur gestellt, und dann zusammen Abendbrot gegessen. Würstchen mit Kartoffelsalat. Lottas Lieblingsessen.

Und beim Ins-Bett-Bringen hatte Rolf Lotta einen dicken Kuss gegeben und gesagt: »Ich hab dich lieb, meine Kleine, vergiss das nicht. Und in Gedanken bin ich immer bei dir.«

Lotta hatte gegrinst und war ganz glücklich und zufrieden eingeschlafen.

31

Drei Tage später stand Rolf Steinmann gerade im Stau auf der A7, als sein Handy klingelte. Seine Frau Silvia, die aus Indonesien anrief, war am Apparat.

»Wie geht es dir?«, brüllte sie und klang etwas verzerrt.

»Gut. Ich stehe gerade im Stau.«

»Können wir reden?«

»Sicher.«

»Wie geht es Lotta?«

»Prima. Sie ist gut auf Amrum angekommen, und sie findet alles richtig toll. Das Schullandheim ist schön, sie sind gestern zum ersten Mal an den Strand gegangen, muss ein echtes Erlebnis gewesen sein. Es gibt keine Probleme. Sie schläft in einem Vierbettzimmer und findet es total aufregend. Wahrscheinlich quatschen die Mädchen die halbe Nacht.«

»Ach, das freut mich.«

Rolf hörte förmlich, wie Silvia ein Ziegelstein von der Seele fiel. »Und? Was macht dein Job?«

»Alles so weit in Ordnung. Jakarta ist abgedreht, morgen müssen wir noch aufs Land, drehen was über die Erdbebenopfer, und dann komm ich endlich nach Hause.« Sie schwieg und sagte nach einer Weile: »Und du kommst allein zurecht?«

»Bestens. Ich schiebe mir jeden Tag eine Pizza in den Ofen und werde fünf Kilo zugenommen haben, bis du kommst.«

Silvia lachte. »Grüß Lotta von mir, wenn du mit ihr sprichst, ich hab sie bisher noch nicht erreicht.«

»Mach ich. Die Kiddies dürfen ihr Handy tagsüber nicht anschalten. Lotta hat ihres nur abends kurz an, um zu telefonieren.«

»Ist okay. Versteh ich. Bitte, gib ihr tausend Küsse von mir und sag ihr, dass ich sie lieb habe.«

»Mach ich.«

»Und dich natürlich auch.« Sie gluckste.

»Pass auf dich auf«, sagte er.

»Du auch auf dich. Bis bald.«

»Bis bald.« Er legte auf.

Nur noch fünf Tage, dann waren sie alle drei wieder zusammen.

Er konnte es kaum erwarten.

Ganz allmählich und stockend begann der Verkehr wieder zu fließen.

32

Amrum

»So, ihr Lieben«, sagte Frau Vonderstedt nach dem Frühstück, »geht's vielleicht mal ein bisschen leiser, ich möchte euch was sagen!« Sie schlug mit ihrem Kugelschreiber an ihr leeres Glas, aus dem sie Orangensaft getrunken hatte. Der helle Ton ließ viele Kinder aufmerksam werden, und allmählich wurde es ruhiger.

Frau Vonderstedt lächelte. »So gefällt es mir schon viel besser. Wir sollten uns einigen, was wir heute machen. Wir hatten ja vor, morgen eine große Wattwanderung zu machen. Heute biete ich euch an, den Hafen von Wittdün mit vielen Schiffen anzusehen, oder wir wandern zum Leuchtturm oder suchen am Strand nach Bernstein und Hühnergöttern. Wozu habt ihr Lust?«

Niemand regte sich. Die Klasse schwieg, offensichtlich überlegten sie.

»Okay, stimmen wir ab: Wer möchte zum Hafen?«

Drei Kinder meldeten sich.

»Wer will zum Leuchtturm?«

Ein Mädchen meldete sich zaghaft, und ein paar Kinder kicherten.

»Wer möchte am Strand nach Hühnergöttern und Bernstein suchen?«

Fast alle Finger schossen in die Höhe.

Frau Vonderstedt lächelte. »Gut. Dann machen wir das. Wisst ihr, was Hühnergötter sind?«

Ein kleiner blonder Junge meldete sich. »Steine mit 'nem Loch drin.«

»So ist es. Genau. Es sind Feuersteine mit Kreideeinlagerungen, die das Meer im Laufe der Zeit herausgewaschen hat. Die Bauern hatten Angst vor bösen Gottheiten, die das Geflügel stahlen oder die Hühner am Eierlegen hinderten. Daher hängte man überall Hühnergötter auf, die davor schützten. Und das war nicht alles. Sie schützten auch vor Krankheiten und Seuchen. Also, wenn ihr einen Stein mit einem oder mehreren Löchern findet, dann ist das ein wahrer Schatz, der euch Glück bringt.«

Die Kinder schwiegen beeindruckt.

»Aber hier am Nordseestrand findet man auch hin und wieder Bernstein. Den kennt ihr doch bestimmt, oder?«

Einige nickten.

»Bernstein ist ein Schmuckstein aus uraltem Harz. Gelblich, bräunlich, mal milchig, mal ganz durchsichtig. Haltet einfach die Augen offen! Er ist ein sehr wertvoller Stein, der angeblich vor Dämonen, Hexen und Trollen schützt und Lebensfreude schenkt. Und wenn man sich so einen Stein im Schmuckgeschäft kaufen will, wird es richtig teuer.«

Frau Vonderstedt fuhr sich voller Vorfreude durch die dichten Haare. »Na dann, machen wir uns auf die Suche. Der Nordseestrand bietet ungeahnte Schätze! Man muss sie nur finden!«

Die Kinder waren schon am Aufstehen, als Frau Vonderstedt noch einmal rief: »Halt, stopp! Wir treffen uns in zehn Minuten am Hauptausgang. Ich möchte niemanden ohne Anorak und Gummistiefel sehen, ist das klar?«

Alle nickten und stürmten aus dem Saal.

Und jeder hatte die Hoffnung, einen wirklichen Schatz zu finden.

Lotta saß im Sand und nahm jeden Stein in die Hand. Besah ihn sich ganz genau. Aber da war kein einziger Hühnergott dabei, und die bräunlichen Steine sahen alle aus wie Bernsteine oder wie keiner.

Und sie wollte doch so gern ihrer Mutter einen schenken. Das war etwas ganz Besonderes, das wusste sie, denn ihre Mutter hatte einmal eine Kette mit Bernsteinanhänger gehabt und dann verloren, und da war sie ganz traurig gewesen.

Einen Bernstein für ihre Mutter zu finden – das wäre das Größte. Ihre Mutter würde sich gar nicht mehr einkriegen vor Freude!

Aber zwischen diesen Tausenden von Steinen erkannte sie gar nichts. Dabei hatte sie sich so auf die Suche gefreut.

Es war kühl geworden. Um fünf pfiff Frau Vonderstedt zum Aufbruch, die Sonne wurde allmählich schwächer und milchiger, die Klasse versammelte sich an dem angeschwemmten Baumstamm, auf dem Frau Vonderstedt gesessen und die Gruppe beaufsichtigt hatte.

»Wir können uns nach dem Abendbrot eure Schätze noch einmal genau angucken. Ganz klar ist, dass Hugo einen Hühnergott gefunden hat. Das ist toll! Und absolut selten! Prima, Hugo! Und ihr andern solltet nicht traurig sein, ihr wart sicher nicht das letzte Mal an einem Strand. Vielleicht macht ihr auch mal mit euren Eltern Urlaub an der Nordsee, und dann sucht ihr einfach weiter. Bleibt jetzt bitte alle da stehen, wo ihr gerade seid, und lasst mich kurz durchzählen.«

»Okay, ihr Lieben«, sagte Frau Vonderstedt, als klar war, dass die Klasse vollständig war, »na dann, marsch zurück ins Heim!«

Lotta war todunglücklich. Keine Ahnung, ob ihre Eltern

mit ihr jemals Urlaub an der Nordsee machen würden. Sie flogen eigentlich immer nach Mallorca oder Fuerteventura. Die Nordsee war ihrer Mutter zu kalt.

Im Heim angekommen, zogen alle ihre Anoraks und Stiefel aus.

Frau Vonderstedt stellte sich auf eine kleine Bank, damit alle sie sehen und hören konnten.

»So, Kinder!«, rief sie. »Wir haben jetzt noch eine Stunde bis zum Abendbrot. Zeit zur freien Verfügung. Herr Bregenz und ich sitzen hier im Aufenthaltsraum, wenn irgendwas ist, könnt ihr gerne kommen. Um halb sieben treffen wir uns alle im Speisesaal, o.k.?«

Die Kinder nickten.

»Und wie immer gilt: Keiner verlässt das Heim. Ist das klar?«

Die Kinder nickten wieder.

»Gut. Dann bis später. Viel Spaß!«

Die Kinder rannten davon.

Lotta stand einen Moment ratlos herum. Dann ging sie in ihr Zimmer.

Es war leer. Die anderen drei waren irgendwo zum Spielen. Lotta setzte sich still auf ihr Bett. Sie war so traurig, dass sie nichts für ihre Mutter gefunden hatte.

Und dann erinnerte sie sich an eine Geschichte, die sie mal gelesen hatte. Da hatte auch ein Kind Bernsteine gesucht, und die hatten in der Nacht geleuchtet und gefunkelt wie Diamanten.

Sie sah aus dem Fenster. Die Sonne ging unter, und es wurde langsam dunkel. Nicht mehr lange, dann würden die Bernsteine anfangen zu funkeln, und dann waren sie ganz leicht zu finden.

Eine Stunde noch bis zum Abendessen.

Sie musste es versuchen.

Lotta zog sich keinen Anorak, keine Stiefel und keine Mütze mehr an, denn das hätte bestimmt eins der Kinder gesehen, sondern öffnete das Fenster, kletterte hinaus und rannte los. So wie sie war. Im dünnen Pullover und mit Turnschuhen an den Füßen.

33

Paul sah auf die Uhr. Es war erst kurz vor sieben. Im Hotel gab es von neunzehn bis zweiundzwanzig Uhr Abendessen. Er hatte also Zeit, vielleicht sollte er noch einen Spaziergang am Strand machen.

Die Szenen mit dem Model waren im Kasten. Die blonde Schönheit mit dem beleidigten Blick war lässig, locker und professionell gewesen, hatte das ganze Ding cool durchgezogen, und er war sich sicher, dass ein gutes Video und ein paar sehr schöne Fotos dabei waren. Ihren Namen hatte er schon wieder vergessen.

Und heute war das Wetter gnädig gewesen. Genug Wind für Schaumkronen auf dem Meer, Wolken am Himmel und Sand, der über den Strandhafer fegte. Wunderbar. Zusammen ergab das eine perfekte Komposition für einen Werbespot. Er musste das Ganze natürlich noch schneiden und bearbeiten, aber seine Arbeit auf Amrum war getan und hatte hervorragend funktioniert.

Paul war zufrieden.

Er zog sich feste Schuhe und Anorak an und verließ das Hotel.

Es war in der letzten halben Stunde wirklich windiger geworden. Sehr viel windiger. Aber für Mitte Oktober nichts Besonderes.

Er zog sich die Mütze tiefer über die Ohren und schloss den Reißverschluss des Anoraks bis unters Kinn. Die Hände vergrub er in den Taschen. Ihm war nicht kalt, aber der Wind blies ihm geradewegs ins Gesicht und raubte ihm den Atem.

Aber deswegen war er ja so gern am Meer. Einfach mal durchatmen, in die Weite gucken, frei werden und sich vom Wind durchpusten lassen.

Er lief immer weiter, und das Gefühl, noch Stunden so gehen zu können, erfüllte ihn mit Kraft.

Der Wind nahm immer mehr zu.

Es war stockdunkel. Der Wind riss ihm die Kapuze von den Ohren, wenn er sie nicht festhielt, und jetzt fing es auch noch an zu regnen. Vielleicht sollte er umkehren und zurück ins Hotel gehen. Abendbrot essen und dann fernsehen. Aber er ging weiter. Mit gesenktem Kopf. Hatte keine Taschenlampe dabei und erahnte nur noch Horizont, Meer, Dünen und Strand.

Der Wind heulte.

Als das Heulen kurz abebbte, hörte er eine dünne Stimme.

Er blieb stehen. Glaubte sich getäuscht zu haben. Konzentrierte sich und hörte genauer hin.

Da war es wieder. Eine hohe, verzagte Stimme. Ängstlich und verzweifelt. Er hatte sich nicht geirrt. Irgendjemand, ein Kind, rief um Hilfe.

»Hallo!« Er ging in die Richtung, aus der die Stimme kam.

Die Rufe wurden lauter.

Er ging weiter.

Und dann sah er eine kleine Gestalt mit den Armen winken.

Er fiel fast über einen Sandwall und traute seinen Augen nicht: Ein kleines Mädchen, ganz allein, saß in einer Strandburg. Im Dunkeln. Im Wind, in der Kälte.

Er sah, dass sie viel zu dünn angezogen war. Sie trug keinen Anorak, keine Stiefel, keine Mütze, nichts. Sie musste schon halb erfroren sein.

»Was machst du denn hier?«

Sie zitterte und konnte kaum sprechen. »Ich bin Lotta, ich wohne im Schullandheim, und ich find nicht mehr zurück!«

Er nahm sie in den Arm und drückte sie an sich. Sie entspannte sich sofort, und ihn durchzuckte es. Es gab ihm einen Stich. Sein Unterleib stand in Flammen.

»Das Schullandheim hinter den Dünen?«, fragte er und musste sich Mühe geben, ruhig zu sprechen.

»Ja. Irgendwo dort. Hinter dem Wald. Kannst du mich da hinbringen? Bitte!«

»Klar kann ich das. Ich kenne das Schullandheim. Das finde ich auch im Dunkeln.«

Lottas Erleichterung war körperlich spürbar.

»Kannst du laufen, oder soll ich dich tragen?«, fragte er.

»Ich bin nicht krank, ich hab mich nur verlaufen«, sagte Lotta. »Und mir ist so schrecklich kalt.«

»Okay. Dann komm mit. Ich bring dich nach Hause zu deiner Klasse.«

Er ging los, und Lotta folgte.

Und er wusste nicht, was er tun sollte.

Hätte schreien können.

34

Allmählich füllte sich der Speisesaal, die Kinder nahmen ihre Plätze ein.

Herr Bregenz stand vor der Klasse und hatte einen Bleistift in der Hand, mit dem er auf den Tisch klopfte und um Ruhe bat. »Wie sieht's aus? Habt ihr Hunger?«

»Jaaaa!«, schrien alle.

»Gut, ihr wisst, wie das hier funktioniert. Zuerst gehen Tisch eins und zwei zum Büfett, dann drei und vier. Keine Panik, es ist für alle genug da. Seid bitte nicht so gierig und nehmt euch nur so viel, wie ihr auch essen könnt und mögt. Ist das klar? Ich möchte nicht, dass Berge auf den Tellern übrig bleiben, die dann in den Mülleimer wandern. Am Anfang ganz rechts des Büfetts gibt es auch eine heiße Suppe, wenn ihr Appetit darauf habt, am Ende stehen die Getränke. Na dann los, kein Geschubse und Gedrängel bitte, und guten Appetit!«

Tina meldete sich.

»Ja, Tina?«, fragte Frau Vonderstedt.

»Lotta ist nicht da.«

»Wie? Lotta ist nicht da?«

»Na, sie sitzt eigentlich immer neben mir, weil sie doch meine Freundin ist, aber sie ist nicht da.«

Frau Vonderstedt wurde blass. »Ruhe bitte! Alle mal herhören!« Frau Vonderstedts Stimme war jetzt sehr laut, und alle hielten einen Moment inne. »Hat jemand eine Ahnung, wo Lotta ist?«

Niemand sagte einen Ton, ein paar schüttelten die Köpfe.

»Als wir vom Spaziergang zurückgekommen sind, war sie doch noch da, oder?«

»Natürlich«, meinte Volker Bregenz leise, »du hast doch durchgezählt, es waren alle vollzählig.«

»Vielleicht ist sie noch im Zimmer und kämmt sich«, sagte Ida und kicherte. Auch ein paar andere Mädchen lachten leise.

Die Lehrerin ging nicht darauf ein. »Wer hat denn seit dem Strandausflug mit Lotta gespielt?«

Schweigen.

»Tina! Du bist doch ihre Freundin! Was habt ihr denn nach dem Spaziergang zusammen gemacht?«

Tina überlegte. »Gar nichts. Ich weiß nicht, was Lotta gemacht hat. Ich hab Tischtennis gespielt, aber das mag sie nicht und war nicht dabei. Ich hab keine Ahnung, wo sie war.«

Frau Vonderstedt wandte sich noch einmal an alle: »Mit wem hat Lotta vor dem Abendessen gespielt? Oder wisst ihr zumindest, was sie gemacht hat? War sie in ihrem Zimmer?«

Kein Kind sagte etwas. Einige schüttelten die Köpfe. Es war totenstill im Raum.

»Es kann doch nicht sein, dass Lotta ganz allein war und niemand sie gesehen hat?«

Und wieder schwiegen alle Kinder.

Marion Vonderstedt zog sich das Herz zusammen. Sie sah aus dem Fenster. Draußen war es stockdunkel. Und Lotta war nicht da. Sie spürte, wie eine unheimliche Panik in ihr aufstieg.

»Was machen wir?«, fragte sie ihren Kollegen mit flammend rotem Gesicht.

»Beruhige dich. Sie muss ja irgendwo sein. Ich gehe jetzt durch alle Räume und suche sie. Vielleicht hat sie sich aus Versehen im Klo eingesperrt, oder ihr ist übel, oder was weiß ich. Und dann sehen wir weiter.«

Marion Vonderstedt nickte. Aber ihr war so schlecht wie noch nie in ihrem Leben.

Sie ging von Tisch zu Tisch, goss Getränke ein und hoffte nur eins: dass Volker Lotta finden würde. Dass es eine ganz einfache Erklärung gab, warum Lotta nicht im Speisesaal war. Und dass diese fürchterliche Angst aufhörte.

35

Es war so unsagbar kalt.

Der Wind war scharf und schneidend, sie konnte kaum gucken, hielt den Kopf gesenkt und versuchte hinter dem fremden Mann herzugehen. Ihre Augen tränten, ihre Füße waren eiskalt. Warum hatte sie keinen Anorak, keine Stiefel an? Warum hatte Papa gesagt, sie bräuchte keine Handschuhe? Mit Handschuhen und Anorak und Stiefeln würde es ihr jetzt so viel besser gehen.

Aber bald war das ja alles vorbei. Nicht mehr lange, dann war sie wieder im warmen Schullandheim bei den anderen.

Sie nahm alle ihre Kräfte zusammen, trotzte dem Wind und der Kälte und folgte dem fremden Mann.

Der Strand war so groß.

Nahm gar kein Ende.

Der Mann ging. Ohne sie anzusehen. Ohne mit ihr zu reden.

Und sie trottete hinterher.

Plötzlich stolperte sie und schrie auf. Fiel in den Sand. Konnte einfach nicht mehr.

Der Mann blieb stehen, ging zu ihr und hob sie hoch.

»Es ist nicht mehr weit«, sagte er und nahm sie an der Hand. »Wir sind gleich da.«

Das glaubte Lotta zwar nicht, aber sie hoffte, dass der Mann recht hatte.

Jetzt hielt er sie an der Hand, und das tat ihr gut. Da war ein Erwachsener, der sie nach Hause, zurück ins Schullandheim, brachte. Ihr konnte nichts geschehen. Sie brauchte keine Angst mehr zu haben.

Es war nicht mehr weit bis zu den Dünen, aber der Mann zog sie nach links, weiter am Strand entlang.

Sie schrie. »Ich kann nicht mehr! Bitte, bring mich ins Heim, bitte!«

Der Wind kam jetzt von der Seite, sie konnte kaum noch die Füße heben. Noch nie war ihr so kalt, noch nie war sie so müde und kaputt gewesen.

Und plötzlich war die Angst wieder da.

36

Volker kam zurück. Er hatte hektische Flecken im Gesicht und flüsterte, damit die Kinder ihn nicht hörten.

»Ich hab das ganze Haus abgesucht. Hier ist sie nicht. Definitiv nicht.«

Marion schluckte. »Und was machen wir jetzt?«

»Wir verständigen die Polizei. Wir können die Kinder nicht unbeaufsichtigt lassen. Und wir können auch nicht mit den Kindern im Dunkeln raus und sie suchen. Wir haben keine andere Möglichkeit, als die Polizei zu rufen.«

»Das kann uns den Kopf kosten.«

»Ja. Vielleicht. Aber darum geht es jetzt nicht. Wir müssen Lotta finden!«

Marion nickte. »Gut. Dann verständige die Polizei, und ich halte hier den Laden am Laufen. Ruhe haben wir erst, wenn alle im Bett sind.«

Volker rannte aus dem Raum.

Zwanzig Minuten später kamen zwei Polizisten, Fiete Petersen und sein Assistent Kim Erichsen. Fiete war ein gelassener, etwas behäbiger Typ, den nichts aus der Ruhe bringen konnte, Kim wirkte zurückhaltend und ähnlich tiefenentspannt wie sein Chef.

»Was ist denn passiert?«, fragte Fiete.

»Wir sind hier mit einer Schulklasse aus Hannover, und eines unserer Kinder ist weg. Verschwunden. Lotta Steinmann. Sie ist wahrscheinlich irgendwo da draußen, im Dunkeln.« Marion schluchzte.

»Nun mal ganz ruhig«, sagte Fiete, »keine Panik. Erstens passiert hier auf Amrum grundsätzlich nie was, und wenn, mein Gott, die Fähre fährt erst morgen früh wieder, hier kommt jetzt in der Nacht keiner runter von der Insel, erst morgen ab sechs wieder.«

»Wo um Himmels willen kann Lotta sein?«

»Weiß ich nicht! Aber wir werden sie suchen. Wir ziehen mit ein paar Mann los, und dann wird alles gut. Wo haben Sie sie denn zuletzt gesehen?«

Marion Vonderstedt erzählte alles, was sie wusste.

Die paar verstreuten Polizisten, die heute Abend im Dunkeln am Strand herumirren und Lotta suchen würden, waren ihre einzige und letzte Hoffnung.

37

Er hatte es nicht gewollt, hatte es nicht provoziert.

Und doch war es wieder so gekommen, er war hier draußen in der Nacht, allein mit einem kleinen Mädchen.

Sie hatten ganz in der Nähe gedreht. An diesem Ort kam selten jemand vorbei. Und um diese Zeit war dort kein Mensch. Er hatte nicht das Geringste zu befürchten.

Das Schlimme war, dass es ganz allein an ihm lag. Er konnte es verhindern. Ganz leicht. Er brauchte die Kleine nur ins Schullandheim zurückzubringen, und alles wäre in Ordnung. Nichts würde geschehen.

Er würde heute Abend noch eine Weile im Hotel an der Bar oder allein vor dem Fernseher sitzen und stolz auf sich sein. Dass er es geschafft, dass er sich selbst besiegt hatte. Er würde ruhig schlafen. Ohne schlechtes Gewissen, ohne Hass auf sich selbst.

Wunderbar.

Sie mussten nur rechts durch die Dünen zum Schullandheim gehen. Vielleicht zehn Minuten. Mehr nicht. Dann wäre der Spuk vorbei, und er würde sein Leben vielleicht doch wieder in den Griff bekommen.

Noch hundert Meter, dann teilte sich der Weg.

Paul blieb stehen. Atmete in den Wind, hielt die Kleine fest an seiner Hand.

»Was ist?«, fragte sie. »Wann sind wir denn endlich da?«
»Gleich«, log er und nahm den Weg nach links.
Er war ein Loser. Kam einfach nicht gegen sich an.
Die Kleine folgte ihm tapfer.

38

Es war nicht das Heim und auch keine Hütte. Es war eine Strandburg, ein Verschlag aus angespülten Brettern, irgendwie zusammengezimmert und mit allem, was das Meer hergab, ausgestattet und verziert. Mit zerrissenen Fischernetzen, Muscheln, Töpfen und einer Plastikwanne, Fähnchen, Schuhen, Decken, einem Anker, einem Stuhl, einem Tisch, einer verrosteten Pritsche und vielem mehr. Nach jeder Sturmflut zusammengesammelt und von Strandgängern und Einheimischen liebevoll gehortet, bis sich das Meer die Schätze bei der nächsten Sturmflut zurückholte.

Der Wind pfiff durch die provisorisch zusammengenagelten Planken, durch die jetzt auch das Mondlicht schimmerte.

Das Mädchen lag auf der Pritsche, er hatte eine alte, angeschwemmte Decke, die aber mittlerweile einigermaßen trocken war, über sie gelegt.

Sie sagte nichts. Jammerte und bettelte nicht mehr, aber bibberte und bebte. Ihre Lippen waren blau und ihre Augen starr vor Schreck und Angst.

»Warum bringst du mich nicht ins Heim?«, flüsterte sie.

Er antwortete nicht.

»Du bist doch nicht böse, oder?«

Er antwortete wieder nicht.

Sie begann zu weinen. Ihre Tränen tropften auf die alte dreckige Decke, die nach Salzwasser, Tang und Muscheln stank.

Sie zog sie sich halb über den Kopf, als könne sie sich verstecken und dem Schrecklichen, das sie erwartete, entfliehen.

»Darf ich hier schlafen bis morgen früh?«

Er nickte und strich sich eine Träne aus dem Augenwinkel.

»Nicht weinen«, sagte sie. »Ich schaff das schon. So kalt ist es gar nicht. Du kannst nach Hause gehen. Ich bleibe hier.«

Was für ein kluges kleines Mädchen.

Er stand am windschiefen Ausgang der Strandburg. Das Wasser war aufgewühlt, der Sturm würde noch zunehmen, auf dem Meer tanzten die Schaumkronen im hellen Mondlicht.

Aus dem Augenwinkel sah er, dass sie ganz still lag und sich nicht rührte. Sie kämpfte nicht. Sie versuchte nicht zu fliehen, sie wollte sich mit ihm verbünden.

Noch gab es ein Zurück.

Noch konnte er sie zum Heim bringen.

Alles wäre gut. Und vorbei.

Er musste sich – verdammt noch mal – einfach nur für das Richtige entscheiden.

Er zitterte. Genauso wie sie. Aber nicht wegen der Kälte.

Sie war wie die Flasche, die vor dem Alkoholiker steht. Greifbar. Und alle Qual hätte ein Ende.

Und dann atmete er tief durch, gab sich einen Ruck und ging zu ihr.

»Es tut mir leid, Prinzessin«, sagte er.

39

Er hatte alles ausgeblendet. Den heulenden Wind, den Sand, der sich in Augen, Ohren und in die Nase setzte und die Haare verklebte, die Kälte, die Dunkelheit. Er war sich sicher, dass jetzt niemand mehr am Strand war und ihre Schreie hörte.

Denn sie schrie wie am Spieß.

Er hatte ihr die Klamotten vom Leib gerissen, sie nackt auf die Pritsche geschmissen und mit groben Tauen gefesselt, und spätestens da musste ihr endgültig klar geworden sein, dass er nicht der gute Onkel war, der sie ins Heim zurückbringen würde und für den sie ihn anfänglich gehalten hatte.

Er war ihr Schicksal. Das Schlimmste, was ihr überhaupt passieren konnte.

Ein unversehrter, reiner Kinderkörper lag vor ihm. Und der gehörte jetzt ihm. Sie konnte nichts dagegen tun.

Sie weinte, schrie, tobte, bäumte sich auf.

Eine Ohrfeige, die sie nicht erwartet hatte und die ihren Kopf zur Seite schleuderte, ließ sie verstummen.

Sie fing sich. Schluchzte. Beruhigte sich.

»Bitte, tu mir nichts«, flehte sie. »Bitte! Ich erzähle auch niemandem was. Ganz bestimmt! Das verspreche ich dir! Aber bitte, tu mir nichts!«

Er antwortete nicht. Ließ sie liegen, ließ sie weinen, flehen und betteln und ging noch einmal hinaus.

Noch nie in ihrem ganzen Leben war ihr so kalt gewesen. Sie zitterte und schlotterte am ganzen Körper, ihre Zähne klapperten aufeinander. Sie wünschte sich eine Decke. Wenigstens eine Decke. Der böse Mann stand draußen vor der Strandburg und sah hinaus aufs Meer. Und sie war an Armen und Beinen gefesselt und konnte nicht weg. Und fror sich zu Tode.

Papa, dachte sie, bitte, Papa, komm und hilf mir. Bitte komm!

Aber ihr Papa war weit weg, und sie wusste, dass er nicht kommen konnte. Dass das eine Illusion war.

Sie war allein. Niemand konnte ihr helfen. Niemand.

Und wieder begann sie zu schreien.

Und zu weinen.

Da kam er zurück in die Strandburg.

»Schluss jetzt«, sagte er und hielt ein Messer in der Hand. »Sei still, Prinzessin, sonst wird es nur noch schlimmer.«

Lotta erstarrte vor Schreck.

Papa, schrie sie innerlich und hörte gar nicht mehr auf damit. Papa, Papa, Papa, bitte hilf mir!

Aber das hörte ihr Mörder nicht, und das interessierte ihn auch nicht.

Brutal spreizte er ihr die Beine und verging sich an ihr. Ihr Schreien vermischte sich mit dem Heulen des Windes, und er blendete es aus. Auch ihr Wimmern und Weinen.

Er durchbohrte sie, verletzte sie, ignorierte ihr Blut, hielt ihren Mund zu, aber achtete darauf, sie nicht zu ersticken. Er wollte sie lebend.

Je mehr sie sich wehrte, desto brutaler wurde er. Und seine Lust explodierte geradezu.

Nachdem er über ihr zusammengebrochen war und seinen

Atem wieder einigermaßen unter Kontrolle gebracht hatte, flüsterte er mit rauer Stimme: »Ich liebe dich, ich liebe dich, ich liebe dich«, und setzte ihr die Klinge an die Kehle.

In diesem Moment begann Lotta wieder zu schreien. So hoch und schrill, wie sie noch nie geschrien hatte. Sie schrie um ihr Leben.

Da stieß er dem schreienden Kind das Messer direkt ins Herz.

Später beugte er sich über sie. Sie reagierte nicht mehr.

»Du warst so eine Hübsche, so eine Schöne, so eine Liebe«, ihm brach die Stimme.

Er hob sie hoch und verließ mit ihr die Strandburg.

Lief ein kurzes Stück durch die Nacht.

Im Sand, in einer Mulde, legte er sie ab.

Und dann küsste er sie und ging.

Ließ sie liegen.

Und dachte, dass er nie mehr nach Amrum zurückkehren würde.

Er musste andere Wege finden.

40

Es war mittlerweile kurz vor Mitternacht.

Marion Vonderstedt saß in Tränen aufgelöst im Speisesaal, Volker Bregenz ging nervös auf und ab.

»Ich hab nachgeguckt, Volker. Ihr Anorak ist da, ihre Stiefel, wenn sie da draußen ist, dann hat sie kaum was an.«

Volker nickte. »Keine Ahnung, was in sie gefahren und warum sie abgehauen ist.«

»Wir müssen die Eltern informieren«, flüsterte Marion, »machst du das? Ich kann das nicht. Ich kann jetzt nicht mit den Eltern sprechen, ich schaff das nicht.«

»Ja, ja, ich ruf gleich an.«

Marions Kopf schmerzte zum Zerspringen, sie wusste nicht, wie sie diese Angst und Ungewissheit aushalten, wie sie die Nacht überstehen sollte. Sie konnte nicht mehr sitzen, nicht mehr atmen, nicht mehr denken. Wenn sie Lotta nicht fanden, wusste sie nicht, wie sie jemals wieder ihren Job ausüben, wie sie weiterleben sollte.

Sie schluchzte hemmungslos. Volker legte ihr stumm eine Hand auf die Schulter.

In diesem Moment kamen die beiden Polizisten Fiete Petersen und Kim Erichsen herein.

Marion hob den Kopf. Ihr Puls raste, das Blut schoss ihr ins Gesicht. Volker starrte die Polizisten an.

»Es tut uns leid«, sagte Fiete leise, »aber heute Nacht können wir nichts mehr tun. Die Kollegen sind jetzt nach Hause gegangen. Morgen früh bei Tagesanbruch suchen wir weiter. Aber jetzt im Dunkeln hat es keinen Sinn. Versuchen Sie ein paar Stunden zu schlafen, wahrscheinlich brauchen Sie morgen Ihre ganze Kraft. Auch für die anderen Kinder.«

»Oh, mein Gott«, sagte Volker schwach.

»Rufen Sie uns an, falls Lotta wieder auftaucht oder wenn irgendetwas passiert«, ergänzte Kim Erichsen. »Sie haben unsere Nummer, wir sind jederzeit erreichbar, aber jetzt hauen auch wir uns ein paar Stunden aufs Ohr. Die Nacht wird kurz genug.«

Marion und Volker nickten. »Gute Nacht. Und danke. Bis morgen.«

Die Polizisten gingen.

Es war still im Raum.

Draußen rauschte der Wind in den Bäumen.

»Es ist ein Albtraum«, sagte Marion schließlich. »Und jetzt ist es leider unsere verdammte Pflicht, die Eltern zu informieren.«

»Ja schon … Aber andererseits machen wir sie verrückt, und sie können nichts tun. Sie können heute Nacht nicht mehr herkommen. Die Fähre geht erst morgen früh.« Volker strich sich in seiner Hilflosigkeit unentwegt die Haare aus der Stirn.

»Ja, klar, aber dann können sie morgen früh gleich hier sein«, flüsterte Marion. »Ich möchte jetzt nicht den nächsten Fehler machen.«

»Wenn du meinst, dann ruf an. Aber dann ruf du an, ich schaff das jetzt doch nicht.«

Marion konnte kaum sprechen, so verweint war sie und so sehr zitterte sie am ganzen Körper. »Ist gut. Ich ruf an. Sie müssen wissen, was los ist.« Marion stand auf. »Ich geh nur kurz in mein Zimmer die Nummer holen und guck mal, ob alles ruhig ist.«

Volker nickte. Er stand am Fenster und sah hinaus in die Nacht.

Als Marion Vonderstedt zu ihrem Zimmer ging, kam ihr auf dem Flur Tina entgegen. Zerzaust, verschlafen und leichenblass. Wie ein kleines verschüchtertes Gespenst.

»Was machst du denn hier?«, fragte Marion und nahm sie in den Arm.

»Wo ist Lotta?«, hauchte Tina. »Sie muss doch irgendwo sein?«

Marion nickte und drückte Tina an sich. Ja, Lotta musste irgendwo sein. Irgendwo da draußen. Im Regen. Im Sturm. In den Dünen oder im Wald. Irgendwo dort, wo man als kleines Mädchen allein bei diesem Wetter eigentlich nicht überleben konnte.

»Morgen früh ist sie wieder hier«, sagte Marion leise und glaubte selbst nicht an ihre Worte. »Ganz bestimmt.«

Tina nickte. Sie war so müde und verschlafen und vielleicht immer noch in ihren Träumen, dass sie die Worte ihrer Lehrerin nicht hinterfragte und zumindest nicht darüber nachdachte, wo Lotta war. Gerade jetzt in diesem Moment.

»Komm, ich bring dich ins Bett.«

Marion führte das kleine, frierende Mädchen in seinem dünnen Nachthemd zurück in sein Zimmer, sah, wie es unter die Decke kroch, strich ihm noch einmal beruhigend über den Kopf und flüsterte: »Schlaf schön. Alles wird gut.«

Und augenblicklich war Tina eingeschlafen.

Auch die anderen beiden Mädchen im Zimmer schliefen. Nur vorn am Fenster war ein Bett leer.

Auf dem Kopfkissen saß Elli, das rosa Schwein, und wartete auf Lotta.

41

»So, hier ist die Nummer!«, sagte Marion, als sie wieder in den Speisesaal kam.

Volker stand immer noch bewegungslos am Fenster und sah hinaus in die Nacht.

»In den Zimmern ist Ruhe. Alle schlafen. Gibt es hier irgendwo in diesem Haus ein Glas Wein? Bitte, guck doch mal.«

Volker ging in die Küche.

Nur wenig später kam er mit einer Flasche Weißwein zurück. »Der Wein ist leider warm, stand nicht im Kühlschrank.«

»Egal. Mach die Flasche auf, bitte!«

Volker öffnete die Flasche und schenkte zwei Gläser ein.

Marion nahm einen tiefen Schluck und wählte. Es war jetzt weit nach Mitternacht.

Nach sechsmaligem Klingeln meldete sich eine verschlafene Stimme: »Steinmann?«

»Herr Steinmann, hier ist Marion Vonderstedt, Lottas Lehrerin.«

»Ja, Frau Vonderstedt, was ist los?« Er klang sofort hellwach und alarmiert.

»Herr Steinmann, es tut mir so leid …« Marion brach in Tränen aus und konnte nicht mehr sprechen.

»Was ist los? Hallo?«, brüllte Rolf Steinmann. »Nun reden Sie doch, zum Teufel, verdammt!«

»Ihre Tochter Lotta, sie ist verschwunden!« Marion brach schluchzend zusammen.

Volker nahm ihr das Telefon ab und meldete sich. »Herr Steinmann, ich bin Frau Vonderstedts Kollege, Volker Bregenz. Und ja, es tut uns fürchterlich leid, aber Lotta ist aus dem Heim verschwunden. Wir können es uns nicht erklären. Sie muss aus dem Fenster geklettert sein, aber wir wissen nicht, warum. Als wir ihr Fehlen bemerkt haben, haben wir sofort begonnen, sie zu suchen. Wir haben auch die Polizei alarmiert, die alle verfügbaren Kräfte eingesetzt hat, aber bis jetzt leider ohne Erfolg.«

Es war still in der Leitung. Unerträglich lange.

Dann sagte Rolf leise: »Soll das heißen, dass meine kleine Tochter jetzt in der Nacht bei diesem Wetter allein da draußen irgendwo am Strand umherirrt und friert und schreit und weint und nicht weiß wohin?«

»Ich kann es Ihnen leider nicht sagen. Ich habe keine Ahnung.«

»Und niemand sucht sie?«

»Jetzt nicht mehr. Nein. Aber morgen früh wieder. Unmittelbar nach Tagesanbruch.«

»Wann haben Sie bemerkt, dass Lotta nicht mehr bei der Gruppe war?«

»Beim Abendessen. Als wir vom Strand gekommen sind, war sie noch da. Dann hatten die Kinder eine Stunde Zeit, im Haus zu spielen, und danach war sie weg.«

Rolf schwieg.

»Ich bin morgen früh mit der ersten Fähre da, und dann finde ich meine Tochter, das schwöre ich Ihnen. Und wenn ihr auch nur ein Haar gekrümmt wurde, dann mache ich Ihnen das Leben zur Hölle. Und zwar bis an Ihr Lebensende.«

Die Verbindung war beendet.

Marion sah Volker an.

»Wir müssen uns auf was gefasst machen«, sagte Volker. »Versuch zu schlafen. Wenigstens zwei oder drei Stunden. Es wird morgen nicht einfach. Es wird schlimm.«

42

Volker lag im Bett, und sein Herz raste. Er dachte an die kleine Lotta, deren Klassenlehrer er war und die im Unterricht immer strahlte, fröhlich war und sich wie wild meldete, wenn sie etwas wusste. Lotta war so ein angenehmes, liebenswertes, freundliches Kind – und jetzt war sie da draußen?

Der Wind heulte ums Haus.

Und er lag im warmen Bett?

Volker stand auf, sprang in Jeans und Pullover, nahm seine Taschenlampe, rannte in den Flur zur Haustür, zog sich Anorak, Mütze und Stiefel an und verließ das Heim. Schloss hinter sich ab und steckte den Schlüssel ein. Wenn irgendetwas war, würde sich Marion drum kümmern, sie hatte einen leichten Schlaf und war im Schullandheim innerlich sowieso immer in Alarmbereitschaft. Außerdem konnte er sich kaum vorstellen, dass Marion in dieser Nacht schlief.

Dann ging er los. Den Weg durch die Dünen bis zum Strand.

»Lotta!«, schrie er immer wieder, leuchtete alles ab, aber kein menschlicher Laut war zu hören. Nichts außer dem Rauschen des Windes und des Meeres und dem Knacken der Äste.

Schließlich bog er ab in die Dünen. Lief wahllos durch die

Gegend, auch auf die Gefahr hin, dass er sich hoffnungslos verirrte. Bei dieser Suche gab es keine Strategie, ihm konnte nur der Zufall helfen, aber er versuchte es wenigstens. Besser als im warmen Bett zu liegen, während Lotta starb. Während sie erfror oder von irgendeinem Wahnsinnigen umgebracht wurde.

Er verbot sich, an derartige Szenarien zu denken, aber je mehr er diese Gedanken verdrängen wollte, desto scheußlichere Bilder tauchten vor seinem inneren Auge auf. War sie am Ende aus dem Schullandheim entführt worden? Und er rannte immer schneller und rief immer lauter.

Zwei Stunden lief er. Bergauf, bergab. Durchkämmte Düne für Düne. Der Strandhafer wehte leise im Wind, und er merkte, dass er schwächer und müder wurde. Noch zwei Stunden bis Sonnenaufgang.

Mit der Kirche hatte er nichts am Hut, Gott hielt er für ein Hirngespinst, für eine Erfindung der Ängstlichen, die sonst nichts hatten, an das sie sich klammern konnten.

Aber auf einmal ertappte er sich dabei, dass er betete. »Bitte, lass ihr nichts passiert sein«, flehte er in seinem Inneren, »oh Gott, bitte, bitte, bitte, lass Lotta wieder unversehrt zu uns zurückkommen.«

Das gab ihm Kraft, um weiterzusuchen.

Seine Taschenlampe leuchtete mittlerweile nur noch schwach. Wenn er auf einem Dünenkamm war, schaltete er sie aus, weil er durch das Mondlicht wenigstens einiges schemenhaft erkennen konnte. War er in einem Dünental, wurde es dunkler, und er versuchte mit dem letzten Rest des Lampenlichts etwas zu erkennen.

Er wusste schon lange nicht mehr, wo er war. In der Nähe des Heims? Oder weit weg? Er hatte keine Ahnung.

Volker sah auf die Uhr. Halb fünf. Die Nacht war fast um. Bald ging die erste Fähre. Er fragte sich, warum ihm gerade das jetzt einfiel, als er ein Stück weiter einen dunklen Haufen in einer Sandmulde liegen sah.

Hatte irgendjemand seine Decken liegen lassen? Oder war es Seetang, den der Wind zusammengeweht hatte?

So schnell er konnte, lief er durch den weichen Sand darauf zu.

Kurz davor sah er, was es war, und fiel auf die Knie.

Lotta.

Sie lag zusammengekauert in embryonaler Haltung im Sand. Über ihr eine Decke. Er hob sie vorsichtig an. Das kleine Mädchen darunter war nackt. Blutüberströmt mit einem Einstich in der Brust.

Ihr schmales Gesicht war bleich.

Er berührte ihre Wange. Sie war eiskalt, aber er wusste nicht, ob es an dem eisigen Wind lag oder daran, dass das Mädchen schon länger tot war.

Er nahm sie in den Arm und wiegte sie wie ein schlafendes Baby. Und wusste nicht, was er machen sollte. Wie konnte er Hilfe holen, wenn er nicht wusste, wo er war?

Sein Kopf war vollkommen leer.

Minutenlang saß er so, dann kam er langsam zu sich und zog sein Handy aus der Tasche. Die Nummer des Kommissars hatte er abgespeichert.

Beim zehnten Klingeln hob Fiete ab. Seine Stimme klang rauchig, tief und beschlagen. »Ja? Petersen?«

»Hier ist Volker Bregenz, der Lehrer von Lotta.«

»Ja?«

»Ich habe sie gefunden. Sie ist tot. Umgebracht worden. Bitte kommen Sie. Und bitte verhindern Sie, dass die Fähre zum Festland fährt. Der Mörder muss noch auf der Insel sein.«

»Wo sind Sie?«

»Irgendwo in den Dünen …«

Petersen war hellwach. »Können Sie mir die GPS-Daten durchgeben?«

»Moment! Warten Sie, laut Handy: 54 Grad, 39 Minuten, 6 Sekunden nördlicher Breite und 8 Grad, 20 Minuten und 11 Sekunden östlicher Länge.«

»Gut«, sagte Petersen. »Wir kommen. Bleiben Sie, wo Sie sind.«

In diesem Moment fiel Volker siedend heiß ein, dass er sie vielleicht nicht hätte in den Arm nehmen sollen. Sein Mädchen. Seine kleine Lotta. Er war so blöd gewesen und hatte eventuell Spuren verwischt.

Volker hockte im Sand, das Kinn auf den Knien, und sah Lotta unverwandt an. »Na los, meine Kleine«, flüsterte er, »wach auf, Lottakind, und sieh mich an, ja? Nur ganz kurz. Zwinker mir einfach zu. Nur ein ganz kleines bisschen. Bitte! Du kannst das, ich weiß das!«

Er wartete.

Lotta lag unbeweglich und stumm. Nichts regte sich, nur ihre dünnen, seidigen Haare wehten im Nachtwind.

»Bitte, Lotta, sieh mich an!«, schluchzte Volker. »Bitte!«

Nichts geschah. Sie lag ruhig mit geschlossenen Augen im kalten Wind, als würde sie schlafen.

Wie Dornröschen, dachte er.

Und dann begann er zu weinen.

43

Lottas Vater raste seit drei Stunden über die Autobahn. Er hatte in Windeseile ein paar Sachen zusammengepackt und das Haus verlassen. Es war jetzt kurz vor fünf. Bis Dagebüll, wo die Fähre nach Amrum abfuhr, brauchte er noch eine gute Stunde, und wenn er Glück hatte, ging bald eine Fähre.

Während sein Wagen mit hundertsechzig Stundenkilometern durch die Nacht schoss, überlegte er, ob er Silvia anrufen sollte. Aber warum sollte er sie in Indonesien, wo sie überhaupt nichts tun konnte, verrückt machen? Sie wäre nicht mehr fähig, ihren Job zu machen, und würde Todesängste ausstehen.

Andererseits würde sie ihm Vorwürfe machen, dass sie nichts erfahren hatte und nicht rechtzeitig in den nächsten Flieger steigen konnte.

Aber vielleicht löste sich ja auch alles gut auf. Vielleicht war es falscher Alarm, und Lotta kauerte in irgendeiner alten Scheune, fand nicht mehr zurück ins Heim und hatte nichts weiter als eine Unterkühlung. Kein Grund, ihre Mutter bis an den Rand eines Nervenzusammenbruchs zu bringen.

Er würde hinfahren, Lotta finden und dann entscheiden.

Lotta lebte. Ganz sicher. Es konnte gar nicht anders sein. Sein kleines, starkes, mutiges Mädchen, seine Prinzessin, sein kluges, zärtliches Kind konnte einfach nicht tot sein.

Und er drückte noch mehr aufs Gas.

Die Sehnsucht nach Lotta und der Drang, ihr zu helfen, waren übermächtig.

44

Marion Vonderstedt hatte einen schweren Schock erlitten und wurde ärztlich behandelt.

Rolf Steinmann stand kreideweiß in den Dünen vor seiner toten Tochter. Er konnte es nicht fassen. Wollte es einfach nicht wahrhaben.

Volker Bregenz war der Einzige, der überhaupt noch in der Lage war, mit den Polizisten zu reden, obwohl auch er immer wieder innehalten musste, um seine Tränen zu trocknen und seine Nase zu putzen.

Als die Spurensicherung ihre Arbeit beendet hatte, trugen Feuerwehrleute die Leiche auf einer Trage den schmalen Dünenweg hinauf bis zur befestigten Straße.

Rolf Steinmann lief nebenher, hielt Lottas kleine, bleiche, kalte Hand, und die Tränen liefen ihm übers Gesicht.

Auch in diesem Moment glaubte er es noch nicht. Er war fest davon überzeugt, gleich aufzuwachen und erleichtert zu begreifen, dass er sich die ganze Zeit in einem Albtraum befunden hatte.

Dann schob man sie in einen Leichenwagen.

»Wo bringt ihr sie hin?«, schrie Rolf, und seine Stimme brach.

»In die Rechtsmedizin nach Husum. Sie bekommen Bescheid, sowie wir irgendetwas wissen.«

»Kann ich mitkommen?«, schluchzte Rolf.

»Lassen Sie uns ein bisschen Zeit für die Untersuchungen und kommen Sie morgen. O.k.? Dann wissen wir vielleicht schon Genaueres zu den Todesumständen. Und dann können Sie sie noch einmal sehen und sich von ihr verabschieden.«

»Meine Frau braucht bestimmt zwei Tage, bis sie hier ist.«

»Das ist kein Problem. Sie kann sich einfach bei uns melden.«

Rolf nickte.

Der Leichenwagen fuhr los. Rolf sah ihm nach, bis er ihn nicht mehr erkennen konnte. Und begriff erst jetzt, in diesem Moment, dass sein kleines Mädchen nie wieder ihre Ärmchen um ihn schlingen und »Ich hab dich lieb, Papa« flüstern würde.

Eine halbe Stunde später hatte sich Rolf Steinmann wieder einigermaßen unter Kontrolle. Die Wut gewann die Oberhand über den Schmerz.

Er saß dem leitenden Kommissar Fiete Petersen in der Polizeistation in Nebel gegenüber.

»Kaffee?«

»Bitte.«

Die Polizeistation hatte keinen Kaffeeautomaten, sondern eine alte Filtermaschine, die Fiete nun bediente.

»Ich gehe davon aus, dass bisher keine Fähre die Insel verlassen hat?«, fragte Rolf leise.

»Doch. Es tut mir leid, leider. Wir können nicht ein paar Hundert Menschen ihrer Freiheit berauben und sie daran hindern, die Insel zu verlassen. Das geht einfach nicht. Das ist gegen das Grundgesetz. Aber wir haben natürlich die Papiere der Reisenden kontrolliert.«

Rolf wurde fast ohnmächtig vor Wut. »Und? Steht in den Personalausweisen geschrieben, dass der Inhaber in dieser Nacht ein kleines Mädchen ermordet hat? Ja? Was soll diese

Scheiße? Was soll diese dämliche Ausweiskontrolle, mit der ihr nur euer Gewissen beruhigen wollt? Das ist doch absoluter Blödsinn!«

Fiete Petersen gab sich Mühe, ruhig zu bleiben. Er hielt den Atem an und presste die Lippen zusammen, als wolle er einen Apnoe-Wettbewerb gewinnen. »Nun ja, wir wissen zumindest, wer heute die Insel verlassen hat und wer nicht«, sagte er nach einer viel zu langen Pause.

Rolf wurde ebenfalls gefährlich ruhig. »Das ist unglaublich nett von Ihnen. Da haben Sie sich ja ungeheure Mühe gemacht! Aber es bringt nichts. Der Mörder kommt zur Fähre, sieht, dass sämtliche Ausweise kontrolliert werden, dreht sich auf dem Absatz um und fährt zurück zu seinem Hotel oder seiner Wohnung oder was weiß ich. Und fährt erst in einer Woche von der Insel, wenn ihr keine Kontrollen mehr macht. Super! Was für ein Bullshit!« Er schlug mit der Hand auf den Tisch und zuckte kurz vor Schmerz zusammen.

»Was macht denn Sinn, Ihrer Meinung nach?«, fragte Fiete, jetzt wieder angriffslustig.

»Entweder ihr registriert *alle*, die auf der Insel sind, also alle, die hier wohnen oder sich gerade hier aufhalten, alle Touristen, die sich Ferienwohnungen gemietet oder in Hotels eingecheckt haben, und alle, die am Morgen die Insel verlassen haben. Oder ihr lasst es bleiben. Alles andere ist Blödsinn. Das sagt einem doch schon der gesunde Menschenverstand.«

»So etwas kann nur einer sagen, der keine Ahnung von Polizeiarbeit hat. Wir sind hier sechs Kollegen im Schichtdienst. Auf Amrum leben 2300 Menschen, jedes Jahr kommen 150 000 Touristen. Lassen Sie jetzt im Herbst nur 20 000 auf der Insel sein. Wie sollen wir die alle registrieren und überprüfen und eventuell noch DNA-technisch erfassen? Das schlagen Sie sich mal ganz schnell aus dem Kopf.«

Rolf verstummte.

Eine unerträglich lange Weile sagte niemand etwas.

Dann flüsterte Rolf, ganz leise und überhaupt nicht mehr aggressiv: »Aber meine Tochter ist umgebracht worden!«

»Ja, und wir werden alles tun, was wir können und was in unserer Macht steht, um den Mörder Ihrer Tochter zu finden. Vertrauen Sie uns!«

Rolf nickte. Es hatte ja alles keinen Zweck. Dann meinte er mit schleppender Stimme: »Bitte. Kann ich ihre Kette haben? Sie trug eine sehr dünne, feine Kette um den Hals. Eine, die sie nie ablegte. Mit einem Herz als Anhänger. Da war ›Lotta‹ eingraviert.«

Jetzt begann Rolf leise zu weinen.

Fiete machte sich Notizen. »Das ist gut zu wissen. Das könnte eventuell wichtig sein, und das habe ich mir jetzt notiert.«

Rolf nickte, putzte sich die Nase und stand auf.

»Ich melde mich bei Ihnen, wenn Sie Ihre Tochter sehen können«, sagte Fiete und stand ebenfalls auf. »Vielleicht legen Sie sich jetzt ein bisschen hin, Herr Steinmann.«

Rolf nickte.

»Wo wohnen Sie denn?«

»Ich weiß nicht. Ich muss mir was suchen. Aber Sie haben ja meine Handynummer.«

Fiete nickte Rolf zu und gab ihm die Hand. »Versuchen Sie ein wenig zu schlafen. Wir hören voneinander.«

Rolf stand auf und verließ die Polizeistation.

Hatte keine Kraft mehr.

War vollkommen am Ende.

45

Zwei Stunden später drehten Fiete und Kim in der Polizeiwache ihre Kaffeebecher in den Händen.

Beide wirkten sehr still und nachdenklich.

»Jetzt mal ganz ehrlich, Kim«, sagte Fiete leise. »Es sah gut aus, es wirkte, als ob wir was Effektives tun, aber es war wirklich ein absoluter Blödsinn, als wir die Namen all derer aufgeschrieben haben, die die Insel verlassen haben.«

»Ach ja?« Kim zog überrascht die Augenbrauen hoch.

»Ja. Weil der Mörder nicht doof ist. Wenn er von der Insel geht, dann nicht am Tattag. Da hat der Herr Steinmann ganz recht. Vielleicht einen Tag später. Oder in drei Tagen oder in einer Woche. Oder erst in zwei Wochen. Und dann steht niemand mehr am Hafen und schreibt Namen auf. Es gibt Einwohner, Besucher, Touristen auf der Insel. Den Sohn von Tante Malchen, der zu Besuch ist. Das Paar, das mal eine Woche Urlaub macht. Hinnerk, der hier seit Jahrzehnten lebt. Menschen, die sich mal drei Tage lang den Wind um die Nase wehen lassen. Was weiß ich. Die kannst du nicht alle erfassen. Das ist völlig unmöglich. Da hätten wir am ersten Morgen nach dem Mord sämtliche Leute, die sich auf der Insel aufgehalten haben, und alle, die sie verlassen haben, registrieren müssen. Und das ist unmöglich, das sind Tausende, und da hätten wir eine Hundertschaft aus Hamburg anfordern müssen. Die Namen an der Fähre aufzuschreiben ist Schwachsinn, min Jong. Der Mörder wird nicht darunter sein. Der liegt im Liegestuhl oder auf der Couch irgendwo und wartet, bis wir wieder weg sind und mit dem Blödsinn aufhören.«

Kim brauchte eine Weile zum Überlegen. Dann sagte er: »Wahrscheinlich hast du recht. Wir müssten die DNA von allen überprüfen, die auf der Insel sind oder waren.«

Fiete lachte so laut, dass er sich verschluckte und husten musste. »Wie soll das denn gehen? Was ist das für ein Aufwand bei Tausenden von Leuten! Und dann klingeln wir bei Karl Schulze in Wanne-Eickel und sagen: Können Sie uns mal bitte Ihre DNA geben? Und der sagt: Nee! Warum denn? Und wir sagen, weil Sie da mal auf Amrum waren, als was passiert ist. Der zeigt uns den Vogel, und wir prozessieren uns tot. Hör mir doch auf!«

Kim nickte. »Und ich dachte immer, unsere Insel ist sicher, weil man hier nicht so ohne Weiteres runterkommt. Aber das ist wohl ein Irrtum.«

»Das ist ein riesiger Irrtum. Unsere Insel ist nicht sicherer als ein x-beliebiger Ort auf dem Festland. Und du wirst sehen, wie die uns von außerhalb alle anpissen nach einem Mädchenmord. Das wird fürchterlich. Da erscheint was im Spiegel und in jeder kleinen Bäckerzeitung. Wir müssen uns warm anziehen.«

»Was können wir tun?«

»Wir sind sechs Leute. Und dann so was. Nichts können wir tun. Das ist ja das Schlimme.«

Kim überlegte lange. Dann sagte er schleppend: »Das sehe ich auch, dass wir hier allein nicht weiterkommen. Spätestens heute Mittag ist die Sache in ganz Deutschland rum. Nicht mehr lange, dann sind die Fernsehsender hier. Wir müssen Verstärkung anfordern, es muss eine Soko geben, es geht nicht anders.«

»Stimmt«, sagte Fiete, schloss die Augen und atmete tief aus. Er wirkte regelrecht erleichtert, denn so würde sich die Last der Verantwortung zumindest auf vielen Schultern verteilen.

46

Drei Tage später fuhr Paul mit der Fähre von der Insel und stieg in sein Auto. Es hatte keine Kontrollen mehr gegeben.

Auf der B5 holte er alles aus dem Auto heraus, was herauszuholen war. Bei hundertneunzig war Ende. Mehr schaffte der alte Motor nicht. Er überholte ohne Rücksicht auf Verluste, blinkte, wenn er keine freie Bahn hatte, und dachte dabei immer nur an das kleine, zarte, liebe Mädchen, das fror und sich fürchtete und dem er versprochen hatte, es ins Heim, ins warme Bett und zu den anderen zurückzubringen.

Er hatte ihr wehgetan. Hatte sie geliebt. Aber er war verloren. Kam nicht dagegen an. Und es gab niemanden, der ihm helfen oder dem er sich anvertrauen konnte.

Er drückte weiter aufs Gas, wurde nicht langsamer. Fuhr wie ein Irrer, ein Lebensmüder. Es kam ja nicht mehr darauf an. Er wollte nicht mehr. Hatte keine Lust mehr auf dieses Leben.

Er war selbst sein größter Feind.

Auf der Gegenfahrbahn schoss er auf einen Entgegenkommenden zu. Wartete auf den Aufprall, auf den Crash. Ein einziger Knall, und dann wäre alles vorbei. Er würde nichts merken und der andere auch nicht.

Ein wunderbares Ende.

Der Audi, der ihm entgegenkam, betätigte wie wild die Lichthupe. Angstgeschrei.

Im allerletzten Moment zog Paul rüber auf die rechte Spur.

Warum, wusste er auch nicht.

IM PARKHAUS

47

Hamburg, Ende Juli, drei Wochen nach Elisabeth Bögers Tod

Es war kurz vor acht. Um diese Zeit war in der Werbeagentur bis auf Kirsten am Empfang kaum jemand unterwegs.

Sie saß hinter dem Empfangstresen, sah ihn mit ihrer dicken Brille kurz an und meinte gelangweilt: »Moin, Paul! Auch mal wieder im Lande?«

»Wie du siehst«, antwortete er ebenso gelangweilt und fuhr mit dem Fahrstuhl in den fünften Stock. In den verwaisten Gängen war noch himmlische Ruhe, bereits in einer Stunde würde hier die Hölle los sein. Aber er wusste, dass auch Manuela immer sehr früh anfing zu arbeiten, wenn sie die Kinder in die Kita und in die Schule gebracht hatte. Auch sie schätzte die Stille in der Agentur, bevor das alltägliche Chaos begann.

Als er auf dem Weg zu ihrem Büro um die Ecke bog, kam sie ihm schon entgegen. Wie immer very busy, voller Energie und mit einem Stapel Ordner unter dem Arm.

Sie wollte gerade in ihrem Büro verschwinden, als sie ihn entdeckte und innehielt. »Paul! Das gibt es nicht! Was machst du denn hier?«

Paul grinste. »Ich wollte mal sehen, was so los ist, was es Neues gibt, und … eigentlich ein bisschen arbeiten.«

Manuela ging zu ihm, legte die Aktenordner auf den Boden und umarmte ihn. »Mensch, ich freu mich! Wie geht es dir?

Wir haben ja nur Schauergeschichten gehört! Mein Beileid! Es tut mir so leid mit deiner Mutter! Und wie geht's dir?«

»Es geht mir einigermaßen«, sagte Paul zurückhaltend.

Manuela drückte ihm einen Kuss auf die Wange. »Ich freu mich so, dass du wieder da bist! Wirklich! Wir haben uns alle hier ziemlich viele Sorgen gemacht.«

Paul grinste. »Es ist alles wieder in Ordnung. Und bei dir?«

»Komm erst mal rein!« Manuela öffnete ihr Büro, und Paul trug ihr die Aktenordner hinterher.

Dann schloss sie die Tür und lehnte sich an ihren Schreibtisch. »Hab ein verdammt stressiges Wochenende hinter mir. Mein Mann ist vierzig geworden, und du kannst dir nicht vorstellen, was bei uns los war! Dreißig Gäste, davon haben zehn bei uns übernachtet. Es war toll, aber auch die Hölle. Jetzt bin ich froh, dass sie alle wieder weg sind und Ruhe im Haus ist.«

»Das glaub ich. Und hier in der Firma? Irgendwas Neues? Woran arbeitet ihr zurzeit?«

Manuela strahlte. »Wir haben einen super Auftrag vom Sozialamt an Land gezogen. Die Gestaltung von fünf Informationsbroschüren zum Thema Kindeswohl. Ein Wahnsinn!«

Sie hielt einen Moment inne, und dann grinste sie. »Du bist echt im richtigen Moment zurückgekommen und kannst damit gleich loslegen.«

»Das ist ja toll«, sagte Paul schlapp. Sein Herz begann zu rasen, in seinen Schläfen klopfte es, und er spürte, dass ihm das Blut in den Kopf schoss.

»Wir arbeiten mit mehreren Psychologen, Seelsorgern und Sozialarbeitern zusammen, die uns die Texte liefern. Wir steuern Fotos bei, entwerfen das Layout, finden die Slogans, bereiten das Ganze entsprechend auf. Kennst du ja. Es geht um Kindesmissbrauch, Kindesmisshandlungen, Kinderarmut, Mobbing und Gewalt in der Schule und etliches mehr. Ein Mammutauftrag, aber echt interessant. Wenn alles läuft, wird es sicher nicht bei den fünf Broschüren bleiben.«

Paul nickte. Er konnte kaum schlucken und bekam nur schwer Luft.

»Was ist mit dir?«, fragte Manuela, als sie ihn ansah.

»Nichts, gar nichts, alles gut.«

Manuela lächelte. »Frankie hat schon mal 'ne Strecke fotografiert und sich an das Thema rangetastet. Guck mal hier.«

Manuela zog eine Mappe aus einem Schreibtischstapel und drückte sie ihm in die Hand. »Wir haben die Entwürfe schon mal abgeschickt, weil du ja nicht da warst. Das wird wahrscheinlich noch nicht das letzte Wort und das Gelbe vom Ei sein, wir müssen sicher total viel ändern, aber sie zeigen schon mal die Richtung. Dann weißt du, wo's langgeht, und kannst anfangen, richtig zu fotografieren. Vielleicht hast du ein paar geniale Ideen.«

»Danke. Ich werde mich damit beschäftigen.« Paul klappte die Mappe auf und erstarrte. Auf dem Cover ein Mädchen, so schön, zart und ungefähr genauso alt wie das Mädchen letzten Herbst in den Dünen.

Das schaffte er nicht.

»Ist es eilig?«, fragte er mit belegter Stimme.

»Nee, nicht wirklich. Sollte aber eigentlich gestern fertig sein. Wie immer.«

Manuela grinste, und auch Paul zwang sich zu einem Lächeln. »Danke, Manuela.«

48

Flensburg

Er schloss langsam mit den zwei großen alten Schlüsseln und anschließend mit dem kleinen modernen Schlüssel das Sicherheitsschloss auf und betrat – wie jedes Mal – beinah ehrfürchtig ihre Wohnung. Wenn man bedachte, in welch armseligem Loch sie gehaust hatten, als sich seine Mutter von seinem Vater getrennt hatte, dann war dies hier kaum zu fassen. Das war eine Verbesserung um mindestens tausend Prozent. Ein Wahnsinn.

Leider war er hier nie eingezogen. Smilla auch nicht. Diese Wohnung war zu spät gekommen, seine Mutter hatte hier immer allein gelebt. In diesem Paradies.

Zweiter Stock. Achteinhalb Zimmer Altbauwohnung mit Stuckdecken und riesigen hohen Fenstern, zwei Erker, Parkettböden, ein Traum von einer Küche, zwei Bäder, die ganze Wohnung sonnendurchflutet, mit Blick auf die Flensburger Förde, zweihundertachtzig Quadratmeter.

Er hatte keine Ahnung, was die Wohnung wert war, aber unter anderthalb Millionen ging sie sicher nicht weg. Vielleicht sogar mehr. Und wenn seine Mutter ihn nicht in einem Anflug von Wut und Hass, im Suff oder in geistiger Umnachtung enterbt hatte, gehörte sie bald ihm oder zumindest ihm zusammen mit Smilla. Und da war außerdem sicher noch einiges auf dem

Konto. Wenn alles gut ging, würde er sein Haus in der Toskana zu einer Luxusimmobilie umbauen können.

Er hatte Herzklopfen, als er durch die Räume wanderte. Vielleicht wäre es sogar eine Alternative, mit Donnie hier einzuziehen. Platz hätten sie mehr als genug.

Aber dann überlegte er, dass das niemals klappen würde. Donnie war mit Hamburg, seiner geliebten Reeperbahn und vor allem mit seinem kleinen Theater tief verwurzelt. Nein, das war völlig unmöglich. Und er selbst wollte ja auch in die Toskana. Er würde diese traumhafte Flensburger Wohnung verkaufen müssen.

In Gedanken war sie schon leer und frisch renoviert, aber bis dahin gab es noch jede Menge Arbeit.

Seine Mutter hatte im Lauf der Jahre die Wohnung mit Möbeln aller Art regelrecht zugepflastert, die Wände hingen voll mit Bildern, Teppiche lagen übereinander, ein Schränkchen hier, ein Kommödchen da, kleine Lämpchen, große Lampen, Steh-, Hänge- und Tischlampen, Nippes überall und sämtliche Schränke von oben bis unten vollgestopft.

Ihm war nicht klar, wie er dies alles jemals verkaufen und entrümpeln sollte. Allein mit den Klamotten, die seine Mutter gehortet hatte, hätte Donnie mehrere Bühnenshows mit Musikern und Tänzern ausstaffieren können.

Paul sank auf ein Sofa und sah sich um. Fühlte sich plötzlich vollkommen hilflos. Das war einfach nicht zu schaffen.

Nach dem Tod von Karl waren Elisabeth, Smilla und Paul wieder zurück in die kleine Bude über der Kneipe gezogen. Paul war glücklich, denn Smilla und er hatten wenigstens jeder ein eigenes Zimmer.

Aber nach wie vor war seine Mutter, wenn sie zur Arbeit ging, nur eine knarrende, hölzerne Treppe entfernt, und Paul schwitzte Blut und Wasser, dass sie nachts einfach leise die Tür öffnen und sich zu ihm legen könnte – aber sie kam nicht. Nie wieder.

Jeden Abend stand sie bis spät in die Nacht am Tresen, zapfte Biere, kassierte und scheuchte die Bedienungen, die beinah monatlich wechselten. Nur Kuddel, der Koch, blieb der *Seegurke* treu.

Elisabeth war heilfroh. Köche waren rar gesät in diesen lausigen Zeiten. Entweder sie kosteten ein Heidengeld, oder sie waren dreckiges, asoziales Pack.

Kuddel war das Mittelding. Kein Gourmetkoch, aber sein Essen war deftig und schmackhaft, er war weder schlampig noch pingelig. Er ließ gerne mal fünfe gerade sein.

Es passte. Elisabeth war zufrieden, und die Gäste beschwerten sich nicht. Solange sie Kuddel hatte, war alles in Ordnung, und sie brauchte sich keine Sorgen zu machen.

Daher verwöhnte sie ihn auch. Mal mit einer Flasche Whisky und mal mit einer Gans für die Familie. Und wenn nichts los war, schickte sie ihn nach Hause. Bisher hatte sie immer Glück gehabt. Noch nie war eine Reisegruppe mit dreißig Leuten gekommen, die alle Drei-Gänge-Menüs à la carte essen wollten, während sie allein in der Küche stand.

Der Himmel möge so etwas verhindern, dachte sie oft.

Nein, es ging alles gut, und der Laden brummte.

Elisabeth war glücklich, sie brauchte sich keine Sorgen mehr zu machen.

Und dann – Paul und Smilla waren längst erwachsen und ausgezogen – war da dieser denkwürdige Abend.

Die Kneipe brummte. Hans Albers sang über die knarrende Anlage:

Das letzte Hemd hat leider keine Taschen.

Man lebt nur einmal, einmal, einmal auf der Welt

Elisabeth zapfte Biere im Akkord.

Am Tresen saß ein Mann, der eigentlich nicht in ihre Kneipe passte. Er trug Hemd, Jackett und Schlips und lächelte unentwegt.

Bei dem Lied von Hans Albers wiegte er sich im Takt der Musik. »Spielen Sie *La Paloma*, bitte!«

»Kein Problem.«

Ein Wind weht von Süd und zieht mich hinaus auf See

Mein Kind, sei nicht traurig, tut auch der Abschied weh (oh-oh)

»Gut?«

»Sehr gut.«

Sie sah, dass der Fremde Tränen in den Augen hatte, und beugte sich zu ihm. »Was ist los, Kumpel? Noch 'n Bier?«

Der Fremde nickte und wischte sich über die Augen.

Elisabeth stellte ihm eins auf den Tresen und sah ihn an.

»Ich liebe diese Kneipe, ich bin schon öfters hier gewesen …«

»Komisch. Ich hab Sie noch nie gesehen!«

Er ließ sich nicht beirren. »Ich liebe diese Musik, die Atmosphäre, die Nähe zum Meer. Sie auch?«

»Na klar. Sonst wäre ich nicht hier.«

»Sie haben verdammt viel Arbeit! Sind Sie allein?«

»Nein. Sicher nicht.« Jeder Idiot wusste, dass man so einen Laden nicht allein bewirtschaften konnte. »Und natürlich habe ich einen Haufen Arbeit. Wie Sie sehen!« Was wollte dieser Blödmann überhaupt? Auf Gespräche dieser Art konnte sie verzichten.

»Entschuldigen Sie, ich habe mich ja noch gar nicht vorgestellt. Mein Name ist Woitkowicz. Manager der Unternehmens-Holding-Gruppe Grenning. Ich möchte Ihnen ein Angebot machen«, sagte Woitkowicz lächelnd. »Ich kaufe Ihnen diesen Laden hier ab. Eine Million. Auf die Hand. Schluss mit der Plackerei, Schluss mit zwölf Stunden oder mehr

Arbeit am Tag. Kaufen Sie sich von dem Geld ein kleines Häuschen an der Förde, sehen Sie aufs Wasser und genießen Sie das Leben. Sie haben lange genug gearbeitet und sich einen ruhigen Lebensabend verdient. Ich weiß ja nicht, wie hoch Ihre Rente sein wird, aber mit diesem Geld können Sie leben wie die Made im Speck. Überlegen Sie es sich.« Er schob seine Visitenkarte rüber. »Sie können mich jederzeit anrufen.«

Daraufhin legte er einen Geldschein für seine Zeche auf den Tresen, stieg vom Barhocker und verschwand.

Elisabeth blieb fast das Herz stehen. Eine Million!

Drei Tage später kam der Brief. Das mündliche Tresenangebot in Schriftform. Ganz offiziell, kompliziert formuliert und so schwer verständlich, dass sie kaum begriff, worum es ging.

Ein befreundeter Anwalt, Horst Kettler, der fast jeden Abend sein Feierabendbier bei ihr trank, übersetzte ihr das Behördendeutsch.

Das kleine windschiefe Haus mitten in der Flensburger Innenstadt mit der urigen, winzigen Hafenkneipe im Erdgeschoss sollte einer Einkaufspassage weichen, die sich weit nach hinten über weitere Hinterhöfe erstreckte. Die *Seegurke* und die dazugehörige Wohnung lagen genau im Zentrum der geplanten Galeria.

Elisabeth sollte raus. Sie war die Erste, mit der verhandelt wurde. Das hieß, sie sollte ihre Wohnung und Kneipe, die ihr Lebensmittelpunkt und ihre einzige Einnahmequelle waren, aufgeben und verkaufen.

Elisabeth geriet augenblicklich in Panik. Am Tresen war es so ein Schnack gewesen, jetzt ging es ans Eingemachte.

Kettler beruhigte sie. Es gab überhaupt keinen Grund zur Panik, im Gegenteil, vielleicht war es das Geschäft ihres Lebens. Man musste erst einmal herausfinden, was die Brüder und

Schwestern wirklich bereit waren zu zahlen, wenn sie aus Kneipe und Wohnhaus weichen sollte.

»Drei Komma fünf Prozent für mich, und ich hau dir einen Spitzenpreis raus. Da werden dir die Ohren klingeln!«

Elisabeth unterschrieb einen Vertrag mit Kettler. Sie hatte ja keine Wahl.

Kettler stürzte sich in die Verhandlungen.

Das erste Angebot kam nach ein paar Wochen. Am Telefon. »Eine Million«, wiederholte Herr Woitkowicz. »Das habe ich Ihrer Mandantin ja schon gesagt, und das ist ein sehr guter Preis. Er liegt weit über dem, was diese winzige, einigermaßen heruntergekommene Immobilie wert ist.«

Kettler ließ ein glockenhelles Lachen ertönen. »Keine Chance. Vier Millionen, dann kommen wir ins Geschäft. Oder Sie müssen sich Ihre Einkaufspassage abschminken.«

In der Leitung war es still.

Dann sagte Woitkowicz: »Gut. Eins Komma zwei. Mehr geht nicht.«

Ohne ein weiteres Wort legte Kettler auf.

Am nächsten Tag sagte er Elisabeth, dass er für eins Komma zwei Millionen abgelehnt hatte.

Elisabeth brach fast zusammen. Sie war wütend, verzweifelt. Kettler war ein dummer Hund. Er hätte annehmen sollen, so ein Angebot gab es nie wieder.

Aber Kettler grinste nur und blieb stur. »Vertrau mir«, sagte er.

Elisabeth zapfte weiter ihre Biere und träumte mittlerweile davon, hier abzuhauen und irgendwo ein vielleicht bescheidenes, aber wirklich gutes Leben zu leben. Ohne Arbeit. Aber dafür musste das Geld bis an ihr Lebensende reichen.

»Du bist verrückt, wenn du bei diesem Angebot Ja sagst«, sagte Kettler Tage später. »Du kennst diese Halunken nicht. Wart's ab.«

Es waren schlimme Wochen.

Elisabeth verfluchte Kettler und überlegte, sich einen neuen Anwalt zu nehmen, schließlich war er nur einer, der hier bei ihr am Tresen hing und sicher nichts auf dem Kasten hatte. Aber dann traute sie sich doch nicht, ihn rauszuschmeißen.

Sie wartete ab. So wie er es wollte. Es blieb ihr ja nichts anderes übrig.

Vier Monate später kam das nächste Angebot. Anderthalb Millionen.

Elisabeth brach der Schweiß aus. »Das ist doch sagenhaft«, stammelte sie. So viel Geld konnte sie sich gar nicht vorstellen. »Bitte, bitte, nimm es an!«, flehte sie unter Tränen.

Aber Kettler grinste wieder und schüttelte den Kopf. »Sei jetzt nicht blöd, Lisa«, sagte er leise, »das ist viel zu wenig. Wir müssen nur die Nerven behalten. Vergiss nicht: Die wollen was von *uns.* Du könntest ja gemütlich bis an dein Lebensende weiter deine Kneipe betreiben, und alles wäre gut. Du brauchst den Deal nicht, aber die brauchen ihn. Und zwar dringend. Wenn du dich standhaft weigerst, platzt das ganze Projekt. Und deswegen blutet ihnen das Herz, aber sie müssen leider Gottes tiefer in die Tasche greifen.«

Lisa fand Kettlers Argumentation genial, aber sie glaubte nicht so recht daran, und sie hatte die Nerven nicht.

»Und wenn du zu hoch pokerst und alles platzt?«

»Keine Sorge, das platzt nicht. So eine geile Lage in der Flensburger Innenstadt! Da lassen die nicht diese kleine Kneipe stehen und verzichten auf ihr Einkaufszentrum. Niemals!« Er lachte und schlug sich auf die Schenkel.

»Ich halt das nicht aus«, stöhnte Elisabeth leise.

Kettler beugte sich vor und nahm ihre Hand. »Guck mal, das Ganze ist ein Projekt von – ich schätze mal – vierzig Millionen. In Deutschland wird immer alles teurer als geplant, also sind es im Endeffekt wahrscheinlich fünfzig oder sechzig

Millionen. Das ist für die Stadt ein Riesending. Wichtig für die Einheimischen und ein Publikumsmagnet für Touristen. Das wollen die sich doch nicht entgehen lassen, nur weil da eine kleine einsame Elisabeth hinter dem Tresen steht und Gläser spült? Bitte! Nein, Lisa. Es ist denen scheißegal, ob sie dafür, dass sie den Platz bekommen, letztlich anderthalb oder zweieinhalb Millionen ausgeben. Hauptsache, der Bau kann irgendwann losgehen. Und darum machen wir es nicht unter drei Millionen.«

»Nicht ich bin es, du bist verrückt«, stotterte Elisabeth. Sie sah alle ihre Felle davonschwimmen, nur weil sie einen größenwahnsinnigen Anwalt hatte.

»Vertrau mir«, sagte Kettler.

Elisabeth schwieg und konnte keine Nacht mehr schlafen.

Es dauerte anderthalb Jahre, aber am Ende bekam Elisabeth zwei Komma acht Millionen Euro. Für eine heruntergekommene, schäbige Kneipe und ein abgewohntes Haus, das man normalerweise der Abrissbirne überlassen hätte.

»Na?«, fragte Kettler, als der Deal unter Dach und Fach war.

»Unglaublich! Ich danke dir! Ich bin so glücklich.« Und dann lag sie in seinem Arm.

»Alles gut«, sagte Kettler. »Ich gönne dir den Erfolg. Du bist wirklich in den Geldtopf gefallen, und das war pures Glück!«

Elisabeth überwies Kettler seine Provision und suchte sich eine neue Immobilie. Die schönste, die sie in Flensburg finden konnte.

49

Paul legte sich im Wohnzimmer seiner Mutter auf die Couch. Stundenlang, ohne etwas zu lesen, ohne fernzusehen, ohne irgendetwas zu tun. Lag einfach da und stand nur auf, um zur Toilette zu gehen, ein Glas Wasser zu trinken oder um sich eine Wolldecke für die Nacht zu holen.

Paul hatte keine Lust, etwas einzukaufen und sich etwas zu essen zu machen, er wollte auch nicht essen gehen. Es ödete ihn an, allein an einem Tisch zu sitzen und sich höflich und angemessen benehmen zu müssen.

Aber schließlich fing er an, in der Küche die Schränke zu öffnen. Essgeschirr, Kaffeegeschirr, Gläser. Töpfe und Pfannen. Dann Vorräte. Nudeln, Reis, Konserven, Knäckebrot, jede Menge Gurkengläser. Sie schien süchtig nach eingelegten Gurken gewesen zu sein. Und Erdnüsse, Chips und Salzgebäck.

Das war es, was er jetzt brauchte. Er riss eine Tüte Erdnüsse auf und aß sie aus der hohlen Hand. Verschlang sie, als hätte er tagelang nichts gegessen.

Hinter den Marmeladengläsern standen Weinflaschen. Er öffnete einen Rotwein und setzte sich. Fühlte, wie die Kraft zurückkehrte. Rotwein und Erdnüsse. Mehr brauchte er nicht. Jetzt würde er Schrank für Schrank öffnen und durchsuchen.

Im Wohnzimmer stand eine gewaltige Schrankwand, die sich über die ganze Zimmerlänge erstreckte. Sie war grottenhässlich, das hatte er bewusst noch nie so wahrgenommen. Was für ein Ungetüm! Bestimmt fünf oder sechs Meter lang.

Er öffnete Tür für Tür. Silberbesteck. Ohne Ende. Bestimmt für dreißig Personen. Warum – zum Teufel – hatte sie denn so etwas überhaupt jemals angeschafft?

Dann ein weiteres Geschirr für 24 Personen. Echt Meißen. Du lieber Himmel. Hatte sie nicht gewusst, wohin mit ihrem Geld?

Außerdem stapelweise Tischdecken und Handtücher und Fotos.

Kistenweise Fotos.

Paul hatte das Gefühl, sein Herzschlag würde aussetzen, als er den ersten Karton aus dem Schrank nahm und sich setzte, um ihn in Ruhe durchzusehen.

Hochzeitsbilder von Elisabeth und Karl, er selbst als Baby, dann Urlaubsfotos am Ostseestrand, da gab es Smilla noch nicht, Kaffeetrinken mit der Familie, mit den Omas, den Opas, im Sommer in der Laube, er matschte rum im Schlamm, die Oma saß daneben auf einem Stuhl und passte auf ihn auf.

Dann Smillas Geburt. Hunderte Fotos von Smilla, jeder Schritt, jede Bewegung, jeder Atemzug waren dokumentiert.

Es kotzte ihn schon wieder an.

Dann ging es zeitlich durcheinander. Fotos von Anke, ihrem Haus und ihrem wunderschönen kleinen Garten. Seine Mutter, damals noch mit dickem Bauch. Er auf einer Schaukel.

Bilder von der Ferienwohnung. »Hier sind wir untergekommen«, hatte seine Mutter mit schöner Schreibschrift an den Rand geschrieben, und er sah das Bett, das Doppelbett, in dem er zusammen mit seiner Mutter schlafen musste.

Ihm wurde übel. Er spürte, dass er sich übergeben musste, und rannte ins Bad.

Als er wieder herauskam, wusste er, was er tun musste.

Er schleppte den ersten Karton ins Bad, kippte die Fotos in die Badewanne, warf ein Küchenhandtuch darüber, damit das eventuell wegfliegende Papier nicht noch die Wohnung in Brand setzte, und zündete den Haufen an.

Das Feuer loderte. Die Flammen waren tieforange. Die Fotos zischten, während sie verglühten und sich in Asche verwandelten.

Paul beobachtete das Spektakel mit Entzücken und verbrannte einen Karton mit Fotos nach dem anderen. Dabei erinnerte sich zum letzten Mal daran, mit welcher Angst er jeden Abend ins Bett gekrochen war. Angst vor der Hand, vor dem Mund und den Wünschen seiner Mutter.

Niemals hatte er das Bett als einen sicheren Ort empfinden dürfen, an dem er seinen Träumen nachhängen oder heimlich Geschichten lesen konnte.

Als er das Bild von dem Bett ins Feuer warf, hatte er noch einmal ihren Geschmack auf der Zunge und ekelte sich zu Tode.

Am nächsten Morgen fasste er einen Plan. Er würde sämtliche Schränke durchwühlen, nach Wertsachen und Geld durchsuchen und dann die Wohnungsauflösung in Auftrag geben. Sollten sie ruhig alles abholen und sich daran bereichern. Es war ihm egal. Er hatte keine Lust, um jeden Gegenstand zu feilschen.

Nur um das Meißner Geschirr sollte er sich vielleicht kümmern. Und um das Silberbesteck. Aber ansonsten hatte er an nichts Interesse.

Paul ging in kein Restaurant, in kein Lokal und keine Kneipe und setzte an dem Wochenende keinen Fuß mehr vor die Tür. Er durchsuchte die Schränke, trank Wein und aß Salzgebäck.

Am Montagmorgen lud er transportierbare Wertgegenstände wie Silberbesteck, wertvolles Geschirr oder Schmuck in seinen Wagen und fuhr zurück nach Hamburg.

An einer Bushaltestelle bei Handewitt sah er ein kleines Mädchen mit einem Schulranzen auf dem Rücken, das auf den Bus wartete. Sieben oder acht Jahre alt. Schmal und zart, blondes, seidiges Haar.

Intuitiv blickte Paul prüfend in den Rückspiegel. Ihm folgte kein Wagen. Es kam auch keiner entgegen. Weit und breit war kein Mensch zu sehen.

Hier waren nur das Mädchen und er.

Er bremste scharf und hielt.

Ihm brach der Schweiß aus, seine Lider flatterten.

Das Mädchen sah ihn verwundert an und grinste.

Er lächelte nicht, wollte aus dem Auto springen und sie in den Wagen zerren, aber er zitterte dermaßen, dass er sich kaum noch unter Kontrolle bekam. Seine Knie schlotterten, und er brauchte all seine Kraft und eine ungeheure Überwindung, um nichts dergleichen zu tun, sondern aufs Gas zu drücken und weiterzufahren.

Nach etwa hundert Metern hielt er erneut an und beobachtete das Kind durch den Rückspiegel. Es hatte ein Handy in der Hand und schenkte ihm keinerlei Beachtung mehr.

Paul fasste sich in den Schritt, atmete schwer und immer schneller. Ließ das Mädchen nicht aus den Augen.

Erst als es vorbei war, schaffte er es weiterzufahren.

Er war schweißgebadet.

Erleichtert und enttäuscht zugleich.

50

Hamburg

Paul hatte schlecht geschlafen. Seine Mutter, die Wohnung in Flensburg, die Kleine in Handewitt an der Bushaltestelle … Er sah sie immer noch vor sich, ihren Blick, ihr Lächeln. Er hätte die Kleine mitnehmen können, irgendwohin, hätte mit ihr zurückfahren können nach Flensburg, in die Wohnung seiner Mutter, in ihr Bett … Nicht auszudenken.

Was war er doch für ein blöder Hund.

Und jetzt ging ihm die Süße nicht mehr aus dem Kopf. Er konnte sie einfach nicht vergessen. Vielleicht stand sie auch morgen wieder an der Bushaltestelle. Zur selben Zeit. Er bräuchte ungefähr zwei Stunden nach Handewitt, er könnte es versuchen …

All das kreiste in seinen Gedanken und ließ ihn nicht zur Ruhe kommen. Einerseits war er froh, dass er es geschafft hatte weiterzufahren, aber andererseits verfluchte er sich selbst.

So würde er nie seinen Frieden finden.

Um sechs stand er auf, um sieben saß er bereits an seinem Schreibtisch.

Donnie schlief noch, und es war still im Loft.

Als Erstes räumte Paul seinen E-Mail-Account auf, löschte Unwichtiges, machte sich Notizen und beantwortete Mails.

Heute hatte er noch einiges aus der Zeit aufzuarbeiten, als er nicht da gewesen war.

Er arbeitete schnell und konzentriert.

Um neun Uhr meldete sich Manuela über Skype.

»Moin«, meinte sie fröhlich. »Ist alles o.k., können wir reden?«

»Alles gut. Ich hab Zeit. Schieß los!«

Manuela guckte ihn über den Bildschirm groß an, grinste, schloss die Augen und rieb sich die Stirn. »Tja, so kann's kommen. Mit allem haben wir gerechnet, aber damit nicht. Nicht in dieser Vehemenz: Das Sozialamt hat ungewöhnlich schnell reagiert und uns eine entzückende Mail geschickt. Das, was wir ihnen bisher fototechnisch angeboten haben, also die Aufmachung der Broschüren, gefällt ihnen überhaupt nicht. Zu sachlich, zu cool. Richtig begeistert war ich ja auch nicht davon, aber jetzt müssen wir wirklich noch mal komplett neu ran. Paul, wir brauchen dich! Dringend! Da musst du dir was einfallen lassen!«

Paul nahm die Kopien in die Hand, die Manuela ihm mitgegeben hatte, und blätterte sie langsam durch.

Nach einer langen Pause sagte er: »Tja, ich nehme mal an, sie wollen emotionalere Bilder. Da sitzt ein Kind auf der Wiese, und wir sehen es nur von hinten. Das Foto ist schön, aber das genügt ihnen offensichtlich nicht. Wir müssen auf die Tränendrüse drücken. Die Leute müssen betroffen sein, erschreckt, aufgewühlt. Ein schönes Kindergesicht, das verloren in die Ferne schaut und weint, oder ein Kind, das einsam und verängstigt am Boden sitzt. So in der Art, aber da finden sich sicher noch intensivere Bilder.«

»Wahrscheinlich hast du recht«, meinte Manuela. »Also alles noch mal auf Anfang.«

»Ja.«

Einen Moment schwiegen beide.

Dann sagte Manuela: »Ganz egal wie, Paul, aber du bist definitiv unser Mann für diesen Auftrag. Wenn es einer auf die Reihe kriegt, dann du! Da bin ich ganz sicher. Wir müssen es hinkriegen, sonst geht uns ein verdammt dicker Fisch durch die Lappen.«

»Ich weiß«, murmelte Paul. »Ich werde mich darum kümmern und mir mal Gedanken für eine neue Fotoserie machen.«

»Was hältst du davon, wenn wir morgen zum Japaner essen gehen?«, fragte Manuela. »Du, Bernhard und ich. Und dann besprechen wir alles in Ruhe, nach dem Motto: Brainstormen beim Sushi. Wie findest du das?«

Paul nickte und schluckte. Seine Hände zitterten. Die Angst vor dem Projekt holte ihn wieder ein.

Manuela überlegte. »Ach, Moment, ich muss erst mal mit meinem Mann sprechen, ob er bereit ist, mich morgen beim Elternabend zu vertreten, denn unsere Jüngste geht zum ersten Mal in ihrem Leben auf Klassenfahrt, verstehst du? Aber ich geb dir heute noch Bescheid, okay?«

»Okay.«

Manuela klickte sich weg, und Paul zündete sich eine Zigarette an, lehnte sich zurück und inhalierte tief.

Augenblicklich überschwemmten ihn Fluchtgedanken. Das hielt er nicht aus, er konnte sich nicht rund um die Uhr mit kleinen Kindern beschäftigen und ihnen in die traurigen Augen sehen. Konnte sie nicht liebevoll und freundlich vor der Kamera in Szene setzen, sie an der Schulter berühren, um sie sanft in die richtige Position zu bringen … das schaffte er nicht. Kein Mensch konnte das von ihm verlangen. Er würde sie nach dem Fotoshooting mitnehmen, irgendwohin. In den Wald, in eine Ruine, er kannte viele Ecken und Plätze, wohin sich kaum ein Mensch verirrte.

Im Grunde müsste er sofort ins Auto steigen und nach

Italien fahren. Das Essen beim Japaner und den Job überhaupt sausen lassen.

Denn die Krankheit, die er in sich spürte, konnte er mit keinem Arzt besprechen. Er konnte nur fliehen.

Als Manuela am Nachmittag anrief und sagte, dass das Essen beim Japaner stattfinden könne, täuschte er Freude vor und bestätigte die Verabredung.

Er hatte einfach nicht den Mut abzuhauen und wusste gleichzeitig, dass er dabei war, einen riesigen Fehler zu machen.

Denn der Sog, den er spürte, war dabei, ihn unweigerlich und unaufhaltsam in die Tiefe zu ziehen.

51

Als Donnie am frühen Abend nach Hause kam, glänzten seine Augen, er rieb sich die Hände und lächelte. »Möchtest du etwas essen? Ich könnte dir ein paar Spiegeleier machen und dazu Roggenbrot toasten. Ich habe heute erst um 22 Uhr Vorstellung. Nachtprogramm.«

»Nein, danke!«, sagte Paul knapp.

»Na gut, wenn du nichts essen willst … Wollen wir ein Glas Wein zusammen trinken?«

»Nein!«

»Entschuldige, ja klar. Ich dachte ja nur …«

»Hör auf zu denken, verdammt!«

Donnie zuckte zusammen. »Wie war dein Tag?«, fragte er vorsichtig.

»Beschissen.«

»Wollen wir vielleicht eine Partie Schach spielen? Das entspannt, und du kommst auf andere Gedanken!«

»Leck mich am Arsch mit deinem Scheißschach!«

Paul ging in sein Zimmer und schmiss die Tür hinter sich zu.

Donnie war vollkommen irritiert und kurz davor, in Tränen auszubrechen.

In seinem Zimmer schaltete Paul den Schachcomputer an und spielte stundenlang.

Es war mitten in der Nacht, als es plötzlich an seine Tür klopfte.

»Ja!«, rief Paul geistesabwesend, denn er war gerade auf einen komplizierten Zug konzentriert.

Die Tür ging auf, und da stand Donnie. Wacklig und erschöpft auf High Heels und mit verschmierter Schminke.

»Was ist?«, fragte Paul, ohne sich umzudrehen.

»Ich wollte dich fragen, ob wir vielleicht noch ein Glas zusammen trinken.«

»Ich kann jetzt nicht«, sagte Paul kurz angebunden.

»Was machst du denn gerade?«

»Ich spiele Schach.«

»Ah ja.«

Paul sprang auf und brüllte: »Kapier doch endlich mal: Ich muss arbeiten, ich muss denken, die ganze Agentur geht mir auf den Sack, die Aufträge kotzen mich an, aber ich soll kreativ sein! Donnie, ich will einfach nur allein sein, verdammt, will meine Ruhe haben, will nicht gestört werden, kapierst du das endlich mal? Oh Mann, ich hab die Faxen so dicke! Und ich will mich nicht entschuldigen müssen, wenn ich Schach spiele oder alberne Filme gucke, ich will von dir nicht kontrolliert werden und will nicht ständig irgendetwas erklären müssen! Ich will einfach nur hier ganz in Frieden und in Ruhe in diesem Zimmer sitzen, und die ganze Welt soll mich mal am Arsch lecken! Ist das so schwer zu verstehen?«

Donnie schloss wortlos die Tür.

Eine halbe Stunde später verließ Paul das Haus, stieg in sein Auto und fuhr zum Babystrich. Es war drei Uhr fünfundvierzig.

Im Schritttempo fuhr er die dunkle Straße hinauf und

hinunter und besah sich alle Mädchen ganz genau. Sie waren ungefähr dreizehn bis fünfzehn Jahre alt, standen in staksig anmachender Art am Straßenrand, versuchten aufreizend zu wirken, aber wussten offensichtlich nicht so recht, was sie taten. Die meisten kamen aus Polen, Tschechien, Russland und waren sicher nicht freiwillig hier.

Neben einer mageren etwa Fünfzehnjährigen mit weißblondem, strohigem Haar hielt er an und versenkte die Scheibe auf der Beifahrerseite.

Sie sprach ihn sofort an und lächelte. Einige ihrer Vorderzähne waren schwarz.

Ihm wurde übel.

»Ich bin Natascha!«, sagte sie. »Und du?«

»Paul.«

»Du bist wirklich ganz Süßer. Was du willst?«

Sie griff durch das offene Fenster, um die Beifahrertür aufzumachen und sich sofort zu ihm ins Auto zu setzen.

Er fasste ihren Arm. »Nun mal langsam! Wart doch mal!«

Natascha ließ sich nicht beirren. »Wenn du willst Besonderes, ich mach alles, bis auf Fesseln, Knebeln, Peitschen, Pinkeln und Scheißen. Das kost 'n Hunni mehr. Okay?«

Paul sah sie völlig entgeistert an und drückte aufs Gas.

Natascha konnte ihren Arm gerade noch aus dem offenen Fenster zurückziehen und schrie ihm hinterher: »Ej, bist du verrückt? Was is' los? Geh doch zurück zu Mutter!«

Paul drückte auf die Bremse und legte den Rückwärtsgang ein.

Natascha strahlte, als er direkt neben ihr hielt. »Hast du anders überlegt?«

»Steig ein«, sagte er.

Sie tat es. Und er fuhr los.

52

»Halt an«, sagte Natascha. »Wir können es hier machen, auf Parkplatz. Da ist nix. Da kannst du ihn reinstecken, kein Problem, wir ungestört.«

»Nein. Ich will nicht auf einem Parkplatz.«

Natascha riss die Augen auf. »Sondern?«

»Wir fahren ins Hotel.«

»Warum?«

»Weil ich es so will.«

»Aber kostet viel.«

»Das ist meine Sache.«

Natascha zuckte die Achseln. Dann eben ein Hotel. Warum auch nicht? Sie sah im Geiste eine Dusche, die sie sich endlich einmal gönnen konnte, und vielleicht auch ein weiches Bett. Man wusste ja nie. Und ein Frühstück am nächsten Morgen? Das war ja nicht auszudenken! Vielleicht war sie auf dem Weg ins Paradies.

Sie schwiegen. Der Mann neben ihr sagte keinen Ton. Legte noch nicht einmal seine Hand auf ihren Schenkel. Sie hätte ihn nicht daran gehindert. Ganz im Gegenteil.

Nein. Er fuhr ganz konzentriert und schweigsam immer weiter, bis er schließlich vor einer kleinen Pension hielt, »Gasthof zum schwarzen Kater«.

»Komm mit!«, befahl er knapp, als er ausstieg, und sie folgte ihm.

»Ich brauche ein Zimmer für eine Nacht«, sagte er an der Rezeption, »ohne Frühstück, bitte.«

Schade, dachte Natascha. Sie hatte sich bereits auf einen heißen Kaffee am Morgen gefreut.

Die Rezeptionistin musterte den Mann und das minderjährige, ziemlich unterernährte Mädchen, aber sie sagte nichts. Sie konnte sich schließlich nicht um alles kümmern und hier den riesigen Aufstand machen. In ihrem Leben hatte sie schon genug Ärger gehabt, nur weil sie anderen helfen wollte.

Sollten die doch in ihrem Hotelzimmer treiben, was sie wollten. Sie war zu alt, um sich da noch einzumischen.

Das Zimmer war schäbig, schmuddelig, und die Bettwäsche wirkte nicht sauber, sondern bereits benutzt.

Paul versuchte es zu ignorieren. Es gab Schlimmeres.

Die Kleine stand ängstlich vor ihm.

Er sah, dass sie dreckige Fingernägel und schwarze Füße hatte, ihre Haare waren verfilzt und klebrig, er wollte nicht wissen, wie es unter ihrer Kleidung und in ihrem Schritt aussah.

»Bitte! Lass dir Wasser ein und setz dich in die Wanne!«, sagte er.

Sie lächelte.

Natascha badete. Vergnügt. Summte vor sich hin.

Paul stand im Zimmer am geöffneten Fenster und rauchte.

Schließlich ertrug er es nicht länger.

Er öffnete die Badezimmertür und legte einen Finger auf die Lippen.

Natascha genoss das Bad. Tauchte immer genussvoll unter, kam wieder hoch und strahlte. Mit ihren nassen Haaren wirkte sie jetzt noch jünger und noch kindlicher. Ihre Schminke war grotesk verlaufen, und die schwarze Wimperntusche unter ihren Augen gab ihr etwas Trauriges.

Paul stand in der Tür und sah sie schweigend an.

»Komm!«, sagte er.

Natascha stieg aus der Wanne, trocknete sich ab und folgte ihm.

Im Zimmer zeigte Paul aufs Bett. »Leg dich hin!«

Natascha legte sich nackt aufs Bett.

Nur die Nachttischlampe brannte, ansonsten lag der Raum im Dunkeln.

Paul verließ das Zimmer.

Natascha wartete und verschränkte die Arme hinter dem Kopf. Was für ein netter Freier! Sie fühlte sich richtig wohl. Die meisten schrien sie an, waren brutal und rabiat und nach fünf Minuten fertig. Sie hatte Angst vor diesen Typen, fühlte sich schlecht, und meist hatte sie hinterher Schmerzen.

Dieser hier war ganz anders. Sie durfte sogar baden. Wundervoll!

Aber wo war er jetzt?

Sie rief nach ihm, doch er antwortete nicht.

Gut. Er würde schon kommen. Sie schlief fast ein.

Plötzlich öffnete sich die Badezimmertür, und im Lichtschein des Bades stand Paul mit einem Rasiermesser in der Hand.

Natascha schrie auf und umklammerte ein Kissen.

Paul kam langsam näher.

Natascha murmelte, erstickt, wie betäubt vor Angst, irgendetwas, das Paul nicht verstand.

Paul stand jetzt über ihr. Stumm. Das Rasiermesser immer noch in der Hand. Er beobachtete Nataschas aufsteigende Panik.

Natascha fasste sich schützend auf Brüste und Geschlecht.

Paul warf ihr das Rasiermesser auf den Bauch.

»Rasier dich! Bitte!« Er hatte gesehen, dass bei Natascha ein weicher Flaum wuchs.

Natascha reagierte nicht.

Paul spreizte ihr brutal die Beine und begann sie zu rasieren. Natascha fürchtete, dass er sie verletzen könnte, und hielt still. Wie in Schockstarre vor Angst.

Als er fertig war und ins Bad ging, um den Rasierer abzuwaschen, sprang sie auf wie ein verwundetes Reh, raffte am ganzen Körper zitternd und rasend vor Angst ihre Kleider zusammen und floh aus dem Raum.

Als Paul aus dem Bad zurückkam, war sie weg.

53

Am nächsten Morgen saß Donnie schon um halb acht am Frühstückstisch in der Küche, was eigentlich gar nicht seine Art war. Paul konnte sich nicht erinnern, wann sie das letzte Mal zusammen gefrühstückt hatten.

Die Kaffeemaschine lief, Donnies Haare waren nass, sein Gesicht war gerötet, und er schien frisch geduscht.

Auf dem Küchentisch standen zwei gekochte Eier, Donnie war in die Tageszeitung vertieft.

»Moin!«

»Moin!«

»Was ist los? Seit wann bist du denn so früh schon wach?«

Jetzt erst bemerkte Paul, dass Donnie den Anzeigenteil der Zeitung durchforstete und ab und zu eine Annonce anstrich.

»Was soll das? Was machst du da?«

»Ich suche ’ne Wohnung. Für dich. Ich finde, du solltest ausziehen. Dann geh ich dir nicht länger auf’n Geist.«

Paul flippte aus dem Stand vollkommen aus und schrie: »Sag mal, hast du sie noch alle? Tickst du nicht richtig? Warum soll ich ausziehen? Wir haben hier genug Platz und ein wunderbares Leben!«

Donnie wurde selten laut, aber jetzt brach alles aus ihm heraus. »Paul, vielleicht merkst du es gar nicht mehr. Du haust einfach ab und sagst nicht wohin, geschweige denn, wann du wiederkommst. Du verschanzt dich in deinem Zimmer und bist wütend und sauer und keiner weiß warum. Du willst nicht reden, du willst deine Ruhe haben, du hast eine Saulaune, du rührst dein Essen nicht an, betrinkst dich grundlos, bist nächtelang unterwegs, du sprichst nicht mehr mit mir, so sieht doch kein gemeinsames Leben aus!«

»Halt, stopp!« Paul war flammend rot vor Wut. »Was soll denn das jetzt alles? Spul mal ab, mein Lieber. Ich bin gerade mal eben aus Italien zurück, da kann ich ja so viel noch gar nicht verbrochen haben! Ich versuch mich hier wieder einzuleben, aber ich krieg das nicht so richtig gebacken. Das hat nichts mit dir zu tun, sondern mit der Agentur, die mir im Moment so maßlos auf den Zeiger geht.«

»Tu doch nicht so«, schrie Donnie, »das ist doch nicht erst jetzt so, dass du so unnahbar und so merkwürdig bist! Das war auch schon so, lange bevor du in die Toskana gefahren bist. Das ist ein grundsätzliches Problem, und es ist gut, dass das jetzt alles mal auf den Tisch kommt!«

»Ja, das ist gut so«, parierte Paul. »Es war offensichtlich lange überfällig, dass es zwischen uns mal so richtig knallt.«

Er stand mitten in der Küche, unbeweglich und starr wie ein eiskalter Klotz.

Donnie war zwar den Tränen nahe, aber noch nicht am Ende. »Und jetzt planst du, in die Toskana auszuwandern?«, fragte er unbeirrt. »Was ist denn los mit dir, verdammt? Dann hau doch ab! Schwirr ab in die Einsamkeit, meinetwegen. Aber solange du noch hier bist, rede mit mir, Paul, damit ich weiß, woran ich bin. Und es wäre auch schön, wenn wir ab und zu mal zusammen essen und abends einen Wein zusammen trinken könnten. Und ich nicht alles wegschmeißen muss, nur weil du nicht kommst und nicht Bescheid sagst. Das ist kein Leben, das funktioniert so nicht. Und darum: Such dir was anderes, oder wir ändern unser Zusammenleben, was ich mir sehr wünschen würde …«

Das war die längste Rede, die Donnie je gehalten hatte, und er fühlte sich völlig erschöpft.

Paul schlug sich mit der Hand vor die Stirn. »Natürlich! Mein Donnielein, Donna Doria, das Sensibelchen, will gleich alles hinschmeißen, unser ganzes gemeinsames Leben ändern, nur weil ich mal nicht Händchen gehalten habe und anderweitig beschäftigt war! Das kann ja wohl nicht wahr sein! Zum Teufel mit deiner verdammten Empfindlichkeit!«

Er riss Donnie die Zeitung aus der Hand und zerfetzte sie.

Donnie fing an zu weinen und sprach ganz leise, was Paul natürlich auch schon wieder auf die Nerven ging. »Weißt du, dass du einfach nicht zu ertragen bist?«, schluchzte er. »Was ist los mit dir, Paul? Ständig hab nicht ich, sondern *du* hast eine Saulaune, kriegst die Zähne nicht auseinander, behandelst mich, als wäre ich Luft, oder lässt mich total abblitzen!«

»Ich kann nun mal nicht mit dir schlafen.«

»Darum geht es nicht. Darum geht es wirklich nicht.«

Er schwieg. Beide sahen sich an.

»Schatz«, sagte Donnie, »ich liebe dich doch, und ich bin gern hier in dieser Wohnung mit dir zusammen, ich bin dir auch dankbar für alles, aber ich bin nicht dein Idiot!«

Paul wirkte plötzlich betroffen, sah zu Boden und sagte nichts.

»Was ist bloß in letzter Zeit mit dir los?«

Paul meinte leise und nicht mehr aggressiv: »Gar nichts. Ich find unser Leben schön. Völlig okay. Aber ich mach meinen Kram und du deinen. Ende.«

Er drehte sich um und ging zur Tür. »Mach es gut. Wir sehen uns.«

Donnie sah ihm hinterher und wirkte wie ein hilfloses Kind, das man auf einer Parkbank allein zurückgelassen hatte.

54

Er liebte dieses japanische Restaurant in der Hamburger Innenstadt im zwölften Stockwerk. Nicht nur, weil man dort vorzüglich essen, sondern auch weil man einige Etagen tiefer im großen Parkhaus des Einkaufszentrums problemlos parken konnte. Aber vor allem mochte er es, weil die einzelnen Tische und Tischgruppen nicht durch Stellwände, Regale, Blumengestecke oder Sonstiges voneinander getrennt waren, sondern durch große bunte Aquarien mit den unterschiedlichsten exotischen Fischen. So sah man nicht zwangsläufig in fremde Gesichter, sondern konnte Fische beobachten, wenn man seinem Gegenüber nicht unentwegt in die Augen schauen wollte.

Für ihn war dies Entspannung pur. Ein Ort, wo er wirklich kreativ denken und alles Unwichtige vergessen konnte.

Es war zehn Minuten vor sieben, als er in das Parkhaus fuhr. Um neunzehn Uhr hatte Manuela einen Tisch bestellt.

Gleich im Parterre parkte er seinen Wagen und sah, dass auch Manuela und ihr Kollege Bernhard, ein Designer, der die Fotos bearbeitete und mit viel Kreativität zu einem Ereignis machen konnte, in der Nähe hielten. Sie waren zusammen gekommen, da sie nah beieinander wohnten, und stiegen gerade aus Bernhards Auto.

»Das ist ja ein Ding«, sagte Manuela, als sie Paul auf sich zukommen sah. »Wir sind alle superpünktlich, unglaublich. Als hätten wir uns verabredet.« Sie lachte.

Auch Bernhard und Paul begrüßten sich, und sie gingen gemeinsam zum Fahrstuhl.

Nur Sekunden später öffnete sich mit einem »Pling« die Tür.

In der Fahrstuhlkabine standen zwei Kinder. Die beiden kicherten und tuschelten miteinander, als die Erwachsenen hereinkamen.

Bernhard drückte den Knopf zum zwölften Stockwerk, und der Lift setzte sich in Bewegung.

Blitzschnell fuhr das Mädchen mit ihrem Finger über die gesamte Leuchtleiste, sodass der Fahrstuhl jetzt in jeder Etage halten musste. Sie verschränkte frech die Arme und sah die drei Erwachsenen provozierend grinsend an.

»Echt komisch!«, sagte Bernhard. »Ich lach mich tot!«

Sie kicherte nur.

»Kratzt mich überhaupt nicht«, sagte Manuela lächelnd. »Wir haben alle Zeit der Welt.«

»Wir auch«, meinte der Junge.

Paul war von der Kleinen wie hypnotisiert. Auch sie glich dem Mädchen in den Dünen. Sie war dünn, aber wirkte nicht zart wie eine Blume, die man umpusten konnte, sondern drahtig und sportlich, hatte lange glatte blonde Haare, leuchtend blaue Augen, und ihr Blick strotzte vor Selbstbewusstsein.

Der Fahrstuhl ruckte von Stockwerk zu Stockwerk, und nirgends stieg jemand ein.

Paul bekam das alles gar nicht mit. Er war wie in Trance, konnte seine Augen nicht von dem kleinen Mädchen lassen.

Auch sie sah ihn für den Bruchteil einer Sekunde an.

Ihre Blicke trafen sich, und Paul versuchte ein Lächeln, aber es verunglückte und wurde schief.

Im elften Stock, als der Fahrstuhl wieder hielt und sich die Tür automatisch öffnete, fasste das Mädchen ihren Freund an der Hand und zog ihn blitzschnell aus dem Fahrstuhl.

»Tschüüühüs!«, rief sie noch, und die beiden rannten weg.

Paul erwachte wie aus einem tiefen Traum, sodass er sich innerlich schütteln und ein paarmal blinzeln musste, bis er wieder wusste, wo er war.

Manuela lächelte. »So was haben wir doch früher auch gemacht, oder?«

Im zwölften Stock stiegen die drei aus und betraten das Restaurant.

55

»Wir waren lange nicht mehr hier!«, sagte Manuela. »Aber ich bin richtig froh, dass wir es mal wieder geschafft haben. Wir sollten es vielleicht zu einer monatlichen Institution werden lassen, um unsere dringendsten Dinge zu besprechen und um uns einfach mal eine Auszeit zu gönnen.« Sie nahm die Karte in die Hand. »Es ist immer wieder schön hier.«

»Eine gute Idee«, meinte Bernhard.

Paul schwieg.

Alle drei sahen eine Weile still in die Karte.

»Was nehmt ihr?«, fragte Manuela.

»Es ist jedes Mal verdammt schwierig.« Bernhard überlegte. »Ich glaube, ich nehme einen Sarada-Algen-Salat mit Karotten-Dressing als Vorspeise, dann als Hauptspeise Krebs und Garnelen und als Nachspeise ein Kurogoma-Eis.«

»Das nehme ich auch!«, sagte Paul, erleichtert, dass er sich keine weiteren Gedanken zu machen brauchte, und klappte die Karte zu. »Und du, Manuela?«

»Ich denke, ich esse als Vorspeise dieses japanische Omelette, Dashimaki Tamago, und dann Sushi bis zum Abwinken. Ich fange mal mit sechs an. Nachspeise ist nicht so mein Ding. Was trinkt ihr?«

»Sake«, sagte Paul.

»Ich nehme japanisches Bier«, meinte Bernhard.

»Und ich Jasmintee. Ich fahr ja dann auch Bernhard nach Hause.« Manuela lächelte. »So, jetzt haben wir's und können bestellen.«

Während sie auf die Vorspeisen warteten, sagte Manuela: »Ich glaube, Paul hat recht, als er mir gesagt hat, dass wir wohl mit den Fotos und Texten, mit der gesamten Aufmachung emotionaler werden müssen. Wir wollen den Nerv der Leute treffen, müssen sie einfangen und wachrütteln. Sonst bringt das alles nichts. Sonst ist das alles in null Komma nichts wieder aus den Augen, aus dem Sinn.«

Paul nickte. Er beugte sich vor und sah Manuela und Bernhard an. »Mir ist das schon klar. Der gesamte Stil der Präsentation, also der Broschüren, muss sich ändern. Das Ganze muss einen ganz neuen Tenor bekommen. Bisher hatten wir schöne, solide, brave Kinderfotos. Bitte, versteht mich nicht falsch, Frankie ist ein guter Fotograf. Aber wir hatten nur hübsche Mädchen und Jungen. Nach dem Motto: Stellt euch vor, denen passiert was. Doch so weit denken die Leute nicht. Die stellen sich nichts vor. Die klappen die Broschüre zu und gehen davon aus, dass alles in Ordnung ist. Aber die Realität ist anders. Sie ist verdammt brutal.«

Manuela nickte. »Ich wusste, dass Paul da noch mal rangehen und dem Ganzen einen ganz neuen Drive geben würde. Ich bin echt froh, dass wir dich haben, Paul. Und ich bin sicher, dass du uns Fotos liefern wirst, die wir nie wieder aus dem Kopf kriegen werden.«

Bernhard schwieg und trank einen Schluck.

»Also Fotos wie aus der Bronx«, redete Paul weiter. »In Schwarz-Weiß, mit Gelb- oder Grünstich. Oder bräunlich. Aber nicht farblich realistisch. Kinder im Dreck, im Elend, verletzt, geschändet, ermordet. Im Krankenhaus. Auf der Straße. Hinter Mülltonnen.«

Bernhard nickte. »Du hast recht, aber nicht nur so was. Wir haben als Themen Missbrauch und Vernachlässigung, aber auch Kinderarmut. Kinder, die mit dem Bleistift Buchstaben malen, während andere am Computer sitzen.«

»Aber doch nicht alles in fünf Broschüren?«

»Nein. Aber wenn es gut läuft, dann wird es weitere Aufträge in dieser Richtung geben.«

»Machst du das, Paul?«, fragte Manuela. »Kannst du dir das vorstellen?«

Paul überlegte. Lange.

Dann sah er auf und sagte leise: »Nein, das möchte ich – glaube ich – nicht machen. Tut mir leid, Manuela. Tut mir echt leid. Ich weiß, ihr haltet große Stücke auf mich und hofft auf dieses Projekt, aber wenn es irgendwie geht, solltet ihr jemand anders engagieren. Ich kann das nicht. Ich müsste Fotos machen, die mich wahrscheinlich ein Leben lang verfolgen. Könnt ihr das verstehen? Bitte, lasst mich da raus.«

Manuela dachte, Paul wolle nur noch ein bisschen hofiert und gebeten werden. Daher sagte sie: »Paul, das geht nicht! Bitte nicht! So etwas kannst nur du! Und wir brauchen dich, darum sitzen wir ja auch heute Abend hier zusammen. Deine Absage hättest du mir schon am Telefon mitteilen können. Dann hätten wir uns hier nicht treffen müssen. Du musst das machen. Da können wir dich nicht rauslassen!«

Paul nickte und sah zu Boden. »Tut mir leid, aber das wird mir alles jetzt erst so langsam klar. Ich bin raus aus der Nummer. Ich mach da nicht mit.«

Manuela blitzte ihn wütend an. »Weißt du, dass ich das echt Scheiße finde von dir? Wir haben einen der größten und interessantesten Aufträge, die wir je hatten, du bist unser bester Mann, und jetzt lässt du uns im Stich?«

»Ich kann nicht anders.«

»Wieso? Wo ist das Problem?«

»Das kann ich dir nicht erklären.«

»Nee. Das kannst du wirklich nicht. Weil ich es niemals verstehen würde.«

Jetzt mischte sich auch Bernhard ins Gespräch ein. »Entschuldige, Paul, aber ich finde das unprofessionell. Du bist Fotograf. Da fotografierst du doch nicht nur das, was dir gefällt? Du fotografierst auch hässliche Couchgarnituren für einen Katalog oder verunfallte Schrottautos für eine Tageszeitung. Möchtest du dich in Zukunft auf Schmetterlinge oder Sonnenaufgänge spezialisieren und versuchen, Kunst zu machen, um sauteure Fotobildbände herauszubringen?«

»Du bist der Letzte, der mir erklären sollte, was ich zu tun oder zu lassen habe!«, schoss Paul zurück.

Die Vorspeisen kamen und unterbrachen das Gespräch.

»Guten Appetit«, sagte der Ober und verbeugte sich.

Eine Weile aßen alle drei schweigend.

»Es ist wie immer fantastisch. Ganz toll!«, meinte Manuela, um die Spannung aus der Situation zu nehmen, und die beiden Männer nickten.

Bernhard legte als Erster sein Besteck zur Seite und nahm den Faden des Gesprächs wieder auf. »Ich weiß schon, das ist ein Thema, das wahnsinnig an die Nieren gehen kann. Aber es ist eben auch so extrem wichtig! Vielleicht überlegst du es dir ja deswegen auch noch mal anders, Paul. Wie kann es denn sein«, fragte er, »dass Kinder über Jahre hinweg von ihren Vätern, Onkeln, vom Lehrer, Fußballtrainer oder Pfarrer missbraucht und gequält werden, und keiner merkt was, keiner unternimmt was, keiner reagiert auf das, was die Kinder sagen oder signalisieren? Was läuft da schief? Ich verstehe es nicht. Und dafür müssen wir Bilder finden, die den Leuten den Schlaf rauben und die sie nie wieder vergessen.«

»Genau!«, sagte Manuela. »Das ist der Punkt. Und dann die Pädophilen, die behaupten, so bin ich eben, das ist meine Veranlagung, tut mir leid, ich muss kleine Kinder missbrauchen oder sogar umbringen, ich kann nicht anders, Entschuldigung. In was für einer Welt leben wir eigentlich?«

Paul sah ins Aquarium, und die Fische tanzten vor seinen Augen, die Farben schillerten und vibrierten, und aus fünf Fischen wurden zehn, fünfzig, Hunderte, die sich im Kreise drehten und im Wasser nach Luft schnappten, die Mäuler aufrissen, als wären sie am Ersticken. Und überall und immer wieder das Gesicht der Kleinen im Fahrstuhl. Pauls Lider flatterten, und er bekam seine zitternden Hände nicht unter Kontrolle.

»Ich habe das Gefühl, plötzlich ist die Welt voller Pädophiler«, meinte Manuela und echauffierte sich immer mehr, »überall sind Typen, die sich Kinderpornos anschauen und runterladen und selbst mit den kleinen armen Wesen produzieren. Was ist denn plötzlich los in unserer Welt? Rannten vor hundert Jahren auch schon so viele Pädophile durch die Gegend, oder hat unsere kranke Gesellschaft die erst hervorgebracht?«

Bernhard antwortete nicht.

»Sag doch mal was, Paul! Siehst du das auch so? Da stimmt doch was nicht!«

Paul riss die Augen auf und wirkte, als müsse er sich erst orientieren und einen Moment überlegen, wer ihm da gegenübersaß.

»Entschuldigung«, stotterte er. »Ich habe nicht zugehört. Was hast du gefragt?«

»Geht's dir nicht gut, Paul?«

»Doch, doch, es wird schon wieder.« Sein Puls raste. »Tut mir leid, ich komme gleich wieder.«

Damit stand er auf und lief auf die Toilette, bemühte sich,

aufrecht und gerade zu gehen und nicht über irgendwelche Stühle zu stürzen.

In der Toilette lehnte er an der Wand über dem Waschbecken, hatte das Gesicht gegen seinen Unterarm gedrückt.

Eine Weile fürchtete er, sich übergeben zu müssen.

Dann löste er sich aus dieser Position und sah sich im Spiegel. Erkannte sich kaum. Sah so anders aus. So kaputt, so alt, so zerstört.

Anschließend wusch er sein Gesicht mit eiskaltem Wasser. Immer und immer wieder. Dann trocknete er sich mit einem Papiertuch ab, war in der Lage, sich aufzurichten, und fühlte sich, als bekäme er zum ersten Mal wieder Luft.

Das restliche Essen verlief mit leicht gezwungener Konversation. Danach machten Manuela, Bernhard und Paul noch eine Art Brainstorming und verfassten Listen mit Inhalten und Fotosituationen, die die Broschüren enthalten könnten. Paul ließ seine Ideen mit einfließen und bot an, auch weiter kreativen Input zu geben, blieb aber bei seiner Entscheidung, bei diesem Auftrag das Fotografieren nicht zu übernehmen.

Gegen einundzwanzig Uhr zahlten sie und verließen das Restaurant.

Als sie im Parterre aus dem Fahrstuhl kamen, hörten sie Lachen und fröhliches Geschrei und sahen die beiden Kinder aus dem Fahrstuhl sowie einige andere um die Autos herumrasen und irgendein merkwürdiges Spiel spielen.

Als das Mädchen aus dem Fahrstuhl unmittelbar an Manuela vorbeirannte, hielt sie es auf. »Sag mal, glaubt ihr, dass das hier der richtige Spielplatz für euch ist?«

Die Kleine war vom Rennen ganz verschwitzt und außer Atem. »Na klar!«, antwortete sie, und ihre Augen leuchteten.

»Müsst ihr nicht langsam nach Hause?«

»Nee. Warum?«, rief sie und rannte weiter.

»Lass sie«, sagte Paul leise. »In der Großstadt spielen die Kinder halt im Parkhaus. Das ist so. Da kann man nichts machen.«

»Nee, wahrscheinlich nicht, aber ich finde es furchtbar.« Sie sah auf die Uhr. »Es ist ja noch relativ früh, ich habe von meinem Mann freibekommen, wollen wir noch irgendwo einen kleinen Absacker nehmen?«

Paul lächelte mühsam. »Ein andermal furchtbar gerne, aber ich bin total kaputt. Es ist zwar nicht meine Art, aber heute geh ich mal früh ins Bett.«

Bernhard stieg ins Auto. »Alles klar. Also dann, gute Nacht.«

Manuela umarmte Paul kurz. »Ciao. Und bitte überleg es dir noch mal. Es ist ein toller, ein lukrativer und verdammt wichtiger Auftrag. Und ich denke, er wird sich nicht nur für die Agentur, sondern auch für dich sehr lohnen!« Sie lächelte. »Schlaf schön.«

Paul erwiderte nichts und wartete noch einen Moment, bis Manuelas Wagen verschwunden war. Dann fuhr auch er aus dem Parkhaus.

Sein Gesicht brannte wie Feuer. Der Schweiß brach ihm aus. Sie war da drin. Dort im Parkhaus, er brauchte nur wieder zurückzufahren. Es war so einfach. Die Parkhauseinfahrt erschien ihm wie das Tor zum Paradies. Fahr zurück!, schrie etwas in seinem Inneren. Und: Fahr nach Hause, dann ist es vorbei, dann hast du es geschafft!, schrie eine andere Stimme.

Sein Herz schlug ihm bis zum Hals.

Quälend langsam fuhr er auf die nächste Kreuzung zu, provozierte es, bis die Ampel erst gelb, dann rot wurde. Eine Minute hatte er maximal. Links ging es nach Hause ins Loft, rechts um den Block und wieder zurück ins Parkhaus.

Seine Erregung wuchs, und die Ampel wurde grün. Paul bog rechts ab.

Er schlug auf das Lenkrad und schrie.

Als er den Block fast umrundet hatte, sah er in circa hundert Metern Entfernung wieder die Einfahrt zum Parkhaus.

Seine Gedanken rasten. Sie ist da, sie läuft dort herum, sie ist jung, sie ist blond, sie ist süß. Vergiss nicht, wie sie dich im Fahrstuhl angesehen hat.

Aber im letzten Moment drückte Paul aufs Gas und brauste an der Einfahrt vorbei. Innerlich jubilierte er und lachte laut.

An der nächsten roten Ampel kamen dieselben Gedanken. Und noch einmal fuhr er um den Block.

Und dann plötzlich sah er sie. Sie kam aus dem Parkhaus und lief die Straße entlang. Leichtfüßig hüpfend, auf dem Weg nach Hause.

Sein Herz setzte aus. Er bremste scharf, als er neben ihr hielt, die Scheibe herunterließ und ihr zulächelte.

56

Es war kurz vor zwei in der Nacht. Paul stand auf der Dachterrasse des Lofts. Vor zwei Stunden hatte es ein heftiges Sommergewitter gegeben, und jetzt wehte ein scharfer, kalter Ostwind. Er trug keine Jacke, sondern nur ein dünnes Hemd und sah über den Hinterhof und ein paar durch Laternen beleuchtete Straßen, in denen es jetzt still war.

Er befand sich zwar nur im zweiten Stock, aber ab und zu beugte er sich erschreckend weit über die Brüstung und starrte in den Hof. Wie viele Meter waren das? Sechs? Acht? Oder weniger? Würde das reichen? Nein. Wenn, dann sollte er es nicht hier machen, wo er vielleicht mit zerschmetterten Knochen liegen blieb und immer noch lebte. Nein, da gab es bessere Möglichkeiten in Hamburg. Ein Sprung vom richtigen Gebäude, und alles wäre unwiederbringlich vorbei. Nur einmal den Mut aufbringen und einen Moment nicht mehr am Leben hängen, dann wäre endlich Ruhe. Frieden.

In diesem Moment betrat Donnie die Terrasse.

Paul fuhr erschrocken herum.

»Entschuldige, Paul, aber deine Zimmertür stand offen, und da dachte ich …«

»Schon gut. Kein Problem.«

»Ist dir nicht kalt? Mein Gott, was für ein Wind! Komm doch rein, oder soll ich dir eine Jacke holen?«

»Nee. Is' okay. Danke.«

»Ich habe uns eine Flasche Rotwein aufgemacht. Wollen wir noch einen Schluck zusammen trinken? Dann schläft man besser!«

»Gut. Ich komme gleich. Zehn Minuten, ja?«

»Alles klar. Ich warte auf dich.«

Donnie ging wieder hinein.

Paul sah ihm hinterher. Warum ließ man ihn denn nicht einfach in Ruhe? Warum wurde er ständig gestört und gefragt und eingeladen? Warum musste er zu allem Stellung nehmen, immer gesprächsbereit, freundlich und offen für jeden Müll, für jede Diskussion sein? Er wollte und konnte das alles nicht mehr.

Donnie hob sein Glas: »Auf unsere Wohngemeinschaft! Auf uns!«

Sie nickten sich zu, stießen an und tranken.

»Was gibt's Neues in der Agentur?«, fragte Donnie.

»Nicht viel. Außer dass ich einen riesigen Auftrag abgelehnt habe.«

Donnie riss die Augen auf und sah ihn entsetzt an. »Warum das denn?«

Paul zog die linke Augenbraue hoch. »Es ist mir einfach zu stressig. Hätte mich wochen- oder monatelang beschäftigt. Je nachdem wie viele Nachfolgeaufträge noch gekommen wären. Ich würde mir sofort wieder vorkommen wie ein Hamster im Laufrad. Und das will ich einfach nicht mehr. Ich möchte mehr Zeit haben und mich um das Haus in Italien kümmern.«

Für Donnie war es wie ein Stich ins Herz. Aber er riss sich zusammen. »Sag mal, dieses Haus in Italien … wie viele Kilometer sind es bis dorthin?«

»1700.«

»Aber das ist doch Wahnsinn, Paul!«

»Ja, sicher. Es ist wirklich verdammt weit.«

»Und was willst du dann mit diesem Haus? Wann willst du dort sein, wenn du hier deine Wohnung und deinen Job hast? Und mich …«

»Keine Ahnung. Donnie, ich weiß es doch auch nicht! Vielleicht kann ich von dort aus arbeiten. Das wird sich alles finden. Und ich werde dich besuchen. Oder du mich.«

Eine Weile tranken sie schweigend.

»Ich verstehe ja, dass du gern in die Toskana fährst … Nach allem, was ich so gehört habe, muss es dort wunderschön sein. Aber für das Geld, das du für das Haus bezahlst, kannst du dir wahrscheinlich in den nächsten dreißig Jahren die tollsten Ferienhäuser leisten.«

»Das kann schon sein«, meinte Paul leise.

Donnie hörte Pauls aggressiven Unterton nicht oder wollte ihn nicht hören, denn er ließ nicht locker. »Warum willst du dir eine Kuh kaufen, nur weil du ein Glas Milch trinken willst?«

»Du verstehst es eben nicht.« Paul zwang sich zur Ruhe.

»Nein, ich verstehe es nicht.«

»Dann lass es. Es ist nicht wichtig, dass du es verstehst. Vielleicht hätte ich es dir gar nicht erzählen sollen.«

Und wieder schwiegen sie. Zäh und beinah unerträglich lange.

Schließlich sagte Donnie: »Du bist zu sehr und zu oft allein. Das ist nicht gut.«

»Komm, hör auf.«

Donnie beugte sich vor und sah seinem Freund in die Augen: »Mal ehrlich, Paul, ich habe nie begriffen, warum du immer noch Single bist! Du willst mich nicht, nun ja …« Er stand auf, drehte sich und grinste. »Aber du siehst fantastisch aus. Du hast einen gut bezahlten Job! Du bist charmant, locker und hin und wieder sogar humorvoll.« Er grinste. »Die Frauen müssten dir doch zu Füßen liegen!«

Paul lächelte kalt. »Hebst du alles auf, was auf der Erde liegt?«

Donnie schwieg betroffen.

Nach einer Weile sagte Paul: »Es ist keine große Sache. Du brauchst da nichts hineinzuinterpretieren. Ich habe einfach nur die Richtige noch nicht getroffen.«

Donnie leerte sein Glas auf einen Zug und hielt es Paul bittend hin. Dieser schenkte nach.

57

Ingrid Schöffler erwachte um drei Uhr dreiunddreißig. Sekunden später wurde ihr klar, dass der Albtraum, der gestern Abend über sie gekommen war, kein Albtraum, sondern Realität war. Ihr Mann hatte sie verlassen.

»Was ist los mit dir?«, hatte sie ihn gefragt, als sie zum Abendessen den Tisch deckte. »Du bist in letzter Zeit immer nur abwesend oder schweigsam oder schlecht gelaunt. Was schleppst du mit dir herum?«

Dieter war wortlos aus dem Raum gegangen, aber zwei Minuten später wieder hereingekommen. »Ich dachte, du weißt längst, was los ist. Frauen haben doch immer den siebten Sinn.«

»Was sollte ich wissen?«, fragte sie, und im selben Moment wurde ihr schlecht.

»Es tut mir so leid …«, sagte er.

»Was?« Sie spürte, dass sie wütend wurde, und das gab ihr Kraft.

»Ich habe vor einem Dreivierteljahr eine Frau kennengelernt, mit der ich zusammenleben möchte.«

Der Satz war wie ein Fallbeil, das ihren Nacken traf.

»Wo?«

»Wie wo?«

»Wo hast du sie kennengelernt?«

»In Köln. Beim Profiler-Kongress. Sie hat dort einen Vortrag gehalten.«

Ingrid schwieg. Aha. Eine Profilerin wie Dieter. Die Profiler schwebten über den Dingen und teilten dem Fußvolk, den Kriminalisten, ihre Hirngespinste mit. So eine hatte ihr gerade noch gefehlt.

»Wie schön. Wahrscheinlich ist sie auch noch zwanzig Jahre jünger als ich?«

»Siebzehn.«

Cool. So einfach ließen sich die Dinge nach einunddreißig Jahren Ehe klären.

Ingrid wunderte sich, dass sie überhaupt noch atmen und denken und sprechen konnte, aber das war alles überhaupt kein Problem. Jetzt nicht. Die große Krise würde später kommen. Und dann war niemand mehr da, der sie auffangen konnte.

»Ich hoffe, du hast deine Sachen schon gepackt, damit du jetzt gleich abhauen kannst. Geh mir aus den Augen!«

»Können wir nicht erst einmal ganz in Ruhe drüber reden und das eine oder andere regeln?«

»Nein, das können wir nicht!«, schrie Ingrid und sprang auf. »Bitte verschwinde, und zwar sofort! Lass mich allein, ich ertrage dich keine Sekunde mehr!«

»Ich hab das alles noch nicht organisiert«, sagte Dieter.

»Na, sie wird doch wohl ein Zimmer und einen Teller warme Suppe für dich haben! Hau ab!«

»Ich muss dir noch so viel sagen!«

»Ach ja?«, fragte sie spöttisch. »Vergiss es. Und bevor du gehst, gib mir deinen Wohnungsschlüssel. Du wohnst hier nicht mehr.«

Dieter verschwand im Schlafzimmer, um zu packen. Seinen Auszug hatte er sich anders vorgestellt.

Eine Stunde später war sie allein.

Und erst dann begann sie zu weinen.

All dies fiel ihr ein, als sie jetzt – mitten in der Nacht – im Bett lag und nicht glauben konnte, dass sie keinen Mann mehr hatte.

Ihre Gedanken rasten. Immer und immer wieder spulte sich die Szene des vergangenen Abends vor ihrem geistigen Auge ab.

Er war schließlich aus der Wohnung gegangen, ohne ihr einen Kuss zu geben. Ohne Abschied. Das war das Schlimmste, weil sie wusste, dass sie nie wieder einen Kuss bekommen würde. In ihrem Leben würde es wohl nie wieder jemanden geben, der sie in den Arm nahm und »Tschüss« sagte und »ich bin bald zurück«. Und ihr einen Kuss auf die Lippen drückte.

Ein verdammt einsames Leben erwartete sie, und nach über dreißig Jahren Ehe war sie darauf nicht vorbereitet.

Sie wusste nicht, ob sie das schaffen würde.

Ingrid schwang sich aus dem Bett und ging in die Küche, um sich einen Tee zu kochen. Vielleicht konnte sie dann noch zwei Stunden schlafen.

Der Tee war gerade durchgezogen, als das Telefon klingelte.

Dieter, dachte sie und meldete sich verhalten und geheimnisvoll mit: »Ja?«

Aber es war Bernd Krimm, ihr Assistent. »Ingrid, tut mir leid«, sagte er, »aber du musst kommen. Außenalster, Schwanenwik an der Hohenfelder Bucht. Wir haben eine Kinderleiche gefunden. Noch nicht lange tot. Ganz übel.«

»Bin schon unterwegs«, sagte Ingrid, rannte ins Schlafzimmer, sprang in ihre Jeans, zog sich dicke Socken, Pullover und Jacke über und griff ihre Tasche. Zähneputzen, Duschen und Frühstücken konnten warten.

Sie vergaß Dieter und all ihre Probleme und fuhr los.

58

Kurz vor halb sechs erreichte Ingrid Schöffler den Ort, an dem die Leiche gefunden worden war. Die Spurensicherung war bereits an der Arbeit. Auch sie zog sich einen Ganzkörper-Schutzanzug und eine Atemmaske über, bevor sie sich der Leiche näherte, um keine Spuren zu zerstören.

Dann hob sie das Tuch von der Leiche und sah in das Gesicht des Mädchens. Oh, mein Gott. So ähnlich hatte ihre kleine Tochter ausgesehen, als sie zehn Jahre alt gewesen war. So verletzlich, so zart. Ingrid hatte nach ihrer Geburt eine völlig andere Einstellung zum Umweltschutz und zum Leben an sich bekommen, nur weil sie sich der Verantwortung bewusst wurde, dieses noch so hilflose Leben zu beschützen.

Und jetzt lag hier so ein Menschlein. Nackt und kalt und schutzlos. Umgebracht von einem, der gar kein Gespür dafür gehabt hatte, dass man gerade diesen kleinen, hilflosen Wesen nichts antun durfte.

»Seit wann ist sie tot?«, fragte sie ihren Kollegen Bernd.

»Genau wissen wir das noch nicht, aber seit sechs oder sieben Stunden ungefähr. Der Täter muss sie irgendwann gestern am späten Abend hier abgelegt haben, denn die Kollegen von der Spurensicherung gehen nicht davon aus, dass sie hier auch umgebracht worden ist.«

Ingrid sah sich um. Die gemähte Wiese ging fast bis ans Wasser. Auf zum Teil asphaltierten Gehwegen konnte man mit einem Pkw ohne Probleme bis ans Ufer fahren und die Leiche ablegen. Aber die Gefahr, dabei beobachtet zu werden, war groß.

Der Mörder war entweder völlig gelassen, schmerzfrei und cool, oder er legte es fast darauf an, erwischt zu werden. Wollte, dass irgendjemand seinen Drang zu töten unterbrach, und sei es die Polizei. Auch das gab es immer wieder.

Die Kleine hatte blonde, lange Haare. War schmal und dünn.

»Ich verstehe das nicht«, sagte Ingrid zu Bernd, »sie ist so entsetzlich nackt. Findest du nicht auch? Die meisten Opfer haben noch ein Paar Socken an oder einen Schuh oder ein T-Shirt. Sie haben noch eine Spange im Haar oder einen Ring am Finger. Dieses Mädchen ist völlig nackt, und ihre Sachen fehlen komplett. Das finde ich komisch.«

Bernd Krimm nickte. »Stimmt. Das ist ungewöhnlich.«

»Ist sie vergewaltigt worden?«

Bernd zuckte die Achseln. »Wissen wir noch nicht. Das untersuchen die noch in der Gerichtsmedizin. Aber auffällige Verletzungen hat sie nicht.«

»Und wie ist sie umgebracht worden?«

»Komm. Auch das ist alles noch Spekulation. Heute Abend oder spätestens morgen wissen wir das genauer.«

Ingrid setzte sich auf einen Stein, hatte die Leiche im Blick, mit der die Spurensicherung noch beschäftigt war, und sah in die Ferne.

Bernd setzte sich zu ihr.

»Es riecht nach frisch gemähtem Gras. Er hat sie abgelegt, nachdem gemäht worden ist. Das ist eine Chance. Seht euch um, ob noch irgendetwas von ihr zu finden ist. Irgendetwas. Keine Ahnung, was. Und dann sei so lieb und rufe meinen

Mann an. Er soll so schnell wie möglich kommen und ein Profil erstellen. Ich kann im Moment nicht mit ihm sprechen. Es ist besser, wenn du das machst.«

Bernd war völlig überrascht, fragte aber nicht weiter nach, nahm sein Handy und wählte.

Ingrid ging noch einmal zu der Leiche. Sie musste an sich halten, sie nicht in den Arm zu nehmen und an sich zu drücken.

Ihr Körper wirkte makellos, und sie konnte es nicht glauben, dass die Medizin selbst heutzutage nicht in der Lage war, ihn wieder zum Leben zu erwecken.

Eine unglaubliche Traurigkeit überkam sie.

Sie musste hier weg, sonst würde sie in den nächsten Tagen nicht mehr arbeitsfähig sein.

»Wann bekomme ich Ihren Bericht?«, fragte sie den Gerichtsmediziner.

»Spätestens um neunzehn Uhr.«

»Gut. Danke.«

Sie schüttelte sich und hatte das Gefühl, jetzt dringend einen Kaffee zu brauchen.

Als sie in ihr Auto stieg, öffnete sich im selben Moment die Beifahrertür, und Bernd ließ sich auf den Sitz neben ihr fallen.

Keiner der beiden sagte einen Ton.

Dann meinte Bernd leise: »Hast du genug gesehen?«

Ingrid nickte.

»Komm, dann lass uns ins Büro fahren. Hier gibt es ja keinen vernünftigen Kaffee.«

Ingrid startete den Motor.

59

Ingrid und Bernd saßen sich gegenüber, rührten in ihren Tassen, und Ingrid hatte zum ersten Mal an diesem Tag das Gefühl, dass sie allmählich wach wurde und ihre Kräfte zurückkehrten.

»Was weißt du denn noch?«, fragte sie. »Du warst vor mir da. Irgendeine Kleinigkeit, die mich weiterdenken lässt?«

»Sie ist dort nicht ermordet, sondern dorthin transportiert worden.«

»Ja, das sagtest du vorhin. Kennt man den Tatort schon?«

Bernd schüttelte den Kopf.

Ingrid wärmte sich ihre Hände an der Tasse. »Ich hab keinen Bock mehr auf solche Geschichten. Es macht mich fertig. Ich weiß nicht mehr, warum ich abends einschlafe und morgens aufwache. Die Welt, in der kleine Mädchen abgeschlachtet werden, ist eine einzige große Scheiße.«

»Stimmt. Und darum darfst du dich jetzt nicht genüsslich deiner Depression hingeben, sondern wir müssen das Arschloch finden, das so etwas tut.«

Ingrid hätte ihren Kollegen an die Wand klatschen können. Sie gab sich nicht genüsslich irgendeiner Depression hin, sie konnte einfach nicht mehr. Vielleicht hatte sie ein Burn-out. Irgendetwas in dieser Art. So etwas begriff man selbst ja am allerwenigsten.

»Ich habe Dieter angerufen«, sagte Bernd. »Er macht das Profil. Sofort. Aber warum musste ich telefonieren und nicht du?«

»Dieter hat mich verlassen.«

Bernd sah sie entsetzt an. »Wann?«

»Gestern Abend.«

»Oh!«

»Ja. So ist das. Und das macht die Sache nicht leichter.«

Bernd nickte.

»Hast du etwas dagegen, wenn ich ein paar Minuten schlafe?«, fragte Ingrid.

Bernd schüttelte den Kopf. »Natürlich nicht.«

Ingrid seufzte, ließ ihren Kopf auf den Unterarm sinken und schlief ein.

Bernd verließ das Büro.

Eine Stunde später kam er wieder zurück. Sie schlief immer noch, und er rüttelte sie an der Schulter.

»Komm, Ingrid, wach auf! Heute Nacht um ein Uhr fünfzehn ist bei den Kollegen im Revier 15 eine Vermisstenanzeige eingegangen.« Er sah auf seine Notizen. »Von einem Ehepaar Broders. Vermisst wird Anna-Lena, zehn Jahre alt, blond, sehr schlank. Die Beschreibung könnte passen. Lass uns zu den Eltern fahren. Und dann müssen wir sie gegebenenfalls bitten, das tote Mädchen zu identifizieren.«

»Das kann ich nicht«, flüsterte Ingrid.

»Doch, das kannst du. Bitte Ingrid, komm, wir müssen los!«

»Okay!« Ingrid sprang auf, taumelte leicht, aber hatte sich dann sofort unter Kontrolle. »Ab die Post.«

»Geht's dir gut?«

»Besser als vorhin.«

»Dieter ist übrigens am Fundort.«

»Gut.«

Sie liefen durch das Polizeigebäude zum Wagen und fuhren los.

Als das Navi verkündete: »Sie haben Ihr Ziel erreicht!«, befanden sich Ingrid und Bernd mitten in der Innenstadt, unweit der Fußgängerzone, vor einem verwohnten Haus mit höchstwahrscheinlich noch unrenovierten Altbauwohnungen.

»Hier ist es«, sagte Bernd. »Die Nummer 47. Aber wo soll man denn hier parken, um Himmels willen?«

Ingrid lächelte. »Du bist immer so fürchterlich korrekt, mein Freund, lern es doch endlich mal: Die Kripo darf parken wie Django, also stell dich dahinten ins Halteverbot und fertig.«

Bernd fühlte sich gar nicht wohl dabei, aber er schloss den Wagen ab, und sie betraten das Haus.

»Im Vorderhaus wohnen sie nicht«, bemerkte Ingrid, die die Hausbriefkästen durchgesehen hatte, »vielleicht im Hinter- oder Nebenhaus.«

Bernd nickte und folgte ihr stumm.

Die Broders' wohnten im Hinterhaus, zweiter Stock.

Das Haus machte einen schlimmen, vollkommen heruntergekommenen Eindruck.

»Beste Lage, Innenstadt, lange wohnen die hier nicht mehr. Der Vermieter wird sie rausklagen und renovieren. Und danach kostet die Miete Unsummen. Das ist nur noch eine Frage der Zeit.«

»Das glaube ich auch«, murmelte Bernd.

Als sie im zweiten Stock vor dem schlichten, mit Filzstift geschriebenen Namensschild standen, sahen sie sich an.

»Wie geht's dir?«, fragte Bernd.

»Beschissen. Und dir?«

»Ebenso. Aber vielleicht sind wir ja auch an der falschen Adresse.«

»Ja, vielleicht. Hoffen wir, dass es so ist oder dass es nicht so ist?«

Bernd zuckte die Achseln, seufzte und drückte den Klingelknopf.

Eine kleine, rundliche Frau öffnete. Sie trug eine zu enge Jeans und ein zu enges T-Shirt und lächelte mühsam. »Ja?«

»Entschuldigen Sie«, begann Bernd. »Sind Sie Frau Frauke Broders?«

»Ja?«

»Wir sind von der Kripo Hamburg.« Er und Ingrid zeigten ihre Dienstausweise. »Dürfen wir vielleicht einen Moment reinkommen?«

Schlagartig stand Angst im Gesicht der Frau. »Kevin! Kommst du mal!«, schrie sie. »Hier sind zwei, die sind von der Kripo!«

Augenblicklich erschien ein Hüne von Mann im Türrahmen. Er war zwei Köpfe größer als seine Frau, muskulös, mit Tattoos an beiden Armen und einem kurzen Stoppelhaarschnitt.

»Broders!«, sagte er und baute sich vor Ingrid und Bernd auf.

»Sie vermissen Ihre Tochter?«, fragte Bernd leise.

Sofort sackte der Muskelmann in sich zusammen und schien um zehn Zentimeter zu schrumpfen. »Bitte, kommen Sie herein.«

Er ging vor, öffnete die Tür zum Wohnzimmer, räumte noch schnell ein paar Klamotten von der Couch und trug Gläser in die Küche.

»Bitte. Nehmen Sie Platz.«

Ingrid und Bernd setzten sich. Kevin und Frauke nahmen ihnen gegenüber in zwei Sesseln Platz und starrten sie an.

»Haben Sie Anna-Lena gefunden?«, fragte Frauke. »Wie geht es ihr? Ist sie o.k.?«

Ingrid zögerte. Dann sagte sie: »Nein. Es ist schlimm. Wir haben ein totes Mädchen gefunden.«

Frauke schrie auf.

»Frau Broders«, sagte Ingrid sofort, »das kann, aber das muss nicht Ihre Tochter sein. Wir wissen es nicht. Haben Sie eventuell mal ein aktuelles Foto von Ihrer Tochter, das Sie uns zeigen können?«

Der Muskelmann nahm sein Handy vom Couchtisch, scrollte und suchte einen Moment darin herum, und dann hielt er den beiden Kripobeamten ein Foto hin.

Ingrid und Bernd sahen sich an.

Dann meinte Bernd: »Könnten Sie mir das Bild bitte schicken? Hier ist meine Mailadresse.«

Kevin Broders nickte. »Mach ich. Sieht sie dem Mädchen denn ähnlich?«, fragte er, und seine Lippe flatterte vor Angst.

»Das ist schwer zu sagen. Daher möchten wir Sie bitten, in die Gerichtsmedizin zu kommen, um das Mädchen zu identifizieren. Wenn sie es nicht ist, dann lebt Anna-Lena sicher noch und kehrt gesund und munter zu Ihnen zurück, und alles ist wunderbar. Aber wir müssen es einfach wissen. Bitte, seien Sie so nett und helfen Sie uns.«

Kevin stand sofort auf. »Selbstverständlich machen wir das. Wir wollen ja auch wissen, was Sache ist.«

Ingrid und Bernd erhoben sich. Bernd gab Kevin die Adresse der Gerichtsmedizin. »Treffen wir uns dort um fünfzehn Uhr? Ist Ihnen das möglich?«

»Ja, klar.«

»Danke. Vielen Dank. Lassen Sie, wir finden hinaus.«

Bernd und Ingrid gingen.

Als sie am Auto waren, sahen sie sich an.

»Das Schlimmste kommt noch«, sagte Ingrid.

Bernd nickte. »Das glaube ich auch.«

60

Die beiden Menschen, die Ingrid und Bernd um fünfzehn Uhr in der Gerichtsmedizin durch die Gänge folgten, konnten kaum laufen vor Angst. Kevin hatte seine Frau fest unter den Achseln gefasst und trug sie fast, Frauke stolperte über ihre eigenen Füße.

»Ich grüße Sie«, sagte Ingrid leise, als sie sich die Hand gaben.

Frauke und Kevin Broders antworteten nicht.

»Bitte kommen Sie mit.«

Die beiden folgten Ingrid lautlos. Schienen sich vor allem zu fürchten, was sie jetzt sehen und ertragen mussten.

»Meinen Sie, Sie schaffen das?«

Frauke und Kevin nickten.

Nur eine Minute später standen sie vor ihrer toten Tochter.

Ganz stumm und still.

Frauke liefen Tränen übers Gesicht.

Kevin war wie erstarrt.

Frauke beugte sich zu Anna-Lena, als wolle sie das Gesicht ihres Kindes für immer in ihrem Hirn festhalten.

Dann fuhr sie ihr mit einem Finger sanft über die Wange.

»Mein Baby«, sagte sie.

Kevin hatte die Hände gefaltet.

Ingrid ließ ihnen Zeit.

»Ich kann nicht Abschied nehmen«, sagte Kevin, und seine Stimme zitterte, »denn dann wäre es ja für immer.«

Frauke nahm kurz seine Hand.

Schließlich küsste Frauke sanft die kalten Lippen ihres Kindes und drehte sich zu der Kommissarin um.

»Gehen wir?«, fragte sie.

Ingrid nickte, und Frauke und Kevin folgten ihr aus dem Raum.

»Es tut mir so unendlich leid«, sagte Ingrid und nahm Frauke in den Arm. Bernd umarmte Kevin.

»Wo sind Anna-Lenas Sachen?«, fragte Frauke und wischte sich die Tränen aus dem Gesicht.

Ingrid zuckte die Achseln. »Wir haben sie leider noch nicht gefunden. Es würde uns sehr weiterhelfen, wenn wir sie hätten. Der Mörder kann sie mit nach Hause genommen, in den Müll geworfen oder sonst wie entsorgt haben.«

»Können Sie uns sagen, was Anna-Lena angehabt hat?«, fragte Bernd.

Frauke dachte nach und stöhnte auf. »Au, das ist schwierig. Eine Jeans hatte sie an, weil sie nie etwas anderes trug.«

»Was für eine Jeans?«

»Eine schwarze, zerrissene. So wie das momentan modern ist. Die Knie waren völlig kaputt.«

»O.k.« Bernd machte sich Notizen.

»Dann einen blauen Anorak. Und blaue Sneakers. Und ich glaube, einen rot-weiß gestreiften Pullover. Aber ich bin mir nicht ganz sicher. Weißt du das noch, Kevin?«

Kevin schüttelte den Kopf. »Sie zog manchmal dreimal am Tag was anderes an. Je nachdem, was sie vorhatte. Wer soll sich das denn merken?«

Alle schwiegen.

Dann sah Kevin plötzlich auf. »Aber sie trug immer ein Kettchen«, sagte er leise. »Mit einer kleinen goldenen Schildkröte. Weil sie Schildkröten so sehr liebte.« Er putzte sich die Nase.

»Gut, das ist ein wichtiger Hinweis. Haben Sie vielleicht ein Foto von dem Kettchen?«

Frauke nickte. »Ich denke schon.«

Langsam gingen Frauke und Kevin den Flur entlang zum Ausgang.

Ingrid und Bernd sahen ihnen hinterher.

Zwei Menschen, die sich an der Hand hielten, sich gegenseitig Halt geben wollten und doch keine Zukunft mehr hatten.

61

Am nächsten Tag saßen Ingrid und Bernd noch einmal Frauke und Kevin in ihrer Wohnung gegenüber. Die beiden wirkten gefasst, hatten graue, eingefallene Gesichter und sahen aus, als hätten sie alle Tränen geweint, die ein Körper in einem ganzen Leben produziert. Ihre Seelen waren vertrocknet.

»Erzählen Sie mir von Ihrer Tochter«, bat Ingrid.

Frauke überlegte einen Moment. Dann sagte sie leise: »Sie war eine ganz Wilde und hatte vor nichts Angst. Schlimmer als die Jungs. Stimmt's, Kevin?«

Kevin nickte stumm.

»Sie fuhr Skateboard wie eine Verrückte. Sogar die Treppen runter am Freibad. Das traute sich kaum einer.« Frauke Broders schniefte, und sie musste sich die Nase putzen, bevor sie überhaupt weitersprechen konnte. »Wenn Anna-Lena einer blöd kam, haute sie ihm eins aufs Maul. Wenn irgendwo 'ne Prügelei war, war sie mit dabei. Wir haben uns nie Sorgen um sie gemacht, sie hatte mehr Power als die meisten Jungs. Stimmt's, Kevin? Und dann tut ihr jemand was an? Gerade ihr? Das kann ich nicht glauben.«

Ihr blieb die Luft weg, und sie verstummte.

Dann guckte sie an die Zimmerdecke und rieb ihre Hände, als hätte sie die Krätze: »Anna-Lena war wie Lara Croft.

Sie würde sich schon durchschlagen. Immer. In jeder Situation.«

Ingrid nickte. »Ich kann mir das gut vorstellen. Aber vielleicht war sie gerade deswegen nicht vorsichtig genug. Weil sie so unerschrocken war, weil sie sich so stark fühlte?«

Frauke nickte kommentarlos und zuckte die Achseln.

»Und sie hat vorgestern Abend im Parkhaus gespielt? Ist das normal, dass Kinder im Parkhaus spielen?«

»Ja, warum nicht? Das tat sie oft. Mit ihrem Freund Leo. Und mit noch ein paar anderen. Dort konnten sie sich richtig austoben.«

»Aber ist das nicht auf die Dauer auch langweilig, das ewige Herumrennen zwischen den Autos?«, fragte Ingrid.

»Sie waren ja nicht nur auf den Parkdecks unten. Sie waren auch immer oben in den Geschäften. Bei Saturn konnten sie Playstation spielen, fernsehen und Handys ausprobieren, die haben nichts gesagt, oder sie haben sich ein Eis gekauft oder Pizza, was weiß ich. Da sind ja zig Geschäfte. Und ganz oben sind dann die Restaurants. Aber das war uninteressant.«

»Wann ist Anna-Lena spielen gegangen?«, fragte Ingrid.

Frauke überlegte. »Um halb zwei kam sie aus der Schule, dann haben wir gegessen, und dann hat sie Schularbeiten gemacht. Um fünf war sie fertig und hat mich gefragt, ob sie noch mal rauskann. Ich hab's ihr erlaubt, sogar bis um neun, weil sie am nächsten Tag erst zur Dritten hatte und ein bisschen länger schlafen konnte. Wär sie mal um acht zu Hause gewesen, dann wär das vielleicht alles nicht passiert!«

Jetzt weinte Frauke und beruhigte sich überhaupt nicht mehr.

Ingrid nahm sie in den Arm.

Minutenlang sagte keiner etwas.

Dann wandte sich Bernd Krimm bewusst an den Vater. »Ich

brauche noch ein paar Informationen, Herr Broders. In welche Schule ging Ihre Tochter?«

»In die Annette-von-Droste-Hülshoff-Schule.«

»In welche Klasse?«

»In die fünfte.«

»Wer ist ihre Klassenlehrerin oder ihr Klassenlehrer?«

Kevin zog die Augenbrauen hoch. »Au. Da müssen Sie meine Frau fragen.«

»Können Sie mir eine Liste mit den Telefonnummern von Anna-Lenas besten Freunden und Freundinnen geben?«

»Die hat meine Frau, bestimmt. Ich hab mich da nicht drum gekümmert.«

Bernd verzog den Mund, sagte aber nichts.

Frauke trocknete allmählich wieder ihre Tränen, und Bernd sprach sie an. »Und vorgestern Abend hat Anna-Lena mit Leo gespielt?«

»Ja, das hat sie beim Rausgehen gesagt. Und mit ein paar anderen. Aber ich weiß nicht mit wem.«

»Haben Sie die Adresse und Telefonnummer von Leo?«

»Ja«, hauchte sie, sah in ihr Handy und diktierte Bernd schluchzend beides.

»Und ihr Klassenlehrer?«

Sie wischte sich schniefend durchs Gesicht und scrollte durch die Adressen in ihrem Handy.

»Das ist Frau Mommsen. Annette Mommsen. Moment, die Nummer hab ich auch.«

»Danke«, sagte Bernd. »Jetzt wo Sie gerade Ihr Handy zur Hand haben: Könnten Sie mir noch weitere Fotos von Anna-Lena zukommen lassen? Das wäre sehr lieb.«

»Ja, schick ich Ihnen.«

»Dürften wir uns vielleicht einmal das Zimmer von Anna-Lena ansehen?«

Frauke nickte und gab Kevin ein Zeichen. Dann sagte sie

mit schwacher Stimme: »Mein Mann zeigt es Ihnen. Ich kann jetzt nicht mehr.«

Kevin Broders und Bernd Krimm standen auf.

Ingrid legte Anna-Lenas Mutter die Hand auf die Schulter. »Soll ich Ihnen einen Tee kochen? Oder brauchen Sie einen Schnaps? Das kann auch manchmal helfen.«

»Nein. Nichts. Gar nichts, danke.«

Beide Frauen schwiegen eine Weile.

Dann sagte Frauke: »Ich glaub einfach nicht, dass sie tot ist. Niemals. Ich bin sicher, dass sie nach Hause kommt. Heute Abend. Oder morgen. Und ich bin auch nicht böse mit ihr. Nehm sie einfach nur in den Arm. Mach ihr was Schönes zu essen. Und stell ihr 'nen Eimer voll Chips hin. Die liebt sie. Und vielleicht will sie in die Badewanne. Kann ja sein. Und danach kriegt sie 'ne Cola, und dann sehen wir uns irgendeine von ihren Lieblingsserien an. Alle Folgen hintereinander. Sie hat es wirklich gut bei uns, sie hat es immer gut gehabt!« Frauke brach schon wieder in Tränen aus.

Ingrid schwieg.

Nach einer Weile hatte sich Frauke beruhigt, wischte sich übers Gesicht und grinste armselig. »Und dann ruf ich Sie an und sag Ihnen, dass Sie aufhören können mit der ganzen Polizeiaktion. Meine Anna-Lena ist wieder da. Sie ist so unglaublich stark. Wenn sie will, hebt sie wie Pippi Langstrumpf auch ein Pferd hoch. Sie schafft alles. Sie kann gar nicht tot sein. Und das will ich auch nicht wieder hören. Und jetzt gehen Sie. Ich meld mich bei Ihnen, ganz bestimmt. Wenn sie wieder da ist.«

Ingrid sagte nichts mehr. Sie nickte nur und nahm Frauke noch einmal in den Arm. »Wenn Sie Hilfe brauchen, rufen Sie mich an. Ja? Wir haben da ein paar gute Kollegen, die sich um Sie kümmern.«

»Danke. Nett von Ihnen.«

Auch Bernd kam gerade zurück. Nach einer kurzen Verabschiedung verließen beide Kripobeamten das Haus.

Und sahen sich an.

»Oh, Mann«, sagte Ingrid.

62

Frauke wachte auf. Ihre Blase drückte, ganz egal, ob sie sich nach rechts oder links drehte oder auf den Rücken legte. Der Radiowecker zeigte vier Uhr drei. Das schaffte sie nicht bis zum Weckerklingeln um halb sieben, da musste sie aufstehen.

Sie quälte sich noch zehn Minuten, dann fasste sie sich ein Herz und stieg aus dem Bett. Ging ins Bad und aufs Klo.

Danach ging es ihr wesentlich besser, und sie freute sich aufs warme Bett.

Als sie zurück ins Schlafzimmer ging, stutzte sie. Die Tür zum Zimmer ihrer Tochter stand offen. Anna-Lena? Im Zimmer war es dunkel.

Sie ging hinein und schaltete das Licht an. Anna-Lena? Das Bett war ordentlich gemacht, dort hatte in dieser Nacht niemand geschlafen, Anna-Lena war nicht da. War nicht zu Hause. Verstört sah Frauke sich um. Schlug die Bettdecke zurück, blickte aus dem Fenster.

Wo bist du denn?, dachte sie. Verdammt, wo treibst du dich denn rum? Und sie zermarterte sich den Kopf, wie der letzte Abend verlaufen war. Hatten sie zusammen Abendbrot gegessen? War Anna-Lena da gewesen? Hatte sie noch in ihrem Zimmer gesessen, Schularbeiten gemacht, Playstation gespielt oder WhatsApps verschickt?

Frauke konnte sich nicht erinnern und wurde fast irre.

Sie rannte ins Schlafzimmer und schüttelte ihren Mann wach. »Kevin, wach auf!«, schrie sie, »bitte, wach auf und komm! Anna-Lena ist nicht da! Ihr Bett ist leer! Sie hat hier nicht geschlafen, sie ist abgehauen! Kevin, du musst was tun, bitte! Wir müssen die Polizei rufen!«

Kevin drehte sich um, seufzte noch im Schlaf und zwang sich, die Augen zu öffnen. Seine Frau stand vollkommen aufgelöst und in Panik vor ihm.

Er begriff die Situation aber wusste nicht, was er jetzt machen sollte.

Mit Schwung stellte er seine dicken Beine auf den Bettvorleger, setzte sich auf und zog seine Frau zu sich auf den Schoß.

Frauke wehrte sich. »Bitte, komm mit! Ihr Zimmer ist leer! Ihr Bett ist leer! Sie ist nicht da!«

Um Zeit zu gewinnen, nickte Kevin, stand auf und folgte seiner Frau ins Zimmer seiner Tochter.

»Da!«, schrie Frauke. »Kevin, wo ist sie? Was ist passiert?«

Kevin nahm sie in den Arm, drückte sie ganz fest an sich und flüsterte: »Es ist etwas Schreckliches passiert. Sie ist ermordet worden, Liebes. Unsere Anna-Lena lebt nicht mehr. Sie wird nie wieder in diesem Bett schlafen. Wir haben vorgestern ihre Leiche gesehen. Weißt du das nicht mehr?«

Frauke war leichenblass. »Nein! Das kann nicht wahr sein! Das wüsste ich!«

»Leg dich schlafen, morgen sehen wir weiter.«

»Wie soll ich schlafen, wenn Anna-Lena nicht da ist!«

»Sie kommt nicht mehr, Frauke, nie mehr! Sie ist tot. Irgendein Arschloch hat sie ermordet.«

Frauke starrte ihn an. »Ich glaub dir kein Wort.«

»Sie ist tot! Tot! Tot! Wann kapierst du das endlich?«

Frauke schossen die Tränen in die Augen, und sie schüttelte den Kopf. »Nein! Du lügst!«

Er schlug ihr ins Gesicht.

Sie schüttelte weiter den Kopf und schrie: »Nein! Du lügst!«

Er schlug sie wieder. So stark, dass sie im Zimmer an die Wand krachte und am Boden liegen blieb.

»Ich glaub dir nicht«, hauchte sie und weinte.

Kevin ging ins Wohnzimmer und holte die Visitenkarte von Ingrid Schöffler. »Hier! Ruf die Kripobeamtin an. Scheißegal, wie spät es ist. Vielleicht glaubst du ihr!«

Damit ließ er Frauke liegen und ging zurück ins Bett.

Frühmorgens um halb fünf klingelte das Telefon. Ingrid wühlte sich aus der Decke, fand den Schalter der Nachttischlampe erst nach mehrmaligem Hin- und Hertasten, aber dann gelang es ihr, das Gespräch anzunehmen.

»Schöffler«, krächzte sie ins Telefon und räusperte sich mehrmals, innerlich bereits darauf gefasst, dass die nächste Kinderleiche gefunden worden war.

»Hier ist Frauke Broders«, flüsterte eine tränenerstickte Stimme. »Mein Mann hat mir gerade gesagt, dass Anna-Lena tot ist. Ist das wirklich wahr?«

Ingrid seufzte innerlich. »Ja, das ist wahr.«

»Kann ich sie sehen?«

»Sie haben sie schon gesehen.«

»Wo denn?«

»In der Gerichtsmedizin. Vor zwei Tagen.«

»Danke«, sagte Frauke und legte auf.

Ingrid war wütend. So wütend, dass sie befürchtete, nicht wieder einschlafen zu können. Sie hatte viel Verständnis für Menschen, die ihr Kind oder einen Angehörigen durch ein Gewaltverbrechen verloren hatten und sich in einer psychischen Ausnahmesituation befanden. Aber mussten sie sie wirklich unbedingt mitten in der Nacht aus dem Bett klingeln?

Ingrid legte sich wieder ins Bett zurück, zog sich die Decke über die Ohren und versuchte weiterzuschlafen.

Drei Stunden später, als sie mit ihrem ersten heißen Morgenkaffee in der Küche saß, wurde ihr klar, dass Frauke wohl erst in der Nacht begriffen hatte, dass ihre Tochter tot war.

Vorher hatte sie es nicht geglaubt. Überhaupt nicht. Aber ihr Mann hatte es ihr klargemacht.

Und dann wollte sie sie sehen. Natürlich. Da kam es nicht mehr darauf an, ob man jemanden aus dem Bett warf.

Alles klar, Frauke, dachte Ingrid und schüttelte sich die Müdigkeit aus den Haaren. Du tust mir so unendlich leid.

63

»Ihr habt also Verstecken gespielt?«, fragte Ingrid leise und sah Leo dabei freundlich lächelnd an.

In einem leeren Klassenraum der Annette-von-Droste-Hülshoff-Schule saßen Ingrid Schöffler und Bernd Krimm mit Leo, seiner Mutter Irmi Beier und der Klassenlehrerin Frau Mommsen zusammen.

Leo zitterte und wirkte völlig verstört. »Nee, nich' Verstecken, eher so 'ne Art Verfolgungsjagd … kann ich nich' erklären, is' schwierig …« Er sah zu Boden.

»Verstehe. Macht ihr das öfter?«

Leo nickte wieder.

»Warum? Ist es da im Parkhaus spannender als draußen?«

Leo nickte. Jetzt ein klein wenig selbstbewusster.

»Durftet ihr da spielen?«

»Ja!«, sagte Leos Mutter schnell und hatte einen roten Kopf dabei. »Wir haben es ihm erlaubt.«

Ingrid presste missbilligend die Lippen aufeinander, was Bernd Krimm sofort wahrnahm und beschwichtigend meinte: »Das kann man sehen, wie man will. Ein Parkhaus ist ein öffentlicher Raum wie eine Straße. Dort kann jeder ein und aus gehen. Kinder spielen auf der Straße, im Wald und auf Hinterhöfen, warum also nicht auch im Parkhaus. Natürlich ist da vielleicht ein gewisser Kick dabei. Eine Schuldfrage brauchen wir hier nicht zu diskutieren.«

»Das hatte ich auch nicht vor«, sagte Ingrid etwas schärfer, als sie beabsichtigt hatte.

»Okay. Dann mach weiter.« Bernd Krimm lehnte sich zurück.

»Wer war noch dabei?«, fragte Ingrid.

»Max und Jasmin.«

Ingrid sah die Klassenlehrerin Frau Mommsen fragend an.

»Max Bender und Jasmin Gytol. Die beiden sind aus der Parallelklasse«, erklärte sie mit bebender Stimme.

Ingrid musterte die Klassenlehrerin. Sie war blass und fahrig und zitterte am ganzen Körper. Wenn sie jetzt noch ein wenig mehr ins Detail gingen, würde sie wahrscheinlich umkippen. Ingrid hatte keinerlei Verständnis für Menschen, die mit Kindern arbeiteten, aber in Krisensituationen die Nerven verloren und nicht zupacken und vernünftig handeln konnten.

»Und dann, was passierte dann?« Ingrid wandte sich wieder an Leo und beugte sich weit vor, um ihn direkter ansehen zu können. »Erzähle uns alles, was du weißt. Jede Kleinigkeit.«

Leo schwieg. Er war vollkommen irritiert und traute sich nicht mehr, irgendetwas zu sagen.

Seine Mutter legte ihm beruhigend die Hand auf den Arm. »Leo, bitte! Du willst doch auch, dass die Polizei Anna-Lenas Mörder findet, oder?«

Leo nickte.

»Dann rede mit uns. Du hast alles richtig gemacht. Ganz egal, was du sagst, du hast keine Schuld an dem, was passiert ist, und du wirst keinen Ärger kriegen. Im Gegenteil. Nur mit dir kommt die Polizei weiter, du bist der Einzige, der uns helfen kann. Anna-Lenas Eltern und die Polizei und die Kinder in der Schule und die Lehrer, alle werden dir unendlich dankbar sein!«

Leo entspannte sich ein wenig.

»Ich war der Verfolger«, stotterte Leo und scharrte mit den Füßen, »aber ich hab sie einfach nicht gefunden, ich bin überall rumgerannt, hab sie gerufen, bin sogar runter auf die andern Parkdecks, obwohl ausgemacht war, dass das nicht gilt.«

»Ihr habt also nicht im ganzen Parkhaus gespielt?«

»Nee, nur auf Deck 2 und 3.«

»Verstehe«, sagte Ingrid. »Ich erinnere mich dunkel. So ähnlich haben wir früher auch gespielt. Bloß woanders.«

»Und als ich wiederkam, stand sie am Fahrstuhl, hat angeschlagen und sich kaputtgelacht. Hat mir aber nicht verraten, wo sie sich versteckt hatte. Sie hatte gewonnen. Ich wollte noch mal, aber sie hatte keinen Bock mehr. Sie sagte, ihre Mutter dreht durch, wenn sie jetzt nicht nach Hause kommt.«

»Und dann?«

»Dann sind wir los. Raus aus dem Parkhaus. Und auf der Straße ist sie nach rechts gegangen und ich nach links. Ich wohn ja in der anderen Richtung.«

»Hast du irgendwas bemerkt? Hat Anna-Lena mit irgendjemandem gesprochen?«

Leo überlegte einen Moment und schüttelte dann den Kopf. »Nee. Es war alles wie immer. Sie hat noch gesagt, dass wir morgen erst zur Dritten haben.«

Ingrid lächelte. »Versuch noch mal, dich ganz genau zu erinnern: Hast du irgendjemand mit Anna-Lena zusammen gesehen? Hat sie einer angesprochen? Oder hat vielleicht ein Auto gehalten, in das sie eingestiegen ist?«

»Nee, ich hab gar nichts gesehen. Ich hab ja auch Anna-Lena nicht mehr gesehen, weil ich nach Hause gerannt bin und mich nicht mehr umgedreht hab.«

»Um wie viel Uhr war das?«

»Keine Ahnung. Weiß ich nicht.« Dann sah er seine Klassenlehrerin an. »Und die Anna-Lena ist wirklich tot? Echt?«

Frau Mommsen nickte.
Leo sprang auf und rannte aus dem Zimmer.
Seine Mutter lief ihm hinterher.

64

Paul saß bei Bernhard im Büro und diskutierte mit ihm, wer an seiner Stelle die Fotos für die Kinderbroschüren machen könnte, als Manuela hereinstürmte. Sie war knallrot im Gesicht und hielt die Zeitung hoch.

»Habt ihr das schon gesehen?«

»Nein«, sagte Paul, ohne aufzuschauen.

Manuela knallte die Zeitung auf den Tisch. »Hier! Seht mal! Die Schlagzeile! ›Sie durfte nicht leben!‹«

Darunter prangte ein Foto von Anna-Lenas Gesicht. »Das kann doch wohl nicht wahr sein!«

»Was denn?« Bernhard wirkte unwillig.

»Nun guckt doch mal genau hin!« Manuela explodierte fast.

»Ja, und?«, fragte Paul und fing augenblicklich an zu zittern. Wusste nicht mehr, wie er seine flatternden Hände unter Kontrolle bringen sollte, und hatte Angst zu sprechen, weil er spürte, dass er es nicht schaffen würde, einen klaren Satz zu sagen.

Manuela stützte sich mit beiden Händen auf den Schreibtisch und sah ihre Kollegen an. »Sagt mal, seid ihr total blind? Das ist die Kleine aus dem Parkhaus! Die mit uns im Fahrstuhl gefahren, sämtliche Knöpfe gedrückt und dann mit ihrem Freund abgehauen ist. Und jetzt ist sie tot! Ermordet!«

»Bist du sicher?«, fragte Bernhard. »Für mich sehen Kinder immer alle gleich aus.«

»Aber hundertprozentig! Ich fasse es nicht! Erinnert ihr euch wirklich nicht?«

»Na klar erinnere ich mich, dass da neulich Abend zwei Kinder mit uns im Fahrstuhl gefahren sind. Aber dieses Mädchen? Nee. Hatte die nicht kurze dunkle Haare?«

»Nein, sie hatte lange blonde. Genau wie hier auf dem Foto. Bitte! Was ist denn los mit euch Männern?«

»Ich gucke nur genau hin, wenn mich jemand interessiert. Und warum sollten mich zwei nervige Kinder in einem Fahrstuhl interessieren?«, stotterte Paul.

»Genau.« Bernhard lachte. »Wenn sie fünfzehn Jahre älter gewesen wäre, dann hätten wir vielleicht ein bisschen besser hingeschaut!«

Bernhard grinste Paul zu, und dieser versuchte zurückzugrinsen, was aber gehörig misslang.

Manuela war wütend. Sie nahm die Zeitung, legte sie zusammen und sah ihre Kollegen an. »Es ist mir egal, ob ihr beiden Traumtänzer euch erinnert oder nicht. Ich rufe jetzt die Polizei an. Vielleicht sind wir die Letzten, die sie lebend gesehen haben.«

Bernhard atmete tief durch und murmelte: »Ach komm, willst du hier echt so ein Fass aufmachen? Gibt nur Stress. Und den haben wir auch so schon genug.«

»Halt dich da lieber raus«, hauchte Paul. Zu mehr war er nicht in der Lage.

Manuelas eigentlich zarter, beinah durchsichtiger Teint war immer noch flammend rot. »Der Kerl, der sie umgebracht hat, hat sie anscheinend erst vergewaltigt, dann erwürgt, und dann hat er sie splitternackt auf einer Wiese liegen lassen.« Sie schluckte, und Tränen traten ihr in die Augen. »Ich musste heute Morgen, als ich das gelesen hab, die ganze Zeit an meine kleine Tochter denken. Sie ist genauso alt wie dieses Mädchen hier. Wenn ich mir vorstelle, dass Nelly so etwas passieren würde! Ich würde wahnsinnig werden, würde den Kerl umbringen, der so etwas getan hat, mein Leben wäre ja sowieso zu Ende.« Sie sah die beiden Männer, die stumm vor ihr standen, fassungslos an. »Das könnt ihr euch vielleicht nicht vorstellen und auch nicht verstehen, ihr habt ja keine Kinder.« Sie nahm die Zeitung und ging zur Tür. »Aber nee, Freunde, da kann man sich nicht raushalten.«

65

Donnie hatte mit seinem Compagnon Giovanni seit über zehn Jahren sein schmuckes, kleines Theater gemietet, mit einer kleinen Bühne, 99 Plätzen, drei Garderoben, einem Bad, zwei Toiletten, einer winzigen Küche und Lagerräumen und Werkstatt in einem Anbau. Und das Beste war: Die Zuschauer konnten abends den Parkplatz von Edeka benutzen. Der Filialleiter war ein Theaterfan und Freund von Donnie und hatte seine Zustimmung gegeben. Dies trug erheblich zum Erfolg des Theaters bei. Donnie wurde durch sein Mini-Theater nicht reich, aber es ernährte die paar Menschen, die dort arbeiteten.

Es war Donnies Kleinod, sein Ein und Alles, sein Leben. Hier konnte er seine Kreativität ausleben, und er war ein glücklicher Mensch.

Als er an diesem Morgen ins Theater kam, traf ihn fast der Schlag. Auf der Bühne zeichnete sich ein riesiger nasser Fleck ab. Das Sofa, das zufällig an dieser Stelle stand, war durchgeweicht. An der Decke bildeten sich ständig Tropfen, die stetig herunterfielen.

Donnie schlug die Hände vors Gesicht.

Über der Bühne lagen Bad und Toiletten.

Offensichtlich hatten sie einen heftigen Wasserschaden.

Eine Weile stand er bewegungslos da und sah den Tropfen zu. Wusste nicht, was er machen sollte. Fühlte sich wie gelähmt.

Dann rief er Giovanni und den Klempner an.

Die Probe fiel aus.

Wenn es wirklich so schlimm war, wie er befürchtete, würde es wochenlang keine Proben geben und dann auch keine Premiere.

Donnie war zum Heulen zumute.

Stunden später war klar: Es gab einen Wasserschaden im Bad. Die Fliesen, die Dusche, der gesamte Fußboden, alles musste raus. Irgendwo war ein Rohr gebrochen oder undicht, sodass unentwegt Wasser ins Mauerwerk lief, die Decke durchweichte und auf die Bühne tropfte.

Wahrscheinlich musste auch die ganze Decke neu gemacht werden.

Ein Albtraum.

Donnie konnte nicht mehr. Er wollte unbedingt mit Paul reden, vielleicht fühlte er sich dann besser. Daher ging er gegenüber vom Theater ins Geschäft, kaufte Bier, Wein, Rollmöpse, Tsatsiki und frisches Baguette. Dazu Gewürzgurken, Eier und Mayonnaise.

Zu Hause kochte er die Eier hart, stellte das Bier kalt, und dann wartete er auf Paul.

In letzter Zeit mutierte Paul immer mehr zu einem Gespenst, das ohne ein Wort erschien und verschwand. Das aus seinem Zimmer etwas holte und wieder ging. Ohne Gruß, ohne Hallo, ohne Bescheid zu sagen, wann er wiederkommen würde. Daran hatten ihr Streit und die damit verbundene Aussprache leider nichts geändert.

Mit dem Essen wollte Donnie ihm heute Abend eine Freude machen.

Er saß vor dem Fernseher und wartete.

Es war neunzehn Uhr dreißig. Um diese Zeit war Paul meist schon zu Hause.

Das Hamburg-Journal begann. »Guten Abend, meine Damen und Herren«, sagte die Moderatorin. »Wir beschäftigen uns heute wieder mit dem Mordfall Anna-Lena, über den wir schon mehrmals berichtet haben. In der Nacht von Dienstag auf Mittwoch wurde an der Außenalster, im Schwanenwik an der Hohenfelder Bucht, eine Mädchenleiche gefunden. Es handelt sich um die zehnjährige Anna-Lena Broders.« Anna-Lenas Foto wurde groß eingeblendet.

»Am Abend vor ihrem Tod hat Anna-Lena mit Schulfreunden im Parkhaus am Gänsemarkt gespielt. Die Polizei weiß bis heute nicht, wo genau das Mädchen ermordet worden ist, aber sie bittet um Ihre Mithilfe: Wer hat Anna-Lena, die mit einer schwarzen Jeans, einem rot-weiß gestreiften Pullover und einem blauen Anorak bekleidet war, am Dienstagabend vielleicht in der Begleitung eines Mannes gesehen? Wer hat eventuell bemerkt, dass sie in ein Auto gestiegen oder gewaltsam in eines gezerrt worden ist?

Hinweise nimmt jede Polizeidienststelle entgegen, oder Sie melden sich hier in unserem Studio unter folgender Nummer …«

In diesem Moment hörte Donnie, wie die Tür zum Flur zufiel. Offensichtlich war Paul gerade heimgekommen und hatte die ganze Zeit in der Tür gestanden, während der Fernseher lief.

»Paul!«, schrie er. »Paul! Komm doch mal her! Ich muss dir unbedingt was erzählen und habe zum Abendbrot eingekauft!«

Aber Paul kam nicht.

Donnie ging in die Küche, aß einen Rollmops, ein Stück Baguette und trank ein Bier.

Paul war oben in seinem Zimmer. Es war still. Was tat er da? Saß er am Computer? Warum redete er nicht mehr mit ihm?

Donnie ging hinauf und öffnete Pauls Zimmertür leise und vorsichtig.

Paul lag im Bett und sah auf. »Bitte«, sagte er. »Kannst du mich einfach mal allein lassen? Einfach nur mal ganz schlichtweg allein lassen? Ohne mich zu nerven, ohne irgendwelche Fragen zu stellen, ohne alles?« Sein Ton schwoll an, und seine Gesichtsfarbe wurde immer röter.

»Geht das?«, schrie er. »Oder ist das zu viel verlangt? Warum kann man hier abends nicht einfach mal nach Hause kommen und seine Ruhe haben? Warum muss man ständig irgendwelchen Müll erzählen und schwachsinnige Fragen beantworten?« Er äffte Donnie nach. »Wie war dein Tag? Ist alles in Ordnung? Wie ist es dir ergangen? Was hat Manuela gesagt? Scheiße!« Er schmiss ein Glas vom Nachttisch an die Wand und schrie weiter. »Es kann dir egal sein, was Manuela gesagt hat! Lass mich einfach mal allein und in Ruhe! Und dann komme ich vielleicht wieder zu mir!«

Donnie stand wie erstarrt in der Tür und hörte sich diesen Ausbruch an. So etwas erlebte er ja in dieser Art in der letzten Zeit ständig.

Ohne ein Wort zu sagen, schloss er die Tür und ging hinunter.

Paul musste wirklich den Verstand verloren haben.

Donnie stellte die übrig gebliebenen Rollmöpse in den Kühlschrank, schmiss das Baguette in den Müll und platzte innerlich vor Wut.

Dann setzte er sich wieder vor den Fernseher, versuchte die Tränen zu unterdrücken, die ihm im Hals steckten, und überlegte, wen er anrufen, von wem er Trost bekommen könnte.

Eine halbe Stunde später riss Paul die Tür auf.

»Dein Abendbrot ist im Mülleimer«, sagte Donnie, ohne sich umzusehen.

»Bitte, Donnie, verstehst du denn nicht?« Jetzt drehte sich Donnie um und sah ihn an.

»Ich drehe durch, ich weiß nicht mehr, was ich zuerst machen soll!«, erklärte Paul. »Ich muss das mit Italien irgendwie organisieren und weiß nicht wie. Das Haus ist im jetzigen Zustand unbewohnbar, und wenn ich nicht da bin, passiert gar nichts! Ich habe ja noch nicht mal Wasser und Strom. Am liebsten würde ich hindüsen und mich drum kümmern, aber dann nerven die mich in der Agentur mit ihren dämlichen Aufträgen, und das alles mit meiner Mutter ist auch noch nicht geklärt. Ich muss einen Erbschein beantragen, ich komme sonst nicht an ihr Konto heran, ich muss diese ganze verdammte, zugemüllte Wohnung auflösen, sonst kann ich die Immobilie nicht verkaufen, Smilla, die Hexe, stellt sich tot, sie lässt mich alles machen. Ich drehe durch, Donnie, ich weiß nicht, wo ich anfangen soll, ich stehe vor einem Berg von Aufgaben und komme nicht dagegen an. Sehe kein Land, aber wenn ich kapituliere, kriege ich das Haus nicht, und ich brauche das Geld meiner Mutter. Ich bin am Verzweifeln. Verstehst du das?«

Donnie nickte, aber er sagte kein Wort.

Paul drehte sich um und ging zurück in sein Zimmer.

Jahrelang hatte Paul keinen Whisky mehr getrunken. Wusste gar nicht mehr, wie Whisky schmeckte.

Er legte sich wieder auf sein Bett und begann zu trinken.

Der erste Schluck war scharf und erwärmte seine Kehle, dann wurde der Whisky weicher. Sanfter. Und drängender.

Es schmeckte, und er wurde immer ruhiger. Heute Abend war Friede. Er musste es nicht mehr tun. Er konnte hier bleiben.

Aber ihm war klar, dass er ein Arschloch war. Dass er die Kontrolle verloren und sich nicht mehr im Griff hatte.

Er sah auf das Etikett. Der Whisky war ungeheuer gut.

Und wieder dachte er an Caprinaia. Sein einsames Haus in der Toskana war eine Möglichkeit. Vielleicht seine letzte Hoffnung. Der Blick in die Ferne, als wäre es die ganze Welt.

Wieder ein winziger Schluck.

Aber dann überkam ihn immer wieder die Lust. Plötzlich. In der Nacht. Und am Tag, wenn er auch nur ein kleines Mädchen sah. Wenn es ihn anguckte, so ganz nebenbei, und sich dann sofort wieder auf etwas anderes konzentrierte.

Er konnte es nicht ertragen.

Er wusste dann nicht mehr, was er tat.

Er war ein Monster.

Paul trank den Whisky jetzt, als wäre er Wein. In großen Schlucken.

Er war ein Mörder, und er wusste es. Würde immer ein Mörder bleiben. Und hasste sich dafür.

Es gab sicher viele Serientäter auf der Welt, die keine Probleme damit hatten und sich nicht quälten. Die durchs Leben tanzten und mordeten und nie unter einem schlechten Gewissen litten.

Aber er hielt es nicht mehr aus!

Die Flasche war fast leer, als er vornüberfiel, sich erbrach und in seiner eigenen Kotze die Besinnung verlor.

Kurz vor Mitternacht ging Donnie hinauf in den zweiten Stock. Er war unruhig, wollte wissen, ob mit Paul alles in Ordnung war. Er hatte wirklich verzweifelt gewirkt.

Donnie klopfte.

Nichts rührte sich. Kein Ton, kein Laut.

Er klopfte stärker, aber auch diesmal keine Reaktion.

Leise öffnete er die Tür.

Paul lag auf dem Bett. Überall Erbrochenes, und das gesamte Zimmer stank.

»Paul!«, schrie Donnie. Aber Paul regte sich nicht.

Donnie fühlte seinen Puls und schüttelte ihn, bis er begriff, dass Paul bewusstlos war. Dann erst sah er die fast leere Whiskyflasche.

»Paul!«, schrie er noch einmal.

Aber Paul rührte sich immer noch nicht.

Donnie rief den Notarzt.

66

Ingrid hatte sich gerade die Schuhe ausgezogen, ein Glas Wein geholt, den Fernseher eingeschaltet, sich auf die Couch gelegt und in eine Decke eingewickelt, als es an der Tür klingelte.

»Nein«, dachte sie genervt. »Bitte nicht. Bitte jetzt nicht.«

Einen Moment überlegte sie, ob sie es nicht einfach klingeln lassen sollte, schließlich hatte sie das Recht darauf, einfach mal nicht zu Hause zu sein. Aber dann stand sie doch auf und drückte die Gegensprechanlage.

»Ja?«

»Ich bin's. Dieter. Ich muss mit dir reden. Bitte, lass mich rein.«

Ingrid seufzte und betätigte den Türöffner ohne ein weiteres Wort.

Als er oben aus dem Fahrstuhl stieg, stand sie schon in der offenen Tür und erwartete ihn.

»Ich bin total kaputt«, sagte sie leise, »ich hab keinen Bock auf Psychogespräche und Beziehungsscheiß.«

»Keine Angst, ich auch nicht«, sagte er knapp, grinste kurz und ging an ihr vorbei in die Wohnung.

Im Wohnzimmer schob er die Decke auf der Couch zur Seite und setzte sich. »Komisches Gefühl«, sagte er, »ich sitze auf meiner eigenen Couch in meiner eigenen Wohnung und fühle mich so fremd, als wäre ich bei meiner Tante zu Besuch.«

»Tja«, meinte sie knapp. »So kann's gehen, wenn man seine Frau verlässt und mit einer Jüngeren ins Bett springt. Willst du was trinken?«

»Das, was du auch trinkst.«

»Seit wann trinkst du Weißwein?«

»Seit heute.«

»Ach?« Ingrid lächelte süffisant. »Wahrscheinlich ist Weißwein die einzige Form von Alkohol, die deine neue Flamme verträgt, und allmählich musst du dich wohl oder übel dran gewöhnen?«

»Müssen wir uns jetzt über das unterhalten, was ich trinke? Wenn es dir dabei besser geht, kannst du mir auch ein Glas Milch geben.«

Ingrid sagte nichts mehr, holte ihm ein Glas und schenkte Wein ein.

»Warum bist du gekommen?«, fragte sie nach einer peinlich langen Pause, in der sich beide nur ansahen.

»Ich will mit dir über den Kindermörder reden.«

»Oh.«

»Ja.«

»Und warum nicht im Büro?«

»Ingrid, bitte!«

Zum ersten Mal lächelte sie. »Okay. Schieß los.«

Dieter nahm sein Notizbuch zu Hilfe und begann zu reden.

»Also, das Mädchen, das mit seinen Freunden im Parkhaus gespielt und dort auch vermutlich seinen Mörder getroffen hat, wurde an einem Ort umgebracht, den wir noch nicht kennen. Im Auto des Mörders, in seiner Wohnung, im Wald – wir wissen es nicht. Auf jeden Fall ist der Fundort der Leiche nicht der Tatort.«

Ingrid seufzte. »Es wäre gut, wenn wir den Tatort hätten.«

»Ja, sicher. Aber immerhin haben wir die Leiche. Schlimmer ist es, wenn wir einen Tatort, aber keine Leiche haben.«

»Stimmt. Bitte, red weiter.«

»Das Mädchen ist vor seinem Tod vergewaltigt und dann erwürgt worden. So viel steht fest. Aber da erzähl ich dir ja nichts Neues. Ansonsten ist der Körper des Mädchens unversehrt. Er hat sie nicht gequält, und sie hat nicht derart gekämpft, dass sie sich dabei wesentlich verletzt hat. Das heißt, er benutzte kein Messer, keine Waffe jedweder Art, um sie zu ermorden. Natürlich kann er sie mit einem Messer eingeschüchtert haben, aber er tötete mit seinen eigenen Händen, mit seiner Körperkraft. Das ist wichtig zu wissen.«

»Inwiefern?«

»Warte kurz, eigentlich will ich auf etwas anderes hinaus!« Dieter nahm seinen Gedankengang wieder auf. »Ich hab mal ein bisschen recherchiert. Vor einem Dreivierteljahr wurde auf Amrum während einer Klassenfahrt Lotta Steinmann ermordet. Sie wurde erstochen, war aber auch komplett nackt, als sie gefunden wurde. Von ihr fehlte ein Kettchen mit Herz, auf dem ihr Name eingraviert war.«

»An den Fall erinnere ich mich«, meinte Ingrid.

»Und es gibt noch ein Mädchen, dem es ähnlich ergangen ist wie Anna-Lena Broders. Anja Kurth aus Flensburg. Das war vor vier Jahren. Ihr hat der Mörder die Kehle durchgeschnitten, und auch von ihr fehlte danach ein Armband mit rosa Glitzersteinen.«

»Ja, ich erinnere mich dunkel«, meinte Ingrid.

»Wir haben also tatsächlich drei Fälle, die sich eventuell ähneln. Darin, dass alle Opfer komplett nackt waren und der Täter ihnen selbst ihren kindlichen Schmuck abgenommen hat. Denn auch Anna-Lena fehlte ja ein Kettchen mit einer goldenen Schildkröte.«

»Das ist hochinteressant«, stimmte Ingrid bei. »Aber alle

drei Mädchen wurden auf unterschiedliche Art umgebracht, sagst du?«

»Ja. Aber das ist nicht ungewöhnlich. Serientäter variieren ihre Tötungsarten durchaus. Hier finde ich die Übereinstimmungen wichtiger.«

Ingrid nickte. »Schickst du mir alles, was du über die Morde in Erfahrung gebracht hast?«

»Natürlich. Mail ich dir morgen zu.« Dieter trank einen Schluck Wein.

»Erzähl mir, was du über den Täter herausgefunden hast.«

Dieter überlegte. »Wie ich schon sagte: Es könnte durchaus sein, dass es sich hier um einen Serientäter handelt. Er kann nicht mit Frauen, darum vergreift er sich an kleinen Mädchen. Wenn er im Umgang mit ihnen einen gewissen Punkt überschritten hat, muss er sie töten, um nicht aufzufliegen. Und er muss sie töten, um sich mächtig und großartig zu fühlen, denn ansonsten ist er ein Versager. Sonst könnte er ja auch mit Frauen. Wenn er die Macht über das Leben eines kleinen Mädchens gewinnt, dann fühlt er sich endlich mal gut. Dann ist er endlich jemand!«

»Auch in seinem Beruf ein Loser?«

»Nicht unbedingt. Ich denke, er ist eventuell ein Intellektueller, der in seinem Beruf durchaus Leistung erbringt. Aber das bedeutet ihm nichts. Weil ihn noch nie jemand in den Arm genommen und gesagt hat, ich liebe dich. Dabei muss er nicht aussehen wie der Glöckner von Notre Dame. Nein, er kann durchaus ein gut aussehender Mann sein, aber ich schätze, er hat einen schlaffen Händedruck, keinen aufrechten Gang und würde am liebsten noch bei seinen Eltern wohnen, um vor der großen weiten bösen Welt gefeit zu sein. Auf keinen Fall ist er verheiratet, und ich kann mir auch nicht vorstellen, dass er eigene Kinder hat. Er ist ein Einzelgänger, ein Einsamer, ein Versprengter, wahrscheinlich auch ein Depressiver.

Er findet sich in unserer Welt nicht zurecht, und darum muss er Macht über kleine Mädchen ausüben, um wenigstens einmal das Gefühl zu haben, dass er toll und groß und stark ist.«

»Warum nicht auch kleine Jungen?«

»Weil ihn nur Mädchen sexuell interessieren, und an Frauen traut er sich nicht ran. Vielleicht hat er da mal schlechte Erfahrungen gemacht, oder er fürchtet seine dominante Mutter. Irgendetwas in der Art.«

»Wird er weitermorden?«, fragte Ingrid.

»Ich fürchte, ja. Das ist ein kranker, schwacher Charakter. Nicht sehr raffiniert, aber er fühlt sich sicher. Vermutlich, weil er weiß, dass wir seine DNA noch nicht im Zentralcomputer gespeichert haben, da er bis jetzt unauffällig gelebt hat und sich nichts zuschulden kommen ließ. Er glaubt, dass es unglaublich clever ist, die Leiche einfach irgendwo abzulegen. Irgendwo, wo er sie nicht umgebracht hat. Er ist ein Zarter, kein Arbeiter. Nach zwei Minuten mit einem Spaten in der Hand bekommt er Blasen. Darum verbuddelt er seine Opfer auch nicht. Schon allein sie mit Erde oder Zweigen zu bedecken wäre ihm zu viel Arbeit.

Und er ist unscheinbar. Lebt mitten unter uns. Allein oder bei Mami und Papi. Er ist nett. Freundlich. Nachbarn grüßen ihn. Kinder finden ihn vertrauenswürdig und gehen mit ihm mit. Er ist kein hässliches Monster.«

Ingrid schwieg einen Moment, dann sagte sie: »Das ist großartig, Dieter. Fantastisch. Wenn du wirklich recht hast, bist du ein Genie.«

»Ich weiß es nicht. Ich kann nicht hellsehen. Aber so könnte es sein. Es würde mich sehr wundern, wenn der Typ ein brutales empathieloses Monster wäre. Morden ist für ihn wie eine Sucht, und er kann es nicht lassen. Kann nicht raus aus seiner Haut, da leidet er drunter. Denn sich die Befriedigung zu verschaffen ist nicht einfach. Und wird von Mal zu Mal gefährlicher.«

Ingrid nickte. »Danke, Dieter. Das ist irre, was du alles gesagt hast. Gibt es eigentlich schon einen DNA-Abgleich zwischen den Fällen?«

Dieter zögerte und schloss einen Moment die Augen. »Bei der Ermordung von Anja Kurth konnte leider keine DNA sichergestellt werden. Im Fall Lotta dagegen liegt uns eine Probe vor. Auch bei Anna-Lena, ich denke, ich bekomme dazu morgen das Ergebnis. Und wenn es eine Überstimmung zwischen dem Täter bei Anna-Lena und Lotta gibt, dann werden die verschwundenen Schmuckstücke von allen drei Mädchen interessant.«

»Wir haben es also mit großer Wahrscheinlichkeit mit ein und demselben Täter zu tun?«

»Ich könnte es mir vorstellen. Morgen wissen wir mehr. Aber wenn die drei Fälle wirklich zusammenhängen, dann hat der Täter sich nach dem ersten Mord drei Jahre lang im Zaum gehalten. Doch die nächsten zwei Fälle waren erschreckend schnell hintereinander.«

»Schreibst du bitte morgen gleich den Bericht?«

»Sowie ich das Ergebnis der DNA-Probe habe, na klar.«

»Ich danke dir!«

»Gerne.«

Beide sahen sich an.

Dann sagte Ingrid leise: »Würdest du mich in den Arm nehmen?«

»Sicher.« Dieter legte seinen Arm um sie und drückte sie ganz fest. Und küsste sie auf den Scheitel.

»Ich liebe dich immer noch«, sagte sie leise.

Dieter strich ihr übers Haar. »Ich komme nächste Woche mal mit 'nem kleinen Transporter und hole ein paar Sachen, o.k.?«

Ingrid nickte unter Tränen.

Als er gegangen war, dachte sie, dass sie einen tollen Mann verloren hatte. Den Mann ihres Lebens, der in einer persönlichen Krise auf eine junge Schlampe hereingefallen war.

Wie so viele.

Es war einfach nur zum Kotzen.

67

Donnie hatte das Gefühl, als wäre Leben im Haus. Endlich wieder, Gott sei Dank, nachdem er fast geglaubt hatte, Paul würde seinen exzessiven Whiskyrausch nicht überleben. Aber jetzt dröhnte aus Pauls Zimmer ein Freddie-Mercury-Konzert überlaut durchs ganze Loft.

Donnie lag auf der Couch, hatte die Augen geschlossen und genoss es.

Minuten später schaltete Paul die Musik ab, kam ins Loft, und Donnie sah überrascht auf.

»Bitte, entschuldige, Donnie, können wir einen Moment reden?«

»Aber sicher! Setz dich! Worum geht's denn?«

»Ich habe eine Entscheidung getroffen.«

»Oh.«

Paul setzte sich und sah Donnie an. Schwieg lange und sagte dann vorsichtig: »Es tut mir wirklich leid, und es fällt mir auch nicht leicht …«

»Nun sag schon.«

»Wollen wir etwas trinken?«

»Schmeckt es schon wieder?«

Paul zuckte die Achseln, und Donnie sprang auf. »Sehr gerne. Ich hole uns eine Flasche Sekt. O. k.?«

Paul nickte.

Donnie lief hinaus, kam mit einer kalten Flasche Sekt wieder, öffnete sie, schenkte zwei Gläser voll und sagte: »Prost, Paul!«

»Salute!« Beide tranken, und Donnie hatte für einen winzigen Moment die Hoffnung, dass alles gut wäre. Dabei wusste er genau, dass es nicht so war.

Dann sah er Paul an. Als erwarte er sein Todesurteil.

Paul atmete tief ein. »Ich ziehe nach Italien, Donnie. Ich kündige meinen Job und bleibe dort. Für immer.«

Donnie starrte ihn entgeistert an. Das war das Schlimmste überhaupt. Er konnte alles ertragen: verpatzte Premieren, Wasserschäden im Theater, Streitigkeiten, was auch immer. Aber nicht, dass Paul ihn verließ.

»Wie?«, fragte er stockend, und das Weinen saß ihm bereits im Hals. »In dieses heruntergekommene Haus in der Einsamkeit? Ganz allein?«

»Ja.«

»Aber das ist entsetzlich! Das ist doch kein Leben!«

»Doch! Das ist genau das, was ich will und was ich brauche. Ich ertrage es hier in Hamburg einfach nicht mehr.«

»Warum?«

»Das kann ich dir nicht erklären, weil ich das überhaupt niemandem erklären kann. Das hat nur mit mir und auf gar keinen Fall irgendetwas mit dir zu tun!«

Donnie war ganz still. Dann fragte er leise: »Wann gehst du?«

»Ich werde jetzt fürs Erste nur ein paar Sachen zusammenpacken, und dann bin ich weg. Meinen ganzen Kram hole ich später. In ein paar Wochen oder Monaten. Wenn das Haus in Italien einigermaßen fertig und einzugsbereit ist, werde ich eine Spedition beauftragen, die alles abholt. Jetzt fahre ich nur mit dem Nötigsten. Wann, weiß ich noch nicht genau. Nächste

Woche wahrscheinlich, wenn ich hier alles halbwegs organisiert und noch Zeug gekauft habe, das ich fürs Haus brauche.«

»Du bist total verrückt geworden, mein Liebster!« Donnie hatte Tränen in den Augen.

»Ja, das stimmt. Und genau deswegen muss ich hier weg und in die Einsamkeit der toskanischen Berge. Genau deswegen. Weil ich hier nämlich immer verrückter werde.«

»Das verstehe ich nicht.«

Die beiden Freunde sahen sich an, Donnie trank einen Schluck. »Und was wird aus mir?«

Paul zuckte die Achseln.

»Du kannst mich doch hier nicht alleine lassen!«

»Ich bin auch oft alleine gelassen worden, Donnie. So was kommt vor. Mal früher, mal später. Da muss man mit klarkommen.«

»Ich komme so ganz allein nicht klar.« Donnie liefen die Tränen übers Gesicht. »Ich komme ohne dich nicht klar!«

Paul nahm ihn in den Arm. Donnie weinte jetzt heftiger.

»Ich hab dir ja gesagt, es tut mir verdammt leid. Aber ich kann es nicht ändern, Donnie. Ich geh hier kaputt. Ich schaffe dieses Leben nicht mehr.«

»Das verstehe ich einfach nicht.«

»Nein, ich weiß. Wir drehen uns im Kreis.«

»Wie kann ich dich in Italien erreichen?«

»Übers Handy. Aber das auch nicht immer. Es ist halt schwierig …« Paul lächelte.

»Und wenn ich ein Problem habe?«

»Dann komme ich sofort!«

»Versprochen?«

»Versprochen!«

»Was wird aus der Wohnung in Flensburg?«

Paul wand sich. »Ich weiß noch nicht. Erst mal muss ich den Erbschein beantragen, das kann alles dauern. Und dann muss ich mich ja auch mit Smilla einigen, das wird nicht leicht. Am liebsten würde ich die Wohnung einfach so schnell wie möglich von einem Makler verkaufen lassen.«

Donnie schlug die Hände vors Gesicht. »Es ist, wie es ist. Es ist allein deine Entscheidung, aber ich werde dich vermissen.«

»Ich dich auch.«

Beide tranken schweigend ihr Glas aus.

»Meinst du, du wirst mich in Italien besuchen?«

»Wenn ich hier wegkomme.«

Paul lächelte und nahm Donnie erneut in den Arm. »Das wäre wundervoll.«

»Ich liebe dich, Paul.«

»Ich dich auch.«

Paul nickte noch einmal kurz, dann stand er auf und ging in sein Zimmer.

Donnie blieb zurück und weinte.

IN DEN TOSKANISCHEN BERGEN

68

Toskana, im August

Es war ungewöhnlich still. Im Dorf hörte er keinen Laut. Niemand war auf der Straße, die Fensterläden waren fast alle geschlossen. Die Hitze stand in der Luft und waberte durch die engen Gassen des winzigen Dorfes. Dicke, beißwütige Bremsen, die es nur im August gab, umschwärmten seinen Wagen, und er wusste, wenn er jetzt ausstieg, würden sie ihn zigfach attackieren.

Oddio! Er liebte das kleine Duddova, den Zwischenstopp auf der halben Strecke von Ambra nach Caprinaia, wo man auch immer – mangels einer Piazza – auf der engen Dorfstraße eine Kleinigkeit essen und ein Glas Wein trinken konnte.

Trotz der Bremsen ließ er das Fenster herunter und atmete die heiße Luft ein, die ihm schwer vorkam und sich in seinen Lungen breitmachte wie ein dicker Teppich.

Sommer in der Toskana. Und kein Mensch weit und breit. Wunderbar. Er würde sich an sein Mühlrad setzen und alles von sich abschütteln. Dann war endlich Frieden.

Am Ortsausgang warf er eine kleine Mülltüte mit den Abfällen, die sich auf seiner zweitägigen Anreise angesammelt hatten, in eine Tonne und startete in die Berge. Diesmal hatte er sein eigenes Auto dabei. Er hoffte, dass es die Straße bewältigen konnte, aber das Wetter war heiß und trocken, und Schlamm war nicht zu befürchten.

Spätestens im Herbst würde er sich einen Jeep anschaffen müssen.

Er fuhr langsam und konzentriert, obwohl sein Puls raste. Zweimal hörte er ein metallisches Krachen unter seinem Wagen, aber er ignorierte es. Morgen früh würde er sehen, ob Öl ausgelaufen war.

Zwanzig Minuten später hatte er es geschafft und hielt vor seinem Haus.

Er erschrak. So hatte er sich das nicht vorgestellt. In der kurzen Zeit, in der er in Deutschland gewesen war, war das Unkraut geradezu explodiert.

Auch sein geliebtes Mühlrad wurde von Gräsern fast überwuchert.

Augenblicklich war er in der Realität zurück. Denn im Haus würde es nicht besser aussehen. Da würde er wieder ganz von vorne anfangen müssen.

Die Fenster hingen voller Spinnweben, Mäuse- und Rattenköttel lagen auf dem Fußboden in den Ecken, die Möbel bedeckte dicker Staub.

Er ignorierte dies alles. Die zweitägige Fahrt war lang und verdammt anstrengend gewesen. Er war kaputt, hatte 1700 Kilometer, unzählige Baustellen und Staus bewältigt. Er wollte jetzt nur noch schlafen. Und wenn ihm die Spinnen übers Gesicht krochen, dann war es auch egal.

Eine Stunde später hatte er den Wagen ausgeladen, saß an seinem geliebten Mühlrad und sah ins Tal.

Es war alles gut und richtig. Dieses Haus wurde durch den Wildwuchs vielleicht auch noch unnahbarer. Jeder Fremde würde denken, es sei unbewohnt, und sicher hatte kein Bekannter Lust, ihn zu besuchen, wenn er sich auf dieser Straße und durch dieses Dickicht kämpfen musste.

Er ließ den Rotwein, den er mitgebracht hatte, im Glas kreisen und lächelte vor sich hin. Spürte, wie sein Atem langsam und ruhig durch den Körper floss. So entspannt war er vielleicht in seinem ganzen Leben noch nie gewesen.

Und was für ein grandioses Gefühl! Sein Leben in Hamburg war jetzt endlich Vergangenheit! Er hatte Manuela und seinen Kollegen in der Agentur ganz deutlich gemacht, dass er für keine Aufträge mehr zur Verfügung stand. Auch nicht, wenn sie italienische Impressionen brauchten. Er konnte und wollte nicht mehr. Sonst müsste er sich ja doch wieder ab und zu in Hamburg blicken lassen. Und schon würde alles wieder von vorne beginnen.

Das durfte nicht passieren.

Wenn die Wohnung seiner Mutter erst einmal verkauft war, konnte er von seinem Anteil leben wie die Made im Speck. Der Erbschein war beantragt, Smilla, die widerliche Zicke, war über ihren Schatten gesprungen und hatte ihm versprochen, die Haushaltsauflösung zu organisieren. Und er selbst hatte noch einen guten Makler gefunden, der sich um den Verkauf kümmerte.

Außergewöhnliche Wohnungen dieser Art in Flensburg mit Blick auf die Förde waren rar und heiß begehrt. Die Superwohnung seiner Mutter ging höchstwahrscheinlich schnell weg. Da machte er sich gar keine Sorgen. Und dann schwamm er im Geld und musste nicht mehr zurück in die Stadt. Musste keine kleinen Kinder mehr für irgendwelche Broschüren fotografieren, musste kleinen Mädchen nicht mehr im Fahrstuhl, am Strand, im Park oder auf der Straße begegnen und musste sie nicht mehr wegfangen.

Es gab für alles eine Lösung.

Das Leben konnte so einfach sein.

Donnie litt und weinte sich wahrscheinlich jeden Abend in den Schlaf, weil er ihn unendlich vermisste. Aber auch Donnie würde ihn vielleicht eines Tages vergessen. Sie würden sich aus den Augen verlieren, immer weniger WhatsApps schreiben, seltener telefonieren, sich nur noch alle paar Monate, dann alle paar Jahre und schließlich gar nicht mehr sehen. Donnie würde irgendwann stillschweigend und traurig den Rest seiner Sachen in den Keller stellen und jemand anderen in sein Zimmer einziehen lassen. Oder allein bleiben.

Wie auch immer.

Ihm war es egal.

Je länger er darüber nachdachte, desto klarer wurde ihm: Es war perfekt so, denn es würde nie mehr geschehen.

Vielleicht gab es in dieser Nacht keinen zufriedeneren Menschen als ihn.

Er goss sich noch ein Glas Wein ein und prostete sich zu.

Gegen Mitternacht erwachte er. Er war auf dem Mühlrad eingeschlafen und hatte das beängstigende Gefühl, dass er völlig betrunken war. Langsam und vorsichtig versuchte er aufzustehen, wobei er sich am Mühlrad festhalten musste. Schwankte derart stark, dass er kaum stehen konnte. Wusste nicht, wie er es bis ins Haus schaffen sollte.

Vielleicht würde er dasselbe Schicksal erleiden wie seine Mutter. Diesen Gedanken fand er schreiend komisch, und er grinste wie ein Debiler.

Über der Haustür brannte eine einsame, armselige Glühbirne, die ihm Orientierung gab und für die er dankbar war. Er konnte sich allerdings nicht daran erinnern, sie angeschaltet zu haben. Vielleicht brannte sie noch, seit er das letzte Mal zusammen mit seiner Mutter in Italien gewesen war. Konnte ja sein.

Nein. Konnte nicht sein. Denn da hatte er noch keinen Strom im Haus gehabt. Sein Herz jubilierte. Hatte es dieser dämliche Makler wirklich erreicht, dass er Strom bekam? Das war ja sensationell! Er würde sich gleich morgen bedanken.

Dann hatte wohl vor x Jahren irgendjemand vergessen, diese armselige Glühbirne auszumachen.

Genial. Es funktionierte alles fabelhaft. Das Leben war großartig!

Bis in die Küche schaffte er es, dann stolperte er über einen Hocker und fiel hin. Blieb liegen. Hatte keine Kraft mehr, sich hochzuziehen und sich bis in den ersten Stock zu seiner Matratze zu schleppen.

Es hat ja keinen zu interessieren, was ich tue und lasse und wo ich schlafe, dachte er noch und grinste schon wieder, bevor er auf dem harten, dreckigen Boden einschlief.

69

Überall brannten die Wälder in diesem ungewöhnlich heißen Sommer. Matteo sah sich immer wieder um, ob im Westen, jenseits des Olivenhains von Samuele, Rauch aufstieg. Denn dort lag seine Hütte. Sein einziger und kostbarster Besitz. Wenn sie den Flammen zum Opfer fiel, hätte er alles verloren. Wirklich alles. Dann besäße er nur noch das, was er am Leib trug. Und das war nicht viel. Ein Hemd, eine zerschlissene Hose, die schon zehn Sommer überdauert hatte, und ein paar Sandalen, die ihm Tommaso, der Schuster, immer wieder genäht hatte, wenn ein Riemen abgerissen war.

Matteo hatte als junger Mann zehn Jahre in Deutschland auf einem Fruchthof gearbeitet, war dann zurückgekehrt, hatte sich mit dem Ersparten eine bescheidene Hütte auf einem kleinen Grundstück am Rande eines Olivenhains gebaut und sich als Tagelöhner durchgeschlagen.

Und dann hatte er auf einem Dorffest Carmela kennengelernt. Sie war laut, wild und betrunken. Ihre Haare flogen um ihren Kopf, wenn sie tanzte wie eine Besessene. Matteo tanzte nicht, aber er beobachtete sie unentwegt.

Als die Kapelle weit nach Mitternacht aufhörte zu spielen, ging Carmela hin, nahm dem Schlagzeuger den Klöppel aus der Hand, trommelte einen Tusch, lachte schrill und torkelte nach Hause, ins Dorf.

Matteo lief ihr hinterher. Nahm sie wortlos in den Arm, als sie fast in den Graben stürzte, gab ihr Halt und Sicherheit. Sie schmiegte sich an ihn, und bevor sie in ihrem Elternhaus verschwand, gab sie ihm einen Kuss.

Matteo schwanden die Sinne. Diese Wahnsinnige, diese Göttin, diese Schönheit hatte ihn geküsst!

Er schlief in dieser Nacht gar nicht, in den darauffolgenden Nächten kaum, bis er es wagte, sie anzusprechen, als sie morgens kurz vor sechs durchs Dorf ging, um im Bäckerladen pane und ciabatta zu verkaufen.

»Du wieder!«, sagte sie.

»Ja. Ich.«

»Tut mir leid mit neulich.«

»Kein Problem.«

»Ich muss zur Arbeit.«

»Wann hast du Feierabend?«

»Um drei.«

»Soll ich dich abholen, und wir trinken einen Kaffee auf der Piazza?«

»Warum nicht?«

»Gut. Bis dann.«

Matteo hätte am liebsten getanzt, geklatscht und jubiliert, aber er beherrschte sich und ging ganz ruhig und cool davon.

Carmela sah ihm hinterher. Er gefiel ihr.

Es dauerte keine drei Monate, da zog Carmela in Matteos bescheidene Hütte ein und fuhr mit seiner knatternden Vespa frühmorgens zur Arbeit in den Bäckerladen.

Matteo kümmerte sich um seine wenigen Schafe und arbeitete hier und da und dort. Wo immer Not am Mann war und eine Hand gebraucht wurde. Er war ein kräftiger Mann und sich für nichts zu schade.

Ein knappes Jahr später wurde Viola geboren. Ein kleines, zartes Mädchen, das als Baby ruhig und still war, viel schlief und selten schrie und später ständig lachte und fröhlich durch die Gegend sprang. Ein durch und durch glückliches Kind, vielleicht, weil seine Eltern es über alle Maßen liebten.

Matteo war völlig vernarrt in seine kleine Tochter, verbrachte jede freie Minute mit ihr und vergötterte sie geradezu.

»Ich fürchte, dass ein Regentropfen sie erschlagen könnte«, sagte er zu Carmela.

Carmela lachte nur und meinte: »Du spinnst!«

In diesem heißen Sommer war Viola acht Jahre alt. Sie war ein schönes, kluges Mädchen geworden, ging in Montevarchi zur Schule, das Lernen fiel ihr leicht. Eines Tages würde sie studieren und Ärztin oder Apothekerin, Architektin oder Anwältin werden und sie hier aus diesem Elend herausholen. Davon waren ihre Eltern überzeugt. Denn Matteo rackerte sich nach wie vor ab, aber es reichte kaum zum Leben. Carmela ging neben ihrem Verkaufsjob in den Villen der reichen Touristen putzen.

Aber mit Viola würde sich alles ändern, und auch sie würden die Sonnenseite des Lebens kennenlernen.

Viola hatte Ferien. Unendliche, traumhafte drei Monate lang.

Nach dem Mittagessen, einem schnellen Pastagericht, holte sie ihre Badesachen und sagte zu ihrer Mutter: »Ich gehe mit Chiara zum See. Schwimmen. Va bene?«

»Va bene.« Carmela lächelte. »Pass auf dich auf. Wann bist du zurück?«

»Spätestens zur cena, wenn babbo nach Hause kommt.«

Carmela nickte und küsste Viola. »Viel Spaß!«

Viola winkte zum Abschied.

Carmela ahnte nicht, dass sie ihre Tochter zum letzten Mal gesehen und geküsst hatte.

Als Matteo nach Hause kam, war es Viertel nach acht.

»Du bist spät dran!«, sagte Carmela, aber ohne jeglichen Vorwurf in der Stimme.

»Ja, ich hab Alessio noch geholfen, einen Baum zu zersägen, der bei dem heftigen Gewitter vorgestern auf seine Straße gefallen ist.«

»Komm, setz dich. Es ist alles fertig.«

Matteo wusch sich notdürftig den gröbsten Staub von der Haut. Dann erst setzte er sich in der Küche an den Tisch.

»Wo ist Viola?«

»Sie müsste jeden Moment kommen. Sie wollte mit Chiara im See schwimmen gehen und zur cena wieder hier sein.« Carmela sah auf die Uhr. »Eigentlich hätte sie schon vor einer halben Stunde hier sein müssen!«

»Komm, fangen wir an! Ich hab Hunger!«

Auch eine halbe Stunde später war Viola noch nicht da.

Matteo schenkte sich ein Glas Wein ein und schlug mit der flachen Hand auf den Tisch. »Verdammt noch mal, wo bleibt sie? Wo treibt sie sich rum? Warum kommt sie nicht, wenn sie gesagt hat, dass sie zum Abendessen zu Hause ist?« Er war wütend vor lauter Sorge und versuchte mühsam, sich zu beherrschen.

Carmela zitterte.

»Ich werde mal Chiaras Mutter anrufen. Vielleicht weiß sie, was los ist und wo die beiden Mädchen sind.«

Matteo nickte nur.

Nur Minuten später kam Carmela zurück. Sie war ungewöhnlich blass.

»Viola ist nie bei Chiara angekommen«, sagte sie leise. »Und darum ist Chiara auch nicht zum Schwimmen gegangen. Viola ist verschwunden, Matteo, verstehst du? Sie ist weg! Bitte, tu doch was!«

Matteo hatte keine Lippen mehr, nur noch einen Strich als Mund. Dann schlug er mit der Faust auf den Tisch und lief hinaus. Den Weg hinunter bis zu dem Haus, in dem Chiara mit ihren Eltern und ihrem Bruder wohnte. Er rief laut nach ihr und sah in jedes Gebüsch, hinter jeden Mauervorsprung. Fragte sich, was in dem Kopf seiner Tochter vorgegangen sein mochte, dass sie nicht zu Chiara gegangen war.

Zu wem wollte sie? Und warum hatte sie Chiara nicht abgesagt? Das ergab keinen Sinn. Allerdings hätte Chiara ja auch mal bei Carmela anrufen und fragen können, warum Viola nicht kam. Dass sie das nicht getan hatte, hatte die ganze Sache um einige Stunden verzögert.

Zu wem war sie gegangen?

Oder hatte sie jemand angesprochen, und sie war mitgegangen?

Hatte jemand sie ins Auto gezerrt und entführt?

Viola, Liebling, schrie er innerlich, wo bist du? Bitte, schicke mir einen Gedanken, dich zu finden!

Matteo irrte ziellos durchs Dorf und die Umgebung, fragte jeden, den er traf, ob er seine Tochter gesehen hatte, und als er auch in den Olivenhainen nichts mehr sehen konnte, kehrte er zu Carmela zurück. Mit der winzigen Hoffnung, dass Viola mittlerweile nach Hause gekommen war.

Aber das war sie nicht. Er sah es an den angstvoll aufgerissenen Augen seiner Frau, er spürte es an der bedrückenden Stille im Haus und sah es an dem unbenutzten Teller auf dem Tisch.

Matteo nahm eine Flasche Grappa aus dem Regal und setzte sich. Dann schenkte er sich ein und trank. Zwei Gläser hintereinander.

Carmela wartete ab. Matteo schwieg lange, bis er sagte: »Ich kenne meine Tochter. Sie ist keine vagabonda, sie stürzt sich nicht in irgendwelche Abenteuer, einfach so, aus einer Laune heraus. Nein, nein, nein, das ist nicht Viola. Sie lässt uns nicht im Ungewissen. Und wenn sie jetzt nicht da ist, dann hat das einen Grund, Carmela. Dann ist etwas passiert.«

Matteo war ein einfacher Mann, ein Pragmatiker mit klaren Gedanken, der nicht lange um den heißen Brei herumredete. Daher nahm er jetzt die Hand seiner Frau und sagte ernst: »Amore, es tut weh, ich weiß, aber bitte, stelle dich darauf ein, dass Viola etwas Schreckliches zugestoßen ist. Wir müssen das ertragen. Gemeinsam. Ich rufe jetzt die Carabinieri. Und was auch immer geschieht: Ich bin an deiner Seite. Vergiss das nicht!«

Carmela war vollkommen verstört und wusste nicht, was sie antworten sollte. Wahrscheinlich war jetzt jeder Satz ein Fehler. Ihr Mann wusste offenbar genau, wo es langging.

Sie lehnte sich zurück und versuchte die stechenden Bauchschmerzen zu ignorieren, die sie in diesem Augenblick überfielen.

Unterdessen stand Matteo im Flur und telefonierte.

»Donato?«

»Ja? Wer ist da bitte?«

»Hier ist Matteo.«

»Matteo! Wie geht's? Alles in Ordnung?«

»Nein, deswegen rufe ich an, Donato. Viola ist verschwunden. Nach dem pranzo ist sie zu Chiara Miniati gegangen, aber dort nie angekommen. Ich habe sie überall gesucht. Jetzt ist es halb elf. Schon fast Nacht. Bitte, hilf mir, Donato.«

»Ich komme.«

70

Donato Neri hatte Spaghetti aglio, olio e peperoncino gegessen und bereits drei Gläser Rotwein getrunken und war alles andere als erfreut, jetzt noch mal mit dem Auto losfahren zu müssen. Gut zwölf Kilometer weit auf schlechten Straßen, da Matteo mit seiner Familie in den Bergen wohnte.

Aber unendlich viel schlimmer war natürlich, dass ein Kind verschwunden war. Du lieber Himmel! Che disastro!

Und dann ging es auch noch um die Tochter von Matteo und Carmela. Matteo hatte ihm die Garage entrümpelt und die Terrasse gepflastert, als Gabriella und er ihr Haus umgebaut hatten, und er war ein angenehmer Zeitgenosse gewesen. Immer freundlich, hilfsbereit und pünktlich, keine Arbeit war ihm zu schwer, kein Gang zu weit, er war einfach glücklich, überhaupt arbeiten zu dürfen. Ab und zu hatte ihn Carmela zusammen mit Viola abgeholt. Eine süße kleine Maus, die Vater und Mutter abgöttisch liebten. Das sah und spürte man Meilen gegen den Wind.

Und dieses Mädchen wurde jetzt vermisst?

Neri wünschte sich in sein früheres Leben zurück, als er den Anruf von Matteo noch nicht bekommen hatte.

Carmela öffnete mit verweinten Augen die Tür und meinte nur knapp: »Bitte, komm rein. Matteo ist in der Küche.«

Donato ging stumm ins Haus.

Er sah sofort, dass Matteo bereits viel zu viel getrunken hatte, und setzte sich. »Wie kann ich euch helfen?«

»Bitte, finde Viola, oder ich sterbe. Ich saufe mich zu Tode oder springe in die Ambra. Bitte, hilf mir, mein Mädchen zu finden.«

Matteo und Carmela erzählten alles, was sie wussten. Neri machte sich Notizen, weil er nicht wusste, wie man so ein Gespräch mit dem Smartphone aufzeichnen konnte. Ob es da überhaupt eine Möglichkeit gab.

Schließlich stand er auf. »Jetzt können wir leider nichts mehr tun«, sagte er. »Es ist stockdunkel, und du bist ja schon die meisten Wege abgelaufen. Aber gleich morgen früh fangen wir an zu suchen. Ich werde sehen, ob ich ein paar Männer zusammentrommeln kann.«

Er stand in der Tür und starrte auf diese beiden zutiefst verzweifelten Menschen, die noch nicht einmal in der Lage waren, ihn hinauszubringen. »Schlaft ein paar Stunden. Ich bin sicher, wir finden sie unversehrt, irgendwo, wo sie sich versteckt hat, was weiß ich. Die Nacht ist warm, und in Ambra gibt es doch niemanden, der einem Mädchen wie Viola etwas antut. Dafür lege ich meine Hand ins Feuer. Es sei denn, irgendein Tourist …« Er rang die Hände. »Es ist leider so, aber die Touristen bringen die Kriminalität ins Land.« Er reichte Matteo die Hand. »Es ist blöd zu sagen, bitte, macht euch keine Sorgen, natürlich macht ihr das, aber morgen finden wir sie, und dann ist alles gut.«

Matteo nickte schwach, und Carmela weinte leise vor sich hin.

Neri grüßte noch einmal kurz und ging. »A domani!«, sagte er.

Er würde Gabriella die ganze Geschichte erzählen. Vielleicht hatte sie eine Idee.

Gabriella hörte Neri mit weit aufgerissenen Augen zu.

»Oddio!«, stöhnte sie, als Neri alles berichtet hatte, was er wusste. »Ein verschwundenes Kind – das ist das Schlimmste!«

»Was glaubst du, was mit Viola passiert ist?«, fragte Neri.

Gabriella überlegte einen Moment. Dann sagte sie: »Viola ist so eine Zarte. Eher schüchtern und vorsichtig. Ich glaube nicht, dass sich so ein Mädchen trauen würde wegzulaufen.«

»Zumal ja Matteo und Carmela keine Rabeneltern sind, sondern eher das Gegenteil.«

»Das meine ich auch. Viola hat es gut zu Hause. Nein, das sollten wir ausschließen. Abgehauen ist sie sicher nicht. Und verlaufen hat sie sich auch nicht, weil sie nie irgendwohin gehen würde, wo sie sich nicht auskennt. Nein. Entweder sie sitzt irgendwo fest, wo sie nicht wegkann, ist irgendwo eingeschlossen, eingeklemmt, was weiß ich, oder jemand hat ihr was angetan. Eine Entführung würde ich auch ausschließen, Matteo und Carmela sind ja arm wie die Kirchenmäuse.«

»Also?«

»Was heißt hier also? Mehr kann ich dir auch nicht sagen!«

»Glaubst du, dass sie ermordet worden ist?«

»Oddio, das könnte schon sein. Allerdings gibt es in Ambra nun wirklich niemanden, dem ich zutrauen würde, ein kleines Mädchen wegzufangen.«

»Das geht mir genauso. Und schon bin ich wieder bei den Touristen.«

»Komm, Neri, hör auf, ständig so einen Blödsinn zu erzählen. Das ist alles reine Spekulation und entbehrt jeglicher Grundlage.«

Oh, dachte Neri, wenn sie anfängt, sich so gewählt auszudrücken, ist sie meistens sauer oder zumindest leicht gereizt. Ich sollte vorsichtig sein.

Also hielt er den Mund.

»Lass uns jetzt erst mal abwarten, amore«, sagte Gabriella nach einer langen Pause. »Vielleicht wird Viola morgen gefunden, und alles ist wieder gut. Vorher sollten wir nicht die Pferde scheu machen. Und wenn wir sie wirklich nicht finden, sehen wir weiter. Oh, mein Gott, die armen Eltern, die tun heute Nacht bestimmt kein Auge zu …«

»Ich auch nicht«, knurrte Neri. »Buonanotte, cara, ich kann nicht mehr, ich geh ins Bett.«

»Schlaf gut«, sagte Gabriella leise.

Neri ging nach oben, fürchtete sich vor einer schlaflosen Nacht und hatte ein ganz schlechtes Gefühl.

71

Am nächsten Morgen startete Neri eine groß angelegte Suche nach der kleinen Viola. Kollegen aus Castelnuovo Berardenga, Montevarchi, Monte San Savino und Bùcine durchstreiften das Land, suchten in Gräben, in Olivenhainen, in alten Brunnen, verlassenen Ruinen, in Wäldern und leer stehenden Scheunen. Auch der kleine See in der Nähe von Ambra, wohin Viola mit Chiara hatte gehen wollen, wurde von Tauchern durchsucht.

Neri war stolz auf die Aktion. Es hatte ihn viele Telefonate gekostet, aber alle waren gekommen. Das hatte er nicht für möglich gehalten. Von seinem Büro aus leitete er die gesamte Initiative.

Cesare ging von Haus zu Haus und befragte die Leute. Ob sie irgendetwas wüssten, ob sie Viola gesehen hätten.

Das Büro des Geometers in Ambra ließ fünftausend Flyer drucken, darauf ein Foto von Viola und der dringende Hinweis, sich zu melden, wenn man das Mädchen gesehen habe oder irgendetwas wüsste.

Die Frauen von Ambra verteilten die Flyer. Legten sie in Bäcker- und Alimentariläden aus, in Bars, in der Post und in der Bank. Pinnten sie an Bäume und klebten sie an Mauern, fuhren bis nach Siena. Jeder kleine Ort in der Umgebung, im

Valdarno oder Chianti, jede Tankstelle, überall hingen und lagen die Flyer, Violas Foto war nicht mehr zu übersehen.

Unvorstellbar, dass es irgendjemand gab, der noch nichts von dem verschwundenen Mädchen wusste.

Violas Vater rannte wie ein Wahnsinniger durchs Dorf, bat die Carabinieri hier und da und dort zu suchen. Und auch er klingelte an fast jedem Haus, fragte die Leute noch einmal, ob sie irgendetwas gesehen oder den Carabinieri erzählt hatten, er flehte sie an, sich zu erinnern und ihm zu helfen. Als könnten die Menschen Viola wieder herzaubern.

»Roberto, bitte«, schrie er, als der Olivenbauer völlig übermüdet und überarbeitet am Abend seine Tür öffnete, »Viola muss doch bei dir vorbeigekommen sein, als sie zum See wollte! Hast du sie nicht gesehen?«

Roberto schüttelte den Kopf.

»Madonna diavola, du musst sie doch gesehen haben!« Matteo heulte fast. »Es kann doch nicht sein, dass sie hier entlanggeht, und keiner sieht sie!«

»Es tut mir leid, Matteo, aber ich weiß wirklich nichts!«

Matteo nickte stumm, drehte sich um und ging davon.

Und klingelte an der nächsten Tür.

Carmela ging zu Ella, Chiaras Mutter, mit der sie schon zusammen in der Grundschule gewesen war.

Ella stand vor dem Haus, nahm ihre Freundin stumm in die Arme und drückte sie lange an sich.

»Du hast sie gestern auch nicht gesehen?«, fragte Carmela leise, und Ella schüttelte den Kopf.

»Das haben mich schon viele gefragt, nein, Carmela, es tut mir so leid, aber sie ist hier bei uns nicht aufgetaucht.«

»War Fabio gestern auch zu Hause?«

»Ja, klar«, antwortete Ella. »Wir haben gemeinsam Mittag

gegessen, und den Nachmittag haben die Kinder hier verbracht.«

»Wollte Fabio mit den beiden mit zum Schwimmen gehen?«, fragte Carmela weiter.

»Ich glaube nicht, nein. Alles, was Chiara und Viola zusammen machen, ist für ihn nur langweiliger Weiberkram. Er wäre sich blöd vorgekommen, wenn er mitgegangen wär. Aber ich wusste ehrlich gesagt auch gar nicht, dass die beiden Mädchen zum Schwimmen verabredet waren. Sonst hätten wir uns ja gemeldet.«

»Kann ich mal mit Chiara sprechen?« Irgendwie hatte Carmela das Gefühl, dass Ella alles vom Tisch wischte und gar nicht richtig verstand, dass Carmela und Matteo in allergrößter Not und Sorge waren.

»Certo. Komm rein.«

»Permesso«, sagte Carmela und folgte Ella ins Haus. »Ist Ugo nicht zu Hause?«

»Nein, Ugo ist zusammen mit Fabio in den Oliven und bringt Dünger aus. Wieso? Wolltest du was von ihm?«

»Nein, nein.« Carmela winkte ab. »Ich hab mich nur gewundert, dass es so still ist.«

»Setz dich. Möchtest du ein Wasser?«

Carmela schüttelte den Kopf.

»Dann rufe ich jetzt mal Chiara«, meinte Ella und lief zur Treppe.

Nur Minuten später saß Chiara Carmela gegenüber. Sie wirkte blass und zittrig und setzte einen kleinen goldenen Ring am Ringfinger voller Nervosität immer wieder auf und ab.

»Chiara, du bist doch Violas beste Freundin.«

Chiara nickte.

»Und du verstehst, dass wir sie unbedingt finden müssen, weil man es nicht aushält, wenn man nicht weiß, wo sie steckt und ob ihr vielleicht was passiert ist. Es könnte ja auch sein, dass sie in einer Lage ist, aus der man sie noch befreien muss.«

Chiara nickte.

»Ich hab nur eine Frage an dich, Chiara: Warum hast du nicht bei uns angerufen, als Viola nicht gekommen ist, um dich zum Schwimmen abzuholen? Warum nicht? Dadurch haben wir viele wertvolle Stunden verloren, weil wir dachten, ihr seid am See und habt es gut.«

Chiara drehte jetzt ihren Ring am Finger. Schneller und immer schneller. Dann stotterte sie leise: »Ich dachte, sie hat eben keine Lust mehr. Oder muss noch was arbeiten zu Hause. Oder was weiß ich.«

»Aber warum hast du sie nicht direkt angerufen und gefragt, was ist?«

Chiara zuckte die Achseln. »Weiß ich nicht. Hab ich einfach nicht.«

»Chiara, das verstehe ich nicht. Es hätte ja auch sein können, dass sie die Verabredung einfach verschlafen hat.«

Chiara zuckte wieder die Achseln und blieb stumm.

»Aber man fragt doch nach, wenn irgendwas nicht klappt!«, rief Carmela verzweifelt. »Man ruft doch an! Das ist doch komisch!«

»Komm, Carmela, lass es«, schaltete sich Ella ein. »Auch Chiara ist völlig verstört. Sie hat halt nicht angerufen und nicht nachgefragt. Aus welchem Grunde auch immer. So ist es eben. Das sind achtjährige Mädchen. Wir können es nicht ändern. Und es passiert doch immer wieder, dass bei ihren Plänen irgendwas dazwischenkommt, und dann trifft man sich halt am nächsten Tag. Bitte, lass Chiara in Ruhe. Sie quält sich schon genug.«

Carmela hatte verstanden. Es war ein Rauswurf. Sie nickte und stand auf.

»Va bene. Dann gehe ich jetzt. Danke für eure Hilfe. Ciao,

Chiara, ciao, Ella.« Sie umarmte ihre Freundin kurz und verließ das Haus.

Und Chiara brach in Tränen aus.

Ella zog die Vorhänge zu.

Ein Schatten legte sich über das Dorf, und es wurde still in Ambras Gassen. Keine Kinder mehr, die durch die Gegend tobten, spielten und herumschrien, verwaiste Spielplätze, und zum ersten Mal begleiteten die Eltern ihre Kinder zu deren Freunden.

Niemand sprach es aus. Aber im Ort grassierte die Angst, und Ambra schien in eine düstere Depression zu versinken.

72

Fiona hatte Kopfschmerzen, sie hatte in der Nacht schlecht geschlafen und fühlte sich schlapp und müde. Die lauten, schrillen Stimmen im Wartezimmer gingen ihr auf die Nerven, und die lange Schlange vor ihrem Schreibtisch bis hinaus auf den Flur wollte kein Ende nehmen. Dazu kam, dass sie alle Wartenden bei Laune halten musste, denn die dottoressa war zu einem Notfall gefahren und gar nicht im ambulatorio.

Als Nächster war Jacopo an der Reihe. Ein ausgemergelter Olivenbauer mit tiefen Falten, die sich wie schwarze Striche durch sein sonnenverbranntes Gesicht zogen. Staub und Dreck von Jahrzehnten hatten sich dort festgesetzt und waren wohl auch nie wieder zu entfernen. Nicht mehr in diesem Leben. Wenn Jacopo lachte, sah er aus wie eine Comicfigur, der der Karikaturist mit groben schwarzen Strichen Lachfalten ins Gesicht gemalt hatte.

»Ich brauche einen Termin beim Urologen, Fiona«, brüllte er, weil er schwerhörig war. »Und Schlaftabletten. Ich muss jede Nacht fünfmal raus.«

Fiona hob abwehrend die Hände. »Un attimo! Warte mal einen Moment!« Sie griff zum Telefon und rief die dottoressa auf dem Handy an. »Wann kommst du? Hier ist die Hölle los. Noch sind die Leute friedlich, aber bestimmt nicht mehr lange.«

»Eine halbe Stunde brauche ich noch.«

»Oddio! Bitte, beeil dich!«

»Va bene. Ciao.«

»Die dottoressa kommt gleich!«, sagte Fiona so laut, dass es jeder im Wartezimmer hören konnte, weil sie sogar das ständige Gemurmel, Gerede und Gebrülle übertönte. »In spätestens einer halben Stunde ist sie hier. Vielleicht schon früher.«

Dies wurde mit Seufzen, Stöhnen und wütend hingezischten Kommentaren zur Kenntnis genommen.

»Und nun zu dir, Jacopo. Ich mach dir die Überweisung zum Urologen fertig und leg sie der dottoressa hin. Sie wird sie gleich unterschreiben, wenn sie kommt, aber so lange musst du noch warten.«

Jacopo nickte und stellte sich im Wartezimmer an die Wand, da kein Stuhl mehr frei war. Warten machte ihm nichts aus. Das war er gewohnt.

Es dauerte zwanzig Minuten, bis Fiona alle, die vor ihrem Schreibtisch gestanden hatten, abgefertigt hatte. Jetzt war einen Moment Pause. Etwas Luft. Eine herrliche Sekunde Ruhe.

Sie stand auf, öffnete das Fenster, atmete tief durch und sah hinaus.

Und erstarrte.

Da war er wieder. Direkt gegenüber in der »Bar della Piazza«. Paolo war also zurück und trank einen Grappa auf der Piazza. Was für ein verdammt attraktiver Mann, dachte sie und spürte, wie ihr Herz raste. Aber gleichzeitig schoss ihr wieder das Bild von damals durch den Kopf. Noch einmal überlegte sie, ob nicht doch er es gewesen war, der dort in aller Seelenruhe einen Kaffee trank, während seine Mutter mit dem Tode rang.

Nein. Das war vollkommen unmöglich. Das hatte sie ja auch schon mit ihm besprochen, und das bildete sie sich ein.

Sie verdrängte den Gedanken und beschloss, einfach heute noch einmal nach Caprinaia zu wandern. Um ihm nahe zu sein. Und wenn es auch nur eine halbe Stunde war.

Sie freute sich auf den Nachmittag. Vielleicht würden sie ja auch lange reden, und sie würde einfach die Nacht über bleiben. Das hatte sie schon ewig nicht mehr getan.

Vor Aufregung, Vorfreude und Nervosität wurde ihr ganz heiß, und sie blendete den immer größer werdenden Unmut der Patienten im Wartezimmer vollkommen aus.

Nach Dienstschluss wanderte Fiona nach Caprinaia.

Als sie auf der Terrasse angekommen war, blieb sie stehen und wartete. Sicher hatte er sie gesehen.

Es dauerte nur Sekunden, bis er aus der Tür trat.

»Buonasera, Paolo!«, rief Fiona fröhlich und fuhr auf Englisch fort: »Wie schön, dass du wieder im Lande bist! Wann bist du denn gekommen?«

»Vor ein paar Tagen.« Und dann sagte er, nach kurzem Zögern: »Möchtest du ein Glas Wein?«

»Gern.«

Fiona setzte sich ans Mühlrad und sah sich um.

Er ging kurz in die Küche, holte Wein und Gläser und schenkte ein. Sie hoben ihre Gläser und nickten sich kurz zu.

»Ich habe mich übrigens fest entschlossen, für immer hier zu wohnen«, begann er. »Habe meinen Job und meine Wohnung in Hamburg gekündigt und gehe nicht mehr zurück nach Deutschland. Vielleicht werde ich von hier aus ein wenig arbeiten, aber das steht noch nicht fest.«

Fiona war sprachlos. Fantastisch! Fast zu schön, um wahr zu sein! Dann wäre er immer hier und würde nicht nur ab und zu auftauchen. »Warum tust du das?«

»Ich habe Lust dazu.«

»Meinst du nicht, es wird dir hier auf die Dauer zu einsam?«

»Nein, das meine ich nicht. Ich bin am liebsten allein. Mehr als vier Menschen in einem Raum kann ich nicht ertragen. Und am glücklichsten bin ich, wenn ich niemanden sehe und auch nirgends hinmuss. Wenn ich weiß, an diesem Tag bist du ganz allein, dann ist das ein guter, ein herrlicher Tag.«

»Glaubst du nicht, dass dir die Großstadt irgendwann fehlt?«

»Nein. Ich hasse die Großstadt. Sie macht mich verrückt.«

»Dann wünsche ich dir, dass hier mit den Umbauten alles klappt. Kann ich dir irgendwie helfen?«

»Im Moment eher nicht. Danke. Nein.«

»Va bene, aber sag mir bitte Bescheid, wenn du Probleme kriegst, ja? Ich kenne alle hier, ich kann das regeln. Egal, was passiert.«

»Das ist gut zu wissen, danke.«

Fiona spürte, dass ihr Besuch eigentlich beendet war, aber sie wollte noch nicht gehen, wollte noch irgendetwas sagen, sich noch ein bisschen mit diesem Mann unterhalten, der sie derart faszinierte, weil er irgendein Geheimnis hatte, das sie nicht kannte.

»Hast du gehört, dass hier ein Mädchen verschwunden ist?«, fragte sie, weil sie sonst nicht wusste, was sie sagen sollte. »Viola, acht Jahre alt. Die Carabinieri, ach was, das ganze Dorf, alle suchen sie seit Tagen. Jeder, der noch laufen kann, geht durch den Wald. Die Menschen in Ambra sind fassungslos und in großer Sorge.«

Paul zuckte zusammen und fuhr sich nervös mit der Hand durch die Haare. »Ach ja? Nein, ich habe keine Ahnung!«

»Hast du gar nichts mitbekommen?«

»Nein, ich hab nichts gesehen, nichts gehört. Tut mir leid. Aber ich bin ja auch noch nicht lange hier.«

Beide schwiegen. Fiona sah Paul an. Hatte Lust, sich auf

seinen Schoß zu setzen oder ihn zu umarmen. Ihn einfach nur ganz still und ganz lange festzuhalten und seine Nähe und seine Wärme zu spüren.

Aber es ging nicht, weil er sie nicht ansah. Er wirkte so abwesend.

Und dann stand er auf, ging ein paar Schritte, sah ins Tal und sagte: »Es geht auf die Dauer so nicht mit der Straße. Ich muss etwas machen. Sonst kommen da nie Handwerker zu mir, weil sie es mit ihren Kastenwagen einfach nicht schaffen.«

Sie erhob sich auch. »Ja, die Straße ist echt ein Problem. Aber ich schau mal, wie ich dir sonst helfen kann.«

Er nickte nur.

Sie stand jetzt dicht bei ihm. Und wieder suchte sie seinen Blick. Er hätte sie jetzt in den Arm nehmen und küssen können, aber er tat es nicht.

Sie wartete noch einen unendlich langen Moment.

Wahrscheinlich wollte er wieder allein sein.

Als er sich umdrehte, sagte sie vorsichtig: »Tja, dann werd ich jetzt mal nach Hause gehen, meine Katzen warten schon, und es wird bald dunkel.«

Leider machte er keine Anstalten, sie zurückzuhalten.

»Sag mal, dürfte ich vielleicht noch mal kurz deine Toilette benutzen?«

»Da muss ich dich aber warnen: Sie ist nicht schön, besser gesagt eine Katastrophe.«

»Das macht nichts.«

»Na dann, bitte!« Er ging voran ins Haus, Fiona folgte und verschwand in der Toilette.

Nach zwei Minuten kam sie wieder heraus und grinste.

»Danke. Dann mach dir noch einen schönen ruhigen Abend.« Sie umarmte ihn kurz. Er blieb hölzern und erwiderte die Umarmung nicht. »Vielen Dank auch für den Wein.

Wenn du Hilfe mit Handwerkern brauchst, kannst du mich jederzeit fragen. Kein Problem.«

»Danke, Fiona. Lieb von dir.«

Sie ging hinaus.

Und dabei sah sie den Flyer auf der Fensterbank liegen. Mit dem großen Bild von Viola.

Er wusste also ganz genau Bescheid.

73

Hamburg, August

Pauls Zimmer sah aus wie immer. Der Benjamin neben der Couch war nicht vertrocknet, weil Donnie ihn ständig goss. An der Wand hing der Chagall, den Paul so liebte, und über dem Schreibtisch die Bilder von Donnie und Paul am Strand, von Donnie im Kostüm der Lustigen Witwe, von Donnie in der Küche, dazu jede Menge künstlerischer Aufnahmen von Paul. Keines fehlte. Er hatte sie alle hängen lassen. Sein Zimmer sah aus, als würde er morgen zurückkehren, seine dreckigen Sachen in die Waschmaschine stopfen, ins Bett gehen, schlafen und weiterleben wie bisher.

Aber Paul war weg. Auf unbestimmte Zeit. War mit zwei Koffern voller Klamotten und anderem Zeug in das Haus gefahren, in dem man nach seiner eigenen Aussage eigentlich nicht leben konnte.

Er benahm sich, als wäre er auf der Flucht, aber Donnie wusste nicht wovor.

An diesem Abend hatte Donnie einige wichtige Briefe geschrieben, musste wegen des Wasserschadens im Theater Unterlagen und Bauzeichnungen verschicken und war jetzt auf der verzweifelten Suche nach Briefumschlägen.

In Pauls Zimmer setzte er sich an den Schreibtisch und öffnete Schublade für Schublade.

Da war nichts. Gar nichts.

Er wollte schon entnervt aufgeben, als sein Blick in einer Schublade auf ein kleines Kästchen fiel. Sehr schön, nicht wertvoll, aber doch irgendwie ungewöhnlich.

Es machte ihn neugierig, und er öffnete es.

Darin fand er Kinderschmuck. Gott, wie süß! Wertlos zwar, aber hinreißend! Warum bewahrte Paul so etwas in seinem Schreibtisch auf? Donnie verstand es nicht und sah sich die Schmuckstücke genauer an. Eines war eine sehr feine dünne Kette mit einem Herz als Anhänger. Er nahm eine Lupe zur Hand und sah, dass der Name »Lotta« eingraviert war. Außerdem ein Armband mit rosafarbenen Glitzersteinchen und ein Kettchen mit einer kleinen goldenen Schildkröte.

Er lächelte. Das war ja wirklich allerliebst. Aber er hätte nur zu gerne gewusst, wo Paul den Schmuck herhatte. Er hatte keine Patenkinder, soweit es Donnie wusste, und auch keine kleinen Nichten und Neffen.

Donnie legte die Schmuckstücke wieder hinein und schloss das Kästchen.

Egal. Er stellte das Kästchen zurück und suchte weiter nach Briefumschlägen, bis er einige in der letzten, untersten Schublade fand.

Im Wohnzimmer machte er die Briefe fertig, klebte Marken darauf und legte sie auf die Kommode im Flur.

Es ging irgendwie alles. Aber er fühlte sich so verdammt elend. Es war kein Leben ohne Paul.

Später lag Donnie auf der ledernen »Lümmelcouch«, wie Paul sie immer genannt hatte, und starrte an die Decke. Er aß nichts, trank nichts, hörte keine Musik. Lag einfach nur da. Diese Kinderschmuckstücke hatten ihn zutiefst berührt, und alles kam wieder hoch. Jette. Seine süße kleine Schwester, die er von der Minute an, als er sie zum ersten Mal im Arm seiner Mutter sah, heiß und innig geliebt hatte.

Er war der große Bruder und die kleine Jette der Sonnenschein in seinem Leben. Immer wieder hatte er sich bei seiner Mutter bedankt, dass sie ihm diese kleine Schwester geschenkt hatte. So oft, dass es seiner Mutter schon langsam peinlich wurde.

Donnie wusste, dass Paul seine Schwester Smilla nicht ausstehen konnte, darum hatte er ihm auch nie erzählt, was damals passiert war. Er befürchtete, Paul könne es nicht verstehen, und das wiederum hätte Donnie nicht ertragen.

Er wohnte mit seinen Eltern und der kleinen Jette in einer großen Hamburger Altbauwohnung im fünften Stock. Sein Vater war Anwalt in einer renommierten Kanzlei, seine Mutter Buchhalterin in einer Spedition. Zu dieser Zeit, Jette war gerade dreizehn Monate alt, war sie aber zu Hause und kümmerte sich um die Kinder.

Eines Morgens wollten sie zusammen zum Markt gehen. Porree, Mohrrüben, Salat, Brot und Gummitiere kaufen. Abgezählte Gummiteufel und -schlangen im Tütchen. Darauf freute sich Donnie immer schon die ganze Woche.

Seit einem Monat konnte Jette laufen. Sie hangelte sich an den Wänden entlang und fiel jedem voller Freude in den Arm, der sie auffing. Dabei quietschte sie vor Vergnügen.

Es war Sommer, und die Temperaturen erreichten über fünfundzwanzig Grad. Jette bekam nur ein dünnes Jäckchen übergezogen, Donnie hatte Jeans an und blieb im T-Shirt.

Donnie öffnete die Wohnungstür und rannte raus. Jette hinterher.

Die Mutter bemerkte es nicht, weil sie gerade ihre Sachen zusammensuchte. Portemonnaie, Schlüssel und Tasche.

Die Treppe im Altbau wendelte sich über fünf Stockwerke, das Geländer war prunkvoll, glänzend lackiert und im barocken Stil.

Sah man im offenen Treppenhaus hinunter, konnte einem schwindlig werden. »Ich kann das gar nicht sehen«, sagte seine Mutter oft. »Mein Gott, ich habe Höhenangst. Detlef, halt dich fest und geh immer nur an der Wandseite nach unten.«

Das tat Donnie auch an diesem Morgen. Voller Freude und in Erwartung der Gummitiere hüpfte er eine halbe Treppe nach unten und rief seine kleine Schwester. »Jette! Komm!«

Jette lachte, streckte die Ärmchen aus und wollte zu ihrem Bruder, aber sie nahm nicht die Treppe, sondern den kürzesten Weg direkt durch das Treppengeländer.

Direkt in den Abgrund.

Sie stürzte fünf Stockwerke tief.

Donnie schrie und weinte drei Tage und Nächte.

Erst Monate später begriff er wirklich, dass er keine kleine Schwester mehr hatte. Dass sie ums Leben gekommen war, weil sie unbedingt und auf dem schnellsten Wege zu ihm hatte kommen wollen.

Er hätte nicht so weit vorlaufen dürfen.

Er hätte besser aufpassen müssen.

Er war schuld.

Die Familie zerbrach. Sein Vater ging davon und gründete mit einer anderen Frau eine neue Familie. Seine Mutter blieb, kümmerte sich um ihn, aber sprach kaum noch. Sie war vollkommen lethargisch, und Donnie wusste, sie sehnte sich Tag und Nacht nach ihrem kleinen Mädchen. Da war er, Donnie, kein Ersatz.

Er war gar nichts mehr.

74

Am nächsten Tag klingelten Ingrid Schöffler und Bernd Krimm an Donnies Tür.

Donnie öffnete im lilafarbenen seidenen Hausmantel und war vollkommen überrascht, plötzlich zwei Polizeibeamten gegenüberzustehen.

»Bitte entschuldigen Sie, aber wir wollten zu Herrn Paul Böger«, sagte Ingrid Schöffler freundlich.

»Oh!« Donnie lächelte und machte eine Bewegung, als würde er in der Luft eine Locke drehen. »Er ist gerade nicht da, tut mir sehr leid.«

»Können wir vielleicht einen Moment hereinkommen?«, fragte Bernd.

»Worum geht es denn?« Donnie machte einen spitzen Mund.

»Um Ihren Freund oder Lebensgefährten.«

»Freund!«, korrigierte Donnie schnell.

»Wir haben da ein paar Fragen, reine Routine, und wenn Sie sie uns beantworten können, erledigt sich die Sache vielleicht bereits.«

Donnie schien einen Moment zu überlegen. Dann öffnete er die Tür weit. »Gut. Kommen Sie rein.«

Ingrid und Bernd warfen sich einen kurzen Blick zu, dann

betraten sie die Wohnung, Donnie tänzelte voran und führte sie ins Loft.

»Darf ich Ihnen etwas anbieten?«

»Danke, nein, sehr freundlich«, sagte Ingrid, »wir wollen Sie auch gar nicht lange aufhalten.«

Bernd Krimm sah Donnie einen Moment ruhig an. »Wo ist Ihr Freund oder Mitbewohner? Nur mal kurz unterwegs?«

»Nein, er ist in Italien. Er hat sich in der Toskana ein Haus gekauft.«

»Oh, wie schön!«, meinte Ingrid. »Das ist ja ein Traum!«

»Ja.« Donnie lächelte. »Ich hab das Haus leider noch nicht gesehen, aber er ist dort, um es ein wenig herzurichten.«

»Beneidenswert«, brummte Bernd. »Wenn man sich das leisten kann – super! Also wird er jetzt noch einige Zeit weg sein?«

»Ich habe keine Ahnung. Es kann sein, dass er morgen aus irgendeinem Grund wiederkommt, es kann aber auch sein, dass er sich zwei Monate nicht blicken lässt. Aber worum geht es denn überhaupt?«

»Sie haben doch sicher von dem Mädchenmord gehört, die Leiche, die wir an der Hohenfelder Bucht gefunden haben?«

Donnie nickte. »Ja, hab ich. Schreckliche Geschichte. Doch was hat das mit meinem Freund zu tun?«

»Wahrscheinlich gar nichts«, sagte Ingrid schnell. »Aber wir haben erfahren, dass Paul Böger zusammen mit einer Kollegin und einem Kollegen einer der Letzten war, die das kleine Mädchen lebend gesehen haben.«

»Davon hat er mir gar nichts erzählt«, meinte Donnie und warf sich schwungvoll die Haare aus der Stirn.

»Vielleicht ist es ihm ja überhaupt nicht bewusst«, erwiderte Bernd. »Wir haben nur den Hinweis von seiner Kollegin erhalten, die das Bild des Mädchens in der Zeitung wiedererkannt hat. Bitte sagen Sie Ihrem Freund doch, er möge sich unbedingt bei uns melden, wenn er wieder im Lande ist, ja?«

»Aber selbstverständlich.«

Ingrid und Bernd standen auf. »Dann wünschen wir Ihnen noch einen schönen Tag!«

Sie gingen zur Tür, und Donnie ließ sie hinaus.

Er wusste nicht warum, aber wohl war ihm nicht.

75

Toskana

Der Morgen war strahlend schön. Paul wachte auf, weil die Sonne direkt auf seine Matratze schien. Er hasste es und verfluchte dieses Zimmer, weil es noch keine dunklen Vorhänge und er keine Schlafbrille hatte, um in die absolute Dunkelheit abtauchen zu können.

Er zog seine Wolldecke bis über die Augen und versuchte noch eine Weile zu schlafen. Wenigstens eine halbe Stunde. Hatte keine Lust auf diesen Tag, hatte keine Lust auf nichts.

Sie gingen ihm nicht aus dem Kopf. Anja, die Süße! Sie stand im strömenden Regen an der Haltestelle und wartete auf den Bus. Er hatte angehalten und angeboten, sie nach Hause zu fahren. »Wir hier oben im Norden helfen uns doch alle bei so einem Schietwetter«, hatte er grinsend gesagt, und Anja hatte ebenfalls gegrinst und war bei ihm eingestiegen.

Und dann die kleine Lotta! Vollkommen verfroren, verängstigt und voller Vertrauen, dass er ihr helfen würde. Aber er hatte es nicht getan. Irgendwann gab es bei ihm immer den Point of no Return. Und das war in dem Moment gewesen, als sie ihre Hand in seine legte. Da wusste er, dass er sie nicht mehr gehen lassen würde.

Anna-Lena. Die Kleine aus dem Parkhaus. Wütend. Wie

eine Raubkatze. Sie bettelte nicht wie Lotta, sie kämpfte um ihr Leben. Aber auch sie hatte keine Chance.

Die Bilder der Mädchen drehten sich in seinem Kopf, wirbelten durcheinander, fuhren ihm durchs Herz und bis in den Schritt. Er drehte sich auf den Bauch und verrubbelte die Morgenlatte in Gedanken an Anja, Lotta und Anna-Lena.

Danach wurde er ganz ruhig, schloss die Augen und versuchte noch ein wenig zu schlafen.

Kurz vor zehn quälte er sich hoch und stand auf. Die Welt erschien ihm grau und fad, obwohl die Sonne bereits das ganze Tal erleuchtete und keine Wolke am blauen Himmel zu sehen war.

An diesem Morgen hasste er dieses Tal, diesen Berg, dieses Haus, er hasste sich selbst und dieses ganze verfluchte, beschissene, einsame Leben. Er musste vollkommen verrückt gewesen sein, in Deutschland alles aufzugeben und seinen Job zu schmeißen, nur um hierherzuziehen. In diesesUeckshaus, in dem weder Küche noch Bad funktionierten, in dem er auf der Erde schlief und nicht wusste, wohin mit seinen Klamotten, die sich am Boden türmten. Er hatte ja keinen einzigen Schrank, aber auch noch nirgendwo ein Möbelgeschäft gesehen. Was der Supermarkt nicht führte, das bekam man nicht. So war das eben. Um einen Schrank zu finden, müsste er nach Florenz. Aber das wagte er nicht. Die Stadt würde ihn umbringen, er konnte Menschenmengen, Touristen, Trubel, Verkehr und Krach überhaupt nicht aushalten.

Wie hatte er sich das alles eigentlich vorgestellt? Er musste komplett den Verstand verloren haben.

In ein bis zwei Monaten würde es kalt werden. Der Winter kam immer schneller als gedacht. Und dann? In diesem Haus gab es keine Heizung, sondern nur zwei Öfen: eine Hexe in der Küche, die nur mit Holz zu heizen war, und einen Ofen im großen Zimmer im oberen Stockwerk, der funktionierte mit Briketts. Holz und Briketts. Hatte er alles noch nicht. Musste er bestellen. Aber wer kam hier oben herauf? Wer nahm diese fürchterliche Straße in Kauf?

Und was war mit dem Bad? Und der Küche? Er kannte ja niemanden. Keine Firmen, keine Handwerker und konnte ohnehin mit niemandem verhandeln oder etwas besprechen. Dazu reichten seine drei Brocken Italienisch nicht aus. Und Englisch konnten die hier sicher nicht. Vielleicht sollte er doch seinen Stolz vergessen und Fionas Hilfe annehmen.

Aber auch das würde ewig dauern, und wahrscheinlich würde er den ganzen Winter noch mit diesem Drecksbad, dieser Ekelküche und ohne Heizung auskommen müssen.

Wie tief konnte man sinken? Er lebte jetzt wie ein Asozialer, dabei hatte er bis vor Kurzem eine tolle, geräumige Wohnung gehabt, in einem Hamburger Loft, nach der sich die Leute die Finger leckten, er hatte einen interessanten, gut bezahlten Job und einen lieben Freund gehabt, ein Unikum, das es nicht zweimal gab auf dieser Welt. Und der wahrscheinlich immer noch hoffte, dass er wiederkommen würde und alles wäre wie früher.

Er hatte sein altes Leben einfach so vom Tisch gewischt.

Und jetzt saß er hier in diesem Loch. Mutterseelenallein. Hatte niemanden, mit dem er reden konnte. Noch nicht einmal ein Telefon, das auf diesem verfluchten Berg funktionierte.

In Hamburg war Donnie immer da gewesen. Immer. Und spätnachts, wenn die Vorstellung vorbei war und sie sich in der Küche trafen, hatte Donnie hinter seiner verschmierten Schminke »Na, wie isses?«, gefragt.

Paul hatte gewusst, dass er ihm alles erzählen konnte. Nichts würde ihn umhauen.

Aber das hatte Paul natürlich nicht getan. Es gab Dinge, die er niemandem, noch nicht einmal Donnie anvertraute.

Dann gab es manchmal richtig schöne, entspannte Sonntagvormittage. Sie beide im Morgenmantel beim Kaffee, und dann redeten sie. Stundenlang. Und wenn das Wetter es zuließ, fuhren sie danach auch noch ein bisschen an die Alster oder aßen am Hafen im Restaurant einen Fisch.

Das war pure Lebensqualität gewesen, und er hatte sie zum Fenster hinausgeworfen. War hier gelandet. In diesem Dreckshaus.

Die Sonne konnte er an diesem Morgen am allerwenigsten ertragen. Wenn ein Gewitter getobt und es wie aus Eimern geschüttet hätte – das wäre angemessen gewesen. Das hätte er ertragen. Dann hätte ihn der Himmel verstanden.

So wusste er nicht, wohin.

Es wäre jetzt schön gewesen, ins Dorf zu fahren und sich eine Frankfurter Rundschau und einen Spiegel zu kaufen, vielleicht noch eine Flasche Wein, ein Brot und ein bisschen prosciutto, dann hätte er den Tag vielleicht überstanden, aber das war ein frommer Wunsch. Deutsche Zeitungen gab es in Ambra nicht.

Sollte er in die Bar fahren?

Nein. Heute war Markt, alle Welt war dort, das gesamte Städtchen zugeparkt, und dann müsste er wieder auf dem Parkplatz halten. Am Kindergarten.

Also musste er hier bleiben und hatte das Gefühl, sein Leben wäre zu Ende.

Er hatte kein Internet, kein Telefon, keine Bücher, keine Zeitschriften und kein Fernsehen. Musste eine Firma finden, die ihm eine Schüssel auf dem Berg installierte. Aber er wusste nicht wie.

War ja schon selig, dass abends eine armselige Glühbirne brannte, die über seiner Spüle baumelte.

Er musste unbedingt mit Fiona reden.

Keine Ahnung, warum er sie nicht gleich gefragt hatte, als

sie bei ihm gewesen war. Wahrscheinlich war er über ihren überraschenden Besuch derart genervt gewesen, dass er das völlig vergessen und verdrängt hatte. Und sich von ihr einfach nicht helfen lassen wollte.

Aber er brauchte sie.

Das wurde ihm immer klarer.

Jede Bewegung fiel ihm schwer, er schleppte sich durchs Haus wie ein alter Mann.

Vielleicht wäre es am einfachsten zu schlafen, um den Tag zu überstehen, dachte er. Doch dann fürchtete er sich vor einer schlaflosen Nacht oder den Albträumen, die ihn heimsuchten, seit er in diesem Haus vor sich hin vegetierte.

76

»Pass mal auf«, sagte Neri zu Cesare, der wie ein begossener Pudel vor ihm stand, aber das hatte nichts zu sagen, denn er stand immer wie ein begossener Pudel vor ihm, und seine Körperhaltung war die eines Fragezeichens. »So geht das nicht, Cesare. Du tust mir zu wenig. Du lässt die Fälle nicht an dich herankommen. Wir haben ein verschwundenes Mädchen. Wir müssen es finden. Du redest mit ein paar Nachbarn, gut, aber nicht ausführlich genug mit der Familie. Die Familie ist wichtig, Cesare, denn wenn dem Mädchen was passiert ist, dann waren es entweder Touristen oder die eigene Familie. Das sagt die Statistik. Und wir müssen die Kleine finden. Das ist unsere verdammte Pflicht und Schuldigkeit, und ich habe nicht das Gefühl, dass es dich interessiert und dass du dich da sonderlich ins Zeug legst.«

Cesare sackte noch mehr in sich zusammen. »Ich dachte, *Sie* reden mit der Familie, maresciallo«, murmelte Cesare kaum verständlich.

»Das hab ich auch«, sagte Neri, »aber zwei Personen hören mehr als eine, stellen andere Fragen et cetera. Wir sind eben nur zu zweit. Wir müssen selbstständig arbeiten. Das musst du langsam lernen, Cesare, denn wenn du nur tust, was ich sage, und ansonsten Däumchen drehst, dann kommen wir nicht weiter. Dann kann ich die Arbeit gleich allein machen. Hai capito?«

»Ho capito«, flüsterte Cesare zerknirscht.

»Und? Was hat die Befragung der Nachbarn ergeben?«

Cesare stotterte vor Angst. »Die Witwe Braccolini sitzt den ganzen Tag am Fenster und hat Viola bemerkt, als sie die Straße hinunterging. Sie hat ihr noch zugewunken, aber Viola lief so schnell, dass sie es nicht gesehen hat, und ist hinter der nächsten Ecke verschwunden, wo die Braccolini nichts mehr mitbekommen hat. Sie hat auch nichts mehr gehört oder so. Und sonst einfach auch niemand. Keiner hat mitbekommen, dass Viola vielleicht in ein Auto gestiegen oder gezerrt worden ist. Niente. Es ist vollkommen unerklärlich, dass sie nicht bei Chiara angekommen ist.«

Neri schwieg und starrte Cesare an. »Vielleicht ist sie bei Chiara angekommen. Und vielleicht ist sie ja dort verschwunden, Cesare.«

Cesare war vollkommen entsetzt. »Das kann ich nicht glauben, das kann nicht wahr sein.«

Neri zuckte die Achseln. »Doch, das kann wahr sein. Wenn die Braccolini sagt, dass Viola in diese Richtung unterwegs war, dann sollten wir uns auf jeden Fall auch auf die Familie von Chiara konzentrieren.«

Cesare nickte, raffte seine Papiere zusammen und verließ den Raum.

77

Gegen Abend fuhr er los. Er hatte anderthalb Flaschen Chianti classico getrunken, aber das interessierte ihn nicht. Hier in der Umgebung hatte er noch nie eine Kontrolle gesehen oder erlebt, und spätestens wenn er auf die Autobahn nach Florenz fuhr, war er sicher wieder nüchtern. Kein Problem.

Die Sonne ging unter und blendete ihn, dann wurde es langsam dunkel. Auf der Autobahn war wenig Betrieb. Um diese Zeit fuhr kaum noch jemand nach Florenz hinein, die meisten Pendler verließen die Stadt.

Er kam gut durch, und es war fast dunkel, als er die Allee vor dem Justizpalast erreichte.

Es begann leicht zu regnen, die Straßenlaternen sprangen an, und das Pflaster glänzte.

Paul fuhr langsam. Sehr langsam. Und er war nicht der Einzige, der im Schritttempo durch die Straße kroch.

Alle zehn Meter stand eine Nutte. Fast alle aus Rumänien oder Nigeria, das wusste er. Im Grunde war es ihm auch vollkommen egal.

Er begutachtete sie, während sie ihm fast alle zuwinkten, einen Schritt vortraten, versuchten seinen Blick zu erhaschen oder ihm etwas zuriefen.

Ohne darauf zu reagieren, fuhr er weiter. Und dann sah er

eine Kleine, Zarte, Blasse, die sich nicht anbot, sich eher zurückhielt und anscheinend lieber nicht gesehen werden wollte.

Er hielt an und ließ die Fensterscheibe beim Beifahrersitz herunter.

»Süße, willst du mitfahren?«

Die Kleine sah sich fragend um, als wüsste sie nicht, was sie machen sollte, aber als keine ihrer Kolleginnen auf sie aufmerksam wurde und reagierte, nickte sie und stieg ein.

»Wie heißt du?«, fragte er auf Englisch.

»Puisor. Nenn mich Pui.«

»Aha. Und warum so komisch?«

Sie verstand ihn nicht, aber sagte schnell: »Das heißt in Rumänien Küken!«

»Ah ja«, meinte er und lächelte. »Ich bin Tim.«

Sie war still. Sagte keinen Ton, als er über den Arno fuhr, die Stadt verließ und abbog. Hoch in die Berge.

Sie fragte nicht, protestierte nicht, sondern saß ganz ruhig neben ihm.

Auch er sagte kein einziges Wort, fasste sie nicht an und sah sie nicht an. War froh, dass sie keine Probleme bereitete.

Als sie hoch oben in den Bergen, weit entfernt von Florenz und jeder weiteren Ortschaft waren, hielt er an.

Hier gab es nur noch Wald. Weit und breit kein Licht. Und er wusste, dass sich um diese Zeit auch kein Liebespärchen hierhin verirren würde. Italiener fürchteten den Wald im Dunkeln wie der Teufel das Weihwasser.

Und daher waren sie jetzt allein. Ungestört.

Pui lächelte ihn an. Die Unerfahrenheit leuchtete aus ihren freundlichen Augen, wahrscheinlich hatte sie diesen Job erst ganz selten gemacht und dachte jetzt, es wäre vollkommen normal. So musste es eben sein, wenn man zu einem Freier ins Auto stieg.

»Was willst du?«, fragte sie, und er spürte, dass ihr diesen

Satz irgendjemand beigebracht hatte, aber dass ihr Englisch damit schon fast erschöpft war.

Sie war so ein leichtes Opfer, dass es ihn schon fast abtörnte. Kein Vergleich zu der Kratzbürste Anna-Lena, die dagegen wirklich aufregend und schon fast orgiastisch gewesen war.

Pui strahlte ihn an und öffnete ein wenig ihre Beine.

»Komm schon!«, sagte sie.

Auch das passte nicht zu ihr. Auch das hatte man ihr beigebracht.

Aber auf diese Situation hatte sie niemand vorbereitet.

»Wie alt bist du?«, fragte er leise.

»Siebzehn«, sagte sie, und er wusste, dass es gelogen war. Sie war höchstens dreizehn.

Aber auch das war nicht wichtig.

Er fasste ihr in den Schritt. Sie wehrte sich nicht. Er begann, sie auszuziehen, und sie half ihm dabei.

Als sie nackt war, sah sie ihn abwartend an, und er spürte nichts. Wusste, dass er keinen hochkriegen würde, brauchte sich also gar nicht auszuziehen.

Sie hatte keine Angst. Sie war willig. Würde sich ihm hingeben.

Er stieg aus, lief ums Auto herum, riss ihre Beifahrertür auf. Sie saß immer noch da wie angenagelt und lächelte.

Er packte sie an den Haaren und zog sie aus dem Wagen. Zum ersten Mal kam eine Reaktion von ihr: Jetzt schrie sie.

Der Tanz konnte beginnen.

Er knallte sie auf die Kühlerhaube, riss sich die Hose runter und vergewaltigte sie. Jetzt ging es, weil sie weiter schrie. Weil sie unbedingt zurück ins Auto wollte. Weil ihr jetzt auf einmal der Wald Angst machte.

Er war brutal, und sie war in heilloser Panik. Flehte und bettelte und weinte.

Mit dem Oberkörper lag sie über der Kühlerhaube und

hielt sich am Scheibenwischer fest, während er sie so heftig vögelte, wie sie wahrscheinlich noch nie gevögelt worden war.

Es tat ihr fürchterlich weh. Sie schrie und wimmerte. Aber sie wehrte sich nicht, hoffte, dass es bald vorbei sein möge.

»Bleib hier!«, brüllte er, als er fertig war, und es klang wie der Befehl für einen Hund. »Bleib und rühr dich nicht vom Fleck!«

Pui gehorchte. Sie hatte gelernt, dass man alles tun musste, was die Freier wollten. Nur dann passierte einem nichts, und nur dann bekam man sein Geld.

Pui war brav und wartete ab. Lag bewegungslos auf der Kühlerhaube und war froh, dass sie es überstanden hatte. Sah sich noch nicht einmal um.

Daher traf sie der Stich in den Rücken auch vollkommen unvorbereitet. Ein Messerstich, der gar nicht so wehtat, wie sie sich das immer vorgestellt hatte, der ihr aber schlagartig klarmachte, dass ihr junges Leben zu Ende war. Diese Nacht in diesem Wald nahe Florenz würde sie nicht überleben.

»Oh, mein Gott!«, schrie sie in ihrer Muttersprache und begann zu heulen.

Paul stach weiter zu. Wie in Trance stach er in diesen jungen Mädchenkörper mit seinem Messer zwei weitere Male. Dann drehte er sie um. Ihre Augen waren fassungslos und voller Schmerz.

Er wandte sich ab, und dadurch rutschte Pui langsam von der Kühlerhaube.

Sie lag auf dem Waldboden, die eingeschalteten Scheinwerfer streiften ihr Gesicht mit gespenstisch kaltem Licht. Ihr starrer Blick war voller Todesangst.

Er konnte es nicht ertragen, wusste nicht, ob sie noch lebte oder schon tot war, und schnitt ihr die Kehle durch.

Als er sich ins Auto setzte und davonfuhr, wusste er, dass er eine Grenze überschritten hatte.

Es würde weitergehen. Immer und immer weiter.

Es würde noch ganz andere Dimensionen annehmen.

Tief in der Nacht kehrte er zurück in sein einsames Haus und wusch als Erstes gründlich Puis Blutflecken von der Kühlerhaube.

Erst dann setzte er sich ans Mühlrad.

Das Käuzchen schrie. Immer und immer wieder.

78

Hamburg

Donnie saß auf der Dachterrasse und genoss den lauen Spätsommerabend.

Immer noch war völlig unabsehbar, wann der Wasserschaden im Theater behoben sein würde. Für die nächsten zwei Monate waren alle Proben, eine etwaige Premiere oder Vorstellungen abgesagt.

Ein Desaster.

Wenn Paul nicht wiederkam, und danach sah es ja aus, dann sollte er vielleicht doch hier raus aus dem riesigen Loft oder sich nach einem zahlungskräftigen neuen Mitbewohner umsehen. Ihm wurde angst und bange, wenn er daran dachte, sich auf irgendeinen Fremden neu einstellen zu müssen. Mit Paul war das Zusammenleben so schön und trotz einiger Querelen doch problemlos gewesen. Vielleicht würde er auch jeden Fremden hassen, weil er an Pauls Stelle war.

Nein, ohne Paul war das hier für ihn allein kein Leben.

Ihm wurde schlecht bei dem Gedanken, auszuziehen und sein Leben komplett zu ändern. Und das alles nur, weil Paul sich in der toskanischen Einsamkeit verkroch und in der Wildnis zu leben versuchte.

Er war ein Wahnsinniger! Und er ließ ihn im Stich!

Abwarten, dachte er. Noch ist es nicht so weit. Noch ist

nicht gesagt, ob Paul vielleicht nicht doch zurückkommt. Jetzt bloß nichts übereilen. Sonst verkaufst du dieses Loft, und dann kommt Paul zurück. Das wäre das Allerschlimmste überhaupt.

Er saß da, sah in die Sterne und trank langsam seinen Wein. Brauchte noch nicht einmal eine Decke, so warm war die Nacht.

Währenddessen lief im Wohnzimmer der Fernseher. Aktenzeichen XY … Ungelöst.

Donnie konnte von draußen nicht hören, wie der Moderator sagte: »In Zusammenhang mit den Mädchenmorden fahndet die Polizei nach folgenden Kinderschmuckstücken: ein dünnes Goldkettchen mit einem Herz als Anhänger, darin eingraviert der Name Lotta, ein Kettchen mit einer goldenen Schildkröte als Anhänger und ein Armband mit rosa Glitzersteinchen. Wer diese Kinderschmuckstücke kennt oder schon mal gesehen hat, der melde sich bitte bei der nächsten Polizeidienststelle oder im Studio unter der Nummer …«

Donnie wurde es nun doch langsam kühl. Er nahm sein leeres Weinglas und ging zurück ins Loft.

In diesem Moment begann der Moderator mit einem neuen Thema – die Schmuckstücke waren nicht mehr im Bild.

79

Toskana, Ferragosto, 15. August

Neri hatte sich die Decke über die Ohren gezogen und schlief bis elf. Gabriella kannte das schon. Einmal im Jahr gönnte sie ihm diese Auszeit. Bereits um sieben ging sie mit Peppone vor die Tür, fütterte ihn und legte sich dann auch noch einmal hin, als sich der alte Hund nach dem Fressen auf der Couch zusammenrollte und nach wenigen Minuten laut schnarchte.

Peppone war ein alter Polizeihund, der seit einiger Zeit bei ihnen lebte und sein Gnadenbrot bekam. Er hatte ihrer Schwiegertochter das Leben gerettet und wurde nun von ihnen liebevoll gehegt und gepflegt. Aber mittlerweile wurde er immer gebrechlicher. Lange würde er es nicht mehr machen. Das war Neri und Gabriella völlig klar, und sie fürchteten sich vor dem Tag, an dem es mit Peppone zu Ende gehen würde.

Um halb zwölf erschien Neri im Bademantel in der Küche, ungewaschen, mit zerzausten Haaren. Gabriella saß am Tisch und guckte eine Talkshow.

»Buongiorno, amore«, sagte sie, ohne aufzusehen.

»Buongiorno«, murmelte Neri und ließ die Kaffeemaschine rattern.

Nach den ersten drei Schlucken Kaffee konnte Ferragosto kommen. So war es jedes Jahr.

»Wie geht es Peppone?«

»Gut.«

»Und dir? Gut geschlafen?«

Gabriella sah ihn an. »Bestens, amore. Danke der Nachfrage. Und vor allem die Reihenfolge mit Peppone beglückt mich.«

Oddio, schon daneben, dachte Neri, aber gut, er war ja auch noch nicht wach.

»Was machen wir heute, carissima, Sonne meines Herzens?«, fragte Neri. »Wollen wir auf der Piazza in Ambra ein Tänzchen wagen? Ich hab gestern gesehen, dass Bühne und Tanzfläche schon aufgebaut sind.«

Gabriella überlegte. »Ach nee, Neri, wirklich nicht. Lass uns lieber nach Monte Benichi gehen. Da gibt es heute ein großes Abendessen. Das finde ich schöner als die Tanzerei. Außerdem können wir da auch Peppone mitnehmen. Er legt sich unter den Tisch und schläft, während wir uns den Bauch vollschlagen.«

Neri hätte zwar lieber in Ambra getanzt, aber er fügte sich. Vielleicht war Monte Benichi wirklich die bessere Lösung.

Jetzt erst bemerkte er, dass der Regen gegen das Fenster pladderte.

»Was für ein Wetter!«, meinte er.

»Keine Sorge, amore, heute Nachmittag und heute Abend wird es schön und warm. Wir werden die cena genießen, ich freue mich drauf.«

Neri nickte, stand auf und ging unter die Dusche.

Die Frauen des Ortes hatten zwei Tage lang gekocht und das Fest vorbereitet. Unzählige Tische waren auf der Piazza aufgebaut, mit Papiertischdecken, Plastikgeschirr und Windlichtern gedeckt. Darüber gespannte Lichterketten und Girlanden mit bunten Luftballons bewegten sich sacht im leichten Abendwind.

Gegen halb acht trudelten die ersten Bewohner des Ortes, aber auch Gäste aus Duddova, Ambra oder noch weiter entfernt liegenden Orten ein. Ein Fest auf der Piazza von Monte Benichi war immer ein ganz besonderer Event.

Fiona saß an einem kleinen Tischchen direkt an der schmalen, mit Kopfsteinen gepflasterten Gasse, die in die Piazza führte, und kassierte von jedem einen Unkostenbeitrag von zwanzig Euro. Ein Witz für ein Abendessen mit fünf Gängen und freien Getränken.

Sie begrüßte jeden überaus herzlich, sie war mit allen bekannt und oft auch befreundet.

Am Abend zuvor hatte Paul sie angerufen und nach Handwerkerkontakten und einer Firma gefragt, die ihm Internet installieren konnte.

Fiona hatte ihm bei der Gelegenheit erzählt, was zu Ferragosto in Monte Benichi los war, und hatte ihn eingeladen zu kommen. »Es wird ein wunderschöner Abend, das schwöre ich dir«, hatte sie gesagt, »das Essen ist erstklassig, die Frauen kochen wie für ihre Familien zu Hause, und die Handwerker, die du kennenlernen solltest, werden auch alle da sein.«

»Ich bin für solche großen Feste eigentlich nicht geschaffen«, meinte Paul leise. »Ich fühle mich da nicht wohl.«

»Das glaube ich dir, dennoch solltest du über deinen Schatten springen. Da herrscht eine ungezwungene Atmosphäre, und es gibt die Gelegenheit, wenigstens ein paar Nachbarn kennenzulernen. Und die Leute hier wissen dann zumindest, wer in Caprinaia wohnt. Sie sind ja neugierig, wer das Haus gekauft hat. Und wenn du auf dem Fest erscheinst und mit dem einen oder anderen redest, kommen sie wenigstens nicht einzeln zu dir auf den Berg, und du musst nicht jeden bewirten und eine ganze Stunde lang deine Lebensgeschichte und deine Beweggründe erklären.«

Das hatte Paul durchaus eingeleuchtet.

Daher stand er um kurz nach acht vor Fiona, hielt ihr einen Zwanzigeuroschein hin und sagte grinsend: »Ciao, Fiona! Danke für den Tipp!« Er sah sich um. »Was für eine tolle Atmosphäre. Das wird bestimmt ein besonderer Abend!«

»Schön, dass du da bist«, meinte Fiona, lächelte und drückte ihm einen Stempel auf den Handrücken. »Setz dich dahinten hin, in die Nähe des Brunnens, wenn du willst. Da sitze ich nachher auch, und ich werde dich mit dem einen oder anderen bekannt machen.«

»Va bene. Das tu ich. Danke, Fiona.«

Fiona wandte sich den nächsten Gästen zu.

Paul setzte sich. Fiona kassierte noch, und er fühlte sich unbehaglich. Kannte keinen Menschen. Überall Familien, Eltern mit Kindern, Paare, Freunde, lautstarkes Begrüßen, Gelächter, Umarmungen ... nur er war ganz allein.

Paul beobachtete die Dorfbevölkerung, kam sich irgendwie deplatziert vor und wartete auf den ersten Gang. Vielleicht wurde es leichter, wenn gegessen wurde.

Ein junges Mädchen, er schätzte es auf höchstens fünfzehn, schmal und sehr zerbrechlich wirkend, ging herum und schenkte jedem etwas Prosecco ein, den aperitivo. Er bedankte sich. Jetzt hatte er wenigstens einen Schluck Sekt im Glas und konnte sich daran festhalten. Was für eine bescheuerte Idee hierherzukommen. Er wünschte sich zurück nach Caprinaia. Dort konnte er allein und still vor dem Haus sitzen, eine Flasche Rotwein trinken und musste mit niemandem reden. Konnte zusehen, wie die Greifvögel über dem Tal schwebend kreisten und ab und zu steil bergab schossen, um Beute zu machen.

Hier war er eindeutig verkehrt.

Er merkte gar nicht, dass er den winzigen Prosecco-Schluck in seinem Glas schon ausgetrunken hatte.

»Ancora?«, fragte die Kleine, hielt ihm die Flasche vor die Nase und strahlte ihn an.

Er nickte, und diesmal schenkte sie ihm das Glas randvoll.

»Grazie«, hauchte er und sah ihr hinterher, als sie in dem Zelt verschwand, in dem die Getränke gelagert und das Essen warm gehalten wurden.

Sie hatte nirgendwo sonst nachgeschenkt. War sie nur wegen ihm zum Tisch gekommen?

Was für eine Süße.

Er vergaß die anderen Leute, er vergaß, dass er sich unwohl und fehl am Platze fühlte, und als sie bald wieder aus dem Zelt herauskam, hatte er nur noch Augen für sie.

Fand sie wunderschön. Sie hatte eine so zarte, zerbrechliche Taille, dass er es gar nicht aushalten konnte. Was für ein engelsgleiches Geschöpf!

Mittlerweile hatten alle Platz genommen, man beruhigte sich, die Begrüßungen waren vorbei, es wurde stiller. Aber wenn Paul genau darauf achtete und sich konzentrierte, hörte er von überall immer wieder den Namen »Viola«. Es gab offensichtlich kaum jemanden im Ort und in den darumliegenden Dörfern, der sich nicht über das Verschwinden des kleinen Mädchens Gedanken machte und mit den Nachbarn und Freunden darüber redete.

Das antipasto kam. Ein paar Scheiben Schinken und Salami, Brot dazu stand schon auf dem Tisch. Das Mädchen lief schnell und leichtfüßig durch die schmalen Gänge zwischen den Tischen hin und her und verteilte die vorbereiteten Teller.

»Grazie«, sagte er, als sie ihm einen Teller hinsetzte und weiterhuschte.

Er brannte innerlich. Konnte nur essen, weil er sich vorstellte, dass sie die Salami- und Schinkenscheiben mit ihren Fingern auf den armseligen Plastikteller gelegt hatte. Er war wie elektrisiert, wie gefangen, nahm nichts mehr um sich herum wahr, nur noch sie.

Erst kurz vor dem zweiten Gang bemerkte er, dass der Carabiniere und seine Frau ihm schräg gegenübersaßen und der Carabiniere ihn freundlich ansah.

»Buonasera«, sagte er. »Wie geht es Ihnen?«

Paul erwachte wie aus einem tiefen Schlaf und versuchte in Windeseile seine Gedanken zu sortieren.

»Gut. Danke.«

Neri sprach Englisch in einfachen, klaren Sätzen. »Wahrscheinlich würden Sie jetzt lieber mit Ihrer Mutter hier sitzen.«

»Ja, das wäre schön.« Paul sah zu Boden.

»Passen Sie auf!«, sagte Neri. »Da unten liegt unser Hund. Er macht sich unverschämt breit.«

Paul lächelte. »Kein Problem.«

»Es tut mir so leid, was Ihrer Mutter passiert ist«, warf Gabriella ein. »Die Gefahr ist ja immer da, aber das, was geschehen ist, war wirklich Pech. Ein schreckliches Unglück.«

Paul nickte nur.

Neri lächelte kurz und beendete das Gespräch. Es war ihm offensichtlich zu anstrengend, sich mit diesem schweigsamen Deutschen, dem man jedes Wort aus der Nase ziehen musste, auf Englisch zu unterhalten.

Paul war ebenfalls froh, nicht mehr mit dem Carabiniere und seiner Frau reden zu müssen, und konzentrierte sich wieder auf die kleine Bedienung, als Fiona an den Tisch kam, ihm die Schulter tätschelte und sich neben ihn setzte.

»So«, sagte sie, »jetzt beginnt mein Feierabend.« Sie lächelte. »Und? Come stai? Fühlst du dich wohl auf unserem Dorffest? Fehlt dir irgendwas?«

»Nein, gar nichts. Es ist einfach großartig! Ich fühle mich

echt wohl. Das sind vielleicht diese italienischen Momente, warum man in dieses Land gezogen ist und warum man es so liebt.«

Fiona nickte. Dann flüsterte sie: »Guck mal, da drüben, der im karierten Hemd, das ist Davide. Ein Maurer. Total zuverlässig und echt nett. Wenn er sagt, er kommt, dann kommt er auch. Daneben sitzt seine Frau Patrizia. Wenn du sie fragst, ob sie bei dir putzt, tut sie es bestimmt. Sie sucht einen Job, soviel ich weiß.«

Paul nickte.

»Und da drüben, der neben der Grünpflanze, das ist Nicolò, ein Elektriker. Der guckt auch mal nach deinem Computer, wenn irgendwas ist. Der kennt sich echt aus. Und er baut dir auch eine Schüssel aufs Dach, wenn du eine brauchst.«

»Super Tipp«, sagte Paul. Mit dem würde er wirklich mal Kontakt aufnehmen.

»Und der dahinten, der gerade sein Glas hebt, das ist Franco. Waldarbeiter. Sehr fleißig. Ganz super. Der macht alles, was du willst. Der mäht den Rasen, hebt dir Gräben aus, senst die Erika, setzt dir Zäune … Es gibt nichts, was Franco nicht kann oder nicht tut. Ein Multitalent. Kann ich dir wärmstens empfehlen. Vielleicht trinkst du nachher noch einen Grappa mit ihm.«

»Das mache ich. Das sind überhaupt großartige Tipps, Fiona, danke!«

»Ach ja, und Davide baut dir auch die Küche und das Bad. Er mauert dir die Schränke, fliest alles und arbeitet eng mit Salvatore zusammen, der ist Klempner und macht den ganzen anderen Kram. Da kann gar nichts schiefgehen. Die beiden sind echt top!«

»Großartig! Mille grazie!«

»Siehst du, und darum ist es gut, dass du gekommen bist. Ich schreib dir nachher mal die Telefonnummern auf.«

»Benissimo! Danke! Aber sag mal, Fiona, wer ist die Kleine, die hier bedient? Sie kann das richtig gut!«

Fiona sah in die Richtung, wo das Mädchen gerade begann, den primo piatto, das Nudelgericht, zu verteilen.

»Das ist Georgina, sie lebt in Ambra, in ihrem Elternhaus an der Brücke, schräg gegenüber vom Albergo. Ihre Familie kommt aus Südtirol, aber ihre Eltern sind vor Jahren bei einem schrecklichen Unglück ums Leben gekommen.«

»Oh, mein Gott.«

»Ja, das war eine schlimme Zeit.«

»Was war das für ein Unglück?«

»Dazu will ich nichts sagen, das muss sie dir schon selber erzählen.«

»Va bene.«

Fiona schwieg und sah einen Moment auf ihren leeren Teller. »Unter jedem Dach wohnt ein Ach.«

»Das stimmt.«

Das Gespräch wurde unterbrochen, weil Georgina kam und Fiona und Paul eine Kelle voll Penne arrabiata auftat.

»Grazie, carissima«, sagte Fiona, und auch Paul sagte leise: »Grazie, Georgina.«

Georgina hielt einen Moment inne. Ihr Blick begegnete seinem, und sie sahen sich an. Vielleicht ein wenig zu lange.

Bis Georgina die Situation auflöste, bewusst wegschaute, lächelte, ein »buon appetito« hauchte und davonlief, um auch die anderen Gäste bedienen zu können.

Fiona hatte offensichtlich den langen Blick bemerkt und erstarrte.

Wenige Minuten später stand Paul auf. »Ich bin gleich wieder da«, sagte er zu Fiona, die sich gerade mit einem anderen Tischnachbarn unterhielt.

Georgina füllte gerade kleine Schüsseln mit Salat und sah lächelnd auf, als er vor ihr stand.

»Wann hast du Feierabend?«, fragte er leise. »Sehen wir uns noch einen Moment nach dem Fest?«

»Nein, ich gehe früh nach Hause. Sowie alle Gänge serviert sind. Ich habe heute nur wenig Zeit.«

»Vielleicht ein andermal?«

»Vielleicht.« Aber sie strahlte ihn dermaßen an, dass es klang wie ein »Ganz bestimmt«.

Paul hatte irgendwo mal gehört, dass das Glück immer nur für einen Moment zu einem kommt. Dies war so einer.

80

In den nächsten zwei Stunden aß Paul mit wachsendem Appetit, ließ sich beim Fleisch sogar noch zweimal Nachschlag geben und trank viel zu viel. Denn der Wein wurde ständig nachgeschenkt, sein Glas war nie leer. Er sprach mit Davide – Fiona half ihm beim Dolmetschen – über den Bad- und Küchenumbau, und Davide versicherte, dass er bald mit seinem Kumpel Salvatore vorbeikommen würde. Um einen Tischler für die Küche würde er sich auch kümmern. Und wenn alles fertig wäre, würde seine Frau alles perfekt putzen.

Nicolò, der Elektriker, versprach, ihm eine Schüssel aufs Grundstück zu stellen, damit er schnelles Internet bekäme. Außerdem würde er im ganzen Haus neue Leitungen ziehen und für Lampenanschlüsse und Steckdosen sorgen.

Und Franco, der davon gehört hatte, was Pauls Mutter passiert war, versprach ebenfalls sofort zu kommen und das Grundstück von Unkraut und Gestrüpp zu befreien, sodass Paul so etwas Grauenvolles nicht mehr zu befürchten hatte.

Paul war glücklich und betrunken. Auf diesem Fest klärte sich für ihn alles, es würde nicht mehr lange dauern, bis sein Haus perfekt war. Er verbrüderte sich mit Davide, Nicolò und Franco, und sie besiegelten ihre Bekanntschaft mit etlichen Grappas.

Paul sah sich um.

»Kann ich dir noch irgendetwas Gutes tun?«, fragte Fiona.

»Nein«, antwortete Paul zerstreut, »ich kann Georgina nirgends entdecken.«

»Sie ist sicher schon zu Hause. Brauchst du denn noch was?«

»Hast du eine Telefonnummer von ihr?«

Fiona schaute ihn überrascht an und meinte dann merklich kühler: »Na ja, die kann ich dir jetzt nicht einfach so weitergeben. Da musst du schon hingehen. Sie arbeitet im Kindergarten. Jeden Tag bis siebzehn Uhr.«

Paul zuckte kaum merklich zusammen. »Danke.«

»Na denn«, sagte Fiona kurz. »Buonanotte!«

Und ohne ein weiteres Wort stand sie auf und setzte sich weit entfernt zu anderen Dorfbewohnern an den Tisch.

Wieder auf Caprinaia, schenkte sich Paul am Mühlrad vor dem Haus noch ein letztes Glas Wein ein.

Und in seinem umnebelten Kopf tauchte dieses engelsgleiche Wesen auf. Georgina. Eine Fee. Eine Elfe. Gleich morgen würde er versuchen, sie beim Kindergarten abzupassen. Er musste sie unbedingt wiedersehen.

Vielleicht war es eine Fügung, und er hatte dieses einsame, heruntergekommene Haus nur gekauft, um Georgina zu begegnen.

Je mehr er darüber nachdachte, umso sicherer war er sich, dass wahrscheinlich nicht dieses Haus sein Schicksal war, sondern Georgina.

81

Erst stürmten die Kinder auf die Wiese – dann kam sie. Sie sah aus wie die große Schwester der Kleinen. Trug ihre Haare offen, war vollkommen ungeschminkt und wirkte, als würde sie in die siebte Klasse gehen.

Georgina. Was war sie für ein Mensch? Eine Kindfrau? Ein Phänomen! Eine, die schon arbeitete und kleine Kinder erzog, obwohl sie offensichtlich noch selbst dazugehörte?

Mit dir könnte ich es vielleicht schaffen, dachte er.

Er wartete den ganzen Tag. Ging in der Bar della Piazza einen Espresso trinken und kam wieder. Kaufte beim Baustoffhändler ein paar Kleinigkeiten und kam wieder. Holte sich neben der Tankstelle im kleinen Stehimbiss eine Pizza al taglio, setzte sich aufs Geländer der Brücke über die Ambra, aß und kam wieder. Saß hinter dem Busch auf der Wiese, um sie zu sehen. Beobachtete, wie sie mit den Kindern spielte, die Schaukel anschubste, ihnen auf die Rutsche half oder sie aufs Bobbycar setzte. Und sie tobte herum und lachte und spielte Verstecken mit den Kleinen.

Paul konnte sich nicht sattsehen, und seine Hand fuhr in seine Hose.

Er brauchte nur wenige, kleine Berührungen, so sehr erregte ihn das, was er sah. Schließlich stieß er einen knappen Seufzer aus, ohne dass er aufhörte, Georgina zu beobachten, und es war vorbei.

Es ging ihm gut. Richtig gut.

Georgina hatte ihn nicht gesehen, und auch niemand sonst.

Als sie Feierabend hatte und den Kindergarten verließ, sprach er sie an.

»Georgina!«

Sie zuckte zusammen und sah ihn erschrocken an.

»Du kannst doch Deutsch, oder?«

Sie nickte.

»Wir haben uns gestern auf dem Fest in Monte Benichi kennengelernt. Erinnerst du dich?«

Georgina lächelte und nickte.

»Ich habe von Fiona erfahren, dass du hier arbeitest. Wollen wir vielleicht zusammen einen Kaffee trinken gehen?«

Georgina wusste einen Moment lang nicht, was sie sagen sollte. Dann lächelte sie und antwortete: »Ja, gerne. Warum nicht. Gehen wir auf die Piazza.«

Nebeneinander liefen sie langsam und ohne ein Wort die enge Gasse hinauf.

Sie war so viel kleiner als er. Reichte ihm kaum bis zur Schulter.

In der Bar della Piazza bestellte er zwei espressi. Sie saßen sich gegenüber. Sahen sich an. Wussten eine ganze lange Weile nicht, was sie sagen sollten.

Dann durchbrach Paul das Schweigen: »Du bist mir gestern auf dem Fest sofort aufgefallen. Weil du so schön bist. Und keine lächelt wie du.«

Das war vielleicht ein bisschen viel und zu heftig für den ersten Satz zwischen ihnen. Blöder konnte man es nicht anfangen! Er war schon fast verzweifelt, aber dann lächelte sie und sagte: »Grazie. Das ist wirklich ein nettes Kompliment.«

Paul fiel ein Stein vom Herzen.

»Wie ich heiße, weißt du ja«, sagte sie leise, »aber wie heißt du?«

»Paul.«

»Paul?«

»Ja.«

»Also Paolo.«

»Wenn du so willst, ja.«

»Che bello.«

»Ich finde Georgina schöner. Der Name ist wie Musik. Wie ein weiches Kissen, in dem der Kopf versinkt. Paul ist zu kurz, zu hart, zu unpoetisch. So knapp, wie meine Mutter immer zu uns Kindern war. Kein Wunder, dass sie ihn ausgesucht hat. Aber schön ist er nicht.«

»Ich finde ihn sehr schön.« Und dann sah sie ihn an und hauchte ihm seinen Namen entgegen, wie es nur eine Italienerin kann. Da lag so viel Leidenschaft und Erotik in ihrer Stimme, dass er den Atem anhielt. So hatte ihn noch nie jemand genannt. Ja, vielleicht war sein Name doch schön.

Er glaubte, Tränen in den Augen zu haben, als er vorsichtig ihre Hand berührte. »Fiona hat irgendwie erwähnt, du kommst aus Südtirol?«

Sie nickte.

»Klar. Und darum sprichst du so gut Deutsch.«

»Ja, ich bin quasi zweisprachig aufgewachsen. Erst als ich zwölf war, sind wir hier in die Toskana gezogen.«

»Und wie alt bist du jetzt?«

Sie zog die Augenbrauen hoch. »Willst du das wirklich wissen?«

Er nickte. »Bitte.«

»Fünfundzwanzig.«

»Nein, das glaub ich dir nicht.«

Sie lächelte. »Ich weiß. Das glaubt mir fast niemand. Aber so ist es. Ich habe wahrscheinlich gute Gene.«

Er war fassungslos. Sie war fünfundzwanzig und sah aus wie fünfzehn. Ungeschminkt und mit kindlichen Klamotten vielleicht auch wie dreizehn. Im Kino hatte sie nicht die geringste Chance, sich einen Film ab achtzehn anzusehen.

Sie war ein Phänomen.

Zum ersten Mal in seinem Leben hatte er die Hoffnung, eine richtige Frau lieben zu können.

»Darf ich dich heute Abend zum Essen einladen?«, fragte er und legte so viel Schmelz und Zärtlichkeit in seine Stimme, wie er konnte.

»Nein«, sagte sie, aber drückte beinah entschuldigend seine Hand. »Abends bin ganz schlecht in spontanen Verabredungen. Ich brauch da immer ein bisschen Vorlauf. Am Wochenende vielleicht.«

»Va bene«, murmelte er zutiefst enttäuscht.

Am liebsten hätte er sie ab sofort ganz bei sich behalten und sie noch nicht einmal mehr in ihre Wohnung gelassen.

Sie sollte ihm gehören. Nur ihm. Seine kleine Georgina.

Sie stand auf. »Ciao«, sagte sie. »Und danke für den Espresso. Ich fand unser Treffen sehr schön. Wenn du willst, kannst du mich auch anrufen.« Sie kramte in ihrer Handtasche, fand einen Stift und einen Zettel und kritzelte ihre Handynummer darauf. »Abends bin ich fast immer zu Hause. A presto!« Sie winkte ihm noch einmal kurz zu und lief davon, ohne zu ahnen, was für ein Erdbeben sie in ihm ausgelöst hatte.

Er zitterte vor Aufregung. Georgina hatte der Himmel geschickt. Sie war die Lösung und seine Rettung. Es war nicht das einsame Haus, das ihn heilen könnte, sondern die Kindfrau Georgina. Mit ihr an seiner Seite in einem perfekten Haus in den einsamen toskanischen Bergen würde alles gut werden. Alles.

82

Hand in Hand wanderten sie die Ambra entlang. Drei Nachmittage hintereinander, immer wenn sie Feierabend hatte.

Er genoss es. Fand es wunderbar und aufregend, auch wenn sie gar nicht viel miteinander redeten.

Seine Liebe wuchs von Minute zu Minute, von Stunde zu Stunde.

Am dritten Tag, kurz bevor sie Levane erreichten, blieb er stehen und küsste sie auf den Mund.

Sie erwiderte seinen Kuss, schloss die Augen und gab sich ihm hin.

Seine Knie wurden weich, er hatte das Gefühl, ohnmächtig zu werden. So etwas hatte er noch nie erlebt.

»Ich habe ein Haus gekauft«, sagte er mit belegter Stimme, als sie weitergingen. »Oberhalb von Duddova. Caprinaia.«

»Ja«, meinte sie, »ich habe davon gehört. Fiona hat es mal erwähnt.«

»Kennst du es?«

»Nein, ich war noch nie dort.«

»Möchtest du es mal sehen?«

»Sehr, sehr gern.«

»Wir könnten hinfahren«, meinte er vorsichtig, »meinetwegen jetzt gleich, falls du Zeit hast, aber ich weiß ja nicht …?«

»Ja, heute habe ich noch ein bisschen Zeit. Das passt. Dann lass uns hinfahren. Ich bin so neugierig!«

Sie drehten sich um und gingen zurück nach Ambra.

Paul wäre am liebsten gerannt.

»Was willst du mit diesem Haus?«, fragte Georgina, als sich das Auto den Berg hinaufquälte. »Urlaub machen?«

»Nein. Ich will hier leben. Für immer. Ich habe meine Zelte in Deutschland bereits abgebrochen. Gehe nicht mehr zurück. Höchstens noch ein Mal, um ein paar Sachen zu holen oder bürokratische Dinge zu erledigen. Ansonsten bin ich fertig mit Deutschland. Ich will hierher. Zu dir.« Er machte eine Pause und sah sie an.

Georgina senkte den Kopf und reagierte nicht.

Eine Viertelstunde später hielten sie vor dem Haus.

»Allora!«, rief Paul. »Wir sind da! Herzlich willkommen auf Caprinaia!«

Georgina stieg aus. Ihre Miene zeigte großes Interesse. Neugierig ging sie auf das Haus zu.

Paul folgte ihr und überholte sie erst kurz vor der Haustür, um aufzuschließen.

Aber Georgina ging noch nicht hinein, sondern drehte sich um und sah hinab ins Tal. »Che bello«, sagte sie staunend. »Bellissimo! Was für ein fantastisches Fleckchen Erde! Paolo, ich fasse es nicht! Du hast dir das Paradies gekauft!«

Paul war kurz davor, in Tränen auszubrechen.

»Wirklich?«, flüsterte er kaum hörbar.

»Aber ich bitte dich! Wie schön ist das denn! Guck dich doch mal um! Die gesamte Toskana liegt dir zu Füßen, der Blick in die Weite, in die Unendlichkeit, etwas Schöneres gibt es nicht! Ich beglückwünsche dich! Wie schön müssen hier die Sonnenuntergänge sein … Nicht auszudenken. Dann die Ruhe, die Stille, um dich herum nichts als Natur. Himmlisch!«

Paul sagte nichts, aber er wusste, das war die erste Frau, die ihn wirklich verstand, die auf Anhieb kapierte, warum er dieses Haus gekauft hatte.

Und die Liebe, die er in diesem Augenblick spürte, tat direkt weh.

Dann ging sie hinein.

Und ihr Enthusiasmus war ungebrochen. »Oddio!«, rief sie. »Natürlich ist hier noch viel zu tun, aber stell dir vor, hier steht der Tisch, an dem man morgens frühstücken kann, und die Morgensonne scheint einem direkt auf den Teller. Und wenn du dann hier die Spüle hast, hier den Kühlschrank, den Herd, das alles ist Arbeitsfläche – oh, wie schön! Besser geht es nicht. Ein guter Handwerker, der dir das alles macht, und dann ist die Küche fantastisch! Paul, ich fasse es nicht!«

Georgina war in den anderen Räumen ebenso euphorisch, selbst das Bad konnte sie nicht schrecken, und als sie im oberen Stockwerk aus dem Fenster sah, fiel sie fast in Ohnmacht. »Da sag ich jetzt gar nichts dazu«, flüsterte sie. »Dieser Blick ist das Schönste, was ich je gesehen habe. Wenn du aus dem Fenster schaust, brauchst du keine Gemälde mehr an den Wänden. So etwas Perfektes, so etwas Unglaubliches kann kein Künstler dieser Welt erschaffen!«

Paul legte den Arm um sie.

Beide standen lange stumm da und sahen hinunter ins Tal. Sein Herz schlug dermaßen laut, dass es in seinen Ohren dröhnte, und er hoffte, dass dieser Moment niemals enden möge.

Aber schließlich drehte sie sich zu ihm um, gab ihm einen sanften Kuss auf die Wange und sagte: »Scusami, aber ich muss nach Hause.«

»Nein«, sagte er, »nein, jetzt nicht. Später.«

Und dann küsste er sie.

Sie erwiderte den Kuss, wurde weich und sank mit ihm auf die schmale Matratze, die direkt neben dem Fenster lag.

Es war keine Explosion der Leidenschaft. Sie rissen sich nicht die Kleider vom Leib, sondern zogen sich gegenseitig ganz langsam und behutsam aus. Als gingen sie zum ersten Mal in ihrem Leben auf eine vollkommen unbekannte Entdeckungsreise.

Sie erkundeten einander. Langsam und intensiv, ertasteten und erspürten einander, streichelten sich und wagten es kaum, in die erregendsten Gebiete vorzustoßen, um die Lust nicht eskalieren zu lassen, sondern länger, immer länger zu genießen.

Georgina fuhr schließlich mit ihrer Zunge über seinen Körper und hielt sich an den geheimsten Stellen auf. Unerträglich lange.

Bis sie es beide nicht mehr aushielten. Sie wehrten sich nicht mehr, sie verzögerten nichts mehr, sondern ließen kommen, was da kommen wollte.

Ihre verschwitzten Körper vereinigten sich in einem ekstatischen Rausch.

Paul schwanden die Sinne. Für ihn war es das allererste Mal, dass er nicht töten musste.

Und dann kam die Angst, dass es auch das letzte Mal gewesen sein könnte.

In Georginas Armen begann er zu weinen.

Sie war so entspannt und glücklich wie schon ewig nicht mehr, erschrak über seine Tränen und streichelte ihn.

»Nicht weinen, amore«, flüsterte sie. »Es ist alles gut, ich liebe dich, und ich bin bei dir.«

Paul brauchte lange, bis er sich beruhigte.

Dann stand er auf, zog sich an und fuhr sie zurück nach Ambra.

Wusste, dass er die Frau seines Lebens gefunden hatte.

83

Georgina bewohnte ein kleines, schmales Haus direkt an der Ambra. Die Autos, die über die Brücke fuhren, mussten wegen der Enge langsam fahren, und es gab keinen Durchgangsverkehr. Hier entlang kamen wirklich nur die, die in die Altstadt von Ambra wollten.

Sie hatten sich für den frühen Abend verabredet, wenn sie im Kindergarten Feierabend hatte. Um zusammen zu kochen.

Pünktlich um halb sechs Uhr stand er vor ihrer Tür. Mit einer aufgeblühten, reifen Rose in der Hand, die aussah, als hätte er sie in einem Vorgarten gepflückt.

»Oh, die ist ja traumhaft!«, sagte sie. »Komm rein!«

Er hauchte ihr einen Kuss auf die Wange und betrat ihre Wohnung.

Im kleinen, kargen Wohnzimmer blieb er stehen und sah sich um. »Das ist ja irrsinnig gemütlich hier. Richtig schön. Offensichtlich hast du das Talent, eine Wohnung in ein Zuhause zu verwandeln. Fantastisch. Du musst mir helfen, auch in Caprinaia ein bisschen Wärme hineinzubringen.«

»Das mache ich doch gern. Das kriegen wir hin.«

»Könntest du dir vorstellen, bei mir in Caprinaia zu wohnen?«

»Da lass uns später drüber reden, ja? Was möchtest du trinken? Einen Prosecco?«

»Gerne.«

Georgina holte Flasche und Gläser, stellte alles auf den Couchtisch, setzte sich und schmiegte sich an ihn. »Wenn du hier bist, ist das ein ganz großartiges Gefühl. Es ist plötzlich alles so viel wertvoller, so viel wichtiger.«

Paul strich ihr das Haar aus der Stirn und küsste sie.

Dann öffnete er die Flasche und schenkte ein. »Auf dich!«, sagte er und hob sein Glas.

»Auf uns!«, erwiderte sie, und beide tranken einen kleinen Schluck.

»Ich hab das nicht ganz verstanden«, sagte er. »Du bist erst als Zwölfjährige in die Toskana gekommen?«

»Ja. Da sind wir hier eingezogen.«

»Und dann? Was ist mit deinen Eltern passiert?«

»Ich hatte eine wunderschöne Kindheit«, sagte sie leise. »Bin in Montevarchi auf die Schule gegangen und habe schnell Freundinnen gefunden, mein Vater arbeitete als Tischler, und meine Mutter hatte eine kleine Bar in der Altstadt von Bùcine. Es war alles in Ordnung. Und dann weiß ich noch ganz genau, wie eines Sonntagvormittags, da war ich fünfzehn, das Telefon klingelte und mein Vater abnahm. Er wurde leichenblass und musste sich an der Kommode im Flur festhalten. Das kann nicht sein, sagte er leise.

Als er auflegte, guckte er ganz komisch. Seine Augen flatterten. So etwas hatte ich noch nie bei ihm gesehen. Jedenfalls hatte sein Bruder, also mein Onkel, einen Herzinfarkt gehabt, und man wusste nicht, ob er es überlebt oder nicht. Meine Mutter wollte sofort hinfahren, aber mein Vater wollte mich nicht allein zu Hause lassen. Ich hab gesagt, kein Problem, ich geh zur Schule und kümmere mich um Gino, geh morgens und abends mit ihm Gassi und füttere ihn. Macht euch keine Sorgen. Meine Eltern waren echt erleichtert und sind losgefahren. Aber sie haben den Bruder meines Vaters gar nicht mehr erreicht.«

Georgina weinte und konnte nicht weitersprechen.

Paul nahm sie in den Arm.

Erst als sie sich beruhigt hatte, sagte sie leise: »Der Tunnel brannte, weil zwei Lastwagen ineinandergefahren und in Flammen aufgegangen waren. Das darf man sich gar nicht vorstellen. Der gesamte Tunnel, ein einziges Flammenmeer. Keine Feuerwehr konnte da was machen, bei dem gewaltigen Sog. Und in der Röhre waren tausend Grad. Es muss die Hölle gewesen sein. Meine Eltern sind jämmerlich verbrannt. Sie hatten keine Chance. Konnten nicht nach vorn und nicht nach hinten raus, sie waren mittendrin. Ich hörte von dem verheerenden Tunnelbrand erst am Abend in den Nachrichten. Hatte von ihnen keine Nachricht bekommen und bin vollkommen durchgedreht. Hab noch tausendmal versucht, sie über Handy zu erreichen, aber vergeblich. Die Familie von meinem Onkel wusste auch nichts, dort waren sie nicht angekommen. Schließlich hab ich die Polizei angerufen, ich wusste nicht mehr, was ich machen sollte. Ich bin dann zu Fiona, hab bei ihr geschlafen, weil ich es zu Hause nicht mehr ausgehalten habe. Bin vor Angst fast verrückt geworden.

Als ich nach ein paar Tagen immer noch nichts von ihnen gehört hatte, hab ich die Hoffnung aufgegeben. Meine Eltern haben sich immer gemeldet, wenn sie irgendwo angekommen sind. Und nicht erst drei Stunden, sondern fünf Minuten später. Damit ich mir keine Sorgen mache. Im Grunde war die Sache klar, aber gehofft und gebetet hab ich natürlich weiter.«

Sie schwieg einen Moment, um sich zu sammeln. Paul streichelte ihren Rücken. »Dass sie definitiv unter den Toten waren, erfuhr ich erst Wochen später, als die DNA-Analysen abgeschlossen waren. Ich war wie gesagt fünfzehn, hatte Gino und dieses Haus hier in Ambra, sonst nichts. Zum Glück haben sie mich nicht in ein Heim gesperrt, sondern hier wohnen lassen.

Da sind die Italiener sehr cool. Und Fiona und die Nachbarn haben sich um mich gekümmert.«

Paul schwieg und streichelte ihre Hand. »Das tut mir alles sehr leid«, sagte er leise.

»Vergiss es«, meinte sie. »Es ist so lange her. Aber es hört nie auf wehzutun.«

Sie stießen an, tranken, und sie schmiegte sich erneut an ihn.

Plötzlich hörten sie, wie die Haustür aufgeschlossen wurde.

Ein Schlüsselbund krachte auf die Kommode im Flur, und nur Sekunden später wurde die Tür aufgerissen.

In der Tür stand ein kleines, etwa sechsjähriges Mädchen mit langen dunklen Haaren. Und strahlte.

»Ciao«, sagte sie.

»Oddio, ihr kennt euch ja noch gar nicht. Matilda, das ist Paul, und Paul, das ist meine kleine Tochter Matilda.«

Matilda sah ihn an und grinste.

Paul brach der Schweiß aus.

84

Die Trattoria in Castelnuovo Berardenga, gleich an der Straße, war ein ganz unscheinbarer Laden, wie ein Stehimbiss, in dem man einen Kaffee trinken, ein panino essen und sich ein paar Zigaretten kaufen konnte.

Aber wenn man am Tresen vorbeiging, erreichte man dahinter einen schmalen Gang, musste rechts um die Ecke und drei Stufen hinauf, und dort gab es einen großen Raum mit Tischen und Stühlen, die an diesem Abend fast alle besetzt waren. Die Leute aßen und tranken und lachten und redeten laut, der Kellner war im Stress und versuchte händeringend, die vielen Gäste zu bedienen.

Ein Geheimtipp. Für Touristen beinahe unauffindbar.

Ganz hinten in der Ecke saßen Paul und Georgina. Sie hatten bereits fertig gegessen, vor ihnen stand in einer Karaffe noch ein halber Liter Wein, und Paul hielt Georginas Hand.

Im Hintergrund lief – ein bisschen zu laut – italienische Plätschermusik. Ab und zu weinte ein Schnulzensänger vor sich hin. Die beiden achteten nicht darauf. Bekamen nicht mehr mit, was um sie herum geschah.

Georgina sah faszinierend aus. Jung und zart, ihre klaren, großen Augen sahen Paul neugierig, offen und vertrauensselig an.

Paul starrte auf den roten Wein, den er in seinem Glas kreisen ließ. »Mein ganzes Leben war ich auf der Suche«, sagte er leise und stockend. »Ich hatte nur eine Vorstellung, einen Traum …« Er senkte den Blick und suchte nach einem treffenden Wort. »Eben nur eine vage Idee.« Er lächelte. »Ich war überzeugt davon, dass es so ein Wesen, nach dem ich mich sehnte, nicht geben kann, und darum blieb ich immer allein.«

Sie schwieg, wartete ab und wagte kaum zu atmen.

»Und dann hab ich dich kennengelernt«, flüsterte er. »Es war wie eine Erlösung.«

Georgina fuhr ihm mit der Fingerspitze über die Wange. »Es gibt keinen Zufall auf der Welt.«

Paul nickte.

»Es ist so unglaublich, dass wir uns getroffen haben. Wir sind Seelenverwandte, wir haben so viel Ähnliches erlebt und ertragen müssen. Der Unfall deiner Eltern, der Unfall meines Vaters und jetzt meine Mutter mit ihrem Schlangenbiss. Wir sind uns so ähnlich, carissima.«

Sie nickte.

»Ich liebe dich, ich möchte hier leben, und du findest mein Haus schön. Aber was das Wichtigste ist: Du hast eine so entzückende kleine Tochter. Ich möchte ihr Vater und für euch beide da sein. Ich möchte für euch sorgen. Möchte euch beschützen. Und darum möchte ich dich fragen, Georgina: Willst du meine Frau werden?«

Georgina fielen fast die Augen aus dem Kopf, sie verschluckte sich und musste husten.

»Wie?«

»Ob du mich heiraten möchtest.« Er lächelte nicht mehr, war unglaublich ernst.

Georgina begann zu überlegen. Ihr Herz klopfte. »Ich kenne dich ja gar nicht richtig«, sagte sie leise und korrigierte sich sofort. »Das heißt, ich habe dich kennengelernt, habe mich in dich verliebt, aber ich weiß noch kaum etwas über dich …«

»Stimmt.« Er drückte ihre Hand, überlegte und begann zu reden. »Ich liebe das Meer«, sagte er leise, »ich bin am Meer aufgewachsen. Und ich habe dir ja neulich schon erzählt, dass ich in Hamburg studiert und anschließend in einer Werbeagentur als Fotograf gearbeitet habe. Aber die Großstadt ist mir einfach immer mehr auf die Nerven gegangen. Ich kann sie nicht mehr ertragen. Und dann hab ich in ein paar Urlauben die Toskana kennengelernt. Ich finde es wunderschön hier und hab mir dieses alte Haus gekauft, das ich langsam herrichten werde. Ich will *hier* leben. Nicht mehr in Hamburg. Hab ein bisschen Geld gespart und kann vielleicht auch hin und wieder von hier aus arbeiten. Fotos kann man auch per Mail nach Deutschland schicken. Egal, was passiert: Ich will hier bleiben.«

Sie sah ihn an und hörte ihm aufmerksam zu.

»Wie ich dir schon sagte, war ich mein Leben lang allein«, redete er weiter. »Hatte keine Frau, keine Kinder, keine Geliebte, keine feste Freundin, nichts. Nur ein paar schnelle, oberflächliche Abenteuer. Ich bin nicht mehr der Jüngste, aber ich war noch nie in meinem Leben richtig verliebt. Und dann treffe ich zu Ferragosto auf diesem Dorffest dich. Ich dachte, ich traue meinen Augen nicht. Es hat mir die Sprache verschlagen, ich habe mich Hals über Kopf in dich verliebt. So wie noch nie in meinem Leben.«

»Ja«, sagte Georgina, »ja, so ging es mir auch.«

»Noch nie habe ich eine Frau gesehen oder getroffen, die so ist wie du. Mich hat der Blitz getroffen! Noch nie war ich richtig verliebt, und als wir zusammen geschlafen haben, wusste ich, dass du die Frau meines Lebens bist. So etwas unvorstellbar Schönes hatte ich noch nie erlebt. Das gibt es nur ein Mal im Leben. Ich glaube fest daran, dass wir füreinander geschaffen und füreinander bestimmt sind. Du und ich – das ist ganz großes Schicksal! Und darum gibt es für mich gar keinen Zweifel und kein langes Überlegen mehr, und ich frage dich jetzt noch einmal und meine es ganz ernst: Willst du mich heiraten? Möchtest du meine Frau werden? Ich liebe dich, Georgina.«

Georgina schwieg.

»Ich werde Caprinaia zu einem wunderschönen Haus ausbauen, ich werde die Straße machen lassen, sodass sie leicht zu befahren ist. Unsere Kinder werden dort aufwachsen, Georgina. Mitten in der Natur, wir werden einen Hund, ein paar Katzen und einige Hühner haben, es wird ein kleines Paradies sein.«

Georgina war noch verwirrter als vorher. Dieser Mann beeindruckte sie, hatte ihr von Anfang an gefallen. Er war nett, charmant und attraktiv. Er war ein Deutscher, der Geld hatte. Sie würde aus ihrem Elend herausfinden, würde ein neues, leichteres, sorgenfreieres Leben beginnen, eventuell müsste sie noch nicht mal mehr im Kindergarten arbeiten. Alles würde besser werden. Vielleicht war dies das Angebot ihres Lebens. Es ging verdammt schnell, okay, aber etwas Ähnliches würde ihr wahrscheinlich nie wieder passieren. Und er akzeptierte sie mit Matilda, das war das Wichtigste. Vielleicht würden sie noch ein Kind haben, ein Geschwisterchen für Matilda. Oh, mein Gott. Sie brauchte das Glück nur zu fassen.

Er sah sie an. Wartete. Drückte ihre Hand. Lächelte. Wartete weiter. Sah ihr tief in die Augen.

Dann sagte sie leise: »Ja, ich will deine Frau werden.« Und sie wusste nicht, ob sie die schlechteste oder die beste Entscheidung ihres Lebens getroffen hatte.

Er strahlte, drückte ihre Hände, führte sie zum Mund und bedeckte sie mit Küssen.

»Ich bin so glücklich«, flüsterte er. »So unglaublich glücklich, das kann ich dir gar nicht beschreiben.«

Dann beugte er sich über den Tisch, sie erhob sich und kam ihm entgegen, und sie küssten sich.

»Dann sind wir jetzt verlobt?«, fragte er leise.

»Ja, irgendwie schon«, meinte sie und grinste.

»Wann wollen wir heiraten?«

»Wann du willst.«

»So schnell wie möglich.«

»Va bene.«

»Kannst du das Bürokratische regeln? Mir ist das auf Italienisch viel zu kompliziert.«

»Aber sicher. Das mache ich.«

Paul strich ihr übers Haar. »Und du meinst es wirklich ernst? Du meinst es auch morgen noch und nicht nur in diesem Moment?«

»Certo, amore«, sagte sie und lächelte.

»Bist du glücklich?«

»Überglücklich. Ich freue mich auf alles, was jetzt kommt.«

Georgina beugte sich vor und küsste ihn auf den Mund.

Paul jubilierte innerlich, so wie er noch nie in seinem Leben jubiliert hatte. Alles würde gut werden. Alles.

»Wollen wir darauf einen Champagner trinken?«, fragte er.

»Oh ja. Ich finde, dazu haben wir allen Grund.«

Paul hob die Hand, um dem Kellner ein Zeichen zu geben, obwohl er sich nicht sicher war, ob es in dieser einfachen Trattoria hier überhaupt so etwas wie Champagner gab.

85

Carmelas Großmutter Tonia, Violas Urgroßmutter, hatte seit dem Verschwinden ihrer geliebten kleinen Urenkelin, das jetzt fast drei Wochen her war, noch kein Wort gesprochen. Sie erschien zu den Mahlzeiten, aber aß wenig und schwieg. Dann ging sie hinaus und tat das, was sie immer tat. Sie sammelte Kräuter für Tees, zum Trocknen und für die Suppe.

In der Natur war sie allein, alles andere konnte sie im Moment nicht ertragen.

Tonia war zweiundachtzig und spürte, dass sie schwach geworden war, weil sie seit dem Verschwinden von Viola keine Lust mehr zu leben hatte. Alles hatte seinen Sinn verloren. Sie glaubte auch nicht mehr daran, Viola jemals wiederzusehen.

An einer Weggabelung stand ein schlichtes Holzkreuz. Dort war vor fast sechzig Jahren ihr Bruder mit seinem Wagen in eine Schlucht gestürzt.

Sie konnte sich kaum noch an ihn erinnern, hatte sein Gesicht nicht mehr vor Augen, hörte seine Stimme nicht mehr, fühlte auch schon lange keine Trauer mehr. Eher ein Bedauern, so viele Jahre keinen Bruder gehabt zu haben.

Sie hatte ihn einmal geliebt, das wusste sie noch, und es wäre schön gewesen, wenn sie ihn immer an ihrer Seite gewusst hätte – aber gut. Der Schmerz war im Lauf der Zeit vergangen.

Heute kniete sie sich vor das Kreuz, das an seinen Unfalltod erinnern sollte.

»Ich mag nicht mehr«, betete sie mit gefalteten Händen. »Zeig mir, wo Viola ist, oder hol mich zu dir. Ich bin alt und kann dieses Leben so nicht mehr ertragen. Heilige Maria, Mutter Gottes, bitte für uns Sünder.«

Dann zog sie sich an einem Baum hoch, nickte dem Kreuz und ihrem Bruder in Gedanken noch einmal kurz zu, bekreuzigte sich und ging.

Hoch hinauf zur Lichtung, wo vielleicht noch letzte, spärliche Reste von grünem Spargel aus der Erde zu ziehen waren.

Ihre Ausbeute war mehr als karg. Keine Handvoll dünner, armseliger Spargelstangen fand sie, die Zeit des Spargels war vorbei. Sie rechnete nicht damit, in ihrem Leben noch einmal eine Spargelernte zu erleben.

Es war irgendwie alles vorbei.

Langsam ging sie durch den Wald, sah, dass sich kleine Pilzköpfe durchs Unterholz schoben. Nicht mehr lange, und sie würde Pilze suchen können, das war ihr im ganzen Jahr immer das Liebste gewesen. Diese Freude, das Laub ein wenig zur Seite zu schieben und darunter einen herrlichen Steinpilz zu entdecken. Eine Köstlichkeit! Ein Geschenk des Waldes! Das waren in ihrem Leben die größten Glücksmomente gewesen.

Und die Geburt ihrer Tochter Elena natürlich und ihrer Enkelin Carmela. Und schließlich ihrer Urenkelin Viola. Das hatte ihr fast das Herz zerrissen vor Glück.

Sonst waren es eigentlich nur die Pilze gewesen, die das Leben lebenswert gemacht hatten.

Elenas Vater war ein Hallodri gewesen. Aber ein liebenswerter. Er stand eines Tages vor der Tür, ungewaschen, sonnenverbrannt, mit langen, verfilzten blonden Haaren und glühenden dunklen Augen. Er hatte nichts als einen Rucksack dabei, war auf Weltreise, bat ein oder zwei Nächte bleiben zu dürfen, und Tonias Mutter hatte nichts dagegen.

Andrea schlief in einer kleinen Kammer neben dem Stall und blieb eine ganze Woche.

Tonia verliebte sich in der ersten Sekunde in ihn. Aber er schenkte ihr kaum Aufmerksamkeit, und sie litt. Erst am dritten Tag lud er sie zu einem Spaziergang ein. Sie redeten kaum, aber noch nie hatte sie sich einem Menschen so nahe gefühlt.

In einem Olivenhain verführte er die schüchterne Tonia, die gar nicht wusste, wie ihr geschah. Es war für sie das erste Mal, und es war wunderschön. In Gedanken schwor sie ihm ewige Treue.

In den nächsten drei Tagen waren sie unzertrennlich. Liebten sich unzählige Male, überall in Feld und Wald, wo es auch nur annähernd möglich war.

Tonia schwebte auf einer Woge des Glücks und hoffte, es würde immer so weitergehen und Andrea würde für immer bleiben. Sie würden hier zusammen leben, eine Familie gründen, Kinder bekommen …

… aber als Tonia am siebten Tag morgens in die Küche kam, saß ihre Mutter allein am Tisch. »Wo ist Andrea?«, fragte Tonia, und ihr Herz zog sich schmerzhaft zusammen.

»Weg«, sagte ihre Mutter. »Bei Sonnenaufgang ist er weitergezogen. Ich soll dich schön grüßen. Er hat noch gesagt, du sollst bitte nicht böse sein, aber er ist aufgebrochen, um seine Weltreise fortzusetzen. Es tut ihm sehr leid, sagte er, aber er muss weiter, er will nicht in diesem kleinen, italienischen Bergdorf sesshaft werden, es gibt im Moment keinen Ort auf der Welt, wo er bleiben möchte. Er will reisen und die Welt sehen.«

Tonia nickte.

Warum hat er sich nicht von mir verabschiedet, schrie es in ihrem Inneren. Warum hat er mir das nicht selbst gesagt, sondern nur meiner Mutter?

Sie war wütend und enttäuscht. Entschloss sich, ihn zu vergessen.

Und das tat sie. Neun Monate später bekam sie Elena und strich Andrea aus ihren Gedanken.

Tonia ging langsam weiter. Sie musste aufpassen, um nicht zu fallen. Den Abhang hinunter, bis zum Bach. Fünfzig Meter weiter am Ufer entlang – dort stand das Unkraut extrem hoch und reichte Tonia fast bis zur Schulter -, und dann kam man zu einem kleinen verwitterten Steg. Schon vor Jahren hatte sie Angst gehabt darüberzugehen, aber er hatte immer gehalten. Dann würde er es auch heute tun.

Tonia ging langsam und vorsichtig hinüber, der Steg ächzte und stöhnte. Dann stieg sie wieder bergauf bis zum Olivenfeld, das einstmals ihrem Großvater gehört hatte. Die Bäume waren mittlerweile dick und verknöchert und weit über hundert Jahre alt. Dieses Olivenfeld war etwas Besonderes in dieser Gegend, und Tonia war stolz darauf.

Plötzlich hielt sie inne und blieb stehen. Unter einem Brennnesselbusch sah sie etwas Pinkfarbenes. Was war das? Hierhin verirrte sich normalerweise kein Mensch, aber so eine Farbe gehörte hier nicht her. Merkwürdig. Sie ging langsam näher.

Mit einem kleinen Stöckchen schob sie die hohen Brennnesseln beiseite, und dann sah sie das Entsetzlichste, was ein Mensch jemals zu Gesicht bekommen kann. Ein pinkfarbenes T-Shirt, eine Bluejeans, dreckig, teilweise zerfetzt, ein paar weiße Turnschuhe. Und darin steckte die vertrocknete und teilweise skelettierte Leiche eines Kindes. Der Körper bis auf die Knochen in sich zusammengefallen, ausgehöhlt, in der glühenden südlichen Sonne verdorrt und von Maden zerfressen. Da waren fast kein Fleisch, keine Augen, kein Mund, nichts mehr. Nur noch das Skelett.

Obwohl es zerrissen und verdreckt war, erkannte Tonia das T-Shirt. Es war das pinkfarbene mit einem hellgrünen Elefanten darauf. Sie hatte es Viola geschenkt.

Sie erkannte auch die Jeans, in die sie selbst vor nicht allzu langer Zeit einen neuen Reißverschluss eingenäht hatte. Und die weißen Turnschuhe hatte Viola zum Geburtstag im Mai bekommen.

Und jetzt lagen da nur noch Reste von ihrer geliebten Urenkelin und ihre Sachen im Gras unter der brennenden Sonne.

Da gab es kein Fleisch, kein Blut und kein Leben mehr.

Noch nicht mal mehr annähernd eine Leiche, die man in den Arm nehmen und dann beerdigen konnte.

Ihre geliebte kleine Viola gab es nicht mehr.

Tonia brach zusammen und umschlang das, was von Viola übrig geblieben war, mit ihren mageren Armen. Sie lag dort und weinte und weinte, während ihr die Sonne den Nacken verbrannte.

Und dann küsste sie das, was einmal ihre Urenkelin gewesen war, legte ihren Kopf auf die Rippenknochen, schloss die Augen und hörte auf zu atmen.

86

Cesare stürmte in Neris Büro. »Maresciallo Neri!«, brüllte er, obwohl er so etwas noch nie getan hatte. »Sie haben wahrscheinlich die kleine Viola gefunden. Tot. In den Bergen. Die sterblichen Überreste eines Kindes. An der Abzweigung nach Duddova. Kurz bevor es links zu der Hütte von Fabrizio abgeht.«

Neri sprang auf. »Alles klar. Fahren wir los.«

»Ach, und noch was.«

»Ja?«, fragte Neri ungehalten, denn er war schon auf dem Weg zur Tür.

»Neben der kleinen Viola liegt ihre Urgroßmutter Tonia. Sie ist auch tot.«

»Was?«, schrie Neri ungläubig. »Das kann nicht wahr sein!«

»Doch. Ich kann nichts dafür!«

»Porca miseria, das weiß ich. Oder hab ich was gesagt? Los, ab, denn jetzt haben wir wirklich ein Problem am Hals.«

Zwanzig Minuten später waren sie am Fundort der beiden Leichen angelangt. Ein Olivenbauer, Sergio, hatte die beiden entdeckt, als er das Unkraut zwischen seinen Bäumen wegsensen wollte.

Er stand ein paar Meter entfernt und rauchte mit zitternden

Händen eine Zigarette nach der andern. Neben ihm auf einer kleinen Mauer saß sein Freund Federico, der Sergio immer bei der Arbeit half, ganz gleich, was es zu tun gab. Er saß da mit hängendem Kopf und gefalteten Händen und murmelte leise vor sich hin. Es sah aus, als ob er betete.

Neri stand lange stumm vor den beiden Leichen. Er hatte in seinem Berufsleben viel gesehen: erschlagene, erhängte oder verbrannte Leichen, Menschen, die mit Gift getötet, zu Tode gestürzt oder erschossen worden waren, vergrabene Mordopfer oder in eine stinkende Klärgrube versenkte. Er hatte dies alles ertragen, ohne in den Tagen und Wochen danach von Albträumen geplagt zu werden – aber er hatte noch nie die skelettierte Leiche eines Kindes gesehen, deren Augen gar nicht mehr vorhanden waren. Schwarze Höhlen waren schlimmer als der sehnsüchtige Blick eines Toten in den Himmel.

Er wusste, dass ihn dieses Bild der kleinen Viola, denn er ging felsenfest davon aus, dass dieses armselige Skelett die kleine Viola war, noch Jahre verfolgen würde.

Falls ihre Uroma sie gefunden hatte, war es klar, dass sie diesen schrecklichen Anblick nicht ertragen hatte. Der Schmerz hatte sie umgebracht.

Minutenlang stand er wortlos vor den beiden Leichen, und auch Cesare wagte es nicht, sich zu bewegen.

Dann schüttelte Neri sich, atmete tief durch und erwachte aus seiner Schockstarre.

»Cesare«, sagte er schärfer, als er eigentlich gewollt hatte, »bitte ruf die Spurensicherung an und den Gerichtsmediziner. Ich will so schnell wie möglich wissen, wie lange das Mädchen schon tot ist und ob man noch herausfinden kann, woran sie gestorben ist. Und ob dies hier nur der Fundort oder auch der Tatort ist. Es sieht aus, als ob die Kleine hier schon Wochen liegt. Also vielleicht seit dem Tag, an dem sie vermisst wurde. Und dann will ich natürlich auch wissen, was mit der nonna passiert ist. Ach ja, und zieh im Umkreis von zehn Metern eine Absperrung um den Fundort der beiden Leichen. Ich will nicht, dass hier noch irgendein Vollidiot sämtliche Spuren kaputt trampelt und unbrauchbar macht, wie das in den umbrischen Bergen passiert ist, als wir die Reste einer Frauenleiche gefunden haben. Erinnerst du dich?«

Cesare nickte.

»Und kein Wort an die Presse! Ist das klar? Ich will hier oben im Olivenhain niemanden sehen, der eigentlich nur neugierig ist.«

Neri schwieg erschöpft.

Cesare schien verwirrt, als wisse er nicht, ob er sich das alles merken konnte. Als Erstes rief er schließlich die Spurensicherung an. Sie versprachen, so schnell wie möglich zu kommen, aber ein, zwei Stunden könne es schon dauern.

Dann sperrte er mit einem rot-weißen Flatterband den Tatort ab, obwohl es außer ihnen beiden niemanden gab, der dort herumtrampelte.

Sergio und Federico saßen immer noch stumm herum und wirkten wie paralysiert.

Irgendwann stand Federico auf und ging zu Neri. »Brauchen Sie mich noch, maresciallo?«, fragte er. »Zu Hause wartet meine Frau mit dem Essen. Ich habe nichts und niemanden gesehen, nur eben die nonna am Boden, und danach auch die Kleine hier im Gestrüpp. Sergio genauso. Wir haben die Leichen gefunden, und mehr nicht.«

»Alles klar, fahrt nach Hause. Und kein Wort zu niemandem. Habt ihr mich verstanden?«

»Certo. Danke, maresciallo.«

Was für ein höflicher Mann, dachte Neri, als er beobachtete, wie die beiden in Federicos Auto stiegen und den Berg hinunterfuhren.

Er wurde langsam sauer. Es war jedes Mal dasselbe Theater: Die Spurensicherung brauchte Stunden, bis sie zum Tatort kam, und dann waren die Spuren meist schon verwischt oder unbrauchbar. Was für eine verdammte Schlamperei!

Neri platzte fast vor Wut. Er beeilte sich immer, wenn er angerufen wurde, fuhr wie ein Wilder durch den Wald, raste durch die Pampa, und die Spurensicherung und die Gerichtsmediziner ließen sich alle Zeit der Welt. Das war eine Katastrophe und unter anderem auch der Grund, warum in Italien so viele Kapitalverbrechen nicht aufgeklärt wurden.

Cesare dagegen wirkte ziemlich locker und entspannt, guckte in die Luft und versuchte die Zeit totzuschlagen.

Was für ein Gemütsmensch! So jemand wie Cesare bekam wahrscheinlich nie einen Herzinfarkt.

Neri wurde immer wütender und immer trauriger. Das hatte die süße, kleine Viola nicht verdient. Hatte sie sich aus irgendeinem Grunde hier in den Olivenhainen herumgetrieben? Das sah ihr eigentlich nicht ähnlich. Und war sie dann hier einfach so gestorben? Hatte sie einen Hitzschlag bekommen oder einen Sonnenstich? Oder etwas anderes? Auch Kinder bekamen Schlaganfälle oder Herzinfarkte …

Nein, das konnte er sich beim besten Willen nicht vorstellen. Viola war ein gesundes, sportliches Mädchen gewesen mit keinem Gramm Übergewicht.

Oder war sie wirklich irgendwo ihrem Mörder begegnet, und der hatte sie hier in die Berge verschleppt? Er wollte ihn kriegen, wollte ihn fassen, diesen Widerling, der so einem zarten, glücklichen Kind Derartiges antun konnte. Der es vielleicht vergewaltigt, getötet und dann zwischen den Oliven in dieses Meer von Brennnesseln geschmissen hatte.

Neri hatte Lust, Gleiches mit Gleichem zu vergelten, aber er wusste, dass er so etwas gar nicht denken durfte, und darum setzte er sich auf eine kleine verwitterte Mauer und versuchte zur Ruhe zu kommen.

Die Sonne brannte den Hass aus seinem Kopf, und er wartete nur noch darauf, dass dieser Albtraum endlich vorübergehen würde.

Über drei Stunden später traf die Spurensicherung ein. Gefolgt von Enrico Martinelli, dem Gerichtsmediziner.

Neri schilderte den Kollegen in knappen Worten den Fall und zog sich mit Cesare zurück.

Vielleicht sollte er Gabriella anrufen, denn es würde spät werden. Er konnte hier erst weg, wenn die Kollegen fertig waren.

»Schatz«, flüsterte er ins Telefon. »Wir haben Viola gefunden. Sie ist tot.«

»Oddio!«

Er hörte, wie Gabriella die Hände überm Kopf zusammenschlug.

»Ja, es ist ganz furchtbar. Die Spurensicherung ist an der Arbeit. Bitte, rede noch mit niemandem darüber. Es kann spät werden, ich muss warten, bis die Kollegen fertig sind, und will hören, was sie sagen.«

»Was für eine Katastrophe!«

»Ja. Es ist nicht zu ertragen. So etwas hab ich noch nie erlebt. Und gefunden haben wir sie überhaupt nur, weil Tonias Leiche danebenlag.«

Gabriella stöhnte leise auf. Ihr fehlten einen Moment die Worte. Dann sagte sie leise: »Ich nehm dich in den Arm und bin bei dir, amore.«

Neri traten die Tränen in die Augen. »Grazie, cara. Bis später.«

»Bis später. Ich warte auf dich.«

Neri legte auf. Es war verdammt gut, wenn man jemanden wie Gabriella an seiner Seite hatte.

87

Als Neri am späten Abend nach Hause kam, nahm Gabriella ihn wortlos in den Arm und hielt ihn lange ganz fest.

»Komm rein«, sagte sie. »Komm. Damit du die Bilder in deinem Kopf loswirst.«

»Die werd ich nie wieder los«, flüsterte Neri. »Nie wieder. Das ist so schlimm, Gabriella.« Er ließ seinen Kopf auf ihre Schulter sinken und schluchzte. Sie streichelte ihm übers Haar.

»Das kann ich mir vorstellen.«

So standen sie beide unbeweglich, bis sie schließlich in die Küche gingen.

»Möchtest du etwas essen?«

Neri schüttelte den Kopf. »Nein, danke. Ich habe keinen Appetit.«

Gabriella fragte nicht weiter.

Neri ging ins Wohnzimmer, setzte sich in seinen Sessel und starrte in die Luft.

»Red mit mir! Erzähl!«, sagte sie nach einer langen Pause leise.

»Es hat mich umgehauen.« Neri flüsterte fast. »Dieses kleine, zarte, tote Kind. Jetzt fast nur noch ein Skelett. Ich habe so etwas noch nie gesehen und kann es nicht ertragen. Sie hatte noch ihre Sachen an, aber darin war fast nichts mehr. Ihr

Körper war weg. Verfault, vertrocknet, von Maden und wilden Tieren gefressen. Ganz grauenvoll, Gabriella. Was ist das für eine Welt, in der Menschen einem kleinen Mädchen so etwas antun?«

»Du weißt ja noch gar nicht, ob sie umgebracht worden ist.«

»Nein. Aber ich gehe nicht davon aus, dass ein achtjähriges Mädchen im Olivenhain einfach tot umfällt. Außerdem würde mich interessieren, was sie da zu suchen hatte«, sagte er scharf.

»Das werden ja die Gerichtsmediziner klären.«

»Sicher, das werden sie.« Neri war aggressiv, er platzte fast, aber gleichzeitig war ihm klar, dass ihn die Ereignisse des Tages einfach überfordert hatten.

»Weiß es ihre Familie schon?«

Neri schüttelte den Kopf. »Das steht gleich morgen an. Lieber würden wir zwar erst zweifelsfrei wissen, ob es auch wirklich Viola ist. Aber dann hängt Tonia ja auch noch mit drin, es ist einfach fürchterlich.«

»Seit wann ist das Mädchen tot?«

»Keine Ahnung. Wahrscheinlich seit ihrem Verschwinden, weil die Leiche bereits verwest und skelettiert ist. Aber das werden die Gerichtsmediziner herausfinden. Hoffe ich zumindest.«

»Und ist der Fundort auch der Tatort?«

»Keine Ahnung.«

»Wie hat man sie denn umgebracht?«

Neri konnte kaum sprechen und zuckte die Achseln. Dann explodierte er. »Gabriella! Im Olivenhain liegt eine skelettierte Leiche, und wir gehen mal davon aus, dass es Viola ist! Weiß der Himmel, ob die Gerichtsmediziner jemals herausfinden werden, wann und wie sie umgebracht worden ist. Aber auf alle Fälle ist sie tot. Und ihre nonna auch. Das müssen mir keine Gerichtsmediziner mehr bestätigen.«

Gabriella wusste nicht, was sie sagen sollte. Daher stammelte sie nur ein kaum hörbares: »Che disastro.«

Beide saßen wieder eine Weile schweigend.

Dann meinte Gabriella vorsichtig: »Bitte, lass dich jetzt nicht so hängen. Du kannst dem kleinen Mädchen und ihrer Familie am besten helfen, wenn du herausfindest, was passiert ist.«

Neri nickte, stand auf und gab Gabriella einen Kuss auf die Wange. »Ich geh nach oben ins Bett. Bin heute zu nichts mehr zu gebrauchen, morgen geht's mir bestimmt besser.«

Dann schleppte er sich langsam die Treppe hinauf.

Wie ein alter Mann.

88

Am nächsten Tag kam Neri um vier nach Hause.

Er war ungewöhnlich blass und so schweigsam wie am Tag zuvor.

»Erzähl! Was war los?«, fragte Gabriella.

»Nicht viel. Die Untersuchungen laufen noch, aber es steht jetzt bereits zweifelsfrei fest, dass es sich bei der Leiche um Viola handelt. Ich war bei Matteo und Carmela. Carmela hatte einen Nervenzusammenbruch. Stell dir vor, so lange warten und hoffen und bangen, dass die kleine Tochter irgendwie und irgendwann wiederkommt, und dann ist sie wirklich tot. Das kriegst du nicht geregelt. Das ist das Schlimmste überhaupt.«

»Habt ihr schon irgendeine Ahnung …?«

Neri sah seine Frau nur an, auf diese Frage gab es keine Antwort. Und das wusste sie auch.

Schließlich sagte er leise: »Zumindest bei Tonia handelt es sich klar um Herzversagen. Und das ist ja auch kein Wunder.«

Dann aß er sein Pastagericht und legte sich anschließend im Wohnzimmer auf die Couch. »Ich bin fertig«, sagte er noch, zog sich die Decke über die Ohren und schlief ein.

Um sechs schüttelte Gabriella Neri sanft wach. »Aufstehen, amore, wir müssen das Tanzbein schwingen!«

Mürrisch rappelte sich Neri hoch und sah aus, als würde er lieber bis morgen früh weiterschlafen.

»Aber wir können doch jetzt nicht tanzen gehen!«, stammelte er.

»Warum denn nicht? Du hast einen Fall. Es betrifft ein Mädchen aus dem Ort. Tja, aber das ist dein Beruf. Deswegen kannst du dein Privatleben nicht vollständig einstellen. Morgen früh geht deine Arbeit weiter, heute Abend nicht, amore.«

Neri fügte sich, und als sie wenig später auf dem Weg nach Monte San Savino im Auto saßen, kam die Vorfreude zurück. Immerhin war *er* es gewesen, der Gabriella zum Tanzkurs überredet hatte. Auf Giannis Hochzeit hatte er das Tanzen für sich wiederentdeckt und so schwungvoll losgelegt, dass Gabriella kaum mit ihm Schritt halten konnte.

Schließlich hatte sie nicht nur Neri zuliebe eingewilligt, den Kurs zu machen, sondern auch um etwas für ihre Kondition zu tun. Wenn sie ehrlich war, ging sie zu Fuß eigentlich nur jeden Morgen zum Bäcker und in die Bar, um ihren Zehn-Uhr-Espresso zu trinken, hin und wieder zum Fleischer und dienstags zum Markt. Ansonsten fuhr sie im Auto durch die Gegend oder bewegte sich zwischen Küche und Wohnzimmer hin und her. Das war alles. Einmal in der Woche zwei Stunden zu tanzen war bestimmt eine gute Idee.

Außerhalb von Monte San Savino, in einem schmucklosen Beton-Flachbau, war die Tanzschule untergebracht. Michele und Samanta, zwei spindeldürre Mittvierziger, leiteten die Schule, erklärten und tanzten vor. Beide trugen eng anliegende, schwarze Kleidung, Michele hatte seine dunklen Haare streng nach hinten gegelt, Samanta hatte ihre blond gefärbten Haare im Nacken mit einer Glitzerspange zusammengefasst und wirkte mit einem überdimensionalen falschen Wimpernpaar stark überschminkt. Aber sie tanzten und lächelten unaufhörlich, Michele gab die Kommandos, und Samanta tanzte wie in

Trance. Sie hörte gar nicht mehr zu, sondern machte schlafwandlerisch das, was Michele sagte.

Gabriella war bereits nach einer halben Stunde schweißgebadet und wünschte sich nur noch nach Hause und mit einem kühlen Getränk in den Sessel oder auch gleich ins Bett.

Aber es ging unermüdlich weiter: »Rück – Platz – links geht vor – Rück – Platz – rechts geht vor«, kommandierte Michele laut im Takt, während seine und Samantas Füße perfekt funktionierten. »Rück – Platz – erstes Mal – Wechselschritt – Rück – Platz – zweites Mal – Wechselschritt – und eins und zwei und drei – nebeneinanderher – Rück – Platz – erster Wechsel – die Dame dreht ein – die Dame dreht aus – und eins und zwei und drei – zweiter Wechsel ... Auf die Füße, auf den Rhythmus achten, bitte!« Michele lachte.

Gabriella stolperte nur noch, dann blieb sie stehen. »Ich kapier das nicht, ich kann mir das auch nicht merken«, stöhnte sie. »Fange ich jetzt mit rechts oder mit links an?«

»Du fängst immer mit rechts an, Männer mit links. Nun komm, stell dich nicht so an! Du kannst doch tanzen! Los komm: Rück – Platz ...«

Gabriella kämpfte mit ihrer schlechten Kondition und der Schwierigkeit, sich die Schrittfolgen zu merken und sofort umzusetzen.

Neri dagegen wuchs über sich hinaus. Er tanzte und drehte sich und schwang die Hüften und hüpfte, Schritt – Schritt – tapp – tapp, vor und zurück ... er war wie in einem Rausch, schien überhaupt nicht angestrengt, fühlte sich wie Fred Astaire in seinen besten Zeiten, und als er sah, dass sogar einige auf ihn aufmerksam wurden und ihn beobachteten, wurde er noch wilder.

Bis es plötzlich einen lauten Knall gab, und Neri wurde gefällt wie ein Baum. Er fiel einfach um und knallte aufs Parkett.

Zuerst spürte er einen dumpfen, dann einen stechenden Schmerz im Unterschenkel. Und im Knöchel. Überall. Es war unmöglich, den rasenden Schmerz genau zu lokalisieren.

Neri schrie.

»Um Gottes willen, Donato! Was hast du denn?«, brüllte Gabriella.

Die Musik erstarb.

Michele und Samanta stürzten auf Neri zu, hoben ihn vorsichtig hoch und schleppten ihn zu einem Stuhl am Rand der Tanzfläche.

Die anderen Paare standen bestürzt herum, wussten nicht, was sie sagen sollten, einige knieten vor Neri und fragten ihn, was los sei, wo es wehtäte, was denn um Gottes willen geschehen sei.

»Es tut so weh, es tut so weh!«, jammerte Neri. Die Tränen schossen ihm in die Augen. »Ich kann nicht mehr laufen. Irgendetwas ist passiert. Irgendwas ist kaputt.«

»Oddio! Das ist ja furchtbar!«

»Setz ihn ins Auto und fahr ihn ins Krankenhaus, Gabriella«, sagte Michele. »Nach Siena, Montevarchi oder Arezzo. Was für euch am günstigsten gelegen ist. Ich nehme an, dass eine Sehne gerissen ist, und dann muss er schnell operiert werden.«

»Ich halte Krankenhäuser nicht aus!«, stöhnte Neri.

»Das ist klar. Niemand hält Krankenhäuser aus. Aber du musst da jetzt hin«, sagte Gabriella streng.

»Oma ist im Krankenhaus gestorben.«

»Oma war alt und krank, Donato. Das war was ganz anderes. Und wegen eines kaputten Fußes stirbt man nicht im Krankenhaus.«

Neri schwieg.

»Helft ihr mir, ihn ins Auto zu bringen?«

Samanta und Michele nickten, hoben ihn hoch, legten

sich seine Arme über die Schultern und schleppten ihn zum Wagen.

Die übrigen Tanzpaare waren immer noch geschockt und begleiteten ihn. Wünschten ihm alles Gute, drückten ihm die Hand.

»Gute Besserung!«, sagte Michele. »Ciao!«

Als Gabriella losfuhr, sah ihnen die gesamte Tanzgruppe fassungslos hinterher.

Einige winkten.

89

Hamburg

»Ich will es einfach nicht glauben, dass wir nicht weiterkommen«, sagte Ingrid Schöffler zu ihrem Kollegen Bernd Krimm. »Wir haben drei Leichen, die vermutlich miteinander zu tun haben, zwei davon haben dieselben Fremd-DNA-Spuren, wir haben bei Anna-Lena einige Zeugenaussagen und einen Fundort, und wir haben ein wirklich gutes Profil vom Täter. Warum, zum Teufel, kommen wir nicht weiter?«

»Weil sich dieser Scheißkerl zufällig irgendwelche Opfer sucht. Die, die das Pech haben, in seiner Nähe zu sein. Er hat keine Beziehung, keine Verbindung zu seinen Opfern, sie laufen ihm einfach über den Weg. Und so ein Arschloch findet man nie, weil man nichts in der Hand hat. Wir wissen ja nur, dass sein Beuteschema kleine Mädchen sind. Na toll, kleine Mädchen gibt es viele.«

»Das hört sich so resignativ an.«

»Ja.«

»Aber wir müssen irgendwie weitermachen. Noch mal von vorne anfangen. Vielleicht haben wir irgendetwas übersehen.«

Bernd zuckte die Achseln. Diese Sprüche von wegen »wir haben irgendetwas übersehen« gingen ihm ungeheuer auf die Nerven.

In diesem Moment kam ein junger Kollege, Sven Christiansen, herein. »'tschuldigung, aber der Fall der kleinen Anna-Lena geistert natürlich immer noch durch alle Polizeistationen, und gerade eben hat uns die Verkehrsüberwachung ein weiteres Video rübergeschickt. Vom fraglichen Abend. Das hatte sich irgendwo verkrümelt und ist erst jetzt wieder aufgetaucht. Ich hab's im entsprechenden Ordner abgelegt, da könnt ihr's aufrufen.«

»Wir haben doch schon Stunden und Tage geguckt«, knurrte Bernd.

»Ja, aber das kennen wir noch nicht. Die Bismarckstraße und die Tankstelle, beides auch abends sehr frequentiert. Sorry.«

Christiansen verschwand wieder.

»Was ist denn das für eine elende Schlamperei!«, knurrte Bernd.

»Egal«, meinte Ingrid. »Lass uns mal gucken. Aber Bismarckstraße ist auf jeden Fall gut. Da könnte Anna-Lena langgegangen sein.«

Ingrid und Bernd saßen stumm vor dem Computer und konzentrierten sich.

Das Video begann um 20 Uhr 30. Die Geschäfte hatten um 20 Uhr geschlossen, aber auch um diese Zeit war noch reger Verkehr.

»Warte mal. Gegen neun Uhr hat Manuela Knudsen mit ihren Kollegen Anna-Lena noch in der Tiefgarage spielen sehen, wir können also weiter vor.« Ingrid klickte ein paarmal mit der Maus, dann starrten sie die Bilder an, die die Kamera ab 20 Uhr 55 bot.

Sie prüften die nächsten zwanzig Minuten des Films, aber Anna-Lena war nirgends zu entdecken.

»Noch mal?«, fragte Ingrid enttäuscht im Anschluss. »Schauen wir uns diesmal das Innere der Autos noch einmal genauer an, soweit sich was erkennen lässt.«

Bernd zuckte ergeben mit den Achseln.

Noch einmal starrten sie stumm auf den Bildschirm.

»Da!«, sagte Ingrid plötzlich aufgeregt und tippte auf den Monitor. »Stopp mal! Das ist doch der Paul Böger, der mit Manuela Knudsen verabredet war. Der, den wir noch zu keiner Zeugenaussage bitten konnten.«

»Puh, kann sein.« Bernd gähnte herzhaft.

»Das erinnert mich daran, dass wir da noch mal nachfassen. Der hat sich immer noch nicht aus Italien gemeldet. Das ist doch auch komisch.«

Schweigend konzentrierten sie sich wieder auf den Bildschirm.

Plötzlich rief Ingrid: »Ach nee!« Sie klickte erneut auf Pause. »Guck mal! Spinne ich, oder ist das noch mal der Böger?«

Sie klickte kurz zurück und hielt das Standbild. »Eindeutig.«

Bernd nickte.

Ingrid war ganz aufgeregt. »Vor ein paar Minuten ist er schon mal hier entlanggefahren. Was will der denn da andauernd?«

»Keine Ahnung.«

»Ich finde das ziemlich merkwürdig. Lass uns noch mal zurückgehen. Wie lange ist das her?« Ingrid klickte in dem Video herum und notierte auf einem Blatt Papier die Zeiten.

»Fünf Minuten sechzehn«, sagte sie nach kurzem Rechnen. »Wenn er einmal um den Block fährt und ein paar Rotphasen erwischt, könnte das hinkommen. Das sollten wir mal austesten.«

»Vielleicht hat er ja was vergessen und musste deswegen zurück«, kommentierte Bernd leicht gelangweilt.

»Hmmm. Aber fünf Minuten sind auch zu wenig, um zum Parkhaus zurückzufahren und hoch ins Restaurant zu gehen und etwas zu holen.«

»Ja, stimmt«, gab Bernd widerwillig zu.

Ein paar Minuten später schrie Ingrid auf. »Verflucht, da kommt er noch mal! Fährt wieder die Bismarck lang und an der Tankstelle vorbei! Warte mal, diesmal in … fünf Minuten dreiundvierzig. Hat der sie nicht alle?«

Ingrid drehte sich halb zu Bernd um, ohne den Bildschirm aus den Augen zu lassen, auf dem jetzt ein Standbild von Pauls Wagen zu sehen war. »Überleg doch mal: Was macht man nach einem Abendessen mit Kollegen beim Japaner? Man fährt nach Hause, um sich noch die Tagesthemen anzugucken, was zu lesen, mit dem Partner zu quatschen oder gleich ins Bett zu gehen. Oder man peilt noch eine Bar an, wo man in Ruhe und ohne Kollegen einen Absacker nehmen kann. Oder man fährt zu einem Freund oder einer Freundin. Was weiß ich. Tausend Möglichkeiten. Aber man fährt ganz bestimmt nicht noch ein paarmal für nichts und wieder nichts ums Karree.«

Allmählich begann die ganze Sache Bernd auch zu interessieren. »Na gut, dann gucken wir mal, wann er mit dem Blödsinn aufhört.«

»Und ob wir irgendeinen Grund für die sinnlose Herumkurverei entdecken.«

»Anna-Lena zum Beispiel?«

»Zum Beispiel.«

Aber Paul Böger tauchte nicht mehr auf.

Sie starrten noch weitere zwanzig Minuten auf den Bildschirm, aber da kam nichts mehr.

»Wir müssen noch mehr Videos aus dieser Gegend auswerten«, sagte Ingrid leise. »Da wird es bestimmt noch einiges geben.«

»Von den großen Straßen, ja. Aber nicht von den kleinen Nebenstraßen.«

»Egal. Vielleicht haben wir ja Glück. Die Bilder aus dem

Auto können wir auch noch genauer untersuchen, ob man vielleicht doch noch etwas von der Rückbank erkennt. Ob Anna-Lena da vielleicht gesessen hat. Aber so oder so müssen wir uns definitiv diesen Paul Böger vorknöpfen. Wo immer er auch steckt.«

90

»Entschuldigen Sie bitte, Herr Giese«, sagte Ingrid betont freundlich, als sie mit ihrem Kollegen vor Donnies Tür stand. »Haben wir heute etwas mehr Glück? Ist Ihr Freund Paul Böger eventuell zu sprechen?«

Donnie strich sich eine Haarlocke aus der Stirn und schüttelte den Kopf. »Nein, leider nicht. Er ist immer noch nicht aus Italien zurück. Und ich kann ihn schlecht erreichen, sein Handy hat dort auf dem Berg, wo sein Haus steht, keinen Empfang.«

»Verstehe.« Ingrid seufzte entnervt. »Dürften wir vielleicht trotzdem für zwei Minuten hereinkommen? Wir halten Sie auch nicht lange auf.«

»Aber natürlich. Bitte.« Donnie tänzelte zur Seite und ließ die beiden Kripobeamten herein.

»Hat Ihr Freund vor, ganz nach Italien zu ziehen?«

»So ganz klar ist das nicht, aber ich befürchte es fast.«

»Ist das schwer für Sie?«

»Sehr.« Donnie war schon wieder den Tränen nahe.

Ingrid nickte mitfühlend. »Wissen Sie, wir sind immer noch nicht sehr viel weitergekommen im Fall der ermordeten Anna-Lena Broders. Und Paul Böger war wohl einer der Letzten, die sie noch lebend gesehen haben. Mit seinen beiden

Kollegen haben wir schon ausführlich gesprochen, mit ihm selbst leider noch nicht. Aber vielleicht hat er ja doch irgendetwas gesehen, was relevant wäre für die Aufklärung? Das wäre sehr hilfreich. Wir müssen da nach jedem Strohhalm greifen. Können Sie sich denn an den Abend erinnern, als er mit seinen Kollegen japanisch essen war?«

»Puh, ja, ich glaube schon.«

»Wissen Sie noch, wann er ungefähr nach Hause kam?«

»Oh, mein Gott!«, Donnie blickte zum Himmel. »Da bin ich jetzt ein bisschen überfragt. Ich kann mir ja nicht jeden Tag merken. Keine Ahnung, wann er nach Hause kam. Aber es war spät. Sehr spät. Das weiß ich noch. Ich selber kam jedenfalls erst weit nach Mitternacht aus dem Theater und dachte, vielleicht könnten wir noch ein Tässchen Sekt trinken oder eine Partie Schach spielen. Das machen wir hin und wieder, wir sind beide ziemliche Nachteulen.« Seine Augen leuchteten, als er das sagte.

»Und?«

»Ich glaube, es war kurz vor zwei. Er war noch wach, stand auf der Terrasse und rauchte.«

»Dieses Loft hat eine Terrasse?«

»Ja, sicher! Fast die Hälfte der Fläche kann man oben betreten. Ich weiß, das ist ungewöhnlich, aber wirklich toll.«

»Okay. Erzählen Sie weiter.«

»Da bin ich zu ihm gegangen. Wir haben uns ein Weilchen unterhalten und einen Rotwein getrunken, dann sind wir ins Bett.«

»War er irgendwie anders als sonst? Nervös, fahrig, schlecht gelaunt?«

»Nein. Er war ganz ruhig. Ganz freundlich, ganz sanft. So ist er nicht immer zu mir. Er kann auch sehr schroff sein.«

»Verstehe. Es war spät, aber ein absolut friedlicher Abend. Und dann sind Sie beide ins Bett gegangen.«

»Ja, genau so war es. Wo ist denn das Problem?«

»Keine Sorge. Es gibt kein Problem, Herr Giese. Es ist einfach nur so, dass Ihr Freund ein wichtiger Zeuge ist und wir ihn gern einmal sprechen würden. Sagen Sie, wissen Sie, wo das Haus ist, das er sich gekauft hat?«

»Genau weiß ich es nicht. Ich weiß nur, dass es irgendwo in den Bergen oberhalb von Ambra ist. Er meinte, er habe dort kein Telefon, kaum Handyempfang und kein Internet, es wäre einfach am Ende der Welt. Aber so etwas hatte er ja gesucht.«

»Könnten Sie uns vielleicht seine Handynummer geben? Dann probieren wir es ab und zu. Das würde uns schon sehr helfen.«

»Aber sicher.«

Donnie schrieb Pauls Handynummer auf einen Zettel und reichte ihn Bernd.

»Danke.« Bernd steckte den Zettel in seine Jackentasche.

Ingrid und Bernd standen auf.

»Vielen herzlichen Dank«, sagte Ingrid, »Sie haben uns sehr geholfen. Wenn Ihnen noch irgendetwas einfallen sollte oder Ihr Freund sich bei Ihnen meldet, dann geben Sie uns doch bitte Bescheid.«

»Er ist nach dem Essen beim Japaner zwei Mal ums Karree gefahren, hat kein Alibi für die Tatzeit und ist kurz danach in Italien abgetaucht. Das reicht noch für keine Verhaftung, aber es ist besser als nichts. Und die einzig gute Spur, die wir haben. Auch wenn es mir schwerfällt, werde ich meinen Ex kontaktieren, was er davon halt. Der große Profiler und Meister der Ermittlungspsychologie hat ja doch manchmal einen genialen Gedanken. Und dann sehen wir weiter. Dieser Paul Böger stinkt mir gewaltig.«

»Sei vorsichtig. Es stinkt dir immer sehr schnell, Ingrid.«

»Ja, siehst du denn nicht, was los ist?«, antwortete Ingrid

wütend. »Vielleicht rieche ich den Täter eher als du, kann schon sein, aber nur dann lässt sich eine Fährte aufnehmen. Ich will das jetzt nicht weiter ausführen.«

»Das ist auch gut so.«

»Ja, genau.«

Bis zum Polizeipräsidium sprachen sie kein weiteres Wort.

91

Es tat jedes Mal weh, Dieters Stimme zu hören, und daher hatte sie wenig Lust, ihn anzurufen, als sie gegen fünf nach Hause kam. Sie überlegte, vielleicht erst Abendbrot zu essen, sich mit einem Glas Wein Mut anzutrinken und ihn dann anzurufen – aber dann verwarf sie den Gedanken wieder. Es half nichts, vor etwas davonzulaufen, was man letztendlich doch erledigen musste. Und wenn sie es gleich hinter sich brachte, war der Abend höchstwahrscheinlich wesentlich schöner und entspannter.

Sie setzte sich auf die Couch und wählte seine Nummer.

Es dauerte ungewöhnlich lange, bis er abnahm.

»Dieter?«, fragte sie.

»Ja!«, brüllte er.

»Erwische ich dich gerade im Auto?«

»Ja! Ich hör dich ganz schlecht. Was ist los?«

»Wann können wir telefonieren? Es geht nicht um mich, sondern um die Mädchenmorde.«

»Ich fahre gerade über den Brenner.«

»Du fährst *was*?«

»Ich fahre über den Brenner. Ruf mich um 22 Uhr an, da bin ich im Hotel, und wir können reden.«

»Gut. Bis später.«

Sie legte auf. Er war also auf dem Weg in Richtung Süden. So, so. Wollte wahrscheinlich mit seiner neuen Flamme in den Urlaub fahren.

Sie waren lange nicht mehr zusammen verreist. Vielleicht wäre alles anders gekommen, wenn sie mehr Zeit füreinander gehabt hätten, aber da waren immer irgendeiner oder auch mehrere Fälle, die dringend bearbeitet werden mussten und mehr Priorität hatten als das Privatleben. Aber jetzt auf einmal fuhr der Herr in Urlaub. Das war ja hochinteressant.

Sie fing an zu heulen, und als sie sich gar nicht mehr beruhigen konnte, zog sie sich aus und ging unter die Dusche. Das war das Heilmittel überhaupt: Sie hatte in ihrem Leben auch in der größten Not immer aufgehört zu weinen, wenn sie unter der Dusche stand.

Um Punkt 22 Uhr rief sie ihn an. Er sollte merken, dass es wichtig war.

»Ja?«, fragte eine Frauenstimme.

Impulsiv sprang sie auf, so hatte sie sich erschrocken. Jetzt ging die neue Flamme auch schon an sein Handy! Das war ja wohl das Letzte!

Sie brauchte ein paar Sekunden, um sich zu fangen.

»Könnte ich vielleicht meinen Mann sprechen?«, fragte sie kühl und scharf.

»Aber sicher!«, tönte die Flamme, dann hörte Ingrid ein leises: »Für dich, Schatz«, und kurz darauf meldete Dieter sich. »Ja, Ingrid, was gibt's?«

»Wo bist du?«, fragte sie als Erstes.

»Am Gardasee«, sagte er. »Wir bleiben hier ein paar Tage, und dann fahren wir weiter nach Elba.«

»Oh, wie schön«, sagte sie, und schon wieder gab es ihr einen Stich ins Herz. Es war wirklich entsetzlich, wenn man mit seinem Ex noch zusammenarbeiten musste. »Wie kommt es, dass du es geschafft hast, dich zu einem Urlaub durchzuringen?«

»Wollten wir nicht über den Fall reden?«, fragte er kühl.

»Ja. Wir haben einen im Ansatz Verdächtigen.«

Und dann erzählte sie ihm alles, was sie bisher wusste.

»Von daher passt es gut, dass du in Italien unterwegs bist. Von wo setzt du nach Elba über?«

»Von Piombino aus.«

»Wo ist das denn?«

»Südlich von Livorno.«

»Perfekt. Könntest du auf dem Weg dahin bitte noch einen kleinen Abstecher in die toskanischen Berge machen? In die Nähe von Ambra? Und dir diesen Paul Böger zur Brust nehmen?«

»Wo liegt das denn?«

»Circa dreißig Kilometer östlich von Siena.«

»Na toll. Das ist ein Umweg von mindestens zwei Stunden.«

»Bitte, Dieter! Der Kerl ist da untergetaucht. Er will für immer dort bleiben und sich in der Einsamkeit verstecken. Sein Freund, also ich meine der, der mit ihm in einer Art Wohngemeinschaft lebt, war vollkommen naiv, und nur dadurch haben wir überhaupt erfahren, wo er sich ungefähr aufhält. Ich müsste sonst eine aufwendige Dienstreise beantragen, und du weißt, wie das ist.«

»Eine Katastrophe.«

»Du sagst es.«

»Aber wenn ich da hinfahre, bin ich offiziell nicht im Dienst.«

»Egal. Noch sind wir nicht vor Gericht. Halt einfach mal Augen und Ohren offen. Das hilft uns schon weiter.«

»Lust hab ich keine. Null. Das haut mir den Urlaub kaputt.«

»Ach was, nun übertreib mal nicht. Das ist ein einziger Tag!« Sie legte eine lange Pause ein. »Bitte, Dieter!«

Dieter seufzte. »Okay. Dann seh ich mal, was ich in Erfahrung bringen kann.«

»Danke. Das ist echt lieb von dir.«

»Ja. Gute Nacht.« Er legte auf.

Ingrid hätte jubeln können. Dieter würde ganz bestimmt etwas herausfinden. Er war ein hervorragender Vernehmer, trat jedem Verdächtigen vollkommen anders gegenüber, je nachdem, welchen Charakter er da vor sich hatte. Und wenn er sich außerhalb des Polizeigebäudes mit einem Verdächtigen unterhielt, merkte der meist gar nicht, dass er vernommen wurde.

Sie war gespannt.

Aber ihn und sie gab es nicht mehr.

Es brach ihr das Herz.

Das alles hätte nicht passieren dürfen.

Sie hatten zu wenig aufeinander aufgepasst.

92

Toskana

»Amore, jetzt beruhige dich und hör mir mal gut zu«, flüsterte Gabriella, »du bist operiert worden, die gerissene Achillessehne ist wieder angenäht, alles ist gut gegangen und in Ordnung. Keine Panik, tesoro. In ein paar Tagen bist du wieder zu Hause, dann ein paar Wochen Gips, und hinterher bist du wieder wie neu und springst über Berg und Tal.«

Neri stöhnte nur und verzog das Gesicht vor Schmerz. »Ich kann mir kein Gipsbein leisten, ich muss den Mädchenmord aufklären.«

»Vielleicht kannst du es dir nicht leisten, das kann schon sein, aber so ist es nun mal. Und du hast Cesare. Er kann Auto fahren, er wird dich ersetzen. So ist das im Leben. Wahrscheinlich löst du den Fall von zu Hause aus. Durch die Kraft der Gedanken.« Sie lächelte.

»Es gibt gleich Abendessen. Hast du mir Wein mitgebracht?«

»Bist du verrückt? Die schmeißen mich raus!«

»Oma haben wir auch immer Wein mitgebracht, wenn wir sie besucht haben.«

»Kann ich mich nicht mehr dran erinnern.«

»Aber ich. Bring mir morgen Abend Rotwein mit, ja? Ich hab nichts an der Leber, ich hab ein kaputtes Bein. Und ich kann den Scheißfraß hier sonst nicht ertragen.«

»Das mach ich.«

»Wie geht es Peppone?«

»Bestens. Wir machen morgens und abends einen gemütlichen Spaziergang bis hinauf nach Duddova. Mittlerweile liebt mich Peppone. Außerdem bekommt er jeden Tag von mir einen Kauknochen.«

»Super. Das beruhigt mich wirklich.«

»Buonanotte, amore.« Sie drückte ihm einen Kuss auf die Stirn und ging.

Er sah ihr hinterher. Ein paar Wochen in Gips. Das war das Allerletzte, was er gebrauchen konnte.

Drei Tage später hüpfte Neri mit Gipsbein an Krücken aus dem Krankenhaus.

»Wo steht das Auto?«

»Das ist 'ne Ecke weg. Wir müssen noch um diesen ganzen Häuserkomplex und dann links ein Stück die Straße runter, und dann parke ich da irgendwo rechts.«

»Das schaffe ich nicht, Gabriella. Nicht auf Krücken. Dafür hätte ich zehn Jahre lang im Fitnessstudio trainieren müssen. Mach irgendwas. Ruf die Feuerwehr oder hol das Auto oder sonst was. Mir egal. Aber ich hüpfe jetzt noch zehn Meter, und dann breche ich zusammen.«

»Das darf doch nicht wahr sein, Neri«, stöhnte Gabriella. »Aber gut, dann setz dich jetzt hier irgendwo in den Dreck oder dahinten auf den Papierkorb, und ich werde mal sehen, was ich tun kann. Bis später.«

Sie marschierte davon, und Neri ließ sich auf einer Wiese einfach fallen.

Zwei Stunden später telefonierte er mit seinem Assistenten.

»Cesare«, sagte er, »ich bin hundert Prozent schwerbehindert. Jedenfalls für ein paar Wochen. Ich kann nicht Auto fahren, nicht laufen, ich sitze zu Hause und kann gar nichts mehr. Du musst jetzt alles regeln. Bitte komm her, damit wir alles besprechen.«

Zehn Minuten später war Cesare da.

»Das kriegen wir hin«, sagte er, und Neri hatte das Gefühl, dass Cesare fast froh war, mal für eine Weile die erste Geige zu spielen.

»Was gibt's Neues?«

»Die Ergebnisse aus der Gerichtsmedizin sind gekommen. Heute Morgen. Die kleine Viola ist durch stumpfe Gewaltanwendung auf den Oberkörper zu Tode gekommen. Ihre Rippen sind zerquetscht. Ob sie sexuell missbraucht worden ist, kann man bei dem Zustand der Leiche nicht mehr feststellen, auch nicht, ob sie um ihr Leben gekämpft hat. Und auch eine fremde DNA ist Fehlanzeige. Vielleicht ist ihr ein Felsblock auf die Brust gefallen.«

»Liegt der Felsblock noch irgendwo?«

»Nein«, sagte Cesare kleinlaut.

»Na also. Dann erzähl nicht solch einen Blödsinn. Ist der Fundort auch der Tatort?«

»Höchstwahrscheinlich nicht. So wie es aussieht, ist sie irgendwo anders zu Tode gekommen, aber wo, wissen wir nicht.«

Neri seufzte. »So viel zum Thema ›Felsblock‹. Tja. Was machen wir nun? Hast du eine Idee?«

»Ehrlich gesagt nicht, maresciallo.« Cesare sah zu Boden.

»Gut. Dann mach dich an die Arbeit. Finde raus, was das mit der stumpfen Gewaltanwendung auf sich hat. Und dann das große Programm. Rede mit allen. mit den Eltern, Oma und Opa, Onkel und Tanten, mit Freunden und Nachbarn und Gott weiß mit wem. Einfach mit allen.«

»Aber das hab ich doch schon gemacht!«

»Dann machst du es eben noch mal! Jetzt ist die Situation eine völlig andere. Viola wird nicht mehr vermisst, sondern wir haben eine Leiche. Sie ist tot. Darauf reagieren Menschen anders. Fühl ihnen auf den Zahn. Und achte darauf, ob dir irgendwas auffällt, ob sich irgendjemand komisch verhält oder dir blöde kommt. Vielleicht redet einer dummes Zeug oder verwickelt sich in Widersprüche. Alles klar?«

»Alles klar.«

Neri brach innerlich zusammen, aber ließ es Cesare nicht spüren. Dieser junge Mensch war einfach zu grün hinter den Ohren, hatte keinerlei Lebenserfahrung. Wie sollte er da einen Gesprächspartner überlisten und Informationen aus ihm herausholen, die dieser überhaupt nicht preisgeben wollte? Das würde niemals funktionieren.

»Vielleicht kann ich in einer Woche schon mitkommen, aber im Moment muss ich das Bein unentwegt hochlegen, sonst hab ich das Gefühl, dass es explodiert«, klagte Neri und war in diesem Moment unendlich frustriert. »Ich kann dir leider nicht helfen, aber ich möchte unentwegt informiert werden. Ruf mich an und schreibe Berichte. Das alles kann letztendlich ungemein wichtig sein.«

»Va bene.«

»Das Telefon werde ich vom Büro auf mich hier zu Hause umleiten, dann kann ich alle Telefonate annehmen und bin immer erreichbar.«

»Großartig.«

»Und du kannst jederzeit kommen, wenn du etwas herausgefunden hast, va bene?«

»D'accordo.«

»Dann zieh los. Wir hören voneinander.«

Cesare verschwand, und Neri ließ sich tief in die Kissen fallen und schloss die Augen.

Die kleine Viola. Das wäre vielleicht der Fall seines Lebens gewesen – und jetzt war er so gehandicapt. Schlimmer ging es nicht.

93

Paul hatte davon gehört, dass Viola, nachdem die Untersuchungen in der Gerichtsmedizin abgeschlossen waren, heute Nachmittag um drei auf dem Friedhof in Ambra beigesetzt werden sollte.

Er zitterte vor Anspannung. Konnte seine Kaffeetasse kaum ruhig halten. Die Trauerfeier in der Kirche und dann die Beisetzung auf dem Friedhof zogen ihn magisch an.

Er hatte schon den Autoschlüssel in der Hand, ging hinaus, wollte losfahren, aber dann kehrte er um, ging ins Haus zurück und setzte sich wieder ans Küchenfenster. Diese Unentschlossenheit, die sich durch sein gesamtes Leben zog, machte ihn wahnsinnig. Nie wusste er, was er machen sollte. Immer gab es zwei oder drei Möglichkeiten. Und nie konnte er sich entscheiden.

Schließlich schlug er mit der Faust auf den Tisch, ging zum Auto und fuhr los.

Die Straßen waren zugeparkt und ganz Ambra auf den Beinen. Es sah aus, als gäbe es keinen einzigen Menschen in der kleinen Stadt, der nicht zur Beerdigung gekommen war. Die Dorfkirche war überfüllt, schließlich war ein kleines, liebes Mädchen aus ihrer Mitte zu Tode gekommen. Wie, wusste keiner. Un mistero. Unheimlich und unerklärlich. Der ganze Ort spekulierte über nichts anderes.

Die großen Kirchentüren standen sperrangelweit offen, und die Menschen versuchten auch draußen vor der Kirche dicht gedrängt noch ein paar Worte des Priesters mitzubekommen. Das Schicksal der kleinen Viola und ihrer Urgroßmutter, die neben der toten Urenkelin gestorben war und mit ihr in einem Grab beerdigt werden sollte, ließ niemanden unberührt.

Ambra war zutiefst geschockt. Das wurde an diesem Tag mehr als deutlich.

Als der Gottesdienst beendet war, folgten zuerst Matteo und Carmela den Särgen. Matteo musste seine Frau stützen und fast tragen, so schwach war sie, dann folgte die ganze Familie: Onkel und Tanten, Cousins und Cousinen, weiter entfernte Verwandte, Freunde und Bekannte, die ganze Stadt.

Paul war beeindruckt. Das kleine tote Mädchen wurde wie eine Heilige verehrt.

Er folgte den Trauernden bis zum Friedhof und konnte sehen, wie der große und der kleine Sarg in die Grube gelassen und dann mit Erde bedeckt wurden.

Die Mutter brach weinend zusammen. Auch der Vater konnte sich kaum noch auf den Beinen halten.

Paul hatte Tränen in den Augen.

Als das Kondolieren begann, drehte er sich um und ging.

Fuhr wieder hinauf auf seinen Berg. Es war ein Fehler gewesen, auf die Beerdigung zu gehen.

Was hatte er dort auch verloren.

Am nächsten Morgen wachte er wieder viel zu früh auf, weil ihm die Sonne direkt ins Gesicht schien. Er drehte sich zur Seite und wusste nicht, warum er aufstehen sollte. Warum er überhaupt lebte.

Georgina hatte erst am Wochenende wieder Zeit, ihre

Woche war total verplant, er wusste nicht wofür, und er wollte es auch gar nicht wissen.

Immer häufiger dachte er an Matilda. Die kleine süße Matilda. Und plötzlich schoss ihm der Gedanke durch den Kopf, dass er Georgina vielleicht nur heiratete, um Matilda nahe zu sein. Was für ein Wahnsinn.

Mit aller Kraft versuchte er den Gedanken zu verdrängen.

Aber sosehr er sich auch bemühte, allmählich begriff er: Matilda war seine Göttin, seine kleine Prinzessin, seine Braut.

Nur war die Kleine im Moment so unendlich weit weg, so unerreichbar, und ihm war so elend. Mittlerweile hatte er auch den Eindruck, das einsame Haus machte alles nur noch schlimmer und nicht besser.

Er war so unendlich allein. Einsamer konnte man nicht sein.

Als er drei Tage lang fast nur auf seiner Matratze gelegen und vor dem Haus am Mühlrad gesessen hatte, fuhr er ins Dorf. Es fiel ihm fast schwer, den Wagen zu bewegen, so fremd erschien ihm jede Bewegung, jeder Handgriff.

Auf der Piazza trank er einen Cappuccino, checkte seine Mails und guckte, ob Georgina oder irgendjemand versucht hatte, ihn telefonisch zu erreichen.

Nichts. Georgina hatte sich nicht gemeldet, Donnie nicht, und auch nicht Manuela. So schnell hatten sie ihn also von der Liste der freien Mitarbeiter gestrichen. Er hatte fest damit gerechnet, dass sie ihn fragen würden, ob er auf Honorarbasis weiter die ein oder andere Idee, einen passenden Slogan, eine knallige Fotosession oder Ähnliches liefern könne – aber da kam nichts. Gar nichts. Offensichtlich war er leicht zu ersetzen.

Nun ja. Er wollte sich nicht eingestehen, wie sehr ihn das verletzte.

Offensichtlich gab es in Deutschland niemanden, der noch an ihn dachte oder ihm eine Träne hinterher weinte.

Er hatte sich mit diesem Haus in der Toskana total ins Abseits geschossen.

Aber auch seine trinkfreudigen Freunde vom rauschenden Dorffest in Monte Benichi hatten sich noch nicht gemeldet: weder der Maurer Davide, der großspurig behauptet hatte, auch einen fantastischen Tischler an der Hand zu haben, der in null Komma nichts eine Küche bauen könnte, der behauptet hatte, mit seinem Kumpel Salvatore Bad und Küche auf Vordermann zu bringen, noch der Elektriker und Internetkünstler Nicolò, der ihn vielleicht von seiner digitalen Abgeschiedenheit auf dem Berg befreien könnte, noch der Waldarbeiter und Tausendsassa Franco, der versprochen hatte, binnen kürzester Zeit und »senza problemi« sein Grundstück in eine Parklandschaft verwandeln zu können.

Es waren alles nur Schaumschläger.

94

Samuele war klein, aber muskulös und strotzte vor Energie. Er hatte schwarzes, dichtes, lockiges Haar, fuhr einen weißen Pick-up und war in der Gegend bekannt wie ein bunter Hund. Niemand wusste genau, wie viele Hektar Oliven er besaß, aber man munkelte, dass er ein reicher Mann war. Wenn er sein Olivenöl verkaufte, reichte er sein Bio-Zertifikat immer gleich mit dazu, er fühlte sich als der Vorzeige-Olivenbauer der Region. Seine Haine umschlossen das Grundstück von Matteo und Carmela, aber man lebte in guter Nachbarschaft, grüßte sich, wenn man sich traf, und trank hin und wieder einen Grappa zusammen.

Matteo mochte Samuele. Wenn es wirklich mal hart auf hart kam, war Samuele sicher zur Stelle.

An diesem Morgen fuhr der weiße Pick-up bei Matteo und Carmela vor, als sie noch beim Frühstück saßen.

Matteo trat vor die Tür. »Ciao, Samuele«, sagte er dumpf. »Ich grüße dich. Was gibt's?«

»Nichts«, meinte Samuele, ging auf Matteo zu und gab ihm die Hand. »Ich wollte dir nur sagen, wie leid mir das tut mit Viola. Ich muss Tag und Nacht daran denken. Kann mir vorstellen, wie ihr euch fühlt. Du und Carmela. Und ich wollte dir nur sagen: Wenn ich euch irgendwie helfen kann – jederzeit. Was auch passiert. Klingelt einfach durch, ich bin da. Nur, dass du das weißt. Schließlich sind wir Nachbarn.«

Matteo nickte und umarmte Samuele. »Grazie. Komm rein. Auf einen Kaffee.«

Die Küche von Matteo und Carmela war sehr karg, aber dennoch gemütlich.

Samuele nahm die Mütze ab, als er hereinkam, und reichte Carmela die Hand. »Ich grüße dich.«

»Salve«, sagte Carmela und schämte sich, denn sie war noch im Nachthemd. Sie lief schnell hinaus, zog sich einen Morgenmantel an und kam wieder herein. »Möchtest du einen Kaffee, Samuele?«

»Gern.«

Samuele setzte sich. »Wie geht es euch?«

Matteo fehlten die Worte, und er sah seine Frau an. Sie antwortete leise und schleppend: »Keine Ahnung. Ich weiß es nicht. Schlecht. Irgendwie leben wir gar nicht mehr. Es fühlt sich alles so tot an. Und vielleicht ist das ja auch richtig. Vielleicht sind wir so tot wie Viola.«

»Das tut mir leid.«

»Warum sollen wir noch arbeiten? Warum sollen wir noch essen? Warum sollen wir überhaupt noch morgens aufstehen und uns bewegen? Sag mir das! Es macht alles keinen Sinn mehr.« Matteo war kurz davor, in Tränen auszubrechen. »Ohne Viola ist alles sinnlos geworden.«

»Mamma mia!«, sagte Samuele und rang die Hände. »Was für ein Desaster, was für ein Schicksal, was für eine Tragödie! Wie kann ich euch helfen?«

»Gar nicht«, sagte Matteo. »Oder doch: Besorg mir eine Pistole, damit ich mich in meinem Haus wieder sicherer fühle, damit ich meine Frau beschützen kann, falls der Mörder es auch auf uns abgesehen hat. Und sollte ich den Typ erwischen, jage ich ihm eine Kugel in den Kopf. Dann ist es gut. Wenn du uns wirklich helfen willst, tu das.«

»Komm, hör auf«, murmelte Samuele, obwohl er Matteo nur allzu gut verstehen konnte.

Matteo wirkte fahrig, sein Blick irrte unkontrolliert durchs Zimmer, er knabberte an den Fingernägeln.

»Habt ihr irgendeine Ahnung, wer es gewesen sein könnte?«, fragte Samuele.

»Nein. Niemand weiß was. Die Carabinieri nicht, die Leute im Dorf nicht, die Nachbarn nicht und wir auch nicht. Unser kleiner Sonnenschein ist einfach nur tot. Und irgendjemand läuft da draußen herum, der ihr und unser Leben zerstört hat. Denn Carmela hat völlig recht: Wir sind so tot wie Viola.«

Samuele stand auf. »Ihr beide tut mir so unendlich leid, da fehlen mir die Worte.«

»Bitte«, bat Matteo unter Tränen. »Hilf uns, Samuele.«

Samuele sagte nichts, aber er umarmte Matteo und Carmela und ging.

Carmela und Matteo saßen bewegungslos, keiner der beiden sagte ein Wort.

»Warum wird es nicht dunkel?«, fragte Carmela nach einer Weile leise.

»Weil es noch vormittags ist.«

Und wieder schwiegen sie.

»Ich hoffe, dass Samuele uns eine Pistole besorgt, Carmela, denn ohne Viola will und kann ich nicht mehr leben. Ich würde dich und mich erschießen. Dann sind wir bei Viola.«

»Auch wenn Samuele uns eine Pistole besorgt, ich könnte dich nicht erschießen«, flüsterte sie. »Niemals, Matteo. Dazu liebe ich dich viel zu sehr.«

»Das brauchst du auch nicht, amore. Ich erschieße erst dich und dann mich.«

»Wirklich?«

»Ganz bestimmt.«

»Wird es schlimm sein?«

»Nein. Hier zu sitzen und an Viola zu denken ist schlimmer.«

Carmela nickte wieder.

Nach einer Weile sagte sie leise: »Aber … vielleicht könnte ich noch einmal schwanger werden, Matteo. Wir würden noch einmal ein Kind bekommen, carissimo.« Sie sah ihn an und lächelte unter Tränen.

Matteo sprang auf. Wutentbrannt. Sein Gesicht war flammend rot.

Er stürzte auf Carmela zu und schlug ihr mit der Faust ins Gesicht, sodass sie aufschrie und vom Stuhl fiel.

Dann ging er aus dem Zimmer und schmiss die Tür hinter sich zu.

95

Gabriella strahlte und breitete die Arme aus, als sie in der Tür stand und Fiona sah, die durch den Garten zu ihr kam.

»Fiona! Ciao! Wie schön, dass du gekommen bist!«

Die beiden Frauen umarmten sich herzlich.

»Na, das ist doch selbstverständlich und schließlich auch mein Job. Wie geht es Donato?«

»So weit ganz gut. Aber er ist ziemlich unleidlich. Hadert mit seinem Schicksal. Komm rein!«

Fiona folgte Gabriella ins Wohnzimmer, wo Donato auf der Couch lag, das eingegipste Bein hoch auf der Rückenlehne.

»Ciao, Donato«, sagte Fiona betont fröhlich. »Du machst ja Sachen! Wie geht's?«

»Nicht gut«, brummte Neri.

»Hast du Schmerzen?«

»Natürlich! Und ich hab Arbeit ohne Ende! Und lieg hier dumm rum!«

»Das verstehe ich. Tja, dann muss dein Kollege eben doppelt ran.«

Neri schnaufte nur.

Fiona setzte sich zu ihm, fühlte seinen Puls und maß seinen Blutdruck. »Alles gut. Hast du Fieber?«

Neri schüttelte den Kopf.

Gabriella stand mit verschränkten Armen in der Tür und sah zu.

»Bekommst du jeden Morgen deine Heparinspritze gegen Thrombosen?«

Neri nickte und machte ein gequältes Gesicht.

»Gibst du sie dir selbst?«

»Nein. Gabriella jagt sie mir rein. Sie ist da nicht zimperlich.« Sein Gesichtsausdruck wurde noch gequälter.

Fiona lächelte. »Va bene. Dann läuft ja alles. Wir müssen nämlich wirklich aufpassen, dass du keine Thrombose bekommst. Das Bein hochzulegen ist gut. Aber du musst dich auch bewegen, Neri. Wenn du sitzt, beweg deine Zehen! Das ist ganz wichtig. Und dann hüpf durch die Gegend, drinnen, draußen, die Dorfstraße auf und ab, ganz egal, denn Bewegung ist das A und O. Dein Kreislauf muss in Schwung bleiben, das Blut muss zirkulieren.«

»Ich mach mich doch hier im Ort nicht zum Kasper!«

»Nein, das machst du nicht. Die Nachbarn wissen, was mit dir los ist. Aber bewegen musst du dich. Nur auf der Couch zu liegen ist kontraproduktiv. Und wenn du noch eine Thrombose bekommst, hast du wirklich ein Problem.«

Neri seufzte. »Mein Bein juckt unter dem Gips wie der Teufel.«

»Da musst du durch.«

»Ich habe das Gefühl, ich muss überall nur durch!«

»Richtig. Scusa, aber so ist es im Moment. Sind die Schmerzen auszuhalten?«

»Es ist die Hölle. Vor allem nachts.«

»Gut. Dann lass ich dir ein paar Tabletten hier. Damit du schlafen kannst. Aber nimm höchstens drei pro Tag!«

Neri nickte.

»Tapfer. Übermorgen komm ich wieder. Wenn du ein Problem hast, ruf mich an, ja?«

»Danke, Fiona.« Neri schloss theatralisch die Augen.

Fiona stand auf und folgte Gabriella in die Küche.

»Es geht ihm ganz gut«, meinte Gabriella, »aber Männer leiden halt immer so entsetzlich. Das ist das Problem.«

»Weißt du, was? Red ihm zu, dass er ins Büro geht. Da kann er sein Bein auf den Schreibtisch legen. Das tut er doch sonst auch.« Beide Frauen lachten. »Aber dann vergisst er seine Krankheit, und das ist gut. Er fühlt sich halt von aller Welt ausgeschlossen, und das erträgt er nicht.«

Gabriella nickte. »Genau. Ich werd mal mit ihm reden. Möchtest du einen Kaffee oder ein Wasser oder einen kühlen Orvieto?«

»Ein Wasser und gerne etwas Wein.«

»Va bene. Was für ein Wahnsinn, dass bei Neri erst die Achillessehne reißen muss, damit wir uns mal wiedersehen.«

»Stimmt. Das geht eigentlich gar nicht. Aber ich hab alle Hände voll zu tun, und es wird immer schlimmer. Ich bräuchte dringend noch mindestens zwei Leute, die mir helfen.«

»Aber die gibt es nicht.«

»Nein. Die gibt es nicht.«

Nur wenige Minuten später saßen die Frauen auf der Terrasse und prosteten sich zu.

»Wie geht es dir?«, fragte Gabriella.

»Eigentlich gut. Aber das ambulatorio platzt wirklich aus allen Nähten. Die Leute warten Ewigkeiten, weil die dottoressa so viele Hausbesuche macht. Und dann schiebt sie im ambulatorio Überstunden ohne Ende. Keine Ahnung, wann sie überhaupt noch zum Schlafen oder Essen kommt.«

»Gibt es irgendwas Neues?«

»Berta, die Frau, die mit ihrer Schwester direkt hinter der Tankstelle in der Kurve wohnt, hatte einen schweren Autounfall. Weißt du das nicht?«

Gabriella schüttelte den Kopf.

»Ja, ganz schlimm. Sie ist auf dem Weg nach Capannole frontal mit einem Wagen zusammengestoßen, weil ein Wahnsinniger vor einer Kurve überholt hat. Beide liegen schwer verletzt im Krankenhaus.«

»Wann ist das passiert?«

»Gestern Abend.«

»Und was ist jetzt mit ihr?«

»Sie ist kaputt ohne Ende. Muss mehrmals operiert werden.«

Beide schwiegen lange.

Dann fragte Fiona: »Hast du den Neuen schon kennengelernt, den, der Caprinaia gekauft hat?«

»Nein, ich hab ihn nur kurz auf dem Dorffest gesehen. Aber ich glaube, Neri war mal bei ihm und hat sich mit ihm unterhalten. Das ist doch der, dessen Mutter von einer Viper gebissen worden ist, nicht? Und die gestorben ist?«

»Genau der. Ist ein charmanter Typ, aber der tickt auch nicht ganz sauber, Gabriella, das sag ich dir.«

»Wieso?«

»Das bleibt jetzt ganz unter uns, ja?«

»Aber selbstverständlich. Du kennst mich doch!«

»An dem Tag, als das Drama mit seiner Mutter passierte, hab ich einen Typen in der Bar della Piazza sitzen sehen, der sich gesonnt und einen Kaffee getrunken hat. Und ich frage mich bis heute, ob er es war. Ich bin mir nicht sicher. Aber wenn, dann hatte er offensichtlich alle Zeit der Welt, bis er uns um Hilfe gebeten hat.«

»Das kann ich mir nicht vorstellen, Fiona!«

»Ich eigentlich auch nicht. Aber ich muss immer wieder dran denken. Der Typ sah ihm so verdammt ähnlich.«

»Komm, hör auf, Fiona. Zerbrich dir nicht den Kopf und mach dich nicht verrückt. Da kommst du nicht weiter.«

»Stimmt!« Fiona grinste und trank ihren Wein.

»Hast du etwas Neues gehört in Sachen Viola? Ich meine, du sitzt ja gerüchtetechnisch an der Quelle! Da weißt du sicher mehr als ich.«

»Nee, gar nichts, Gabriella. Absolut nichts. Und die kleine Viola umzubringen, das traue ich wirklich niemandem hier zu. Das bringt keiner fertig. Da lege ich für jeden meine Hand ins Feuer. Und ich kenne sie alle, mir kann keiner was vormachen. Echt nicht. Aber dieser Typ auf Caprinaia? Ich mag ihn irgendwie, finde ihn auch ganz attraktiv, war ein paarmal da, er ist echt nett, höflich, zuvorkommend …, aber komisch. Und was will er hier? Was will so einer, der mitten im Leben steht, hier in diesem fürchterlichen Haus? Kannst du mir das mal erklären? Und was macht er, wenn der Winter kommt? Wenn die Restaurants geschlossen sind, wenn es eiskalt und dunkel wird und im ganzen Land Vollnarkose herrscht? Was macht er denn dann auf seinem komischen Berg? Wo nichts funktioniert? Und wenn das mit Georgina was Ernstes sein sollte, will er dann mit ihr und Matilda in dieser Bruchbude wohnen? Das arme Kind!«

Gabriella starrte Fiona an. »Die beiden haben was miteinander?«

»Aber sicher. Das hat sich Ferragosto schon angebahnt, und dann hab ich sie zusammen gesehen. Das war eindeutig.« Fionas Ton war plötzlich kühl und scharf.

Gabriella grinste amüsiert. »Das ist ja ein Ding. Ich weiß noch, dass du ihn mit Handwerkern bekannt gemacht hast.«

»Ja, das hab ich.« Fionas Lippen waren nur noch ein Strich.

Gabriella hakte noch einmal nach. »Du fandest ihn echt nett, ihr habt euch ja auch angeregt unterhalten, und jetzt sagst du, er tickt nicht ganz sauber? Meinst du, er hat was mit Viola zu tun?«

»Ich meine gar nichts. Aber merkwürdig ist es schon, dass er hier hockt. Einfach nur so in der Einsamkeit. Für mich wirkt er, als wäre er auf der Flucht und müsste sich verstecken. Und als ich bei ihm war und ihn gefragt hab, ob er weiß, dass ein Mädchen verschwunden ist, da hat er gesagt, er habe keine Ahnung. Dabei lag der Flyer von ihr mit ihrem großen Bild und allen Infos bei ihm in der Küche auf der Fensterbank. Das hab ich gesehen. Hör mir auf. Ich finde, das ist echt merkwürdig.«

»Stimmt. Das ist gruselig. Muss aber natürlich auch gar nichts heißen. Soll ich das Neri erzählen?«

»Erzähl ihm, was du willst. Ich finde nur, wir sollten ihn im Auge behalten. Er ist ja irgendwie auch kein Tourist im landläufigen Sinne, er ist irgendwie gar nichts. Ein Gespenst. Oder ein Wahnsinniger.«

»Du nun wieder«, sagte Gabriella und lachte. »Aber wir können uns nicht um alles kümmern, Fiona.«

»Stimmt. Das können wir nicht. Aber wenn diese kranken Typen durchdrehen, dann landen ihre Hilfeschreie letztendlich alle bei mir.«

Fiona seufzte und stand auf.

»Lass mich wissen, wie es weitergeht, Liebe«, meinte Gabriella leise, »mit Berta, mit dem Typen auf Caprinaia und mit Viola. Sag mir Bescheid, wenn du was Interessantes hörst, dann kann Neri was machen.«

»Alles klar. Danke für den Wein.«

Die beiden Frauen umarmten sich, und Fiona ging.

Kurz vor der Straße drehte sie sich noch einmal um. »Lass uns telefonieren, ja?«

»Aber sicher!« Gabriella winkte und ging zurück ins Haus.

Neri blätterte in einer Fernsehzeitschrift.

»Möchtest du einen Espresso, tesoro?«

»Nein. Ich liege ja nicht auf der Intensivstation. Ein eiskaltes Glas Weißwein, wenn du hast, oder einen Grappa.«

Gabriella holte ein Glas Wein, setzte sich zu ihm und nahm ihm die Fernsehzeitung aus der Hand. »Was für ein herrlicher Tag, amore«, sagte sie, »ich habe mich endlich mal wieder ausführlich mit Fiona unterhalten.«

»Und?«

Gabriella schwieg lange, um es spannender zu machen. »Ich glaube, Fiona hat sich in diesen Paolo von Caprinaia verguckt.«

Neri grinste. »Ach ja. Und?«

»Aber Paolo hat sich in Georgina verguckt.«

Neri grinste noch breiter. »Und?«

»Ich glaube, das wird schwierig, aber hochinteressant.« Gabriella lachte.

»Wusste sie irgendwas in Sachen Viola?«, fragte Neri, den der Klatsch und Tratsch nicht so rasend interessierten.

»Nichts, amore, leider gar nichts. Nur dass der Typ auf Caprinaia Fiona sagte, er wisse nichts von Viola. Dabei lag der Flyer mit ihrem Bild unterm Fenster. Er wusste also ganz genau Bescheid.« Sie zog die Augenbrauen hoch.

»Und das sagst du mir erst jetzt?«

»Hauptsache, ich sag es dir überhaupt, Neri.« Sie lächelte und strich ihm übers Gipsbein, was er gar nicht spüren konnte, wie ihr in dem Moment bewusst wurde. »Aber wer weiß, ob der Deutsche überhaupt so viel Italienisch kann, dass er den Flyer verstanden hat. Und vergiss nicht, dass Fiona eifersüchtig ist. Da sollte man so eine Aussage vielleicht nicht allzu ernst nehmen.«

Jetzt beugte sie sich zu Neri hinunter, gab ihm einen Kuss und ging in die Küche.

96

Dieter Schöffler hatte fest vor, sich im Urlaub einen Bart wachsen zu lassen, rund um die Uhr Turnschuhe, kurze Hosen und bedruckte T-Shirts zu tragen, die Sonnenbrille nur nachts im Bett abzunehmen und nicht nach Aftershave, sondern nach Sonnenöl zu riechen.

Doch jetzt musste er noch einen Abstecher nach Ambra machen und diesen blöden Termin wahrnehmen, den ihm seine Ex aufs Auge gedrückt hatte. Vielleicht war es ganz gut, zu diesem halb offiziellen Termin etwas zivilisierter und distinguierter zu erscheinen.

Paul Böger, geboren 1980, war in Italien noch gar nicht gemeldet, aber Ingrid hatte gesagt, dass er in der Nähe von Ambra ein Ferienhaus gekauft hatte und sich jetzt dort aufhielt.

In der Nähe von Ambra. Das war ein weitläufiger Begriff und konnte alles bedeuten, da konnte er sich totsuchen.

Um nicht zu viel Zeit zu verplempern, meldete sich Dieter bei der ortsansässigen Carabinieri-Station und hatte einen Cesare Scala am Apparat.

Er sprach von Beginn an Englisch, stellte sich als Dieter Schöffler, Profiler vom BKA in Hamburg, vor, Ermittler von ungeklärten Kindermorden in Deutschland, und erbat die Adresse von Paul Böger, wohnhaft nahe Ambra.

Cesare war völlig durch den Wind, wusste plötzlich gar nichts mehr, sehnte sich Neri herbei, der sicher sofort professionell hätte reagieren können, aber der lag ja zu Hause und hielt sein Bein in die Luft.

Paul Böger. Cesares Kopf war wie leer gefegt. War das der, dessen Mutter an einem Schlangenbiss verendet war?

»Kleinen Moment, just wait a minute, ich muss kurz telefonieren, ja, bitte, bleiben Sie in der Leitung!«

Über einen anderen Kanal rief Cesare Neri an. »Hier ist ein deutscher Profiler am Apparat, der die Adresse von Paul Böger in Caprinaia haben will. Ist das okay?«

Neri lagerte auf der Couch sein Bein um. »Warum will er die haben?«

»Es geht um Kindermorde in Deutschland.«

Neri richtete sich auf, und sein Bein fiel nach unten. Er schrie auf.

»Maresciallo, was ist?«

»Nichts«, stöhnte Neri. »Gib ihn mir!«

»Va bene.« Cesare leitete den Anruf weiter.

Nur Sekunden später hatte Neri Dieter Schöffler am Apparat.

»Ich grüße Sie«, sagte Neri auf Englisch, »ich bin maresciallo Neri, der leitende Carabiniere hier in Ambra/Valdarno. Bitte sagen Sie mir, worum es geht, und ich werde Ihnen helfen, soweit es in meiner Macht steht.«

»Ich bin Dieter Schöffler, Profiler vom BKA Hamburg, und möchte mich mit Paul Böger unterhalten, der vor Kurzem ein Haus hier in der Nähe gekauft hat. Ich bitte Sie um Amtshilfe, das heißt, ich hätte gerne die genaue Adresse, Telefonnummer und so viele Informationen zu Paul Böger wie möglich.«

»Va bene. Bitte kommen Sie in der Carabinieri-Station in Ambra vorbei und weisen Sie sich aus. Dann sehen wir, wie ich Ihnen helfen kann.«

Schöffler seufzte. Jetzt wurde es auch noch kompliziert.

»Okay«, sagte er. »Wann treffen wir uns?«

»Heute um sechzehn Uhr?«

»Geht es auch früher?«

»Um vierzehn Uhr?«

»Va bene. Bis nachher. Arrivederci.«

Neri legte auf. Schluss mit der Rumliegerei zu Hause, er musste ins Büro. Und er platzte fast, so neugierig war er zu erfahren, was dieser BKA-Beamte, wenn es wirklich ein BKA-Beamter war, von Paul Böger wollte. Von diesem »komischen Typen« auf Caprinaia.

97

»Worum geht es?«, fragte Neri zwei Stunden später im Büro den Mann, der sich zweifelsfrei als BKA-Beamter ausgewiesen hatte. »Warum wollen Sie mit Paul Böger sprechen?«

Vor einer Stunde war er mit Gabriellas Hilfe an Krücken aus dem Haus und bis zum Auto gehüpft, sie hatte ihn auf den Beifahrersitz verfrachtet, war zum Büro gefahren und hatte ihn bis zu seinem Schreibtisch gebracht. Neri war selig gewesen. Was hatte er doch für ein schönes Büro! Er hatte das eingegipste Bein auf den Schreibtisch gelegt, so sperrig wie Golfschläger, mit denen man nicht wusste wohin, hatte Gabriella ein strahlendes Lächeln geschenkt und geflötet: »Ich ruf dich wieder an, wenn du mich abholen kannst, cara!«

Ohne ein weiteres Wort hatte Gabriella das Büro verlassen.

Und nun stand dieser BKA-Beamte vor ihm. Sportlich gekleidet, die verspiegelte Sonnenbrille auf den Kopf geschoben, und erklärte ihm sein Anliegen.

»Es gibt drei ungeklärte Kindermorde in Deutschland«, sagte Dieter Schöffler, »zu denen ich Herrn Böger befragen möchte, denn es könnte sein, dass er ein wichtiger Zeuge ist.«

Natürlich, dachte Neri, wenn man einen Verdächtigen hat, bezeichnet man ihn immer erst einmal als »wichtigen Zeugen«.

Da brauchte ihm dieser BKA-Beamte nichts vorzumachen. Gleichzeitig durchfuhr es ihn heiß, als er an Viola dachte.

»Auch hier gibt es einen ungeklärten Kindermord.«

»Tatsächlich?«, fragte Dieter.

»Ja«, antwortete Neri. »Ein kleines Mädchen, acht Jahre alt. Es wollte zum Baden an den See und verschwand auf dem Weg dorthin. Vor wenigen Tagen haben wir die Leiche in einem Olivenhain gefunden. Zu Tode gekommen durch grobe Gewalteinwirkung gegen den Oberkörper.«

»Was heißt das?«

»Das wissen wir leider auch noch nicht.«

Schöffler nickte. »Die ermordeten Kinder in Deutschland waren auch Mädchen und ungefähr in dem gleichen Alter. Es könnte sein, dass Herr Böger einer der Letzten war, die das letzte Opfer lebend gesehen haben, und dazu muss ich ihm ein paar Fragen stellen.«

»Ich verstehe.«

Neri gab ihm die detaillierte Adresse von Paul Böger. »Ich möchte Sie bitten, mich nach Ihrem Gespräch mit Herrn Böger ausführlichst zu informieren, was Ihre Unterhaltung ergeben hat, va bene?«

»Aber selbstverständlich. Sonst noch irgendwas, was ich zu Paul Böger wissen sollte?«

»Ach, eines vielleicht: Er hat vor Kurzem seine Mutter verloren, ein Schlangenbiss oben am Haus, schlimme Sache.«

»Oh, alles klar.«

»Was Sie herausfinden, könnte auch unsere Ermittlungen in Sachen Mädchenmord weiterbringen.«

»Natürlich. Ich komme dann morgen noch einmal bei Ihnen vorbei, maresciallo.«

Neri lächelte erfreut.

»Gute Besserung für Ihr Bein«, sagte Dieter Schöffler, nickte freundlich und verließ das Büro.

98

Fabienne Lambert war eine schöne, selbstbewusste und tiefenentspannte Frau. Eine der angesehensten Profilerinnen überhaupt. Sie lebte nach dem Motto: Aufregen kann ich mich auch morgen noch. Jetzt erst einmal tief durchatmen, in Ruhe nachdenken, ausführlich reden und eine Nacht drüber schlafen. Und dann reagieren.

Sie hatte ein glattes, ebenmäßiges Gesicht und wurde Ende des Jahres vierzig, was man ihr nicht ansah.

Sicher war es dies, was Dieter Schöffler so fasziniert hatte. Und Fabienne war auch das krasse Gegenteil zu seiner Exfrau Ingrid, die ständig unter Strom stand, den ganzen Tag in der Stadt und der Welt herumdüste, viel zu lange arbeitete, viel zu wenig schlief, viel zu viel trank und kaum zu bremsen war.

Fabienne war mit ihren Eltern nach Deutschland gekommen, als sie gerade fünf war, und sprach perfekt Deutsch. Ihr Vater unterrichtete Französisch an einer deutschen Schule, ihre Mutter verkaufte französische Weine in einem kleinen Geschäft in der Hamburger Innenstadt.

Die Tochter fiel völlig aus dem Rahmen, als sie Kriminalistik studierte und sich zur Profilerin ausbilden ließ.

Am Abend saßen sie in einer kleinen Trattoria in Ambra, aßen hauchdünne, fantastische Pizza mit prosciutto, funghi und tonno, und mit jedem Glas Chianti classico besserte sich Dieters Laune. Sie würden sich ihr grusliges, primitives Hotelzimmer, das weder einen Fernseher noch ein Bad, sondern nur ein armseliges Waschbecken neben der Tür zu bieten hatte, einfach schönsaufen. Und spätestens morgen waren sie wieder über alle Berge.

Alle Infos über Paul Böger hatte er sich von Ingrid aufs Handy schicken lassen und überflog sie, während sie aufs Dessert warteten.

»Entschuldige«, sagte er zu Fabienne, »aber ich will mich noch mal genau informieren.«

»Ist doch selbstverständlich«, sagte sie lächelnd. »Gar kein Problem. Das ist der Job.«

»Kommst du morgen zu dem Gespräch mit Böger mit?«, fragte er, als er fertig war.

»Wenn du willst?«

»Vier Ohren hören mehr als zwei, und vier Augen sehen mehr als zwei. Außerdem bist du vom Fach.«

»Ich komme gern mit. Und bin auch ziemlich gespannt auf diesen Typ.«

»Gut. So machen wir das.«

»Ich weiß so gut wie nichts über ihn.«

»Das ist genau richtig. Dann bist du unvoreingenommen und kannst ihn auf dich wirken lassen.«

Sie gingen langsam die Dorfstraße hinauf zum Hotel.

»So ist es doch in diesem Job, oder?«, sagte sie. »Wir sind irgendwo, schlafen irgendwie in einem schäbigen Hotel und treffen morgen einen Verdächtigen. Und es wird spannend. Gibt es einen schöneren Beruf?«

Er sagte nichts, sondern nahm sie in den Arm und küsste sie auf den Mund.

99

Matteo trat auf die Terrasse. Vom Küchenfenster aus hatte er an den Scheinwerfern gesehen, dass sich ein Wagen näherte und schließlich direkt auf sein Haus zufuhr.

Er wartete, und eine Welle der Entspannung zog durch seinen Körper, als er den Wagen erkannte und Samuele ausstieg.

»Amico!«, rief er. »Wie schön, dich zu sehen! Komm rein!«

Samuele nahm einen kleinen Karton vom Beifahrersitz und folgte Matteo.

Sie setzten sich.

»Wie geht es dir?«, fragte Matteo.

»Gut. Und dir?«

»Unverändert. Es wird auch niemals mehr besser gehen.«

In diesem Moment kam Carmela dazu und setzte sich ebenfalls. »Ciao, Samuele«, sagte sie leise, »ich grüße dich.«

»So schnell hatten wir dich gar nicht zurückerwartet!«

Matteo sah Samuele und das Päckchen auf dem Tisch erwartungsvoll an.

»Nun ja, ich habe meine Kontakte. Und die Jungs sind fix. Geschäfte werden schnell erledigt oder gar nicht.«

»Ho capito.«

Samuele öffnete das Päckchen, holte die Pistole heraus und

legte sie auf den Tisch. »Eine Glock 17. Das Beste, was es zurzeit auf dem Markt gibt. Eine Waffe fürs Militär.«

Carmela schrie leise auf.

Samuele legte die Munition dazu. »Zehn Schuss. Mehr hab ich nicht.«

»Va bene.« Matteo nickte. »Mehr brauche ich auch nicht.«

»Kannst du damit umgehen, oder soll ich sie dir erklären?«

»Nein, danke, alles klar. Ich kenne mich damit aus. In Deutschland hatte ich einen Kumpel, der war bei der Polizei, der hat sie mir gezeigt.«

»Es ist total einfach.«

»Ich komme damit klar, danke, Samuele. Was willst du dafür haben?«

Samuele wand sich. »Ich weiß doch, dass du kein Geld hast …«

Matteo schwieg und überlegte.

Carmela schlug die Hände vors Gesicht.

Dann sagte Matteo: »Du kannst meine paar Schafe haben. Irgendjemand muss sich ja um sie kümmern. Du hast mir meinen größten Wunsch erfüllt, Samuele, nimm sie und sei gut zu ihnen.«

Das verschlug Samuele die Sprache.

»Ich mein es ernst«, wiederholte Matteo. »Nimm sie und kümmere dich um sie.«

Samuele verstand die Welt nicht mehr. »Aber das ist es doch nicht wert, Matteo.«

»Bitte nimm sie. Ich denke, Carmela und ich werden weggehen. Irgendwohin, wo es besser ist. Wo wir glücklich und mit Viola zusammen sein können.«

Samuele kapierte gar nichts mehr. »Wie?«

»Bitte, Samuele, nimm die Pistole wieder mit! Wir brauchen sie nicht mehr!« Carmelas Stimme klang schrill und hoch, in ihren Augen stand pure Angst.

Blitzschnell griff Matteo zu und nahm die Pistole an sich. »Nein. Lass sie mir. Ich habe sonst keine ruhige Minute. Nimm die Schafe und mach dir keine Sorgen. Alles wird gut.«

Samuele war völlig durcheinander, aber stand auf. »Va bene. Überleg es dir in Ruhe. Ich würde mich freuen, wenn ihr hierbleibt!«

Matteo nickte und umarmte Samuele.

»Alles wird gut«, wiederholte Matteo.

»Und falls du die Pistole doch nicht brauchst, ich nehm sie zurück und lass dir die Schafe, alles kein Problem«, flüsterte er.

Vielleicht spürte er die Endzeitstimmung in der kleinen Hütte.

Matteo lächelte.

Dann nahm Samuele Carmela in den Arm. »Ciao, cara!«

»Hilf mir, Samuele! Ich will nicht sterben!«, hauchte sie so leise in sein Ohr, dass sie selbst nicht glaubte, dass er es gehört und verstanden hatte.

»Ciao, amici«, sagte Samuele und verließ das Haus.

Kurz bevor er in seinen Jeep stieg, winkte er noch einmal, ohne sich umzusehen.

100

Der Fiat der Mittelklasse, den Dieter gemietet hatte, quälte sich den Berg hoch, schnaufte, ruckelte, kapitulierte und ging aus.

»Schöne Scheiße«, sagte Dieter und versuchte den Wagen wieder zu starten.

»Wenn es nicht geht, müssen wir es eben lassen«, meinte Fabienne leise und frustriert.

»Nein. Ich möchte den Mann kennenlernen, der sich hier bewusst derartig ins Abseits manövriert. Der so wohnt, dass ihn niemand erreicht. Der es offensichtlich darauf anlegt, keinen Besuch zu bekommen. Das ist nicht normal. Und das fängt an, mich zu interessieren.«

Fabienne grinste. Genauso ging es ihr auch.

Zweimal ging der Wagen aus, zweimal musste Fabienne schieben und Dieter gab Vollgas. Dann brausten sie wieder bergauf, ohne Rücksicht auf Verluste, nur darauf konzentriert, Paul Böger endlich zu treffen und kennenzulernen.

Sie sah Dieter von der Seite an, ohne dass er es bemerkte. Er war viel zu sehr mit dem Auto und der fürchterlichen Straße beschäftigt.

Und sie fragte sich, was es war, das sie an ihm so faszinierte. Vielleicht, weil er bereit war, sein altes, gutes, gewohntes Leben total aufzugeben, um mit ihr etwas ganz Neues zu beginnen. Das musste nicht klappen, das konnte auch gehörig in die Hose gehen.

Sie liebte ihn wahrscheinlich auch, weil er so ein »Obwohl-und-dennoch-Typ« war. »Obwohl« es ihm schlecht ging, kam er »dennoch« zu dem wichtigen Gespräch. Und obwohl er überhaupt keine Zeit hatte, ließ er sie dennoch nicht im Regen stehen, wenn sie ihn brauchte.

Man konnte sich immer auf ihn verlassen.

Seine Nase war krumm, seine Vorderzähne schief, und sein Bart wuchs unregelmäßig. Ließ hässliche Lücken. Auch seine Ohrläppchen waren schon länger geworden, wie bei den meisten alten Männern.

Er war nicht schön, aber sie fand ihn begehrenswert. Wahrscheinlich, weil er sie immer in den Arm nahm und sekundenlang festhielt, wenn es stressig oder langweilig wurde, wenn sie sich freute oder traurig war oder wenn er Gute Nacht oder Guten Morgen sagen wollte.

Dieter Schöffler war der beste Freund, den sie je gehabt hatte, und dazu noch ein äußerst zärtlicher und erfahrener Liebhaber.

Gab es etwas Schöneres?

»So!«, sagte Dieter, bremste abrupt, sodass Fabienne überrascht nach vorn fiel, und schlug mit der flachen Hand vor Wut auf das Lenkrad. »Hier geht's jetzt links oder rechts. Kein Schild, kein Hinweis, nichts. Das Navi hat sich schon lange verabschiedet. Es ist doch zum Kotzen! Warum hat dieser Neri mit dem Typen nicht einen Termin in seinem Büro gemacht? Dann wären wir dazugestoßen und fertig.«

»Weil es vielleicht gerade interessant ist zu sehen, wie er lebt und wo er sich versteckt. In Neris Büro kriegen wir höchstens 20 Prozent von ihm mit, in seinem Haus eventuell hundert.«

Dieter schwieg. »Und nun?«, fragte er nach einer Weile.

»Fahr links. Wenn es verkehrt ist, kehren wir hierhin zurück und probieren es rechts.«

Dieter nickte.

Erst eine Dreiviertelstunde später erreichten sie Caprinaia, obwohl es von dem Abzweig nur zwei Kilometer entfernt gewesen war.

Das Anwesen wirkte vollkommen ausgestorben, nirgends ein Requisit, das darauf hindeutete, dass hier ein Mensch wohnte.

Dieter hupte mehrmals.

Nichts passierte.

»Könntest du dir vorstellen hier zu wohnen?«, fragte er Fabienne. »Hier, in der schönen Toskana?«

»Nicht für Geld und gute Worte und noch nicht einmal für eine Nacht«, antwortete sie schaudernd.

»Komm. Sehen wir uns um.«

Sie stiegen aus und gingen hinauf zum Haus.

Das Gras bis zur Haustür war hinuntergetreten, sie klopften mehrfach, sahen in jedes Fenster, riefen ab und zu. Nichts.

Wahrscheinlich war Paul Böger doch in Deutschland, und der Umweg nach Ambra war umsonst gewesen. Vielleicht war der gute Mann auch längst über alle Berge.

Dieter spürte, wie er sauer wurde, als hinter ihm leise eine Tür aufging.

Er fuhr herum. Auf alles gefasst.

»Was ist hier los?«, fragte Paul Böger, der wie ein Donnergott in der geöffneten Tür stand. »Können Sie mir das erklären?«

»Aber sicher«, meinte Dieter, der sich augenblicklich wieder gefangen hatte. »Bitte entschuldigen Sie, dass wir unangemeldet kommen, aber wir sind vom BKA, mein Name ist Dieter Schöffler, und das ist meine Kollegin Fabienne Lambert. Wir wollen Sie auch gar nicht lange stören, es geht nur um eine kurze Zeugenaussage. Über Handy haben wir Sie bisher leider nicht erreicht, und da wir zufällig gerade in der Gegend waren, haben wir gedacht, wir fahren einfach mal vorbei. Dürfen wir hereinkommen?«

»Bitte«, sagte Paul knapp und dachte, dass er das auf dem Handy bestimmt mitbekommen hätte, wenn eine unbekannte deutsche Nummer versucht hätte ihn zu erreichen. Er spürte, dass sein Gesicht knallheiß wurde.

»Sollen wir die Schuhe ausziehen?«

»Nein, das ist nicht nötig.«

»Bitte, setzen Sie sich.« Paul manövrierte sie an den Zweiertisch vors Küchenfenster und stellte sich selbst noch einen Stuhl dazu. Er konnte ihnen nichts zu trinken anbieten, weil seine Hände unglaublich zitterten.

Also ließ er es bleiben.

Er musste da durch. Irgendwie.

»Bitte entschuldigen Sie, aber es ist alles noch etwas sehr provisorisch, ich bin gerade erst eingezogen, bekomme nur schwer Handwerker, na ja, Sie wissen ja, wie das ist.«

Dieter nickte. »Ja, das weiß ich. Meine Frau und ich haben ein kleines Haus in Südfrankreich«, log er spontan. »Schön, aber eine Katastrophe. Es gibt immer was zu tun, es ist immer was kaputt, und Handwerker kriegen Sie nur über Vitamin B. Aber wir haben dort das Haus bereits seit zehn Jahren.« Er sah Paul an und verzog den Mund. »Und wahrscheinlich haben Sie hier noch nicht das geringste Netzwerk.«

»So ist es.«

»Oha. Das wird schwer. Das kann ich mir vorstellen.« Dieter sah sich um. »Das Haus ist toll. Hat Potenzial. Man kann wirklich was draus machen. Wenn man die Handwerker kriegt.« Er lachte. »Ich will Ihnen nicht die Illusion rauben. Irgendwann klappt es sicher auch in Italien, und dann haben

Sie hier ein absolutes Schmuckstück! Denn die Lage des Hauses ist ja sensationell!«

»Hm.« Paul verzog keine Miene.

Das war das Vorspiel gewesen, Dieter bereitete sich ganz langsam auf die große Nummer vor, aber noch brauchte er ein bisschen belanglose und positive Konversation. Er wollte Sympathie herstellen und Paul in Sicherheit wiegen.

Dieter stand auf, ging langsam durch den Raum und sah dann wieder aus dem Küchenfenster. »Was für ein Blick! Ein Wahnsinn! Die Lage ist das Allerwichtigste. Alles andere kann man ändern, verschönern, was weiß ich, die Lage nicht. Sie haben alles richtig gemacht. Ich glaube, ich hätte dieses Haus auch gekauft!«

Dies hatte Paul noch niemand gesagt.

»Was meinst du, Fabienne?«

»Ich finde es auch sehr schön!«

Paul, der vollkommen verkrampft und in Habachtstellung war, entspannte sich ein klein wenig.

»Möchten Sie das Haus nur im Urlaub nutzen, oder planen Sie, ganz hierherzuziehen?«

»Ich habe alle meine Zelte in Hamburg abgebrochen und möchte hier leben.«

»Oh, wie schön. Leben, wo andere Urlaub machen. Wobei, ich könnte mir vorstellen: Im Winter ist es hier auch nicht so wirklich prickelnd?«

»Nein. Wahrscheinlich nicht.« Paul grinste.

»Respekt! Aber warum? Können Sie mir das erklären? Sie hatten doch ein komfortables Leben mitten in Hamburg?«

»Ich mag die Einsamkeit sehr. Und ich glaube, niemand, der in der Stadt lebt, kann es nachvollziehen, dieses Gefühl, morgens die Tür zu öffnen, wenn die Nebel in den Wäldern hängen, wenn es ganz still ist und das erste Morgenlicht langsam über die Berge kriecht. Die Feuchtigkeit, die alles überzieht, ist

Leben, ist Hoffnung und nicht Stress, mit dem jeder neue Tag in der Stadt beginnt. Und der Blick ins Tal ist für mich wie ein sich ständig veränderndes Gemälde.«

»Ja, das ist wirklich traumhaft, das kann ich verstehen. Aber niemals ins Kino oder ins Theater gehen zu können … Wenn Sie zum Einkaufen fahren, ist es eine Weltreise, essen gehen ist auch eine Aktion, kommen Sie damit gut zurecht?«

»Ich will einfach nur keinen Stress und keine Hektik. Und das habe ich hier.«

»Ich verstehe.«

Die drei schwiegen einen Moment.

Dann sah Fabienne Paul freundlich an und sagte: »Ich bewundere das. Echt super. Ich bin sicher, Sie werden hier glücklich.«

Paul schenkte ihr ein Lächeln.

»Haben Sie Ihren Job gekündigt?«, fragte Dieter.

»Nun ja, ich war als Fotograf freiberuflich tätig. Auf Honorarbasis. Und vielleicht schaffe ich das in abgespeckter Form auch von hier aus. Der Casus knacksus ist das Internet, das ich noch nicht habe.«

Dieter machte eine Pause und sah Paul an. »Wir haben gehört, was Ihrer Mutter passiert ist. Mein Beileid. Wahrscheinlich müssen Sie ständig daran denken, wenn Sie hier sind.«

»Ja. Nicht ständig, aber doch sehr oft. Aber hier gibt es eben Vipern, damit muss man rechnen, man muss ungeheuer aufpassen, denn die Viecher sind gefährlich. Aber genauso fallen in der Stadt Leute von der Leiter und brechen sich den Hals. Leitern sind auch gefährlich. Und Autofahren auch. Und, und, und. Leben überhaupt ist gefährlich.«

»Wie war Ihre Mutter?«

»Eine tolle Frau. Stark, unerschrocken, selbstbestimmt. Sie hat ihr Ding klar durchgezogen, hat sich von niemand beirren lassen. Im Grunde hätte sie hundert werden und auf Caprinaia noch viele Jahre ihren Urlaub verbringen können, aber es sollte wohl nicht sein.«

»Es gefiel ihr?«

»Sehr. Sie war begeistert. Hatte viel mehr Fantasie als ich, was man aus diesem Haus alles machen kann. Wollte es sogar mitfinanzieren.«

»Das fällt ja nun weg.«

»Nein. Meine Schwester und ich erben ein wenig.«

Dieter lächelte. »Sagen Sie mal, haben Sie schon mal daran gedacht, sich einen Hund anzuschaffen? Ich finde, ein Hund wäre hier hervorragend, Sie hätten Gesellschaft, und der Hund passt auf Haus und Hof auf.«

»Nein.«

»Warum nicht?«

»Ich kann Hunde nicht ausstehen.«

Dieter atmete tief durch und erhöhte seine Körperspannung.

»Aber kommen wir mal zu Ihrer Zeugenaussage, weswegen wir ja im Grunde hier sind.« Er schaute auf seine Handynotizen. »Erinnern Sie sich an ein Abendessen am Dienstag, dem 28. Juli dieses Jahres, mit Ihren Kollegen Manuela Knudsen und Bernhard Tiedke? In einem japanischen Restaurant am Jungfernstieg?«

»Ja, sicher, grundsätzlich erinnere ich mich daran. Wir sind nur selten dort essen gegangen. So zwei- oder dreimal.«

»Gut. Ihre Kollegin Manuela Knudsen sagte, das Mädchen Anna-Lena, das an diesem Abend ermordet wurde, sei mit ihr, Ihnen und Ihrem Kollegen Bernhard Tiedke im Fahrstuhl gefahren. Anna-Lenas Freund Leo Beier sei auch dabei gewesen. Können Sie sich daran erinnern?«

»Nicht wirklich. Ich erinnere mich nur daran, dass Manuela uns zwei Tage später oder so völlig hysterisch das Foto aus der Bild-Zeitung vor die Nase gehalten hat. Aber selbst da hab ich die Kleine nicht erkannt. Kinder interessieren mich nicht, und darum sehe ich sie nicht bewusst und merke sie mir auch nicht. Ich bin ein ganz schlechter Zeuge. Sie hätten sich den Weg sparen können.«

»Sie können sich auch nicht erinnern, das Mädchen nach dem Essen noch einmal gesehen zu haben?«

»Nein. Gar nicht.«

»Was haben Sie nach dem Abendessen gemacht?«

»Ich bin nach Hause gefahren. War total müde.«

»Auf dem direkten Weg?«

»Ja, sicher. Ich bin nicht der Typ, der gern allein in eine Bar geht. Wenn ich trinke, dann lieber zu Haus.« Paul stand auf. »Wenn Sie mich jetzt entschuldigen wollen … Ich habe noch viel zu tun.«

»Ja, natürlich, wir sind auch gleich fertig. Herr Böger, eine Frage noch: Sie sagten, Sie wären nach dem Essen gleich nach Hause gefahren, aber Ihr Freund meinte, dass Sie an diesem Abend erst sehr spät nach Hause gekommen sind. So um eins oder zwei in der Nacht. Wo waren Sie denn die ganze Zeit?« Das hatte Detlef Giese keinesfalls ausgesagt, aber Dieter wollte wissen, wie Paul Böger unter Druck reagierte.

»Ich war zu Hause!«, rief Paul mit rotem Kopf. »Das sagte ich doch bereits! Unser Loft ist sehr weitläufig. Da hört und sieht man nicht, wenn der andere kommt oder geht. Donnie, also Detlef Giese, mein Mitbewohner, hat an diesem Abend bestimmt nicht mitgekriegt, wann ich zurückgekehrt bin. Zumal er ja selbst immer bis spätnachts im Theater ist. Das war er in der Nacht nämlich auch.«

Dieter nickte. »Ah ja, alles klar, dann hab ich das vielleicht missverstanden. Aber sagen Sie, auch hier in der Nachbarschaft ist ein kleines Mädchen auf mysteriöse Weise zu Tode gekommen. Die Polizei geht davon aus, dass sie ermordet wurde. Haben Sie davon gehört?«

Paul setzte sich wieder. »Ja, jetzt erst, vor Kurzem, als ganz Ambra auf den Beinen war, weil ein Mädchen beerdigt wurde. Ich kriege hier oben leider so gut wie gar nichts mit. Italienisch kann ich nur ein paar Brocken, der Dorftratsch geht also komplett an mir vorbei. Und ohne Zeitung, ohne Internet und ohne Telefon ist man ja ohnehin völlig aus der Welt. Eigentlich unvorstellbar in der heutigen Zeit.«

»Post kriegen Sie auch nicht?«

Paul schüttelte den Kopf und grinste. »Nein. Zeigen Sie mir den Postboten, der täglich hier rauffährt. Vollkommen unvorstellbar.«

»Das stimmt!« Auch Dieter grinste jetzt. »Aber sagen Sie, als dieses Kind beerdigt wurde und ganz Ambra auf den Beinen war, wie Sie meinten … Das hat Sie gewundert?«

»Natürlich! Es war ja nicht die Tochter von Brad Pitt oder Madonna! Es ist wirklich schrecklich, dass ein kleines Mädchen gestorben ist. Aber auch Kinder sterben, werden vom Auto überfahren, kriegen die Masern, bekommen eine Sepsis, was weiß ich. Und ein ganzer Ort dreht durch? Alle, aber auch wirklich alle gehen zur Beerdigung?« Er stand erneut auf. »Bitte entschuldigen Sie, ich muss einen Schluck trinken. Ja, da bin ich erst auf die Kleine und die ganze Sache aufmerksam geworden. Ich wollte in der Bar frühstücken, und die ganze Stadt war verstopft. Wollen Sie auch ein Wasser?«

Dieter nickte, und Paul füllte drei Gläser aus einer Plastikflasche und stellte sie auf den Tisch.

»Danke.«

»Vielen Dank.«

Paul trank sein Glas in einem Zug leer und schenkte sich nach. Für einen Moment schwiegen alle drei.

Dann fragte Fabienne leise: »Sagen Sie, haben Sie hier schon irgendwie Anschluss gefunden? Ein paar Freundschaften knüpfen können?«

»Nicht so recht. Ich verstehe ja auch kein Italienisch und wohne ziemlich weit ab vom Schuss.«

»Dann leben Sie auch nicht in einer Beziehung? Ich meine, haben Sie eine Frau, eine Freundin oder einen Freund?«

»Ja, doch, ich habe eine Freundin.«

»Ach, wie schön. Hier in Italien?«

Paul antwortete ernst und lustlos. »Ja. Sie lebt hier in Ambra, ist Italienerin. Und findet dieses Haus genauso faszinierend wie ich.«

»Das ist ja wunderbar. Dann leben Sie zwar einsam, aber sind nicht allein!«

»Davon ist auszugehen. Denn wir werden heiraten.«

»Das freut mich für Sie. Herzlichen Glückwunsch!«, sagte Dieter. »Komm, Fabienne, wir müssen los.«

Als sie gegangen waren, schloss er die Tür und wischte sich den Schweiß von der Stirn.

Das Schlimmste war, dass sie hierhergekommen waren. In sein Nest, seine einsame Burg, sein Versteck. Sie hatten es gefunden, und es war entweiht.

Er setzte sich an den Küchentisch und weinte.

101

Auf der Fahrt nach Ambra schwiegen sie. Jeder hing seinen eigenen Gedanken nach und versuchte die Eindrücke von diesem Mann und seinem Leben in der Einsamkeit und diesem wenig einladenden Haus zu sortieren.

Erst als sie in der kleinen Trattoria nahe der Piazza saßen und bestellt hatten, sagte Fabienne: »Der Typ versteckt sich und läuft vor irgendetwas davon. Nicht vor unseren Ermittlungen, ihm ist ja heute erst klar geworden, dass wir ihm auf den Fersen sind. Nein, es ist etwas anderes. Er hatte sich ja auch schon in der Einsamkeit versteckt, als wir noch nicht gegen ihn ermittelt haben. Aber wovor er so verzweifelt davonläuft, ist mir nicht klar.«

»Nee, mir auch nicht«, meinte Dieter. »Aber ich glaube, du hast recht. Er benimmt sich wie ein Verfolgter. Darum ist er auch erst einmal aggressiv, wenn jemand plötzlich vor seinem Haus steht.«

»Vielleicht gibt es da irgendeine Geschichte in seiner Vergangenheit? Vielleicht hat er noch 'ne Rechnung offen, und irgendjemand bedroht ihn?«

»Kann sein. Aber dann müsste er jetzt erst so richtig in Panik geraten, weil er gemerkt hat, mit welcher Leichtigkeit wir ihn gefunden haben und bei ihm aufgetaucht sind. Nein, ich glaube nicht, dass es etwas so Profanes, so Offensichtliches ist. Verstehst du? Das wäre zu naheliegend.«

»Dazu kommt«, sagte Fabienne, aber in diesem Moment brachte die Bedienung den Wein, und Fabienne verstummte. »Grazie«, sagte sie, als ihr eingeschenkt wurde, und wandte sich danach wieder Dieter zu. »Dazu kommt«, wiederholte sie, »dass ein Mann, der vor irgendjemand davonläuft, nicht in Ambra heiratet. Eine italienische Hochzeit ist immer ein riesiges Tamtam. In dem Moment hat er eine Frau und eine große Familie und ist Mitglied des Dorfes, da lebt er nicht mehr inkognito. Nein, seine Angst ist eine andere. Viel subtiler.«

»Das kann sein.«

»Hast du gesehen, was er für sensible, zarte Hände hat? Das ist keiner, der draußen Holz hackt, damit es in dieser schrecklichen Bude irgendwann mal warm wird. Der geht da oben in diesem Haus kaputt. Das schafft er nicht einen einzigen Winter.«

»Und finanziell ist das sicher auch eng«, meinte Dieter. »Himmel, der gute Mann ist ein einfacher Fotograf, da hat er in den letzten Jahren sicher keine Reichtümer angehäuft. Wie stellt er sich das auf Dauer vor?«

»Er stellt sich gar nichts vor. Er denkt nicht an Konsequenzen, er will nur nicht nach Deutschland. Das ist alles.«

Dieter beugte sich vor und gab Fabienne einen Kuss auf die Wange. »Weißt du, ich hab ja schon mal ein Täterprofil erstellt, mit den Informationen, die wir zu den Fällen gesammelt haben. Ich weiß das jetzt nicht mehr in allen Einzelheiten, aber ein paar Punkte schon.«

»Schieß los! Das interessiert mich.«

»Gut, aber wir müssen aufpassen, dass wir uns nicht zu sehr nur auf diesen Paul Böger einschießen.«

»Keine Angst.« Sie grinste.

»Ich hatte vermutet, dass er ein Intellektueller ist. Kein

Arbeiter. Er hat keine Kraft, einen schlaffen Händedruck und ein blasses Gesicht. Darum vergräbt er die toten Mädchen auch nicht, das ist ihm viel zu viel Arbeit. Außerdem kann dieses Weichei einfach nicht mit Frauen, und darum treibt er es mit kleinen Mädchen und tötet sie, um sich mächtig und großartig zu fühlen. Endlich ist er wer.«

»Das könnte alles auf ihn zutreffen. So einen Eindruck hat er gemacht.«

»Er kann nicht lieben. Gibt sich stark und ist schwach. Im Grunde ist er ein armes Würstchen. Aber die Morde stärken ihn. Endlich hat er – zumindest für kurze Zeit – Macht über einen anderen Menschen. Und wenn es nur über ein Kind ist.«

»Ich frage mich, warum so einer heiraten will«, sagte Fabienne nachdenklich. »Das passt überhaupt nicht. Ist eigentlich unvorstellbar. Allerdings kam er mir zutiefst unglücklich vor.«

»Ja. Das ist er auch. Weil er sich dessen, was er tut, bewusst ist. Er analysiert sich selbst, und das macht ihn zu einem unglücklichen Menschen.«

»Wie ist er zu dem geworden, der er ist?«

»Das wissen wir nicht, aber vielleicht hat er dieses kriminelle Gen. Es schlummert in ihm. Und dann muss in seiner Kindheit irgendetwas passiert sein, sodass er durchknallt und zum Mörder wird. Misshandlung? Missbrauch? Irgendetwas in dieser Richtung. Das ist, als wenn du auf den roten Knopf drückst und die Katastrophe startet.«

»Wir sollten vielleicht mal ein bisschen graben: Mutter, Vater, Schwester. Was ist da schiefgelaufen?«

»Ja, genau, das sollten wir unbedingt.«

»Ich hatte mal den Fall eines Kindermörders in Deutschland«, sagte Fabienne, sah in ihr Weinglas wie in eine Glaskugel und versuchte sich genau zu erinnern. »Der brachte kleine

Kinder um. Morden war für ihn wie eine Sucht. Er war schon zweiundvierzig, wohnte immer noch bei seiner Mutter, und alle hielten ihn für einen sehr merkwürdigen Gesellen. Aber dann drehte er den Spieß um und machte der Erstbesten, die er beim Feuerwehrball kennenlernte, schöne Augen und heiratete sie. Zog mit ihr in ein kleines Häuschen, bekam drei eigene Kinder, und alles war gut. Alle hielten ihn von da an für einen ganz normalen Mann, und er konnte vollkommen unauffällig und in Ruhe weitermorden.«

»Na klar, so geht's auch.« Dieter grinste. »Und warum soll dieser Böger nicht eine Italienerin heiraten, um hier anerkannt zu sein und als ganz normaler Mitbürger zu gelten?«

»Ja, du hast recht. So könnte es sein.«

Das Essen kam. Einen Moment aßen sie schweigend. »Schmeckt klasse«, sagte Fabienne. »Und deins?«

»Auch super!«

Dieter überlegte weiter. »Ich hatte in meinem Profil geschrieben, dass er ein Einsamer ist.«

»Das ist Böger definitiv.«

»Und wahrscheinlich depressiv.«

»Wird er sein. Und wenn er es nicht schon ist, dann wird er es da in diesem Haus.«

»Versuchungen gibt es ja nicht viele in dieser Gegend …«

»Na, ich bitte dich! In jeder Pizzeria oder Trattoria springen mindestens zehn Bambini um deinen Tisch herum.«

»Im Ort, in den Lokalen, ja. Aber nicht in der Nähe seiner Hütte auf dem Berg.«

»Nee, das stimmt.«

»Vielleicht versteckt er sich deswegen in dieser einsamen Hütte?«

Fabienne sah Dieter mit großen Augen an. »Ja, genau! Vielleicht ist es diese Angst vor sich selbst, die ihn umtreibt? Er dachte, wo kein Kind ist, kann auch nichts passieren. Aber dann hat er es nicht mehr ausgehalten und hat sich die kleine Viola geschnappt …«

Beide hatten ihr Besteck zur Seite gelegt, aßen nichts mehr, tranken nur ab und zu einen Schluck und schwiegen.

»Weißt du, dass ich eine Gänsehaut habe?«, sagte Fabienne leise.

»Ich auch.«

»Diesen Paul Böger solltest du unbedingt im Auge behalten!«

»Auf jeden Fall. Morgen Vormittag reden wir mit Donato Neri. Und dann rufe ich Ingrid an.«

Fabienne nickte.

102

Am nächsten Morgen war Neri schon im Büro, als Cesare eine halbe Stunde zu spät erschien.

Cesare zuckte zusammen und stotterte: »Porca miseria! Sie hier?«

Neri nickte, grinste und sah schweigend auf die Uhr.

Cesare wurde flammend rot. »Soll ich uns einen espresso machen?«

»Fabelhafte Idee«, meinte Neri, und Cesare flüchtete aus dem Büro in die kleine Kaffeeküche am Ende des Flurs.

Als er mit zwei espressi wiederkam, sagte Neri: »Ich werde jetzt nicht mehr zu Hause das Bein auf den Tisch legen, sondern hier. Um dich zu unterstützen. Mit den Krücken bin ich schon flott unterwegs. Und wenn du mich mit dem Auto fährst, haben wir gar kein Problem.«

»Wunderbar«, stammelte Cesare. Man sah ihm allzu deutlich an, dass er gern noch länger allein im Carabinieri-Büro eine ruhige Kugel geschoben hätte.

»Was gibt's Neues in Sachen Viola?«, fragte Neri.

»Nichts Neues. Gar nichts. Ich hab noch einmal Nachbarn, Freunde, Verwandte und die ganze Welt befragt, wie Sie mir aufgetragen hatten, aber nach wie vor hat niemand was gehört oder gesehen.«

»Hast du darüber einen Bericht geschrieben?«

»Nein.« Cesare blickte zu Boden.

»Madonna! Man schreibt über alles einen Bericht! Über jeden Mist! Über jeden Kleinkram! Und zwar so detailliert wie möglich. Der Fall Viola interessiert nicht nur das verschlafene Ambra und die umliegenden Bergdörfer hinter den sieben Bergen bei den sieben Zwergen, nein, er wächst sich zu einem internationalen Fall aus! Das BKA interessiert sich dafür. Weißt du ja. Der Täter hat eventuell europaweit gemordet! Das ist ein ganz dickes Ei! Und darum brauche ich alles schriftlich. Alles! Wer wann wo wie und warum in der Nase gebohrt hat. Hai capito?«

Cesare nickte schwach.

»Morgen früh um sieben ist der Bericht auf meinem Schreibtisch! Va bene?«

»Va bene.«

»Dunque, gibt es vielleicht noch irgendeine Kleinigkeit, die du herausgehört hast, an die du dich erinnerst und die wichtig sein könnte?«

Cesare blätterte panisch in seinen Papieren.

»Porca miseria, ich habe heute noch mal ein Gespräch mit diesem deutschen Ermittler vom BKA, und ich brauche Infos, Infos, Infos. Ermittlungsergebnisse, Hinweise, meinetwegen auch Vermutungen, irgendwas! Ich kann doch nicht nur dastehen und mit den Achseln zucken, nur weil mein Kollege nichts, aber auch gar nichts herausgefunden hat, während ich krank und bewegungsunfähig war. Madonnina, Cesare, wie stehen wir denn da? Wie die Idioten!«

Cesare sagte immer noch nichts, blätterte weiter, und Neri sah regelrecht, wie sein ganzer Körper zitterte.

Er schwieg und wartete ab. Dieser Typ war gerade dabei, seine letzten Stunden in diesem Büro zu verbringen.

»Ja, also die Signora Braccolini, die in der Straße wohnt, Sie wissen, maresciallo, sie hat das Haus, in das vor zwanzig Jahren schon mal ein Lastwagen gekracht ist und ihren Mann, der gerade im Bett lag und schlief, umgebracht hat. Also diese Signora, die über neunzig ist und nur noch Tag und Nacht am Fenster sitzt, hat gesehen, wie Viola die Straße entlangkam und um die Kurve verschwand. Wahrscheinlich ist sie dann zu ihrer Freundin Chiara ins Haus gegangen.«

»Das hast du mir doch schon vor Wochen erzählt!«

»Äh ja«, stotterte Cesare, »aber jetzt hat sie noch erzählt, dass sie kurz darauf, also eine viertel, halbe oder ganze Stunde später, das wusste sie auch nicht mehr genau, ein weißes Auto aus Chiaras Richtung um die Kurve hat kommen und wegfahren sehen.« Cesare schwieg erschöpft und schaute Neri ängstlich an.

»Warte mal, hat Paul Böger nicht auch ein weißes Auto?«, fragte Neri leise und sehr langsam.

»Ja. Einen weißen SUV.«

»Stimmt. Mir war doch so. Könnte die Witwe diesen weißen SUV gesehen haben?«

Cesare zuckte die Achseln.

»Das könnte sein. Chiaras Familie hat allerdings auch einen weißen Lieferwagen. Wir müssen die Witwe fragen, was für ein Auto genau sie gesehen hat. Aber jedenfalls hat die Familie von Chiara gesagt, Viola wäre bei ihr nie angekommen!«

»Das ist das große Geheimnis in diesem Fall. Das mistero. Ist Viola bei Chiara ins Haus gegangen oder nicht?«

»Non so, maresciallo«, flüsterte Cesare. »Ich hab keine Ahnung. Aber es ist gut, dass Sie wieder hier sind. Soll ich die Signora Braccolini mal anrufen oder herholen?«, fragte er.

»Nein!«, rief Neri. »Du machst lieber gar nichts mehr. Niente di niente.« Er sah auf die Uhr. »Gleich habe ich den Termin mit den deutschen Ermittlern, bis morgen hast du den detaillierten Bericht geschrieben, und dann fährst du mich zu der Braccolini. Wie alt ist sie eigentlich genau? Neunzig?«

»Einundneunzig«, sagte Cesare und wirkte beleidigt.

»Also gut, so ungefähr lag ich ja richtig. Du fährst mich also zu der alten Braccolini, wartest im Wagen, und ich werde mich mit ihr unterhalten. Ganz in Ruhe. Vielleicht mit ihr ein kleines Likörchen oder einen Vin Santo trinken, und dann wird sich schon herausstellen, ob die Gute noch alle Tassen im Schrank hat oder nicht. Und wenn sie mir dasselbe sagt wie dir, dann fühle ich Chiaras Eltern und Paul Böger noch mal ganz nachdrücklich auf den Zahn. Und dann musst du mitkommen, denn dann brauche ich dich als Zeugen.«

»Va bene, maresciallo.«

Neri sah Cesare an, der irgendwie unschlüssig in der Tür stand, als hätte er noch etwas auf dem Gewissen.

»Ist noch was, Cesare?«

»Ja. Die Signora Braccolini arbeitet ehrenamtlich für die misericordia und kutschiert zweimal in der Woche Kranke und Gehbehinderte im Wagen der misericordia nach Florenz ins Careggi-Krankenhaus. Ganz so bescheuert kann sie also nicht sein.«

»Das kann nicht wahr sein!«, meinte Neri entsetzt. »Sag das noch mal!«

Cesare grinste. »Sie haben ganz richtig verstanden. Sie ist einundneunzig, aber sie gurkt unsere Kranken durch die Gegend. Es kann jeden von uns treffen. Meine Cousine hatte einen Bandscheibenvorfall und musste nach Careggi. Sie sagte, es wäre eine Höllentour gewesen mit der Signora Braccolini. Sie hätte um ihr Leben gefürchtet.«

»Wahnsinn. Danke, Cesare.«

Nur wenig später betraten Dieter und Fabienne die Carabinieri-Station.

Auf ihr Klingeln öffnete Cesare, verbeugte sich leicht und winkte sie durch.

»Bitte, kommen Sie herein!«, tönte Neri. »Ich kann leider nicht aufstehen, aber nehmen Sie doch Platz. Wie schön, dass Sie gekommen sind. Kaffee?«

»Nein danke, wir haben gerade einen getrunken.«

»Bitte, erzählen Sie! Wie war Ihr Treffen mit Signor Böger?«

Dieter und Fabienne sahen sich kurz an. Dann erzählte Dieter ziemlich detailliert von ihrem Besuch und von dem Eindruck, den sie hatten.

»Wir müssen jetzt mal die Fakten abgleichen«, sagte Dieter. »Wann genau ist Viola verschwunden, und wann ist Paul Böger definitiv nach Italien in sein Haus gekommen?«

»Viola galt seit dem achten August als vermisst. An Ferragosto, also am fünfzehnten August, habe ich selbst Paul Böger bei einem Dorffest gesehen«, sagte Neri. »Und da war er wohl schon länger vor Ort. Genaueres kann ich Ihnen aber leider nicht sagen.«

Dieter war klar, dass sich die An- und Abwesenheit Bögers in seiner Einsiedelei schlecht nachvollziehen ließ. »Der Mann ist durchaus verdächtig«, sagte er. »Aber im Moment haben wir leider zu wenig Beweise, um ihn festzunehmen. Bitte, informieren Sie uns, wenn er abreist, irgendetwas Verdächtiges tut, was auch immer.«

»Aber selbstverständlich«, meinte Neri.

Obendrein schwor sich Neri, irgendeinen Bauern abzustellen, der diesen merkwürdigen Kauz da oben auf Caprinaia nicht mehr aus den Augen ließ. »Ich werde Sie informieren, falls irgendetwas geschieht. Und ich werde natürlich weiterermitteln. Vielleicht können wir ja beweisen, dass er für den Mord an Viola verantwortlich ist.«

»Das wäre schön. Haben Sie DNA-Spuren an der Leiche gefunden? Das wäre wichtig. Das könnten wir vergleichen.«

»Ich fürchte nicht. Die Leiche war zu verwest, sie lag wochenlang der Hitze, dem Wind, dem Regen und Tieren ausgesetzt, da war nichts mehr zu holen.«

»Ich verstehe, schade, aber vielen Dank.« Dieter und Fabienne gaben Neri die Hand. »Sie haben meine Nummer.«

»Ich hoffe, ich kann Ihnen behilflich sein und den Fall zu einem guten Ende bringen.«

Dieter und Fabienne nickten und verließen das Büro.

Dieser Carabiniere war ja eine Seele. Aber dass ausgerechnet er den Kindermörder hieb- und stichfest überführen würde, konnten sie sich nicht vorstellen.

103

Kurz danach rief Dieter seine Exfrau Ingrid auf dem Handy an.

»Hallo«, sagte sie. »Super, dass du dich meldest. Schieß los. Hast du Paul Böger getroffen?«

»Ja, hab ich.«

»Erzähl!«

Dieter überlegte einen Moment. Dann meinte er: »Tja, der Mann ist wirklich fast genau so wie in meinem Profil beschrieben. Ein Einzelgänger, Eigenbrötler, Intellektueller. Er lebt da wie ein Asozialer. Versteckt sich. Ich bin davon überzeugt, dass er unser Hauptverdächtiger ist, und mein Bauchgefühl sagt mir auch, dass er der Mörder ist, aber das will nichts heißen. Das hilft uns nicht vor Gericht. Mein Problem war, dass ich wie ein unbedarfter Wandersbursch dort vorbeikam, verstehst du? Ich sollte ja nur für dich ein bisschen spionieren, aber ich hatte absolut keine Kompetenz, ihn wirklich zu verhören. Und insofern war das Gespräch ein besseres Kaffeetrinken, der Mann ist ja nicht doof. Der weiß schon, wann er verhört wird und wann nicht.«

»Aber dein Bauchgefühl sagt dir, dass du bei ihm an der richtigen Adresse bist?«

»Ja, klar, aber was nützt das? Wir können ihn nicht festnehmen, wir können ihn nicht verhören, er sitzt in Italien. Super.

Wir brauchen tausend Anklagepunkte und einen bürokratischen Super-Marathon, um ihn ausliefern zu lassen. Und dazu ist unsere Indiziendecke noch zu dünn. Beziehungsweise gar nicht vorhanden.«

»DNA?«

»Die kriegen wir erst, wenn wir ihn aus gutem Grund festnehmen. Das weißt du selbst. Außer, er gibt sie uns freiwillig. Aber so bescheuert ist er nicht.«

»Dein Besuch bei ihm war also sinnlos?«

»Nein, so würde ich das nicht sehen. Wir wissen jetzt, mit wem wir es zu tun haben. Er ist meines Erachtens ein ziemlich kranker Typ. Und höchstwahrscheinlich in die Sache involviert. Aber das reicht leider nicht. Ich hab es nicht bereut, hingefahren zu sein. Aber jetzt müssen wir weitersehen. Es wäre gut, wenn er zurück nach Deutschland käme. Sonst haben wir ganz schlechte Karten.«

»Puh, das wird schwierig.«

»Der Hammer ist, dass es auch in Ambra, in der Gegend, wo Paul Böger wohnt, einen Kindermord gibt, der total ins Schema passt. Wieder ein Mädchen. Wieder im selben Alter. Wieder war er in der Gegend. Für mich gibt es hier deutlich zu viele Zufälle.«

Ingrid klang gleich wieder hoffnungsvoller: »Die Zusammenarbeit mit den Italienern läuft?«

»So weit ja. Aber ganz ehrlich: Hier ermittelt wirklich die Dorfpolizei. Davon würde ich mir leider gar nichts versprechen. Der springende Punkt ist: Wir brauchen einfach eine DNA-Probe von Böger. Und die zu bekommen ist in Italien noch schwieriger als in Deutschland.«

»Okay. Dann weiß ich zumindest ein bisschen was. Vielleicht können wir uns ausführlich darüber unterhalten, wenn du wieder in Deutschland bist.«

»Auf jeden Fall. Das sollten wir tun.«

»Dann wünsche ich dir noch einen schönen Urlaub.«

»Danke. Und … Ingrid?«

»Ja?«

»Eins hab ich jetzt kapiert, Ingrid. Wir haben zu viel gearbeitet, wir haben uns nur um unsere Karriere gekümmert, wir haben das Leben viel zu wenig gelebt und genossen. Wir sind ja kaum verreist … Wir haben 'ne Menge falsch gemacht.«

»Ich weiß, Dieter. Ich weiß.« Die Tränen verstopften ihr die Nase, und sie konnte kaum sprechen. »Mach denselben Fehler nicht ein zweites Mal und genieße deinen Urlaub! Ciao!«

»Pass auf dich auf«, sagte Dieter und legte auf.

104

Allmählich versank die Abendsonne hinter den bewaldeten Hügeln. Der Kirchturm von Palazzuolo ragte wie eine Messerspitze in den blutroten Himmel. Das Grün des Waldes wurde binnen Minuten dunkel und schwarz, kühle Luft wehte plötzlich über das Land. Das Abendrot in der Ferne verwandelte sich allmählich in Grau. Die Vögel hörten auf zu singen, und auch die Zikaden verstummten.

Die Nacht senkte sich sanft über Berg und Tal, und Carmela zündete auf der Terrasse ein Windlicht an.

»Möchtest du noch etwas essen?«, fragte sie leise.

Matteo schüttelte den Kopf. »Komm her zu mir!«

Sie setzte sich auf seinen Schoß und legte ihren Kopf an seine Schulter.

Es war ein schweigsamer, inniger Moment.

»Es ist so weit«, sagte Matteo, zog die Pistole aus seiner weiten Arbeitshose und legte sie auf den Tisch.

Carmela begann leise zu weinen.

Er streichelte sie. »Es ist Zeit, Liebes. Ich hab noch einmal überlegt, aber es hat keinen Sinn mehr. Viola ist tot, sie wird niemals zu uns zurückkehren. Und bald sind wir auch tot. Aber vielleicht werden wir sie sehen, werden sie treffen, werden vielleicht sogar für immer bei ihr sein. Wer weiß das schon.«

»Ich will nicht, Matteo«, schluchzte Carmela. »Ich will leben! Bitte! Bitte, lass mich leben! Bitte!«

»Du hast nichts verstanden.«

»Kann sein. Aber darauf kommt es nicht an. Ich will nicht sterben, ich ertrage den Schmerz. Wenn du gehen willst, Matteo, dann geh. Aber bitte, lass mich hier!«

Für Matteo war es wie ein Verrat. Ein Verrat an Viola. Wenn Carmela sie wirklich geliebt hätte, dann könnte sie überhaupt nicht weiterleben, ebenso wenig wie er.

Wo war sie, seine stolze Carmela, die stark sein konnte wie ein Wildpferd, kratzbürstig wie eine Raubkatze? Sie hatte kein Feuer mehr in den Augen, und statt erhobenen Hauptes zu Viola und in den Tod zu gehen, jammerte sie und bettelte um ihr Leben.

Das war Carmela also. Schwach und ängstlich. Kämpfte in einem Tränenmeer gegen das Ertrinken.

»Bitte lass mich leben!«, flehte sie, sah ihm in die Augen und streichelte ihm über die Wange.

Er stieß sie weg. »Fass mich nicht an!«

Carmela zuckte zurück.

In diesem Moment begriff sie, dass sie ihn verloren hatte. Er liebte sie nicht mehr. Der Schmerz um ihr totes Kind hatte ihn zerstört. Er würde sie töten. Ohne Rücksicht, ohne nachzudenken. Es würde ihm noch nicht einmal wehtun, sie sterben zu sehen.

Es gab keine zweite Chance auf ein neues Leben, ein neues Kind.

Es gab gar nichts mehr.

Carmela sprang auf und rannte los. Das Überraschungsmoment war ihr Vorteil, es dauerte Sekunden, bis auch Matteo aufgesprungen war und die Waffe durchgeladen hatte.

Er hätte es nie für möglich gehalten, dass er so gelassen sein konnte.

Auf der Terrasse stehend, zielte er auf seine geliebte Frau, die um ihr Leben lief.

Sein Auge hatte sie gut im Blick, er suchte sich einen Punkt in ihrem Rücken und legte an. Seine Hand war vollkommen ruhig und zitterte kein bisschen, als er schoss.

Carmela brach zusammen.

Einen Moment stand er still. Versuchte zu begreifen, was geschehen war. Sein Herzschlag setzte aus, er starrte nur auf die leblose Frau, die auf der Wiese lag.

Die Welt hatte aufgehört, sich zu drehen. Es war vorbei, er hatte alles verloren.

Er rang nach Luft, hustete, und als er wieder in der Lage war zu atmen, lief er zu ihr und beugte sich über sie.

Hellrotes Blut quoll aus ihrem Mund. Sie schluckte, würgte und keuchte.

»Ich verfluche dich, Matteo«, röchelte sie.

Dann brachen ihre Augen, und sie starb.

Erst jetzt begann Matteo zu weinen.

Er wusste, dass er keine Wahl mehr hatte.

Es war vorbei.

»Ciao, Viola, mein Mädchen! Ciao, Carmela, Liebe meines Lebens!«

Dann schob er sich den Lauf der Waffe in den Mund und drückte ab.

105

Am Abend saßen Neri und Gabriella in der Küche, das Radio spielte leise, und Neri aß schweigend seine Pasta.

»Ist was?«, fragte Gabriella.

Neri ließ sich mit der Antwort Zeit. Dann atmete er tief durch und meinte leise: »Ja, allerdings. Die Deutschen vom BKA gehen tatsächlich davon aus, dass dieser merkwürdige, einsame Paolo ein Kindermörder sein könnte. Sie haben ihn im Zusammenhang mit einigen Mordfällen in Deutschland befragt. Und ich soll sie über alles informieren, was wir im Fall Viola rausfinden. Sehr viel haben wir da ja noch nicht. Aber jetzt hat die Witwe Braccolini ausgesagt, dass sie kurz nach Violas Verschwinden ein weißes Auto gesehen hat, das aus Chiaras Richtung um die Kurve kam und wegfuhr. Und Paolo hat ein weißes Auto.«

»Chiaras Vater Ugo auch. Und Violas Eltern«, meinte Gabriella spöttisch. »Und sonst noch die halbe Welt.«

Sie legte ihr Besteck zur Seite, beugte sich ein wenig vor und sah Neri an. »Hast du eigentlich schon mal mit den Kindern der Familie Miniati gesprochen?«

Neri überlegte einen Moment, dann schüttelte er den Kopf. »Nee. Warum?«

»Weil es manchmal wichtig ist, mit Kindern zu reden. Nicht

nur mit Erwachsenen. Kinder leben in einer anderen Welt, haben andere Antennen, andere Wahrnehmungen.«

»Carmela hat kurz nach dem Verschwinden Chiara ziemlich in die Mangel genommen, aber auf Granit gebissen. Die wusste gar nichts.«

»Bleibt noch Fabio. Vielleicht hat er Viola ja rein- oder rausgehen sehen. Oder er hat eventuell sogar den Deutschen gesehen. Oder sein Auto. Jungs kennen immer alle Automarken.«

Verflucht, dachte Neri. Den Zwölfjährigen hatte er bisher noch gar nicht auf dem Schirm gehabt. Es nervte ihn, dass Gabriella immer auf Dinge stieß, die er bisher noch gar nicht bedacht hatte.

»Gute Idee. Ich werd mal mit ihm reden«, sagte er so beiläufig wie möglich und schaltete den Fernseher an.

Cesare wollte sich tags darauf gerade ein warmes panino mit mozzarella in der Bar della Piazza holen, als Neri ihn aufhielt. »Scusa, komm, lass uns schnell zur Mittelschule fahren, die haben jetzt Schluss, und ich möchte mit Fabio sprechen. Chiaras Bruder. Oder hast du das schon getan?«

Cesare schüttelte den Kopf und senkte schuldbewusst den Blick. Er hatte so einen verdammten Hunger, und dass er jetzt so schnell kein panino bekommen würde, machte ihn ganz krank.

»Also dann los. Dann holen wir das jetzt nach.«

Sie parkten vor der Schule und warteten. Es dauerte länger, als sie gedacht hatten, und Cesare trauerte immer noch seinem panino hinterher.

Endlich kam Fabio aus dem Schulhaus, lief in einem Pulk von Schülern, und Neri musste dreimal hingucken, bis er ihn erkannte.

Er quälte sich aus dem Auto, rief laut »Fabio!«, und Fabio zuckte zusammen. Neri war zwar im kleinsten und schäbigsten Carabinieri-Wagen gekommen, den man in der Toskana finden konnte, und es war ein wahres Wunder, dass es dieses Vehikel überhaupt bis Montevarchi geschafft hatte, aber es war klar erkennbar ein Auto der Carabinieri, und alle sahen Fabio hinterher, als er sich Neri vorsichtig näherte.

»Buongiorno, Fabio!«, rief Neri und öffnete die Tür zur Rücksitzbank. »Ich hab ein paar Fragen. Nichts Besonderes oder Schlimmes. Was hältst du davon, wenn wir dich nach Hause fahren und uns dabei ein bisschen unterhalten?«

Fabio stand einen Moment wie erstarrt.

Dann drehte er sich um und raste davon.

Am Schulgebäude vorbei und weiter über die dahinterliegende Wiese, wo Neri ihm mit seinem Wagen auf gar keinen Fall folgen konnte.

Neri schlug entnervt aufs Autodach. »Na los, hinterher!«, brüllte er, und Cesare spurtete los.

»Porca miseria«, fluchte Neri, als er sah, dass Cesare keine Chance hatte, den Zwölfjährigen, der wie ein Wiesel über die Felder schoss, einzuholen.

Aber wie auch immer: Die Reaktion Fabios war alles andere als normal.

Neri wartete.

Minuten später kam Cesare zurück. Vollkommen außer Atem, völlig fertig. »Ich hab ihn nicht mehr eingeholt«, hauchte er.

»Steig ein«, meinte Neri resigniert.

Cesare setzte sich in den Wagen, wendete und fuhr zurück nach Ambra.

Kurz bevor sie die Carabinieri-Station erreichten, klingelte Neris Handy.

Neri fluchte und nahm das Gespräch an. Er sah auf dem Display, dass Luigi am Apparat war, ein Freund von Matteo. »Pronto?«

»Pronto, Donato, ich bin's, Luigi.«

»Was gibt's, Luigi?«, fragte Neri etwas ungehalten.

»Bitte komm schnell zu Matteos und Carmelas Haus.« Seine Stimme überschlug sich fast. »Mamma mia, sie sind beide tot. Erschossen.«

»Was?«, schrie Neri ins Telefon.

»Beide erschossen!«

»Bin gleich da!« Er legte auf und befahl Cesare: »Dreh um und fahr nach Palazzuolo! Sofort! Matteo und Carmela sind tot!«

Cesare hatte eine Schrecksekunde, dann wendete er mit quietschenden Reifen und raste die Straße zurück in Richtung Palazzuolo.

Die beiden haben es also nicht verkraftet, dachte Neri.

Aber was ihnen geschehen war, konnte man auch nicht verkraften.

Neri fluchte leise und schloss die Augen.

106

Gabriella sah sofort, dass etwas ganz und gar nicht stimmte, als Neri nach Hause kam. Er stand ganz still und mit hängenden Armen in der Tür und hatte einen in sich gekehrten Blick, der ihr Angst machte. Er wirkte plötzlich wie ein kraftloser alter Mann.

Peppone lief auf ihn zu und leckte ihm die Hand.

Neri reagierte gar nicht, und Peppone drehte ab und legte sich wieder auf die Couch.

Gabriella ging zu Neri und nahm ihn in den Arm. »Was ist los, amore?«, flüsterte sie.

Neri sagte keinen Ton, aber ließ sich von ihr durchs Zimmer schieben, wo er sich in einen Sessel setzte.

Sie hockte sich zu ihm auf die Lehne.

»Was ist passiert?«, flüsterte sie noch leiser. »Sag's mir!«

»Matteo und Carmela sind tot«, sagte Neri stockend. »Ich habe so etwas Entsetzliches noch nicht gesehen. Offensichtlich hat Matteo erst Carmela und dann sich selbst erschossen. Es sieht so aus, als ob sie weggerannt ist, und er hat ihr in den Rücken geschossen. Sie war also nicht einverstanden, sie wollte nicht sterben, aber er hat sie umgebracht. Eiskalt. Er wollte sie mitnehmen. Das ist so furchtbar! Du begreifst, dass dich dein eigener Mann umbringen wird. Du rennst um dein Leben! Oh, mein Gott!« Er weinte.

Gabriella ließ ihn vollkommen in Ruhe.

Als sich Neri beruhigt hatte, flüsterte er, kaum hörbar: »Und weißt du, wie jemand aussieht, der sich in den Mund schießt und dessen Kopf explodiert?«

Gabriella sagte nichts, sie streichelte ihn nur.

Neri liefen die Tränen über die Wangen. Gabriella hatte ihren Mann nur selten weinen gesehen. Sie konnte es nicht ertragen, und jetzt weinte sie auch. Still und leise, er sollte es nicht mitbekommen.

»Derjenige, der Viola getötet hat, hat gleich eine ganze Familie ausgelöscht. Er hat auch Tonia, Carmela und Matteo auf dem Gewissen.«

Gabriella nickte und fuhr ihm mit der Hand sanft über die Wangen.

»Ich weiß nicht warum, aber ich kann es nicht ertragen.« Er schluchzte. »Ich kann es nicht ertragen, Gabriella. Es waren so tolle, glückliche Menschen. Und dann so was. Ich kann es nicht aushalten, verstehst du das?«

»Ich verstehe das gut, Donato, aber du darfst dir diese Dinge nicht so zu Herzen nehmen! Sonst gehst du in diesem Job kaputt. Es ist schlimm, aber es ist nicht *deine* Familie. Versuch abzuschalten. Dein Leben ist ein anderes. Und wenn du den Mörder der kleinen Viola findest, dann hast du vielen Menschen geholfen, darüber hinwegzukommen und den Verlust von Viola, Tonia, Carmela und Matteo zu verkraften.«

Neri blieb stumm und resigniert.

»Amore, bitte! Du kannst nichts daran ändern, was passiert ist! Gar nichts. Du musst versuchen, die schrecklichen Bilder aus deinem Kopf zu kriegen.«

»Das kann ich nicht. Das werde ich niemals können.«

»Doch, das kannst du. Finde den Mörder, und alles ist gut.«

»Wenn ich ihn finde, bringe ich ihn um.«

»Den Teufel wirst du! Red jetzt nicht so einen Scheiß, Neri, das macht mich wahnsinnig!«

Neri stand mühsam auf und ging zur Tür. Dort drehte er sich noch einmal um. »Du hast diese beiden Leichen nicht gesehen, Gabriella. Es waren zwei junge Menschen, die sich geliebt haben. Was ist das für eine Welt, in der so etwas passiert? Ich verstehe es nicht!«

Er verließ den Raum.

»Neri!«, rief Gabriella und lief ihm hinterher.

Im Flur drehte sich Neri zu ihr um. »Lass mich in Ruhe, ja? Bitte, lass mich einfach nur in Ruhe!«

Dann stieg er die Treppe hinauf ins Schlafzimmer, und Gabriella ging zurück ins Wohnzimmer.

Schaltete den Fernseher an.

Wusste nicht, wie sie ihm helfen sollte.

107

Am nächsten Tag hatte sich Neri wieder gefangen. Er hatte einigermaßen gut geschlafen und am Vormittag jede Menge Schriftkram erledigt. Am Nachmittag war er dann reif für den Besuch bei Signora Braccolini, den er gestern einfach nicht mehr geschafft hatte. »Warte hier auf mich!«, sagte er zu Cesare, als er vor ihrem Haus hielt, und ging zur Tür.

Er fand keine Klingel, also klopfte er und rief laut: »Signora Braccolini!«

Eine Katze verschwand empört fauchend um die Hausecke.

»Signora Braccolini!«, rief Neri erneut und noch wesentlich lauter.

Er wartete.

Bei alten Leuten musste man Geduld haben. Sie würde sich schon melden.

Er rief noch ein paarmal, und Minuten später öffnete sich ein Fenster im ersten Stock, und die Signora guckte heraus.

»Was ist?«, schrie sie. Ihre Haare waren zerzaust, ihr Gesicht zerfurcht, ihre Augen verschwollen. Vielleicht hatte sie gerade tief geschlafen.

»Buonasera, Signora, sono il maresciallo Donato Neri, würden Sie mich bitte reinlassen? Ich möchte Sie was fragen!«

Amalia Braccolini knallte wortlos das Fenster zu, und nur wenig später öffnete sie die Tür.

»Buonasera!«, sagte sie. »Möchten Sie einen Kaffee?«

»Gerne.«

Amalia Braccolini fuhrwerkte in ihrer Küche herum, und Neri sah ihr lange schweigend dabei zu.

»Benissimo.« Amalia knallte zwei espressi auf den Tisch. »Was gibt's?«

»Es geht um die kleine Viola, die wir tot aufgefunden haben. Sie erinnern sich?«

»Sicher. Ich hab ja zum Glück noch alle Tassen im Schrank.«

Neri lächelte. »Natürlich, Signora, und das finde ich auch fantastisch, und darum meine Frage: Haben Sie an dem betreffenden Tag gesehen, wie die kleine Viola die Dorfstraße hinaufging?«

»Certo.« Amalia nickte und aß laut krachend einen Keks.

»Und was passierte dann?«

»Dann ist sie um die Kurve verschwunden, und ich hatte sie nicht mehr im Blick, denn ich kann ja von hier aus nicht um die Ecke gucken.«

»Das heißt, Sie wissen nicht sicher, dass sie ins Haus von Chiaras Eltern hineingegangen ist?«

»Nein, sicher weiß ich das nicht. Aber was ist schon sicher, maresciallo? Und wo sollte sie denn sonst hingegangen sein? Sie besuchte ihre Freundin ja so gut wie jeden Tag!«

»Sie hätte die Straße weiter und dann in den Eichenwald gehen können.«

»Ja, aber warum sollte sie?« Amalia tippte sich an die Stirn und meinte spöttisch: »Warum geht sie jeden Tag zu Chiara und nur an diesem Tag in den Eichenwald? Das verstehe ich beim besten Willen nicht, maresciallo.«

»Und sie ist die Straße nicht wieder heruntergekommen?«

»Nein.«

»Sie haben den ganzen Nachmittag am Fenster gesessen?«

»Ja. Ich hab ja weiter nichts zu tun und hätte sie bestimmt bemerkt. Meine nächste Fahrt für die misericordia war erst zwei Tage später. Ich saß da, aber Viola kam nicht wieder. Irgendwann später kam ein weißer Transporter um die Kurve, und ich nehme an, es war der von Ugo. Der hat so einen. Aber weiße Transporter gibt es viele, und es könnte natürlich auch einer von irgendwem aus dem Eichenwald gewesen sein.« Sie grinste breit, und erst jetzt bemerkte Neri, dass sie kaum noch Zähne im Mund hatte. »Aber ansonsten passierte gar nichts. Niente. Und auch als es dunkel wurde, hab ich Viola nicht mehr gesehen. Ich hab sie überhaupt nicht mehr wiedergesehen. Aber das hab ich doch auch Ihrem Kollegen schon lang und breit erzählt.«

»Und Sie sind sicher, dass dann später ein Transporter um die Kurve kam und kein weißer SUV?«

»Natürlich bin ich sicher! Mit Automarken kenne ich mich aus, und ich kann auch ein Flugzeug von einer Eisenbahn unterscheiden, maresciallo!« Ihr Ton troff vor Sarkasmus.

»Hm.« Neri spürte, dass die Signora unwillig wurde. »Sie haben mir sehr geholfen, Signora. Ich wünsche Ihnen alles Gute. Wir melden uns, wenn wir noch eine Frage haben. Und vielen Dank!«

Neri stand auf und humpelte zur Tür. Dort drehte er sich noch einmal um. »Und Sie haben wirklich nicht gesehen, dass Viola noch einmal zurückkam?«

»Nein, maresciallo, und jetzt lassen Sie es gut sein. Ich bin alt und klapprig, aber bescheuert bin ich nicht!«

108

Neri bestellte Cesare am nächsten Morgen für sechs Uhr dreißig ins Büro.

Cesare fiel fast um vor Schreck, denn er wohnte in San Savino und hatte eine gute halbe Stunde Anfahrt. Er starrte Neri ungläubig an. Offensichtlich war sein Chef jetzt vollkommen durchgedreht.

»Wir kreuzen deutlich vor sieben Uhr bei Chiaras Familie auf, bevor sie sich in alle Winde zerstreuen: zur Schule, zur Arbeit, aufs Feld, was weiß ich. Du sitzt neben mir und hältst den Mund. Vielleicht schaffst du es, unauffällig dein Handy mitlaufen zu lassen, um unser Gespräch aufzunehmen. Ich glaube, die wissen mehr, als sie rauslassen. Und vielleicht kriegen wir dann doch noch eine wertvolle Zeugenaussage.«

»Wenn ich das Handy nicht offen auf den Tisch legen kann, funktioniert das nicht, maresciallo.«

»Dann lass dir was einfallen, was funktioniert!«, schrie Neri. »Porca miseria! Du erzählst mir immer nur, was alles *nicht* geht. Sag doch mal irgendetwas, was geht! Arbeite mit! Schalte deinen Grips an! Sei kreativ!«

Cesare nickte stumm.

»Und jetzt fahr nach Hause und schlaf dich aus, damit du morgen wach bist und zumindest mitbekommst, über was wir uns unterhalten. Denn – wie gesagt – ich brauche dich als Zeugen, verdammt noch mal!«

Cesare nickte erneut und ging mit gesenktem Kopf zur Tür.

»Va bene«, sagte er. »A domani.«

Damit verschwand er.

Was ist bloß mit dem Jungen los, fragte sich Neri. Er war doch früher mal ganz wach und interessiert? Dachte mit und hatte gute Ermittlungsansätze. Jetzt schien er nur noch zu schlafen und vor sich hin zu dämmern und nichts wirklich wahrzunehmen.

Als Gabriella eine Stunde später das Wasser der Pasta abgoss, zog der Dampf in dicken Schwaden über die Zimmerdecke bis zum Fenster. Sie deckte die Nudeln mit einem Deckel ab und rührte die Soße. Würzte sie mit Salz, Pfeffer und Oregano und schaltete schließlich den Herd ab.

»Pronto, amore!«, sagte sie und grinste. »Wir können essen.«

»Ich brauche deine Hilfe, Gabriella.«

»Kann das bis nach dem Essen warten?«

Neri nickte und sah ganz unglücklich aus. Auf einmal war ihm die Pasta nicht mehr wichtig. Er hätte am liebsten alles sofort mit ihr besprochen.

»Buon appetito«, sagte Gabriella.

Neri nahm seine Gabel zur Hand und war in Gedanken ganz woanders.

»Spuck's aus«, sagte Gabriella, als Neri fertig gegessen hatte, und ließ die Espressomaschine rattern. »Wie kann ich dir helfen?«

»Gabriella, ich verstehe die Welt nicht mehr. Ich habe noch mal mit der Witwe Braccolini gesprochen. Und sie schwört jetzt Stein und Bein, dass das weiße Auto, das sie an dem Tag gesehen hat, ein Transporter war. Also kein SUV wie der von Böger.«

Gabriella überlegte und schlürfte dabei ihren Espresso so laut, dass Neri schlecht wurde. Aber er sagte nichts, um Gabriella nicht wütend zu machen und ihre Gedankengänge nicht zu stören.

»Allora«, sagte sie nach einer langen Pause. »Ich würde von Amalias Aussage nicht allzu viel halten, amore. In ihrem Leben ist jeder Tag gleich. Sie hockt am Fenster und starrt auf die Straße. Ihr ist wahrscheinlich gar nicht bewusst, ob Montag, Mittwoch oder Sonntag ist. Da muss sich auf der Dorfstraße schon ein Wagen überschlagen oder explodieren, damit ihr dieser Tag ganz klar in Erinnerung bleibt. Aber wenn Viola zu Chiara geht? Bei aller Liebe. Das hat sie fast jeden Tag getan, und das hat Amalia fast jeden Tag gesehen, und jetzt will sie sich urplötzlich genau daran erinnern, dass es just dieser Tag war, an dem Viola nicht mehr zurückgekommen ist? Das würde keiner von uns beiden so ganz einwandfrei auf die Reihe kriegen, und dann eine Einundneunzigjährige! Vergiss es, Neri! Die Aussage der Witwe kannst du in der Pfeife rauchen.«

»Kann sein, dass du recht hast«, sagte er leise.

»Natürlich hab ich recht«, meinte Gabriella. »Guck mal, letzte Woche ist Fiona jeden zweiten Tag gekommen und hat sich um dein Bein gekümmert. Immer vormittags, nur einmal ist sie nachmittags gekommen. Weißt du noch, wann das war?«

Neri überlegte. Ihm war überhaupt nicht bewusst, dass sie einmal nachmittags gekommen war. Seit er das Gipsbein hatte, waren für ihn alle Tage gleich.

Er schüttelte den Kopf.

»Siehst du!«, meinte Gabriella. »Während du hier auf der Couch lagst, waren deine Tage so gleichförmig, dass du jetzt alles durcheinanderschmeißt. Und genauso geht es auch Amalia.«

»Du bist ganz schön radikal.«

»Tja, so ist das nun mal. Möchtest du einen Keks zum caffè?«

»Nein. Jetzt nicht. Danke.« Neri wirkte ziemlich deprimiert.

»Aber warum beschäftigst du dich ewig und drei Tage immer wieder mit der Frage, ob Viola in Chiaras Haus hineingegangen ist? Warum konzentrierst du dich nicht viel mehr auf diesen Paul Böger? Da suchen ihn die deutschen Kollegen, weil er verdächtigt wird, kleine Mädchen umgebracht zu haben, und auch hier stirbt ein kleines Mädchen unter mysteriösen Umständen, und schon wieder ist dieser komische Typ in der Nähe! Ein weißes Auto wird zu der fraglichen Zeit gesehen, und Paul Böger fährt ein weißes Auto. Madonnina, was für ein Zufall! Was brauchst du denn noch, um ihn endlich in den Fokus deiner Ermittlungen zu stellen?«

Neri starrte Gabriella nur an. Wartete auf das, was sie vielleicht noch sagen würde.

»Ich weiß nur eins, Neri, und das ist meine volle Überzeugung: Es gibt keine Zufälle auf der Welt. Alles, aber auch alles, was passiert, hat seinen verdammten Sinn. Auch wenn es uns nicht passt.«

Neri nickte nachdenklich. Aber jetzt war es auch zu spät, die Aktion morgen abzublasen. Und Fabio hatte sich definitiv merkwürdig verhalten.

109

Neri stand schon in Krücken vor der Carabinieri-Station und wartete auf Cesare, der um fünf nach halb sieben angefahren kam, mit quietschenden Reifen bremste und bereits mit schlechtem Gewissen aus dem Auto stieg.

»Buongiorno«, sagte er vorsichtig.

»Buongiorno«, antwortete Neri und schenkte ihm ein Lächeln. »Schön, dass du so pünktlich bist. Na, dann wollen wir mal. Lass uns gleich dein Auto nehmen, das geht schneller.«

Neri stieg mit seinen Krücken ein. »Fahr los!«

Während der Fahrt, die nur fünf Minuten dauerte, fragte Neri: »Hast du eine Möglichkeit gefunden, unser Gespräch aufzuzeichnen?«

»Ich hoffe. Ich lege mein Handy einfach auf den Tisch. Und wenn Sie Ihr Handy auch auf den Tisch legen, fällt es nicht weiter auf.«

»Va bene. Versuchen wir's. Ansonsten: Halt den Mund. Sag nur was, wenn ich dir zunicke. Capito?«

»Ho capito.«

Ella Miniati riss ungläubig die Augen auf, als sie die Tür öffnete und die beiden Carabinieri noch vor sieben Uhr früh vor ihr standen. Sie strich sich nervös die Haare aus dem Gesicht, ihre Hände zitterten. »Was wollt ihr hier? Wisst ihr, wie spät es ist?«

»Tut uns leid, dass wir so früh stören, aber wir haben ein paar Fragen, Ella«, sagte Neri leise und freundlich. »Können wir einen Moment reinkommen?«

»Nein. Scusate, aber nicht um diese Zeit! Chiara schläft noch, Fabio hab ich gerade geweckt, er muss in die Schule, wir haben noch nicht gefrühstückt, Ugo ist im Bad, ich hab mich auch noch nicht zurechtgemacht und muss warten, bis er fertig ist. Chaos überall, und wir sind in Eile. Kommt heute Nachmittag wieder. So gegen fünf. Dann sind wir alle wieder zu Hause.«

»Tut uns leid, aber wir müssen *jetzt* mit euch sprechen. Es gibt Dinge, die können nicht warten. Dürfen wir endlich reinkommen?«

Ella wurde immer nervöser und fahriger. Sie zog den Gürtel ihres Morgenmantels fester und stolperte über ihre nackten Füße, als sie die Tür öffnete. »Ich versteh das nicht, Neri, muss das jetzt sein? Wir sind alle durch den Wind, haben echt keine Zeit!«

»Danke«, sagte Neri und betrat das Haus. »Entschuldige, Ella, aber wir werden versuchen, euch nicht zu lange aufzuhalten.«

Ella schnaufte und strich sich erneut mit beiden Händen die wirren Haare aus dem Gesicht.

Neri und Cesare nahmen im Wohnzimmer auf der Couch Platz und legten ihre Handys auf den Couchtisch. Ella schenkte den Handys keine Beachtung, was Neri erleichtert feststellte. Dann hockte sie sich auf die Armlehne eines Sessels, verschränkte ihre flatternden Finger wie zum Gebet, um sie unter Kontrolle zu bringen, und fragte: »Was ist los?«

»Es geht um den Tag, an dem Viola verschwunden ist.«

»Das hab ich mir gedacht. Worum sollte es auch sonst gehen? Um den Geburtstag meiner Großmutter?«

Neri überhörte die Spitze.

»Du erinnerst dich an den Tag?«

»Aber sicher! In diesem Ort dreht es sich ja um nichts anderes mehr.«

»Ella. Wir haben jetzt eine Zeugenaussage, die besagt, dass Viola an diesem denkwürdigen Tag zu euch ins Haus gegangen und nicht wieder herausgekommen ist.« Es war eine dreiste Lüge. Ein Versuchsballon.

Ella verharrte einen Moment in Schockstarre. Dann flüsterte sie: »Wie denn das?«

In diesem Moment steckte Chiara völlig verschlafen ihren Kopf durch die Tür.

»Mama?«

Ella fuhr herum. »Sei lieb, cara, und lass uns bitte allein.«

»Ist was? Wegen Viola?«

»Nein, es ist alles gut! Bitte geh jetzt.«

Chiara wollte gerade ihren Kopf wieder zurückziehen, als Neri rief: »Ach, Chiara!«

»Ja?«

»Ich möchte nicht, dass du mit Chiara sprichst!«, funkte Ella dazwischen. »Nicht jetzt. Nicht in dieser Situation. Und wenn ich mitbekommen sollte, dass du es dennoch tust, schalte ich einen Anwalt ein. Bitte, Chiara, geh jetzt und mach die Tür hinter dir zu!«

Chiara zog sich verschreckt zurück.

Neri ließ sich nicht beirren. »Gut, dann reden wir weiter. Ella, an dem besagten Tag wollte Viola doch mit Chiara schwimmen gehen, stimmt's?«

»Ja.«

»Du hast gesagt, sie ist nicht gekommen.«

»Ist sie auch nicht.«

»Aber jetzt hat jemand gesehen, dass sie doch in euer Haus gegangen ist. Kannst du mir das erklären?«

»Nein.«

»Und wenig später ist Ugos Transporter weggefahren.«

»Ja und? Ugo fährt viel hin und her. Bestimmt zwanzigmal am Tag.«

»Irgendwie muss Viola ja in den Olivenhain gekommen sein.«

Ella sprang auf. »Sag mal, spinnst du? Was glaubst du denn?« Vollkommen außer sich rannte sie im Zimmer hin und her.

Neri dagegen war die Ruhe selbst. »Ich würde gern mit Fabio reden.«

»Warum?«

»Weil ich mit ihm überhaupt noch nicht gesprochen habe und ihn einiges fragen möchte.«

»Komm heute Abend wieder. Dann sind alle hier. Aber vielleicht wird dir Ugo auch was erzählen, denn er will bestimmt nicht, dass die Polizei unsere Kinder ausfragt und verrückt macht.«

»Gut, Ella. Reg dich nicht auf, aber wir sind noch nicht fertig. Was passierte, als Viola bei euch im Haus war?«

»Nichts!«, schrie Ella und war kurz davor, in Tränen auszubrechen. »Weil sie nämlich nicht bei uns im Haus war! Sonst wäre sie ja mit Chiara schwimmen gegangen. Sag mal, Neri, wie bescheuert ist das denn alles? Wer erzählt denn so einen Mist? Und du glaubst das auch noch? Und kommst hier an? Morgens, beinah mitten in der Nacht, wenn wir alle noch nicht aus den Augen gucken können? Neri, ich halte große Stücke auf dich, aber jetzt bitte ich dich wirklich zu gehen!«

Sie stand auf. »Wir können uns gerne weiterunterhalten. Aber zu einer christlicheren Zeit.«

Neri stand auf und nickte leicht.

Als sie wieder ins Auto einstiegen, sagte Cesare: »Ich habe alles aufgezeichnet. Aber Sie haben mir nicht ein einziges Mal zugezwinkert, und darum hab ich auch nichts gesagt.«

»Ich weiß!«, fauchte Neri. »Nun fahr doch endlich los!«

Neri und Cesare betraten gerade das Büro, und Neri freute sich auf einen caffè und ein Croissant in der Bar della Piazza, als das Telefon klingelte.

Cesare hob ab und reichte wenig später den Hörer an Neri weiter. »Das BKA aus Deutschland«, flüsterte er.

Neri funkelte Cesare wütend an, weil er nicht die geringste Lust hatte, jetzt so ein kompliziertes Gespräch zu führen, aber nun war es zu spät. Nun hatte er den Hörer in der Hand.

»Pronto«, sagte er so beiläufig und geschäftsmäßig wie möglich.

»Commissario Neri, mein Name ist Ingrid Schöffler, Hauptkommissarin in Hamburg, ich bin die Kollegin von Dieter Schöffler, der Sie vor Kurzem besucht hat, und ermittle ebenfalls wegen der Kindermorde«, begann Ingrid auf Englisch.

»Ich grüße Sie!«

»Wie geht es Ihnen?«

»Bestens, danke.«

»Darf ich fragen, ob es neue Ermittlungsergebnisse in Sachen Paul Böger und dem getöteten Mädchen gibt?«

»Leider nicht. Die Leiche der Kleinen war derart verwest und nach Wochen in der Hitze eingetrocknet, dass wir weder eine Täter-DNA analysieren noch mit Bestimmtheit sagen konnten, ob sie vergewaltigt wurde oder nicht. Im Grunde haben wir nur noch ein paar Knochen. Weiter nichts.«

»Woher wissen Sie, dass es das vermisste Mädchen ist?«

»Ihre Sachen waren besser erhalten als sie selbst. Außerdem konnten wir ihre DNA zweifelsfrei gewinnen.«

»Wie ist sie ums Leben gekommen?«

»Durch eine Gewalteinwirkung auf den Brustkorb. Wie auch immer. Es gibt kein Szenario, das wir uns so recht vorstellen können.«

»Kein Erwürgen, kein Schnitt durch die Kehle?«

»Schwer zu sagen, wenn das Fleisch fehlt. Es handelte sich ja quasi nur noch um ein Skelett in Jeans und T-Shirt.«

»Moment: Sie sagen, die Leiche war bekleidet?«

»Ja. Vollständig.«

»Oh, das ist jetzt … erstaunlich. Trug sie Schmuck?«

»Warten Sie.« Neri begann hektisch in den unsortierten Fallunterlagen zu kramen. »Ja, hier habe ich's: einen kleinen goldenen Ring an der linken Hand. Mit einem pinkfarbenen Glitzerstein.«

»Und der Ring war noch da, als Sie die Leiche gefunden haben?«

»Sicher. Aber glauben Sie mir, das war kein schönes Bild.«

Einen Moment lang war es still in der Leitung. Dann sagte Ingrid vorsichtig: »Das klingt jetzt aber doch ganz anders als bei den getöteten Mädchen hier in Deutschland.«

»Aber hören Sie, wir haben bei unseren Ermittlungen mittlerweile einen weißen Wagen im Fokus. Er war dort, wo das Mädchen zum letzten Mal gesehen wurde. Und Paul Böger fährt einen weißen Wagen. Wir sind dran an der Sache.«

»Konnten Sie denn die Nummernschilder abgleichen?«

»Äh nein, das leider nicht.«

»Hm. Dann vielen Dank, commissario Neri, und ich denke, wir hören voneinander, wenn es etwas Neues gibt, ja? Einen schönen Tag noch!«

»Ihnen auch und schöne Grüße nach Deutschland.«

Neri legte auf und sah Cesare an. »So richtig hilfreich sind diese Deutschen ja auch nicht. Aber wir bleiben an der Sache dran, Cesare, und lassen den Deutschen auf Caprinaia nicht aus den Augen.«

110

Violino war ein hagerer, quirliger Mann Ende siebzig, mit einem Ziegenbärtchen und wachen dunklen Augen. Auf seiner Vollglatze trug er stets ein schwarzes Käppi, und nur im Winter zog er gezwungenermaßen Stiefel und eine Jacke an. Ansonsten sprang er in kurzen Hosen und Sandalen über die Bäche und die Terrassen in den Olivenhainen hinauf und hinunter.

Violino war ein Springinsfeld, er hüpfte und rannte durch die Gegend wie ein Dreißigjähriger, und wenn er lachte, hörte es sich an, als meckere eine Ziege.

Sein Leben lang hatte er oberhalb von Ambra in einer kleinen Hütte gelebt, in der sein Onkel Gerümpel und Werkzeug gehortet und die er aus Mitleid für Violino freigeräumt hatte. Seitdem hauste Violino dort und war glücklich. Es war ihm genug. Mit mehr Besitz hätte er nicht umgehen können.

Violino hatte in seinem Leben nie eine Frau gehabt, er hatte nur eine einzige große Liebe: seine Violine.

Seine nonna hatte sie ihm geschenkt, da war er sechs gewesen. Unterricht hatte er nie bekommen, aber er hatte jeden Tag darauf gespielt und geübt, seine Violine war sein Ein und Alles, er hatte noch keinen einzigen Tag ohne sie verbracht.

Sie lag neben seinem Bett, und wenn er aus wilden Träumen

erwachte, tasteten seine Finger nach dem Instrument, und wenn es dalag, beruhigte er sich sofort.

Niemand konnte ihn sich ohne seine Violine vorstellen, und darum hieß er auch so. Seinen wirklichen Namen kannte niemand.

Wenn jemand Violino zu seinem Geburtstag einlud, spielte er auf, und die Gäste weinten, lagen sich in den Armen und drückten sich die Taschentücher vor die Augen.

So wunderschön spielte Violino.

Es war ein gutes und glückliches Leben, das Violino führte, aber auch schwierig und voller Entbehrungen. Er lebte von der Hand in den Mund. Freute sich, wenn er zum Essen eingeladen wurde, aß, was er im Wald fand. Ab und zu spielte er in Bùcine auf der Straße und sammelte ein bisschen Geld. Oder er suchte Pilze und verkaufte sie in Ambra auf dem Markt.

Wenn er da stand mit seinem Weidenkörbchen, fragte Neri ihn nie nach seiner Standmiete, und er jagte ihn auch nicht weg, sondern kaufte ihm die Pilze ab, aus denen Gabriella eine fantastische Pastasoße zauberte.

Violino war ein altersloses, freundliches Unikum, das zu Ambra dazugehörte wie der Bürgermeister oder der Pfarrer. Und wenn von irgendwoher leise, wunderschöne Geigenmusik erklang, tauchte garantiert kurz darauf Violino von irgendwoher auf und grinste zahnlos.

Violino bekam selten, eigentlich nie Besuch. Aber vor einigen Tagen hatte plötzlich Neri bei ihm vor der Tür gestanden. Herkutschiert von Cesare, der im Polizeiauto sitzen blieb. Violino fiel fast um vor Schreck und kniff die Augen zusammen. Vor Angst, und weil ihm die Sonne direkt ins Gesicht schien.

»Keine Sorge, Violino«, sagte Neri, »es ist alles in Ordnung, aber ich will dich was fragen. Können wir uns ein paar Minuten draußen in die Sonne setzen?«

»Certo!«, sagte Violino und ließ die Hosenträger gegen seinen Brustkorb knallen. »Möchtest du ein Glas Wasser?«

»Gerne.«

»Hör zu, Violino«, meinte Neri, als sie voreinander in der Morgensonne saßen und Violino ihn mit wachen, neugierigen Augen ansah. »Ich habe einen Job für dich. Einen sehr lukrativen. Vielleicht den besten, den du je hattest.«

Violino sagte nichts, aber hörte aufmerksam zu.

»Oberhalb von Ambra, hinter Duddova, Richtung Solata, zwischen Nusenna und San Vincenti liegt Caprinaia.«

Violino nickte. »Kenne ich. Da wohnt schon ewig keiner mehr. Die Bude zerfällt. Schade drum.«

»Doch, da wohnt jetzt einer. Die Bude hat ein Deutscher gekauft, ob du's glaubst oder nicht, und ich fürchte, mit dem stimmt irgendwas nicht.«

»Wenn er Caprinaia gekauft hat, stimmt ganz sicher irgendwas nicht mit ihm.«

Beide lachten.

»Ich hab ihn schon lange im Visier, Violino, und ich muss wissen, was er so treibt. Und daher brauche ich einen, der ihn beobachtet. Der guckt, was mit ihm los ist. Könntest du das für mich machen?«

Violino schob die Unterlippe vor und überlegte.

»Sicher«, sagte er nach einer Weile. »Sicher könnte ich das machen.«

»Ich bezahle gut, aber du darfst dich nicht sehen und nicht erwischen lassen. Er darf nicht wissen, dass er beschattet wird.«

Violino nickte. »Kein Problem. Seit ich denken kann, bin ich unsichtbar.«

»Du machst es also?«

»Klar. Von wann bis wann?«

»Von Sonnenaufgang bis Sonnenuntergang.«

»Va bene.«

»Und, Violino, ganz wichtig …«

»Ja?«

»Keine herzzerreißenden Melodien mit deiner Violine, während du auf der Lauer liegst. Ich weiß, das ist schwer, muss aber sein, klar?«

Violino wurde es erst jetzt bewusst, und er überlegte lange.

»Wenn ich sie so lange allein lassen muss, dann wird das teuer.«

Neri nickte und machte ihm ein Angebot, das er nicht abschlagen konnte.

Sie gaben sich die Hand.

Und Violino war ein bisschen traurig und glücklich zugleich.

MATILDA

111

Zwei Wochen später, Mitte September

Neri biss gerade in sein Croissant, das er sich aus der Bar mitgebracht hatte – den Kaffee hatte Cesare gekocht –, und dachte, wie wundervoll das Leben sei, als plötzlich Violino in der Tür stand.

Neri lächelte. »Violino! Komm, setz dich! Wie schön, dich zu sehen! Möchtest du auch einen Kaffee?«

Violino nickte stumm.

Neri rief Cesare und machte ihm ein Zeichen, einen weiteren Kaffee zu bringen.

»Wie sieht's aus? Hast du mir was zu berichten? Erzähl!«, begann Neri und sah Violino erwartungsvoll an.

»Ich kündige«, sagte Violino schleppend langsam. »Das soll ein anderer machen. Ich bin raus aus der Nummer. Geld hin oder her.«

»Was ist los? Was ist passiert?«

»Nichts! Und das ist ja das Schlimme. Ich liege den ganzen Tag von morgens bis abends im Dreck. Und beobachte. Stumm. Ohne meine Musik. Liege im Laub wie ein Pilz, der nicht gefunden und nicht gepflückt werden will. Stunde für Stunde. Tag für Tag. Und es passiert nichts! Der Signore verlässt selten das Haus, und wenn, kann ich ja nicht hinterherlaufen. Vielleicht trifft er sich mit seiner Freundin. Kann sein. Weiß ich nicht. Einmal die Woche fährt er einkaufen. Er schafft so viel Zeug ran, dass ich ein ganzes Jahr davon leben könnte. Und ansonsten passiert nichts. Er steht da und starrt ins Tal. Sitzt am Mühlrad und trinkt was und starrt ins Tal. Und wenn es dunkel wird, starrt er noch ein bisschen weiter und geht dann irgendwann nachts ins Haus. Dann erst haue ich auch ab.

Aber warum hocke ich da, zum Teufel? Um jemandem zuzugucken, wie er in die Ferne guckt? Wenn Caprinaia ein Turm wäre, wäre er schon längst runtergesprungen. Da bin ich ganz sicher. Er weiß nur nicht, wie er sich am besten umbringen soll. Aber ich möchte nicht die Leiche finden, und darum bin ich jetzt raus aus der Nummer.« Er hielt die Hand auf. »Bitte, Neri, gib mir mein Geld, und dann bin ich weg. Dann kann ich endlich wieder in meinem Haus sitzen und spielen. Ich hab sie so vermisst, meine Braut, und sie mich auch.«

Neri zog seufzend eine Schublade seines Schreibtischs auf. »Es ist großartig, was du getan hast. Ich danke dir dafür.« Er drückte Violino sein Geld in die Hand. »Darf ich dich wieder fragen, wenn ich Hilfe brauche?«

»Aber sicher.« Violino stand auf, nickte Neri noch einmal kurz zu und verließ den Raum.

Jetzt war er endlich wieder ein freier Mann.

Diesem Paul Böger war nichts anzulasten, überlegte Neri, er tat nichts Verdächtiges. Das Beschatten hatte jedenfalls nichts gebracht. Paul war ein einsamer Mann, der offensichtlich das Alleinsein genoss. Das war nicht verboten.

Er würde sich absolut blöd vorkommen, da jetzt einen großen Aufriss zu machen und Pauls Haus oder Auto nach irgendwelchen Spuren zu untersuchen.

Nein, das wäre vollkommen absurd.

Er, Neri, konnte absolut nichts tun.

112

Er saß am Mühlstein.

Langsam versank die Sonne hinter den Hügeln, es wurde schnell dunkel und kühl.

Er schenkte sich das Glas Rotwein voll. Ein paar Minuten, einen Moment noch innehalten, der Abend war so schön.

Am Himmel zogen ein paar Schwäne vorbei und schrien laut.

Wo kommen die her?, dachte er. Vielleicht vom Trasimenischen See?

Für ihn gab es kein schöneres und erhabeneres Geräusch als den Gesang oder das Geschrei der fliegenden Schwäne. Es ließ einen innehalten. Man hörte auf zu atmen. So gewaltig, so unglaublich war es.

Noch konnte er sein Glas auf dem Tisch und den Waldrand erkennen.

Er hatte zwar keine Lust, aber er überlegte, ins Haus zu gehen, denn es wurde schlagartig empfindlich kühl.

Da hörte er eine zarte Melodie. So gespenstisch klar wie eine Sphärenmusik, nicht von dieser Welt. Und vollkommen surreal in dieser Einsamkeit. In dieser Finsternis. Die Töne wurden lauter, dichter, er hatte sich nicht getäuscht, die Musik existierte also nicht nur in seiner Fantasie.

Eine Gänsehaut zog über seinen gesamten Körper.

Die Melodie kam ihm bekannt vor, sie zog ihn in seinen Bann. Sein Puls begann zu rasen, sein Herz schlug wie wild, die Musik trieb ihn an den Rand des Wahnsinns, so schön war sie. Sie erfasste alle seine Sinne, er sank auf die Erde, streckte sich dem Universum entgegen und wusste, dass es einen vergleichbaren Moment in seinem Leben noch nicht gegeben hatte.

Er war vollkommen glücklich.

Als die Musik erstarb und das gesamte Universum plötzlich still war, stand er mühsam auf und ging steif ins Haus.

Woher war die Sphärenmusik gekommen?

Wahrscheinlich war es doch der Wahnsinn, der in seinem Kopf Kapriolen schlug und irgendwann explodierte.

113

Fast schien es, als kündigte sich bereits der Herbst an, denn der Wind pfiff über den Bahnsteig. Tagsüber hatte es oft noch gute zwanzig Grad, aber jetzt war ihm kalt. Eine Mütze wäre gut, aber wie absurd war das denn? In der Toskana im September eine Mütze?

Paul schüttelte sich.

Es war offensichtlich ein Gesetz. Auf Bahnsteigen pfiff immer der Wind. Auf Bahnsteigen war es kalt und die Zeit schien stillzustehen.

Er war so aufgeregt, so nervös wie noch nie. Hypnotisierte die Bahnhofsuhr. In zwölf Minuten sollte der Zug kommen. Zwölf Minuten! Eine Ewigkeit! Das hielt er nicht aus! Früher hätte er in dieser Zeit zwei Zigaretten geraucht, aber diese Zeiten waren lange vorbei. Nur noch der Abschaum rauchte, die Primitiven, die Asozialen. Die auch im Winter in Latschen auf die Straße gingen, denen Zähne fehlten und deren Lächeln einen mit schwarzen, grusligen Lücken erschreckte.

Vor ihm stand so einer. Er rauchte und hustete. Rauchte und hustete. Und dann hustete er so furchtbar, als wollte er seine Lunge erbrechen.

Paul wandte sich ab. Wenn der hier verreckte, wollte er nicht Augenzeuge sein und auch keine Erste Hilfe leisten.

Nein.

Denn er freute sich.

Noch vier Minuten.

Und dann endlich kam der Zug. Das Ungetüm fuhr in den Bahnhof und brachte ihm den allerbesten Freund, den er hatte. Donnie.

Donnie würde sein Haus sehen. Es würde ihm gefallen. Ganz bestimmt. Er würde ihm sagen, dass er alles richtig gemacht hatte.

Dass er das schönste Haus der Welt gekauft, die zauberhafteste Frau gefunden und nun die süßeste Stieftochter hatte. Dass er der glücklichste Mann überhaupt sein müsste.

Donnie würde ihm seinen Seelenfrieden wiedergeben.

Nur Sekunden später lagen sie sich in den Armen. Schweigend. Konnten nichts sagen. Hielten sich ganz fest. Es waren nur Sekunden, aber Paul erschienen sie wie Minuten. Er ließ Donnie gar nicht mehr los.

Dass Donnie hier war, war so unfassbar schön!

Paul sah Tränen in Donnies Augen und nahm ihn an der Hand. »Komm. Lass uns fahren.«

Auf der Fahrt von Montevarchi nach Ambra legte Paul immer wieder seine Hand auf Donnies Knie. »Ich bin so froh, dass du hier bist, Donnie! Ich freue mich so!«

»Na ja«, sagte Donnie und klimperte mit seinen falschen Wimpern, »man heiratet ja nun auch nicht alle Tage!«

Paul zuckte zusammen. Stimmt. Donnie war ja wegen seiner Hochzeit und nicht wegen seines Hauses gekommen. Das hatte er völlig verdrängt.

Wahrscheinlich ging er davon aus, in einem Hotel zu wohnen und nicht in diesem Schrotthaus.

Paul bekam Angst.

Niemand tickte so wie er.

»Ich zeig dir jetzt mein Haus«, sagte er, und sein Tonfall klang ziemlich verzagt, »und dann sagst du mir ganz ehrlich, ob du da schlafen möchtest oder nicht. Wenn nicht, suchen wir dir ein Hotel. Kein Problem.«

»Ich bin so gespannt!«, meinte Donnie nur.

Paul fuhr hinauf nach Caprinaia. Und hatte Herzschmerzen dabei. Jetzt kam es darauf an, was Donnie sagte. Die Meinung seiner Mutter war das eine gewesen, Donnies etwas ganz anderes. Donnie wollte ihn wieder nach Hamburg locken, er fürchtete, dass er in Italien bleiben würde – aber er war eine ehrliche Haut. Er konnte über seinen eigenen Schatten springen und würde immer seine wirkliche Meinung sagen, auch wenn es ihm gegen den Strich ging oder ihn sogar vernichten würde.

Donnie war Donnie. Donnie war der Wahnsinn.

Als sie Caprinaia erreichten, stieg Donnie stumm aus dem Wagen und sah sich schweigend um. Sagte bestimmt fünf Minuten keinen Ton.

»Und hier ist sie gestorben?«, fragte er nur.

Paul nickte.

Donnie bekreuzigte sich.

Und dann gingen sie ins Haus.

Donnie inspizierte alles schweigend.

Und sagte schließlich nach einer gefühlten Stunde: »Bei aller Liebe, Paul-Schatz, bitte nimm es mir nicht übel, aber ich kann hier nicht schlafen. Dafür bin ich nicht geboren. Das ist nicht meins. Ich gehe irgendwo ins Hotel, und ich bezahl das auch allein, mach dir keine Sorgen, aber bitte, das Bad und alles, das kann ich nicht.«

»Versteh ich«, sagte Paul. »Ist im Moment auch wirklich noch nicht besucherfreundlich. Kein Problem.«

»Lass uns fahren«, sagte Donnie und hatte eine gewisse Spur von Panik im Blick. »Bitte.«

»Okay«, sagte Paul und führte ihn wieder hinaus. Es gab nur wenige, die Caprinaia mochten. Georgina zum Beispiel. Und nur einen, der dieses Fleckchen Erde liebte.

Das war nur er. Er ganz allein.

114

Georgina trug ein weißes, schmales, mit Spitze besetztes Kleid und einen geflochtenen Blütenkranz im Haar. Sie war vollkommen ungeschminkt und wirkte nicht wie die Braut, sondern wie eine Dreizehnjährige, die bei einer Hochzeit Blumen streut.

Ihre Augen leuchteten und flackerten vor Aufregung, als sie mit Paul vor dem Altar stand und ihn ansah.

Die geräumige Dorfkirche in Ambra war fast leer, die wenigen Hochzeitsgäste konnte man fast an zwei Händen abzählen, es war im Grunde ein trauriges Bild.

Eine Kollegin und zwei Freundinnen von Georgina waren mit ihren Männern gekommen, ein paar Nachbarn, Fiona und Donnie.

Und natürlich Matilda. Sie stand neben Georgina und blickte abwechselnd von ihrer Mutter zu Paul, hin und her, war ganz nervös, spürte, dass sie einen großen Moment erlebte, der letztendlich auch sie betraf. Ihre Mutter war dabei, Paul zu heiraten, der heute ihr Stiefvater werden würde.

Endlich hatte sie einen Vater. Sie hatte es sich so gewünscht.

Der Pfarrer redete und betete, Paul verstand kein Wort.

Violino stand hinten an der Tür und spielte. Ein Mix aus Klassik oder Songs, das, was er mal im Radio gehört hatte, vermischt mit den Melodien in seinem Kopf.

Georgina war total gerührt und hatte Mühe, die Tränen zurückzuhalten, Paul hielt die Augen geschlossen und stand still und unbeweglich da, und auch Matilda verharrte geduldig an der Hand ihrer Mutter.

Die drei sahen aus, als stünde Paul mit seinen beiden Töchtern vor dem Altar.

Und schließlich war es so weit. Zuerst gab Georgina ihr Eheversprechen, dann war Paul an der Reihe und sprach dem Pfarrer langsam und stockend nach:

»Io, Paolo, accolgo te, Georgina, come mia sposa e prometto di esserti fedele sempre, nella gioia e nel dolore, nella salute e nella malattia, e di amarti e onorarti tutti i giorni della mia vita.«

Und während er den goldenen Ring auf Georginas Finger schob, sah er Matilda an und lächelte ihr zu.

Matilda lächelte zurück.

Donnie hatte verweinte Augen und verschmierte Schminke, als er nach der Zeremonie vor der Kirche Paul, Georgina und Matilda in den Arm nahm.

»Ich gratuliere euch«, sagte er um Fassung ringend. »Ich freue mich so für euch, ihr seid eine so zauberhafte kleine Familie, und ich wünsche euch alles Glück dieser Erde! Küsst euch, liebt euch und feiert dieses Leben, das ohnehin zu kurz ist, es kann so schnell vorbei sein!«

»Donnie, bitte«, unterbrach ihn Paul, »jetzt werd nicht schon wieder so schrecklich sentimental! Wir feiern heute eine Hochzeit, keine Beerdigung!«

Donnie lachte unter Tränen. »Stimmt! Georgina, Liebste, du bist eine so süße Braut, ich liebe dich jetzt schon! Werde glücklich mit meinem Paul, er ist so ein wunderbarer Mann! Ich wünsche dir Liebe und Zufriedenheit und alles Glück dieser Erde«, seine Stimme begann zu zittern, »obwohl du mir den liebsten Menschen meines Lebens genommen hast!«

Er bekam seine Gefühle nicht mehr in den Griff, drehte sich um und lief davon, um seinen Tränen freien Lauf lassen zu können.

»Was ist los mit ihm?«, fragte Georgina irritiert.

»Nichts. Er ist nur so furchtbar traurig, dass ich nicht mehr bei ihm in Hamburg wohne, sondern hier.«

Nach der Trauung gingen sie in die kleine Trattoria nahe der Piazza in Ambra. Dort hatten sie im Hinterhof einen großen Tisch unter einem riesigen Sonnenschirm reserviert. Der Hinterhof war wunderschön geschmückt und beleuchtet, Töpfe mit Sonnenblumen, Gerbera und Astern gaben dem Ganzen eine warme und gleichzeitig festliche Atmosphäre.

Georgina ging öfters in diese kleine Trattoria, das Essen war gut und erschwinglich, aber heute Abend hatten sich alle übertroffen. Die Kellner trugen weiße Hemden mit schwarzen Fliegen, hatten gestärkte lange schwarze Schürzen um und bedienten nach allen Regeln der Kunst.

Georgina fühlte sich königlich behandelt, und der Chianti classico und die toskanische Vorspeisenplatte schmeckten doppelt so gut.

Die Musik von Il Volo, »Grande amore«, lag über dem Hof wie ein großer Schirm, der unter sich all ihre Gefühle bündelte. Georgina sah Paolo an, und ihr Herz war voller Liebe.

Was für eine schöne Hochzeit, was für ein toller Mann, was für eine Perspektive für ein neues Leben, was für ein Glück!, dachte sie.

Als die Pasta serviert wurde, drückte sie unter dem Tisch seine Hand und freute sich auf die Nacht. Konnte es kaum erwarten.

Nach dem zweiten Gang, einem fantastischen coniglio in umido mit Salat, sah sie ihm direkt in die Augen. Er wirkte abwesend, war ganz weit weg, und erst als sich ihre Blicke trafen, lächelte er.

Und sie hatte für den Bruchteil einer Sekunde das Gefühl, dass es ihm schwergefallen war.

Aber den Gedanken verdrängte sie sofort wieder.

Nach dem Essen war Donnie auf die Toilette gegangen. Als er zurückkam, stand er einen Moment im Dunkeln neben einem hohen Oleanderbusch und beobachtete die kleine Gruppe der Hochzeitsgäste. Er war so unglücklich wie noch nie.

Plötzlich legte sich eine kleine Hand auf seinen Arm.

»Bist du traurig?«, fragte Matilda.

Donnie nickte.

»Aber warum?«

Donnie zuckte die Achseln.

»Du bist doch Pauls Freund, oder?«

Donnie nickte.

»Und das bleibt doch so, oder?«

Donnie nickte erneut.

»Aber warum bist du dann traurig?«

Donnie sah Matilda an und musste lächeln. »Das weiß ich jetzt auch nicht! Du bist echt ein kluges kleines Mädchen!«

Er hob sie hoch. »Komm, wir gehen zu den andern.«

Donnie trug sie quer durch den Hof, im Hintergrund erklang Eros Ramazottis »Piccola pietra«, Donnie schossen die Tränen in die Augen, er drückte Matilda fest an sich und drehte sich mit ihr in der Mitte des Hofes langsam und innig zu der gefühlvollen Musik.

Er hatte die Augen geschlossen und merkte gar nicht, dass Paul auf ihn zugeschossen kam und ihm Matilda aus den Armen riss, die erschrocken aufschrie.

»Sag mal, spinnst du?« Donnie war völlig überrumpelt.

»Mach so etwas nie wieder!«, zischte Paul scharf. »Nie wieder! Hörst du! Hast du mich verstanden?«

Donnie blieb die Spucke weg.

Paul nahm Matilda an die Hand. »Komm. Vielleicht gibt es zum Dolce noch ein paar ricciarelli!«

Mit der verlockenden Aussicht auf Mandelkekse folgte ihm Matilda gehorsam.

115

Die Tische in der Trattoria waren abgeräumt, die Lichter erloschen, die Hochzeitsgäste zu Hause.

Donnie schlief in einem kleinen Hotel in Palazzuolo.

Eine Nachbarin hatte Matilda nach dem Essen ins Bett gebracht.

Es war halb zwei, als Paul und Georgina die Wohnungstür aufschlossen.

Georgina ging zuerst in Matildas Zimmer, öffnete leise die Tür und schloss sie schnell wieder. »Sie schläft«, sagte sie. »Alles in Ordnung.«

Paul legte den Arm um sie. »Komm, lass uns noch einen Schluck trinken«, sagte er leise und küsste sie aufs Haar. »Damit wir zur Ruhe kommen.«

Sie schüttelte den Kopf. »Nein. Bitte, ich möchte ins Bett. Ich kann nicht mehr.«

Paul nickte.

Eine Viertelstunde später lagen sie nebeneinander.

Vor dem Haus rauschte der Wind in den Bäumen.

Im Raum war es vollkommen still. Sie wagten beide kaum zu atmen.

Und dann schmiegte sich Georgina an ihn und begann ihn langsam und vorsichtig zu streicheln. Mit den Fingerspitzen liebkoste sie seine Lider, seine Wangen, seine Lippen, seinen Hals, fuhr dann sanft unter sein T-Shirt, das er immer zum Schlafen trug, streichelte seine Brust, kitzelte ihn unter den Achselhöhlen und umkreiste seinen Bauchnabel. Und als ihre Hand vorsichtig tastend, streichelnd und kreisend tiefer fuhr, schloss er die Augen und seufzte tief.

Er stöhnte, sie umfasste seinen Schwanz, seine Lust explodierte geradezu, er umarmte sie, drehte sich zu ihr und wollte sich gerade über sie legen, um in sie einzudringen, als eine dünne, helle Kinderstimme sagte: »Mama, ich hab Durst.«

Im Flurlicht, das durch die offene Tür fiel, stand Matilda mit ihrem Kuschelkissen unterm Arm.

Das Stöhnen, das ihr jetzt entfuhr, hatte nichts mehr mit Lust zu tun.

»Dann hol dir doch was!«, sagte sie knapp.

»Ich krieg die Flasche nicht auf«, jammerte Matilda.

Georgina schwang sich wütend aus dem Bett und ging mit Matilda in die Küche.

Paul rollte sich fest in seine Decke ein, zog sie sich bis unters Kinn und drehte sich zur Wand.

Nur Sekunden später fiel die Schlafzimmertür ins Schloss, und Georgina schlüpfte wieder unter die Bettdecke. Sie legte ihren Arm um Paul, kuschelte sich an ihn und versuchte ihn dazu zu bewegen, sich zu ihr umzudrehen.

Mit einer heftigen Bewegung schüttelte er sie ab.

»Hör auf!«, zischte er. »Es ist vorbei.«

Georgina zuckte erschrocken zurück. »Aber wieso?«

»Sei still!«

Georgina wagte es nicht mehr, irgendetwas zu sagen. Sie traute sich auch nicht mehr, ihn anzufassen.

Er drehte sich wieder zur Wand, und sie weinte sich leise in den Schlaf.

Um halb vier wurde sie wach, als sie mitbekam, wie er sich seine Jeans anzog und leise das Zimmer verließ.

Kurz darauf hörte sie, wie die Wohnungstür ins Schloss fiel.

116

Es war ein ungewöhnlich warmer, heller Morgen. Donnie schien die frühe Sonne ins Gesicht, er rekelte und streckte sich und stellte sich vor, wie schön es sein könnte, wenn Paul jetzt bei ihm wäre. Aber Paul war ja bei Georgina, hatte wahrscheinlich eine Hammer-Hochzeitsnacht und den Sex seines Lebens hinter sich und dachte an alles, aber nicht an ihn. Er versuchte gerade, sich mit den Zehen die Söckchen von den Füßen zu streifen, die er gestern Nacht noch sicherheitshalber angezogen hatte. Man konnte ja nie wissen, wie kalt es nachts in italienischen Hotels wurde.

Aber jetzt brach ihm der Schweiß aus, und er fragte sich, warum vor dem Fenster – zum Teufel – keine vernünftigen Vorhänge waren, die das frühe Sonnenlicht aussperren konnten.

Er stand auf und taumelte ans Fenster. Es war schon kurios. Abends stöckelte er in schwindelerregenden High Heels sicher über die Bühne, und morgens konnte er barfuß kaum ein paar Schritte laufen, ohne umzukippen.

Donnie öffnete das Fenster. Atmete tief durch und genoss den freien Blick über die Terrasse des Hotels, die angrenzenden Olivenhaine und Weinberge bis hin in die unendliche Weite der toskanischen Hügel.

Das hatte er gestern noch gar nicht richtig mitbekommen.

Wunderschön. Traumhaft.

Und dann stockte er.

Unten am Rand der Terrasse saß Paul. Er sah in die Ferne. Bewegungslos.

Donnie reagierte blitzartig. Sprang in seine Hose, zog sich einen Pullover über, schlüpfte in seine Turnschuhe, ohne sie zuzuschnüren, griff seinen Zimmerschlüssel und rannte nach unten auf die Terrasse.

»Darling! Honey! Liebster! Wieso bist du hier?« Donnie umarmte ihn und drückte ihm einen Kuss auf den Hinterkopf.

Paul antwortete nicht.

Donnie setzte sich zu ihm und nahm seine Hand.

Und nach einer gefühlten Ewigkeit fragte er noch einmal: »Was ist los, Paul? Seit wann sitzt du hier?«

»Seit vier oder fünf Stunden.«

»Oh, mein Gott!« Donnie strich sich die Haare aus der Stirn und seufzte. »Und warum zum Teufel?«

»Es ist eine Katastrophe«, flüsterte Paul.

Donnie schwieg. Dann grinste er, sah Paul an und sagte: »Hochzeitsnächte! Ich hab noch keine erlebt, aber ich denke mal, Hochzeitsnächte sind schwierig und fast immer eine Katastrophe.«

»Hör auf, mich vollzulabern. Diese Scheißsprüche helfen mir nicht weiter.«

»Was ist passiert, Paul?«

»Ich kann dir nur sagen, es ist eine Katastrophe.«

»Möchtest du einen Kaffee?«

»Nein.«

»Ihr seid noch keine 24 Stunden verheiratet, und du sprichst schon von einer Katastrophe, weil es vielleicht nicht so funktioniert hat, wie du es dir vorgestellt hast. Das ist doch nicht der Weltuntergang! Rede mit ihr, Paul! Ihr habt noch euer ganzes Leben vor euch!«

»Nein!«

»Rede mit ihr! Sie ist so ein Schatz! So eine Süße!«

Paul sprang auf und wurde laut. »Für dich gibt es nur Schätze und Süße auf der Welt! Aber die Realität sieht ganz anders aus, Schatzi!«

Donnie zuckte zurück, weil er Pauls scharfen, kalten Ton nicht ertragen konnte.

»Was ist passiert, Paul? Liebling! Mir kannst du alles sagen!«

Paul reagierte eine Weile gar nicht. Dann setzte er sich wieder, sah in die Ferne und kratzte seine Hand. »Die Eskimos lassen sich auf einer Eisscholle aufs Meer hinaustreiben, wenn es nötig ist. Wenn es zu Ende geht. Wenn es keine Hoffnung mehr gibt ...«

Donnie umarmte ihn. »Bitte! Nimm dich jetzt nicht so wichtig! Himmel! Paul! Heute ist euer erster Tag! Geh zu ihr, und alles wird gut!«

Paul stand auf. »Ich will dich nicht länger stören.«

Mit kurzen, schnellen Schritten ging er von der Terrasse zum Parkplatz und fuhr davon.

Donnie roch noch den Hauch seines Aftershaves und dann die leichte Dieselfahne seines Wagens.

Er vermisste ihn unendlich.

117

In seinem Haus war jede Faszination verflogen. Es war kein Ort mehr des Rückzugs, der Inspiration, der Kreativität, der Kraft, der genussvollen Einsamkeit, es war nur noch ein kaltes, heruntergekommenes, marodes, versifftes Dreckshaus, das er nicht länger ertragen konnte.

Er stand mit hängenden Armen in der Küche und sah sich um. Welcher Teufel hatte ihn eigentlich geritten, dieses disastro, dieses Gruselhaus zu kaufen? Niemals würde er hier glücklich werden. Niemals würde er es in einen palazzo verwandeln können, sein palazzo war in Hamburg. Er war völlig verblendet und verblödet gewesen.

Und wo wollte er mit Georgina und Matilda leben? Hier?

Niemals. Das war völlig unmöglich.

Oder wollte er sein Leben in der Wohnung Georginas verbringen?

Das war auch völlig unmöglich.

Hatte er überhaupt fünf Minuten nachgedacht, bevor er das hier alles angezettelt hatte?

Mamma mia!

Dieses Haus kotzte ihn an.

Er setzte sich ins Auto und fuhr los.

Aber wohin?

Er hatte niemanden. Keinen Ort. Keine Heimat. Nichts mehr.

Georgina und Matilda saßen beim Abendbrot.

Georgina war schwer verunsichert, verstand überhaupt nicht mehr, was mit Paul los war, aber versuchte nicht zu weinen und sich Matilda gegenüber nichts anmerken zu lassen.

Matilda aß mit gutem Appetit ein Brot mit prosciutto.

Georgina sah ihr zu.

»Warum ist Papa nicht da?«, fragte Matilda.

»Bitte, sag doch einfach nur Paul oder Paolo zu ihm, okay?«

»Aber er ist doch jetzt mein neuer Papa!«

»Das schon, aber …«

»Wo ist er denn?«

»Er hat noch was zu erledigen.«

»Am Sonntagabend?«

Georgina war sehr nervös. »Schatz, ich weiß es doch auch nicht.«

Matilda hörte auf zu essen. »Ich dachte, er spielt mit mir!«, sagte sie sauer.

Georgina nahm ihre Hand und meinte sanft: »Er kommt sicher bald. Ganz bestimmt!«

Matilda verdrehte die Augen und aß schweigend weiter.

Minuten später hörte man einen Schlüssel in der Tür.

Matilda sprang auf und schoss los. »Da ist er ja!«

Sie flog ihm um den Hals.

Georgina stand im Flur. »Hallo«, sagte sie.

»Hallo!«

Alle drei sahen sich an. Und sagten erst einmal gar nichts.

Dann meinte Georgina: »Komm rein. Möchtest du was essen?«

Paul hob abwehrend die Hand. »Danke.«

»Schön, dass du da bist.«

Paul lächelte.

»Wo warst du denn?«, fragte Matilda.

»In meinem Märchenschloss.«

Georgina nahm Matilda in den Arm. »So, Mäuschen, ab! Husch ins Bad! Zähneputzen!«

»Oocch, das ist gemein, jetzt wo Papa …«

Georgina drückte Matilda noch einen Kuss aufs Haar. »Süße, guck mal auf die Uhr! Wir kommen dann später noch einmal Gute-Nacht-Sagen!«

Matilda zog beleidigt ab.

Georgina und Paul sahen sich an. Schwiegen.

Dann berührte Paul mit seinen Lippen Georginas. Es war kein Kuss, nur ein Hauch.

Georgina sah ihn unverwandt an. Ihre Blicke verloren sich. Dann lächelte sie.

»Hochzeitsnächte«, sagte sie. »Hochzeitsnächte sind so eine liebe Sache. Man hat viel zu viele Erwartungen.«

Paul nickte. »Ja. Wahrscheinlich. Scusa. Bitte, nimm's mir nicht übel.«

Georgina schüttelte den Kopf, schob ihn in die Küche, und dann küsste sie ihn richtig. Leidenschaftlich.

Paul ging darauf ein und zog sie an sich. Seine Hände fuhren über ihren Körper, er drückte sie gegen die Wand, stöhnte, küsste sie überall … Und in diesem Moment kam Matilda wieder herein. Bereits im Schlafanzug.

Georgina löste sich von Paul. Sie atmete heftig, ihr Gesicht war gerötet, und sie versuchte Matilda gegenüber einigermaßen normal zu erscheinen.

»In der kurzen Zeit hast du dir vernünftig die Zähne geputzt?«, fragte Georgina.

»Hab ich«, meinte Matilda und riss den Mund weit auf.

»Okay. Ich glaub's dir«, kapitulierte Georgina. »Dann jetzt ab ins Bett.«

Barfuß tappte Matilda langsam näher und stellte sich vor Paul. Mit großen flehenden Augen sah sie ihn an. »Liest du mir noch eine Geschichte vor?«

Paul nickte.

Matilda strahlte.

Georgina sah den beiden hinterher, als sie die Küche verließen.

Hochzeitsnächte, dachte sie. Mamma mia!

118

»Komm!«, sagte Paul.

Matilda sprang ins Bett, schmiegte sich in Pauls Armbeuge und kuschelte sich an ihn. »Lies!«, sagte sie.

»Es war einmal ein kleines, herzallerliebstes Mädchen, das mochte jeder, der es nur ansah«, begann Paul. »Seine Großmutter aber hatte es am allerliebsten, daher schenkte sie dem Mädchen ein wunderschönes Käppchen aus rotem Samt.«

Matilda jubelte. »Ich weiß schon, wie's weitergeht, aber du musst trotzdem lesen.«

»Eines Tages sagte die Mutter zu Rotkäppchen: ›Bitte, sei so gut und geh zu deiner Großmutter, der nonna, die hoch oben in den Bergen wohnt, und bring ihr eine Flasche Wein und einen Kuchen. Sie ist so alt und schwach, aber der Kuchen und der Wein werden ihr helfen, wieder zu Kräften zu kommen. Lauf, bevor die Hitze über die Berge zieht, geh nicht vom Weg ab, damit du in keine Schlucht stürzt oder von einer Schlange gebissen wirst. Und wenn dich jemand anspricht, dann antworte nicht, sondern lauf einfach davon!‹«

Matilda kicherte. »Bei dir hört es sich ganz anders an, als wenn Mama mir das Märchen erzählt. Bitte, lies weiter.«

»Rotkäppchen lief tief in den Wald hinein und danach hinauf in die Berge. Es begegnete keinem Menschen, aber dem

Wolf. Er war freundlich und nett zu dem kleinen Mädchen, und Rotkäppchen fürchtete sich nicht. Es hatte Vertrauen zu dem Wolf und streichelte ihm übers struppige, harte Fell.

›Wo willst du denn hin?‹, fragte der Wolf.

›Zur nonna. Hoch in die Berge, wo es keine Weinreben mehr gibt und keine Olivenbäume. Nur noch Steine und trockenes Gras. Dort hat die nonna ihre Hütte, und sie ist alt und schwach und krank.‹

›Du bist ein liebes Kind‹, sagte der Wolf mit samtweicher Stimme. ›Das ist gut. Bring ihr Kuchen und Wein. Aber vielleicht solltest du ihr auch noch ein paar Blümlein pflücken, das erfreut die Seele und bringt ein bisschen Farbe in ihr einsames Haus.‹

Gute Idee, dachte Rotkäppchen, verabschiedete sich von dem Wolf und lief vom Weg ab. Sie kletterte an steilen Berghängen hinauf und hinunter, um einen Strauß Blumen für ihre nonna zu pflücken.

Unterdessen aber lief der Wolf zum Haus der Großmutter, ging hinein – die Tür war nicht abgeschlossen – und fraß die arme alte Frau, die nicht wusste, wie ihr geschah.«

»Wäre das nicht passiert, wenn sie die Tür abgeschlossen hätte?«, fragte Matilda.

»Vielleicht«, sagte Paul mit rauer Stimme. Er musste immer wieder schlucken, um überhaupt sprechen zu können.

»Was hast du?«, fragte Matilda. »Bist du krank?«

»Nein, nein, es geht schon.«

Matilda lächelte. »Lies weiter«, sagte sie und schmiegte sich noch enger an ihn. »Bitte, lies weiter.«

»Rotkäppchen kam ins Haus der Großmutter und wunderte sich schon, dass die Tür offen stand. Sie stellte ihren Korb in der Küche ab und lief direkt ins Schlafzimmer. Dort lag die nonna, hatte ihre Haube tief ins Gesicht gezogen und sah so eigenartig aus, so fremd ...«

Paul sprach mit hoher Stimme. »›Ciao, nonna, was hast du denn für große Ohren?‹, fragte Rotkäppchen.«

Dann antwortete er mit Grabesstimme: »›Damit ich dich besser hören kann‹, antwortete der Wolf.«

Matilda krähte begeistert: »Und was hast du für große Augen?«

»Damit ich dich besser sehen kann!«

»Und was hast du für große Hände?«

Paul versagte die Stimme. »Damit ich dich besser packen kann …«, presste er mühsam hervor.

Matilda schien nicht zu bemerken, wie schwer Paul atmete. »Und warum hast du so einen großen Mund?«

Paul stockte und rang nach Luft. »Damit ich dich besser fressen kann!« Seine Hände zitterten so, dass er das Buch kaum noch halten konnte.

Matilda sah ihn an. Strich ihm übers Haar. »Hast du Kopfweh?«, fragte sie sanft.

Paul schüttelte den Kopf. Er versuchte weiterzulesen, aber es fiel ihm ungeheuer schwer, nicht zu weinen.

»Kaum hatte der Wolf das gesagt, so tat er einen Satz aus dem Bett und verschlang das arme Rotkäppchen.«

119

Die Proseccoflasche war leer und steckte mit dem Hals nach unten im Sektkühler.

»Sie ist ein prachtvolles Mädchen.« Paul drehte gedankenverloren eine Haarsträhne Georginas um seine Finger. »So sanft. So klug. So schön.«

»Ja, das ist sie.« Georgina wünschte sich, dass er endlich anfangen würde, sie zu streicheln. Sie wollte von ihm begehrt werden, sehnte sich nach seiner Leidenschaft, aber nichts geschah. Sie lag auf der Couch mit dem Kopf in seinem Schoß, er drehte ihre Locken, und sein Blick war in die Ferne gerichtet. Er dachte an irgendetwas, aber nicht an sie.

»Ja, das ist Matilda wirklich«, nahm sie den Faden wieder auf. »Eine ganz Tolle. Bravissima e bellissima. Bald kommt sie in die Schule. Ich fürchte mich ein bisschen davor. Man entlässt die Kinder zum ersten Mal, wenn sie in die Kita kommen, und zum zweiten Mal, wenn die Schule losgeht. Und kaum sieht man sich um, sind sie erwachsen.«

»Das stimmt.«

»Du kommst gut mit ihr klar, oder?«

Paul nickte. »Sehr.«

»Ich glaube, sie liebt dich jetzt schon.«

Paul sah Georgina nicht an, aber er lächelte. »Ich liebe sie auch.«

Es war still im Zimmer. Weder Paul noch Georgina wussten, was sie sagen oder tun sollten. Eine beklemmende Atmosphäre.

Schließlich fragte Paul: »Warum bist du allein? Ich meine, warum seid ihr allein, Matilda und du? Wo ist Matildas Vater? Kannst du es mir heute endlich erzählen?«

Georgina seufzte, strich sich die Haare aus dem Gesicht und lächelte in sich hinein. »Es ist einfach eine ganz blöde Geschichte. Aber ich erzähl sie dir. Ich war neunzehn, nein, noch achtzehn. Ich hab es dir ja erzählt, meine Eltern waren so früh gestorben, ich war immer allein und haltlos. Ich sehnte mich danach, endlich wieder zu leben, zu feiern, fröhlich zu sein, aus meinem Tief herauszukommen, ich sehnte mich nach einem Freund. Und da gab eine Freundin von mir ein Fest, weil sie achtzehn wurde. Sie wohnte in Perugia, und ich fuhr hin. Freute mich wie verrückt und hatte das Gefühl, es würde das Abenteuer meines Lebens werden.

Und das ist es dann auch geworden. Ich bin auf dem Fest völlig ausgekreist, habe gegessen und getrunken, getanzt wie eine Irre, war völlig entfesselt, hatte keine Erfahrung, trank viel zu viel und verlor völlig die Kontrolle.

Irgendwann bin ich in irgendeinem Zimmer in irgendeinem Bett aufgewacht. Keine Ahnung wo. Keine Ahnung, wie ich dahin gekommen war. Neben mir irgendein Typ. Keine Ahnung wer. Ich war splitternackt und habe den Schreck meines Lebens gekriegt. Bin in meine Sachen gesprungen und weggerannt. Zum Bahnhof, ab nach Hause. Hatte den totalen Filmriss, und das machte mir fürchterliche Angst.

Ich weiß bis heute nicht, wer der Mann war, der neben mir im Bett lag. Ob wir zusammen geschlafen haben oder ob er mich vergewaltigt hat. Keine Ahnung. Jedenfalls war ich schwanger und habe neun Monate später dieses wundervolle Mädchen Matilda zur Welt gebracht. Und dafür bin ich dem Fremden irgendwie dankbar.«

»Unfassbar!«, sagte Paul.

Georgina schlang ihre Arme um seinen Hals, zog ihn zu sich, küsste ihn und flüsterte: »Das ist alles Vergangenheit und überhaupt nicht mehr interessant. Komm, lass uns ins Bett gehen, ja?«

»Ja, gleich«, antwortete Paul, »geh ruhig schon mal vor. Ich komm gleich nach.«

Georgina stand auf, drückte ihm einen Kuss aufs Haar und ging ins Bad.

Es war drei Uhr neunundvierzig, als Georgina hochschreckte. Sie wusste intuitiv, dass irgendetwas nicht stimmte, und schaltete die Nachttischlampe ein.

Das Bett neben ihr war leer und vollkommen unberührt.

Ihre Gedanken rasten, und sie versuchte sich zu erinnern. Sie hatten getrunken und geredet. Der Abend war wie ein Flirt gewesen, der zu nichts geführt hatte. Wie viel hatten sie getrunken? Eine Flasche? Zwei? Sie wusste es nicht mehr. Wahrscheinlich zwei. Und dann war sie ins Bett gegangen und offensichtlich augenblicklich eingeschlafen.

Er hatte sofort nachkommen wollen.

Sie sprang aus dem Bett, rannte in die Küche, knipste das Licht an. Sie war leer. Im Wohnzimmer war Paul nicht und auch nicht im Bad.

Und dann öffnete sie die Tür zu Matildas Zimmer.

Auf dem Boden vor ihrem Bett saß er und blickte unverwandt auf das tief schlafende Kind.

»Was machst du denn da?«, flüsterte Georgina verwirrt.

Paul antwortete nicht.

»Willst du die ganze Nacht hier hocken?«

Paul schüttelte den Kopf und stand langsam auf.

»Komm!«, meinte Georgina, und Paul folgte ihr. Zog die Zimmertür hinter sich sanft und leise ins Schloss.

Im Flur nahm sie seine Hand. »Willst du noch was trinken? Wollen wir reden?«

Paul schüttelte den Kopf und zog sich seine Jacke über. »Nein. Ich geh noch mal kurz an die Luft. Mach dir keine Sorgen. Bin bald zurück.«

Er nickte ihr zu, sagte: »Schlaf schön!«, und verließ die Wohnung.

Georgina sagte keinen Ton.

Ging ins Bett und zog sich die Decke über die Ohren.

Irgendwo in einer verborgenen Ecke ihrer Seele liebte sie diesen Mann, aber sie verstand ihn nicht.

Paul ging nicht an die Luft, sondern fuhr durch Ambra. Das kleine toskanische Städtchen wirkte vollkommen unschuldig im warmen gelben Licht der Straßenlaternen und mit völlig verwaisten Gassen. Ambra lag tief schlafend da wie ausgestorben. Irgendwie wunderschön.

Er fuhr langsam durch den Ort, drehte an der Tankstelle um und wiederholte das Ganze.

Hier bin ich zu Hause, dachte er und korrigierte sich sofort: Hier möchte ich irgendwann zu Hause sein.

Dann fuhr er hinauf in die Berge.

Zu seinem Haus.

Dort angekommen, setzte er sich an den Küchentisch, sah hinaus in die Nacht, legte den Kopf auf den Arm und schlief sofort ein.

120

»Bitte Donnie«, sagte Georgina, »bitte sing doch mal eine Nummer aus deinem Programm. Ich würde es so gern hören. Keine Ahnung, wann wir je nach Hamburg kommen, das kann noch ewig dauern!«

»Au ja!«, quietschte Matilda und klatschte vor Begeisterung in die Hände.

Donnie wand sich. »Ich kann doch hier nicht wie ein plumper Bär durchs Zimmer stapfen! Ich verkaufe mich vollkommen unter Wert, Georgina, und du bekommst einen ganz schlechten und falschen Eindruck von mir, das will ich nicht!«

Paul sagte gar nichts und grinste nur.

»Doch, Donnie, bitte, mach mal!«, krähte Matilda.

Donnie lächelte und zwinkerte ihr zu.

»Egal«, meinte Georgina, »ich kann mir dich in Kostüm und Maske gut vorstellen. Ich weiß, wie schön du dann aussiehst.«

Donnie warf ihr einen Kussmund zu. »Okay. Va bene. Nur für dich, carissima. Gebt mir zehn Minuten. Und dann macht mal das Licht aus und ein paar Kerzen an. Dann sing ich was, wo ich keine Stilettos und kein Kostüm brauche und nicht tanzen muss.«

Georgina räumte hastig die Reste von mozzarella, bruschetta, Oliven, prosciutto und parmigiano in die Küche, holte ein paar Kerzen, zündete sie an und löschte das Licht.

Dann saßen alle still im Zimmer und warteten.

Und schließlich, nach unendlichen zehn, aber gefühlten zwanzig Minuten kam Donnie ins Zimmer. Natürlich doch mit Stilettos, einem hautengen, glitzernden Fummel und einer grellen, goldfarbenen Perücke. Er stellte sich neben die Stehlampe, die im Zimmer jetzt die einzige helle Lichtquelle war und schloss die Augen. Seine dichten, geklebten Wimpern wirkten wie venezianische Gondeln auf seiner hellen Haut. Er konzentrierte sich, schaltete die Musik auf seinem Handy an und fuhr sich mit der Zunge kaum merklich über die roten Lippen.

Dann sang er seinen Lieblingssong von James Blunt:

Goodbye my lover …
You have been the one for me
I'm so hollow, baby, I'm so hollow

Seine Wimpern flackerten, seine klare, starke, aber gleichzeitig weiche und gefühlvolle Stimme vibrierte, er hob die Arme, als wolle er die ganze Welt umarmen.

Der Raum explodierte fast vor Intensität, die Donnie verbreitete.

Alle hielten den Atem an.

Paul wünschte, es würde nie vorbeigehen.

Georgina dachte: Was für ein großartiger Mensch.

Und Matilda fand es einfach nur irre aufregend.

Als er fertig war, hatten alle Tränen in den Augen, und niemand war in der Lage, ein Wort zu sagen.

Schließlich stand Georgina auf, ging zu ihm und umarmte ihn. »Großartig!«, flüsterte sie. »Meraviglioso! Du bist ein großer Künstler. Ich hab dich lieb, Donnie, bitte komm uns bald wieder besuchen!«

»Das mach ich! Schließlich sind wir jetzt eine Familie!« Er hauchte ihr einen Kuss aufs Haar.

»Aber wo hattest du denn jetzt die Sachen her? Die Schuhe, das Kleid, die Perücke?«

»So etwas habe ich in meiner Tasche immer bei mir, Schätzchen, man weiß ja nie, was kommt … Nur die Schuhe brauchen ein bisschen Platz, das andere ist ja ein Witz!« Er lachte.

»Ich glaube, ich hole uns noch eine Flasche Prosecco«, meinte Paul und ging in die Küche.

Georgina ließ Donnie gar nicht mehr los.

Am nächsten Morgen standen Paul und Donnie um sieben Uhr fünfundvierzig auf dem zugigen Bahnsteig von Montevarchi.

»Für niemanden würde ich so früh aufstehen, nur für dich«, brummte Paul.

»Ich weiß es zu schätzen.« Donnie sah ungeschminkt blass und kränklich aus. »Du hast alles richtig gemacht«, sagte er, während er von einem Bein aufs andere hüpfte, weil es so kalt war. »Du hast eine fantastische Frau, eine süße Stieftochter und ein tolles Haus. Das mir wirklich gut gefällt. Aber du musst es noch herrichten. Musst richtig Geld investieren, damit es schön wird. Für euch drei. Damit ihr dort glücklich werden könnt. Und wir sehen uns hier oder in Hamburg, wo auch immer, und wir werden uns niemals aus den Augen verlieren, dazu hab ich euch alle viel zu lieb.«

Paul schloss Donnie in seine Arme.

»Vergiss das nicht, ja?«, ergänzte Donnie. »Wir sind eine Familie. Für immer und ewig.«

»Ja, das sind wir«, hauchte Paul. »Für immer und ewig.«

»Wann holst du deine Möbel und Kisten?«, fragte Donnie.

»Ich glaube, das wird noch ein paar Monate dauern. Ist das für dich ein Problem?«

»Aber überhaupt nicht.«

Der Zug fuhr ein. Donnie umarmte Paul schnell noch einmal, dann küsste er ihn und kletterte in den Zug. Paul reichte ihm sein Gepäck hinterher.

»Schön, dass du da warst«, sagte Paul, und es tat ihm in der Seele weh, dass Donnie wegmusste. »Danke. Ich vermisse dich jetzt schon.«

»Ich dich auch!« Donnie versagte die Stimme. Die Türen schlossen sich, Donnie winkte und hauchte ein »Ciao, amore!« hinter der Scheibe.

Paul winkte auch, wartete noch einen Moment, bis der Zug Fahrt aufnahm, und ging dann die Treppe hinunter in den Tunnel, der hinaus auf die Straße führte.

Er starrte auf die grauen, fleckigen Fliesen an den Wänden der Unterführung, die leeren Flaschen, zerrissenen Chipstüten, Taschentücher und benutzten Kondome am Boden. Noch nie waren ihm Italien, dieser Ort und sein Leben so dreckig und sinnlos vorgekommen.

Donnie, dachte er. Ein bunter Paradiesvogel in dieser düsteren Welt. Immer fröhlich, immer gut gelaunt, immer liebenswert.

Er hatte Lust, den nächsten Zug zu nehmen und ihm hinterherzufahren.

Italien für immer den Rücken zu kehren.

Aber dann stieg er ins Auto und fuhr zu Georgina.

Brauchte jetzt einen heißen Kaffee.

121

Peppone bellte. Laut und anhaltend. Ein Alarmbellen. Der alte Hund, der sonst immer nur ruhig und still auf der Couch oder im Sessel schlief, beruhigte sich gar nicht mehr.

Gabriella warf einen Blick auf den Radiowecker. Zwei Uhr fünfzehn in der Nacht. Du lieber Himmel. Was war denn jetzt schon wieder los?

Sie stand auf, warf sich ihren Morgenmantel über und ging hinunter ins Wohnzimmer. Peppone lief nervös vor der Terrassentür auf und ab und bellte immer noch. »Was hast du denn?«, fragte Gabriella und nahm ihn in den Arm. »Was ist dein Problem, mein Lieber?«

In diesem Moment gingen die Sirenen los.

Gabriella zog die Gardine weg und sah den Feuerschein und den Rauch.

»Neri!«, schrie sie. »Es brennt! Komm runter!«

Das war leichter gesagt als getan. Neri hatte am Vormittag den Gips abbekommen und sollte jetzt nur noch eine Schiene tragen, die er aber in der Nacht abgenommen hatte. Sein Bein fühlte sich wacklig an wie Götterspeise, er hatte nicht das Gefühl, auftreten und laufen zu können.

»Gabriella! Du musst mir helfen!«, brüllte er zurück. »Mit der Schiene!«

Unterdessen schlüpfte er in seine Hose, sein Hemd, seinen Pullover, als Gabriella auch schon angerannt kam.

»Es brennt hier in Ambra. Die Vigili del Fuoco sind unterwegs, ich weiß nicht genau wo …«

»Ruf Cesare an. Er soll sofort dorthin kommen!«

»Ja, was soll ich denn nun zuerst machen? Dir die Schiene anlegen oder Cesare anrufen?«, fragte Gabriella genervt. »Beides geht nicht.«

»Erst die Schiene. Dann Cesare. Und dann fährst du mich zum Feuer.«

»Aber ich darf mich vorher auch noch anziehen, ja?«

Neri antwortete nicht.

Sieben Minuten später waren Gabriella und Neri unterwegs.

»Verdammt noch mal«, zischte Neri leise, als sie sich dem Feuer näherten. »Es ist das Haus von Ella und Ugo … Ich fasse es nicht! Hört das Unglück denn nie auf?«

»Nein, Neri«, sagte Gabriella leise. »Das Unglück hört niemals auf. Wenn du dich einmal im Abwärtsstrudel befindest, zieht es dich immer weiter in die Tiefe.«

Neri sah sie entsetzt an. »Und was kann man dagegen tun?«

»Beten, hoffen und daran glauben, dass das Glück zurückkehrt. Und wenn es wieder da ist, dann bleibt es auch eine Weile.«

Neri küsste sie auf die Nasenspitze und stieg aus.

Vor dem Haus stand Ella, an der linken Hand hatte sie Chiara, an der rechten Fabio.

»Wo ist Ugo?«, fragte Neri, als er auf sie zustolperte.

»Ich weiß es nicht, aber er ist draußen.«

»Es befindet sich also niemand mehr im Haus?«

Ella schüttelte den Kopf. »Nein. Wir sind alle raus, als wir das Feuer gehört und gerochen haben.«

»Meno male! Weißt du, wie es passiert ist?«

»Nein, keine Ahnung, Neri. Ich bin froh, dass wir es alle überlebt haben.«

Neri drückte Ellas Schulter.

Das Haus brannte jetzt lichterloh. Die beiden Kinder sahen wie hypnotisiert auf die lodernden Flammen und drückten sich an ihre Mutter.

»Jetzt haben wir nichts mehr«, sagte Ella leise. »Gar nichts mehr. Der Herrgott meint es nicht gut mit uns.«

»Könnt ihr irgendwie unterkommen für heute Nacht und die nächste Zeit?«

»Keine Ahnung.« Ella sah Neri mit verweinten, verzweifelten Augen an. »Fiona wird uns helfen. Vielleicht im distretto. Oder im ambulatorio. Oder irgendwo. Fiona findet immer eine Lösung.«

Eine gute Stunde später war ein Teil des Hauses in sich zusammengefallen, aber die Vigili del Fuoco hatten den Brand endlich im Griff. Die Trümmerreste brannten nicht mehr, sondern qualmten nur noch. Die hellen, lodernden Flammen, die die Nacht erhellt hatten, waren erloschen.

Fiona kam, nahm Ella und Ugo in den Arm und drückte sie fest an sich. »Alles wird gut«, sagte sie leise. »Ihr müsst nur daran glauben. Alles wird gut.«

Beide nickten schluchzend.

»Und für euch und eure Kinder habe ich eine Ferienwohnung aufgetrieben, in der ihr die nächsten Tage und Wochen unterkommen könnt.«

»Das ist fantastisch«, murmelte Ella, »ich danke dir, Fiona, wie machst du das bloß? Du bist eine Zauberin!«

»Nein.« Fiona lächelte. »Das bin ich nicht, ich kenne einfach nur eine ganze Menge Leute.«

Neri und Gabriella kamen zu Ugo und Ella und ihren Kindern.

Ella zitterte jetzt wie Espenlaub, und Gabriella ging zu den Vigili del Fuoco, um eine Decke für sie zu organisieren.

»Hast du eine Ahnung, wie das Feuer entstanden ist?«, fragte Neri Ugo.

»Nein. Nicht die geringste.« Ugo sah zu Boden.

»Na, wo ging es los?«, hakte Neri nach. »Unten im Magazin oder in der Garage? In der Küche? Oder oben in euren Schlafzimmern?«

Ugo schwieg. Er dachte nach. Versuchte sich zu erinnern, woher der Brandgeruch gekommen war und wo er die ersten Flammen gesehen hatte. »Ich glaube, es war unten«, sagte er. »Dort, wo meine Werkstatt ist und das Holz für den Winter lagert.«

»Nein. Ich bin vom Brandgeruch wach geworden«, sagte Ella. »Wenn es in der Werkstatt begonnen hätte, hätte ich es sicher nicht mitbekommen, unser Schlafzimmer liegt an der gegenüberliegenden Seite des Hauses.«

»Stimmt«, murmelte Ugo und starrte auf seine Arbeitsschuhe.

»Aber es war so nah. Und ich hab es nicht nur gerochen, ich hab es auch gehört. Es muss oben angefangen haben. Und dann sind wir ja mit den Kindern so schnell wie möglich raus, die Treppe nach unten brannte noch nicht. Darum muss es wirklich oben angefangen haben, Ugo.« Ella sah ihren Mann mit großen Augen an.

»Stimmt!«, wiederholte er. »Meine Frau hat völlig recht.«

Ella zitterte jetzt noch mehr.

»Aber warum denn?«, überlegte Ugo. »Oddio, es war mitten in der Nacht! Da raucht keiner, da kocht keiner, die Heizung läuft nicht, wir befinden uns auch nicht im Krieg, wo jemand was durchs Fenster schmeißt. Es gibt keinen Grund! Was soll denn sein, verdammt, dass bei uns ein Feuer ausbricht und das Haus abbrennt?«

»Die Kinder, wir alle hätten verbrennen können«, sagte Ella leise. »Es war so nah. So verdammt nah. Als wir runterrannten, hab ich die Hitze gespürt.«

Gabriella kam und legte Ella die Decke um die Schulter.

Ich hab es geahnt, dachte Amalia Braccolini. Schon ewig hatte sie ihr Haus nicht mehr verlassen. Aber als sie mitten in der Nacht die Stimmen hörte, stand sie auf, ging zum Fenster und sah, wie orangefarbene Flammen in den dunklen Nachthimmel schlugen.

Da verließ sie das Haus und lief an ihrem Stock bis zur Kurve.

Fassungslos sah sie, wie das Haus von Ella und Ugo lichterloh brannte.

Sie blieb in der Ferne stehen, beobachtete die Löscharbeiten, das hektische Treiben der Nachbarn und die resignierte Familie, die sich an den Händen hielt und hilflos mit ansah, wie ihr Lebenswerk, ihre Heimat, sich in Rauch auflöste.

Allmählich leerte sich die Straße, die Nachbarn und die Betroffenen waren verschwunden, von den Vigili del Fuoco war nur noch eine kleine Brandwache übrig geblieben. Es wurde still und dunkel im Ort. Erst dann schleppte sich auch Amalia Braccolini wieder zurück zu ihrem Haus.

Morgen würde man sehen. Die Spezialeinheit der Carabinieri würde die Brandstelle untersuchen und vielleicht herausfinden, wie und wo der Brand entstanden war.

Ich hab es gewusst, dachte die alte Braccolini, als sie ins Bett kroch und die dicke Federdecke über sich zog, ich habe es immer geahnt.

Ihr Herz flatterte derart heftig in der Brust, dass sie es unangenehm spürte.

Es hatte so kommen müssen.
Ein Fluch lag über der Familie Miniati.
Denn da gab es diesen kleinen Teufel.
Fabio.

122

Der Geruch von Zimt zog durchs Haus, und Ugo spürte, dass es ihn entspannte. Seit er denken konnte, hatte er hier bei Amalia gesessen und mit ihr geredet, sie war seine Vertraute, war wie eine nonna für ihn. Immer schon hatte Amalia in dieser Straße gewohnt, und bereits als Kind war er mit all seinen Sorgen und Nöten zu ihr gegangen, und es hatte ihm immer gutgetan.

»Möchtest du Honig?«, fragte Amalia.

»Per favore.«

Amalia ging langsam und vorsichtig durch die Küche, aber sie hatte kein Problem, das Tablett mit der Teekanne, dem Honig und den beiden Tassen ins Zimmer zu tragen und auf den Couchtisch zu stellen.

Sie setzte sich, und ihre alten Augen verschwanden fast zwischen ihren hängenden Lidern und den vielen Falten. Durch einen winzigen Spalt blickte sie Ugo wach und klar an. »Erzähl mir von dem Feuer, Ugo. Das kam doch nicht von ungefähr.«

Ugo zuckte die Achseln. »Da gibt's nichts zu erzählen.«

»Wenn du es mir nicht sagst, kann ich dir nicht helfen.«

Ugo nickte.

»Denn es gibt da etwas, was du mir sagen willst, stimmt's?«

Ugo schlug die Hände vors Gesicht, aber nickte wieder.

»Va bene.« Amalia schwieg. »Wir haben Zeit. Trink deinen Tee. Er ist schön süß. Das macht glücklich. Und er beruhigt die Nerven.«

Eine gefühlte Ewigkeit sagte keiner der beiden ein Wort.

»Was ist passiert, Ugo? Sag's mir«, begann Amalia erneut und legte ihre zerknitterte, faltige Hand auf seine. »Irgendjemand musst du es sowieso sagen, sonst wirst du verrückt. Und wenn du's mir gesagt hast, finden wir gemeinsam einen Weg.«

»Ich kann nicht.«

»Doch. Sonst hört das Unglück nicht auf. Dein Haus ist abgebrannt, Ugo.«

»Schlimmer kann es nicht kommen.« Ugo wirkte vollkommen resigniert.

»Doch. Es kann immer noch schlimmer kommen. Viel schlimmer! Es kann auch ans Leben gehen. Was ist, wenn dir oder Ella was passiert? Was wird dann aus Chiara und Fabio? Oder was ist, wenn euren Kindern was passiert? Dann geht es euch so wie Carmela und Matteo.«

Ugo sah sie entsetzt und wütend zugleich an. »Beschrei es nicht. Du bist eine Hexe.«

»Nein, das bin ich nicht. Aber ich kenne das Leben. Und den Tod. Und ich weiß, dass das Unglück zu euch gekommen ist, denn euer Haus ist verbrannt. Das ist der Anfang. Zuerst wird die Materie vernichtet, dann das Leben. Das ist ein Gesetz, Ugo. Und das Schicksal wendet sich erst wieder zum Positiven, wenn du redest. Es hängt an dir, Ugo, ob das Böse verschwindet oder nicht. An niemandem sonst. Nur an dir.«

Ugo trank seinen Tee und sagte kein Wort.

Dann stand er auf, ging hinaus und rauchte eine Zigarette.

Als er wieder hereinkam, fragte er Amalia: »Hast du einen Grappa für mich?«

»Aber sicher.« Sie öffnete den Wohnzimmerschrank, holte eine Flasche heraus und schenkte ihm ein.

»Danke.«

Er trank ihn langsam und in winzigen Schlucken. Amalia sah ihm schweigend dabei zu. Als er fertig war, blickte er sie an und sagte: »Also gut, ich werde dir sagen, was passiert ist. Aber es bleibt unter uns?«

»Wie immer«, meinte Amalia. »Wir haben ja schon so manches Geheimnis geteilt.«

123

»Wir sind jetzt verheiratet, Paul. Schon vergessen? Und ich möchte nur eins von dir wissen: Warum schläfst du nicht mit mir?« Georgina wirkte ganz klar, ruhig und überlegt.

Sie saßen am Frühstückstisch, und Paul wollte gerade in sein Brötchen beißen, aber er hielt mitten in der Bewegung inne. Diese direkte Frage erwischte ihn auf dem falschen Fuß.

»Ich weiß es nicht«, stammelte er. »Ich weiß es wirklich nicht. Aber es liegt an mir, nicht an dir.«

»Was ist los mit dir?«

»Ich weiß es nicht.«

»Warum hast du mich geheiratet?«

Das war die Frage, die Paul am allermeisten gefürchtet hatte.

»Ich liebe dich wirklich«, sagte er.

»Das ist keine Antwort. Warum hast du mich geheiratet?«

Paul zuckte die Achseln. In diesem Moment wurde ihm bewusst, dass sein ganzes Szenario nicht funktionierte und in sich zusammengebrochen war. Das Haus war ein Desaster. Er hatte nicht mehr vor, dort zu wohnen, es würde ihm auch nicht helfen. Die Einsamkeit bewahrte ihn nicht vor den Dämonen in seinem Inneren. Das hatte er allmählich begriffen. Und

Georgina war eine Frau. Kein Kind. Seit er das verstanden hatte, interessierte sie ihn nicht mehr. Es waren Kinder, die er wollte. Verdammt noch mal, Kinder!

»Ich bin am Ende«, sagte er leise. »Vollkommen durch den Wind. Das Haus macht mich nicht mehr glücklich, im Gegenteil, es erschreckt mich, ich werde es nicht umbauen, weil ich dort nicht mehr wohnen will. Ich liebe dich, aber ich bin nicht glücklich, Georgina, habe keine Heimat und weiß nicht wohin. Ich versinke im Sumpf und spüre, dass ich nicht mehr herauskomme. Alles läuft falsch in meinem Leben. Alles. Was ich auch versuche – es geht daneben und endet in der Katastrophe.«

Sie strich ihm übers Haar. »Du bist depressiv«, sagte sie. »Das ist eine Krankheit, die über dich gekommen ist wie ein plötzliches Gewitter. Aber eine Depression kann man heilen. Ich weiß eine hervorragende dottoressa, die dir sicher helfen kann.«

»Nein, das will ich nicht. Aber …« Er blickte eine Weile nachdenklich an die Decke und versuchte ein Lächeln. »Warum verreisen wir nicht? Nur ein paar Tage. Irgendwohin. Du und ich und Matilda. Mal raus aus dem Alltag. Vielleicht hilft uns das. Meer. Sonne. Strand. Romantische Restaurants. Ein verschwiegenes Hotel …? Was hältst du von Elba?«

»Das wäre traumhaft. Eine Hochzeitsreise! Vielleicht ist das wirklich eine gute Idee«, sagte sie.

»Wann können wir losfahren?«

»Am liebsten sofort, aber ich kann jetzt die nächsten paar Tage nicht weg. Erst ab dem Wochenende eventuell.«

»Kein Problem, dann fahre ich mit Matilda vor, ja? Ich muss einfach dringend mal raus. Und du kommst in ein paar Tagen nach. Komm, lass uns im Internet suchen. Irgendetwas ganz Schönes, das uns beiden gefällt. Für dich und mich. Für uns.« Er küsste sie.

»Ja, ich glaube, das klappt. Ich könnte eventuell einen Dienst tauschen, ein paar Überstunden abfeiern, und dann haben wir auch noch eine ganze Woche. Nur für uns!«

124

»Ich halte es nicht mehr aus, Neri, ich muss mit dir reden.«

Neri saß im Büro, nahm den geschienten Fuß vom Tisch und spürte, wie das Blut einschoss. Aber gleichzeitig war ihm auch klar, dass Ugo, dessen Haus vor zwei Tagen abgebrannt war, nicht wegen einer Lappalie zu ihm gekommen war.

Er war hochgradig interessiert und hoffte, dass ihn Cesare jetzt nicht stören würde.

»Ugo! Bitte, nimm Platz!« Er schenkte ihm ein Glas Wasser ein. Aus dem Glas hatte vorhin Cesare getrunken, aber das war jetzt egal.

Ugo nahm es dankbar entgegen und trank einen Schluck.

»Was kann ich für dich tun, Ugo?«

»Es gibt etwas, das ich dir sagen muss, sonst werde ich verrückt.«

»Sag's mir«, sagte Neri leise. »Und ich verspreche, ich helfe dir. Ganz egal, was es sein sollte. Ich bin auf deiner Seite.«

Und dann begann Ugo zu erzählen.

»Chiara und Viola hatten sich an dem schrecklichen Tag zum Schwimmen verabredet, das wusste ich, das war ja nichts Besonderes, sie waren ja ständig verabredet oder hockten zusammen oder spielten oder was weiß ich. Was Mädchen halt so treiben.

Viola kam und ging gleich ins Magazin, in dem wir eine kleine Sommerküche haben und das Olivenöl und unsere Vorräte lagern. Und dort parken auch unsere Autos. Das weißt du ja. Mein Transporter und Ellas Fiat. Da hatten die Mädchen auch ihre Luftmatratzen, das kleine Schlauchboot, die Badetaschen.

Chiara war noch oben und half ihrer Mutter beim Abwaschen, aber Fabio war unten. Er saß in meinem Lieferwagen. Natürlich war der Wagen offen. Natürlich steckte der Schlüssel. Der steckt dort seit zwanzig Jahren. Ich suche ihn nicht, ich steig ein und fahr los. Das bin ich so gewohnt, wie den Teelöffel aus der Schublade zu nehmen.

Aber nun saß Fabio hinterm Steuer. Und startete den Wagen. Vielleicht hat er gejubelt, als er ansprang, ich weiß es nicht. Er fühlte sich wahrscheinlich großartig.

Aber da lief gerade Viola durchs Magazin, und wahrscheinlich wollte er ihr zeigen, was er alles kann, und drückte aufs Gas, und da stand sie, und er konnte nichts mehr machen, fand die Bremse nicht und quetschte sie gegen die Wand. Und es hat ihre Brust zerdrückt oder ihre inneren Organe, keine Ahnung, ich weiß nicht, was die Obduktion gesagt hat. Auf jeden Fall saß da Fabio, gelähmt vor Schreck, als ich ins Magazin kam. Und eingeklemmt dieses kleine, süße, zerquetschte Mädchen, die Freundin unserer Chiara. Sie war tot, und ich wusste nicht, was ich machen sollte. Ich wusste es echt nicht. Also habe ich Fabio nach oben geschickt und ihn verdonnert, die Klappe zu halten. Und dann hab ich sie einfach eingeladen und bin mit ihr rausgefahren. Sie hat ja zum Glück nicht geblutet. Sie war tot, aber sie sah ganz unverletzt aus. Gespenstisch.«

»Oddio!«, murmelte Neri. Was sollte das nun bloß wieder werden. Was sollte er mit diesem armen Mann machen? Und schon wieder hatte er ein riesiges Problem an der Backe. »Und was hast du dann gemacht?«, fragte Neri.

»Ich habe sie in den Olivenhain gefahren. Ganz hoch oben, bei Sergio.«

Neri nickte. »Ja, ich weiß. Dort haben wir sie gefunden.«

Er musste das jetzt alles erst einmal verarbeiten. Dennoch fragte er weiter. »Und dieser Brand? Inwiefern hat der damit zu tun?«

»Fabio«, sagte Ugo leise. »Er ist am Ende, zerfressen von seinen Schuldgefühlen. Ich denke, er hat das Feuer gelegt, um damit alles auszulöschen, was es gegeben hat und was ihn an das erinnert, was im Magazin passiert ist.«

»Das ist eine Vermutung.«

»Ja. Aber es gab keine natürliche Ursache für das Feuer. Und er war oben. Er ist ein todunglücklicher und total verängstigter kleiner Junge. Bitte, Neri, verschone Fabio.«

»Er ist ja noch gar nicht strafmündig.«

Ugo stand auf und ging zur Tür. Drehte sich noch einmal um und sah Neri an, aber Neri schwieg.

»Matteo und Carmela haben es richtig gemacht«, sagte Ugo leise und schloss hinter sich die Tür.

Neri schlug mit der Faust auf den Tisch.

125

Als Neri durch den Garten kam, stand Gabriella am offenen Küchenfenster, summte vor sich hin und winkte ihm zu.

»Amore«, sagte sie, als er eintrat, »ich habe schon einen Salat gemacht. Was möchtest du? Spaghetti dello chef oder trenette con il pesto?«

Neri stand in der Tür wie ein geprügelter Hund. »Später«, sagte er leise. »Ich hab noch keinen Hunger. Komm, lass uns mit Peppone einen kleinen Spaziergang machen.«

Peppone hatte seinen Namen gehört und spitzte die Ohren.

»Va bene.« Gabriella legte den Kochlöffel weg.

Wenig später liefen sie mit Peppone, der über den außergewöhnlichen Ausgang überrascht war und brav neben ihnen hertrottete, die Dorfstraße entlang.

»Was ist los, Neri. Spuck's aus.«

»Der Deutsche, dieser Paolo, ist unschuldig, Gabriella. Er hat Viola nicht umgebracht. Es war ein verdammter Unfall.«

Gabriella blieb wie vom Donner gerührt stehen. »Wie, Unfall?«

Und dann erzählte Neri alles, was Ugo ihm gebeichtet hatte.

Als er fertig war, sagte Gabriella: »Wir haben ihn also vollkommen zu Unrecht verdächtigt.«

»Ich habe ihn zu Unrecht verdächtigt«, korrigierte Neri.

»Va bene. Aber das war ja auch kein Wunder. Immerhin sprach 'ne Menge gegen ihn. Andere Kollegen von dir hätten ihn bestimmt sofort verhaftet, nachdem das BKA hier aufgekreuzt war. Na, egal. Wenn es jetzt so ist, dann musst du das den Deutschen mitteilen.«

»Ja, klar. Das werde ich gleich morgen tun. Dann können die ihre Jagd nach Paul Böger abblasen, weil er für die anderen Morde vielleicht auch nicht verantwortlich war.«

Gabriella nickte. »Wo ist jetzt dein Problem, tesoro?«

»Das Problem ist, dass ich mal wieder völlig auf dem Holzweg war, Gabriella. Ich höre auf meinen Bauch, und mein Bauch ist seit Jahren chronisch auf dem Holzweg.«

Gabriella schwieg und fing an zu grinsen. Sie blieb stehen. »Amore«, sagte sie, »es geht hier nicht um deinen Bauch. Das Problem ist, dass du an ein Verbrechen geglaubt hast, das gar keines war. Du hast all den Leuten vertraut, die auf dich eingeredet haben, und hast eben nicht auf deinen Bauch gehört. Der kam ja gar nicht zum Zug. Und das war das Problem.«

»Meinst du wirklich?«

»Aber hundertprozentig!«

Neri entspannte sich zusehends. »Und was mache ich jetzt mit Ugo und dem armen Fabio? Die Familie ist ruiniert und vollkommen fertig. Aber natürlich hat die ganze Welt ein Recht zu erfahren, was mit Viola passiert ist. Soll ich mich hinstellen und überall verkünden, dass der kleine Fabio sie mit dem Auto seines Vaters zerquetscht hat? Oh Gabriella, was soll ich bloß tun?«

Gabriella wurde schwindlig vor Augen, weil auch sie nicht wusste, was sie Neri raten sollte.

Peppone jaulte kurz, und sie gingen langsam weiter.

Erst auf dem Rückweg sagte Gabriella: »Wo kein Kläger ist, ist auch kein Richter. Matteo und Carmela sind tot. Niemand wird Ugo und Fabio anzeigen. Es wird kein Nachspiel geben, amore, vielleicht ein bisschen Gerede, mehr nicht. Es wird einmal in der Zeitung stehen und dann in Vergessenheit geraten. Die Gemüter werden sich beruhigen. Und der Deutsche wird sich entspannen. Alles ist gut, Neri. Du hast alles richtig gemacht.«

Neri drückte ihr einen Kuss auf die Wange, fühlte sich zwanzig Kilo leichter und freute sich auf die Pasta.

Es konnte passieren was wollte, seine Frau schaffte es immer wieder, ihm seinen Seelenfrieden zurückzugeben.

Sie war einfach phänomenal.

126

»Rufst du an, wenn ihr gut angekommen seid?«

»Aber natürlich.«

»Oder schreib eine WhatsApp. Ganz egal, aber ich muss wissen, dass es euch gut geht.«

»Klar.«

»Ich muss immer wissen, dass es euch gut geht, sonst drehe ich durch, sonst werde ich verrückt vor Angst. Verstehst du das?«

Paul nickte.

»Ich war noch niemals von Matilda getrennt. Noch nie. Und jetzt bricht es mir das Herz.« Ihre Stimme versagte.

Paul drückte Georgina fest an sich und küsste sie. »Ich verspreche dir, gut auf Matilda aufzupassen. Und ich denke, wir werden eine Menge Spaß haben, denn Matilda mag mich, und ich mag sie. Ich werde rund um die Uhr für sie da sein. Und sobald es geht, kommst du ja auch schon nach!«

Georgina nickte und sah ihn unter Tränen an. »Noch nie ist mir ein Abschied so schwergefallen. Ihr beide seid mir das Wichtigste und Liebste, das ich auf der Welt habe.«

»Ich weiß. Ciao, Georgina. Ich liebe dich.«

»Ich liebe dich auch.«

Paul küsste Georgina, drückte sie noch einmal ganz fest und öffnete dann die Autotür.

»Matilda, komm, steig ein! Wir wollen los!«

Matilda, die noch im Garten herumsprang, kam angerannt und umarmte ihre Mutter stürmisch. »Ciao, Mama, nicht traurig sein, du kommst ja bald nach!«

Sie grinste, und Georgina ließ sie gar nicht mehr los.

»Ciao, Matildina, bellissima, meine süße Maus, pass auf dich auf, sei lieb, ich freu mich darauf, wenn ich wieder bei euch bin.«

»Ich mich auch.«

Paul stieg ins Auto.

Matilda schnallte sich an. »Ciao, Mama!«

Paul und Matilda winkten, und der Wagen fuhr los.

Georgina warf ihnen unentwegt Kusshände hinterher und hatte das Gefühl, einen riesigen Fehler gemacht zu haben.

Sie hätte ihr Kind, ihr kleines Mädchen, niemals weglassen dürfen.

Denn sie war zwar mit Paul verheiratet, aber im Grunde kannte sie ihn ja gar nicht.

Als sie wenig später in den Kindergarten fuhr, fühlte sie sich so elend wie noch nie in ihrem Leben.

127

Hamburg

Donnie hatte einen ganz schlechten Tag. Als er aufstand, stellte er fest, dass weder Heizung noch Warmwasser funktionierten und er nicht duschen konnte. Und ohne Warmwasser kam er nicht zu sich. Wusste nicht mehr, wer er war und wie er hieß und wo er wohnte und was er an diesem Tag überhaupt tun wollte. Ohne Warmwasser ging gar nichts.

Es erinnerte ihn an seine frühste Kindheit, als er sich den Waschlappen durchs Gesicht ziehen musste, sich dann unter den Achseln und im Schritt wusch und es furchtbar fand. Ekelhaft. Und er merkte, dass seine Laune bereits jetzt auf dem Tiefpunkt war.

Er zog sich einen dicken Wollpullover an, der eigentlich für extrem kalte Wintertage gedacht war, und stolperte fröstelnd die Treppe hinunter.

Erst in der Küche fiel ihm ein, dass ja auch der Kaffeevollautomat nicht funktionierte. Seit zwei Tagen gab er fürchterliche schnarrende und gurgelnde Geräusche von sich, das Wasser blubberte, die Milch spritzte durch die Küche, bildete nicht den geringsten Schaum, und Kaffee kam nur tröpfchenweise heraus. Irgendetwas war verstopft. Und er war der Letzte, der so ein technisches Teil auseinandernehmen oder reparieren konnte.

Das war der Supergau. Keine Dusche und kein Kaffee.

Er goss sich einen Nescafé auf und verfluchte sein ganzes Leben. Es war verwichst. Einfach nichts funktionierte. Der Wasserschaden im Theater war immer noch nicht behoben, seine Heizung war kaputt, sein Warmwasser, seine Kaffeemaschine …

Und Paul lebte in Italien in diesem Schrotthaus, an der Seite einer Kindfrau, mit der er anscheinend auch nicht richtig glücklich wurde. So hatte er es jedenfalls empfunden.

Paul hatte es total versiebt. Hatte sich so total ins Abseits geschossen, das konnte man sich gar nicht vorstellen.

Zusammen hätten sie die Probleme hier alle bewältigt. Mit Leichtigkeit. Aber allein war alles schwierig.

Komm wieder, Paul, dachte er. Bitte, komm wieder! Und er hatte das Gefühl, dass er nur durchhalten müsste. Pauls italienisches Leben funktionierte nicht. Über kurz oder lang würde er wiederkommen. Ganz bestimmt.

Um halb elf fuhr Donnie ins Theater. Seit Tagen war mal wieder überhaupt nichts passiert, die Baustelle lag verwaist da.

Donnie drehte durch und telefonierte. »Wir haben am Montagfrüh um halb neun miteinander gesprochen«, schrie er ins Telefon, »da sagten Sie, Sie würden direkt nach der Mittagspause kommen. Heute ist Mittwoch, und nichts ist passiert. Gar nichts. Ich kann nicht den ganzen Tag im Theater rumstehen und auf Handwerker warten, die nicht kommen.«

»Ich musste noch Material bestellen. Das geht nicht von heute auf morgen.«

»Warum können Sie dann nicht Bescheid sagen? Glauben Sie, die ganze Welt dreht sich nur um Handwerkertermine? Sie wollten vor zwei Wochen bereits fertig sein! Jetzt sieht es so aus, als bräuchten Sie noch zwei Monate. Und das Theater ist geschlossen. Keine Einnahmen, weil Sie nicht zu Potte kommen! Wie stellen Sie sich das vor? Hallo?«

Der Handwerker hatte bereits aufgelegt.

Nach einem ordentlichen Kaffee in einer Bäckerei und einem schönen Stück Apfelkuchen ging er einkaufen. Klopapier, Erdnüsse, zwei Fertigpizzen, Kleenex, Würstchen, drei Flaschen Wein, zwei chinesische Gemüsesuppen aus der Dose, eine Packung Knäckebrot, Scheiblettenkäse und eine Ananas. Ihm war bewusst, dass ihn jede Ernährungsberaterin sofort ins Klinikum einweisen würde, wenn sie seinen Einkauf sah, aber er konnte es nicht ändern.

Seit Paul weg war, hatte er keine Lust mehr zu kochen.

Zu Hause packte er seine Errungenschaften weg, öffnete sich eine Dose Thunfisch und schlang sie mit Heißhunger hinunter.

Dann legte er sich hin und schlief eine halbe Stunde.

Als er wieder wach wurde, goss er sich ein Glas Wein ein und wusste, dass dies auf Dauer kein Leben war.

Er holte die Post. Zwei Briefe für Paul, und er wusste nicht, was er mit ihnen machen sollte.

Legte sie in sein Zimmer und hoffte, dass er diesen Stapel irgendwann einmal abarbeiten würde. Er ärgerte sich schwarz, dass er diese Briefflut nicht mit nach Italien gebracht hatte, dann könnte sich jetzt Paul damit amüsieren.

Wenig später ging er zur Apotheke. Kaufte Aspirin und Hämorrhoidensalbe, die er sich unter die Augen schmierte, damit sie die Fältchen zusammenzog. Er hatte auch ein straffes Gefühl, wenn er sie auftrug, und konnte schon seit Langem nicht mehr ohne sie.

Er sah auf die Uhr. Sechzehn Uhr dreißig. Vielleicht Zeit für eine chinesische Gemüsesuppe. Nervig war nur, dass er keinen vernünftigen Dosenöffner hatte, um die Dose aufzubekommen. Wie vorsintflutlich waren die denn, dass man die Büchse nicht einfach aufziehen konnte?

Er fluchte vor sich hin, schaffte es aber schließlich mit einem Uralt-Dosenöffner, den er mit einem Hammer in die

Dose schlug, und goss die Suppe in einen Topf. Sie roch köstlich, und er konnte kaum erwarten, dass sie heiß wurde.

Dann löffelte er die Suppe und guckte »Hallo Deutschland«.

Ausführlich wurde über die Kindermorde in der letzten Zeit berichtet. Über die elfjährige Anja Kurth aus Flensburg, die vergewaltigt und der die Kehle durchgeschnitten worden war, über Lotta Steinmann, die der Täter während einer Klassenfahrt auf Amrum vergewaltigt und erstochen hatte, und schließlich über Anna-Lena Broders aus Hamburg, die der Täter ebenfalls vergewaltigt und erwürgt hatte.

Und von allen Opfern hatte er Schmuckstücke als Trophäen behalten.

»Und nun bittet die Kriminalpolizei um Ihre Mithilfe«, sagte die Moderatorin. »Folgende Schmuckstücke hat der Täter seinen Opfern abgenommen: ein Armband mit rosa Glitzersteinen, eine Kette mit einem Herz als Anhänger, auf dem der Name Lotta eingraviert ist, und ein Kettchen mit einer goldenen Schildkröte.«

Fotos der Schmuckstücke wurden groß eingeblendet. »Wer eines dieser Schmuckstücke kennt oder eindeutig identifizieren kann, wende sich bitte sofort an die hiesige Polizeidienststelle oder an eines unserer Aufnahmestudios. Alle Telefonnummern werden am Ende der Sendung noch einmal eingeblendet.«

Donnie wurde heiß. Er erinnerte sich an das kleine Kästchen in Pauls Arbeitszimmer.

Er stand auf, rannte in Pauls Zimmer.

Dort riss er die Schreibtischschubladen auf. Und fand das Kästchen sofort.

Mit zitternden Fingern und klopfendem Herzen öffnete er es.

Darin lagen ein Armband mit rosa Glitzersteinen, eine Kette

mit einem Herz als Anhänger, in den der Name Lotta eingraviert war, und ein Kettchen mit einer goldenen Schildkröte.

Donnie wurde übel. Er musste sich am Tisch festhalten, um nicht umzufallen.

Immer wieder sah er sich die Schmuckstücke an. Nein, da gab es keinen Zweifel, es waren wirklich ganz genau die Kinderschmuckstücke, die sie im Fernsehen gezeigt hatten.

Es wollte einfach nicht in seinen Kopf. Das konnte und durfte nicht wahr sein! Paul war ein feiner Kerl, aber doch niemand, der kleine Mädchen abschlachtete! Der sie erwürgte, erstach oder ihnen die Kehle durchschnitt und dann auch noch sonst was mit ihnen machte.

Donnie zitterte am ganzen Körper. Er hatte Stiche in der Brust. Das überlebe ich nicht, dachte er, ich kriege hier und jetzt einen Herzinfarkt und niemand kann mir helfen.

Er hangelte sich schwankend durchs Zimmer und sank aufs Bett.

Dachte an Paul, der nach seiner verkorksten Hochzeitsnacht verzweifelt auf der Terrasse saß und in die Ferne starrte … Der so glücklich war über seine italienische Bruchbude im Nirgendwo und eine Kindfrau heiratete, mit der er nichts gemein hatte … Der sich sinnlos betrank und im Notarztwagen abtransportiert werden musste … Der beim Schachspiel glänzte und geniale Fotos schoss … Der seine Mutter vermisste und seine Schwester hasste … Der vollkommen ausflippte, Zeitungen zerriss, herumschrie und nur allein sein wollte … Aber der dann auch um Liebe bettelte und ihn am Bahnhof gar nicht mehr los- und weglassen wollte …

Paul. Ein Irrer. Sicher, irgendwie. Ein Versprengter. Auch ein Liebenswerter und Sensibler. Aber ein Mörder?

Was soll ich bloß tun?, dachte er. Zur Polizei gehen? Paul anzeigen? Ihn verraten? Das würde er mir nie verzeihen. Er wäre wahnsinnig vor Hass. Seine Gefühle konnten explodieren, er konnte rasend werden vor Wut. Und er hatte noch die Schlüssel zum Loft. Er musste unbedingt die Schlösser auswechseln. Sonst würde Paul eines Nachts kommen und ihn, Donnie, umbringen. Weil er ihn verraten hatte.

Aber schweigen und nichts tun? Da machte er sich mitschuldig, wenn Paul weiter mordete.

Dann wanderten nicht nur Paul, sondern auch er in den Knast. Weil er in Kauf genommen hatte, dass wieder etwas passierte. Er war jetzt der Einzige, der Unheil verhindern konnte, weil er als Einziger definitiv wusste, dass Paul ein Mörder war. Nur er, Donnie, hatte die Beweise in der Hand.

Es war seine verdammte Pflicht und Schuldigkeit zu handeln. Wenn der Richter nicht milde gestimmt war und seine Seelenqualen nicht nachvollziehen konnte, bekam er zehn Jahre.

Nicht nur Pauls, auch sein Leben wäre zerstört. Und das der Opfer sowieso.

Es war so absurd. Ein real gewordener Albtraum, und er steckte plötzlich mittendrin.

Und in diesem Moment durchfuhr es ihn eiskalt: die Kindfrau Georgina. Und Matilda! Paul war ja regelrecht irre mit dem Kind! War bei der Hochzeit durchgedreht, nur weil er mit ihr getanzt hatte. Jetzt wurde ihm das alles klar. Sie war seine wahre Liebe, seine Leidenschaft, seine Sehnsucht. Er liebte sie und nicht Georgina. War eifersüchtig auf jeden, der sich dem Mädchen näherte.

Er hatte Matilda geheiratet, nicht Georgina.

Donnie dachte an die kleine, süße Maus.

Wenn Paul ihr was antat, würde er es nicht ertragen. Diese Schuld wäre noch viel schwerer als die, die seit dem Unfall seiner kleinen Schwester auf ihm lastete. Alle würden ihn vorwurfsvoll fragen: Warum hast du nichts unternommen? Warum bist du nicht zur Polizei gegangen? Wenn du nicht so feige gewesen wärst, könnte Matilda noch leben!

Aber Paul war nun mal sein Freund.

Und Freunde verriet man nicht. Alles, was sie einem anvertrauten, unterlag der Schweigepflicht. Das verstand sich von selbst.

Doch Matilda war in Gefahr!

Um Himmels willen, was sollte er bloß tun?

Donnie wusste nicht ein noch aus, seine Gedanken drehten sich im Kreis, und er hatte niemanden, den er um Rat fragen konnte.

Schreiend ging er durch sein Loft und rang die Hände und bat den Himmel um Hilfe. Zum ersten Mal in seinem Leben wusste er wirklich nicht mehr weiter.

Alles, was er jetzt tat, konnte nur falsch sein.

128

Mit zitternden Händen suchte Donnie hektisch in seiner Brieftasche, seiner Jacke, seiner Reisetasche, überall nach Georginas Nummer. Wurde immer verzweifelter, weil er sie nicht fand.

Schließlich erinnerte er sich daran, dass Paul ihm Georginas Nummern per WhatsApp geschickt hatte.

Er atmete noch ein paarmal tief durch, dann rief er sie an.

Sie hob nicht ab. Er probierte es immer wieder auf ihrer Festnetznummer zu Hause und auch auf ihrem Handy. Nichts.

Wahrscheinlich war sie im Kindergarten. Verdammt.

Er setzte sich an den Computer und suchte: »Asilo infantile Ambra«. Nichts. »Asilo infantile ad Ambra in Toscana«. Nichts. »Ambra in Toscana«. Jede Menge Ferienhäuser. Aber nichts vom Leben im Ort, wie zum Beispiel Kindergarten, Bank, Geschäfte. Niente. Er wurde immer wütender. Probierte es immer wieder sie anzurufen. Nichts.

Alle Italiener hatten ständig ihr Handy am Ohr und telefonierten! Nur Georgina nicht? Das durfte nicht wahr sein!

Er riss das Fenster auf und atmete tief durch. Was sollte er bloß tun? Er durfte jetzt um Gottes willen keinen Fehler machen.

Dann kam ihm ein anderer Gedanke. Wie ein Wilder durchsuchte er seinen Schreibtisch, die Ablagen in der Küche und im Flur, alles, wo er die Visitenkarte von dieser Polizistin hingelegt haben könnte. Diese Ingrid irgendwas, die sich bei ihm nach Paul erkundigt hatte. Ums Verrecken fiel ihm ihr Nachnahme nicht mehr ein. Er war den Tränen nahe, fand nichts, geriet immer mehr in Panik.

Schließlich nahm er das Telefon zur Hand und rief die Kripo Hamburg an.

»Kripo Hamburg, Dienststelle 74, was kann ich für Sie tun?«

»Mein Name ist Detlef Giese«, sagte Donnie mit zitternder Stimme, »ich rufe wegen der Mädchenmorde an, von denen heute in ›Hallo Deutschland‹ berichtet worden ist, ich möchte eine Aussage machen.«

»Kleinen Moment, ich verbinde Sie weiter.«

Donnie wartete.

»Werner, Kripo Hamburg«, sagte eine scharfe Frauenstimme. »Worum geht's?«

»Es geht um die Mädchenmorde. Ich möchte eine Aussage machen.«

»Wie heißen Sie?«

»Detlef Giese.«

»Wo wohnen Sie?«

»21031, Poggenpool 17.«

»Was kann ich für Sie tun?«

»Heute wurde im Fernsehen nach Kinderschmuckstücken gefahndet, die der Mörder offensichtlich an sich genommen hat. Ich weiß, wo diese Schmuckstücke sind.«

»Moment, da sind Sie bei mir vollkommen falsch. Ich verbinde Sie weiter. Bitte bleiben Sie in der Leitung.«

Donnies Herz klopfte rasend, er rieb sich die Schläfen. Das konnte ja wohl nicht wahr sein. Aber er wartete ab.

Es klackte. »Schäfer«, sagte eine Männerstimme. »Mit wem spreche ich?«

»Mein Name ist Detlef Giese aus Hamburg.«

»Herr Giese, wie kann ich Ihnen helfen?«

»Ich möchte eine Aussage machen. Es geht um die Kinderschmuckstücke, nach denen heute in der Sendung ›Hallo Deutschland‹ gefahndet wurde. Ich weiß, wo die Schmuckstücke sind.«

»Entschuldigen Sie, aber ich weiß jetzt im Moment nicht, wovon Sie reden, und ich hatte auch noch keine Zeit, heute Nachmittag fernzusehen, weil wir um diese Zeit arbeiten. Worum geht es?«

»Um drei ermordete kleine Mädchen.«

»Aha.« Schäfer schien einen Moment zu überlegen, aber offensichtlich ging ihm kein Licht auf. »Wo – sagten Sie – sind die Kinder ermordet worden?«

Donnie reichte es langsam. »Ich sagte noch gar nichts, aber habe ich hier beim Bäcker angerufen, oder warum haben Sie keine Ahnung von dem, was in Deutschland passiert? In Flensburg, Hamburg und auf Amrum!«, brüllte Donnie.

»Nun beruhigen Sie sich mal bitte. Ich weiß auch nicht, wieso Sie hier bei mir gelandet sind, aber ich sitze in Köln, und wir sind hier für NRW zuständig. Da müsste ich Sie also mit den Kollegen in Hamburg oder Flensburg verbinden. Oder am besten gebe ich Ihnen mal die Durchwahl …«

»In Hamburg hab ich schon angerufen!«, schrie Donnie. »Was ist das hier bloß für ein Scheißladen, es geht um einen Kindermörder, verdammt!«, und legte auf.

Er zitterte am ganzen Körper.

Erst zwei lange Stunden später erreichte er Georgina.

»Georgina, hier ist Donnie«, schrie er aufgeregt.

Sie jubelte sofort los. »Oh, Donnie! Das freut mich aber! Wie schön, dich zu hören! Wie geht es dir? Ist alles gut in Hamburg? Was macht das Theater? Könnt ihr bald wieder mit den Vorstellungen anfangen?«

Donnie war wie erschlagen von ihrem positiven Gefühlsausbruch und ihren vielen Fragen. »Ja, ja, es ist alles gut, Georgina, ich rufe wegen etwas anderem an, wie geht es dir? Was macht Matilda? Alles o.k.?«

»Ja, tutto bene. Matilda ist mit Paul auf Elba. Wir wollen ein paar Tage Urlaub machen. Die beiden sind schon da, und ich fahre am Wochenende hinterher. Ich glaube, es war eine gute Idee, dass wir hier mal ein paar Tage rauskommen.«

Donnie verschlug es die Sprache. Der Schweiß trat ihm auf die Stirn, vor seinen Augen begann es zu flimmern.

»Georgina, hab ich das jetzt richtig verstanden? Paul ist mit Matilda auf Elba?«

»Ja.«

»Wo genau?«

»Wir haben da ein Ferienhaus gemietet. Traumhaft schön, mit Blick aufs Meer. Ich freu mich schon.«

»Bitte, gib mir die Adresse.«

»Warum?«

»Bitte, Georgina, bitte, gib sie mir, ich erkläre es dir gleich. Aber bitte, gib sie mir.«

»Warte kurz … Marina di Campo, Casa Bella Vista, Via Lombardi 22. Warum willst du das wissen?«

Donnie atmete tief durch. »Du weißt, dass ich Paul liebe, und umso schwerer fällt es mir, dies jetzt zu sagen: Aber du musst die Carabinieri alarmieren, Georgina! Matilda ist in Gefahr! Paul ist ein Kindermörder, er hat in Deutschland schon drei kleine Mädchen ermordet.«

»Du spinnst total!«

»Nein, Georgina, ich habe Beweise! Glaub mir! Ich würde so etwas sonst niemals sagen, dazu ist mir Paul viel zu wichtig! Aber jetzt geht es um Matilda! Wir müssen sie retten, verstehst du? Sie ist in höchster Gefahr! Du musst die Carabinieri informieren, du musst sofort hin, ich werde auch versuchen zu kommen! Wir dürfen keine Zeit verlieren!«

»Ich glaub dir kein Wort!«

»Georgina!« Jetzt schrie Donnie. »Er ist ein Kindermörder! Er hat schon mehrere kleine Mädchen umgebracht! Er wird auch Matilda umbringen! Sieh zu, dass du nach Elba kommst! Mobilisiere alles, was du mobilisieren kannst! Rette deine kleine Tochter! Der Mann ist gefährlich!«

Georgina kiekste. Ihre Stimme überschlug sich. »Donnie?«

»Ja?«

»Hilf mir!«

»Ich versuch's!«

Donato Neri hatte Gabriella im Arm und sah gerade seine Lieblingssendung »Chi vuol essere milionario«, als das Telefon klingelte.

Gabriella seufzte, stand auf und hob ab. Peppone lag im Sessel und öffnete nur ein Auge.

»Pronto?«, sagte Gabriella.

»Ich bin's, Georgina. Es ist ein Notfall, Gabriella, bitte gib mir Donato.«

Gabriella reichte den Hörer wortlos weiter.

»Pronto.«

»Donato, ich bin's. Georgina. Hör zu, bitte, es ist wichtig, mich hat eben Donnie angerufen, der Freund von Paolo ...«

Und dann erzählte sie alles, was Donnie gesagt hatte.

»Bitte, hilf mir, Donato! Ruf deine Kollegen auf Elba an! Mach irgendwas! Hilf mir, dorthin zu kommen! Vielleicht könnt ihr Matilda finden und sie in Sicherheit bringen?«

Donato atmete tief durch. »Ich verstehe deine Aufregung, cara, aber das ist alles Blödsinn. Ich weiß seit Kurzem, dass dein Paul völlig okay ist. Er stand unter Verdacht, die kleine Viola umgebracht zu haben, aber das war nicht so, es war ein blöder Unfall, das weiß ich jetzt. Und ich denke, er hat dementsprechend auch die Mädchen in Deutschland nicht umgebracht. Ich werde morgen mit meinen deutschen Kollegen reden. Du musst dir keine Gedanken machen. Bleib ganz ruhig. Und wenn du nach Elba fährst, wirst du sehen, alles ist gut!«

»Aber es kann doch sein, dass er Viola nicht umgebracht hat, aber die anderen schon!«, schrie Georgina. »Verstehst du, wenn sein bester Freund Donnie sagt, dass er gefährlich ist, dann wird doch irgendetwas dran sein! Das sagt er doch nicht aus Quatsch! Er hat mich gewarnt, Donato! Er hat gesagt, Matilda ist in Gefahr! Und er hat Beweise!«

»Nun beruhige dich.« Neri hatte keine Lust, heute Abend noch seine Couch zu verlassen und wegen Paul schon wieder die Pferde scheu zu machen. »Ich werde mich morgen mal drum kümmern und telefonieren.«

»Aber sie ist in Gefahr, Neri!«, schluchzte Georgina. »Bitte, bitte, bitte hilf mir!«

»Morgen früh überlegen wir uns etwas. Heute Abend kann ich nichts mehr für dich tun, Georgina, es tut mir leid. Wir können ja nicht heute Nacht noch nach Elba fahren. Und ich kann so viel telefonieren, wie ich will: Um diese Zeit erreiche ich keinen meiner Kollegen. Beruhige dich und versuch zu schlafen. Morgen klären wir alles.«

»Morgen kann es zu spät sein«, sagte Georgina tonlos. »Morgen kann Matilda schon tot sein.«

Donato Neri wollte noch etwas erwidern, aber Georgina hatte schon aufgelegt.

»Was war?«, fragte Gabriella.

»Nichts. Nichts, was nicht auch bis morgen Zeit hätte«, sagte Neri leise, aber plötzlich war ihm mulmig zumute.

»Komm, Peppone«, sagte er. »Wir drehen noch eine Runde.«

Peppone sprang sofort dankbar auf und folgte ihm nach draußen.

Und Neri hoffte, dass die kalte Nachtluft seine Gedanken beruhigen würde, aber das Gegenteil war der Fall.

Sein schlechtes Gewissen wurde immer schlimmer.

Was, wenn Matilda wirklich in Gefahr war?

129

Es war bereits dunkel. Die Lichter von Marina di Campo funkelten in der Ferne, das Meer glitzerte silbrig.

Die Ferienwohnung, die Paul und Georgina gemietet hatten, war äußerst geräumig. Ein großes und ein kleines Schlafzimmer, zwei Bäder, ein Wohnzimmer mit offener Küche und großer Terrasse. Und ein traumhafter Blick aufs Meer.

Matilda stand abwartend mitten im Wohnzimmer.

Nur ein paar Kerzen flackerten.

»Schließ die Augen«, sagte Paul.

Matilda tat es und grinste dabei. Sie freute sich auf ein aufregendes Spiel.

Paul stand auf und näherte sich ihr leise von hinten. In der Hand hatte er ein schwarzes Tuch, das er ein paarmal in der Luft drehte, um es schmaler zu machen.

Matilda stand vollkommen angstfrei und unbeweglich im Raum.

Paul verband ihr mit einer schnellen Bewegung die Augen und knotete das Tuch an ihrem Hinterkopf fest. Dann drehte er das kleine Mädchen mehrere Male um sich selbst.

Matilda kämpfte einen winzigen Moment lang mit dem Gleichgewicht, dann stand sie wieder stabil da, grinste vor Vorfreude und wartete, was passieren würde.

Paul beobachtete sie und zündete sich eine Zigarette an. »Es geht los!«, sagte er. »Such mich!«

Pauls Gesicht glühte.

Matilda taperte durch den Raum und hielt die Arme weit von sich gestreckt, um alles, was ihr in den Weg kommen würde, abzutasten. Sie wusste absolut nicht, wo sie war.

»Ich bin die blinde Kuh, und wo bist du?«, rief sie.

Paul antwortete nicht, sondern rauchte. Während er Matilda nicht aus den Augen ließ, drückte er sich seine Zigarette auf dem Unterarm aus und verzog das Gesicht. Wellen von Schmerz durchfluteten seinen Körper, aber er gab keinen Laut von sich und zündete sich eine neue Zigarette an.

Matilda merkte von alldem nichts und rief fröhlich:

»Ich bin die blinde Kuh, und wo bist du?«

Paul antwortete nicht.

»Ich bin die blinde Kuh, und wo bist du?«

Paul ging mit der Zigarette in die gegenüberliegende Ecke des Raumes und rief leise: »Hier!«

Matilda ging lächelnd mit weit ausgestreckten Armen auf ihn zu.

Paul verschwand auf die andere Seite.

Und wieder rief Matilda: »Ich bin die blinde Kuh, und wo bist du?«

Paul atmete schwer, aber antwortete nicht.

Allmählich wirkte Matilda etwas irritiert. »Wo bist du?«, rief sie jetzt schon mit einem ängstlichen Klang in der Stimme.

Sie bewegte sich auf das Bett zu, auf dem Paul jetzt saß.

Er drückte erneut die Zigarette auf seinem Arm aus, das Fleisch zischte, als es verbrannte, und er stöhnte auf. Konnte es nicht ändern.

»Bist du da?«, fragte sie.

Er nickte unter Tränen.

In diesem Moment ertönte die Glocke zum Abendessen,

das von den Mietern der vier Ferienhäuser auf der Restaurantterrasse eingenommen wurde.

Matilda zog sich die schwarze Binde vom Gesicht. »Schade«, sagte sie, »jetzt weiß ich ja, wo du bist. Spielen wir nachher weiter?«

Paul nickte, und Matilda strahlte.

130

Donnie recherchierte den ganzen Abend nach einem Privatflug im Internet und telefonierte sich die Finger wund.

»Ja, wir fliegen von Hamburg nach Pisa. Kein Problem. Wann möchten Sie starten?«

»Ich möchte nicht nach Pisa. Ich möchte nach Elba.«

»Oh, das wird schwierig. Aber wie ist es mit Piombino?«

Donnie wurde immer nervöser. »Verstehen Sie denn nicht, gute Frau, ich brauche einen Direktflug nach Elba! Nicht nach Piombino. Von dort würde ich noch mal anderthalb Stunden mit der Fähre fahren! Und vielleicht warte ich noch drei Stunden auf die Fähre! Ich muss sofort nach Elba, koste es, was es wolle, das muss doch wohl möglich sein!«

Die Angestellte seufzte und schwieg dann ungewöhnlich lange in der Leitung.

»Sind Sie noch da?«, fragte Donnie genervt.

»Ja, sicher, aber ich versuche einen Privatflug für Sie zu bekommen, das klappt nun mal nicht in dreißig Sekunden.«

»Gut.« Donnie explodierte fast. »Aber so eine Anfrage haben Sie ja auch nicht jeden Tag.«

»Eben. Und darum dauert es etwas länger. Und jetzt entschuldigen Sie mich einen Moment.«

Donnie schwieg. Die Alte hatte ja Haare auf den Zähnen.

Es war unfassbar. Er war bereit, Tausende hinzublättern, und sie gab sich zickig und sperrig. Ein super Kundenservice.

»So«, sagte sie nach einer unendlich langen Pause gelangweilt. »Ich habe einen Flieger für Sie gefunden. Morgen Abflug Hamburg-Fuhlsbüttel um 9 Uhr 15, Ankunft in Elba Marina di Campo um 13 Uhr 30. Das würde 4375,87 € kosten. Wenn das o.k. für Sie ist, schicke ich die Buchung jetzt per Mail raus. Und dann läuft das alles morgen früh.«

»Das ist völlig o.k. Ich bin sehr erleichtert und danke Ihnen.«

»In Ordnung«, sagte sie kühl. »Dann buche ich das jetzt. Wenn Sie sich bitte eine halbe Stunde vor Abflug auf dem Flughafen einfinden würden?«

»Aber selbstverständlich.«

»Und nur Handgepäck bitte.«

»Kein Problem.«

»Guten Flug.«

»Danke.«

Donnie legte auf.

Er ging durch sein weitläufiges Loft und öffnete das Fenster. Scheiß auf das Geld. Das war vielleicht der wichtigste Flug seines Lebens.

Der morgige Tag würde über alles entscheiden. Über Leben und Tod.

Es war noch so verdammt lang bis morgen früh. Er würde um sechs Uhr aufstehen. Und bis dahin wahrscheinlich die ganze Nacht wach liegen.

Eine Ewigkeit.

131

Georgina raste am frühen Morgen los. Auf der Straße nach Grosseto gab es einen Stau von 15 Kilometern, weil aufgrund eines Unfalls die Straße auf eine Spur verengt war.

Georgina wurde irre. Sie brauchte viereinhalb Stunden für die Strecke, die sie sonst leicht in zweieinhalb Stunden bewältigt hätte.

Matilda, schrie sie innerlich unentwegt, Matilda, Liebes, ich komme, ich helfe dir, Matilda bitte, lass dir nichts passiert sein!

In Piombino raste sie zur Fähre nach Elba und rutschte noch als eines der letzten Autos auf das voll besetzte Schiff.

Die Passagiere drängten sich auf den Oberdecks, und die Bänke waren voll besetzt, sie ging allein nach vorn zum Bug. Sah aufs Meer hinaus.

Auf dem Wasser zeigten sich leichte Schaumkronen, das Schiff schaukelte, Windstärke vier, dachte sie, oder fünf, maximal.

Der Wind blies ihr ins Gesicht und trieb ihr die Tränen in die Augen.

Lass sie mir, betete sie, gib sie mir zurück, bitte. Bitte, bitte, bitte!

Und dann fiel ihr kein Gebet mehr ein.

Georgina und Donnie trafen fast gleichzeitig gegen vierzehn Uhr bei der Ferienwohnung ein.

Donnie hatte zwanzig Minuten auf der Terrasse gesessen und gewartet. Von Paul und Matilda keine Spur. Er wusste nicht, was er machen sollte. Sollte er weiter warten? Oder aufs Geratewohl los und die beiden suchen? Es kam ihm so falsch vor, nur untätig herumzusitzen.

Allerdings kannte er die Insel nicht und wusste nicht wohin.

Als Georgina angelaufen kam, sprang er auf, rannte ihr entgegen und drückte sie fest an sich.

»Georgina! Liebe! Ich freue mich so, dich zu sehen!«

»Ich bin auch so froh, dass du da bist! Wie hast du es geschafft, so schnell zu kommen?«

»Ich habe einen Flieger genommen.«

Das war für Georgina Information genug. Sie sah Donnie fragend an.

»Ich habe geklingelt und geklopft und an den Türen und Fenstern gerüttelt – es ist niemand da. Aber das Auto steht vor der Tür. Weit können sie nicht sein. Wir müssen sie suchen.«

Georgina nickte.

132

Es war ein kühler Herbsttag. Die Wolken zogen schnell und gaben nur selten den Blick auf die Sonne frei. Für die nächsten Tage war noch schlechteres Wetter angesagt, und so disponierte Paul um. Er würde sich mit Matilda nicht an den Strand setzen und eine Strandburg bauen, sondern eine kleine Fahrt mit dem Tretboot machen.

Er drückte dem Bootsverleiher fünfzig Euro in die Hand, obwohl die Stunde nur acht Euro kostete.

»Nur, damit Sie sich keine Sorgen machen«, sagte er, »als Pfand sozusagen. Wir drehen eventuell eine etwas längere Runde.«

»Va bene, aber fahren Sie nicht zu weit hinaus. Das kann gefährlich werden. Bleiben Sie in Ufernähe.«

Paul nickte, stellte die Tasche mit zwei Jacken, langen Hosen, Wasser und ein paar Kräckern hinten aufs Boot und kletterte zusammen mit Matilda auf die beiden Sitze.

Der Tretbootverleiher hatte ein braun gebranntes, wettergegerbtes Gesicht, nur noch einen einzigen Zahn im Mund und grinste begeistert. Fünfzig Euro für eine Tretbootfahrt. Das war ihm noch nie passiert.

Aber daran lag es auch, dass ihm der sympathische Mann, der mit dem kleinen Mädchen langsam auf die See hinausfuhr, in Erinnerung blieb.

»Is' das super!«, krähte Matilda. »Wohin fahren wir?«

»Wir fahren in eine Grotte mit grün-silbrig glitzernden Wänden und blauem Wasser. Wie im Märchen. Und dort gibt es eine ganz besondere Glitzermuschel mit Zauberkraft. Wir wollen doch mal sehen, ob wir die finden und ob ich sie dir holen kann.«

»Und was kann ich dann zaubern?«

»Das, was du dir ganz doll wünschst.«

»Auch dass Mama gleich kommt?«

»Auch das, wenn du es dir wirklich wünschst.«

»Meinst du, wir finden die Muschel?«

»Vielleicht? Es gibt nur ganz wenige besondere Menschen, die die Muschel finden. Aber sie müssen Zeit mitbringen. Und Geduld. Und die Zuversicht, dass sie die Muschel finden.«

»Lass uns schneller fahren!«, sagte Matilda und strahlte Paul an. Ihre helle, zarte Haut leuchtete im Sonnenlicht. »Wir finden sie bestimmt, die Muschel. Und ich wünsch mir ganz doll, dass Mama kommt.«

»Du musst kräftiger treten«, sagte Paul, »dann fahren wir schneller und sind eher in der Grotte.«

Matilda trat mit aller Kraft in die Pedale, strampelte, was das Zeug hielt, und Paul konnte sich nicht sattsehen an ihren nackten Beinchen, die einem Traum hinterherjagten, den es nicht gab.

Aber zumindest gab es die Grotte.

Während auch er kraftvoll in die Pedale trat, nahm er sein Handy zur Hand. Zwölf Anrufe in Abwesenheit von Georgina, acht von Donnie. WhatsApp Nachrichten von beiden: Wo bist du – was ist mit Matilda – geht es ihr gut – bitte melde dich – unbedingt – es ist wichtig – ich mach mir Sorgen …

Beide vollkommen panisch.

Warum? Er war mit Matilda auf Elba. Da gab es doch gar

keinen Grund zur Sorge. Er würde schon auf ein kleines Mädchen aufpassen können.

Dann wieder ein Pling. Eine neue WhatsApp. Von Donnie.

»Paul, was um Himmels willen hast du getan? Ich habe die Kinderschmuckstücke gefunden, die sie suchen. In sämtlichen Fernsehsendern hört man davon. Ich werde dich nicht verraten, aber bitte, sprich mit mir. Wir können gemeinsam überlegen, wie du, wie wir da gemeinsam rauskommen. Bitte! Bisher bist du nicht ans Telefon gegangen, aber ich probiere es weiter. Du bist in einer Scheißsituation, Liebster, aber ich helfe dir! Das verspreche ich! Bis bald. Donnie«

Es traf ihn wie ein Schwall kaltes Wasser. Die Schmuckstücke. Scheiße, er hätte sie mitnehmen sollen. Und jetzt waren ihm Donnie und Georgina auf die Schliche gekommen. Sie wussten, wer er war. Und plötzlich hatten sie Angst um Matilda. Aber das sagten sie nicht klar und deutlich. Auch Donnie wollte ihn nur in Sicherheit wiegen, aber dann würden sie ihn jagen, überführen, wahrscheinlich war die Polizei längst hinter ihm her.

Er hatte verloren, verspielt, es war vorbei. Sie hatten Angst um Matilda, weil sie von den anderen Mädchen wussten.

Er hatte keine Chance mehr.

Paul nahm sein Handy und warf es ins Meer.

Er spürte, dass ein kühler Wind aufkam, und registrierte, dass der Himmel immer mehr zuzog. Hoffte inständig, dass es vielleicht nur einen vorübergehenden Schauer gab und dass dann die Sonne wieder durch die Wolken brechen und ihnen warm ins Gesicht scheinen würde.

Aber diese Hoffnung erfüllte sich nicht. Schwarze Wolken türmten sich auf, und der Wind wurde noch kälter und stürmischer.

Matilda trat immer noch wie eine kleine Wilde in die Pedale, aber das Tretboot kam immer schwerer voran. Das Meer war jetzt nicht mehr glatt, sondern wellig, Schaumkronen bildeten sich.

Verdammt, dachte Paul. Er überlegte, welche Strecke kürzer war: weiterzufahren zur Grotte oder umzukehren.

Er entschied sich für die Grotte.

Die Wellen schienen ständig an Kraft und Größe zuzunehmen, hoben das flache Boot in die Höhe und ließen es brutal wieder aufs Wasser klatschen. Ab und zu schrie Matilda auf. Ihre Augen waren jetzt vor Angst weit aufgerissen, und ihr Elan, die Grotte zu erreichen und die Glitzermuschel zu finden, war verflogen.

Das Boot schlingerte, hob und senkte sich, neigte sich bedrohlich von einer auf die andere Seite.

»Wir kippen um, Papa!«, brüllte Matilda in Panik.

Paul versuchte ruhig zu bleiben. »Nein. Wir schaffen es bis zur Grotte. Mach dir keine Sorgen und tritt weiter.«

Im Grunde war es ein Irrsinn. Diese Boote waren dafür gebaut, vor der Küste eine halbe Stunde lang ein paar Hundert Meter hin und her zu fahren, aber für eine derartige Tour waren sie denkbar ungeeignet.

Eine Welle kam, brach über das Boot, Paul packte Matilda mit eiserner Hand und hielt sie fest, damit sie nicht ins Wasser geschleudert wurde.

Aber die Tasche mit den warmen Sachen, dem Wasser und den Kräckern riss sie mit sich.

»Die Tasche ist weg!«, schrie Matilda.

»Das macht nichts!«, brüllte Paul zurück.

Paul sah, wie Matilda im Wind vor Kälte zitterte. Sie tat ihm unendlich leid.

Auch Paul trat in die Pedale, so schnell er konnte. Seine Oberschenkel waren steif vor Kälte, der Wind pfiff ihm um die Ohren, und er hätte ein Vermögen gegeben für eine wasserdichte Hose.

Wie mochte es da Matilda gehen? Sie hatte nur ein dünnes T-Shirt und eine kurze Hose an. Ihre Lippen waren blau und bibberten. Sie sagte nichts mehr, aber ihre Augen flehten ihn an: Bitte, mach, dass diese Fahrt aufhört, dass wir bald in der Grotte sind, vielleicht ist es dort wärmer.

Sie fror sich zu Tode. Das sah er.

Und er war schuld. Er war ja immer an allem schuld.

Dieser Gedanke machte ihn wütend.

»Los, komm, Matilda«, schrie er, »trete, was das Zeug hält, bald sind wir da, und in der Grotte gibt es keinen Wind mehr! Dann telefoniere ich, und ratzfatz holt uns jemand und bringt uns zurück ins warme Haus.«

»Echt?«

»Ganz bestimmt.«

Matilda trat, so schnell sie konnte, und Paul war fassungslos, als er sah, was für Kräfte in diesen kleinen Beinchen steckten.

Es dauerte noch eine halbe Stunde. Aber Matilda war tapfer und hielt durch, und schließlich erreichten sie die Grotte.

Paul hatte im Reiseführer über sie gelesen. Ein Geheimtipp auf Elba, wunderschön, aber touristisch kaum frequentiert. Mit großen Booten kam man nicht hinein, und für kleine Boote war die Fahrt zu weit. Die touristischen Ausflugsdampfer nahmen meist so um die fünfzig Passagiere mit, und diese alle in winzigen Booten in die Grotte zu fahren wäre sehr aufwendig und würde viel zu lange dauern.

Und insofern blieb dieses Kleinod fast unberührt, nur ab und zu fuhr ein Angler mit einem kleinen Motorboot dorthin.

Das normalerweise türkisfarbene Wasser in der näheren Umgebung der Grotte war jetzt grau und dunkel, ein Gewitter drohte. Der Donner grummelte schon, nicht mehr lange, dann würden die Blitze übers Wasser zucken, und dann wurde es richtig gefährlich.

»Duck dich!«, sagte Paul, und sie glitten durch den engen, flachen Eingang in die Grotte hinein.

Eine unwirkliche Stille umfing sie. Vom Sturm hörte man nichts mehr. Auch nichts vom Donnergrollen. Draußen war es mittlerweile zu dunkel, als dass das Blau des Wassers in der Grotte hätte leuchten können.

Matilda bekam Angst. »Es ist unheimlich«, flüsterte Matilda. »Ich will hier nicht sein.«

»Wart's ab.« Paul war kurz angebunden, weil er selbst nicht wusste, was er tun sollte. Eine Nacht auf einem feuchten Stein ohne wärmende Decken konnte er sich nicht vorstellen. Aber ebenso wenig, bei Gewitter in einem Tretboot über das stürmische Meer zurück zum Festland zu fahren.

Er sah, dass das kleine Mädchen am ganzen Körper zitterte und am Ende seiner Kräfte war.

Er war einfach gedankenlos gewesen und hatte sich und Matilda in eine ausweglose Situation gebracht. Ohne es zu wollen. Wie hätte er auch voraussehen sollen, dass das Wetter derart heftig und schnell umschlagen würde.

Er hielt an einem glatten Steinplateau, das sie leicht vom Boot aus erreichen konnten. »Kletter hier rauf, ja? Ich komme gleich hinterher.«

Matilda versuchte es vorsichtig. Einmal rutschte sie ab, aber Paul fing sie auf und schob sie nach oben, bis sie schließlich sicher auf dem Plateau saß.

Paul folgte ihr, und dann saßen beide schweigend auf dem kalten Stein. Unter sich das dunkle Wasser der Grotte, das so bewegt war, dass es immer wieder gegen den Felsen klatschte.

»Ich will zu Mama«, sagte Matilda kläglich.

»Ich weiß, aber das geht jetzt nicht. Erstens ist deine Mama noch nicht da, und zweitens kommen wir heute aus dieser Grotte nicht mehr raus!«

»Oh nein!«, schrie Matilda. »Mir ist so kalt!«

»Komm her!«, sagte Paul, zog sie auf seinen Schoß und umarmte sie fest. »Ich wusste nicht, dass das Wetter umschlägt. Es ist dumm gelaufen. Aber es ist ein Abenteuer, Matilda. So etwas Großartiges hat noch niemand erlebt. Nur wir beide. Nur du und ich. Und das kriegen wir jetzt super hin. Die Nacht müssen wir halt irgendwie durchstehen. Das schaffen wir.«

Matilda drückte sich ganz eng an ihn und weinte leise.

133

Matilda war vor Erschöpfung eingeschlafen. In seinem Arm war es einigermaßen warm.

Er wiegte sie wie ein Baby sanft hin und her und überlegte, was er tun sollte. Der Tretbootverleiher hatte hoffentlich Alarm geschlagen. Nicht mehr lange, dann würden sie vielleicht kommen und ihn und Matilda suchen. Und dann dachte er wieder an die WhatsApp-Nachrichten.

Schließlich hatte er einen Plan. Er legte Matilda so behutsam wie möglich auf den Felsen, aber sie erwachte dennoch.

»Was ist?«, fragte sie immer noch voller Angst.

»Pass auf, bald wird es richtig dunkel. Als wir in die Höhle reingefahren sind, hab ich am Eingang etwas glitzern sehn. Aber es war so stürmisch, dass ich nicht nachgucken konnte, was es war. Ich werde da jetzt mal hinfahren, denn nur mithilfe der Glitzermuschel kommen wir hier heute Abend oder heute Nacht noch raus. Verstehst du das?«

Matilda nickte zaghaft.

»Ich fahr dann mal los, aber ich bin bald zurück. Mit oder ohne Muschel. Ich komme wieder!«

»Nein!«, schrie Matilda panisch. Offenbar begriff sie erst jetzt, dass er sie allein lassen wollte. »Nein!«, flehte sie. »Geh nicht! Bleib bei mir! Bitte! Lass mich hier nicht allein!«

Er nahm sie in den Arm und drückte sie kurz an sich. »Ich muss, aber ich komme wieder! Ich verspreche es dir!«

»Nein, Papa, bitte! Lass mich nicht allein!« Sie begann zu schluchzen und versuchte Paul festzuhalten, aber der machte sich los und stieg ins Tretboot.

»Pass auf, dass du nicht ins Wasser fällst, ja? Es wird alles gut, glaub mir!«

Matilda resignierte. Sie wusste in ihrer Verzweiflung nicht mehr, was sie machen sollte, sondern weinte nur noch. Ihre Ärmchen waren nach vorn gestreckt und weit offen und baten Paul zurückzukommen, aber der fuhr ohne ein weiteres Wort davon.

Matilda zog die Beine an, umfasste ihre Knie, machte sich ganz klein und rief leise und unaufhörlich nach ihrer Mutter.

Das Meer tobte, das Wetter blieb bedrohlich. Paul fuhr aus der Grotte hinaus. Als er weit genug entfernt war, hörte er auf zu treten. Das leichte, vollkommen seeuntaugliche Boot tanzte auf den Wellen und wurde hin und her geschleudert.

Der Himmel war dunkelviolett.

Matilda war in Sicherheit. Sie würden sie finden. Wenn nicht heute, dann morgen. Es war kalt, sicher, aber wahrscheinlich nicht lebensbedrohlich. So ein kleines Mädchen war zäh.

Er hatte verloren. Hatte jede Chance vertan. Mit Georgina, mit der Einsamkeit, mit Matilda. Nichts hatte funktioniert. Er wollte und konnte nicht mehr. Hasste sich selbst so sehr.

Und über kurz oder lang würden sie ihn kriegen.

Es war vorbei.

Paul schloss kurz die Augen, und dann ließ er sich langsam ins tosende Wasser gleiten.

134

Georgina raste durch den Ort, und Donnie konnte ihr kaum folgen. Sie stürmte in jedes Geschäft, in jede Bar und jedes Restaurant.

Schließlich blieb sie erhitzt und erschöpft stehen und riss resigniert die Arme hoch. »Nichts. Sie sind nirgends.«

»Komm«, sagte Donnie. »Wir waren noch nicht am Hafen. Lass uns dort suchen, vielleicht sind sie ja am Meer, ich weiß, dass das Meer Paul magisch anzieht.«

Georgina nickte, und sie liefen los.

Als sie die Bucht und den Strand erreichten, blieb Georgina entnervt stehen. »Der Strand ist riesig«, sagte sie. »Endlos. Sie können überall hocken, und wir finden sie nie. Bis wir das alles abgesucht haben, vergehen Stunden! Was für ein Wahnsinn!«

Mittlerweile pfiff der Sturm über die Bucht, und vereinzelte Blitze zuckten am Himmel.

»Komm, wir laufen zu dem Teil des Hafens, wo die Fischerboote liegen. Bei dem Wetter sitzen die beiden sicher nicht im Sand.«

Georgina schwieg und folgte Donnie. Sie war krank vor Sorge. Konnte kaum gehen, so sehr tat ihr das Herz weh. Unentwegt musste sie an Matilda denken. Wenn sie sie nicht mehr in die Arme schließen konnte, hatte alles keinen Sinn mehr. Dann wollte sie nicht mehr leben.

Donnie war der Einzige, der ihr jetzt noch helfen konnte.

Im Hafen vertäuten die Fischer gerade sturmsicher ihre Boote. Georgina fragte jeden, der ihr in die Quere kam: »Mi scusi, haben Sie vielleicht einen Mann mit einem kleinen Mädchen gesehen? Der Mann ist Mitte vierzig, attraktiv, groß, schlank, hat volles blondes Haar, und das Mädchen ist sechs Jahre alt, mit dunklen langen Haaren und sehr dünn und zart?«

Alle schüttelten den Kopf, und Georgina verzweifelte immer mehr.

Aber schließlich nickte der Tretbootverleiher, der gerade grimmig seine Boote in eine kleine Zelthalle schob.

»Ja, klar«, brummte er, »den Mann mit dem kleinen Mädchen hab ich nicht nur gesehen, dem hab ich auch ein Boot verliehen. Er hat mir fünfzig Euro als Pfand gegeben, aber er ist bis jetzt nicht zurück. Der absolute Wahnsinn bei diesem Wetter! Das Meer tobt! Das hält so ein Tretboot nicht aus.«

»Warum haben Sie es ihm dann verliehen?«, weinte Georgina.

»Weil das Wetter okay war, als sie losgefahren sind. Kein Mensch konnte ahnen, was daraus werden würde.«

»Und wo können sie hingefahren sein? Haben Sie eine Ahnung?«

Der Tretbootverleiher überlegte und zuckte die Achseln. »Nee. Wahrscheinlich sind sie irgendwo an Land gegangen, denn bei diesem Wetter sind sie auf einem Tretboot verloren. Das funktioniert nicht. Aber sie wollten eine längere Tour machen. Vielleicht haben sie es bis zur blauen Grotte geschafft. Könnte ja sein. Obwohl das echt weit ist. Und auf dem Weg dahin kann man schlecht an Land gehen.«

Georgina sah Donnie an. »Die blaue Grotte. Da müssen wir hin, Donnie.«

Donnie nickte stumm.

»Wie kommen wir jetzt und sofort zur Grotte?«

Der Tretbootverleiher riss die Augen auf. »Das ist Wahnsinn!«

»Es geht um meine Tochter. Es geht um Leben und Tod.«

»Fragen Sie Bobo. Das ist sein Spitzname. Wie er richtig heißt, weiß ich nicht. Aber er ist eigentlich immer am Hafen. Vielleicht fährt er Sie hin. Vielleicht auch nicht, weil er zwar unglaublich mutig, aber auch nicht lebensmüde ist. So ein bärtiger Kerl mit mehr Falten im Gesicht als ein alter Baum Jahresringe hat.«

»Danke!« Georgina nahm Donnie an die Hand und rannte weiter. »Komm, Donnie, zu Bobo!«

Der Sturm fegte über den Strand, nur ein Mann mit dichtem langen Bart saß unbeirrt auf der Mole und flickte sein Netz, das im Wind flatterte.

»Bobo?«, rief Georgina schon von Weitem.

Bobo sah auf.

»Ich brauche deine Hilfe, Bobo«, keuchte sie. »Und dein Boot!«

Dann erzählte sie, dass ihre Tochter in den Händen eines Mädchenmörders war, in Lebensgefahr schwebte und dann auch noch bei diesem Wetter mit ihm im Tretboot unterwegs war.

»Du musst mir jetzt nicht glauben, Bobo, obwohl es die Wahrheit ist, aber bitte hilf mir! Es geht um das Leben meiner kleinen Tochter! Sie ist erst sechs Jahre alt! Und sie sind irgendwo da draußen. Irgendwo auf dem Meer, bei diesem Scheißsturm. Wir müssen sie suchen, Bobo! Bevor sie stirbt! Bevor der Sturm oder der Mann sie umbringen! Vielleicht haben sie es ja bis in die blaue Grotte geschafft ... Bitte, Bobo, ich weiß nicht wie, aber wir müssen sie irgendwie finden. Eine andere Chance haben wir nicht.«

Bobo nickte und zog sich die Mütze tiefer in die Stirn. »Va bene. Venite!«

Georgina und Donnie sprangen ins Boot. Bobo machte die Leinen los und fuhr los. »Haltet euch fest! Es wird ungemütlich«, sagte er.

Georgina klammerte sich an die Bordwand, aber sie hatte vor dem Seegang keine Angst. Dieses kleine Fischerboot, das in den Wellen hin und her flog, sich auf die Seite legte, wieder aufrichtete, mit der Nase in Wellentäler eintauchte, um wieder hervorzukommen und dann für einen Moment auf dem Wellenkamm zu tanzen, bevor es wieder in die Tiefe stürzte, dieses Boot machte ihr keine Angst. Es war auf dem Weg und brachte sie zu Matilda.

»Wo könnten sie sein?«, schrie Bobo gegen den Wind.

»Ich weiß es doch nicht!« Der Wind blies Georgina die Tränen von den Wangen. »Irgendwo in Richtung blauer Grotte? Vielleicht an Land, vielleicht in irgendeiner Bucht, vielleicht in der Grotte selbst. Keine Ahnung. Aber wir müssen sie finden, Bobo!«

Bobo nickte nur. Er hatte verstanden und kannte die Küste wie seine Westentasche. Er wusste, wo man mit einem schrecklichen Tretboot, das er für die dümmste Erfindung der Neuzeit hielt, anlegen oder Zuflucht finden konnte und wo nicht.

Donnie saß an Deck und schrie unentwegt.

»Es ist gut, Donnie«, sagte Georgina ruhig, »es ist alles in Ordnung. Ein bisschen wellig vielleicht, aber gleich sind wir bei Matilda.«

Donnie hatte Todesangst, drückte Georginas Hand, hörte auf zu schreien und sagte keinen Ton mehr. Es ist vorbei, dachte er. Das überleben wir alle nicht.

»Noch eine halbe Stunde im Sturm, dann sind wir bei dir, Matilda, mein Engel, wir retten dich, ich werde dich umarmen und nie wieder loslassen, unser aller Leben geht weiter, wenn wir dich nur finden, wenn du nur lebst, mein Küken, meine Matildina, meine Süße, mein Schatz! Ich werde mir ein Tattoo stechen, damit jeder sieht, wie sehr ich dich liebe, dass du zu mir gehörst für immer und ewig. Matildina, halte durch, gleich sind wir bei dir!«, murmelte Georgina unaufhörlich vor sich hin.

Donnie klammerte sich an der Bordwand fest und erbrach sich ins Meer.

»Porca miseria!«, schrie Bobo und drückte den Gashebel runter. Volle Kraft voraus gegen den Sturm, gegen die Wellen, die über das kleine Fischerboot krachten.

»Da!«, brüllte Bobo circa eine halbe Seemeile, bevor sie die Grotte erreichten. »Was zum Teufel soll das bedeuten?«

Auf den Wellen tanzte ein Tretboot. Leer und dem Sturm vollkommen ausgeliefert.

»Nein!«, schrie Georgina. »Nein, bitte nicht! Donnie, heißt das jetzt, dass sie beide tot sind?«

»Nein«, versuchte Donnie Georgina zu beruhigen, obwohl ihm so sterbenselend war, dass er kaum sprechen konnte, »nein, um Gottes willen, nein! Das darfst du nicht denken! Sie sind in der Grotte, Liebes! Dass dieses Tretboot hier rumschwimmt, hat gar nichts zu bedeuten!«

Georgina beruhigte sich ein wenig. Wollte sich an Donnie festklammern, ihn gar nicht mehr loslassen, aber Donnie musste sich schon wieder übergeben.

Minuten später hatten sie es geschafft.

»Duckt euch!«, brüllte Bobo. »Ich komme mit meinem Boot hier rein, ich habe es schon ein paarmal gemacht, aber es ist kein Spaß. Es geht um Zentimeter. Legt euch lang auf den Boden, sonst funktioniert es nicht. Und drückt mir die Daumen.«

Donnie und Georgina legten sich auf die Planken an Deck, und Bobo versuchte das Boot vorsichtig in die Grotte zu manövrieren. Das Problem war, dass er durch die aufgewühlte See und die Wellen immer wieder einen Schub bekam, der ihn anhob und den er außerdem mit seinem Motor auffangen musste, um nicht an die Felswand zu krachen. Aber Bobo fuhr sein Boot seit fünfzig Jahren, kannte es in- und auswendig. Sie waren eins. Und so bewältigten sie auch diese Herausforderung. Mit Fingerspitzengefühl und Erfahrung gelang ihm die Einfahrt in die Grotte.

Und da saß sie. Auf einem kalten Stein. Während die Wellen gegen den Felsen klatschten und sie jedes Mal mit Wasser bespritzten. Sie saß einfach nur da. Klein, hilflos und zerbrechlich, aber unversehrt. Ihr ganzer Körper schlotterte vor Kälte, ihre Lippen waren blau, sie konnte nichts sagen, nicht reagieren. Sie schien ihre Mutter und Donnie zu erkennen, reagierte aber nicht.

»Matilda!«, schrie Georgina und riss die Arme auseinander.

Matilda saß stumm da.

Bobo fuhr ganz nah an den Felsen heran, stoppte den Motor, hielt das Boot mit der Hand am Felsen fest, und Donnie kletterte auf das Plateau.

Als er einen festen Stand unter den Füßen hatte, hob er Matilda hoch. Sie war eiskalt und so schlaff. Hing in seinen Armen. Eine Nacht hätte sie hier sicher nicht überlebt.

Vorsichtig reichte er das Kind ins Boot. Georgina nahm es in die Arme und drückte es weinend an sich.

Matilda sagte kein Wort.

»Vorn, in dem Kasten bei der Ankerkette, da ist eine schwere

Decke. Sie ist nicht sehr kuschelig, aber sie wird helfen. Bei Sturm und Wind ist sie goldrichtig.«

Georgina übersetzte Donnie, was Bobo gesagt hatte, und Donnie holte die Decke.

Georgina wickelte Matilda und sich fest darin ein und verkroch sich mit ihr am Bug auf dem Fußboden.

Matilda war gerettet. Alles würde gut werden.

»Wo ist Paul?«, fragte Donnie in einem Anflug von Panik. In den letzten Minuten hatten alle nur an Matildas Rettung gedacht, aber dass Paul nicht mehr da war und das Tretboot im Meer schwamm, wurde ihnen allen jetzt erst richtig bewusst.

»Paul!«, rief Georgina. »Oh, mein Gott! Wo ist Paul, Matilda, ihr wart doch zusammen hier, sag mir, wo ist er?«

»Er ist mit dem Boot zum Eingang gefahren, um mir die Glitzermuschel zu suchen, mit der ich zaubern kann, und ich denke, er hat sie gefunden, denn ich hab mir gewünscht, dass du kommst, Mama, und du bist gekommen«, stotterte und bibberte Matilda langsam. Georgina konnte ihre Worte kaum verstehen.

»Va bene. Aber wo ist Paul jetzt?«

Matilda zuckte die Achseln. »Er wollte zurückkommen. Er hat es mir versprochen.«

»Wie lange ist er schon weg? Eine Stunde? Oder zwei?«

»Ich weiß nicht«, flüsterte Matilda. »Es war so kalt.«

»Wir müssen los!«, sagte Bobo. »Es dauert nicht mehr lange, dann ist es komplett dunkel, und dann schaffen wir es nicht mehr.«

»Fahr!«, sagte Georgina. »Fahr so schnell du kannst.«

»Und was ist, wenn er wiederkommt? Und wir sind weg?«, schrie Donnie.

Georgina war plötzlich ganz kühl und klar. »Dann hat er sich das selbst zuzuschreiben, Donnie. Er hat schließlich sich und Matilda in diese Situation gebracht. Und keine Ahnung, warum er noch mal weggefahren und nicht zurückgekehrt ist. Wir können ihm jetzt nicht helfen. Ich werde jedenfalls nicht mein Kind opfern und die Nacht hier in dieser eiskalten Grotte verbringen, um auf ihn zu warten.«

Donnie schwieg und kletterte ebenfalls vom Felsplateau zurück ins Boot.

Bobo fuhr los.

Georgina sagte flüsternd zu Matilda: »Komm, wir wärmen uns jetzt gegenseitig und bewegen uns nicht.«

»Ich weiß«, sagte Matilda. »Der Eingang zur Grotte ist verdammt flach.«

Ihre Lippen flatterten vor Kälte.

Georgina drückte sie noch enger und fester an sich.

Lass sie mir, betete sie, oddio, bitte lass sie mir!

135

Etwa eine Stunde später legte Bobo im Hafen an und zurrte die Leinen fest.

Dannazione! Was für ein Höllentrip.

Er schüttelte sich die Gischt und die Angst aus den Haaren. Und das kam weiß Gott nicht oft vor. Zum Teufel noch mal. Sie hatten es überlebt. Und er hatte einen guten Fang gemacht: keine Doraden oder Wolfsbarsche, sondern ein kleines, halb erfrorenes Mädchen.

Das würde er nie vergessen. Wie sie da gesessen hatte. In der Grotte, auf dem kalten Stein, mitten im Meer und fast nackt. Vollkommen verlassen und dem Tode geweiht.

Er hatte sie gerettet, weil er diesen Irrsinn gewagt und diesen Wahnsinn geglaubt hatte, den ihre Mutter erzählt hatte.

Aber da war ja auch noch dieser Kerl. Dieser Wahnsinnsakrobat, dieser Vollpfosten, der die Kleine dort auf diesen Stein gesetzt hatte und offensichtlich mit dem Boot gekentert war.

Da müsste er schon Profischwimmer sein, um es bis zur Küste zu schaffen.

Bobos Gedanken drehten sich und wirbelten durcheinander.

Wahrscheinlich wollte der Typ Selbstmord begehen und war ertrunken. Anders ging es ja gar nicht. Kaum einer schaffte es bis an Land, bis zum Hafen, und niemand bei diesem fürchterlichen Wetter. Aber warum setzte er dann diese kleine süße Maus in der Grotte auf diesen kalten Stein, um sie ganz allein sterben zu lassen? Was war das denn für ein Arschloch?

Er musste schnellstens die Guardia Costiera, die Küstenwache, informieren.

Georgina kletterte von Bord und umarmte ihn. Drückte ihn und hielt ihn ganz fest.

»Danke. Das werde ich dir nie vergessen.«

»Tutto bene, cara. Sieh zu, dass deine Kleine wieder auf die Beine kommt.«

»Ich komme morgen noch mal vorbei«, sagte Georgina.

»Bene.«

»Grazie, Bobo. Ci vediamo!«

Sie drückte ihm einen Kuss auf die Wange, winkte ihm noch einmal zu und lief Donnie hinterher, der Matilda auf den Armen trug.

Den Mann, der sein Gesicht verbarg, zitternd vor Kälte in einiger Entfernung auf der Mole stand und beobachtete, wie ein kleines Mädchen von Bord gehoben und die Straße hinauf zu den Ferienhäusern getragen wurde, bemerkte niemand.

136

Draußen heulte der Sturm, aber als sie die Ferienwohnung betraten, war es warm. Hinter den Lichtern der kleinen Stadt konnte Georgina sehen, wie die Schaumkronen auf dem Meer tanzten und sich überschlugen.

Paolo, dachte sie, dove sei? War er vielleicht immer noch da draußen im tobenden Meer und kämpfte um sein Leben? Nein, das konnte kein Schwimmer überleben.

Sie sah, dass sich Donnie um Matilda kümmerte und ihr ein warmes Bad einließ, und wählte den Notruf der Guardia Costiera.

Und dann erzählte sie vollkommen aufgelöst, aber haarklein, was vorgefallen war und dass sie ihren Mann vermisste.

Der Kollege am Telefon versuchte sie zu beruhigen. »Signora, es ging bereits ein Notruf ein. Von einem Fischer aus Marina di Campo, Rettungsboote sind unterwegs.«

»Grazie«, sagte sie. Dann fiel sie in einen Sessel und schloss einen Moment die Augen. Hatte nur noch einen Gedanken: Matilda lebte.

Oddio, grazie mille.

Eine Dreiviertelstunde später waren sie mit dem Abendessen fast fertig. Donnie hatte ein paar Eier gekocht, einen Tomatensalat gemacht und Ciabatta und Pecorino aufgeschnitten.

Was für ein himmlisches Mahl!

»Möchtest du noch etwas?«, fragte Georgina.

Matilda schüttelte den Kopf. Sie war satt und vollkommen übermüdet.

»Ich glaube, ich bringe sie ins Bett.«

Donnie lächelte, drückte Matilda noch einen Kuss auf die Stirn und dachte, dass auch er noch nie so kaputt gewesen war.

Er trank noch ein Glas Wein, und eine Viertelstunde später kam Georgina zurück.

»Sie schläft«, sagte sie. »Es ist alles in Ordnung, Donnie. Sie lebt. Gott sei Dank, sie lebt.«

Und dann brach sie in Tränen aus.

Donnie nahm sie in den Arm und wiegte sie wie ein kleines Kind.

Minutenlang weinte sich Georgina ihre ganze Angst und ihre Panik von der Seele, und Donnie weinte mit.

Als er ihr mit einem Taschentuch die Tränen trocknete, fragte er leise: »Aber was ist mit Paul, Georgina, was ist mit ihm passiert? Was hat er getan? Warum ist er mit dem Boot aus der Grotte gefahren? Ist er immer noch da draußen? Oder ist er schon tot?«

Georgina sah ihn an. »Ich weiß es nicht, Donnie. Ich weiß nicht, ob ich um ihn bangen, auf ihn hoffen oder ihn verfluchen soll. Ich weiß es einfach nicht. Du hast gesagt, Matilda wäre in Gefahr, weil er ein Kindermörder ist.«

Donnie nickte. »Ja, das habe ich. Und das glaube ich auch. Nein, ich bin mir ganz sicher. Er hat mehrere kleine Mädchen getötet. Aber irgendwo in meinem Herzen liebe ich ihn noch, und ich wünsche ihm nicht so einen grauenvollen Tod im Meer.«

Georgina nahm ihn in den Arm und küsste ihn auf die Stirn. »Ich danke dir für alles. Für alles, was du für mich und für uns getan hast.«

Donnie nickte. Und schwieg. Und dann fragte er leise: »Glaubst du auch, dass Paul tot ist?«

Georgina sagte lange nichts. Dann meinte sie: »Wahrscheinlich. Ja. Komm, gehen wir ins Bett. Wir müssen beide dringend schlafen.«

Donnie sah auf die Uhr. Es war jetzt halb elf. Eine Zeit, um die für ihn als professionelle Nachteule der Abend eigentlich erst begann. Aber auch er konnte sich kaum noch auf den Beinen halten. Er drückte Georgina einen Kuss aufs Haar, nahm eine Wolldecke und legte sich auf die Schlafcouch im Wohnzimmer.

»A domani, carissima«, sagte er noch, bevor sie die Tür hinter sich schloss.

Georgina ging in Matildas Zimmer und setzte sich zu ihr ans Bett. Sie schlief tief und fest. Ihr schmales Gesichtchen glühte ein wenig, vielleicht würde sie morgen Fieber haben, aber das ging vorbei. Matilda war stark und gesund, das würde sie wegstecken.

Georgina strich ihr eine Locke aus dem Gesicht, hauchte ihr noch einen Kuss auf die Wange, flüsterte: »Ich liebe dich, ich liebe dich so sehr, meine Kleine!«, und verließ das Zimmer.

Obwohl er total übermüdet war, schlief Donnie unruhig. Er warf sich auf der Couch hin und her, seine Gedanken rasten, er fand keine Ruhe. Dachte an Paul. Wo war er?

Donnie konnte sich beim besten Willen nicht vorstellen, dass Paul in einer stürmischen, kalten Nacht ins Meer hinausschwamm und dann darauf wartete, vor Erschöpfung unterzugehen. Paul war ein Kämpfer. So ein Tod passte überhaupt nicht zu ihm.

Vielleicht hatte er es ja wirklich bis zum Festland geschafft und wollte mit dem dahintreibenden Tretboot nur seinen Tod vortäuschen?

Und dann sackte er wieder ab in wirre, beängstigende Träume.

Um kurz vor zwei schreckte er hoch, weil ihm etwas eingefallen war.

Paul hatte den Schlüssel zur Ferienwohnung. Donnie und Georgina hatten sich den Ersatzschlüssel beim Vermieter holen müssen. Wenn Paul den Schlüssel nicht im Meer verloren hatte, dann besaß er ihn noch.

Angenommen, er hätte es wirklich bis an Land geschafft, dann konnte er jederzeit hier aufkreuzen. Aber warum sollte er das tun?

Um Matilda zu holen.

Donnie brach der Schweiß aus, und er schwang sich von der Couch. Fühlte sich in Unterhose und T-Shirt schwach und hilflos.

Er schlich durch die Wohnung. Es war alles dunkel. Totenstille überall.

Es beruhigte ihn. Er fühlte sich beinah sicher, aber sein Herz klopfte immer noch heftig, und er konnte die Ängste nicht abstellen. Schließlich nahm er das größte Messer aus dem Messerblock und setzte sich damit in den Sessel am Fenster. Hier hatte er den Garten im Blick, den Weg zum Haus, die Pforte. Obwohl ihm schon wieder die Augen zufielen.

Das Messer lag schwer und ungewohnt in seiner Hand. Er hasste Messer. Gut, er benutzte kleine, ungefährliche, um den Salat zu schnipseln, aber dieses riesige, scharfe Messer machte ihm Angst. Was wollte er damit? Was stellte er sich vor? Warum hatte er es überhaupt aus dem Messerblock gezogen? Ihm war klar, dass er damit überhaupt nicht umgehen konnte und niemals in der Lage wäre, es in einen lebendigen, menschlichen Körper zu stechen.

Und er erinnerte sich an die Abende und Nächte, wo Paul plötzlich nach Hause kam. Von irgendwoher. Verstört und aggressiv. Nie wollte er sagen, wo er gewesen war. Er starrte schweigend über die Dächer der Stadt oder trank sich bewusstlos. Er schrie Donnie an oder war ungewohnt sanft und freundlich. Unberechenbar.

Allmählich begriff Donnie, was mit seinem Freund los gewesen war, und konnte all das einordnen, was er mit ihm erlebt hatte. Paul war ein Mörder, der an sich selbst zugrunde ging. Der keinen wirklich an sich ranließ. Unfähig zu lieben.

Daher suchte er die Einsamkeit und versank in Depression. Sein kluger Kopf konnte ein derart verpfuschtes Leben nicht mehr reparieren.

Es gab viele Menschen, die sich selbst zerstörten, aber die meisten merkten und wussten es nicht. Paul war dies alles völlig klar. Und dennoch bekam er seinen Trieb nicht in den Griff.

Paul war eine Gefahr für die Menschheit.

Donnie verstand, dass er keine Rücksicht mehr auf ihre Freundschaft nehmen durfte.

Dass er nicht mehr an die schönen Abende und Nächte denken durfte, in denen sie stundenlang geredet hatten oder durch die Kneipen gezogen waren, in denen sie Schach gespielt oder aufwendig gekocht hatten. Er durfte nicht mehr daran denken, wie Paul mit Tränen in den Augen unter den Zuschauern gesessen und Donnie zugejubelt hatte. Und wie er betrunken und hilfsbedürftig bei ihm gestrandet war. Da war er ein Mensch gewesen, keine empathielose Bestie.

Er musste dies alles vergessen. Musste ihn bremsen.

Aber am schlimmsten und schwierigsten war daran: Er musste sich trauen.

Die Laterne vor dem Haus über der Tür brannte und beleuchtete den Weg nur notdürftig.

Donnie starrte in die Nacht. Immer wieder fielen ihm die Augen zu. Dann setzte er sich möglichst aufrecht hin und zwang sich, irgendwie wach zu bleiben.

Noch war es nicht vorbei.

Der Sturm ließ den Dachstuhl krachen und heulte in den Bäumen.

Donnie dankte dem Himmel für seinen warmen Sessel und wartete.

137

Er wusste nicht, ob es ein Traum oder ein reelles Geräusch gewesen war. Jedenfalls schreckte er aus seinem Sessel hoch und horchte in die Nacht. Er hörte nichts, aber er spürte instinktiv, dass etwas anders war. Irgendetwas stimmte nicht.

Leise setzte er sich auf. Schlotternd vor Angst. Nahm das Messer in die Hand, das ihm so fremd war wie der Nonne der Revolver. Bewegte sich nicht. Wartete ab und sah aus dem Fenster.

Und da sah er im Licht der Hauslaterne einen Schatten durch den Garten huschen. Bis hin zur Haustür.

Der Schatten hantierte einen Moment und verschwand im Haus.

Donnies Herz schlug bis zum Hals.

Barfuß schlich er leise durchs Zimmer und öffnete vollkommen lautlos die Tür zum Flur.

Und da stand Paul mit der Hand auf der Klinke, um Matildas Zimmer zu öffnen.

Donnie stieß einen kurzen, unterdrückten Schrei aus.

Paul fuhr herum. In seinem Blick lag keine Überraschung, kein Erschrecken, und Donnie hatte das Gefühl, er würde ihn noch nicht einmal erkennen.

In Pauls Augen glitzerte der Wahnsinn, ein irrsinniges Lächeln lag auf seinem Gesicht, und er drehte sich wieder weg, um die Tür zu öffnen, als Donnie aufhörte zu denken. Er stürzte auf Paul zu und rammte ihm das scharfe, stabile Küchenmesser direkt in den Rücken.

Paul ließ die Türklinke los und ging zu Boden. Lag zusammengekrümmt da und atmete stoßweise.

Und da stach Donnie erneut zu. Einmal, zweimal, dreimal … wie im Rausch.

»Donnie! Hör auf!«, schrie Georgina, die bewegungslos in der Tür zum Schlafzimmer stand. »Hör auf!«

Donnie sah sie mit schreckgeweiteten Augen an.

»Es ist vorbei, Donnie«, flüsterte sie voller Angst. »Bitte beruhige dich. Ich rufe jetzt die Polizei.«

In diesem Moment ließ Donnie das Messer fallen. Kraftlos sank er neben Paul auf den Boden, nahm seinen blutüberströmten Freund in die Arme und begann zu weinen.

Polizei, Feuerwehr, Rettungswagen, Spurensicherung, alle kamen und verwandelten die beschauliche Ferienwohnung in ein Irrenhaus.

Der Notarzt konnte nur noch Pauls Tod feststellen.

Donnie wurde in Handschellen zum Polizeiwagen geführt.

Er schien innerhalb der letzten 24 Stunden um Jahre gealtert. Seine blassen Wangen waren hohl und eingefallen, das Funkeln seiner Augen war erloschen, sie blickten dumpf und trübe, wie hinter einer dicken Nebelwand. Er schlurfte zum Wagen wie ein Greis, konnte sich kaum noch auf den Beinen halten.

»Wo bringen Sie ihn hin?«, fragte Georgina.

»In die Untersuchungshaft nach Grosseto.«

Georgina nickte und streichelte Donnies Wange, bevor er in den Wagen einstieg. »Ich kümmere mich um einen Anwalt. Mach dir keine Sorgen.«

Donnie nickte, aber Georgina konnte sich nicht vorstellen, dass er begriffen hatte, was sie gesagt hatte.

Der Wagen, der Pauls Leiche in die Gerichtsmedizin brachte, war bereits unterwegs.

Als die Spurensicherung ihre Arbeit beendet hatte und alle abgefahren waren, sah Georgina noch einmal nach Matilda. Sie schlief tief und fest, war offensichtlich so erschöpft, dass sie von all dem nichts mitbekommen hatte und noch nicht einmal durch die Sirenen, die lauten Stimmen und Rufe wach geworden war.

Georgina wusste, dass sie jetzt nicht schlafen konnte. Sie setzte sich auf die Terrasse.

Es war vorbei.

Allmählich kam sie zur Ruhe, und ihr Pulsschlag verlangsamte sich. Irgendwie hatte sie es tief in ihrer Seele geahnt, aber nicht wirklich zu denken gewagt, dass Paul niemals ein ganzes Leben lang der Mann an ihrer Seite sein, sondern nur eine merkwürdige Liebesgeschichte bleiben würde.

Sie war erleichtert über seinen Tod und vermisste ihn dennoch. Träumte immer noch von Wärme, Nähe und erfüllten Liebesnächten, die sie nicht gehabt hatte.

Aber das war nicht wichtig. Wichtig war, dass Gott ihr Matilda gelassen hatte.

Unendlich dankbar murmelte sie innerlich immer wieder »Grazie a Dio«, bis das erste Sonnenlicht das Wasser in der Bucht mit einem blassrosa glitzernden Schleier überzog.

Und endlich schlief sie im Liegestuhl dem anbrechenden Tag entgegen.

Matilda wachte erst am späten Vormittag auf und fragte nach ihrem Papa.

»Es tut mir so leid«, sagte Georgina und nahm Matilda in

den Arm, »aber deinen Stiefvater gibt es nicht mehr. Er ist tot. Das Wasser in der Grotte war für ihn zu kalt.«

Matilda überlegte einen Moment, und dann nickte sie. »Es gibt auch nur wenige, die die Glitzermuschel finden. Das hat er selbst gesagt. Und wahrscheinlich hat er sie nicht gefunden.«

»Wahrscheinlich nicht.«

»Aber warum bist du dann doch gekommen, obwohl ich nicht zaubern konnte?«

»Weil du es dir so sehr gewünscht hast. Das ist wichtiger, als zaubern zu können.«

Matilda nickte.

»Und Papa kommt wirklich nicht wieder?«

»Nein.«

Matilda sah ihre Mutter mit großen Augen an. Dann sprang sie auf, rannte ins Bad, schloss sich ein und heulte herzerweichend.

Georgina ließ sie in Ruhe.

Nach einigen Minuten kam sie wieder heraus.

»Ich möchte hier weg«, sagte sie leise.

»In Ordnung«, meinte Georgina, »wir reisen ab.«

»Und versprich mir, Mama, dass wir nie wieder hierher zurückkommen, ja?«

»Ich verspreche es dir.«

138

Neri hatte die ganze Nacht nicht geschlafen, hatte nur an Georgina und die kleine Matilda gedacht, und sein schlechtes Gewissen plagte ihn. Er überlegte, was er tun könnte, als Georgina hereinstürmte und sich ohne große Begrüßung auf einen Stuhl fallen ließ.

»Neri, bitte, hör mir zu und hilf mir! Es ist etwas Fürchterliches passiert.«

Neri schwante Schreckliches, er bekam einen ganz trockenen Mund.

Und dann erzählte Georgina detailliert alles, was geschehen war: die Suche nach Matilda im Sturm, das Finden des halb erfrorenen Kindes in der Grotte und dann das Ende Pauls und die Verhaftung Donnies in der Nacht.

Neri schwanden die Sinne. Warum hatte nicht irgendein Italiener diese verfluchte Bruchbude, dieses Caprinaia, gekauft? Dann wäre nichts passiert. Aber sowie sich ein Deutscher hier ansiedelte, gab es garantiert eine oder mehrere Katastrophen.

Als Georgina geendet hatte, fragte er schwer erschüttert: »Das ist entsetzlich, Georgina, was soll ich tun? Wie kann ich dir helfen? Warum bist du zu mir gekommen?«

»Wir müssen Donnie helfen, Neri. Er hat Matilda das Leben gerettet und vielleicht auch noch etlichen anderen Mädchen.«

Und dann erinnerte sie ihn noch einmal daran, dass Donnie sogar Beweise für Pauls Schuld gefunden hatte. »Paul ist ein Mädchenmörder, das steht mittlerweile fest. Denn Donnie hat die Trophäen seiner Morde gefunden, hat ihn überführt und das allein Richtige getan, um Matilda zu retten. Und jetzt sitzt Donnie in Grosseto in Untersuchungshaft. Er kann kein Wort Italienisch und niemandem erklären, wie das alles gekommen ist und was ihn motiviert hat und dass es Notwehr war. Dass er nicht einen Mord begangen, sondern ein Leben gerettet hat.«

Sie holte tief Luft. War es nicht gewohnt, so viel zu reden. »Neri, bitte such ihm einen Anwalt, den besten, den es gibt. Und er braucht einen Dolmetscher, denn er benötigt als Deutscher, der der Sprache nicht mächtig ist, einfach Hilfe im Knast. Wir müssen dem italienischen Gericht mithilfe der deutschen Polizei klarmachen, dass Paul wirklich ein Kindermörder war und Donnie in absoluter Panik und in Notwehr richtig gehandelt hat. Und dann müssen wir sehen, dass er nach Deutschland überführt und vor ein deutsches Gericht gestellt wird. Er ist so sensibel, so weich, so hilflos. Er geht da im Knast kaputt, Neri, und das hat er nicht verdient.«

Neri brach der Schweiß aus. Georgina hatte ihn so zugeschüttet, dass er gar nicht mehr wusste, was er denken und wo er anfangen sollte.

»Komm, wir gehen einen Kaffee trinken«, sagte er müde und durcheinander. »Ich muss nachdenken und überlegen, was wir als Nächstes tun müssen.«

Sie gingen schweigend die enge Gasse hinab bis zur Piazza.

Als sie sich in der Bar della Piazza bei einem Espresso gegenübersaßen und er langsam wieder klar denken konnte, sagte Neri: »Ich kenne einen hervorragenden avvocato in Montevarchi. Ein Cousin meiner Frau. Dynamisch, engagiert, kaum zu bremsen. Federico. Hat in Rom und Mailand studiert. Hat sich auf Strafrecht spezialisiert und sich hier niedergelassen. Was ja auch bei der Kriminalitätsdichte in dieser Gegend nicht verkehrt ist. Lebt mit seiner Frau und zwei kleinen Kindern in Cappanole. Der ist der Richtige, da bin ich ganz sicher, und Gabriella hat einen guten Draht zu ihm.«

Georgina strahlte. »Fantastisch. Dann soll er Kontakt zu Donnie aufnehmen und ihn da raushauen. Ich wusste, dass du mir helfen kannst«. Sie drückte Neri einen Kuss auf die Wange.

Neri wurde knallrot und hoffte, dass es niemand gesehen hatte.

Und in diesem Moment wurde ihm siedend heiß klar, dass er jetzt dringend noch einmal Dieter oder Ingrid in Deutschland anrufen musste.

139

Aufgrund der detaillierten Hinweise von Detlef Giese, der in Grosseto in Untersuchungshaft saß, weil er Paul Böger erstochen hatte, ließ Ingrid Schöffler das Loft öffnen und die Kinderschmuckstücke suchen.

Ingrid und Dieter warteten schweigend ab, während die Beamten ihre Arbeit machten.

Die Schmuckstücke waren schnell gefunden.

»Paul Böger ist der Mörder. Ganz eindeutig«, sagte Ingrid zu Dieter. »Und er ist tot. Wir können die Akte schließen und uns entspannen. Es wird nichts mehr passieren. So lange haben wir ihn verdächtigt und konnten nur darauf warten, dass er freiwillig nach Deutschland zurückkehrt. Und jetzt löst sich plötzlich alles auf.«

Dieter grinste. »Du hast recht, aber er ist nicht rechtskräftig verurteilt, also bleibt er immer der ›mutmaßliche‹ Mörder. Wird das den Hinterbliebenen reichen?«

»Wir können einer Leiche nun mal kein Geständnis mehr entlocken. Aber der DNS-Abgleich wird endgültige Klarheit schaffen. Und den Hinterbliebenen bleibt ein Prozess erspart, der nur alte Wunden wieder aufreißt. Ich denke, es ist besser so.«

Dieter nickte.

Beide schwiegen lange.

Dann fragte Ingrid: »Wie geht es dir mit Fabienne?«

»Gut. Sehr gut. Und du? Kommst du klar?«

»Du wirst lachen, mir geht es bestens. Ich will dich als Freund, aber ich will dich nicht zurück. Ich wusste ja gar nicht, wie schön es ist, zu Hause allein schalten und walten zu können, und kein Mann macht den Kühlschrank nicht zu, lässt seine Taschentücher rumliegen, vergisst zu spülen und fragt, was es zu essen gibt. Ich hätte nie gedacht, dass das Leben so schön sein kann, und ich danke dir, dass ich das jetzt alles noch kennenlernen durfte.«

Dieter schluckte, aber dann lächelte er.

»Auf unsere Freundschaft!«, sagte er und nahm Ingrid in den Arm.

Und sie drückte ihn ganz fest an sich.

Wusste, dass sie ihn als Freund immer behalten würde.

Nichts konnte sie mehr trennen. In diesem Leben nicht.

140

Toskana, einige Monate später

Die Fenster der Witwe Braccolini blieben geschlossen. Schon seit Tagen hatte sie nicht mehr dort gesessen und die Straße beobachtet. Sie hatte auch ihre Post nicht aus dem Briefkasten geholt.

Als sie am Mittwochmorgen auch nicht bei Ludovica erschien, um sie zur Nachuntersuchung ihres Brustkrebses nach Florenz zu fahren, schrillten bei Fiona alle Alarmglocken. Ludovica hatte empört angerufen, und Fiona wusste, dass Amalia zwar alt, aber die Zuverlässigkeit in Person war.

Fiona rief umgehend Neri an.

»Neri«, begann sie am Telefon, »wann hast du Amalia das letzte Mal gesehen?«

Schon allein bei dieser Formulierung wurde Neri schlecht.

»Ich seh sie manchmal wochenlang nicht, Fiona. Wieso?«

»Weil sie einen Termin mit Ludovica hat platzen lassen. Das ist vollkommen untypisch für sie. Wir sollten mal hinfahren.«

Neri schloss die Augen und rieb sich die Stirn. »Ja, dann sollten wir das vielleicht«, sagte er leise und wenig begeistert.

»Gut. Um drei?«

»Va bene. Um drei vor Amalias Haus.«

Neri war lange nicht mehr in dieser Straße gewesen, und er hatte auch seit Violas Tod kein Likörchen mehr mit Amalia getrunken.

Aber heute fuhr er langsam die Straße hoch bis zum Wald, um zu sehen, was sich alles verändert hatte.

Neri wusste, dass das vom Brand teilweise zerstörte Haus von Ugo und Ella bereits zum Teil wieder aufgebaut war. Mittlerweile wussten auch alle im Dorf, wie sich das Unglück abgespielt hatte, man hatte sich ein paar Wochen das Maul zerrissen – und war dann wieder zur Tagesordnung übergegangen.

Inzwischen erinnerte auch nichts mehr an Viola, Carmela und Matteo. Ein Olivenbauer der Nachbargemeinde hatte Matteos Hütte gekauft.

Und wenn Fabio zur Schule ging oder mit seinen Schulkameraden auf dem Bolzplatz Fußball spielte, war die Vergangenheit kein Thema mehr, und er wurde auch nicht schief angeguckt. Er war einer von ihnen und ein ganz normaler Junge.

Chiara hatte die schwierige Zeit auch überwunden, und Ella und Ugo begannen zu hoffen, dass es doch eine Zukunft für sie alle gab.

Fiona wartete schon, als Neri angefahren kam.

»Hast du einen Schlüssel?«, fragte Neri.

Fiona schüttelte den Kopf.

Neri seufzte und klopfte laut.

Nichts rührte sich.

»Es dauert immer lange bei ihr«, sagte Neri wenig überzeugt, klopfte erneut und rief laut Amalias Namen.

Nichts passierte.

Nach fünf Minuten gab Neri auf. »Wir müssen diese verdammte Tür aufbrechen.«

Fiona nickte. »Wie?«

Neri trat dagegen. Nichts passierte.

»Schmeiß dich dagegen!«, meinte Fiona.

»Ich denke nicht daran, ich will mir nicht die Schulter brechen.«

»Was können wir tun?«

»Wir rufen die Vigili del Fuoco. Die haben das passende Werkzeug.« Neri zückte sein Handy.

Dann standen sie vor Amalias Haus und warteten.

»Wie geht's Georgina?«, fragte Neri. »Ich hab sie lange nicht gesehen.«

»Gut. Doch, sehr gut. Und Matilda auch. Sie geht jetzt in die Schule. Aber weißt du, was aus dem Mann geworden ist, der Paul erstochen hat?«

»Meines Wissens haben die Italiener ihn ausgeliefert, er wird sich vor einem deutschen Gericht verantworten müssen. Und das ist gut für ihn, denn aufgrund der gefundenen Trophäen war es ja klar, dass Paul Böger ein Kindermörder war.«

Fiona nickte traurig. »Ja, das stimmt. Das war ja klar.«

Kurz darauf brachen Feuerwehrleute Amalias Tür auf.

Der Gestank, der ihnen entgegenwaberte, war unbeschreiblich. Wie beißendes Erbrochenes. Neri würgte, und Fiona hielt sich ein Taschentuch vors Gesicht und gab Geräusche von sich, als würde sie sich gleich übergeben.

Die Feuerwehrmänner schienen Kummer gewohnt zu sein und durchsuchten die Wohnung.

Neri und Fiona warteten vor der Tür.

Es dauerte nicht lange, da kam einer der Feuerwehrleute zu ihnen. »Ja, Sie haben völlig recht gehabt. Gut, dass wir die Tür aufgebrochen haben. Im Sessel im Wohnzimmer sitzt eine Leiche. Höchstwahrscheinlich die Eigentümerin. Und da sitzt sie schon eine Weile. Zwei Wochen bestimmt. Darum riecht es hier auch so unangenehm.«

Neri runzelte die Stirn und sah Fiona fragend an. »Zwei Wochen?«

Fiona zuckte die Achseln. »Tja, sie ist nicht mehr so oft nach Careggi gefahren. Darum ist es auch erst Ludovica aufgefallen, dass etwas nicht stimmt.«

Eine Dreiviertelstunde später traf die dottoressa in Amalias Haus ein, gefolgt von Ivo, dem Bestatter.

Die dottoressa schmierte sich Menthol unter die Nase, streifte sich Handschuhe über, zog sich einen Mund-Nasen-Schutz an und untersuchte die Leiche stoisch, mit Todesverachtung, wie Neri fand. Er bewunderte sie, wie sie es schaffte, bei diesem unerträglichen Gestank ruhig ihre Arbeit zu verrichten.

Als sie fertig war, ging sie in die Küche, füllte den Totenschein aus und kreuzte »Natürlicher Tod« an.

»Ich kann nichts feststellen, was auf ein Fremdverschulden hinweist«, sagte sie, »Ivo, du kannst sie mitnehmen, es ist alles in Ordnung.«

Neri, Fiona und die dottoressa verließen das Haus.

»Woran ist sie gestorben?«, fragte Neri.

»Ich nehme mal an, ihr Herz hat einfach aufgehört zu schlagen.« Die dottoressa lächelte. »Das ist – finde ich – ein sanfter und schöner Tod.«

»Und es war ja zu erwarten«, meinte Neri leise. »Mit einundneunzig!««

»Aber schade ist es schon, dass Amalia nicht mehr da an ihrem Fenster sitzt und hinausschaut. Die Dorfstraße ist irgendwie leerer ohne sie.«

141

Georgina wollte gerade ins Bett gehen, als Donnie anrief.

»Wie geht es dir, cara?«, fragte er.

»Gut, sehr gut.«

»Kommst du klar?«

»Ja. Sicher.«

»Und was macht Matilda?«

»Ihr geht's auch prima. Sie geht zur Schule, alles bestens.«

»Aber wie geht es dir wirklich, cara?«, hakte Donnie nach.

»Alles in Ordnung«, flüsterte Georgina. »Du, ich habe einen Mann kennengelernt, mit dem ich mich sehr wohlfühle. Er gibt mir Halt. Es ist eine Freundschaft, mehr nicht, aber es ist ein gutes Gefühl. Und du? Wie geht es dir, Donnie?«

»Ich bin im siebten Himmel, carissima, das Urteil ist gefallen, ich bin frei! Kannst du dir das vorstellen, Georgina? Ich bin frei!«

»Das ist fantastisch!«, schrie Georgina und ertappte sich dabei, dass sie vor Freude hüpfte.

»Das Gericht hat die Notwehr akzeptiert, deine Aussage war ausschlaggebend, ich danke dir dafür!«

»Ich habe nur gesagt, was war, Donnie. Und es war Notwehr. Hundertprozentig!«

»Ich danke dir, Süße! Und ich bin wahrhaftig sofort freigekommen und kann es selbst noch nicht glauben!« Er schluchzte.

»Das ist großartig, Donnie, ich freu mich so für dich! Und was willst du jetzt machen?«

»Ich werde das Loft verkaufen, erst mal von dem Geld leben und mir dann eine kleine Wohnung auf St. Pauli suchen. Und dann werde ich mit dem Theater weitermachen. Ist doch klar!«

»Super!«

Beide schwiegen. Es war gespenstisch still in der Leitung.

»Denkst du noch oft an Paul?«, fragte Georgina.

»Ja. An wirklich jedem verdammten Tag!«

142

Neri musste oft an Paul Böger, diesen einsamen Wolf, denken, der in dieser Halbruine vor sich hin vegetiert hatte.

Caprinaia war mittlerweile an einen reichen Italiener aus Milano verkauft. Neri war einfach nur neugierig und fuhr eines Nachmittags hin.

Als er die Serpentinen nach Duddova hinauffuhr, stiegen ihm wieder die Tränen in die Augen, weil Peppone nicht mehr im Kofferraum saß und auch nicht zu Hause auf ihn wartete.

Peppone war vor einem Monat gestorben. Mit dreizehn. So schätzte man, denn so genau wusste das niemand. Auf jeden Fall war es ein biblisches Alter für einen großen Hund.

Eines Morgens, als Neri ins Wohnzimmer kam, lag er ganz still in seinem Korb und atmete nicht mehr. Sah ganz friedlich aus. Die Lefzen waren ein wenig zur Seite geschoben, als würde er lächeln.

»Mein Alter«, stöhnte Neri, nahm ihn in den Arm und weinte, bis Gabriella herunterkam. Dann stand er auf, wischte sich mit dem Morgenmantel über die Augen und sagte mit verstopfter Nase: »Peppone ist tot, Gabriella, er ist heute Nacht ganz friedlich eingeschlafen.«

Sie begruben ihn in ihrem Garten. Und weinten beide.

Das Haus war von nun an leer und trostlos. Wenn man nach

Hause kam, wurde man nicht mehr freudig erregt und schwanzwedelnd empfangen, da war kein Peppone mehr, der auf einen wartete. Seine Wärme fehlte.

»Ich will einen neuen Hund«, sagte Neri. »Ich kann nicht mehr ohne. Es ist so tot hier im Haus.«

»Und ich will keinen«, konterte Gabriella sofort. »Er macht nur Dreck, will bespielt werden, muss Gassi gehen, kotzt auf den Teppich, muss mitten in der Nacht … Nein, danke. Peppone war lieb und toll, wir haben ihm das Leben unserer Schwiegertochter zu verdanken, wir haben ihn gepflegt bis zum Ende. Aber jetzt ist es gut. Jetzt will ich kein Haustier mehr, ich will frei sein, Neri. Wir können tun und lassen, was wir wollen. Ist das nicht toll? Wir können einfach verreisen, müssen uns nicht überlegen, was machen wir mit dem Hund? Lassen wir ihn hier, nehmen wir ihn mit? Geht das überhaupt?«

Als ob wir je spontan weggefahren wären, dachte Neri todunglücklich.

Peppone fehlte ihm unendlich. Und es war schlimm, dass er sich nicht in einen neuen Hund verlieben durfte.

Jetzt auf dem Weg nach Caprinaia kam die Erinnerung wieder hoch, die Sehnsucht nach diesem liebenswerten, zärtlichen, aufmerksamen Tier, das nur darauf geachtet hatte, dass es seinen Besitzern gut ging. Wie schön wäre es, wenn Peppone ihn jetzt begleiten könnte.

Vielleicht würde es Gabriella irgendwann verstehen und akzeptieren, dass er dringend einen Hund brauchte.

Bereits in Duddova traute er seinen Augen nicht. Die Straße hinauf nach Caprinaia war asphaltiert! Wer wohnte denn da? Berlusconi persönlich? Oder wem kam das Geld derartig aus den Ohren? Das musste ja Hunderttausende gekostet haben!

Komfortabel fuhr er weiter und hielt wenig später vor dem Haus, das inzwischen noch mehr zugewuchert war. Die reine Ruine. Aber unten an der Treppe stand ein Schild, dem man entnehmen konnte, dass die Bauarbeiten zu mehreren neuen Häusern plus Pool bald beginnen würden. Dazu die Namen des Eigentümers, des Architekten und der Bauunternehmer.

Um Himmels willen, was passiert denn hier, dachte Neri. Caprinaia gab es nicht mehr, die Erinnerung an die feuchtfröhlichen Abende mit Angelo musste er für immer aus seinem Gedächtnis streichen.

Er wendete. Wahrscheinlich würde das über kurz oder lang ein Dorf werden, eine kleine Stadt. Mitten in der Wildnis. Da hatte der Bauherr die comune bestochen. Hundertprozentig. Mit Zig- oder Hunderttausenden. Vielleicht mit noch mehr. Denn offensichtlich kam es ihm darauf nicht an. Das zahlte er aus der Portokasse.

Neri fuhr zurück nach Hause. Er hatte die Nerven und die Kraft nicht, sich mit diesem Typen auseinanderzusetzen und zu streiten. In den nächsten Tagen würde er zur comune gehen und die Baugenehmigungen überprüfen und mal sehen, ob dort alles mit rechten Dingen zuging.

Und er dachte, wie schön doch die Zeiten gewesen waren, als da in Caprinaia noch sein Freund Angelo saß, der die beste Fischsuppe der Toskana kochen konnte, seine Olivenbäume liebte und die Sonnenuntergänge in warmen Sommernächten. Der dort mit seinen Freunden nächtelang aß und trank und philosophierte oder allein verharrte, an seinem Mühlrad, im Dunkeln, mit einer Flasche Rotwein, dem Käuzchen lauschend.

Lust auf mehr von Sabine Thiesler?
Dann lesen Sie weiter:

»Sie würde sterben.
Das war ihr klar, als sie sah, wie er lächelte.«

ISBN 978-3-453-27366-5

Oder als E-Book: 978-3-641-28084-0
Überall, wo es Bücher gibt

Das Buch

Elena Ludwig ist eine attraktive, erfolgreiche Maklerin und wohnt im Herzen von Siena. Gelangweilt von ihren Mitmenschen, lebt sie ihre sexuelle Leidenschaft auf eine riskante Art und Weise aus. Ein hochgefährlicher Kick, wenn sie an den Falschen gerät.

Unterdessen erschüttert eine brutale Verbrechensserie die Toskana. Menschen verschwinden, und die wenigen, die zurückkommen, sind traumatisiert und für immer zerstört. Commissario Neri ermittelt, träumt aber schon von einem Altersruhesitz am Meer, den ihm die Maklerin Elena vermitteln soll. Doch dann verschwindet auch sie …

PROLOG

Da war ein winziger Laut. Wie ein Schaben. Etwas Kratzendes, das sie in ihre Träume einbaute. Dann war es wieder still.

Kurz darauf ein Schlag. Oder ein dumpfes Krachen. Es kam vom Balkon und war auf alle Fälle nicht normal.

Im Schlafzimmer war es stockfinster, sie hielt den Atem an. Horchte und starrte in die Dunkelheit. Ihr Herz raste.

Sie konnte nichts hören und nichts sehen. Alles war still.

Nein, da war nichts, sagte sie sich schließlich. Alles in Ordnung, was sollte auch sein. Schlaf weiter. Morgen hast du zwei Vorlesungen, da musst du ausgeruht sein.

Sie streckte sich, schlang die Bettdecke um ihre Beine, atmete tief aus, was fast wie ein sanftes, wohliges Seufzen klang, und schlief weiter.

Als sie der grelle Strahl einer Taschenlampe direkt ins Gesicht traf, schreckte sie aus all ihren Träumen und war augenblicklich wach. Ihr Zustand kam einem Herzstillstand nahe.

Vor ihrem Bett stand ein Mann. Vollkommen schwarz gekleidet. Vermummt. Mit einem Messer in der Hand.

Sie versuchte zu schreien. Aber da kam kein Laut. Und dann wollte sie kämpfen, sich wehren, versuchen zu fliehen, aber sie lag wie festgeschraubt in ihrem Bett, unfähig, sich zu bewegen. War vollkommen hilflos. Gelähmt und ausgeliefert. In kompletter Schockstarre.

Sie hatte nur noch die eine Chance, dass dies alles ein ganz böser Traum war. Der schlimmste, den sie je geträumt hatte.

Aber es war kein Traum.

1

Toskana

Das kleine, beschauliche toskanische Städtchen Ambra glich einem Irrenhaus. Auf der Piazza waren eine Bühne und eine Tanzfläche aufgebaut, und die hämmernden Bässe einer Band wummerten durch die Gassen. Überall Buden mit Salami, Schinken, Oliven, Käse oder primitivem Kunsthandwerk. Familienväter hatten aus Holz kleine Boote zusammengeleimt, Frauen aus einfachen Materialien Ohrringe und Halsketten zusammengelötet. Auf der kleineren Piazza vor dem Zeitungsladen stand ein großes weißes Zelt, in dem man Schnecken in Knoblauchöl, lumache aglio e olio, verspeisen konnte. Der Chianti floss in Strömen, Einheimische und Touristen feierten gemeinsam, lautstark und weinselig. »Azzurro« dröhnte zweisprachig durchs Zelt, man lag sich in den Armen und fühlte sich am schönsten Ort der Welt.

Auf dem Parkplatz direkt am Kindergarten stand sogar ein Karussell für die Kleinsten mit Autos, Feuerwehren, Pferden und Elefanten.

Ganz Ambra war unterwegs, und keinen Touristen hielt es in seinem Ferienhaus. Dies war der Event des Jahres, dieses Fest wollte niemand verpassen. Die Italiener waren wie im Rausch, sie lachten, aßen, tranken und sangen, der wummernden Band zum Trotz, einige tanzten die engen Gassen entlang.

Es war voll.
Es war laut.
Es war ein herrlicher Ausnahmezustand.

Gitta war an einem kleinen Stand mit Modeschmuck stehen geblieben. Die Frau hinter dem Verkaufstresen hatte langes graues Haar. Sie begrüßte Gitta nicht, beobachtete sie nur und ließ sie in Ruhe.

Gitta interessierte sich für ein Paar Ohrringe. Gut, sie waren nichts wert, aber irgendwie originell und eine schöne Erinnerung an diesen traumhaften Urlaub, der in drei Tagen zu Ende ging.

Sie überlegte hin und her, konnte sich nicht entscheiden, zögerte und zauderte, als ginge es um eine Immobilie, dabei kosteten die Ohrringe gerade einmal zwanzig Euro. Viel zu teuer für das billige Zeugs, dachte sie, aber auch wunderschön. Und was sind schon zwanzig Euro für ein Andenken. Mein Gott!

Die grauhaarige Frau sagte immer noch keinen Ton, sondern sah Gitta nur unverwandt an, bis diese schließlich meinte: »Va bene. Ich nehme sie.«

Jetzt huschte ein Lächeln über das Gesicht der Grauhaarigen, sie zauberte blitzschnell ein Tütchen aus einer Schublade, ließ die Ohrringe hineinfallen und gab sie Gitta.

Gitta bezahlte, bedankte sich und reihte sich wieder in den Strom der Menschen ein, die sich in der engen Gasse drängelten.

Wo waren Elmar und Jonas? Sie hatte wegen der Ohrringe nicht mehr auf die beiden geachtet und konnte sie jetzt nirgends entdecken. Allmählich hatte sie keine Lust mehr auf den Trubel, wünschte sich zurück auf die stille und herrlich nach Jasmin duftende Terrasse, wollte noch in Ruhe mit Elmar ein Glas Wein trinken. Und Jonas musste auch allmählich ins Bett. Immerhin war es schon halb elf.

»Elmar!«, schrie sie, aber das war inmitten der vielen Menschen sinnlos. Er würde sie nicht hören.

Sie sah sich um, stellte sich auf die Zehenspitzen, rief erneut – nichts. Mein Gott, dachte sie entnervt, da bleibe ich ein Mal an einem Stand stehen, weil mich etwas interessiert, und schon sind die beiden weg. Warum muss ich immer ihnen hinterherdackeln, warum kann sich Elmar mit dem Jungen nicht auch mal daran orientieren, wo *ich* gerade bin? Warum bin ich eigentlich immer diejenige, die sich sorgt und sich kümmert und den beiden hinterherrennt?

Die Wut kam in ihr hoch, aber gleichzeitig auch eine Spur von Sorge. Das letzte Mal hatte sie die beiden an einer Bude gesehen, wo ein Mann selbst zusammengelötetes Blechspielzeug verkaufte.

Grottenhässlich, fand sie, darum hatte sie sich auch dem Schmuckstand zugewandt.

Aber beim Spielzeug waren Elmar und Jonas nicht mehr zu sehen.

Okay, dachte Gitta, Ambra ist ja nicht groß, hier geht niemand verloren, irgendwo werden sie schon sein. Doch ein wenig sauer war sie schon, dass die beiden sie anscheinend einfach vergessen hatten.

Sie ging langsam, sah sich überall um, und schließlich entdeckte sie Elmar. Direkt vor dem lumaca-Zelt. In der Hand ein Schälchen mit pasta und Schnecken in Knoblauchöl. Eine widerliche Kombination, wie sie fand. Aber egal. Wenn Elmar hier war, würde Jonas nicht weit sein.

Elmar unterhielt sich gerade mit einem deutschen Paar, als Gitta mit einem knappen »Entschuldigen Sie« in das Gespräch platzte. »Himmel noch mal, hier bist du!«, rief sie. »Ich hab dich überall gesucht! Wo ist Jonas?«

Das Ehepaar verabschiedete sich schnell und verschwand in Richtung Piazza.

»Ich hab dich auch gesucht, aber du warst plötzlich wie vom Erdboden verschwunden!«

»Ich hab mir an dem Schmuckstand Ohrringe angeguckt. Warum hast du nicht gewartet?«

»Weil ich mir zwei Stände weiter eine kurze Hose kaufen wollte. Und dann dachte ich, du wärst schon weitergelaufen.«

»Und wo ist Jonas?«

»Keine Ahnung. Ist er nicht bei dir?«

»Du hast doch gesehen, dass er nicht bei mir ist! Ich dachte, er ist bei dir!«

»Ja, am Anfang schon. Aber dann war er plötzlich weg, und ich hab geglaubt, er ist zu dir gelaufen, weil es ihm bei mir zu langweilig wurde.«

»Nein. Er war nicht bei mir.«

»Hm.« Elmar schob sich von seinem Pappteller eine Schnecke in den Mund.

Gitta starrte ihren Mann fassungslos an. »Elmar, begreifst du denn nicht? Jonas ist weg, und wir müssen ihn suchen! Komm!«

Sie packte ihn am Arm und zog ihn durchs Gedränge.

2

Jonas war noch einmal an den Stand mit lebenden Hühnern zurückgekehrt, die ihn nicht losließen, alle zusammengepfercht in einem winzigen Käfig, wild flatternd und scheinbar irre vor Angst. Sie taten ihm so unendlich leid. Er wusste nicht, was mit ihnen geschehen würde. Wurden sie gekauft, um in einem Hühnerstall zu leben, auf einer Wiese herumzuspazieren und Eier zu legen, oder wurden sie bereits morgen geschlachtet?

Er stand wie paralysiert vor ihnen, sah ihr panisches Geflatter und konnte ihnen nicht helfen.

Der Käfig war viel zu klein. Jonas hoffte inständig, dass irgendjemand kommen und ein paar Tiere kaufen würde, damit sich die anderen in der Enge beruhigen konnten.

Nach einigen Minuten löste er sich von den Hühnern, war irgendwie traurig und sah sich nach seinen Eltern um.

Sie waren nirgends zu sehen.

Er lief durch die Dorfstraße bis zur Piazza. Nichts. Seine Eltern waren wie vom Erdboden verschluckt. Er sah sich um. Immer hektischer, immer verzweifelter, rief nach seiner Mutter, nach seinem Vater, obwohl er sich blöd dabei vorkam, aber allmählich geriet er in Panik, und da war ihm alles egal.

»Maaammaaa!«, schrie er, so laut er konnte. Und »Paaappaaa!«.

»Was ist mit dir?«, fragte ein Mann, der plötzlich zwischen den vielen Menschen vor ihm stand.

Vollkommen verunsichert sah Jonas hin und her. In dem Gewimmel erkannte er gar nichts und niemanden mehr.

»Ich suche meine Eltern!«, flüsterte er. »Mein Vater war da vorn und meine Mutter kurz hinter mir. Und jetzt sind beide verschwunden.«

»Komm!«, meinte der Fremde. Er hatte einen merkwürdig geraden Stoppelhaarschnitt, einen Wirbel direkt über der Stirn und tiefe Grübchen in den Wangen. Daher sah er aus, als würde er unentwegt grinsen und Witze machen.

Jonas fasste sofort Vertrauen zu ihm. Und der Mann sprach auch recht gut Deutsch.

»Komm, wir suchen sie. Wie sehen sie denn aus?«

»Mein Vater ist ziemlich groß, hat dunkle Haare, eine schwarze Weste, und meine Mutter ist blond, etwas kleiner als mein Vater, hat lange Haare und eine grüne dünne Jacke. Und ein rotes Halstuch.«

»Bene. Keine Sorge, wir finden sie schon.«

Und dann nahm ihn der Mann an die Hand und zog ihn durch die Menschenmassen. Bis hinauf zum Parkplatz.

»Was machen wir jetzt?«, fragte der Mann. »Wir haben alles abgesucht. Offensichtlich sind sie hier nicht. Wo wohnt ihr?«

»Casa Bella Vista, in Cennina.«

»Okay. Dann fahren wir da jetzt hin. Und entweder deine Eltern sind dort, oder wir warten auf sie. Okay?«

Jonas nickte und hatte das Gefühl, dass der fremde Mann seine Probleme lösen konnte. Er war nicht mehr allein und weniger verzweifelt.

Im Auto am Steuer saß ein weiterer Mann mit langen dunklen Haaren, die am Hinterkopf zu einem Schwanz zusammengebunden waren. Er sagte nichts, als Jonas einstieg. Als wäre alles ganz normal. Und dann fuhr er los. Aber nicht bis zur Casa Bella Vista, sondern sehr viel weiter. In den Wald und dann auf die Landstraße.

»Wo fahren wir denn hin?«, fragte Jonas, jetzt vor Angst zitternd, weil er spürte, dass irgendetwas nicht stimmte.

»Dahin, wo es dir gut geht und wo dich deine Eltern morgen abholen«, sagte der Mann, mit dem er zum Auto gegangen war. »Mach dir keine Sorgen.«

Cennina war von Ambra höchstens fünf Minuten entfernt. Auf einer kurvigen Straße den Berg hinauf, und dann lag auf der linken Seite das Haus, in dem sie wohnten. Und jetzt waren sie bestimmt schon eine Viertelstunde unterwegs.

Jonas überschwemmte eine Angst, wie er sie so heftig noch nie gespürt hatte. Der Mann hatte ihm versprochen, zur Casa Bella Vista zu fahren. Er hatte gelogen. Er wollte ihm nicht helfen, er hatte anderes, irgendetwas Böses mit ihm vor. Er war ein Verbrecher, vielleicht ein Mörder. Genau so einer, vor dem ihn seine Eltern immer gewarnt hatten. Und er war so dumm gewesen und mitgegangen und ins Auto gestiegen. Obwohl er doch wusste, dass man das auf gar keinen Fall machen durfte.

Jetzt war ihm plötzlich alles klar. Er hätte einfach nur warten müssen. Spätestens wenn das Fest zu Ende war und alle nach Hause gingen, hätte er seine Eltern wiedergefunden, denn sie wären niemals ohne ihn zurück ins Ferienhaus gefahren. Er war so schrecklich dumm gewesen, so bescheuert, dass er es gar nicht aushalten konnte, daran auch nur zu denken.

Und jetzt saß er in der Falle. Irgendetwas hatten die Männer mit ihm vor. Irgendetwas Schreckliches.

In Gedanken und in seinem Inneren schrie er nach Hilfe, schrie nach seinen Eltern und begann zu weinen.

»Bitte, bring mich zur Casa Bella Vista«, flehte er schluchzend, »bitte, meine Eltern sind sicher schon ganz verrückt vor Angst. Bitte!«

»Das kann ich mir nicht vorstellen«, sagte der Mann mit den Grübchen kühl, »denn sonst hätten sie sicher besser aufgepasst, dass ihr euch zwischen den vielen Menschen nicht verliert.«

Zu bitten hatte keinen Zweck. So viel kapierte Jonas.

Er weinte, konnte gar nicht mehr aufhören, war so verzweifelt wie noch nie, überlegte, ob er sich aus dem Auto werfen könnte. Aber dabei würde er sich vielleicht verletzen, konnte dann nicht schnell genug wegrennen, die Männer würden ihn einholen, wieder ins Auto schleppen, und dann wären sie stinksauer auf ihn und vielleicht noch böser. Noch gemeiner.

Zum ersten Mal spürte Jonas sein Herz. Da saß die Angst. Und sein Herz tat unheimlich weh.

Er sagte nichts mehr.

Und auch die Männer schwiegen.

Jonas sah aus dem Fenster. Es war tiefschwarze Nacht. Nur durch die Scheinwerfer des Wagens konnte er schemenhaft Wald, Olivenhaine und Weinberge erkennen. Ab und zu ein paar Häuser an der Straße, kein Licht in den Fenstern, alle schliefen. Alle waren zu Hause. Jonas hätte alles dafür gegeben, jetzt wieder bei seinen Eltern zu sein. Er sehnte sich so sehr nach ihnen, dass es wehtat.

Die Straße war eng und kurvig. Nirgends sah er ein Ortsschild, er kannte die Gegend nicht, wusste nicht, wo er war. Intuitiv versuchte er, sich so viel zu merken wie möglich.

Er versuchte herauszufinden, in was für einem Auto sie saßen. Beim Einsteigen hatte er nicht darauf geachtet. Er beugte sich etwas vor und sah das Emblem auf dem Lenkrad. Ein Mercedes. Okay. Das würde er sich merken. Er würde nach der Farbe gucken, wenn er aussteigen musste.

»Hast du Durst? Möchtest du etwas trinken?«, fragte der

mit den Grübchen auf einmal, drehte sich zu Jonas um und sah ihm in die Augen. »Ich hab hier eine Cola für dich!«

Jonas nickte vollkommen eingeschüchtert.

Der Mann gab ihm einen Plastikbecher, den Jonas sofort gierig austrank. Vielleicht waren die Männer doch nicht so schlimm. Sonst hätten sie ihm ja keine Cola gegeben.

Der Mann mit den kurzen Haaren beobachtete lächelnd, wie Jonas nur Sekunden später die Augen zufielen, er auf der Rückbank umkippte und in tiefen Schlaf sank.

Daher bekam er auch nicht mehr mit, dass der Mann ihm in den Finger stach, Blut abnahm, einen Test machte und nach wenigen Minuten den Daumen in die Höhe reckte.

Der Fahrer mit dem Pferdeschwanz grinste. »Perfetto«, sagte er.

Jonas schlief, als der Wagen auf die Autostrada abbog und noch über eine Stunde unterwegs war, bis die Lichter einer Stadt auftauchten und der Fahrer die Ausfahrt nahm.

3

Gitta und Elmar irrten durch die Gassen, guckten immer wieder nach rechts und links, sahen hinter sich, riefen ihn, aber nirgends war eine Spur von Jonas. Auch bei den Hühnern war er nicht.

Sie fragten an jeder Bude, jedem Stand, sprachen Leute an, die touristisch aussahen oder einen deutschen Eindruck machten, sie ließen die wummernde Band Jonas ausrufen, durchsuchten die Toiletten, das Festzelt und fragten beim Karussellbesitzer. Obwohl sie ziemlich sicher waren, dass Jonas sich nicht mehr auf einen Elefanten oder in ein Polizeiauto setzen würde. Egal. Sie griffen nach jedem Strohhalm. Denn allmählich wurde ihnen immer klarer, dass sie ein Problem hatten, dass Jonas wirklich verschwunden war.

Sie hörten auf, darüber zu diskutieren, wer schuld war, sie waren einfach nur fassungslos.

Irgendwann blieben sie erschöpft stehen und sahen sich an. In ihren Gesichtern spiegelten sich Panik und nackte Angst.

Elmar sah auf die Uhr. »Verdammt noch mal, es ist schon nach zwölf!«, sagte er. »Gitta, es hat keinen Zweck, wir müssen die Polizei verständigen. Ich verstehe es einfach nicht. Jonas achtet doch auch darauf, dass er uns nicht verliert. Er hat doch selbst den absoluten Horror davor, in einem fremden Land, in einer fremden Stadt plötzlich allein dazustehen.«

Gitta brach in Tränen aus.

Elmar legte den Arm um sie. »Die Sucherei bringt jetzt nichts mehr. Wir sind bestimmt zehnmal durch den gesamten Ort gerannt, wir gehen jetzt zur Polizei. Direkt oben beim Karussell hab ich eine Carabinieristation gesehen.«

Gitta nickte. Aber sie war so verzweifelt, dass sie kaum noch laufen konnte.

Allmählich leerten sich die Gassen, die Band packte ihre Instrumente ein, in Ambra kehrte langsam Ruhe ein.

»Irgendjemand hat ihn mitgenommen«, sagte Gitta leise. »Da bin ich ganz sicher. Denn er haut nicht ab.«

Die Carabinieristation war verschlossen, aber an der Tür klebte ein Zettel mit einer Notfallnummer.

Neri war erst vor einer Stunde nach Hause gekommen, direkt ins Bett gefallen und schreckte aus dem Tiefschlaf hoch, als das Diensttelefon klingelte. Er warf einen Blick auf die Uhr: Kurz vor eins. Na toll. Was gab es denn jetzt schon wieder? Wahrscheinlich war irgendein Besoffener mit seinem Wagen in die Ambra gestürzt oder in einen Graben gefahren.

Er meldete sich bewusst müde und genervt: »Maresciallo Donato Neri, Carabinieristation Ambra, che cosa è successo?«

»Sorry, wir waren heute auf dem Fest in Ambra«, sagte Elmar auf Englisch, »und da haben wir unseren Sohn Jonas aus den Augen verloren. Er ist ein zarter kleiner Junge, gerade erst sieben geworden. Und nun ist er weg. Verschwunden, maresciallo. Seit über zwei Stunden. Wir sind am Ende, wissen nicht mehr weiter. Bitte helfen Sie uns!«

Neri stöhnte auf. Oddio! So viel hatte er verstanden: Es ging schon wieder um ein verschwundenes Kind.

Er atmete dreimal tief durch, antwortete Elmar ebenfalls

auf Englisch, aber längst nicht so fließend, dass er in die Carabinieristation kommen würde. In einer halben Stunde.

Dann stand er auf, nahm seine Sachen und ging leise ins Bad.

Ende der Leseprobe

REISEN, LESEN, GEWINNEN

Für unterwegs immer das richtige Buch!

GROSSES GEWINNSPIEL

mit attraktiven Buchpaketen

Machen Sie mit! Im Internet unter
www.reisenlesengewinnen.de

Direkt zum
Gewinnspiel

REISEN, LESEN,
GEWINNEN

Teilnahmeschluss ist der 15. Mai 2023
Viel Glück wünscht Ihnen Ihr Wilhelm Heyne Verlag

Eine Teilnahme ist nur online unter www.reisenlesengewinnen.de möglich. An der Verlosung nehmen ausschließlich persönlich eingesandte Antworten teil. Mehrfacheinträge (manuell oder automatisiert) sind nicht zugelassen. Der Rechtsweg ist ausgeschlossen.

HEYNE